LE PAVILLON DE SUCRE

DU MÊME AUTEUR
CHEZ LE MÊME ÉDITEUR

Les Neiges de Norvège
Le Sceau d'argent
Aux marches du palais
La Tulipe d'or
Le Masque de Venise

Rosalind Laker

LE PAVILLON DE SUCRE

Roman

PRESSES DE LA CITÉ

Titre original : *The Sugar Pavilion*
Traduit par Danièle Darneau

Edition originale : Doubleday, New York

ISBN 2-258-00155-2

A mon mari, Inge, en souvenir de nos visites
au Pavillon Royal à Brighton.

1

Le hurlement résonna à travers tout le château. Dans la grande cuisine, Sophie Delcourt laissa tomber sa cuillère en bois sur la table. La batterie de cuisine, les énormes chaudrons, les herbes suspendues aux poutres, le vaste sol dallé lui-même semblaient répercuter à l'infini le cri que, depuis longtemps déjà, la jeune fille redoutait d'entendre. C'était un garçon d'écurie qui avait donné l'alerte. Agitant les bras avec force, le visage défiguré par la terreur, il hurlait à pleins poumons :

— Sauve qui peut ! Les révolutionnaires s'attaquent aux grilles ! Ils ont des mousquets, des gourdins et des fourches !

Le sang de Sophie ne fit qu'un tour :

— Il faut rester ! cria-t-elle d'une voix stridente. Nous sommes assez nombreux pour défendre le château ! Allons dans la salle d'armes, et servons-nous !

Mais nul ne lui prêta attention. Les servantes en pleurs couraient à leurs soupentes pour y rassembler leurs maigres biens avant de s'enfuir. Le chef de cuisine n'eut d'autre initiative que de faire disparaître prestement ses meilleurs couteaux dans un sac de farine vide. Quant aux garçons de cuisine, ils s'étaient déjà évaporés...

Pendant quelques instants, Sophie s'obstina à vouloir se faire entendre. Puis elle comprit que dans cette atmosphère de panique ses efforts resteraient vains. D'un geste rageur, elle arracha sa coiffe de lin, libérant ainsi une masse somptueuse de cheveux très noirs. Puis elle jeta le bonnet par terre. Une seconde plus tard, son tablier suivait le même chemin. Quelle humiliation de devoir se joindre à l'exode général !

Pourtant, elle n'avait pas le choix. L'allée menant au château de Juneau était longue d'une bonne lieue. Mais elle avait pu constater par elle-même, alors qu'elle se trouvait encore à Paris, combien une meute humaine assoiffée de sang est rapide et parvient à venir à bout des portes et des murs les plus solides...

Dans un tourbillon de jupons, Sophie se précipita derrière les autres servantes et gravit quatre à quatre l'escalier de service. Elle serrait les dents, furieuse d'être contrainte à la fuite par les révolutionnaires. Pour la seconde fois en quelques mois ! En ce sanglant printemps de 1793, il suffisait d'avoir été de près ou de loin au service de l'aristocratie pour être envoyé à la guillotine. Elle-même, à qui son défunt père avait pourtant enseigné l'art de la confiserie à Paris, avait été heureuse de trouver un havre de paix dans ce château de province retiré. Et voilà qu'il lui fallait fuir de nouveau !

Elle se précipita dans sa petite chambre à coucher. Le miroir accroché au mur lui renvoya l'image d'une jeune fille de dix-huit ans, d'une saisissante beauté. Ses yeux couleur d'ambre ourlés de longs cils noirs étaient emplis d'angoisse, son teint d'ordinaire velouté était empourpré par la colère. Et elle mordillait nerveusement la lèvre inférieure de cette bouche dont la moue attirante faisait rêver bien des hommes... Seul défaut de son visage, le menton trop volontaire trahissait cependant cette ambition farouche qui la talonnait depuis l'époque où, encore tout enfant, elle avait été pour la première fois autorisée à confectionner des confiseries.

Ouvrant une armoire à la volée, Sophie attrapa un sac et entreprit d'y entasser des vêtements, son nécessaire de couture, ainsi que quelques autres menus objets. Son bien le plus précieux, un livre intitulé *L'Art de la confiserie*, dont l'auteur n'était autre que son père, vint compléter son bagage. Puis elle mit tout l'argent qu'elle possédait dans une bourse à cordon qu'elle accrocha à son poignet. Enfin, après avoir enfilé son manteau à capuche, elle s'empara de son sac et sortit en toute hâte.

Sophie ne redescendit pas les escaliers en colimaçon qui menaient à la cuisine, mais résolut d'emprunter un trajet plus rapide. Elle sortit des communs par une porte donnant sur l'aile principale du château et s'ouvrant sur des appartements où le plancher nu était remplacé par de luxueux tapis persans aux teintes vives. Les cris qui fusaient de toutes parts, les bruits de pas précipités, lui rappelèrent irrésistiblement la panique régnant dans une ruche détruite à coups de pied. Elie passa devant les portraits des ancêtres de Juneau qui la toisèrent du haut de leurs cadres, atteignit le sommet du grand escalier, en dévala les marches dans un martèlement de talons, faisant tambouriner ses doigts le long de la rampe dorée qui tournait en spirales gracieuses jusqu'au vestibule. Deux laquais la dépassèrent à toute vitesse. Ils avaient remplacé leurs livrées par leurs vêtements ordinaires, et ôté leurs perruques blanches.

— Dépêchez-vous, Sophie ! lui cria l'un d'eux. Il n'y a pas une seconde à perdre !

Lorsqu'elle atteignit le second étage, les deux hommes étaient déjà hors de vue. C'est à cet instant que quelqu'un l'appela :

— Attendez ! Je vous en supplie !

Sous l'effet de la surprise, Sophie s'arrêta net. Venant de l'un des salons de l'étage supérieur, l'épouse de son maître, la comtesse de Juneau, accourait dans un bruissement de soie froissée et un miroitement de perles.

— Madame la comtesse ! s'écria Sophie, consternée. Vous devriez déjà être partie ! Votre attelage vous attend sûrement devant la porte !

La veille encore, elle n'aurait jamais osé s'adresser à elle aussi directement. Mais en ces heures dramatiques, qu'importaient, après tout, les barrières sociales...

— Les grilles ont été fermées devant les assaillants, ajouta-t-elle, mais cela ne va pas les retenir bien longtemps !

— Je ne peux partir !

La jeune comtesse, troisième épouse du comte de Juneau, et mère de son unique enfant, semblait en proie à une folle angoisse. Son visage encadré de cheveux joliment coiffés était d'une pâleur de cire, et elle tordait ses mains couvertes de bagues.

— En apprenant la nouvelle, mon époux a été victime d'une attaque d'apoplexie. Je reste auprès de lui.

Sophie savait combien la jeune femme était attachée à cet époux de trente ans son aîné. Elle ne pouvait la laisser ainsi...

— Je vais de ce pas chercher de l'aide pour le transporter jusqu'à votre attelage, madame !

La jeune fille s'élançait déjà, mais la comtesse l'arrêta :

— C'est impossible. Avez-vous vu mon père ?

— Non, madame !

La réponse de Sophie sembla augmenter encore la détresse de la comtesse.

— Pourquoi ne me laissez-vous pas aller chercher du secours pour transporter M. le comte jusqu'à votre voiture ?

Au comble du désespoir, la comtesse souffla :

— Mon cher époux est mourant...

Atterrée, Sophie se tut quelques secondes. Puis elle demanda :

— Me permettez-vous d'aller le voir ? J'ai quelque expérience pour avoir soigné ma défunte mère. Son état n'est peut-être pas aussi grave que vous le craignez...

— Il n'y a aucune erreur possible. Je dois retourner auprès de lui.

En dépit des larmes qui brillaient dans ses yeux, la comtesse releva la tête avec un air de défi :

— J'ai pris la décision de permettre au comte de rendre l'âme dans la dignité, sous son propre toit, dans le château où ses ancêtres comme lui-même ont vu le jour. Il ne mourra pas poursuivi par une meute de brigands indignes de plier le genou devant lui !

Contenant à grand-peine l'émotion qui était sur le point de la submerger, elle poursuivit :

— Comprenez-vous les raisons de cette attaque ? Même durant la période où le comte était conseiller du roi, à Versailles, il n'a jamais négligé ses fermiers ni ses terres, comme tant d'autres !

— Peut-être cet assaut a-t-il été fomenté par ses ennemis ?

— C'est fort possible. Par deux fois, lorsqu'il se trouvait encore en fonction, on a attenté à ses jours. Nous vivons des moments terribles, dont chacun peut tirer parti pour régler ses comptes en toute impunité. Son plus grand ennemi politique était Émile de Juneau, le fils de son défunt frère. C'est un jeune homme pervers, aujourd'hui ligué avec le traître Orléans.

Elle avala péniblement sa salive.

— Mais brisons là. Je m'écarte de la seule chose qui me préoccupe vraiment, parce que j'ose à peine vous en parler !

— N'hésitez point, madame ! s'écria Sophie, pleine de compassion. Je ferai tout ce qui est en mon pouvoir !

La comtesse tendit les mains vers elle dans un geste de supplication désespérée :

— Pour l'amour de Dieu, emmenez mon petit garçon en lieu sûr ! Ici, ils vont l'assassiner !

Sophie n'hésita pas un instant :

— Où est Antoine ? Dans la chambre d'enfants ?

— Non, il est aux côtés de son père. Sa nourrice s'est enfuie.

— Dois-je aller le chercher ?

— Non, je vais vous l'amener.

La comtesse se hâta vers le salon. Elle s'arrêta un bref instant sur le seuil de la pièce pour essuyer ses yeux. Puis elle entra. Son courage admirable émut profondément Sophie, qui, elle aussi, avait déjà eu l'occasion, au cours de sa vie, de faire connaissance avec le malheur. La jeune fille n'avait aucun mal à imaginer les adieux déchirants qui se déroulaient à quelques mètres d'elle. Mais elle s'efforça de dominer sa tristesse. L'enfant ne devait à aucun prix sentir la gravité des événements. Il y allait de sa sécurité.

La comtesse sortit du salon, portant son fils dans ses bras. L'enfant, âgé de quatre ans, ouvrait de grands yeux noirs étonnés. Il portait la veste et la culotte de velours bleu dont on l'avait vêtu ce matin-là. Sophie se dit qu'il faudrait lui trouver très vite des vêtements plus simples. Jamais, dans cette tenue, il ne pourrait passer pour un petit paysan. Faute de temps pour lui trouver un manteau, sa mère l'avait enveloppé dans un châle car, bien que l'on fût à la fin du mois d'avril, le temps était très frais pour la saison. L'expression de son visage rond encadré d'une masse de boucles brunes était troublée. Ni la soudaine immobilité de son père, ni la nervosité de sa mère ne lui avaient échappé. Néanmoins, il sourit à la vue de Sophie. Il associait cette dernière à des souvenirs agréables. En effet, la jeune fille lui confectionnait des chevaux en sucre, des petits gâteaux en forme de soldats et des confiseries de toutes les couleurs de l'arc-en-ciel. C'était toujours une fête pour lui que d'aller lui rendre visite à la cuisine, bien qu'il dût pour cela échapper à la surveillance de sa nourrice.

La comtesse dit d'une voix étranglée :

— J'ai expliqué à Antoine que vous alliez prendre soin de lui pendant un petit moment, Sophie.

Le visage décomposé par le chagrin, elle déposa un dernier baiser tendre sur la joue de son enfant, puis le posa sur le sol. Obéissant, Antoine saisit la main que Sophie lui tendait.

— Nous allons tout d'abord faire une partie de cache-cache, lui dit Sophie en souriant.

Il sauta de joie :

— J'aime beaucoup ce jeu !

La comtesse avait défait son collier de perles. Puis elle ôta ses bagues et ses bracelets. Elle introduisit les bijoux dans la bourse qui pendait au poignet de Sophie.

— Cela vous aidera à surmonter les difficultés que vous rencontrerez en chemin. J'ai mis un sac rempli de pièces d'or dans la ceinture d'Antoine. Montez dans l'attelage qui attend à la porte et partez pour l'Angleterre. Vous y serez tous deux en sécurité.

Sa voix se brisa.

— Partez, maintenant ! Et que Dieu soit avec vous !

Sa voix chargée d'angoisse avait effrayé l'enfant, qui s'agrippa à sa jupe. Sophie le fit prestement pivoter vers les escaliers.

— Allez, venez ! Nous allons descendre les marches en sautant !

Il jeta un coup d'œil derrière lui. Sa mère était déjà à la porte du salon, mais elle s'était arrêtée sur le seuil pour lui faire signe. Rasséréné, il répondit à son salut.

Sophie s'écria, dans un cri du cœur :

— Un jour, je ramènerai Antoine chez lui, madame ! J'en fais le serment !

La comtesse, que la tristesse rendait incapable de parler, hocha la tête en signe de remerciement. Puis, dans un bruissement de jupes, elle ferma la porte du salon derrière elle. Entre-temps, Sophie avait entrepris de faire sauter Antoine de marche en marche. L'enfant riait, comblé d'aise. La comtesse, à genoux auprès de la couche de son mari mourant, sut que ce rire était le dernier souvenir qu'elle emporterait de son enfant.

En atteignant le vestibule, Sophie prit le petit garçon dans ses bras et se dirigea vers la grande porte. Elle eut la surprise de la trouver fermée de l'intérieur. Puis un coup donné sur la poignée, à l'extérieur, l'arrêta net dans son élan. Au même instant, une vitre se fracassa en mille morceaux. Il était trop tard pour s'enfuir avec l'attelage. Les assaillants, qui avaient convergé vers cette entrée du château, avaient déjà dû s'en emparer ! Antoine poussa un petit cri effrayé, sa lèvre inférieure se mit à trembler.

— C'est simplement le signal de départ de notre jeu, déclara Sophie d'un ton encourageant, en se préparant à partir en flèche dans la direction opposée. Tenez-moi bien fort !

Lorsqu'elle ouvrit la porte de la cuisine principale d'un coup de son sac, elle découvrit une pièce intacte. Quelques marmites mijotaient encore sur le feu, et les chapons rôtissaient sur le tournebroche. Soudain, glacée d'effroi, elle entendit les hurlements des pillards se rapprocher. Ils étaient partis à l'assaut des cuisines annexes, coupant sa retraite. Elle se précipita vers l'armoire la plus proche, et y pénétra avec le petit garçon. Refermant vivement la porte sur eux, elle appuya son oreille contre le battant.

— Avec qui jouons-nous à cache-cache ? chuchota Antoine.

Sophie réussit à sourire. Elle posa un doigt sur ses lèvres tout en maintenant son oreille contre la porte.

— Cela fait partie de la surprise, lui répondit-elle en chuchotant elle aussi.

Elle se raidit en entendant la horde des assaillants faire irruption dans la cuisine principale. Mais ils la traversèrent en trombe dans un bruit de tonnerre, avant de se disséminer dans les autres parties du château. Elle ne pouvait estimer leur nombre avec précision, mais elle pensa qu'ils devaient être plus d'une centaine. Effrayé par le bruit des lourdes bottes et le claquement des sabots, Antoine se serrait contre elle avec anxiété en suçant son pouce. D'un geste protecteur, Sophie l'entoura de ses bras.

— N'ayez pas peur, Antoine, lui dit-elle doucement. Vous serez toujours en sécurité auprès de moi.

Elle avait bien l'intention de tenir cette promesse, aussi hasardeuse fût-elle. Elle serra l'enfant contre elle et murmura une prière pour ses parents. Lorsque le calme fut enfin revenu dans la cuisine, Sophie ouvrit avec mille précautions un battant du placard. Personne en vue. L'unique trace du passage des soudards était une chaise renversée.

En hâte, elle saisit une miche de pain sur un rayon et mit un peu de fromage dans une serviette. Elle enfouit le tout dans son sac. Puis elle avisa les biscuits à vin doux qu'elle conservait dans un bocal. Sachant que l'enfant en était friand, elle lui en tendit un, puis en remplit leurs poches.

Pendant qu'Antoine grignotait son gâteau, elle le prit par la main et ils s'élancèrent vers la cour. Un bruit de lutte, mêlé de hennissements de chevaux et de claquements de sabots, s'échappait des écuries. Sophie en déduisit que les domestiques avaient été interceptés au moment où ils tentaient de s'échapper avec les chevaux. Impossible, pour le moment, de passer devant les écuries et de gagner les grilles fermant l'arrière du château. Tremblant à l'idée de faire crisser le gravier et d'attirer ainsi l'attention sur eux, Sophie ôta ses souliers et les mit dans son sac. Elle prit Antoine contre sa hanche et se mit à courir sans bruit jusqu'au jardin potager, puis franchit la grille qui s'ouvrait sur le jardin d'agrément. Elle ne s'arrêta qu'après avoir atteint l'abri offert par une haie de buis. Là, elle s'agenouilla afin de reprendre son souffle, et assit Antoine sur l'herbe, à côté d'elle. C'était un enfant fluet, mais son poids ajouté à celui de son sac lui avait demandé un effort physique important. Au loin, elle entendait les cris de détresse de ceux qui avaient été pris au piège dans le château. Et un hurlement de triomphe annonça que les caves à vin venaient d'être fracturées.

Antoine leva la tête vers elle :

— Retournons à la maison, maintenant.

Sophie, qui était en train de remettre ses souliers tout en surveillant les alentours, secoua négativement la tête :

— Nous n'avons pas fini de jouer. Nous allons nous cacher dans l'orangerie, pendant un petit moment.

Elle savait que, tôt ou tard, les meneurs de cette meute sanguinaire découvriraient que l'héritier des Juneau, leur cible principale après le comte et son épouse, ne se trouvait dans aucune des pièces. Ils élargiraient alors le champ des recherches. Il fallait à tout prix éloigner Antoine du château dès la tombée de la nuit. L'orangerie se trouvait à distance suffisante pour que les pillards n'y parviennent pas avant le crépuscule. Et elle possédait une niche secrète, aménagée par quelque ancêtre des Juneau pour ses rendez-vous galants. Sophie connaissait l'existence de la cachette parce qu'un jeune jardinier plein d'ardeur avait tenté un jour de l'attirer sur la confortable banquette garnie de coussins dont elle était meublée. Une « mésaventure » qui lui permettrait, aujourd'hui, de mettre Antoine à l'abri au moins pour quelques heures. En l'entendant évoquer l'orangerie, le petit garçon avait bondi sur ses pieds. C'était un endroit chaud, qui sentait bon, l'une de ses salles de jeux favorites durant les mois d'hiver. Les orangers postés les uns derrière les autres dans les bacs verts ressemblaient à des sentinelles en faction. Enchanté, il courut tout le long du sentier qui y menait. Dès qu'ils l'eurent atteinte, Sophie poussa un soupir de soulagement. Bientôt, ce serait le crépuscule. Dès l'apparition des premières étoiles, ils se précipiteraient jusqu'au mur d'enceinte, qui s'était écroulé à un endroit. Il serait facile de le franchir, et d'aller s'enfoncer dans le bois épais qui se trouvait à quelques mètres. Mais auparavant, il lui fallait confectionner un manteau pour le petit garçon.

Antoine avait jeté son châle et sautillait entre les rangées d'orangers, dont certains étaient si grands et si avancés en âge qu'ils formaient une véritable forêt. Leurs troncs étaient protégés par une grosse toile à sac. Sophie débarrassa un tronc de son revêtement et l'examina. En attendant de trouver mieux, voilà qui pourrait recouvrir les coûteux vêtements du petit garçon. Sophie partit ensuite à la recherche d'objets qui pourraient lui être de quelque utilité. Elle s'empara d'un couteau de jardinier, d'un rouleau de ficelle, d'un briquet de poche et d'une lanterne. Soudain, son sang se glaça. Elle entendait des pas. Il y avait quelqu'un dans l'orangerie !

— Qui est là ? demanda-t-elle, tentant de maîtriser sa frayeur.

Ce fut Antoine qui lui répondit, en s'élançant vers l'extrémité de la rangée où il se trouvait :

— C'est Grand-Père !

Elle le suivit et aperçut à son tour le père de la comtesse, le marquis de Fontaine. C'était un homme de haute taille, au visage émacié, à l'aspect frêle. Il n'avait plus toute sa tête. Mais s'il n'était pas toujours capable de se souvenir de l'heure, du jour, ou de l'endroit où il se trouvait, il n'avait jamais oublié la passion de sa jeunesse, la culture des orangers. Il venait de temps à autre passer quelques heures à l'orangerie, aidant les jardiniers à entretenir ces arbres très délicats. Et alors qu'il ne reconnaissait plus toujours sa fille, ni son beau-fils, il se souvenait immanquablement de ce petit-fils qu'il adorait...

— C'est vous, mon garçon ? murmura-t-il, s'asseyant sur une chaise.

Antoine grimpa sur ses genoux.

— Je ne savais pas que vous jouiez à cache-cache avec nous, Grand-Père.

L'enfant posa un doigt sur ses lèvres, comme Sophie l'avait fait précédemment.

— Il ne faut pas qu'on vous entende, mais vous pouvez me raconter une histoire.

Cela faisait partie de leurs jeux les plus familiers... Le vieil homme se mit à évoquer en termes décousus l'heureuse époque où il était officier dans l'armée. Bien qu'Antoine eût quelque difficulté à comprendre, il s'installa confortablement pour écouter le récit de son grand-père, et sortit de sa poche son petit soldat de bois qu'il avait prénommé Michel, et dont il ne se séparait jamais.

Sophie réfléchit aux conséquences de ce nouveau rebondissement. Grâce à Dieu, le marquis était sain et sauf, mais elle allait devoir réviser son plan. La niche secrète n'était pas assez grande pour trois personnes. Et le vieil homme les gênerait dans leur fuite... Pourtant, il lui était impossible d'abandonner le marquis à la brutalité des révolutionnaires.

Elle examina les vêtements du vieillard. Rien ne devait trahir sa condition d'aristocrate. Par bonheur, il portait une veste et une culotte de simple drap brun, des bas de laine et des souliers à boucle noire. Son habit de brocart vert était recouvert d'un tablier de jardinier, qui cachait également sa montre à gousset d'or. Mais son jabot et ses poignets étaient en fine dentelle de Valenciennes. Il faudrait les découper. Il faudrait, aussi, lui ôter sa perruque blanche. Depuis la Révolution, les postiches et les cheveux poudrés étaient le signe distinctif des aristocrates, et, à plus humble niveau, de leurs serviteurs.

Sophie ouvrit sa besace, en sortit son nécessaire de couture, et attendit. Comme elle l'avait espéré, la voix du vieil homme ne tarda pas à s'éteindre. Il s'était endormi. Le petit garçon, apaisé, s'assoupit lui aussi et ne bougea pas lorsque les ciseaux de Sophie tailladèrent les dentelles du marquis. Elle les rangea soigneusement dans son sac, y joignit le châle de la comtesse. Ce souvenir de sa mère réconforterait Antoine lorsqu'il découvrirait que la séparation était définitive. Il était temps de partir, à présent.

Elle s'empara du chapeau du grand-père d'Antoine, ôta sa perruque, qu'elle jeta, ainsi que les dentelles, dans les braises du foyer qui se trouvait à proximité. Elle ne voulait à aucun prix laisser la moindre trace de leur passage en ce lieu. Puis elle replaça le couvre-chef sur la tête du marquis qui se réveilla instantanément, et se redressa, hébété, en faisant sursauter Antoine.

— Sommes-nous au matin ? demanda-t-il.

— Non, monsieur le marquis, répondit Sophie. Nous allons partir en promenade.

— Êtes-vous ma fille ?

La forme altière des sourcils blancs et broussailleux du vieil homme contrastait étrangement avec l'expression désemparée de ses doux yeux gris.

Elle secoua négativement la tête et se présenta. Ils ne s'étaient rencontrés que très rarement au château, mais son ton rassurant le mit à l'aise. Antoine se frotta les yeux et se laissa glisser le long des jambes de son grand-père.

— Où est ma nourrice ? demanda-t-il en bâillant.

— Vous n'avez pas besoin d'elle, puisque je suis là, lui répondit doucement Sophie, tout en déroulant sa ceinture aux bords dorés pour en retirer le petit sac d'or que la comtesse y avait dissimulé.

Elle mit l'or dans sa bourse et jeta la ceinture au feu. Puis elle enroula la toile à sac autour de l'enfant et la fixa à l'aide d'une broche.

— Quand nous sortirons d'ici, vous prendrez la main de votre grand-père et vous la serrerez bien fort. Et n'oubliez point, ajouta-t-elle en souriant, le doigt posé sur ses lèvres, il nous faut faire moins de bruit qu'une petite souris.

Il hocha la tête, lui rendant son sourire. Au grand soulagement de Sophie, le vieil homme ne fit aucune difficulté pour sortir de l'orangerie avec l'enfant et suivit docilement la route qu'elle lui indiquait. Le sentier menant à la haie de buis se déroulait devant eux, semblable à un long ruban clair. Après avoir traversé plusieurs petits bosquets agrémentés de fontaines, ils atteignirent l'endroit où le mur d'enceinte s'était écroulé. Le marquis s'arrêta subitement.

— Quelles sont ces manigances ? demanda-t-il d'un ton vindicatif.

Sophie aurait donné n'importe quoi pour pouvoir gagner, enfin, l'abri du sous-bois épais se trouvant de l'autre côté du mur. Mais la présence d'Antoine l'empêchait de dévoiler la vérité au marquis. C'est alors qu'elle eut une inspiration :

— Le château est tombé entre des mains ennemies, général. Nous sommes en fuite ! dit-elle au vieil homme.

Et elle chuchota à l'oreille d'Antoine :

— Nous jouons à un autre jeu, à présent.

Le petit garçon eut un sourire radieux et ressortit son petit soldat de sa poche, pour le faire participer à cette nouvelle aventure. Le marquis, qui avait redressé les épaules en s'entendant interpeller par son grade de général, jetait des regards tout autour de lui, l'air martial.

— Soyez sur vos gardes, mademoiselle ! Peut-être des mousquetaires sont-ils à nos trousses. Les Autrichiens sont de fieffés renards ! Vite, franchissons le mur !

Après avoir vérifié que la voie était libre, Sophie aida le marquis à gravir la rocaille branlante. Antoine l'escalada à son tour avec agilité et, parvenu au sommet, poussa un cri de joie.

— Regardez ! Voilà Bijou !

Sophie aperçut l'alezan de la comtesse sous les arbres, sellé et bridé. Les narines dilatées de l'animal, ses coups de tête désordonnés trahissaient une intense nervosité. Sophie en conclut que Bijou avait été terrifié par l'assaut donné aux écuries, et qu'il s'était enfui pendant la mêlée.

Antoine courut vers lui. Juché sur son petit poney, il avait souvent chevauché aux côtés de sa mère qui montait Bijou. Sophie se précipita à travers l'allée pour le gagner de vitesse, mais le cheval redoubla d'agitation à son approche, donnant des signes d'énervement de plus en plus intenses. Craignant qu'il ne s'emballe, elle ralentit immédiatement le pas, et laissa Antoine rejoindre seul l'animal.

— Tu pourrais être la monture de guerre de Grand-Père, murmura Antoine en se dressant sur la pointe des pieds pour le flatter avec affection.

Le cheval le reconnut et se calma un peu, mais il se serait

enfui devant Sophie si celle-ci ne lui avait présenté un biscuit à vin doux dans le creux de sa main.

Ce ne fut qu'après avoir avalé plusieurs gâteaux que Bijou accepta finalement de se laisser toucher par la jeune fille. Elle put alors attacher son sac de voyage et sa lanterne à la selle. Puis le vieux marquis se percha sur un caillou plat, pour parvenir à monter sur le cheval. Sophie installa Antoine devant lui, et saisit l'animal par la bride, pour le mener sur le sentier peu fréquenté qu'elle avait découvert dans les bois. C'était là, dans cet étroit chemin, qu'elle venait s'isoler après son arrivée au château de Juneau, pour pouvoir s'abandonner au chagrin causé par la mort prématurée de son père. Plus tard, elle avait conservé cette habitude, et aimait à musarder dans les bois, où elle trouvait un peu de répit au milieu de la verdure et des chants d'oiseau. Loin du tohu-bohu des cuisines...

Le soleil s'était couché, mais le sentier était toujours visible dans la pénombre et elle réussit à trouver sa route à travers les arbres.

— Pressez le pas ! lui ordonna soudain le marquis, d'un ton sévère.

Le vieil homme la prenait certainement pour un caporal chargé de guider le cheval.

— Nous devons mettre autant de distance que possible entre nous et nos poursuivants !

Voilà qui traduisait exactement les sentiments de Sophie. Le chemin était caillouteux, envahi par endroits de broussailles, mais c'était celui qui présentait le moins de risques. Lorsque les ténèbres commencèrent à s'épaissir, la jeune fille alluma la lanterne et continua à avancer péniblement, à la lueur de sa flamme tremblotante. A présent, Antoine était endormi, blotti contre son grand-père qui somnolait sur la selle. Elle était heureuse de les voir prendre le repos dont ils avaient besoin, mais elle, pour sa part, se devait de rester éveillée, l'oreille aux aguets, à l'affût du moindre bruit.

Elle chemina pendant la majeure partie de la nuit. Depuis longtemps, elle avait laissé derrière elle les lieux qui lui étaient familiers. Dans chaque clairière, au détour de chaque mare, elle faisait une courte halte pour se repérer d'après les étoiles. Elle en savait assez en astronomie pour localiser l'étoile du Nord. Et c'était vers le nord, précisément, que se trouvaient les côtes de la Manche, et la liberté...

Lorsqu'elle finit par tituber de fatigue, Sophie jugea qu'ils étaient suffisamment en sécurité pour s'arrêter quelques heures durant. Elle choisit pour abri un bosquet d'arbres traversé d'un petit ruisseau. Sans réveiller Antoine, elle le prit doucement dans ses bras et l'enveloppa dans son manteau. Le marquis descendit de cheval, attacha Bijou et s'installa tranquillement pour dormir. Devant ce calme, Sophie supposa qu'il avait passé la nuit dehors à maintes reprises au cours de ses campagnes, et qu'il ne trouvait rien d'étonnant à cette situation. Décidément, le passé avait plus de réalité pour lui que le présent. Après avoir enroulé le châle de la comtesse autour de l'enfant pour lui procurer un peu de chaleur supplémentaire, Sophie tenta de s'endormir. Mais son esprit était trop tourmenté pour lui permettre de se reposer vraiment.

Elle se mit à songer à tous les événements qui l'avaient conduite jusqu'au château de Juneau, puis jusqu'à cet endroit solitaire, en plein cœur de la forêt. Elle retourna en pensée dans le grand appartement situé au-dessus de la boutique et de l'atelier où son père s'adonnait à l'art de la confiserie. Elle y avait passé toute son enfance, et sa prime jeunesse. Et ç'avaient été des années heureuses. Son père et sa mère étaient de naissance plus élevée que ne le sont généralement les commerçants. Amis d'enfance, ils étaient issus de familles voisines, toutes deux de haut lignage, mais appauvries par des revers de fortune. C'est ainsi qu'après leur mariage Henri Delcourt avait amené sa jeune épouse à Paris. Il avait tenté d'utiliser dans la capitale tout ce qu'il avait appris d'un vieux confiseur retiré dans son village. Dans un premier temps, il avait mis ses connaissances au service de divers confiseurs, puis, un jour, il avait été en mesure d'ouvrir sa propre boutique. Le succès n'avait guère tardé. Son épouse et lui-même avaient inculqué les bonnes manières à leur enfant unique, et lui avaient enseigné, aussi, la valeur du travail... Sophie soupira doucement. Le décès de sa mère, au terme de six semaines de maladie, avait coïncidé avec la prise de la Bastille. Ces deux événements avaient sonné le glas des années de bonheur. Après la mort de sa femme, Henri Delcourt changea du tout au tout. Son humeur devint maussade et son caractère morose. La clientèle aussi avait changé. Les diplomates étrangers avaient quitté la ville après l'arrestation du roi et de la reine, les aristocrates s'étaient enfuis et il ne restait plus personne à Versailles, où l'on s'arrachait autrefois ses confiseries. C'est pourquoi Henri Delcourt ne se montra point d'humeur à servir un officier révolutionnaire, venu se pavaner dans sa boutique après avoir incité la populace à réclamer la mort de la famille royale.

— Sortez ! avait ordonné Henri, le regard plein de colère. Cette maison ne sert que les fidèles patriotes !

Il avait été jeté à terre, roué de coups de pied, sa tête et ses côtes avaient été réduites en bouillie, et il avait rendu l'âme sur le pavé de la rue. Une charrette avait transporté son corps brisé jusqu'à la fosse commune où l'on précipitait les victimes des révolutionnaires. Sophie, que son père avait envoyée faire une commission à l'extérieur, trouva l'accès à sa maison barré. Les nombreux spectateurs qui avaient assisté à la scène s'empressèrent de lui rendre compte de ce qui venait de se passer. Mais aucun d'eux n'avait suivi la charrette et il ne se trouva personne pour lui indiquer l'endroit où se trouvait la dernière demeure de son père.

Sophie ne possédait plus pour tout vêtement que ceux qu'elle portait sur elle ce jour-là, mais, par bonheur, sa bourse était garnie d'une somme importante, car elle venait d'encaisser une facture au cours de la commission qui lui avait sauvé la vie. Elle passa la nuit suivante chez une amie d'enfance, Marie-Thérèse, qui, de concert avec son époux, Maurice, s'employa à la réconforter. Tous deux lui offrirent l'hospitalité et lui promirent de l'aider à trouver un gagne-pain. Mais le lendemain matin, Maurice apprit qu'elle faisait l'objet d'un mandat d'arrêt. Elle était accusée de se livrer à des activités subversives dirigées contre l'Assemblée, de même que son père.

— C'est une basse tentative pour justifier le meurtre de votre père, avait expliqué Maurice. Je vais vous aider à quitter la ville.

Marie-Thérèse avait préparé quelques vêtements, que Sophie plaça dans une besace. Au moment du départ, Maurice remit à la jeune fille un exemplaire du livre d'Henri Delcourt, qu'il était allé acheter chez un libraire voisin pendant qu'elle faisait ses préparatifs. Les deux époux avaient apposé leurs noms en page de garde. Émue et pleine de gratitude, Sophie les serra contre elle. Puis elle s'en alla...

Deux raisons l'avaient incitée à trouver refuge dans le village du château de Juneau. D'une part, il était situé loin de Paris, dans une région encore préservée des troubles qui agitaient le pays. D'autre part, le comte avait honoré son père de sa clientèle pendant de nombreuses années. Sophie était donc certaine de sa bienveillance à son égard. Lorsqu'elle arriva au château, l'intendante, qui connaissait son nom, l'introduisit immédiatement auprès des domestiques en déclarant que le comte se languissait de ses confiseries favorites depuis le déclenchement des troubles dans la capitale, et qu'il serait heureux de les retrouver.

Ce goût du comte pour ses douceurs avait amené Sophie à avoir des relations étroites avec la comtesse. Négligeant de passer ses ordres par l'intermédiaire de l'intendante, la comtesse priait Sophie de lui présenter elle-même de nouvelles idées susceptibles de satisfaire la gourmandise du comte. Une nouvelle ère de calme et de sécurité s'ouvrit devant Sophie. Et celle-ci crut quelques mois durant qu'elle allait pouvoir rebâtir sa vie. Elle comprenait à présent combien cette espérance avait été folle. Après de longues minutes, ses paupières se fermèrent et elle s'endormit enfin.

Au bout d'un peu plus de deux heures, Sophie fut réveillée par les premières lueurs de l'aube. Elle put constater qu'elle ne s'était point trompée. Ils faisaient bien route vers le nord. Elle se leva avec précaution, prenant garde de ne pas réveiller Antoine. Elle se lava le visage et les mains dans le ruisseau glacé, puis elle sortit son nécessaire de couture et entreprit de dissimuler les bijoux que lui avait remis la comtesse dans l'ourlet de sa jupe, à l'exception d'une bague qu'elle conserva dans sa bourse, ainsi que quelques pièces d'or. Elle cousut le collier de perles et le reste des pièces d'or dans la bordure de ses jupons, séparant les louis de manière à éviter les tintements malencontreux. A présent, il était temps de réveiller ses compagnons.

Fort heureusement, et contrairement aux craintes de Sophie, le marquis n'avait pas oublié le danger de leur situation. Il ne demanda pas à retourner au château de Juneau. Son réveil matinal au milieu des bois, semblable à tous ceux vécus au cours de ses campagnes, ne le troubla nullement, et il accepta sans regimber le petit déjeuner composé de pain et de fromage que lui tendit Sophie, qu'il prenait toujours pour son aide de camp. Antoine était remarquablement sage. Et

Sophie calma sa vague inquiétude en lui promettant qu'il pourrait monter Bijou aujourd'hui encore.

Lorsqu'ils furent prêts à lever le camp, la jeune fille s'installa en amazone sur le cheval, derrière le marquis. Elle brûlait d'envie de prendre les rênes, car elle avait appris à monter, mais elle se devait de faire confiance aux capacités de cavalier du vieil homme.

Peu de temps après, ils quittèrent la forêt pour chevaucher à travers la campagne. Au bout de quelques lieues, ils entendirent soudain derrière eux le galop de plusieurs cavaliers. Sophie se retourna avec effroi. Les révolutionnaires avaient-ils retrouvé leur piste ? Non, ce n'était qu'une troupe de soldats arborant la cocarde bleu-blanc-rouge de la nouvelle République.

Elle pria le Ciel pour qu'ils passent leur chemin sans leur prêter attention. Mais son fol espoir s'évanouit bien vite. Le sergent les dévisagea tous trois attentivement en les dépassant et se plaça devant Bijou, forçant ainsi le marquis à s'arrêter.

— C'est une belle monture que vous avez là, l'ami, dit le sergent en posant les mains sur le pommeau de sa selle. Comment est-elle arrivée entre vos mains ?

Le marquis, incapable de rassembler ses idées, lui jeta un regard décontenancé. Antoine, apeuré, se recroquevilla. Alors, Sophie répondit vivement :

— Ce qui tombe dans le fossé est pour le soldat !

Elle avait lancé le proverbe d'un ton effronté, à la manière délurée des filles de la campagne. Elle ajouta :

— Ce cheval, nous l'avons trouvé, il se promenait tout seul.

— Vraiment ? Et où donc ?

— Juste là, dans les bois.

Elle fit un signe de tête dans la direction d'où ils venaient.

— M'est avis que c'est un cheval d'aristo, et c'est justice s'il est à nous, maintenant. Il n'y a pas de mal à saisir sa chance !

Une explication comme une autre, en ces temps où un grand nombre de paysans faisaient commerce de biens dérobés dans les maisons des aristocrates.

Le sergent la jaugea du regard, se demandant quel crédit il fallait accorder à ses propos. Puis il déclara :

— Je n'ai vu personne dans les bois. Mais vous allez descendre tous les trois. Je ne sais ce que vous aviez derrière la tête, vous et ce vieux simple d'esprit, mais je puis vous dire que ce cheval est bien trop bon pour tirer une charrette ou une charrue, ou n'importe quoi d'autre. Je le réquisitionne pour l'armée.

Il ordonna à l'un de ses hommes :

— Caporal, saisissez-vous de ce pur-sang !

Sophie n'osa protester et se laissa glisser à bas de Bijou en priant le marquis de descendre. A son grand soulagement, il lui obéit. Elle souleva Antoine avant de détacher son bagage et la lanterne. Le sergent reprit :

— Qu'avez-vous là-dedans, ma belle ? (Sa voix était teintée d'ironie.) Sans doute d'autres choses que vous avez trouvées en train de se promener ?

Elle ouvrit son sac pour le soumettre à son inspection. Il n'y vit rien d'autre qu'un châle plié en quatre par-dessus quelques vêtements, ainsi qu'un livre sans intérêt. Avec un hochement de tête, il écarta son cheval et, à son commandement, la troupe de soldats s'ébranla derrière lui dans un claquement de sabots. Sophie les regarda s'éloigner, heureuse d'avoir réussi à cacher son angoisse. La perte de Bijou était un désastre, mais, au moins, on ne lui avait pas demandé d'exhiber des papiers ou de répondre à des questions embarrassantes.

C'est alors que ses deux compagnons réagirent avec violence. Antoine n'avait pas compris, dans un premier temps, qu'on allait emmener Bijou. Mais, en voyant le cheval de sa mère disparaître au loin, la réalité se fit jour dans son esprit et il éclata en sanglots bruyants. Dans sa rage, il se jeta à terre en trépignant. Le marquis, recouvrant ses esprits à la vue des larmes de son petit-fils, poussa un grand cri et agita le poing en direction des soldats :

— Voleurs !

Puis, se souvenant de l'exécution du roi sur l'échafaud, il hurla :

— Régicides !

Sophie le bâillonna d'une main. Le marquis tenta de la repousser, et, dans leur lutte, tous les deux manquèrent perdre l'équilibre. Quelques soldats chevauchant à l'arrière-garde se retournèrent. Mais ils n'avaient pas compris les mots criés par le vieil homme. Et ils poursuivirent leur route en plaignant très fort cette malheureuse jeune fille chargée de prendre soin d'un vieux paysan atteint de démence... Trépignant et vociférant, le marquis rouait Sophie de coups.

— Écoutez-moi, le supplia-t-elle en se protégeant du mieux qu'elle le pouvait. Nous fuyons les révolutionnaires. Ils ont investi le château hier après-midi et votre fille m'a demandé de prendre soin d'Antoine, et de l'emmener en Angleterre. C'est là que je veux vous conduire si vous me permettez de le faire !

Sophie eut l'impression que ses mots pénétraient l'esprit embrumé du marquis. Celui-ci se calma et posa une main sur l'épaule de la jeune fille.

Leur bref corps à corps lui avait fait perdre haleine et il s'efforçait de recouvrer quelques forces.

— Je suis très honoré, mademoiselle, dit-il enfin avec raideur.

Puis sa voix se fit très grave :

— Qu'est devenue ma fille ?

Sophie baissa la tête :

— Je crains le pire.

Après un long moment de silence, il dit lentement :

— Que Dieu ait son âme.

— Amen, répondit-elle.

Lorsque Antoine eut retrouvé son calme, Sophie ramassa sa besace et ils se remirent en route. Après avoir avalé un frugal repas composé de quelques aliments achetés dans un village qu'ils venaient de traverser, ils s'installèrent pour la nuit dans une maison abandonnée. Sophie avait acheté chez un fripier des vêtements de drap ordinaire, ainsi qu'un long habit démodé, destiné à remplacer l'habit de brocart vert du marquis, qui cacha sa montre à gousset dans sa poche. Il pouvait désormais abandonner son tablier de jardinier, mais sembla contrarié de s'en séparer. Dans une autre boutique, Sophie avait découvert quelques chemises et vêtements de dessous de bonne qualité. Les mains rouges et grossières de la femme qui les vendait ne semblaient pas être faites pour exécuter des travaux d'aiguille aussi soignés. Sophie en déduisit que ces marchandises avaient été dérobées. Elle en acheta pourtant assez pour permettre au marquis et à Antoine de disposer d'un peu de linge de rechange. Enfin, elle fit l'emplette de quelques ustensiles de cuisine qui lui permettraient de confectionner des repas de fortune, mais qui alourdirent considérablement son sac de voyage.

Le jour suivant fut difficile. La fatigue commençait à

gagner Antoine. Il refusa de continuer à marcher, exigea qu'on le porte. Il se languissait de sa mère, de sa nourrice, de son poney et de ses jouets. Sophie était inquiète pour la santé du marquis qui, n'étant pas habitué à tant d'exercice, avait ralenti son allure au point qu'ils ne purent couvrir qu'une petite distance. La jeune fille avait calculé que la côte se trouvait encore à quarante lieues. Et malgré ses recherches dans moult fermes, elle n'avait trouvé aucun moyen de transport. On finit par lui proposer un vieux bidet noueux, attelé à une petite carriole dans laquelle le marquis et Antoine pourraient prendre place, tandis qu'elle tiendrait les rênes. Elle paya la somme demandée sans protester.

Dès qu'ils en avaient l'occasion, ils faisaient halte dans les auberges. Un soir, au cours d'un dîner pris dans l'une d'elles, Sophie entendit dire qu'une famille d'aristocrates, le mari, la femme et les trois enfants, avait été arrêtée à l'endroit même où ils se trouvaient. Puis la conversation tourna autour de l'extrême facilité avec laquelle on pouvait repérer les nobles fugitifs, en dépit du déguisement arboré par nombre d'entre eux. Et on ne manqua pas d'évoquer les enfants qui accompagnaient leurs parents sur l'échafaud...

— C'est une affaire de bon sens ! fit remarquer un laboureur au faciès de brute. Quand on est envahi par les rats, on les tue tous, on ne laisse pas échapper leur nichée !

Ces paroles cruelles glacèrent le sang de Sophie, qui couva Antoine d'un regard protecteur. Le petit garçon était en train de boire tranquillement son bouillon. A l'avenir, il leur faudrait éviter les auberges. Ils dormiraient côte à côte dans la carriole, et se tiendraient éloignés des endroits où ils pourraient être remarqués.

A dater de ce jour, Sophie se garda soigneusement d'emprunter les grandes routes. Le voyage s'en trouva considérablement allongé. Mais la sécurité passait avant tout. Même si nombre de chemins étaient presque impraticables ! D'innombrables trous, de profondes ornières entravaient leur marche, et les jetaient bien souvent à bas de leur véhicule. Il leur fallait sans cesse monter et descendre de la carriole, ce qui faisait enrager Antoine. L'enfant perdait souvent l'équilibre, tombait lourdement sur le plancher de la charrette, ou il se cognait douloureusement la tête. Le bidet avançait avec constance, mais son pas était lent et il lui fallait se reposer souvent.

Ils firent demi-tour à de nombreuses reprises. Parfois, Sophie s'engageait dans un cul-de-sac et ils devaient revenir sur leurs pas, et parcourir plusieurs lieues en sens inverse. Souvent, elle n'avait plus la moindre idée de l'endroit où elle se trouvait et il lui fallait attendre la tombée de la nuit pour se repérer grâce aux étoiles. Mais, au moins, ils évitaient les mauvaises rencontres.

Un beau jour, sous un ciel nuageux, ils virent miroiter la mer. Pour la première fois depuis le début de leur périlleuse odyssée, Sophie éclata d'un rire joyeux. Elle descendit de la carriole, attrapa Antoine et courut avec lui jusqu'au bord d'une falaise recouverte d'herbe, au pied de laquelle les vagues venaient s'abattre. Le vent vif, qui parsemait la surface de l'eau d'une multitude de petites crêtes blanches, soulevait ses cheveux et plaquait ses jupes contre ses jambes. A moins d'une demi-lieue de distance à l'ouest, elle aperçut un petit hameau de pêcheurs. Prenant Antoine dans ses bras, elle le tint serré contre elle en lui montrant l'horizon qui se confondait avec la mer :

— Regardez ! Là-bas, c'est l'Angleterre ! C'est là que nous allons vivre, en attendant que la France redevienne paisible, et que vous puissiez rentrer chez vous, au château de Juneau.

Quel soulagement ! Le salut n'était plus éloigné que de quelques milles !

— A quoi ressemble l'Angleterre ? demanda Antoine, qui n'était pas encore tout à fait rassuré.

— Il y a des arbres et des oiseaux, des animaux, et des endroits où vous pourrez jouer, tout comme vous le faisiez chez vous.

Elle songea, sans le dire à haute voix, que ce pays était en guerre avec la France depuis moins de deux mois. La Grande-Bretagne, sur laquelle régnait George III, s'était alliée à l'Autriche en une coalition de nations résolues à défaire la République française sur tous les fronts. Sophie souhaitait ardemment que le sang de ses compatriotes cesse de couler. Mais elle savait également qu'il n'y aurait aucun avenir pour sa chère patrie aussi longtemps que ses monstrueux dirigeants ne seraient pas défaits et déposés.

— Y a-t-il des soldats comme Michel, en Angleterre ? demanda Antoine, serrant son petit jouet dans sa main.

— Bien sûr, vous en verrez beaucoup. Mais ils auront des tuniques rouges au lieu d'avoir des tuniques bleues. Nous irons les voir défiler.

— Je vais le dire à Grand-Père. Il va vouloir voir les soldats, lui aussi, quand nous serons en Angleterre.

Sophie reposa Antoine à ses pieds et ils coururent tous les deux rejoindre le marquis, qui regardait l'horizon.

La jeune fille songea que même s'ils parvenaient à survivre au périlleux voyage qui les attendait, personne ne savait ce qui les attendait de l'autre côté de la Manche. Elle espérait y trouver du travail, y construire une nouvelle vie. Et, peut-être, y rencontrer l'amour...

2

Par précaution, Sophie se rendit seule au hameau afin de trouver une embarcation pour l'Angleterre. Elle scruta longuement les ruelles pavées. Les quelques soldats qu'elle aperçut buvaient du vin dans une taverne. Un peu rassurée, elle se rendit sur le petit quai où des pêcheurs vendaient leurs poissons aux ménagères. Elle s'adressa au plus âgé d'entre eux, qui était occupé à raccommoder ses filets.

— Y a-t-il beaucoup de bateaux qui partent d'ici ? demanda-t-elle en préambule tout en s'efforçant de retenir les mèches de ses cheveux qui dansaient dans le vent.

Le pêcheur la dévisagea attentivement.

— Vous seriez intéressée par un voyage ? répondit-il finalement.

— Cela se pourrait.

— Alors, c'est à mon fils qu'il faut vous adresser.

Il fit un signe de tête en direction de deux hommes vigoureux qui entassaient des casiers à homards.

— C'est lui, là, Jacques, celui qui est en gris. Il est avec son frère. Dites-lui que c'est moi qui vous envoie.

Les deux garçons, de forte stature, avaient le visage tanné par les intempéries. Ni l'un ni l'autre ne semblèrent lui prêter la moindre attention lorsqu'elle traversa la rue pavée pour s'approcher d'eux. Mais elle était sûre qu'ils l'avaient vue converser avec leur père. Jacques lui parla le premier, sans lever les yeux :

— Ne vous arrêtez pas ici. Je vais venir vous rejoindre derrière l'église, au bout de la rue, dans cinq minutes.

Elle ne fut pas longue à trouver l'église. Celle-ci était fermée, comme elle s'y attendait. La République considérait les prêtres et autres religieux comme des ennemis. Elle les pourchassait et les persécutait... Jacques ne tarda pas à venir la retrouver parmi les pierres tombales au milieu desquelles elle s'était dissimulée.

— Combien serez-vous ? lui demanda-t-il.

— Trois. J'aurai un vieil homme et un enfant avec moi.

— Vous avez de la chance. Mon frère, Gaston, et moi, nous partons cette nuit, et nous allons à Shoreham-by-Sea. Nous sommes presque au complet. Vous êtes arrivée juste à temps. Mais ce ne sera pas bon marché.

Elle ne marchanda pas, et lui donna la moitié de la somme demandée. Elle payerait le reste au moment de l'embarquement.

Il lui indiqua la direction de la crique où mouillerait leur bateau, ainsi que l'heure du départ, en lui recommandant la plus rigoureuse exactitude. En cas de retard, ils ne l'attendraient point, car ils ne pouvaient se permettre de prendre le moindre risque. Des dizaines de soldats infestaient la région...

Sophie reprit le sentier en sens inverse. Malgré son vif soulagement d'avoir pu organiser leur passage, elle ne ressentait aucune joie à la perspective de quitter son pays natal. C'était sa répugnance à quitter la France qui l'avait conduite à chercher d'abord refuge à la campagne. Elle aurait pu se rendre facilement en Angleterre à cette époque. Mais, à l'instar de milliers d'autres, elle avait espéré qu'au bout de quelques semaines, voire quelques mois, la tempête révolutionnaire se calmerait, et que la monarchie serait rétablie, au moins sous une forme constitutionnelle.

En l'apercevant, Antoine accourut à sa rencontre. Elle avait acheté de quoi se restaurer au hameau. Ils se délectèrent d'un pâté en croûte encore chaud. Mais le marquis, dont la faiblesse grandissante préoccupait Sophie, ne montra que peu d'appétit. Elle prit la ferme résolution de trouver un endroit où il pourrait se reposer et recouvrer ses forces, dès leur arrivée sur le sol anglais.

A la nuit tombante, Sophie détacha le bidet qui broutait paisiblement, et le conduisit vers un pré qui descendait en pente douce jusqu'à un petit ruisseau. Le misérable animal lui avait été bien utile, et il avait atteint la limite de ses forces. Elle avait acheté quelques morceaux de sucre au hameau. Elle laissa Antoine les lui donner. Puis elle flatta l'échine de l'animal. Elle espérait qu'il mourrait dans la quiétude de ce pré. En quittant le cheval, Antoine pleura aussi fort qu'au moment où les soldats avaient pris Bijou.

La lanterne leur fut bien utile pour éclairer le chemin battu par les vents menant à la crique où un groupe d'émigrants s'était rassemblé. Gaston les aidait à descendre les escaliers taillés dans les rochers. Jacques, lui, les faisait monter à bord de son bateau de pêche. Sophie fut étonnée de constater, à la faible lueur de sa lanterne, que nombre d'entre eux étaient fardés et richement vêtus, à la mode de l'ancien régime. Trop orgueilleux, en dépit de leur situation de fugitifs, pour faire la moindre concession sur leur apparence. Ils n'avaient pas emmené de serviteur, et protestèrent vivement quand Jacques leur demanda de porter eux-mêmes leurs bagages. Leur attitude contrastait avec celle d'un petit groupe de réfugiés dotés d'un peu de bon sens, qui avaient revêtu des habits de drap grossier, et s'abstenaient de tout commentaire. Trop heureux de pouvoir s'enfuir ! Parmi ceux-ci, Sophie remarqua une jeune fille d'une vingtaine d'années, qui était si tremblante que Gaston dut l'aider à descendre les premières marches de pierre de l'escalier.

Quand son tour arriva, Sophie remit à Gaston un supplément d'argent, et lui demanda de porter le marquis jusqu'à l'embarcation. Gaston souleva le vieillard sans le moindre effort. Elle le suivit avec Antoine, et ils montèrent dans le bateau plein à craquer. Antoine, qui était le seul enfant à bord, s'installa sur ses genoux et se blottit dans la chaleur de son manteau. Il dormait déjà lorsqu'on hissa la voile, qui se gonfla à grand bruit, puis se mit à claquer fièrement au vent. Le marquis, qui s'était assoupi, bredouillait de temps à autre des paroles incompréhensibles. La jeune fille que Sophie avait remarquée quelques minutes plus tôt avait rabattu sa capuche sur son visage, comme pour décourager toute tentative de conversation.

L'embarcation s'éloigna lentement du rivage. Quelques femmes se mirent à pleurer, les hommes secouèrent la tête en soupirant. Ils laissaient derrière eux leur pays, mais également une existence privilégiée qui appartenait désormais au passé. Les lumières scintillantes du hameau disparurent peu à peu, et un fort roulis malmena bientôt le bateau. Le mal de mer ne tarda pas à s'emparer d'un grand nombre de passagers, et des embruns glacés vinrent asperger tous les visages.

Sophie ne fut pas longue à se rendre compte que sa voisine, cette jeune fille si émotive qui tout à l'heure avait peine à descendre les escaliers, frissonnait à présent de terreur. Elle se décida à entamer la conversation :

— Vous n'avez aucune raison d'avoir peur ! Nous sommes en sécurité, nous avons quitté la France. Et pour ce qui est de la mer, ces pêcheurs sont habitués à mener leur bateau par un temps bien plus mauvais que celui-ci.

La jeune fille tourna vers Sophie un visage baigné de larmes.

— Vous êtes si gentille de vous intéresser à moi ! J'ai toujours haï l'idée de prendre la mer. Et c'est encore bien pire que je ne le craignais !

— Êtes-vous souffrante ?

— Non, seulement terrifiée par la monstrueuse profondeur de l'eau sur laquelle nous naviguons ! Je sais que je suis lâche, mais je n'y puis rien.

— Ne vous inquiétez pas. Certains ressentent la même frayeur à la vue d'une araignée. Et l'une de mes amies est terrorisée par les grenouilles.

Sophie continua de parler pour retenir l'attention de la jeune fille. Elle se présenta, expliqua qu'elle voyageait en compagnie d'Antoine et du marquis.

— Je suis Henriette de Bouvier, dit à son tour la jeune fille. Tout comme vous, je ne laisse aucun proche en France. Je suis orpheline depuis mon enfance. Des parents éloignés m'avaient recueillie. Ils ont été arrêtés et condamnés à mort. (Elle poussa un profond soupir.) Je n'ai jamais été véritablement proche d'eux. Mais j'ai tout de même beaucoup de chagrin en pensant à leur terrible sort.

— Quelle tragédie ! Comment avez-vous pu en réchapper ?

— Grâce à une servante qui m'a sauvé la vie en me cachant dans un coffre en bois, puis en m'emmenant chez elle, au village. Son mari et elle-même sont républicains, mais ils réprouvent le bain de sang. Ce sont eux qui m'ont amenée jusqu'à la côte en me cachant dans leur chariot, sous un tas de bois. Je leur dois une reconnaissance éternelle. Ils ont refusé d'accepter un sou de ma part en protestant que j'aurais besoin de tout mon argent pour passer en Angleterre. Ils étaient dans le vrai. Ma bourse est presque vide.

— Quels sont vos projets ?

— On m'attend à Brighton. Les pêcheurs m'ont dit que cette ville n'est pas très éloignée de l'endroit où nous allons accoster. Brighton est placée sous la protection du prince de Galles. Mon oncle et ma tante s'y rendaient très fréquemment avant la Révolution. C'est là qu'ils se sont établis après avoir fui la France.

— Je suis sûre qu'ils se réjouiront de vous accueillir.

— Je l'espère. (Henriette semblait en douter.) Ils n'ont jamais témoigné d'intérêt à qui que ce soit, en dehors de leur propre personne. La seule inquiétude exprimée par mon oncle de Brighton, dans une lettre envoyée clandestinement en France, concernait certains objets de famille appartenant à son héritage. Il exigeait qu'on les lui apporte en Angleterre ! (Elle eut une grimace comique.) Ni lui ni sa femme ne seront heureux de me voir arriver les mains vides... Et vous-même, qu'allez-vous faire en arrivant ?

— Je vais chercher un endroit où je pourrai m'établir avec mes compagnons. Ensuite, j'essaierai de trouver du travail.

— Du travail ! s'exclama Henriette, incrédule. Que ferez-vous donc ?

Sophie eut un petit rire amusé :

— Exactement la même chose que ce que j'ai toujours fait depuis que je suis en âge de confectionner des pétales confits et de râper des blocs de chocolat.

Elle expliqua à sa voisine comment elle avait appris son métier et lui raconta les événements qui l'avaient amenée jusqu'à ce bateau de pêcheurs.

— Parlez-moi de Paris et de votre vie là-bas, lui demanda avidement Henriette. Je n'y suis jamais allée et je serai sûrement vieille et ridée avant de pouvoir jamais m'y rendre.

— Peut-être n'aurez-vous pas à attendre jusque-là ! répondit Sophie d'une voix pleine d'espoir.

Puis elle décrivit ses compétences dans l'art de la confiserie, ajouta que son père lui avait également enseigné les langues étrangères. Comptant parmi ses clients de nombreuses ambassades, il jugeait en effet de son devoir de s'adresser dans leur propre langue à tous ceux qui lui faisaient l'honneur d'apprécier ses fabrications.

— Donc, vous parlez l'anglais ? s'enquit Henriette.

— Quelque peu, oui !

Henriette poussa un gémissement.

— Je suis bien incapable de dire un seul mot dans une autre langue que la mienne.

— En Angleterre, les gens instruits parlent tous le français. Et de toute façon, vous apprendrez vite l'anglais !

— Êtes-vous déjà allée au château de Versailles ?

— Oui. Dès ma prime jeunesse, mon père m'a emmenée avec lui pour effectuer ses livraisons importantes. Il avait coutume de dire que les clients aimaient à recevoir leurs boîtes de confiseries avec une certaine cérémonie, et il souhaitait me voir perpétuer ses traditions.

— Avez-vous eu l'occasion de voir la reine ?

— A maintes reprises. A l'exception de ma mère, je n'ai jamais vu de dame aussi gracieuse que Marie-Antoinette. Mais nous ne fournissions pas seulement les riches. Mon père fabriquait aussi des confiseries accessibles aux bourses moins garnies. Et, jusqu'au moment où les gens affamés ont fait leur apparition par milliers dans les rues, il n'a jamais laissé repartir les mains vides un pauvre hère réclamant à manger.

Sophie revoyait en pensée la boutique, et c'était comme si des arômes de caramel et de vanille, mêlés aux fragrances des épices, étaient venus chatouiller ses narines. Elle se souvint de son père, en perruque et en vêtements immaculés, entrant dans l'atelier pour faire son inspection et s'assurer que les confiseries confectionnées par elle-même et ses compagnons de travail présentaient bien toutes les qualités dont il était si fier. Le fait qu'elle fût sa fille ne lui conférait d'autre privilège que celui de l'accompagner lorsqu'il effectuait ses livraisons importantes.

Henriette se pencha sur le petit garçon endormi dans les bras de Sophie :

— Pensez-vous qu'une fois devenu grand Antoine aurait séjourné à la Cour ?

— J'en suis sûre. Son père était l'un des conseillers du roi. C'était un homme très puissant. Il aurait sans aucun doute souhaité que son fils, et seul héritier, suive le même chemin que lui.

Bien que leur conversation n'eût aucune chance d'être suivie dans le bruit du vent et des vagues, Henriette baissa la voix, et chuchota à l'oreille de Sophie :

— Alors, je pense que vous devriez être très prudente en Angleterre. Si j'en crois ce que vous venez de me dire, Antoine a d'ores et déjà hérité du titre de son père. Cet enfant a certainement des ennemis, ceux-là mêmes qui ont attaqué son château. Ils ne renonceront pas avant d'avoir éliminé le dernier de la lignée des Juneau.

Sophie serra l'enfant un peu plus fort encore.

— Mais il sera en sécurité en Angleterre !

— Je prie le Ciel que vous disiez vrai, mais mon oncle a mentionné, dans sa lettre, le cas de deux émigrés connus de ma famille qui ont été assassinés là-bas. Ils étaient tous deux les derniers représentants d'un haut lignage.

— Je vous remercie de votre mise en garde.

Sophie se remémora les paroles sinistres de la brute de l'auberge, qui n'avait trouvé aucune raison d'épargner la vie des enfants de sang noble. Mais elle n'eut pas le temps de prononcer un mot de plus. Un mouvement s'était formé parmi les passagers. Certains se mirent à crier. Des cris qui gagnèrent en intensité au fur et à mesure que le message de Jacques se répandait :

— La mer devient mauvaise ! La tempête se lève ! Il faut faire demi-tour !

A la perspective de devoir retourner affronter un danger auquel elles ne pourraient échapper une seconde fois, certaines femmes furent saisies de véritables crises nerveuses. Les hommes, eux, s'insurgèrent, supplièrent en vain les deux frères, puis les menacèrent de s'emparer du bateau. Les pêcheurs les accablèrent de sarcasmes. Ainsi, ils s'imaginaient pouvoir manœuvrer l'esquif en pleine tempête ! Une femme, en larmes, se jeta à genoux devant Jacques et le supplia une fois encore de changer d'avis. Sa réponse fut si rapide que Sophie fut persuadée qu'il n'avait attendu que ce moment.

— Si vous ouvrez vos bourses et vos coffrets à bijoux, cria-t-il, une main en porte-voix, mon frère et moi nous affronterons la tempête au risque de nos vies ! Et nous vous en sortirons !

Les fugitifs s'exécutèrent avec un empressement pitoyable. C'était à qui se laisserait déposséder le plus vite. Jacques fit le tour des passagers. Toutes les bourses se vidèrent à l'intérieur de ses paumes avides et les bijoux changèrent de mains en miroitant à la lueur de la lanterne. Une veuve qui avait dû graisser la patte à ses geôliers pour réussir à s'extraire de la prison où elle attendait d'être exécutée ne possédait plus pour toute richesse que son alliance. Le pêcheur l'arracha de son doigt en exigeant que ses voisins, qui ne la connaissaient en aucune façon, complètent le manque à gagner, sous peine de refaire connaissance avec les côtes françaises. Loin de provoquer un tollé furieux, sa demande fut acceptée. Henriette fut prise de panique. Elle agrippa la chaîne et le médaillon qu'elle portait autour du cou.

— Ce sont les seuls bijoux que je possède ! Ce médaillon contient les miniatures de mes parents. Je ne peux pas le donner ! Et ma bourse ne contient plus que quelques livres. Que dois-je faire ?

Sophie comprit que le moment était venu d'utiliser les bijoux de la comtesse.

— Glissez le médaillon sous vos vêtements et laissez-moi faire.

Jacques était arrivé à la hauteur d'Henriette. Sophie exhiba la bague de diamants qu'elle avait conservée dans sa bourse depuis le début.

— Ceci est suffisant pour couvrir nos quatre suppléments.

Il examina la bague à la lueur de la lanterne, titubant sur ses jambes au gré du tangage de l'embarcation. Puis il regarda Sophie :

— Très bien, mais je veux aussi la montre du vieux. Oh, il a beau la cacher, je suis sûr qu'il a une bonne montre.

— La bague suffit amplement ! rétorqua Sophie, furieuse. Sans compter tout ce que vous avez extorqué aux autres, le simple produit de sa vente vous mettra à l'abri pour le restant de vos jours.

— Sûr, si je pouvais la vendre pour sa vraie valeur, mais l'argent se fait rare de nos jours et il va me falloir me contenter de ce qu'on voudra bien donner. Mais les montres sont très demandées. Dites à ce vieil imbécile de me la passer.

Son ton agressif décourageait toute discussion.

Sophie lui lança un regard plein de colère, mais elle s'exécuta. Son cœur se remplit de tristesse en voyant le marquis sortir d'un air soumis la magnifique montre à gousset de sa poche et la tendre au pêcheur, qui s'en empara avidement.

Lorsque Jacques se fut éloigné, Henriette déclara à Sophie d'un ton ému :

— Je ne pourrai jamais assez vous remercier !

— Nous sommes sur le même bateau ! répondit Sophie.

— Quoi qu'il en soit, je considère que votre geste vient de sceller notre amitié. Est-ce impertinent de ma part ?

Sophie secoua la tête avec un sourire :

— En ces temps difficiles, l'amitié est un bien précieux. Vous devriez essayer de dormir, maintenant, si vous le pouvez.

La tempête annoncée par Jacques n'éclata pas. Au contraire, le vent laissa place à une petite brise fraîche, et les nuages se dissipèrent peu à peu. Sophie était persuadée que la menace de rebrousser chemin faisait partie des mauvais tours joués à tous les aristocrates en route vers l'exil. Elle finit par somnoler un peu, le manque de confort rendant tout véritable repos impossible. Lorsque l'aube se leva, elle distingua les côtes de l'Angleterre, qui semblaient à portée de main. Elle vit de vertes collines, des arbustes croulant sous les fleurs, une côte formée de blanches falaises de faible hauteur et de longues plages lisses. Çà et là, elle discernait des fermes à toit de chaume et des maisons entourées de jardins fleuris. Elle aperçut un grand manoir caché derrière un bosquet. Dans le soleil du petit matin, ce paysage était empreint de paix et de beauté.

A présent, tout le monde à bord était réveillé. Sous l'effet du soulagement de voir se profiler le terme de cette périlleuse traversée, les langues se déliaient. Sophie avait pour sa part pris la décision de présenter Antoine comme son neveu. Elle lui donnerait pour nom de famille celui de Dubois — le nom de jeune fille de sa propre mère. La mise en garde d'Henriette était arrivée juste à temps. Comme l'enfant bâillait et se frottait les yeux, Sophie l'étreignit.

— Nous allons débarquer dans peu de temps, Antoine !

Les pêcheurs amarrèrent leur embarcation le long du vieux quai de la ville portuaire de Shoreham-by-Sea. En dépit du changement d'état d'esprit général, le groupe qui débarqua avait triste mine. Épuisés par le froid et la faim, dépenaillés, certains ne portant plus que de vagues traces de fard sur le visage, ils montèrent les uns après les autres les marches recouvertes de varech. Une petite foule s'était rassemblée pour les dévisager avec curiosité. Mais il se dégageait d'elle une sorte d'hostilité...

— Personne ne semble être heureux de nous voir, fit remarquer Henriette avec une grimace, tandis que Gaston lui tendait la main pour l'aider à monter.

Sophie fut la dernière à quitter le bord avec ses deux protégés, car le marquis, épuisé, devait être porté.

En montant les marches, la main d'Antoine dans la sienne, Sophie aperçut parmi les badauds quelques individus soucieux de venir en aide aux nouveaux arrivants. Un châtelain des environs avait dépêché trois voitures pour amener en sa demeure les aristocrates qui avaient besoin d'assistance. Ces véhicules, déjà remplis, étaient sur le point de repartir. Un autre gentilhomme avait espéré trouver certaine famille française de sa connaissance parmi les arrivants, mais sa déception quand il constata son absence ne l'empêcha point de prendre plusieurs émigrés sous sa protection, et de les conduire dans une taverne du port d'où il se proposait d'organiser leur transport jusqu'à Londres. Deux vieilles filles à l'air pincé et aux vêtements sévères, qui semblaient être deux sœurs, avaient apporté une fontaine à thé qu'elles avaient installée sur une charrette à bras et servaient tous les nouveaux venus. Henriette avait déjà bu son thé et attendait qu'on vînt la chercher en compagnie de quelques autres émigrés, dont l'un tentait de faire comprendre au cocher d'un attelage de louage l'endroit où il désirait être conduit. Sophie s'apprêtait à lui venir en aide, lorsqu'elle vit que Gaston s'était débarrassé du marquis en le posant sur un banc et l'avait abandonné là. Elle arriva à temps pour empêcher le vieil homme de glisser sur le côté et s'assit à côté de lui pour lui servir de soutien, bien trop préoccupée par son état d'épuisement pour noter la présence d'un clergyman de taille imposante qui arrivait vers eux, sa cape noire flottant au vent.

— Mademoiselle ! Je me réjouis de vous voir saine et sauve dans notre beau pays. Je ne parle pas le français, mais j'espère que vous comprenez mes paroles.

Sophie leva vivement la tête.

— Je vous comprends très bien, répondit-elle en anglais.

L'air soulagé, il tapa dans ses mains vigoureuses :

— C'est magnifique ! Mais je vois que ce gentilhomme est souffrant. Dans quelle langue dois-je m'adresser à lui ?

Ce n'était pas le moment de faire de cérémonieuses présentations.

— C'est le marquis de Fontaine, dit simplement Sophie. Je suis très inquiète pour lui.

— A juste titre, mademoiselle Fontaine, répondit le clergyman, qui croyait être en présence de la fille du marquis. Je suis le révérend John Barnes, j'administre une paroisse de campagne des environs.

Se détournant, il appela sa femme :

— Mrs Barnes ! Venez ici, il y a une bonne action à accomplir. L'un de nos frères français a besoin de notre aide.

Mrs Barnes, une grande femme maigre, accourut à toutes jambes.

— Oh, le pauvre monsieur ! Notre paroisse est à votre disposition, mademoiselle. Est-ce là votre petit garçon ?

Elle tendit la main pour la passer dans les cheveux d'Antoine, mais ce dernier se détourna et se cramponna aux jupes de Sophie avec méfiance, désemparé devant l'étrange langage que parlaient ces inconnus.

Sophie, avant de lui répondre, tenta de faire absorber au marquis un peu du thé qu'on venait de leur apporter.

— Cet enfant est mon neveu et je suis...

Elle s'interrompit avec un cri. Le marquis venait de renverser sa tasse. Sophie épongea son habit avec son mouchoir, tout en déclinant l'offre de Mrs Barnes.

— Je vous sais gré de votre amabilité, mais je pense qu'il vaut mieux que je prenne une chambre à la taverne qui se trouve de l'autre côté de la route. Le marquis doit, le plus vite possible, prendre du repos et voir un médecin.

— Il trouvera tout cela chez nous. Notre paroisse se trouve à moins de deux lieues d'ici, insista le révérend Barnes d'un ton affable. Notre attelage vous attend.

— Suivez le conseil du révérend, la pressa Mrs Barnes, en hochant la tête à petits coups secs, telle une poule qui picore. Cette taverne est un repaire d'ivrognes tapageurs dénués de toute morale.

Sophie se demanda pourquoi elle hésiterait plus longtemps. Ce couple était si bienveillant à son égard ! La paix et la quiétude d'une paroisse de campagne seraient bien plus bénéfiques au marquis que cette taverne. Pourtant, ce fut presque à contrecœur qu'elle donna son accord :

— Très bien, j'accepte votre aimable invitation et vous en remercie.

— Bien ! (Le révérend se frotta les mains.) Appelez notre cocher, Mrs Barnes. Nous allons nous mettre à deux pour transporter le marquis jusqu'à la voiture.

Au moment où Mrs Barnes exécutait son ordre, Henriette accourut :

— Je loue une carriole avec d'autres personnes. Voulez-vous vous joindre à nous ?

Sophie secoua négativement la tête et lui fit part de la proposition qu'elle avait reçue.

— Mais dès que le marquis sera rétabli, nous irons vous rejoindre à Brighton, ajouta-t-elle.

— Souvenez-vous de l'adresse que je vous ai donnée ! Au cas où vous l'égareriez, vous pourrez la retrouver dans le livre d'or de la ville. Mon oncle m'a indiqué que tous les gens de qualité inscrivaient leurs noms et lieu de résidence dès leur arrivée à Brighton.

Sophie sourit. Henriette continuait à se comporter en aristocrate, sans douter un seul instant de son importance dans le monde.

— Je m'en souviendrai.

Elles s'embrassèrent sur la joue, puis Henriette serra Antoine contre elle, avant de rejoindre en courant sa voiture de louage. Elle leur fit signe par la vitre lorsque l'attelage les dépassa, roulant en direction de l'est par la route du bord de mer.

Le révérend avait fait preuve de la plus grande sollicitude vis-à-vis du marquis. Il avait confortablement installé le vieillard dans la voiture. Mais celle-ci était vétuste, et sa propreté laissait fortement à désirer. Sophie se demanda si la maison du révérend serait dans le même état de laisser-aller. Mais peut-être la voiture n'était-elle pas entretenue par Mrs Barnes ? Le révérend avait insisté pour servir de soutien au marquis, et avait pris place près de lui. Sophie lui faisait face à côté de Mrs Barnes. Antoine était installé sur ses genoux, une fois de plus.

— Ainsi, vous comptez vous rendre à Brighton, dit le révérend, lorsque la voiture se fut éloignée du quai. C'est une ville très célèbre, qui accueille une certaine catégorie de l'aristocratie anglaise. Vous allez y rencontrer de nombreux compatriotes.

— J'ai entendu dire qu'elle était placée sous la protection de la maison royale, fit remarquer Sophie.

— Effectivement. Le prince de Galles lui a fait l'honneur de la visiter il y a quelques années pour profiter des bienfaits de l'eau de mer. Il s'est pris d'affection pour cet endroit. Depuis, il a transformé sa première demeure, qui n'était qu'une ferme, en une magnifique résidence connue sous le nom du Pavillon de la Mer.

Mrs Barnes grommela :

— C'est un dépensier et un coureur de jupons !

Le révérend poussa un soupir vertueux et leva les yeux au ciel.

— Ne jugez pas, ma chère !

Puis la conversation cessa, ce qui arrangeait Sophie. La voiture roulait sur un chemin cahoteux semé d'ornières, semblable à ceux que Sophie avait empruntés en France. Les cinq voyageurs étaient secoués en tous sens. Sophie comprenait à présent pourquoi le révérend avait exigé d'être assis à côté du marquis ! Elle-même n'aurait pas réussi, dans ces conditions, à soutenir le vieillard. Pendant qu'ils roulaient dans le plus grand silence, elle regarda par la vitre. Le paysage était formé de bois et de prairies, et elle ne vit nulle trace d'habitation. Une fois de plus, les roues s'enfoncèrent dans une ornière et elle dut saisir la poignée pour ne pas perdre l'équilibre.

— Est-ce encore loin ? demanda-t-elle. Nous avons certainement parcouru plus de deux lieues depuis que nous avons quitté Shoreham.

— Ce ne sera plus très long, répondit le révérend, très aimable.

Cependant, il échangea avec sa femme ce qui sembla être à Sophie un regard de connivence. Le malaise de la jeune fille s'accentua. Depuis le début, l'amabilité excessive du couple à son égard lui avait paru suspecte, mais elle s'était accusée de manquer d'indulgence. L'unique préoccupation du révérend et de son épouse semblait bien être le confort du marquis... Mais à présent, certains détails la mettaient franchement mal à l'aise. Le linge du révérend était douteux, ses ongles noirs. Sa femme ne paraissait plus aussi aimable qu'elle l'avait semblé sur le quai. Elle était assise très droite sur son siège. Tendue à l'extrême. Un doute affreux s'empara de Sophie. Ce couple était-il bien ce qu'il prétendait être ? Les minutes passant, elle se persuada que non, et décida qu'elle tirerait sur le signal d'arrêt à la première maison en vue. Puis elle fausserait compagnie à ces personnages suspects... Après un temps qui lui sembla infini, elle aperçut une ferme et une grange au loin, par-delà les champs. Si seulement les bâtisses avaient été plus près !

— Ce chemin est vraiment long, et désertique ! fit-elle remarquer.

— C'est justement pour ça que nous l'avons emprunté ! siffla Mrs Barnes.

Au même moment, son mari bondit et donna le signal d'arrêt, tandis que le vieux marquis tombait lourdement sur le plancher de la voiture.

— Que faites-vous donc ? cria Sophie, dont les pires craintes étaient en train de se réaliser.

Assurément, ce n'était point un ecclésiastique qui la fixait avec cette expression horrible sur le visage, en plaçant son corps massif entre elle et le marquis.

— Je vous fais payer le prix de la jolie petite promenade que nous vous avons offerte ! Passez donc votre bourse et vos valeurs à ma femme ! Quant à moi, je vais me charger de vérifier ce que contiennent les poches de votre cher père.

— Ne vous avisez pas de le toucher ! s'insurgea-t-elle, tout en essayant de se dégager un peu des bras d'Antoine qui s'était cramponné à son cou, secoué de sanglots déchirants. De toute façon, tous les émigrés ont déjà été détroussés pendant la traversée ! Vous le savez sans doute !

— Je parie pourtant qu'il vous reste quantité d'or et de bijoux cachés dans votre corset et sous vos jupes ! Femme, au travail !

Le cocher avait ouvert la porte. Barnes arracha l'enfant en larmes des bras de Sophie et le balança brutalement au-dehors. Un instant plus tard, le domestique l'avait emporté hors de la vue de la jeune fille.

— Ne lui faites pas de mal ! hurla-t-elle tout en tentant d'échapper à Mrs Barnes.

Mais Barnes vint au secours de sa femme. Il attrapa Sophie par le corsage, et la repoussa brutalement sur le siège, où il la maintint pendant que les mains avides de sa femme palpaient les vêtements de Sophie. Celle-ci continuait de se débattre, appelant au secours, mais en pure perte. Mrs Barnes avait sorti un couteau, et fendait l'ourlet de son jupon. Elle ne tarda pas à découvrir le collier de perles et les pièces d'or que Sophie y avait dissimulés.

— Laissez-nous partir ! implora la jeune fille. Je vous donnerai tout ce que je possède !

— Fermez-la ! aboya Barnes.

Puis, s'adressant à sa femme :

— Défaites sa ceinture. Sûr qu'elle a caché quelque chose à l'intérieur.

Toujours à l'aide de son couteau, la femme déchira la ceinture de Sophie en faisant tomber les bagues et les bracelets de la comtesse dans un jaillissement de rubis, d'émeraudes, de saphirs et de diamants. La jubilation des deux malfaiteurs n'eut d'égale que celle de leur complice déguisé en cocher, qui les rejoignit à cet instant pour les féliciter. Par la portière béante, Sophie entendait Antoine sangloter éperdument.

— Maintenant, il ne nous reste plus rien. Alors, laisseznous partir ! exigea-t-elle d'un ton véhément. Les poches du marquis sont vides !

— C'est ce que vous dites !

D'une bourrade, Barnes la remit sur ses pieds, puis il la fit pivoter et la poussa au-dehors. Elle aperçut Antoine, gisant au milieu des buissons.

L'enfant avait une joue rougie par la gifle magistrale que lui avait administrée le cocher, et était agité de sanglots convulsifs. Puis quelque chose s'abattit sur son crâne, et elle sombra dans l'inconscience.

3

Lorsque Sophie ouvrit les yeux, il faisait nuit, mais le ciel était rempli d'étoiles et la lune s'était levée. Une douleur lancinante lui martelait la tête. Pendant quelques instants, elle fut incapable de se souvenir de quoi que ce soit. Elle referma les yeux. Puis elle entendit un cheval frapper inlassablement le sol de ses sabots.

— Bijou, murmura-t-elle, se croyant dans la forêt.

La doublure de soie d'une veste bruissa et elle sentit quelqu'un s'agenouiller au-dessus d'elle.

— Dieu merci, vous êtes vivante !

Elle n'aurait pas été plus surprise en entendant un chêne s'adresser à elle qu'en percevant le son de cette voix d'homme chargée d'une profonde sollicitude. Elle rouvrit les yeux. Un inconnu était penché au-dessus d'elle, une lanterne à la main. La lumière éclairait un beau visage aux traits extrêmement virils. Le front était large, les pommettes hautes, la mâchoire volontaire. Le nez droit et puissant accentuait encore l'énergie dégagée par les traits. Quant aux yeux tirant sur le vert, ils étaient surmontés d'épais sourcils rectilignes, de la même couleur que les cheveux fournis et bouclés qui émergeaient d'un haut tricorne. La grande bouche sensuelle aux coins relevés trahissait un caractère enjoué, en dépit de l'expression sérieuse que ses lèvres arboraient en ce moment. Sophie nota tout cela dans un éclair de lucidité. Puis elle sentit qu'elle perdait à nouveau connaissance. Elle crut entendre l'homme lui demander son nom, mais la voix lui manqua et elle ne put lui répondre.

Lorsque la jeune fille reprit ses esprits, elle était étendue sur le bord du chemin, la tête posée sur un oreiller de fortune, et emmaillotée dans sa cape comme dans un cocon. Plus un bruit, le cheval avait cessé de frapper le sol. Pendant quelques atroces instants, elle pensa avoir été abandonnée là pour mourir. Elle ouvrit la bouche pour crier, mais au même moment, elle entendit un bruit de sabots qui se rapprochaient. A cet instant, elle se souvint de l'agression brutale dont elle-même et ses protégés avaient été l'objet. Et la conscience lui revint avec une précision cauchemardesque.

— Antoine !

Elle tenta désespérément de se relever, mais fut incapable de libérer ses bras des plis de sa cape. L'homme dont elle avait vaguement distingué les traits tout à l'heure arriva près d'elle, et la repoussa doucement.

— Si c'est le petit garçon que vous cherchez, ne vous inquiétez pas. Il va bien. Je l'ai emmené dans une ferme. Quand je vous ai aperçus tous deux, il était couché sur vous, la tête posée sur vos bras. A en juger par les traces de larmes sur ses joues, je pense qu'il a tant pleuré qu'il s'est endormi. Il ne s'est même pas réveillé lorsque la fermière l'a mis au lit.

— Et le marquis de Fontaine ? demanda-t-elle en français, incapable de se concentrer suffisamment pour s'exprimer dans une langue étrangère.

Il répondit, en français lui aussi, et sans le moindre accent :

— Vous devez vous préparer à une très mauvaise nouvelle. Soyez forte, mademoiselle. Le vieux monsieur est mort...

Elle referma les yeux et laissa libre cours à ses larmes. L'idée d'avoir emmené le marquis aussi loin uniquement pour le perdre la submergeait de chagrin.

— Il a surmonté tellement d'épreuves en France, souffla-t-elle d'une voix saccadée, obligeant l'inconnu à se rapprocher d'elle pour comprendre ses paroles. C'est injuste qu'il ait perdu la vie ici !

— Que s'est-il passé ? Pouvez-vous me le dire ? Ne bougez pas ! J'attends le fermier et son fils qui doivent venir m'aider à vous transporter à l'abri. Il faut vous éviter tout mouvement brusque...

— Vous êtes très aimable, murmura-t-elle faiblement.

— C'est une chance que je sois passé par ici. J'avais décidé d'emprunter un raccourci pour me rendre à Shoreham, c'est ce qui vous a sauvée. On ne vous aurait pas découverte avant des heures, car, d'ordinaire, l'endroit est désert. Le marquis était-il votre père ?

— Nous n'avions aucun lien de parenté. Je l'ai aidé à fuir, c'est tout.

— Et le petit garçon ?

Elle se souvint immédiatement de la version qu'elle avait prévu de donner :

— Antoine est mon neveu. Êtes-vous français, vous aussi, monsieur ?

— Non, mais ma grand-mère était française. Elle a épousé un Anglais. Après la mort de nos parents elle nous a élevés, mon frère et moi. Je m'appelle Tom Foxhill, je demeure à Londres, mais mes affaires m'amènent sur la côte de temps à autre. Vous sentez-vous assez forte pour me dire votre nom, à présent ?

Il eut juste le temps d'entendre sa réponse, avant d'interpeller le fermier et ses deux fils, deux solides gaillards, qui accouraient en faisant brinquebaler leurs lanternes.

— Par ici !

— Comment se porte la jeune dame, sir ?

Tom la quitta un instant pour aller leur parler. Il avait baissé le ton pour s'entretenir avec eux, mais, malgré tout, quelques bribes de conversation parvinrent jusqu'aux oreilles de Sophie, et elle comprit qu'il chargeait le fermier et ses fils de s'occuper du corps du marquis. Puis Tom revint auprès d'elle.

— Nous allons vous transporter, maintenant, mademoiselle Delcourt. Je vous assure que ce sera bien moins pénible que si je vous avais emmenée sur mon cheval.

Le fermier et ses fils avaient apporté une couverture. Tom la souleva pour l'y déposer. Elle fut à deux doigts de hurler sous l'effet de la douleur qui lui traversa la tête, mais elle se mordit profondément les lèvres pour se dominer. Puis le fermier saisit l'une des extrémités de la couverture, tandis que Tom prenait l'autre. Ils la transportèrent sur cette civière de fortune à travers champs, en se dirigeant vers une lueur qui brillait à quelque distance de là. Sophie comprit qu'il s'agissait de la ferme qu'elle avait aperçue quelques secondes avant d'être détroussée.

L'épouse du fermier, une femme rousse au visage criblé de taches de son, guettait leur arrivée. Elle tint la porte d'entrée grande ouverte pendant que l'on transportait Sophie à l'intérieur, à travers une vaste cuisine au centre de laquelle était placée une longue table. Une forte odeur de ragoût de mouton se mélangeait à celle, plus douce, des bûches de bois de pommier qui flambaient dans l'âtre. La femme, déjà fortement choquée par le cours dramatique qu'avait pris la soirée, leva les mains avec consternation en apercevant le sang collé dans les cheveux et sur le visage mortellement pâle de Sophie.

— Oh, la pauvre enfant ! Dans quel état est-elle !

Elle leva sa chandelle.

— Je vais vous montrer le chemin. Faites attention à la marche, Mr Foxhill. Et vous aussi, William, ajouta-t-elle à l'adresse de son mari. N'allez pas me faire tomber cette petite par terre !

— Nous venons de la porter à travers un champ fraîchement labouré ! rétorqua impatiemment le fermier. Et c'est dans la maison où je vis depuis ma plus tendre enfance que je la laisserais choir ? Point de danger que pareille chose m'arrive !

Elle l'ignora, et poursuivit, en faisant claquer ses sabots sur les dalles de pierre d'un corridor où la lumière vacillante se reflétait sur les murs de plâtre :

— J'ai fait le lit, j'y ai mis des draps propres, Mr Foxhill, et j'ai préparé de l'eau chaude et tout ce qu'il me faudra pour nettoyer la tête de cette jeunesse et lui faire un pansement, avant de la mettre sous les couvertures.

On conduisit Sophie dans une petite chambre à coucher, puis le fermier quitta la pièce. Incapable d'ouvrir les yeux tant elle souffrait, la jeune fille trouva pourtant la force de murmurer :

— Où est Antoine ?

— Il dort dans la pièce voisine, lui répondit Tom en français. La petite fille de Mr et Mrs Millard est avec lui.

L'inquiétude s'empara de Sophie.

— Il va être effrayé, s'il ne me voit pas en se réveillant !

— Ne vous faites aucun souci. Je suis sûr que Mrs Millard ne manquera point de surveiller le petit après s'être occupée de vous. Je vais lui demander de vous l'amener si d'aventure il s'éveillait avant le matin.

Mrs Millard battait nerveusement du pied.

— Ne parle-t-elle donc point l'anglais ? Oh, pardieu ! C'est une de ces Françaises qui traversent la Manche, pas vrai ?

Sophie murmura à l'adresse de Tom :

— Dites-lui que je parle sa langue, s'il vous plaît.

Tom transmit l'information, et la femme parut soulagée. Puis le jeune homme se pencha sur Sophie :

— Il vous faut rester au calme jusqu'à ce que la douleur de votre tête ait disparu.

Il étira ses lèvres expressives en un large sourire, découvrant des dents immaculées.

— Un jour, j'ai failli me casser la tête contre un mur en faisant une chute de cheval. J'ai donc une petite idée de ce que vous ressentez en ce moment !

Sophie tenta de lui répondre, mais les élancements de sa tête se firent si vifs qu'il lui sembla avoir perdu l'usage de la parole. Elle pensa fugitivement que cet homme lui inspirait autant de crainte que de confiance, ce qui était un curieux paradoxe. Il se dirigea vers la porte et s'arrêta sur le seuil :

— Bonne chance, mademoiselle Delcourt. Je souhaite qu'à l'avenir votre nouvelle vie en Angleterre soit exempte de toute mauvaise expérience.

Elle entendit le bruit de ses pas s'éloigner dans le corridor. Lorsque Mrs Millard eut apporté tout ce qui lui était nécessaire pour les soins, ainsi qu'une imposante chemise de nuit qu'elle se proposait de lui prêter, elle défit le manteau de la jeune fille. Et secoua la tête avec consternation devant le spectacle qui s'offrait à ses yeux : les vêtements de Sophie avaient été découpés et déchirés, des marques bleues marbraient son épaule et son bras, et sa poitrine était dénudée. Point étonnant que Mr Foxhill l'eût enveloppée comme un paquet !

— N'auriez-vous point été blessée ailleurs qu'à la tête ? demanda Mrs Millard avec tact.

Sophie réussit à répondre dans un murmure :

— Je n'ai pas été violée.

Puis la douleur reprit le dessus, et elle perdit conscience.

Sophie dut rester alitée de longs jours durant. Pendant ce temps, Mrs Millard lava et raccommoda ses vêtements déchirés, et les rangea soigneusement dans une armoire. La fermière prit également soin d'Antoine. Elle donna au petit garçon des vêtements et des brodequins ayant appartenu à ses propres fils. L'enfant passait ses journées dehors, heureux de jouer à proximité des animaux de la ferme. Il avait la permission d'aider Josie, la fille des Millard, âgée de dix ans, à accomplir de menues tâches domestiques. Sophie apprit que Tom Foxhill avait payé le prix de leur pension et avait laissé à son intention dix guinées d'or, destinées à l'aider à passer le cap des premières semaines après leur départ de la ferme. Il avait également pris soin d'inscrire son adresse à Londres sur une feuille de papier pour le cas où Sophie aurait encore besoin de faire appel à lui. Toujours fermement décidée à s'établir à Brighton, elle ne pensait pas le revoir un jour, mais elle accepta avec reconnaissance son argent. Elle lui rembourserait ce prêt dès que possible.

Les funérailles du marquis eurent lieu avant que Sophie n'eût recouvré ses forces. A son grand regret, elle ne put donc y assister. Selon le médecin, le vieil homme avait été tué par un coup de gourdin qui lui avait à demi fracassé le crâne. Le meurtre fut dûment signalé à la justice, mais il y avait peu d'espoir que l'on arrête les coupables, et que l'on retrouve les biens de Sophie. Le faux ecclésiastique et sa femme avaient disparu sans laisser de trace... Et puis, craignant les questions embarrassantes, Sophie n'avait pas parlé des joyaux qu'on lui avait dérobés. La sécurité d'Antoine primait sur tout le reste. Sophie avait indiqué au magistrat chargé de son affaire que l'enfant s'appelait Antoine Dubois. Et c'est sous ce nom que le petit garçon avait été inscrit, à Londres, sur la liste des émigrants français récemment arrivés en Angleterre.

La jeune fille aurait aimé qu'une fleur de lys blanche, emblème des rois de France, soit placée sur le cercueil du marquis, mais on ne trouvait pas de fleurs aussi exotiques dans cette région. Josie fut donc dépêchée au village, afin d'acheter une longueur de ruban blanc, couleur de la maison des Bourbons. Sophie en confectionna une cocarde qu'elle noua autour d'une gerbe de fleurs cueillies dans le jardin de la ferme. Le tout fut déposé sur le cercueil, en dernier hommage à un valeureux soldat français.

Lorsque les maux de tête de Sophie commencèrent à s'atténuer, Mrs Millard lui permit de quitter sa chambre, et de venir s'asseoir dans la cuisine auprès de la fenêtre ouverte, au moins aux heures où le reste de la famille était sorti.

— En ce moment, vous n'avez que faire de leur tintamarre ! avait-elle expliqué.

Petit à petit, Sophie fut admise au sein des Millard. Ils étaient tout aussi querelleurs, raisonneurs et attachés les uns aux autres que les paysans français, mais la similitude s'arrêtait là. En Angleterre, la nourriture était abondante. De larges quartiers de bœuf tournaient sur la broche. Leur graisse tombait goutte à goutte sur des marmites contenant des tranches de pudding du Sussex, confectionné avec du gras de rognon et de la farine. Des jambons et des flèches de lard pendaient aux crochets du garde-manger. Le lait, la crème et les fromages encombraient les rayons de la laiterie, et les armoires à provisions regorgeaient de denrées.

Chaque fois qu'elle voyait les hommes remplir leurs assiettes à ras bord, Sophie ne pouvait s'empêcher de songer aux paysans affamés de son propre pays. Dans cette maison, quiconque se présentait aux heures de repas était invité à prendre place à table. Il est vrai que les Millard pouvaient se permettre ces largesses. Mr Millard était propriétaire de sa terre, tout comme son père et son grand-père avant lui.

Un bonheur n'arrivant jamais seul, Sophie était à peine rétablie que l'on retrouvait le manuel de confiserie de son père. Le livre, qui avait été jeté dans un fossé situé à une lieue de la ferme, avait terminé sa chute dans les fougères, juste au-dessus de l'eau. Il avait été abîmé par l'humidité, mais ses caractères étaient toujours lisibles. Sophie le sécha avec soin, page par page, au-dessus du feu.

Sa première sortie, en dehors d'une visite sur la tombe du marquis, fut pour le village, où Mrs Millard l'accompagna en carriole. Le moment était venu de remplacer les vêtements endommagés au cours de l'agression. Puisant dans l'argent que lui avait laissé Tom Foxhill, Sophie acheta ce dont elle avait besoin, en comparant soigneusement les prix. Ses souliers, tout comme ceux d'Antoine, étaient hors d'usage. Elle en commanda deux nouvelles paires chez le cordonnier. Le montant de ses achats ne dépassa pas une somme modeste.

Bien que fort occupée à coudre les nouveaux vêtements, Sophie réussit malgré tout à trouver un peu de temps pour aider Mrs Millard dans ses travaux ménagers. Elle se plongea dans la découverte de la cuisine anglaise, et fut surprise par la très grande variété de ses puddings, sucrés et salés. A chaque fois qu'elle le put, elle participa à leur confection, certaine que ses nouvelles connaissances en matière de gastronomie allaient lui être très utiles dans ce nouveau pays. A son goût, un grand nombre de puddings manquaient singulièrement de légèreté. Mais Antoine, lui, s'y attaqua à belles dents. Il est vrai qu'il imitait à tout propos le fermier et ses fils ! Ainsi, tout comme eux, il enfournait à présent la nourriture à grand bruit, et les manières délicates qu'on lui avait inculquées en France ne furent bientôt plus qu'un lointain souvenir...

Sophie décida enfin de mettre un terme à son séjour à la ferme. Elle en avertit son hôtesse, alors qu'elles mettaient ensemble le pain au four. Mrs Millard l'approuva d'un hochement de tête.

— Je vais être tout à la fois contente et triste de vous voir partir, dit-elle avec franchise. Vous avez été de très bonne compagnie, et Dieu sait que j'aurais aimé pouvoir vous garder avec moi pour m'aider. Mais cela ne nous aurait amené que des ennuis. Vous êtes un beau brin de fille, et avec votre joli petit accent vous pourriez ensorceler un oiseau sur sa branche. Mes garçons vous font tous les deux les yeux doux. Je ne veux point de querelle de famille pour savoir lequel des deux vous épousera !

Sophie, qui s'échinait depuis des semaines à repousser les avances des deux jeunes gens, et avait même été obligée, pour les fuir, de fermer à clé la porte de sa chambre, ne fit pourtant aucun commentaire sur le sujet.

— Mon séjour a été plus long que prévu. Je vais ajouter un supplément à la somme versée par Mr Foxhill pour vos bons soins.

— Pensez-vous ! Avec toute la besogne que vous avez abattue, vous ne me devez plus rien ! C'est pour Londres que vous comptez partir ?

— Non, je vais emmener Antoine à Brighton, répondit Sophie. Je vous écrirai lorsque nous serons installés là-bas.

— Pas de lettre, grand Dieu ! s'écria Mrs Millard en secouant la tête avec détermination. Si les garçons ont vent de votre adresse, sûr comme deux et deux font quatre qu'ils iront vous pourchasser ! Et Brighton n'est pas loin d'ici ! Je ne confierai votre destination qu'à Mr Millard.

Après cette conversation, la date du départ de Sophie fut rapidement fixée.

4

Ce fut par une magnifique matinée de la mi-juin, sous un ciel bleu sans nuage, que Sophie et Antoine quittèrent la ferme en compagnie de Mr Millard. Ses fils étaient occupés ailleurs et Josie avait été envoyée aux commissions. Personne n'avait été informé de leur départ. En apprenant qu'il allait quitter la ferme, Antoine s'était jeté sur le sol en hurlant. Mais il sécha ses larmes lorsque Mrs Millard lui montra la veste d'uniforme qu'elle avait cousue pour son petit soldat de bois en guise de cadeau de départ.

Toutes les haies bordant le chemin étaient recouvertes d'églantines. Par endroits, le feuillage des arbres surplombait la route, formant une voûte de verdure dans laquelle chantaient d'innombrables oiseaux. Dans les prés, les boutons-d'or, les œillets sauvages et les marguerites des champs formaient un tapis d'or, de pourpre et d'ivoire. Les moutons, piqués sur le vert des collines, ressemblaient, de loin, à des duvets de chardon.

Ce voyage, pour être enchanteur, n'en était pas moins bruyant, car Mr Millard transportait dans sa charrette un chargement de cochons qu'il allait vendre au marché. Il avait emprunté un chemin de traverse qui n'était pas sa route habituelle, mais qui passait à un carrefour situé à une lieue de Brighton.

Lorsqu'ils y furent arrivés, le fermier dit à Sophie :

— Suivez la route qui va vers le sud. Je vous souhaite bonne chance !

Pendant un moment, Antoine trottina à côté de Sophie sur la route poussiéreuse. Il était vêtu de coton léger, tout comme elle, qui portait une jupe rayée jaune et blanche. Sa cape pendait à son bras, et elle avait enfoui le reste de ses biens dans un vieux sac de voyage que Mrs Millard lui avait donné. Sous l'effet de la chaleur, Antoine ne tarda pas à ralentir le pas, sans cesser néanmoins de faire la conversation à son petit soldat habillé de sa veste flambant neuve. Le babil de l'enfant était émaillé de mots anglais, qu'il prononçait avec l'accent du Sussex. Sophie l'écoutait, le sourire aux lèvres.

Parvenus au sommet d'une côte, ils virent Brighton s'étendre devant eux, dominée par quelques moulins à vent qui s'échelonnaient sur les pentes vertes des Downs. Les maisons, dont les toits de couleur rouille, cramoisie et grise brillaient au soleil, faisaient face à une promenade et à une plage formée de galets et de sable nacré, sur laquelle la marée montait doucement. La mer se montrait sous un jour bien plus agréable que lors de leur traversée : lisse comme de la soie, et semée de petits éclats de soleil aveuglants, semblables à des diamants. Sophie fut saisie d'une intense émotion. C'était ici, dans cette station balnéaire, que son destin allait se jouer ! Ici qu'elle allait commencer une nouvelle vie ! Et même si elle devait pour cela travailler jour et nuit, elle redonnerait au nom des Delcourt sa renommée des beaux jours de France !

Dès ses premiers pas dans les rues de Brighton, Sophie fut immédiatement conquise par le charme de la ville. Beaucoup de maisons étaient neuves. Mais au milieu d'elles se dressaient des bâtisses à la patine plus ancienne. Et Sophie aperçut bientôt, serrées les unes contre les autres dans d'étroites ruelles, de ravissantes demeures en très vieilles pierres du pays. Les tavernes ne manquaient pas, jouxtant des rôtisseries qui proposaient d'appétissants repas, tandis que, des maisons de café, s'échappait un délicieux arôme de grains torréfiés. Sophie fut surprise par le nombre des bibliothèques. Elle ne put s'empêcher de jeter un coup d'œil dans chacune d'entre elles. Un grand nombre de visiteurs étaient en train de choisir des livres. Mais les bruits caractéristiques des dés qui roulaient en s'entrechoquant et du claquement des cartes que l'on abattait sur la table s'échappaient des fenêtres situées au-dessus des salles de lecture, prouvant si besoin était que les bibliothèques servaient, aussi, de salles de jeu.

Les vitrines des magasins d'estampes offraient à l'œil du curieux des dessins aux couleurs vives. C'étaient, pour la plupart, de cruelles caricatures d'hommes politiques célèbres. Pour finir d'enfoncer le clou, des commentaires d'une pertinence rare emplissaient les bulles sortant de la bouche de ces personnages.

— Regardez, Sophie ! dit Antoine, pointant son doigt vers l'un des dessins, ce drôle de bonhomme a un gros ventre !

Il s'agissait d'une féroce caricature montrant le prince de Galles occupé à conspirer avec les tories, le parti d'opposition de la Chambre des communes, tandis que, au second plan, derrière un pan de rideau, le Premier ministre whig et quelques membres de son groupe faisaient la queue pour embrasser le bord de la robe du roi. Sophie saisit immédiatement l'allusion à la divergence de vues politique déchirant le souverain et son fils.

Elle aperçut également de nombreux autres dessins aux scènes incompréhensibles pour une étrangère, ainsi que des estampes immortalisant la vie du prince et de Mrs Fitzherbert, la veuve catholique qu'il avait secrètement épousée. C'était tout du moins ce que l'on racontait ! Sophie se souvenait d'avoir entendu parler de ce prétendu mariage à Paris. Mais ses parents n'appréciaient point les commérages, et on ne l'avait jamais évoqué chez elle. Les dessins rivalisaient de cruauté, dépeignant tous Mrs Fitzherbert sous les traits d'une matrone au nez crochu, ronde comme une barrique, tandis que le prince était échevelé et doté de cuisses énormes. Sur l'un d'eux, elle balançait un berceau, pendant que le prince couvait des yeux le bébé qu'il contenait.

Mais toutes ces caricatures n'étaient peut-être que les fruits de ragots sans fondement. Alors que Sophie se trouvait au château de Juneau, on lui avait en effet raconté que Mrs Fitzherbert était venue y passer quelque temps en compagnie du comte et de la comtesse. Pour échapper aux assauts de l'héritier du trône d'Angleterre. La jeune femme savait qu'il ne pourrait l'épouser sans la permission du roi. Et que leur amour était donc impossible.

Antoine traîna Sophie à l'intérieur de tous les magasins d'estampes, clamant qu'il voulait voir les drôles de dames et de messieurs.

Dans les rues animées, de rutilantes carrioles et des phaétons aériens conduits par des jeunes gens hardis roulaient à toute allure, reléguant sur le côté les charrettes brinquebalantes et les voitures des marchands. Partout, la présence de soldats en vestes d'uniforme écarlates rappelait que l'Angleterre était en guerre contre la France. Les militaires portaient de hauts chapeaux droits aux écussons ornés d'une trompe en corne. Ils se retournaient sur Sophie, l'appelaient, sifflaient sur son passage. Mais elle, trop occupée à dévorer les passants des yeux, ne s'en souciait pas. Jamais, depuis la Révolution, elle n'avait vu flâner autant de gens si bien habillés. De temps à autre, elle saisissait une bribe de conversation en français, mais, bien qu'elle ne cessât de tourner la tête en tous sens, elle ne vit personne de connaissance.

Puis ils arrivèrent jusqu'à ce qui était, sans nul doute, le cœur de Brighton. Une large pelouse longeait la mer, en direction du nord. Sophie questionna un homme qui poussait une brouette, et apprit ainsi que la pelouse était connue sous le nom de « Steine ». De belles résidences la bordaient, à l'est comme à l'ouest. Au milieu de ces bâtisses venaient se nicher une bibliothèque ainsi qu'une grande taverne à l'enseigne du Castle Inn. Ce magnifique décor était dominé par un superbe château, à la façade entièrement recouverte de carreaux émaillés d'une couleur crème aux reflets irisés chatoyant au soleil. Sa travée centrale était surmontée d'un dôme reposant sur des colonnes à chapiteaux ioniques et, sur l'entablement, s'élevaient huit magnifiques statues. L'ensemble rappela irrésistiblement à Sophie les châteaux français, et la jeune fille fut immédiatement sous le charme. Il s'agissait sûrement du Pavillon de la Mer, la résidence de George, le prince de Galles. C'était là qu'elle voulait travailler !

Comme attirée par un aimant, Sophie entraîna Antoine vers le château, dont elle aperçut bientôt les pelouses et les plates-bandes fleuries, véritables symphonies de couleurs. Construit en forme de E, le château était doté de grilles ornementales et d'une avenue en demi-cercle qui conduisait à l'entrée principale. Elle eut vite fait de localiser l'entrée de service, discrètement placée sur l'une des faces latérales. Afin de calmer Antoine qui mourait de fatigue et de faim, elle le souleva pour lui permettre de tirer sur la cloche. Le laquais en livrée de futaine qui ouvrit la porte eut un sourire connaisseur à la vue de cette jolie fille :

— Oui, miss ? Que puis-je faire pour vous ?

— Je souhaiterais voir l'intendant.

— Si c'est pour du travail, vous n'avez pas de chance. Nous n'engageons plus personne pour cette saison. Toutes les places de servante sont pourvues.

— Je ne suis pas une servante, je suis confiseuse.

— Ah, vraiment ? Dans ce cas, puisque le chef a justement affaire par ici, dans le garde-manger — il leva un pouce pardessus son épaule — je vais aller lui dire un mot en votre faveur. Mais ne vous faites pas trop d'illusions.

Il disparut dans le corridor, mais ne tarda pas à réapparaître. La déception submergea Sophie quand elle le vit secouer négativement la tête d'un air navré.

— Désolé, pas de chance !

— Je reviendrai proposer mes services ! répondit-elle d'un ton ferme.

— A la bonne heure ! Pour ma part, je serais enchanté de vous voir ici. L'éclat de cet endroit en serait rehaussé !

Son ton léger et son badinage contrastaient singulièrement avec l'attitude rigide qu'il affichait en accueillant les visiteurs nobles à l'entrée principale. C'était manifestement pour lui une aubaine que de s'entretenir avec une jeune fille d'une si rayonnante beauté.

— Revenez donc au printemps prochain ! Nous serons en train de préparer le Pavillon pour le séjour d'été du prince. La plupart d'entre nous viennent tout exprès de Carlton House — c'est sa demeure londonienne — mais nous prenons également du personnel dans la région.

— Merci de vos conseils.

— Mais préparez-vous à manier le plumeau et le balai ! Je n'ai jamais vu de femme confiseur à la cuisine.

— Raison de plus pour faire changer les choses...

Il y avait beaucoup de détermination dans le sourire de Sophie. Du coup, celui du laquais s'épanouit encore un peu plus :

— Peut-être êtes-vous effectivement de taille à y réussir.

Il la regarda s'éloigner et la rappela alors qu'elle était sur le point de refermer la porte :

— Lorsque vous reviendrez, n'oubliez pas d'apporter vos meilleures références !

Ses références ! Sophie comprit que si elle voulait entrer au service de la maison royale, elle aurait effectivement besoin de recommandations de tout premier ordre. Mais qu'importe ! Elle trouverait bien le moyen de les obtenir !

En arrivant sur la promenade du bord de mer, Sophie et Antoine s'aperçurent que des bateaux de pêche avaient été retournés sur les galets, et que les filets mis à sécher au soleil dégageaient une forte odeur de poisson, de goudron et de sel. Ils choisirent d'aller s'installer sur une autre partie de la plage pour déguster le pique-nique que leur avait préparé Mrs Millard : une tranche de sa délicieuse tourte à la viande, du pain que Sophie avait fait cuire la veille, des œufs durs et un bon morceau de fromage. Tout en mangeant, ils ouvraient grand leurs yeux pour observer le spectacle offert par un groupe de dames occupées à prendre leur bain de mer, la plage des messieurs étant située un peu plus loin.

La plupart des baigneuses étaient accompagnées de leur femme de chambre, qui les aidaient à se déshabiller à l'intérieur des cabines de bain, sortes de cabanes de bois rectangulaires, montées sur quatre roues de six pieds de diamètre et comportant une porte d'entrée et une porte arrière. Pour protéger la pudeur des jeunes femmes, les cabines étaient tirées dans l'eau jusqu'à mi-roues par un cheval attelé à des chaînes. Pendant le bain, on faisait remonter l'animal sur la plage. Au moment où les estivantes sortaient de leurs cabines, engoncées dans un imposant costume de bain en flanelle, et se préparaient peureusement à affronter la mer, les guides-baigneuses intervenaient. Ces maîtresses femmes solidement bâties, portant costume de bain et chapeau de paille, se saisissaient des baigneuses et les plongeaient promptement sous l'eau. Lorsqu'elles refaisaient surface, crachant et toussant, on les replongeait séance tenante dans l'eau de mer. Une fois ces préliminaires terminés, les jeunes femmes étaient enfin autorisées à barboter seules, sous l'œil vigilant des guides-baigneuses tout à la fois payées pour les plonger dans l'eau et assurer leur sécurité...

Lorsque Antoine eut fini son repas, il entreprit de faire un petit château de sable. Sophie, elle, emballait les restes du pique-nique. L'une des guides-baigneuses dont la cliente était rentrée saine et sauve dans sa cabine regagna la plage, sa longue chemise de flanelle flottant au vent, et s'empara d'une pipe en terre et du tabac qu'elle avait posés sur une caisse en bois retournée. Après qu'elle se fut installée sur la caisse, pipe au bec, Sophie alla lui parler.

— Bien le bonjour, madame. Je viens d'arriver à Brighton et je voudrais savoir où je pourrais trouver une chambre à louer pour un prix raisonnable.

La femme, dont le visage et les avant-bras étaient brunis par le soleil, la dévisagea avec gentillesse :

— Vous êtes une Frenchie, je parie. J'ai fait la baigneuse pour pas mal d'aristocrates, et pas seulement depuis qu'ils se sont réfugiés chez nous. Cela faisait belle lurette qu'ils venaient profiter des plaisirs de Brighton avant d'être chassés de votre pays, qui connaît tant de malheurs ! (Elle secoua la tête.) Ah, les temps sont tristes !

Elle héla l'une des guides-baigneuses qui bavardaient en attendant les clientes.

— Clara Renfrew ! Ça vous dirait de loger une Française ? Elle parle l'anglais.

La femme qui vint les rejoindre d'un pas lent était âgée de trente-cinq ans environ. Elle était dotée d'un imposant postérieur et de larges hanches, d'un visage gai criblé de taches de rousseur et de jolis cheveux bruns qu'elle avait à demi cachés sous son chapeau. Ses yeux, protégés du soleil par le bord de son couvre-chef, étaient brillants et pleins de vie.

— C'est le gîte et le couvert que vous voulez ? demanda-t-elle à Sophie. J'ai une chambre à louer. Comment vous appelez-vous ?

Lorsque Sophie lui eut répondu, elle désigna Antoine de la tête :

— C'est votre garçon ? Quel âge a-t-il ?

— C'est mon neveu. Il a eu cinq ans la semaine dernière.

Clara Renfrew pointa le doigt en direction d'un petit garçon aux cheveux ébouriffés qui pataugeait au bord de l'eau :

— C'est mon gars, il s'appelle Billy. Il a six ans. Sûr que les deux garçons s'entendront bien. Ça vous plairait de voir la chambre maintenant, miss Delcourt ? Martha Gunn — c'est elle, là, celle qui fume la pipe — va me remplacer un petit moment.

Antoine refusa à grands cris de quitter son château. Comme Sophie insistait, il se mit à donner de grands coups de pied furieux dans le sable. La jeune fille songea qu'il avait probablement l'impression qu'on l'arrachait de tous les endroits où il était heureux... Clara fit alors signe à son fils d'approcher, et lui demanda d'aider le petit Français à construire un beau château. Antoine, enchanté d'avoir un jeune compagnon, sourit à son nouvel ami.

— Nous pouvons laisser les garçons ici, dit Clara. Les autres guides-baigneuses les surveilleront.

Pour rejoindre sa maison, qui était située dans les faubourgs de la ville, Clara emprunta la route du bord de mer. Sophie lui parla de son intention de chercher un gagne-pain et de la nécessité où elle se trouvait d'engager quelqu'un pour prendre soin d'Antoine pendant ses heures de travail. Clara compatit lorsqu'elle lui relata son échec au Pavillon, mais n'en fut point surprise.

— Il n'y a pas de mal à viser haut, dit-elle, mais le prince se montre si bon envers ses serviteurs qu'aucun d'eux ne veut lâcher sa place ! Vous allez sûrement devoir attendre longtemps avant que quelqu'un s'en aille. Mais ce n'est pas le travail qui manque, par ici. Quant au petit garçon, si vous venez habiter chez moi, je me chargerai de lui, pour un supplément de six pence par semaine. Je le prendrai avec moi sur la plage pendant l'été et à l'automne je serai de nouveau à la maison. Si vous voulez, je lui apprendrai à nager.

— Ce serait magnifique, Mrs Renfrew.

— Appelez-moi Clara. Point n'est besoin de faire des cérémonies !

Clara lui raconta sa vie. Cinq ans auparavant, Jim, son mari, avait été pris dans une bourrasque soudaine à bord de son bateau de pêche. Le malheureux était tombé par-dessus bord. Elle était restée seule avec ses deux fils. L'aîné, Daniel, avait récemment rejoint l'armée. Il était tambour. N'ayant aucune ressource, Clara avait loué le bateau de Jim à un pêcheur, qui naviguait le long de la côte, à quelque distance de là.

— S'il n'y avait pas les garçons, je sortirais bien le bateau moi-même. J'allais pêcher avec Jim, autrefois, avant leur naissance. Mais maintenant, c'est impossible. Voilà pourquoi je fais la guide-baigneuse tous les étés.

— Vous devez avoir froid, parfois, à rester ainsi debout dans les vagues qui vous arrivent à hauteur de poitrine.

— Oui, c'est vrai, reconnut Clara, mais c'est surprenant comme on s'y habitue dès que la saison reprend !

On accédait au cottage de Clara par un chemin sinueux

partant de la route du bord de mer. La maison était située à quelque distance des autres habitations. Elle était basse, tout en longueur, construite de pierres siliceuses entassées, qui brillaient au soleil en jetant des feux d'ambre, d'ébène et de brun rosé. Le chaume descendait bas sur les fenêtres. Une haie d'arbres faisait office de coupe-vent, tout en ajoutant une note d'intimité contribuant au charme de l'endroit. Clara ouvrit la porte de la clôture. Elle faisait pousser des légumes devant le cottage tandis que sur l'arrière s'étendait un tapis d'herbe traversé par un sentier qui descendait jusqu'à la plage.

— Vous arrive-t-il de vous promener le long de la grève jusqu'aux cabines de bain, lorsque c'est marée basse ? demanda Sophie.

— Non. Je vois la plage toute la journée, ça me suffit ! De toute façon, la côte est escarpée, par ici, et je déteste l'escalade ! Mais Billy emprunte ce sentier quand il part attraper les petites bestioles cachées dans les rochers.

A l'intérieur du cottage, tout était propre et bien rangé. Sophie fut conquise par la chambre que Clara lui proposait, bien qu'elle donnât sur le chemin, et non pas sur la mer comme elle l'avait souhaité. Un lit supplémentaire se trouvait dans la chambre de Billy. Sa mère affirma qu'il serait ravi d'accueillir Antoine. Le loyer était modéré, et tout fut rapidement conclu. Sophie paya une semaine d'avance. Puis elle défit ses bagages, plaça le peu de vêtements qu'elle possédait dans une commode et suspendit sa cape à un crochet. Clara lui apporta un broc d'eau qu'elle posa sur la table de toilette. Puis, après s'être recoiffée, la jeune fille rejoignit Clara, qui, entre-temps, avait déjà dressé une liste de tous les endroits où elle pourrait s'adresser pour proposer ses services. Sophie la prit avec reconnaissance.

— Avant de partir, venez donc jeter un coup d'œil sur le reste de l'établissement, dit Clara en riant.

Elle commença par lui montrer du doigt la cabane servant de cabinets d'aisances, puis elle l'emmena jusqu'à un bâtiment caché parmi les arbres. Il contenait une ancienne cuisine, un garde-manger, une écurie vide et une buanderie abritant un cuveau à lessive, des baquets en bois, des pots remplis de savon vert fait maison, et une pompe.

— Quand j'ai passé ma journée à patauger dans l'eau de mer et dans le sable, expliqua Clara, je commence toujours par venir faire un tour ici, pour suspendre mes vêtements mouillés et me rincer à l'eau claire. Et je garde toujours une robe de coton accrochée à ce crochet. Vous verrez, vous ferez de même après votre journée de travail.

— Certainement. Et j'irai aussi barboter un peu quand la mer sera à marée haute. Ce sera une expérience nouvelle pour moi.

— Savez-vous nager ?

— Non.

— Un jour, je vous apprendrai. En attendant, si vous allez vous baigner, faites bien attention de rester dans les eaux peu profondes. Le courant est assez fort par ici, surtout autour des rochers.

La visite terminée, Clara retourna à ses cabines de bain et Sophie se rendit en ville. Elle entra dans toutes les confiseries, mais sans succès. « Si vous étiez venue avant le début de la saison, lui répondit-on à maintes reprises, peut-être aurions-nous eu quelque chose pour vous. »

Après avoir essuyé ces refus successifs, Sophie consulta de nouveau la liste de Clara. Il ne lui restait plus qu'à tenter sa chance dans les cuisines des auberges. Elle se trouvait près de Ship Street. Elle décida donc de commencer par le Old Ship Inn. Clara lui avait expliqué que c'était l'hostellerie la plus importante de la ville. Elle comptait soixante-dix chambres, et le prince de Galles donnait fréquemment des bals privés dans ses grandes salles de réception.

Évitant l'entrée principale, Sophie franchit le large portail menant aux écuries. Les garçons d'écurie et les palefreniers, très occupés, ne lui prêtèrent aucune attention. La porte et les fenêtres des cuisines étaient ouvertes, et le bruit de vaisselle entrechoquée qui s'en échappait lui était familier. Il régnait à l'intérieur une activité si fébrile que lorsqu'elle entra personne ne lui jeta un regard. Au contraire des cuisines à l'ancienne mode du château de Juneau ou de la ferme des Millard, où l'on faisait cuire les aliments à feu ouvert, le Old Ship Inn était équipé de fourneaux en fonte, qui constituaient une grande nouveauté. Le foyer était protégé par des grilles, et des volets de réglage permettaient de contrôler la température. Des marmites de soupe mijotaient sur une plaque, des puddings enveloppés dans des linges blancs cuisaient sur une autre, et, dans le foyer, des chapons et des pièces de viande tournaient sur des broches actionnées par un mouvement d'horlogerie. Tout comme en France, les cuisiniers étaient des hommes, sanglés dans des tabliers blancs, la tête surmontée d'une coiffe en forme de pleine lune qui retombait sur une oreille. Le chef de cuisine aperçut Sophie alors qu'elle se retournait après avoir admiré l'un des fourneaux. Il s'adressa à elle d'un ton irrité :

— Que faites-vous ici à tourner en rond, ma fille ? Mettez un tablier !

— Je cherche une place de confiseuse, répondit-elle.

— Balivernes ! Je n'ai que faire d'un confiseur, mais nous avons besoin d'une servante en salle. Savez-vous servir à table ?

Sophie, qui s'y était exercée depuis sa plus tendre enfance, sourit intérieurement en répondant :

— Oui.

D'un geste vif, il claqua des doigts vers l'une des servantes, qui s'immobilisa instantanément.

— Polly ! Habillez cette fille pour la salle. Nous n'avons pas de temps à perdre !

Polly, une fille aux traits camus, conduisit Sophie au pas de course jusqu'à une lingerie. Elle ouvrit précipitamment quelques tiroirs pour attraper le nécessaire.

— Dépêchez-vous ! la pressa-t-elle, en lui tendant une robe de coton bleu.

Rapidement, Sophie se débarrassa de sa robe et endossa sa nouvelle tenue. Polly la lui laça dans le dos et serra les rubans du tablier blanc empesé, pendant que Sophie enfermait ses cheveux dans un bonnet à ruches.

— L'effervescence qui règne dans la cuisine est-elle habituelle ? demanda-t-elle.

Polly secoua son visage sans grâce, faisant danser les mèches de cheveux jaunes échappées de sa coiffe.

— Non. C'est exceptionnel. Le prince et Mrs Fitzherbert vont arriver en compagnie de quelques émigrés fraîchement débarqués. Mr Hicks, le propriétaire, l'a appris il y a vingt minutes à peine.

— Le prince descend donc sur la grève pour accueillir les émigrés ? s'enquit Sophie lorsqu'elles eurent quitté la lingerie.

— Parfois. Mrs Fitzherbert, elle, s'y rend très souvent. Il y a quelque temps, elle est allée accueillir un groupe de nonnes catholiques émigrées à Shoreham-by-Sea, et les a amenées jusqu'ici pour leur présenter le prince. Nous les avons hébergées jusqu'à ce qu'elles se soient remises de toutes leurs épreuves. Depuis elles ont ouvert une école, au nord de Londres, sous le patronage du prince. Il est aussi anglican que moi. Mais Mrs Fitzherbert est catholique. Ce qui ne l'a pas empêché de l'épouser !

— Mais est-ce bien vrai ? Ce supposé mariage n'est peut-être qu'un ragot !

Polly s'arrêta et mit ses mains sur ses hanches :

— Nous, à Brighton, nous savons qu'ils sont mariés, et presque toute l'Angleterre le sait aussi. Seulement, pour sauvegarder les intérêts du prince, Mrs Fitzherbert reste dans l'ombre. Voilà pourquoi ils ont deux demeures séparées, ici et à Londres. (Polly se remit en route.) Allez, venez ! Ce n'est point le moment de rester ici à bavarder. Nous avons des tables à dresser pour cinquante personnes !

Elles arrivèrent dans une salle à manger au décor majestueux. Les servantes étaient en train de déplier des nappes damassées éclatantes de blancheur que, d'un geste expert, elles lançaient au-dessus des tables. L'argenterie fut mise en place rondement et on fit briller les verres à vin. Un maître d'hôtel vêtu de sa livrée de service s'adressa aux deux jeunes filles d'un ton sec :

— Où êtes-vous allées traîner ? Sortez les serviettes !

Tandis qu'elles s'exécutaient, un gros homme au teint rubicond fit irruption dans la salle, et s'assura que tout serait bientôt prêt. Sophie devina qu'il s'agissait de Mr Hicks, le propriétaire. Celui-ci lui fit signe avec autorité :

— Où sont les belles salières en argent ? Pourquoi a-t-on mis celles-ci sur la table ? Prenez un plateau et allez les chercher chez la femme de charge, ma fille !

Puis il se précipita dehors. Polly indiqua à Sophie où elle devait se rendre.

— Qui êtes-vous ? s'enquit la femme de charge lorsqu'elle la vit ouvrir une armoire pour s'emparer des salières.

Sophie lui conta les circonstances de son embauche à l'auberge, et la femme hocha la tête :

— Vous êtes tombée à pic, aujourd'hui. Une fille a été renvoyée hier pour vol, vous avez donc une chance d'être gardée ici. Je vais remplir les salières.

Pendant qu'elle retournait à la salle à manger, Sophie ne quitta pas des yeux les magnifiques salières qui rutilaient sur son plateau, tremblant de les voir s'écraser sur le sol. Soudain, elles glissèrent dangereusement sur le côté. Son plateau avait heurté l'obstacle inattendu d'une élégante veste de velours cramoisi, qui s'arrondissait sur la protubérance d'une imposante bedaine... Sophie poussa un cri étouffé, reprit son équilibre, leva enfin les yeux sur l'agréable visage coloré et charnu d'un homme grand et large d'épaules. Les cheveux châtain clair de l'inconnu étaient frisottés comme l'exigeait la mode. Involontairement, Sophie s'exprima en français :

— Je vous demande pardon, monsieur !

Tandis qu'elle reculait prestement d'un pas, un éclair de bonne humeur traversa les yeux gris de l'homme. A ses côtés, Mr Hicks lui lança un regard furieux. Et elle comprit instantanément qu'elle se trouvait face au prince de Galles en personne ! N'ayant pas oublié l'éducation qu'elle avait reçue, elle plongea dans la profonde révérence qu'exigeait le protocole français pour un prince de la Maison des Bourbons. D'un geste galant, le prince se pencha en avant pour soutenir son plateau des deux mains, et veiller à ce qu'aucune des salières ne se renverse. Puis il lui dit, en français lui aussi, et d'un ton des plus affables :

— Ainsi donc, vous êtes l'une de ces émigrées que nous accueillons sur nos rivages depuis le début des troubles politiques qui bouleversent votre merveilleux pays. Depuis combien de temps êtes-vous en Angleterre ?

Il lui souriait, déployant un charme prodigieux. Sophie, lui rendant son sourire, comprit pourquoi toutes ses erreurs lui étaient immanquablement pardonnées...

— J'ai débarqué de France il y a quelques semaines, mais je suis à Brighton depuis moins d'une journée.

— Vraiment ? (Il leva les sourcils.) Et vous avez déjà trouvé du travail ! Une telle diligence est digne de tous les éloges !

Puis il ajouta en anglais, pour que l'homme qui se trouvait à ses côtés saisisse bien ses paroles :

— Lorsque mes hôtes français arriveront, c'est vous qui

les servirez, mademoiselle. Je pense qu'il vous sera agréable d'entendre vos compatriotes parler votre langue natale.

Il s'avança et elle se glissa sur le côté. Mr Hicks eut un bref hochement de tête à l'attention de Sophie. Signifiant ainsi à la jeune fille qu'il entérinait le souhait de son hôte princier... Celui-ci demandait à présent à déguster un verre de vin, en attendant l'arrivée de Mrs Fitzherbert et des nouveaux émigrés.

Le récit de cette rencontre mit Polly en joie.

— Ce bon vieux Prinny ! s'exclama-t-elle, tout excitée. Il savait que vous seriez fichue à la porte s'il ne parlait pas en votre faveur...

— Jamais aucun prince français n'aurait fait cela ! déclara Sophie, se remémorant le dédain avec lequel son père et elle avaient été plus d'une fois traités.

Les émigrés devaient être reçus dans une pièce attenante à la salle à manger.

Après le discours de bienvenue du prince, des rafraîchissements seraient offerts. Le dîner serait servi plus tard. Sophie attendait, adossée au mur en compagnie de Polly et de plusieurs autres servantes. Enfin, elles entendirent un brouhaha annonçant l'arrivée des convives, qui furent introduits dans la pièce par Mrs Fitzherbert.

Sophie n'eut d'yeux que pour elle. C'était cette femme replète, mais très digne, dont l'abondante chevelure dorée s'échappait d'un énorme chapeau garni de tulle qui avait séduit le célibataire le plus convoité d'Europe ! Elle était sa femme depuis huit ans. Ces épousailles étaient toujours secrètes. Et pourtant, malgré tous les obstacles se dressant en travers de leur amour, elle avait réussi à garder le prince près d'elle...

Il est vrai qu'elle était très belle. Sa peau était du plus parfait ivoire, ses yeux aux longs cils étaient de pures topazes et son nez aquilin ajoutait du caractère à son visage. Quant à son sourire, il était semblable à un rayon de soleil. Il émanait d'elle une étonnante sérénité. Empressée auprès de ses hôtes, aidant les infirmes et prenant dans ses bras un bébé dont la mère défaillait de fatigue, elle n'en conservait pas moins son calme. Sous son influence, l'atmosphère s'imprégnait de quiétude et de tranquillité. Ce qui, à n'en point douter, constituait un baume pour les esprits après les dures péripéties du voyage. Au sein du groupe d'aristocrates se trouvaient un duc et une duchesse accompagnés de leurs deux filles, qui comptaient parmi ses bons amis. Mais elle distribuait équitablement son attention à tous. Enfin, elle capta le regard du prince.

— Tout le monde est prêt à vous écouter, Sire, dit-elle de sa voix douce.

Puis, d'un mouvement gracieux, elle s'assit sur une chaise, sa jupe de soie couleur d'azur joliment étalée autour d'elle.

Dans un français impeccable, le prince prononça un discours de bienvenue vibrant de sincérité. Il annonça aux émigrants que toute l'aide nécessaire à leur installation leur serait prodiguée. Sophie fut frappée de voir qu'en dépit de son excès de poids ses gestes restaient légers et élégants, et que les muscles de ses jambes, que l'on voyait jouer sous son étroit pantalon et ses hautes bottes, étaient d'une incomparable fermeté. Il émanait de lui une sorte de flamboyance qui, ajoutée à sa forte personnalité, pouvait sans aucun doute l'amener au meilleur comme au pire. Pour avoir commercé des années durant avec des gens fortunés, au pouvoir absolu, Sophie avait pu constater la facilité avec laquelle ceux-ci sont capables d'être tout à la fois capricieuse et insensibles aux souffrances qu'ils occasionnent autour d'eux. Mais aujourd'hui, ce prince s'était montré d'une grande bonté à son égard, et elle ne l'oublierait jamais.

Lorsque les applaudissements eurent cessé, le prince, qui avait d'autres engagements, prit congé. Maria — c'était le prénom de Mrs Fitzherbert — était la seule à savoir qu'il quittait l'assemblée pour aller retrouver l'architecte qui l'attendait au Pavillon de la Mer, afin de lui montrer les nouveaux plans du palais. Le regard froid que lui jeta son épouse irrita le prince. Elle aurait préféré qu'il reste, bien sûr. Mais enfin, il avait déjà pris à son compte les frais d'hébergement des émigrés au Old Ship ! Elle aurait pu s'estimer satisfaite ! Tout à l'heure, elle allait une fois de plus lui dire sa façon de penser. Et il savait par expérience qu'en dépit de son apparence sereine elle avait la langue aussi acérée qu'une autre ! Mais après tout, pourquoi ne s'accorderait-il pas un menu plaisir, de temps à autre ? C'est vrai, il buvait peut-être plus que Maria ne le souhaitait. Et il n'était pas toujours aussi attentionné envers elle qu'il l'aurait dû. Mais nul n'est parfait. Peut-être n'avait-elle apprécié que modérément ses plaisanteries, à leurs débuts. Ainsi, le jour où il avait fait le pari, avec quelques amis, de monter les escaliers de sa maison à cheval : qu'y pouvait-il si l'animal avait refusé de redescendre les marches, causant un peu de désordre ? Maria — cette chère enfant ! — avait tout de même fini par donner libre cours à son hilarité...

Pourquoi donc n'accordait-elle point aux côtés agréables de leur union l'importance qui leur était due ? Elle avait en lui un bon époux au cœur fidèle, qui ne méritait pas les regards glacés qu'elle lui décochait à toute occasion pour lui faire la leçon.

Cependant, elle était encore pour lui la plus généreuse, la plus aimante des femmes, la plus attentionnée, la plus dévouée des épouses. Et il l'aimait comme au premier jour. Une passion irrésistible, qui datait de leur première rencontre, alors qu'elle était aux côtés de son époux. Il était mort quelques mois plus tard, et un soir, à l'Opéra, le prince avait revu la jeune veuve. Il était alors âgé de vingt-deux ans, et elle de vingt-huit. Plus jamais ils ne s'étaient quittés...

Puis les pensées du prince prirent un autre cours. Sur son initiative, le palais d'été avait déjà subi des transformations spectaculaires. Il ne ressemblait plus en rien à la simple ferme qu'il avait été. Mais, à présent, il était temps que cette demeure prenne du caractère. C'était un bijou inestimable qui attendait d'être taillé et poli pour faire découvrir son véritable éclat. Des visions éclatantes dansaient dans l'esprit du prince. Un jour, son palais serait le reflet des merveilleuses couleurs de la mer, de l'or du soleil, de l'argent de la lune et des bleus lumineux des ciels d'été.

Si seulement ses dettes n'atteignaient point de tels sommets ! Le montant des intérêts était à lui seul prodigieux. Et à sa grande contrariété, certains de ses créanciers avaient commencé à le presser. Maria avait elle aussi des goûts de luxe. Récemment, il avait dû faire remettre à neuf toutes les pièces du rez-de-chaussée de sa résidence de Pall Mall, afin de leur permettre de rivaliser avec la splendeur de Carlton House, qu'il venait de faire transformer. Mais après tout, rien n'est jamais trop beau pour une jolie femme ! Et le Pavillon de la Mer devait être refait, quel que soit le prix à payer. Puisqu'il ne pouvait point faire face à ses dettes, puisqu'il lui était impossible de réaliser quelque économie — Maria et lui avaient essayé, mais l'expérience s'était révélée désastreuse ! — alors, mieux valait continuer à dépenser sans compter. C'était la politique qu'il avait toujours été obligé de suivre, le roi George III, son père, refusant de lui donner l'argent nécessaire à ses réels besoins ! Il est vrai que le souverain avait régi toute sa vie avec parcimonie, excepté pour engendrer sa descendance légitime. En mari fidèle, il n'avait cessé d'honorer son épouse, la reine Charlotte, qui avait mis au monde neuf fils et six filles...

Avec un soupir, le prince laissa errer son regard sur la grève. Deux de ses frères étaient morts jeunes, mais le reste de la famille avait survécu à une enfance difficile et à une éducation sévère, où le régime ordinaire était celui des châtiments corporels et des études strictes, sans aucun répit pour permettre les exercices physiques ou le jeu. L'un de ses frères, Augustus, duc de Sussex, avait de l'asthme. A chacune de ses crises, on le fouettait ! Les filles avaient pu jouir d'une existence un peu plus douce, mais le roi était bien trop possessif vis-à-vis d'elles pour que leur avenir se présente sous des auspices très brillants.

Le prince se dit qu'il n'était point étonnant que, en atteignant l'âge adulte, lui-même et ses frères se soient livrés aux pires débordements, fréquentant les gens de la pire espèce, se jetant dans la débauche, tombant amoureux pour se lasser aussitôt de l'objet de leur passion, jouant sans aucun scrupule et risquant leur vie en défiant leurs concurrents à la course à bord de leurs cabriolets à hautes roues, le pari le plus fou étant le meilleur. Un sourire s'épanouit sur ses lèvres sensuelles. Quelle heureuse époque ç'avait été ! Bien sûr, il avait fini par se calmer — l'influence de Maria y avait été pour beaucoup — mais il continuait à aimer à jouer de bons tours et il était incapable de résister à l'attrait d'un pari... Il gardait des liens étroits avec ses frères, qui aimaient Maria, et la traitaient comme leur belle-sœur. Mais le roi, avec son caractère borné, continuait de lui gâcher l'existence. Le prince ne souhaitait nullement la mort de son père, mais il était si impatient de régner ! Six ans auparavant, George III était tombé gravement malade. Un mal étrange, qui laissait les médecins désemparés. Le prince s'était tenu prêt à assumer glorieusement la régence. Mais les douleurs du roi, et ses curieuses hallucinations, avaient disparu d'un coup. Et tout était redevenu comme avant.

Le prince étendit ses longues jambes chaussées de bottes sur le siège opposé. Ses pensées vagabondes le ramenèrent au sort pitoyable des émigrés qu'il venait de quitter. Ils avaient perdu leurs parents, leurs châteaux et leurs fortunes. Leurs seuls biens étaient désormais ceux qu'ils avaient pu transporter avec eux. Le pays qu'ils avaient laissé derrière eux était plongé dans un bain de sang, sous le régime de la Terreur. Il avait été impossible d'éviter de déclarer la guerre à la France, quand Robespierre avait lancé un défi à tous les rois d'Europe en brandissant la tête de Louis XVI, qui venait d'être guillotiné.

Le prince soupira de nouveau. La mise en pièces de la France par ses gouvernants révolutionnaires était une terrible tragédie. Il avait toujours été un ardent francophile. Il aimait la langue française, il avait acheté de nombreux meubles et œuvres d'art français. A son grand regret, il n'avait pu visiter le pays qu'il avait tant admiré avant la chute de la Maison des Bourbons. En tant qu'héritier du trône, il ne pouvait quitter les îles Britanniques sans la permission du roi. Une permission que George III avait refusé de lui accorder. Il n'avait même pas pu rejoindre Maria en France, lorsqu'elle s'était enfuie là-bas pour tenter — en vain — de tempérer l'amour qui le consumait.

La voiture du prince avait passé les grilles du Pavillon de la Mer. Ici, sur la façade ouest, l'entrée était encadrée par un portique classique. Le prince l'examina avant d'entrer. Il était temps de changer la façade entière. S'il n'était pas né prince, il serait sans nul doute devenu architecte. Ses idées avaient déjà été appliquées avec succès dans quelques-unes des propriétés qu'il possédait. Mais son sang royal lui imposait de faire appel à des architectes pour mettre en œuvre les projets issus de sa propre imagination créatrice... Il lui arrivait parfois de se comparer à Louis XIV, le roi de France, qui n'avait jamais cessé de bâtir durant sa longue vie. Tout semblait indiquer qu'il montrerait les mêmes dispositions au cours des années à venir.

Telles étaient les pensées du prince, pendant qu'il parcourait le vaste hall à grandes enjambées.

Il était déjà tard lorsque Sophie se mit en route vers son nouveau domicile. Elle était morte de fatigue, mais heureuse, car elle avait été engagée comme servante au Old Ship. La promenade au grand air atténua son épuisement. Lorsqu'elle arriva, Antoine, qui avait déjà pris son bain, était à table avec Billy, et tous deux mangeaient avec appétit. Antoine tint à lui raconter toutes les péripéties de sa journée, mais il se laissa faire sans protester lorsqu'elle le mit au lit.

Sophie fit un bon dîner en compagnie de Clara, qui brûlait d'impatience de tout savoir. Elle s'amusa beaucoup au récit de sa rencontre avec « Prinny » et refusa son aide pour la vaisselle en déclarant que sa locataire avait vu suffisamment d'assiettes sales dans la journée. Sophie fut heureuse d'aller se coucher. Les draps de son lit étaient d'une finesse exceptionnelle, et la garniture de dentelle provenait de France, sans doute aucun. Sûrement faisaient-ils partie de quelque héritage que Clara avait soigneusement mis de côté. En se glissant dans son lit, Sophie savoura leur doux parfum de lavande. Depuis sa dernière nuit à Paris, elle n'avait plus dormi dans un tel luxe.

Mais au cours des dernières semaines, elle avait pris l'habitude de ne plus dormir que d'une oreille. Et elle s'éveilla en sursaut après une courte période de sommeil. Des voix courroucées, celle d'un homme et celle d'une femme, lui parvenaient depuis la cuisine :

— Et qu'est-ce qui m'empêcherait de louer une chambre, si cela me plaît ? (C'était sans aucun doute la voix de Clara.) C'est une Française ! Une étrangère ! Il n'y a rien à craindre !

L'explication la plus plausible était que Clara avait un amant qui venait la voir la nuit. C'était là une affaire qui ne regardait que sa logeuse. Sophie remonta les draps sur ses oreilles et se rendormit rapidement.

5

En obtenant un emploi aux cuisines du Old Ship, Sophie espérait être promue au rang de confiseuse un jour ou l'autre. Elle comprit rapidement qu'il n'en serait rien. Le confiseur en charge du poste officiait là depuis quinze ans et il veillait jalousement à conserver ses prérogatives, de même que son apprenti. Il était en mesure de confectionner toutes les douceurs nécessaires au service courant mais aussi aux banquets et aux buffets servis dans les grandes occasions dans les salles de réception de l'étage.

Harry, le chef chargé des puddings sucrés, était plus aimable. Il parlait métier avec Sophie, car il s'intéressait à la cuisine française. Après avoir essayé sa recette de sirop de citron, — aussi clair qu'un rayon de soleil, et dont l'exquise saveur persistait longuement sur la langue —, il la confectionna régulièrement. Ce fut également sur ses conseils qu'il se mit à ajouter une larme de brandy à une recette française de sauce au chocolat.

Son travail de servante s'étirait sur de longues heures. Lorsqu'elle était de service le matin, il lui fallait être au Old Ship, en tenue de travail, à six heures. Certains clients prenaient leur petit déjeuner avant de grimper dans la malle-poste de Londres, dont le départ avait lieu très tôt le matin devant l'auberge. Le service de la fin d'après-midi n'était pas plus calme. Des tables étaient dressées sur la promenade pour ceux qui souhaitaient avoir vue sur les manœuvres de la Royal Navy se préparant à aller se battre contre les Français. Ces jours-là, Sophie et les autres servantes, chargées de leurs plateaux, se faufilaient à travers le trafic de la rue, sans avoir le temps de s'attarder à observer les bateaux.

Parfois, Sophie était préposée à la taverne. Beaucoup d'habitués venaient y siroter leur bière, tout comme l'avaient fait leurs ancêtres avant eux. Le Old Ship existait depuis le seizième siècle, et les gens de Brighton persistaient à le considérer comme une auberge, bien que son statut fût plus élevé depuis les trente dernières années.

— Ma grand-mère se souvient encore de l'époque où Brighton n'était qu'un village de pêcheurs, raconta Polly à Sophie. Et puis un jour, un certain Dr Russell — un vrai fêlé, dit mon aïeule — s'est mis à raconter aux gens de la haute que l'eau de mer les guérirait de toutes leurs maladies. Tout le monde s'est précipité pour venir boire de l'eau de mer et s'y baigner ! Vous allez voir que certains clients vont vous réclamer de l'eau de mer mélangée à du lait ou à leur boisson ! Enfin, toujours est-il que c'est ce qui a amené le prince de Galles jusqu'ici. Il est venu se soigner, parce qu'il avait les ganglions du cou enflés. Et il est resté parce que l'endroit lui a plu. Depuis, des tas de nobles ont construit des résidences par ici. Mais c'est grâce au prince que les choses ont vraiment changé. Depuis que Prinny en personne a posé le pied ici, Brighton n'a jamais plus cessé d'aller de l'avant !

Tous les représentants de la communauté de Brighton se donnaient rendez-vous à la taverne. Les gens aisés consommaient leurs rafraîchissements dans un endroit qui leur était spécialement réservé, loin des clients plus ordinaires, qui s'amusaient à grand bruit. Il arrivait souvent qu'un comédien ivre récite un poème, ou qu'un musicien ambulant gratte un air sur son crincrin. On entonnait alors en chœur des chants populaires, braillés à pleins poumons. Et Sophie entendit au moins dix fois le vieux Smoaker Miles, un guide-baigneur pour hommes officiant dans une partie éloignée de la plage, raconter comment il avait sauvé le prince de Galles de la noyade...

— Je l'ai tiré de l'eau par l'oreille ! Il s'est mis dans une belle colère, mais je lui ai dit que je ne voulais pas être pendu par ordre du roi pour avoir laissé l'héritier du trône se noyer à Brighton. Alors, Prinny a rejeté la tête en arrière et s'est mis à rire ! Depuis, il ne veut plus que moi comme guide-baigneur !

Martha Gunn, qui n'était pas la dernière à apprécier un verre de bière, aimait elle aussi narrer ses aventures avec les gens en vue qu'elle avait plongés sous l'eau. Lorsque Clara pouvait s'arranger avec une voisine pour faire garder les enfants le soir, elle venait à l'auberge pour y rencontrer ses amies. Car ces soirées à la taverne étaient aussi appréciées des femmes qu'elles l'étaient des hommes...

Il arrivait parfois à Sophie de servir des émigrés. Il s'agissait, pour la plupart, de serviteurs qui avaient accompagné leurs maîtres en exil, et pour lesquels, bien souvent, les rôles s'étaient soudainement inversés. Un jour que Sophie disposait d'un peu de temps pour bavarder, un ancien valet lui parla de leur nouvelle existence :

— Les aristos ne connaissent point l'usage de l'argent, déclara-t-il en secouant la tête. Ben dame, c'est qu'en France ils ne s'échinaient point à la tâche pour le gagner, comme vous et moi ! Ils pensaient qu'il poussait sur les arbres. Maintenant, à part quelques-uns, ils sont pauvres. Mais ils n'arrivent pas à le croire !

Sophie s'assit en face de lui.

— J'ai entendu dire qu'ils harcelaient les banques pour essayer d'obtenir de l'argent sur leurs anciennes propriétés, qui appartiennent maintenant à la République.

Le valet aquiesça :

— Ce qu'ils ne veulent point se rentrer dans la tête, c'est qu'ils n'ont plus aucun droit sur les châteaux et les terres qui étaient dans leurs familles depuis des générations. Et pourtant, le gouvernement britannique leur verse une pension. Vous et moi, nous pourrions très bien nous contenter de cet argent, vu qu'il y en a assez pour entretenir un serviteur, ou même deux ! Mais eux, ils n'ont rien de plus pressé que de tout dilapider le premier jour, comme si leurs coffres allaient se remplir par l'opération du Saint-Esprit. S'il n'y avait pas des gars comme moi, ajouta-t-il en frappant son gros pouce contre sa poitrine, vous verriez des centaines d'aristos mendier de par les rues.

— Et qu'avez-vous donc fait pour leur éviter cela ?

— Moi ? J'ai poussé mon maître à donner des leçons d'équitation et d'escrime aux enfants des écuyers anglais, et j'ai conseillé à ma maîtresse de faire la coiffeuse. Ils ne s'en sortent point trop mal.

Il se rengorgea. Son visage criblé de taches de rousseur n'eût pas exprimé plus de joie et de fierté s'il avait parlé de sa propre progéniture.

— A la bonne heure ! approuva Sophie.

— Mais faut que je garde un œil sur leur bourse. La première fois que ma maîtresse a voulu donner un dîner en Angleterre, elle s'est précipitée pour aller acheter du linge de table de la meilleure qualité, et de l'argenterie. Si bien qu'elle n'avait plus un sou pour la nourriture !

Il secoua la tête au souvenir de cette folie.

— Maintenant, elle me demande mon avis avant d'aller jeter son argent par les fenêtres ! Et c'est moi qui m'occupe de vendre les quelques objets de valeur qui leur restent, parce qu'il ne faudrait pas qu'ils tombent entre les mains des profiteurs qui poussent les émigrants à vendre leurs biens pour une misère.

Il cligna des yeux.

— Je vous le dis, on ne me la fait point, à moi !

Après cette conversation, Sophie repensa à l'attaque dont elle avait été victime, et qui avait coûté la vie au marquis. Peut-être serait-il utile qu'elle se rende elle-même à Shoreham-by-Sea, pour faire une nouvelle déclaration ? Ce soir-là, au dîner, elle questionna Clara, à qui elle avait tout raconté. Où pourrait-elle prendre contact avec les autorités compétentes ? A son grand étonnement, sa logeuse ne se montra pas très encourageante :

— N'allez pas remuer tout cela. Il y a sûrement eu une enquête en son temps !

— Oui, mais, comme j'étais souffrante, je n'ai pas pu déposer. Si je donnais tous les détails de l'agression, peut-être que les autorités du port pourraient retrouver les Barnes ?

— Ne vous leurrez point. Cette engeance ne revient jamais faire ses mauvais coups au même endroit. Ou alors, ils empruntent un autre déguisement.

Sophie était de plus en plus surprise par l'attitude de Clara.

— C'est possible. Mais on pourrait donner l'alerte dans tous les autres lieux où les émigrés débarquent.

— Pensez-vous donc que les Barnes soient les seuls criminels d'Angleterre à tirer parti de l'arrivée des aristocrates français sur nos rivages ? Avec tous ces gens qui déferlent le long de la côte, sur les plages, dans les ports, sur les quais, on aura beau prendre des tas de précautions, il y aura toujours des victimes !

— C'est hélas vrai. Mes amis de la ferme m'avaient déjà dit qu'à leur avis Barnes et ses complices resteraient impunis. Mais moi, je veux les retrouver, et les traîner en justice !

— Je vous comprends. Mais moi, je ne veux point que des étrangers viennent fourrer leur nez chez moi, sous prétexte de vous poser des questions !

L'air navré, Clara posa son couteau et sa fourchette.

— Je me suis toujours tenue à l'écart des ennuis. J'aurais honte devant les voisins si des représentants de la loi venaient frapper à ma porte. Inutile de vous dire que les commérages iraient bon train.

— Mais c'est moi qui irais les trouver ! Ils ne viendraient pas par ici !

Clara secoua la tête. Sous l'effet de l'énervement, ses joues s'étaient empourprées.

— Vous n'avez point l'air de saisir que si jamais un voleur était arrêté, on viendrait vous chercher ici pour aller l'identifier. Si vous voulez à tout prix faire votre déclaration, eh bien, il vous faudra quitter ma maison.

Cette sortie plongea Sophie dans la consternation.

— Ne dites pas cela, Clara ! Vous savez à quel point nous sommes heureux chez vous, Antoine et moi ! Vous avez permis à mon neveu de reprendre confiance. Mais il reste très perturbé par tout ce qu'il a subi. Pour rien au monde je ne voudrais le déraciner à nouveau.

— Je n'ai pas la moindre envie de vous voir partir, ni vous, ni le petit, reconnut Clara avant d'ajouter, une expression butée sur son visage : Mais il vous faut choisir.

Sophie fut fort contrariée. Mais la sécurité d'Antoine comptait avant toute autre chose. Elle proposa donc un compromis :

— Je vous donne ma parole que je ne vous causerai jamais aucun ennui, ni aucun embarras. Je trouverai le moyen d'amener ces criminels devant la justice sans vous mêler à cette affaire !

Clara hésita quelques instants, puis hocha la tête :

— Vous êtes trop droite pour faire une promesse que vous n'auriez pas l'intention de tenir. Vous pouvez rester, et j'en suis heureuse.

Sur ce, elles échangèrent un sourire de soulagement réciproque : leur amitié n'avait pas été entamée par cette querelle. Sophie était bien consciente que sa promesse lui liait momentanément les mains. Mais elle se promit de guetter la première opportunité qui lui permettrait de piéger Barnes et ses complices, dans les limites de leur arrangement. Tout cela empêcha longtemps Sophie de trouver le repos cette nuit-là.

Quand elle s'endormit enfin, elle fut la proie d'un cauchemar qui revenait sans cesse la tourmenter, et qui lui faisait revivre sa fuite effrénée devant ses poursuivants. Elle n'était pas habituée au bruit de la mer, et, au cours de certaines nuits, le fracas des vagues qui s'écrasaient sur les galets à marée haute accentuait encore l'horreur de son rêve. Elle se réveillait alors en sursaut, et se redressait dans son lit en hurlant. Heureusement, Clara, qui dormait à l'autre bout de la maison, ne l'entendait jamais, et seul un orage violent était capable de réveiller les enfants dormant dans la pièce voisine.

— Existe-t-il des tunnels souterrains sur cette partie de la côte ? demanda-t-elle à Clara, un matin, au petit déjeuner.

— Oui, il y en a quelques-uns, mais pas par ici. Pourquoi cette question ?

— Parce que, de temps en temps, quand la marée monte pendant la nuit, j'entends une sorte de grondement sourd comme si la mer pénétrait sous la terre.

— Les vieux cottages comme celui-ci sont pleins de bruits étranges.

Clara versa une nouvelle tasse de thé à Sophie.

— Je suppose que j'y suis si habituée que je ne les entends plus !

Sophie accepta l'explication. Il était vrai qu'ici tout était nouveau pour elle. Il lui faudrait encore un peu de temps pour se familiariser avec sa terre d'accueil... Mais en tout cas certains murmures ne l'étonnaient plus du tout. C'étaient ceux échangés chaque nuit par Clara et son visiteur. Après avoir passé un moment dans la cuisine, ils s'éloignaient immanquablement vers l'autre extrémité du cottage.

Fidèle à sa promesse, Clara ne perdit pas de temps pour apprendre à nager à ses deux locataires. Entre deux baigneuses, elle prenait le petit garçon en main, et s'occupait de Sophie lorsque les horaires de travail de la jeune fille le lui permettaient. Parfois, tôt le matin, elles descendaient toutes deux à la plage. La mer était toujours fraîche, mais Sophie n'en avait cure, plongeant directement dans les vagues sans donner à Clara l'occasion de l'y pousser. Elle apprit rapidement à nager, et, lorsque personne n'était en vue, elle barbottait en chemise, débarrassée de son épais costume de bain. Elle ne tarda pas à évoluer parfaitement dans l'eau, et conçut le projet d'apprendre à plonger avant la fin de l'été. Tout en suivant les conseils de Clara, qui lui recommandait de se tenir éloignée des rochers dangereux, et de prendre garde aux courants à certains stades de la marée...

Lorsqu'elle rentrait tard le soir du Old Ship, il lui arrivait fréquemment de faire quelques brasses. A cette heure, la marée était passée sur les sables baignés de soleil durant la journée et l'eau était aussi chaude que celle d'un bain. Dans ces occasions, Sophie enlevait sa chemise, et s'adonnait au plaisir de nager sans aucune contrainte.

Dès qu'elle le put, la jeune fille se rendit à la Thomas's Library, sur le Steine, pour y chercher le nom d'Henriette dans le livre des visiteurs. Au dire de Clara, les nouveaux arrivants devaient payer un droit d'inscription pour porter leur nom sur le précieux ouvrage, et seules les personnes en vue pouvaient signer. Tout comme Bath, une autre ville d'eaux à la mode, Brighton possédait un Maître des Cérémonies qui supervisait les événements mondains. L'homme s'assurait que tous ceux dont les noms figuraient dans le livre recevraient une invitation.

Après avoir feuilleté plusieurs pages, Sophie eut l'impression que la majeure partie de l'aristocratie britannique et de l'aristocratie française était rassemblée dans les hôtels et les propriétés de Brighton. Elle finit par trouver le nom d'Henriette. A présent, il ne lui restait plus qu'à attendre sa première demi-journée de congé pour aller rendre visite à son amie.

Pour les amateurs disposant de temps et d'argent, les distractions ne manquaient pas à Brighton : courses de chevaux sur les Downs, combats de coqs, combats de boxe qui duraient parfois trente rounds ou plus, courses de cabriolets sur le sable, au cours desquelles de jeunes nobles risquaient leur vie, pièces de théâtre, concerts et parties de cartes. Le dimanche, on prenait le thé dans les salles de réception du Old Ship, ce qui constituait l'une des mondanités de la semaine. De plus, un bal y était donné tous les jeudis.

Le prince et Mrs Fitzherbert manquaient rarement cette dernière fête. Ils arrivaient généralement au Old Ship en compagnie de quelques amis avides de plaisirs, ainsi que de l'un des frères du prince. Un jour, Sophie guetta leur arrivée à travers une fente de la porte. Elle les vit gravir l'escalier en spirale qui menait aux magnifiques salles de réception décorées de rose pêche et de gris argent. Le prince était légèrement ivre, mais gai au possible. Débordant d'éloquence, il éclatait de rire à tout propos, faisant tressauter l'étoile de diamant de l'Ordre de la Jarretière qui resplendissait sur sa poitrine. La chevelure dorée de Mrs Fitzherbert était ornée de saphirs, tout comme les lobes de ses oreilles et son cou. La beauté de sa poitrine voluptueuse était soulignée par le décolleté de sa robe de soie d'un rose diaphane, qui bougeait au gré de ses mouvements gracieux avec une légèreté aérienne. Elle souriait d'un air joyeux tout en bavardant avec la dame qui montait les marches à ses côtés.

Le travail de Sophie était aussi pénible durant les soirs de bal que pendant les banquets. Elle passait son temps à monter et à descendre les escaliers, les bras chargés de plateaux, et sa fatigue était telle qu'elle craignait parfois de voir ses jambes se dérober sous elle.

Lorsque la marée le permettait, elle rentrait chez elle en longeant la grève et pataugeait au bord de l'eau, ses souliers à la main. Tout était sombre et calme, les lumières de la ville clignotaient derrière la promenade déserte et, au-dessus de sa tête, les étoiles brillaient. Lorsque la lune n'était pas levée, l'obscurité grandissait au fur et à mesure que la ville disparaissait derrière elle.

Sur cette partie du rivage, les grands rochers surgissant du sable et des galets ressemblaient à de gigantesques sentinelles. A chaque fois que Sophie se frayait un passage parmi eux, elle repensait immanquablement à ses promenades solitaires dans les bois du château de Juneau. Le bruissement des arbres était remplacé ici par le doux murmure des vaguelettes, qui dégageaient la même impression de tranquillité. Après une soirée de travail éreintante, c'était un moment de pure félicité.

Un soir, en atteignant les rochers, Sophie remonta sa jupe

et ses cotillons pour patauger au bord de l'eau. La marée montante venait lécher ses jambes. Soudain, elle entendit le bruit caractéristique de rames en mouvement. Une barque s'approchait du rivage. Peu désireuse d'être découverte, elle se mit à l'abri derrière un rocher aux arêtes vives d'où, en attendant le départ des pêcheurs, elle pourrait voir sans être vue à travers une fente à demi recouverte de varech. Pourquoi donc une barque venait-elle mouiller ici, à cette heure, loin de la ville, et au milieu de dangereux rochers ?

Un rayon de lune traversa les nuages mais, bien que ses yeux se fussent habitués à l'obscurité, Sophie ne réussit tout d'abord pas à distinguer la barque. Puis une lanterne clignota et elle aperçut sur l'eau sa forme noire. Une seconde embarcation se profila derrière elle, puis une troisième ne tarda pas à apparaître dans leur sillage. Un silence total continuait de régner. La peur gagna Sophie. Ce n'étaient pas des pêcheurs... A présent, elle voyait les avirons s'élever et retomber. Douze hommes étaient à bord de chacune des longues embarcations. Un inconnu de haute taille, enveloppé dans une cape, se tenait à la proue de la première des barques. Il tenait une lanterne, qu'il fit clignoter à nouveau. A travers la haie de tamaris qui bordait la grève, un éclair lumineux lui répondit.

Des contrebandiers ! Sophie sentit un frisson glacé parcourir son échine. Les histoires effrayantes qu'elle avait entendues dans les cuisines du Old Ship lui revinrent en mémoire. Ces gens-là ne plaisantaient pas. Ils n'hésitaient pas à trancher la gorge de ceux qu'ils surprenaient en train de les espionner. Elle resta pétrifiée et lâcha ses jupes, se sentant incapable de s'enfuir au cas où elle serait découverte. Lorsque sa barque atteignit les galets, le contrebandier vêtu d'une cape et chaussé de hautes cuissardes fut le premier à sauter sur le rivage. Il portait un chapeau à large bord, tel qu'en mettaient les métayers, et la partie inférieure de son visage était cachée derrière un mouchoir noué sur sa nuque. Sa voix, bien qu'assourdie, parvint jusqu'à Sophie.

— Vite ! ordonna-t-il d'un ton sans réplique aux hommes restés à bord. Les chariots nous attendent.

Les rameurs posèrent leurs avirons et sautèrent hors de leurs barques. Quelques-uns s'avancèrent dans l'eau pour former une chaîne, et vider leur chargement. Des tonnelets d'eau-de-vie passèrent de bras en bras à une cadence qui trahissait une longue pratique. A présent, une vingtaine d'hommes au moins dévalaient le sentier qui menait à la plage. Pas un salut ne fut échangé, et les tonnelets furent emportés dans un silence total. Il était impossible de distinguer les visages des contrebandiers, pas plus que ceux des hommes descendus sur la grève. La plupart portaient des tricornes qu'ils avaient enfoncés très bas, et certains, à l'instar de l'homme à la cape, s'étaient masqués de mouchoirs noués sur la nuque. Celui qui paraissait être leur chef ne participa pas au déchargement. Il sortit seulement un lourd coffret de l'une des barques, et l'amena sur la plage. Parvenu tout près de la cachette de Sophie, il le laissa tomber sur les galets. La jeune fille regarda le coffret avec un effroi mêlé de fascination. Le bois sombre du couvercle était incrusté de nacre. Elle se demanda ce qu'il pouvait bien contenir.

Lorsque le dernier tonnelet fut enlevé, un roulement de chariot se fit entendre. Pas une seconde n'avait été perdue. Déjà, les contrebandiers étaient retournés dans leurs barques et s'étaient ressaisis de leurs avirons. L'homme à la cape échangea quelques mots inaudibles avec l'un des rameurs, fit un signe d'adieu aux barques qui reprenaient la mer. Puis, d'un pas souple et rapide, il retourna auprès de son coffret. Il plia un genou, vérifia que la serrure d'argent était intacte, puis se releva pour le poser sur son épaule, grimaçant sous son poids. Sophie eut un sursaut de terreur quand le regard perçant de l'homme se dirigea vers le rocher derrière lequel elle s'était réfugiée. Comme s'il sentait une présence... La main libre de l'inconnu attrapa le pistolet glissé dans sa ceinture, et elle entendit qu'il le chargeait. Elle s'appuya contre le rocher en retenant son souffle. Les cailloux roulèrent sous les pas de l'homme à la cape, qui se rapprochait d'elle. Puis il y eut une pause. Il s'était arrêté pour écouter.

Il lui sembla attendre toute une éternité avant de le voir, enfin, se détourner et repartir. Mais, en fait, la scène n'avait probablement pas duré plus d'une minute ! Sophie observa l'homme à travers le trou du rocher, et vit qu'il avait remis son pistolet à sa ceinture et se dirigeait vers le sentier. Puis il s'évanouit dans l'obscurité. Il n'y avait plus âme qui vive sur la plage. Et les vagues qui montaient avaient déjà recouvert les sillons creusés par les quilles des barques... Sophie appuya son front contre la pierre. Elle avait eu si peur qu'elle était près de défaillir. La mer montante encerclait ses pieds, les vagues venaient lécher ses jupes, mais elle préférait ne pas bouger encore. Le contrebandier était reparti à pied, vers la côte. Il fallait lui laisser le temps de s'éloigner le plus possible, avant de quitter à son tour la plage.

Lorsqu'elle sortit de l'abri des rochers, elle mit ses souliers et marcha sans bruit sur les galets. Arrivée au sentier, elle s'arrêta, en proie à une vive anxiété, et regarda autour d'elle. Tout était calme, mais elle courut tout le long du trajet qui la séparait du cottage. Les bords trempés de ses jupes gouttaient en laissant derrière elle une traînée d'eau de mer.

Comme à l'accoutumée, l'une des fenêtres de la maison était éclairée par la chandelle que son hôtesse laissait allumée pour elle. En franchissant la clôture, Sophie vit le rideau de la chambre de Clara retomber. Cette dernière lui avait répété à maintes reprises qu'elle n'était rassurée qu'en la voyant rentrer au bercail.

La jeune fille se rendit à la buanderie pour ôter ses vêtements mouillés. Elle se changeait tous les soirs après sa journée de travail. Il n'y aurait donc plus de traces d'eau de mer le lendemain, et elle ne serait pas en butte aux questions de Clara.

Tout en remplissant le baquet d'eau fraîche, Sophie réfléchit à la sollicitude de Clara à son égard. A la lueur de la scène dont elle avait été témoin sur la plage, elle se demanda si son hôtesse n'avait pas quelque soupçon concernant l'activité des contrebandiers sur cette partie de la côte, et si elle n'avait pas omis de lui en parler à la seule fin de ne pas l'alarmer. Peut-être l'aurait-elle fait, si elle avait su que sa locataire rentrait par la plage, tard le soir, lorsque la marée le lui permettait. Sophie n'avait jamais fait allusion à ces promenades nocturnes. Elle préférait savourer seule cet instant de paix à la fin d'une journée harassante. Plus d'une fois, Clara lui avait proposé de venir à sa rencontre à mi-chemin, en déclarant que les garçons pouvaient rester à dormir seuls pendant un petit moment. Lors de ces occasions, Sophie rentrait au cottage par l'intérieur des terres.

Après avoir suspendu ses vêtements mouillés sur un fil, la jeune fille pénétra dans la maison par la porte de la cuisine. Comme tous les soirs, elle alla vérifier si Antoine dormait paisiblement. L'enfant avait repoussé ses couvertures, car la nuit était chaude. Sophie le recouvrit de son drap. Elle aurait souhaité avoir plus de temps à lui consacrer. Il lui arrivait encore de réclamer sa mère le soir, au moment du coucher, car la comtesse de Juneau, contrairement à la plupart des femmes de son rang, le bordait dans son lit. Sophie l'encourageait à parler le plus souvent possible, et en français, de ses parents et de sa maison. Elle voulait éviter que ses souvenirs ne s'estompent. Antoine avait perdu le châle de la comtesse, mais il possédait toujours le petit soldat de bois qu'elle lui avait offert jadis, lien précieux qui la reliait toujours à elle.

Sophie rejoignit sa chambre et s'assit sur le bord du lit. Elle était toujours sous le coup de l'émotion. L'homme à la cape était de toute évidence un habitant de la région : il était reparti à pied. Ce pouvait très bien être un fermier des environs. Ou un meunier... Peut-être était-il client du Old Ship ? Peut-être même faisait-il partie de ceux qu'elle avait l'habitude de servir ! Bien souvent, les contrebandiers étaient durant le jour de respectables citoyens...

Sophie estima préférable de ne pas parler de la scène dont elle venait d'être témoin à qui que ce soit, hormis à un représentant de la loi. Mais, dans ce cas, elle encourrait les foudres de Clara en leur donnant une occasion de venir frapper à sa porte ! Elle connaissait deux agents du Trésor dans le district. Ils venaient à la taverne de temps en temps. Peut-être serait-il bon de les alerter sans dévoiler son identité ? Ainsi ils pourraient se mettre en rapport avec les Dragons du camp situé sur les Downs, pour qu'ils les aident à tendre une embuscade aux malfaiteurs... Cela paraissait en tout cas la seule solution.

6

Comme elle se l'était promis dès sa première demi-journée de liberté, Sophie se mit en route pour aller rendre visite à Henriette.

Elle s'était remise du choc qu'elle avait éprouvé en surprenant les contrebandiers, et avait retrouvé un meilleur sommeil. Les marées continuaient de gronder sous la maison, mais elle ne les entendait plus, pas plus que le bruit des vagues s'abattant sur les galets. Seuls un cri d'Antoine, ou les allées et venues occasionnelles du visiteur nocturne de Clara, réussissaient à la réveiller. Mais elle se rendormait rapidement. Car, depuis qu'elle avait glissé un message anonyme dans la poche d'un agent du Trésor, venu boire une bière à la taverne, son esprit était plus tranquille. Ces fonctionnaires n'étaient certainement pas accoutumés à recueillir ce genre d'informations, car les contrebandiers étaient grandement craints.

Une course de cochons avait lieu sur le Steine. Les jeunes nobles organisaient sans cesse ce genre de manifestations qui réunissaient une foule de spectateurs. Les « jockeys » étaient des valets, qui avaient eu la malchance d'avoir été choisis par leurs maîtres. Les grognements furieux des cochons, mêlés aux cris des parieurs, étaient assourdissants. Au dire de Clara, le prince était un fervent adepte de ce genre de divertissements, mais il n'était pas présent ce jour-là.

Henriette demeurait dans une grande maison située à proximité de Promenade Grove, un endroit où l'on jouait de la musique durant la journée et où l'on dansait le soir. Sophie tira la cloche. Une servante française à l'air bougon et fatigué ouvrit la porte brusquement et lui déclara avec une satisfaction évidente que Mlle de Bouvier n'était pas là. Sophie lui donna son nom et demanda si la tante d'Henriette pouvait la recevoir. La servante secoua la tête avec agacement et partit en trombe transmettre sa requête. Sophie songea qu'elle n'allait probablement pas tarder à rendre son tablier.

— Madame va vous recevoir, déclara d'un ton abrupt la servante qui venait de réapparaître.

En accompagnant Sophie, elle marmonna entre ses dents qu'elle avait les pieds en compote à force de courir, et qu'elle ne récoltait que des reproches pour tout remerciement. Sophie se souvint des remarques d'Henriette à propos de son oncle et de sa tante. Les Bouvier se comportaient sans doute vis-à-vis de leur servante comme s'ils avaient encore une pléthore de domestiques à leur disposition... Ils jouissaient probablement d'un certain confort, car elle avait traversé un salon de réception richement meublé, avant d'être introduite dans un jardin intérieur fleuri. La baronne de Bouvier, une femme à l'air arrogant, aux traits délicats et aux yeux rapprochés, était assise à l'ombre d'un arbre feuillu. Un parasol et un chapeau de paille à large bord attaché sous son menton par des rubans de satin rose assuraient à sa peau sensible une double protection contre le soleil.

— Veuillez prendre place, mademoiselle Delcourt, dit-elle avec condescendance, tout en désignant du bout de son éventail une chaise garnie d'un coussin. Henriette m'a parlé de vous. (Elle leva la main d'un geste navré.) Combien je regrette les délicieuses confiseries de votre père ! Je n'ai rien trouvé de comparable ici.

Sophie indiqua les raisons de sa visite, tandis que la baronne l'écoutait en agitant langoureusement son éventail.

— Pensez-vous qu'Henriette sera bientôt de retour ? s'enquit la jeune fille.

— J'ai le grand regret de vous annoncer qu'Henriette travaille pour gagner sa vie.

Une moue souligna la désapprobation de la baronne.

— Jamais je n'aurais pu imaginer qu'un jour un membre de ma famille en soit réduit à une telle déchéance, ajouta-t-elle.

Sophie fut heureuse d'apprendre qu'Henriette avait fait preuve d'initiative en assurant sa propre subsistance. Elle s'apprêtait à demander la nature de son travail lorsque son interlocutrice reprit la parole :

— Si seulement je jouissais de la même santé que ma nièce ! (La voix de la baronne était remplie d'auto-compassion.) J'ai souffert au-delà de tout entendement des hivers trempés de pluie de ce pays. Mes forces m'ont abandonnée. Si nous n'avions maintenu la vie mondaine qui nous permet de conserver les traditions de la vieille France, je n'y aurais pas survécu.

Elle poursuivit sur le même mode, évoquant ses ennuis de toutes sortes et ne tarissant pas de reproches vis-à-vis de l'Angleterre et des Anglais. Elle vilipenda tout particulièrement la taxe perçue sur la poudre à perruques. A l'entendre, c'était une mesure discriminatoire à l'encontre des émigrés qui, tel son mari, souhaitaient perpétuer les coutumes délicates de Versailles et refusaient de suivre la mode qui exigeait que l'on portât ses cheveux naturels.

— Cette nation est dénuée de cœur et souhaiterait nous voir tous rouler dans le ruisseau, dit-elle en guise de conclusion.

Sophie, gagnée par l'impatience, songea à l'accueil chaleureux réservé aux bateaux des émigrés qui accostaient.

— Je ne partage point votre avis, madame la baronne. Les gens de cette île sont bien disposés à notre égard, hormis quelques exceptions.

Elle se leva, ne pouvant supporter cette conversation plus longtemps.

— Si vous pouviez avoir l'amabilité de m'indiquer le lieu de travail d'Henriette, je me permettrais de prendre congé et d'aller lui rendre visite.

Quelques minutes plus tard, à la porte d'une maison voisine, Henriette accueillit Sophie avec un étonnement joyeux. Les deux jeunes filles s'embrassèrent.

— Entrez, ma chère amie ! s'exclama Henriette, en s'effaçant pour livrer le passage à Sophie. Je commençais à perdre l'espoir de vous revoir jamais ! Comment allez-vous ? Et Antoine, et le marquis ? Venez-vous d'arriver à Brighton ?

Sophie lui conta les tristes circonstances du décès du marquis puis, voyant son expression désolée, se hâta de compléter le récit de son odyssée en relatant la façon dont Tom Foxhill avait sauvé sa vie, ainsi que celle de l'enfant.

— Quelle aventure ! s'écria Henriette, au comble de l'excitation. Ne restez pas ici, dans ce corridor ! Je suis impatiente de vous entendre raconter la suite des événements, mais je vais vous emmener à l'étage pour ne pas inquiéter la comtesse de Lombarde, qui loue cette maison.

Elle passa affectueusement son bras sous celui de Sophie en la conduisant vers les escaliers.

Comment avez-vous fait pour me trouver ici ?

— Je suis allée rendre visite à votre tante.

Henriette roula les yeux de manière expressive :

— Elle ne cesse de se plaindre et, pourtant, un lord anglais les a pris en pitié, mon oncle et elle, et leur a permis de quitter l'étroit logement qu'ils occupaient en leur prêtant gratuitement sa résidence du bord de mer. De temps en temps, il leur fait parvenir de la viande et du gibier en provenance de son domaine. Et ils perçoivent l'allocation versée par le gouvernement britannique aux aristocrates émigrés !

Elles se trouvaient à mi-chemin de l'escalier lorsqu'un gentilhomme en perruque blanche, portant des vêtements élimés mais de bonne coupe, les croisa. Il leur souhaita le bonjour et poursuivit son chemin.

— C'est le beau-frère de la comtesse. Il habite également ici. Il est en train d'écrire ses mémoires pour un éditeur de Londres. Beaucoup d'émigrés se sont tournés vers l'édition. L'un d'eux publie même un journal pour les émigrés français. On peut y lire les dernières nouvelles de notre pays.

— En quoi consiste votre travail ? s'enquit Sophie, curieuse. Êtes-vous domestique ?

Henriette secoua la tête.

— Parfois, je me dis que si j'étais devenue servante, mes mains souffriraient moins !

Pleine d'amertume, elle montra à son amie des doigts douloureux et couverts de cloques.

— Mais les emplois de domestique sont interdits à toutes les personnes de noble lignage par l'élite de la communauté française de Brighton, de Londres et d'ailleurs ! Les hommes peuvent être relieurs, tailleurs, maîtres de danse, propriétaires de restaurants, maîtres d'échecs, de français ou de toute autre matière, et les dames peuvent s'établir couturières, vendre les cosmétiques qu'elles fabriquent, donner des cours de maintien, de musique, etc. Mais jamais on ne leur permettra de devenir servantes. On m'a parlé d'un aristocrate qui s'était trouvé dans une si grande misère qu'il avait été contraint d'accepter un emploi de valet. Eh bien, on lui a retiré l'ordre de Saint-Louis !

Sophie eut le souffle coupé à l'évocation d'une telle honte.

— Le pauvre homme ! Quel malheur !

— Je partage votre avis, mais c'est ainsi...

Elles avaient atteint une porte à travers laquelle on distinguait un brouhaha de voix féminines.

— Voici l'atelier où je suis confinée toute la journée, annonça Henriette.

Elle ouvrit la porte, et un bref silence emplit la pièce. Surprise, Sophie s'arrêta sur le seuil. Une vingtaine de femmes environ, jeunes et moins jeunes, étaient assises autour de deux tables. A l'une d'entre elles, on fabriquait des chapeaux de paille tressée à large bord, tandis qu'à l'autre on les garnissait de rubans et de fleurs artificielles. Toutes les femmes portaient de larges tabliers pour protéger leurs jupes. Les fichus des jeunes filles, les bonnets de dentelles des femmes mariées ou des veuves étaient d'un blanc immaculé. Joliment posés sur leurs imposantes coiffures, ils leur donnaient un tel air d'élégance qu'elles auraient tout aussi bien pu jouer aux cartes, ou honorer de leur présence un salon parisien. Certaines d'entre elles portaient autour du cou un fin ruban écarlate symbolisant la trace laissée par le couperet de la guillotine. En hommage à ceux à qui la « Veuve » avait pris la vie.

— Madame la comtesse de Lombarde, mesdames, déclara Henriette, permettez-moi de vous présenter Mlle Delcourt, la fille de feu M. Delcourt, le confiseur de Paris.

Un murmure parcourut l'assemblée. Toutes les dames présentes n'avaient pas goûté aux célèbres créations d'Henri Delcourt. Mais aucune d'entre elles n'ignorait son nom... La comtesse, une femme aux traits patriciens, salua Sophie au nom de toutes.

— Que pensez-vous de notre atelier ? s'enquit-elle.

— Ces chapeaux sont charmants, répondit Sophie, admirant quelques-unes des œuvres terminées, prêtes à être emballées. J'en ai vu en ville, mais je ne savais pas qu'ils étaient fabriqués ici.

— Ils ont été dessinés par une émigrée. Ils ont provoqué

un tel engouement au sein des ladies anglaises que nous recevons des commandes de Londres, de Bath et d'ailleurs !

La comtesse agita la main en direction des chapeaux tressés :

— Essayez-en-un, mademoiselle.

Sophie choisit un chapeau garni d'une grappe de rubans rouges et se tourna vers le miroir accroché au mur. Un tonnerre d'applaudissements retentit : il lui allait à la perfection. Henriette réprima un soupir d'envie. Sophie avait un si beau visage ! Tom Foxhill avait dû être émerveillé lorsque, soulevant sa lanterne, il avait découvert cette ravissante jeune fille gisant dans la poussière.

Sophie reposa le chapeau sur la table.

— Ce sera mon premier achat, dès que ma bourse me le permettra ! déclara-t-elle en souriant. Veuillez accepter mes félicitations pour votre succès, madame la comtesse, mesdames.

Puis elle fit le tour des tables en échangeant quelques mots avec les compagnes d'Henriette qui voulurent toutes connaître les circonstances de leur rencontre. En retour, elle entendit des récits de fuites au cours desquelles la cruauté des uns avait été compensée par la gentillesse des autres. Si certains pêcheurs avaient dévalisé leurs passagers, d'autres, en revanche, s'étaient montrés pleins de compassion et avaient fait traverser plusieurs des dames présentes en compagnie de leurs époux et de leurs enfants sans leur demander le moindre dédommagement. La plupart avaient été bien reçues en Angleterre, mais l'une d'elles, de rang élevé, avait débarqué dans le plus total dénuement avec ses enfants en bas âge. Mourant de faim, ils en furent réduits à mendier leur nourriture de porte en porte, sans succès.

— Finalement, un médecin et sa femme ont eu pitié de nous, conclut-elle.

La comtesse invita Sophie à prendre place et à observer leur travail pendant quelque temps. La jeune fille accepta et s'assit sur une chaise à côté d'Henriette. Cette dernière, qui était payée à la tâche, s'était remise à son ouvrage. Elle cousait la paille tressée, pour fabriquer un large bord de chapeau. Les autres femmes étaient trop occupées à bavarder entre elles pour leur prêter attention. Les deux amies eurent donc la possibilité de s'entretenir à l'abri des oreilles indiscrètes.

Après qu'elles eurent échangé toutes les nouvelles, Henriette évoqua mélancoliquement le peu de chances qu'elle avait de dénicher un mari.

— Mon oncle et ma tante souhaitent être débarrassés de ma compagnie le plus vite possible, et espèrent me faire épouser un parti convenable. Mais c'est loin d'être facile ! Tous les Français en lice courent après les Anglaises fortunées...

— De toute façon, vous n'aimeriez pas épouser un homme intéressé ?

— Je pense que non, concéda Henriette, mais je meurs de peur à l'idée d'être laissée pour compte.

— Les Anglais ne manquent pas ! la rassura Sophie, que les craintes de cette jolie fille faisaient sourire. Que diriez-vous d'un des beaux officiers du camp militaire de Brighton, sur les Downs ? On ne voit qu'eux en ville.

Henriette secoua la tête d'un air chagrin :

— Aucun d'entre eux ne m'est destiné. Ma tante affirme que ce sont les fils cadets qui rejoignent les rangs de l'armée, parce qu'ils n'ont aucune perspective dans la vie civile. Et je ne crois pas que vous ayez une idée de la compétition régnant entre les Françaises, qui n'ont d'autre but que de prendre un gentilhomme anglais dans leurs filets...

— Non, sans doute, admit Sophie sèchement.

— Avez-vous un galant ? s'enquit Henriette, un vague regret dans la voix.

— Je n'ai pas encore rencontré un homme que j'aime suffisamment. De toute façon, c'est avec Antoine que je passe mes instants de liberté. Je dois au souvenir de sa mère de poursuivre son instruction, et de m'assurer qu'il n'oublie ni notre langue, ni son héritage.

— Et Tom Foxhill ?

Sophie fut surprise par cette question.

— Pourquoi pensez-vous à lui ? Je ne crois pas que nos chemins se croiseront de nouveau. Je lui suis reconnaissante de sa générosité, mais je ne souhaiterais point poursuivre nos relations.

— Et pourquoi pas ? demanda Henriette, dont la curiosité était éveillée.

— Je ne sais pas trop, répondit Sophie, songeuse. Je trouve étrange qu'il se soit trouvé sur ce chemin désert, au lieu de voyager sur la route à péage. Mais là n'est point l'important.

Tout ce que je puis dire, c'est qu'une sorte de sixième sens m'a prévenue à l'époque qu'il était d'une nature agitée et inconstante. Ce sont les hommes de cette sorte qui ont été les instigateurs de la Révolution, et j'ai eu suffisamment d'exemples de leur absence de scrupules pour être jamais attirée par un homme de cette espèce ! Un homme tel que Tom Foxhill ferait sans aucun doute de ma vie un incessant tourbillon.

— Peut-être auriez-vous changé d'avis si vous aviez fait plus ample connaissance avec lui...

— Je ne l'ai vu que comme le bon Samaritain. Je n'ai jamais songé à autre chose.

Elle était si sûre d'elle, si déterminée qu'Henriette cessa de la questionner.

Les rencontres entre les deux amies ne purent être aussi fréquentes qu'elles l'auraient souhaité. Sophie travaillait alternativement très tôt le matin et tard le soir. Et même s'il lui arrivait d'être libre au moment où Henriette quittait son atelier, elles évoluaient dans des sphères entièrement différentes. Les aristocrates français tentaient, dans leur exil, de reconstituer de petits Versailles. Ils tenaient salon, organisaient des parties de cartes, des séances de jeu où les mises étaient faibles, et — lorsque leurs finances le leur permettaient — des bals privés, qui donnaient aux jeunes filles telles qu'Henriette la possibilité d'exercer leurs charmes sur tous les célibataires désireux de se marier. Sophie n'étant pas de noble naissance, elle ne pouvait participer à ces manifestations. Henriette avait bien prié sa tante d'inscrire le nom de son amie sur la liste des invités. Elle avait fait valoir que Sophie lui avait, au cours de leur voyage, rendu un grand service. Elle avait imploré qu'on lui en soit à présent reconnaissant. Mais la baronne avait sèchement rétorqué :

— Êtes-vous folle ? Il est maintenant plus important que jamais que les personnes de notre condition aristocratique serrent les rangs, et se fassent un devoir de porter haut les valeurs du passé !

— Ce sont ces mêmes valeurs qui nous ont réduits à l'exil ! dit Henriette avec colère.

La baronne la frappa méchamment au visage.

— Vous parlez comme une révolutionnaire ! siffla-t-elle. Ne vous avisez plus jamais de prononcer ce genre de phrases sous mon toit. Ou alors, partez !

Tandis que sa tante tournait les talons, dans un bruissement de soie, Henriette se mordit profondément la lèvre pour arrêter des larmes de douleur. Elle aurait souhaité partir. Mais elle ne possédait pas la nature intrépide de Sophie. Bien qu'ayant honte de sa couardise, elle savait bien que rien ne pourrait la forcer à affronter la vie seule. Son unique chance d'échapper à ses conditions de vie présentes et à la fabrication tant abhorrée des chapeaux était le mariage. Et au moins, son amitié avec Sophie n'était pas affectée par les longues périodes séparant leurs rencontres. Le cauchemar qu'elles avaient partagé les avait rendues aussi proches que des sœurs.

Par une chaude matinée de juillet, on fit sur la plage une macabre découverte. La nouvelle ne tarda pas à arriver jusqu'au Old Ship, où Sophie était à l'ouvrage depuis quelques heures déjà. Ce fut Polly qui la lui annonça, alors qu'elles se croisaient, les bras chargés chacune d'un plateau :

— Je viens d'entendre la conversation des messieurs qui sont assis à cette table, là, à la fenêtre. Deux agents du Trésor ont été trucidés sur la plage. On leur a tranché la gorge !

Sophie sentit le sang se retirer de son visage. Polly, qui gagnait la cuisine avec son chargement de vaisselle sale, ne s'en aperçut point. Comme une automate, Sophie servit à ses clients leur chocolat chaud ou leur thé. Elle jeta un coup d'œil en direction des deux hommes installés devant la fenêtre en rotonde. Plusieurs curieux étaient déjà allés les rejoindre.

— J'ignore les détails, disait l'un d'entre eux. Nous nous dirigions vers la taverne quand nous avons aperçu les deux corps sortis de l'eau. Nous nous sommes arrêtés pour regarder. Les pêcheurs qui les avaient tirés sur la plage avaient tout l'air de les reconnaître. M'est avis qu'ils devaient être en poste ici...

Sophie effectua mécaniquement le reste de son service, jusqu'à ce que le coup de feu du petit déjeuner soit passé. Elle était désespérée. Son message anonyme avait peut-être causé la mort des deux hommes... Autour d'elle, dans la cuisine, les commentaires allaient bon train. Tous étaient persuadés que c'était le hasard qui avait conduit les deux agents à surprendre des contrebandiers sur le fait. Mais elle savait bien que les choses ne s'étaient pas passées ainsi ! Après avoir reçu son message, et sans demander de renfort — l'espoir d'une promotion, sans doute ! — les deux agents du Trésor avaient fait le guet, seuls. Afin de prendre les malfaiteurs la main dans le sac ! Leur témérité s'était soldée par une tragédie.

Sophie éprouva le besoin impérieux d'aller prendre l'air. Le poids qu'elle avait sur la conscience lui était intolérable. Dès que les tables eurent été dressées pour le dîner, elle demanda la permission de faire une pause de quelques minutes. Un privilège d'ordinaire accordé à tour de rôle aux servantes qui arguaient d'une raison valable. Quand d'aventure Sophie obtenait quelques minutes de temps libre, elle en profitait souvent pour aller rendre visite à Antoine sur la plage. S'il pleuvait, elle retrouvait l'enfant en train de jouer aux morpions — ou à quelque autre jeu — dans l'une des cabines de bain vides. Clara et les autres femmes étaient assises près de lui et bavardaient entre elles. Mais ce jour-là, il faisait très chaud, et Clara était trop occupée pour faire la causette. Sophie recupéra le chapeau de soleil qu'Antoine avait abandonné sur le sable, et reprit le chemin du Old Ship.

Elle s'apprêtait à quitter la promenade et à traverser la route du bord de mer lorsqu'elle vit s'approcher une compagnie de vingt cavaliers. Elle s'arrêta pour les observer. Ils étaient vêtus d'un uniforme bleu foncé et d'un tricorne. Ces hommes étaient indiscutablement des agents du Trésor. Et il ne faisait aucun doute que leur venue en force à Brighton était motivée par les meurtres de leurs deux malheureux collègues.

Sophie fut submergée par une nouvelle vague de remords. A ce moment précis, l'officier qui commandait le groupe passa devant elle. Il portait un chapeau noir au bord relevé sur le devant, et de hautes bottes qui brillaient autant que ses boutons d'argent. Il tourna la tête et plongea ses yeux bleu acier dans les yeux de la jeune fille qui, presque malgré elle, soutint ce regard. Son épaisse chevelure blonde, ses larges épaules et ses traits austères donnaient au cavalier un air d'autorité absolue. Comme si toute sa vie était gouvernée par un sens aigu de la justice et du devoir... Quand il détourna la tête pour regarder sa route, interrompant leur échange muet, Sophie continua à le suivre des yeux. Jusqu'à ce qu'il ait tourné le dos à la mer avec sa compagnie, et qu'il ait disparu...

Les sabots des chevaux claquaient sur le pavé de West Street. Rory Morgan, qui connaissait bien Brighton, emmenait ses hommes prendre leurs quartiers. Tout au long du trajet, Donald Pearce, son second, avait suivi des yeux les femmes qu'ils croisaient.

— Je vois que les jeunes filles de Brighton sont aussi jolies qu'on me l'a dit ! Mais ce n'est pas moi qui vous l'apprendrai, capitaine Morgan ! Vous avez déjà été en poste ici.

— Je n'ai jamais été déçu, approuva Rory d'un ton sec.

Il ne réussissait pas à chasser de son esprit la jeune fille qu'il avait croisée sur la promenade. Avec ses mèches de cheveux noirs dansant dans la chaude brise marine, et son visage ovale aux yeux immenses, elle était ravissante. Sa beauté légèrement exotique donnait à penser qu'elle faisait partie de ces centaines d'émigrés qui avaient élu domicile sur la côte. A moins qu'elle ne soit que de passage dans cette ville balnéaire ? Il aurait aimé le savoir. Cependant, à quoi bon ? La raison de son séjour dans cette ville était sinistre. Et il n'aurait de cesse avant d'avoir mené l'affaire à son terme... Mieux valait également signaler à son second qu'il n'aurait pas de temps à perdre en marivaudage.

— Je vous rappelle, Mr Pearce, que nous ne sommes à Brighton que dans le seul but de mettre la main sur le ou les meurtriers de Deane et de Barnley.

— Naturellement, sir.

— Je les connaissais tous deux. C'étaient de bons éléments.

— Je n'en doute pas, sir.

A l'auberge, Sophie remit son bonnet et son tablier. Elle se dit qu'il n'était vraiment pas étonnant que les agents du Trésor aient si belle tournure. Leur officier était lui-même si élégant ! Elle se devait de l'informer d'une façon ou d'une autre de ce qu'elle savait. Mais comment s'y prendre sans contrarier Clara, avec un nouveau risque d'enquête judiciaire ? Il lui faudrait résoudre ce problème rapidement.

Moins d'une heure plus tard, en passant devant une fenêtre de l'auberge, Sophie aperçut à nouveau l'officier. Il se trouvait sur la promenade en compagnie des édiles de la ville qui lui indiquèrent une direction, puis une autre, en répondant à ses questions. Elle s'arrêta pour les observer, jusqu'à ce que le poids de son plateau vînt lui rappeler que des clients affamés l'attendaient. Lorsqu'elle repassa dans le sens inverse, il avait disparu.

Ce fut le dernier plateau de sa carrière de servante au Old Ship, car un drame survint à la cuisine. Venant chercher une nouvelle commande, elle assista à l'accident au moment où il se produisit. Harry était en train de sortir un grand pudding de l'eau bouillante à l'aide d'une griffe accrochée à son tablier, lorsque la poignée céda. Il n'eut pas le temps de reculer, que déjà l'eau se renversait sur ses mains et ses avant-bras en même temps que le récipient s'écrasait sur ses pieds. Ses hurlements de douleur emplirent la cuisine.

Sophie se précipitait déjà vers lui. Le saisissant par la ceinture, elle l'entraîna vers l'évier le plus proche.

— Mettez vos mains et vos bras là-dedans, lui ordonna-t-elle, tout en commençant à actionner la pompe.

Pendant qu'il lui obéissait en gémissant, elle réclama de la glace. Elle avait déjà été brûlée elle-même et savait que rien ne calme mieux la douleur que l'eau froide. Puis elle incita une servante venue prendre une commande et qui, pétrifiée, restait les bras ballants à observer la scène à aller s'occuper de ses clients.

Par la suite, Sophie s'étonna de la façon dont tout le monde lui avait obéi sans discuter, comme à l'époque où elle dirigeait l'atelier de confiserie sans jamais devoir élever la voix. Seule l'intendante tint à ses prérogatives, et emmena le malheureux Harry, pour l'enduire de beurre et panser ses cloques. Peu à peu, dans la cuisine, tout reprit son cours normal. Le chef vint trouver Sophie, qui était en train d'enlever son tablier trempé d'eau et d'en passer un autre.

— Harry vous tient en grande estime pour vos connaissances culinaires, Sophie, et j'ai eu l'occasion de vous regarder lui donner un rapide coup de main pendant que vous me croyiez ailleurs.

Son petit sourire indiquait qu'il n'était pas mécontent.

— Donc, jusqu'à ce que Harry puisse reprendre son travail, je suis disposé à vous mettre à l'essai pour les puddings sucrés. Mais rappelez-vous : je ne veux pas que l'on empiète sur le territoire du pâtissier ! Laissez-lui les gâteaux, les glaces, les mousses de fruits et les confiseries. Compris ?

— Oui, chef.

Ce soir-là, Rory vint seul au Old Ship et prit un verre de madère à la taverne, avant de s'installer dans la salle à manger pour y dîner. Il commanda des huîtres, suivies d'une pièce d'agneau rôti des South Downs. Puis on lui servit un pudding d'une incroyable légèreté, arrosé d'une exquise sauce au vin chaud comme il n'en avait jamais goûté.

Sophie rentra chez elle par la grève, sûre de ne pas y rencontrer de contrebandiers. Trop d'agents du Trésor rôdaient aux alentours... La lune était levée, faisant miroiter la mer et le sable d'un éclat d'argent. Comme à son habitude, la jeune fille marchait pieds nus. Les flaques d'eau qui entouraient les rochers étaient tièdes. Elle songeait à son nouveau travail. Harry serait heureux d'apprendre que c'était elle qui le remplaçait. Mais elle aurait préféré obtenir cette place dans d'autres circonstances ! Elle se promit d'aller rendre visite au blessé dès le lendemain.

Perdue dans ses pensées, elle n'eut pas conscience de la présence de l'homme caché à l'ombre de la lune, avant qu'il la saisisse aux épaules et la pousse brutalement contre un rocher recouvert de varech. Elle cria, mais une large main se posa sur sa bouche.

— Au nom de la loi, taisez-vous ! aboya l'inconnu. Je ne vous ferai aucun mal.

Les yeux agrandis de frayeur, elle le fixa par-dessus la main qui barrait son visage, et reconnut l'officier qu'elle avait déjà vu par deux fois ce jour-là. L'expression « la troisième fois est la bonne » jaillit dans son esprit, mais s'effaça presque aussi vite. Lorsqu'il enleva sa paume, elle l'apostropha vertement :

— Pourquoi m'avez-vous fait si peur ? Avec cette lune, vous m'aviez certainement vue depuis longtemps ! Vous auriez pu avancer !

Il avait reconnu la jeune fille qui, le matin même, l'avait tant ému. Mais il n'en laissa rien voir.

— C'est que vous auriez pu vous enfuir ! Je suis le capitaine Morgan, du service des Taxes. Pourriez-vous m'expliquer ce que vous faites sur la plage à cette heure tardive ?

— En quittant mon service au Old Ship, je rentre souvent chez moi par la grève.

— Et en quoi consiste votre travail ?

Son intérêt était aussi personnel qu'officiel.

— Je servais à table. Mais depuis aujourd'hui, je suis cuisinière.

— J'ai entendu dire que les Français excellaient dans ce domaine. Je présume que vous êtes une émigrée ?

Elle acquiesça et il sourit :

— Votre nom, mademoiselle ?

Elle le lui indiqua, et il poursuivit son interrogatoire :

— Vous est-il déjà arrivé d'apercevoir des choses curieuses, qui pourraient vous faire penser que des contrebandiers viendraient mouiller par ici ?

Elle répondit à sa question par une autre question :

— Pourquoi les Gentilshommes prendraient-ils le risque d'accoster là où il y a des rochers ?

Rompu aux interrogatoires, il avait noté qu'elle avait hésité pendant une fraction de seconde avant de répondre.

— Précisément parce que les autres bateaux n'y viennent pas, indiqua-t-il. Et permettez-moi de vous faire remarquer que ces criminels qui se font appeler les Gentilshommes, ou les Adeptes du libre commerce, n'ont rien de gentil. Je vous rappelle que la nuit dernière ils ont assassiné deux hommes qui laissent des veuves et des orphelins.

— Je sais ! jeta-t-elle.

Son cri paraissait désespéré.

Il fronça les sourcils.

— Voilà ce que j'appelle un cri du cœur. Étiez-vous liée à l'un d'eux ?

— Je leur ai servi de la bière à maintes reprises à la taverne du Old Ship.

— Je pense que vous ne me dites pas tout. Suis-je dans l'erreur ?

Elle avait confiance, et était prête à tout lui raconter. Mais elle devait tenir compte de la promesse qu'elle avait faite à Clara. Il fallait agir avec la plus grande prudence. Elle tenta de gagner du temps :

— Il se fait tard et ma logeuse va s'inquiéter. Je viendrai vous voir à votre bureau demain.

— Ce ne sera pas utile. Demain matin, j'interrogerai tous les employés de cette taverne. C'est là que les deux hommes assassinés ont été aperçus pour la dernière fois. Je veux savoir si quelqu'un ne les aurait pas entendus prononcer des paroles susceptibles de nous aider dans cette pénible affaire. Où demeurez-vous ?

— Dans un cottage situé à bonne distance de la ville, sur le chemin qui passe près d'ici.

— Chez Mrs Renfrew ?

— Comment le savez-vous ?

Il sourit :

— Je n'ai pas musardé depuis mon arrivée à Brighton. Dès que j'ai su où l'on avait retrouvé les corps, je me suis enquis auprès des pêcheurs des horaires des marées qui ont apporté les corps ici. Puis j'ai commencé à interroger les personnes résidant le long du rivage, dans les alentours du lieu du crime. J'ai vu rentrer Mrs Renfrew à son cottage avec deux petits garçons, et je suis allé lui parler.

— L'un de ces enfants est mon neveu.

— C'est ce qu'elle m'a expliqué. Elle a précisé qu'elle louait une chambre à une jeune émigrée. Inutile de vous dire que je n'imaginais pas vous rencontrer dans de telles circonstances ! Par chance, ce n'est pas une lune de contrebandiers. Sinon, j'aurais pu me méprendre, et vous tirer dessus !

— Mais n'est-ce pas justement une nuit pour contrebandiers ? s'enquit Sophie, en levant la tête vers la lune qui était presque pleine.

— Non, au contraire. Visiblement, vous n'êtes pas à Brighton depuis assez longtemps pour savoir que les « lunes de contrebandiers » sont des nuits noires. L'expression est utilisée tout le long de la côte sud. Le service des Taxes et les clairs de lune sont les pires ennemis des contrebandiers.

— Dans ce cas, pourquoi ont-ils...

Elle s'interrompit brusquement. Mais son exclamation spontanée n'était pas passée inaperçue.

— Oui ? s'empressa-t-il de demander.

Elle secoua vivement la tête, comme pour signifier qu'il n'y avait rien d'autre à ajouter, mais il continua à l'observer avec un intérêt accru.

— Bien. Nous pourrons en parler demain. Maintenant, je vais vous raccompagner chez vous.

— Je peux rentrer seule.

— Non, il n'en est pas question.

Il lui emboîta le pas.

— Mrs Renfrew m'a dit qu'elle était guide-baigneuse. Êtes-vous déjà entrée dans l'eau ?

— Elle m'a appris à nager.

— J'aime beaucoup pratiquer cet exercice, moi aussi, dit-il en hochant la tête. J'ai appris tout enfant, dans une rivière non loin d'ici.

Sophie se dit qu'elle ne nagerait plus jamais la nuit sans

être éclairée par une lune resplendissante. Des frissons la parcoururent à l'idée de voir soudain le contrebandier au coffret de nacre apparaître devant elle, à bord d'une barque surgie du néant...

Escortée de l'officier, elle arriva à la hauteur du sentier par lequel les contrebandiers avaient emporté les tonnelets. Il était assez raide. L'officier prit son coude, bien qu'elle n'eût nul besoin d'aide et qu'elle l'eût gravi maintes fois. Au sommet, un trou dans la haie de tamaris permettait de rejoindre le chemin. Elle s'arrêta, donnant clairement à comprendre qu'elle était déterminée à accomplir le reste du trajet seule.

— Le cottage est tout près, maintenant, dit-elle, apercevant la fenêtre éclairée à travers les arbres. Bonne nuit, capitaine Morgan.

— Je vous souhaite la bonne nuit également, miss Delcourt.

Elle se retourna à demi, puis s'arrêta :

— Vous m'avez appelée « mademoiselle », tout à l'heure. Par pure curiosité, parlez-vous français ?

Il eut un petit sourire :

— J'ai appris quelques rudiments de votre langue à l'école. Si je l'ai utilisée, c'était pour que vous vous sentiez un peu plus en confiance... Un peu plus à l'aise vis-à-vis de moi !

Elle lui rendit son sourire et regagna le cottage. Clara, qui la guettait derrière la fenêtre, était déjà dans le couloir lorsqu'elle entra.

— Où étiez-vous ? Il est tard ! Je m'inquiétais. Avec tous ces agents du Trésor qui grouillent dans les parages !

Sa logeuse était dans un tel état d'agitation que Sophie mit un temps infini à la calmer. Avant de se déshabiller, ce soir-là, la jeune fille se saisit d'un papier et d'une plume, et entreprit de rédiger sa déclaration du lendemain au capitaine Morgan. Puis elle présenta le papier à la flamme de la chandelle.

7

Sophie se rendit très tôt à son travail, afin de se préparer correctement à ses nouvelles fonctions en cuisine. Les gens oisifs dînaient généralement à trois heures, ou à six heures s'ils voulaient suivre l'horaire à la mode. Ce repas était suivi d'un souper. Ces horaires étaient également observés par le Old Ship. Cela signifiait que Sophie avait le temps de tout préparer avant midi, puis de s'accorder une pause rapide, si elle le souhaitait.

Elle était enchantée d'avoir cuisiné chez Mrs Millard toutes sortes de puddings anglais traditionnels. Elle les réussirait aussi bien que les autres mets sucrés, qu'elle appelait *les desserts*. Elle bénéficiait de l'aide de l'apprenti de Harry. Josh, âgé de quatorze ans, était un gentil garçon qu'elle aimait beaucoup. Il avait un bon visage honnête et ouvert et ne rechignait pas à la tâche, se faisant pardonner ainsi sa gaucherie enfantine. Entre autres tâches, il râpait pour elle les morceaux de chocolat, cassait et écrasait les blocs de sucre, et battait les blancs d'œufs.

Alors que Josh était en train de garnir les bassines à pudding d'un tissu blanc, pour permettre à Sophie de les remplir ensuite, Mr Hicks fit son apparition et tapa dans ses mains pour attirer l'attention générale.

— Écoutez-moi un instant, s'il vous plaît. Un officier rompu aux enquêtes criminelles, le capitaine Morgan, du service des Taxes de Sa Majesté, vient d'arriver dans nos murs. Il veut interroger tous les employés au sujet du meurtre des deux agents du Trésor connus de certains d'entre nous.

Un murmure de désapprobation parcourut l'assistance. Mr Hicks leva les mains, en un geste rassurant :

— N'ayez crainte, aucun de nous ne fait l'objet du moindre soupçon. Telle n'est point la raison de la visite de cet officier. Les regrettés Barnley et Deane ont passé la soirée précédant leur décès dans notre taverne et l'officier espère recueillir quelques informations qui pourraient le conduire à arrêter les meurtriers. Vous serez appelés chacun votre tour.

Lorsque ce fut à Sophie de déposer, la jeune fille frappa à la porte de la salle où avait lieu l'interrogatoire. Le capitaine Morgan la pria d'entrer. Elle le trouva assis à son bureau en train d'écrire. Sa plume d'oie crissait sur le papier. Il lui dit sans lever la tête :

— Asseyez-vous.

Elle prit place sur une chaise en face de lui et posa les mains sur ses genoux. Voyant qu'il n'interrompait point sa tâche, elle entreprit de l'observer. Ses cheveux, bien que non poudrés, étaient coiffés en rouleau au-dessus de chaque oreille et rassemblés sur la nuque par le traditionnel nœud noir en usage chez les militaires. Sans doute avait-il obtenu son poste après avoir servi dans l'armée. Cela expliquerait en tout cas pourquoi lui-même, tout comme ses hommes, avait cet air discipliné.

Puis Sophie dirigea son regard sur ses mains. Elles étaient fortes et larges, avec des doigts bien dessinés, aux ongles carrés et nets. Elle se dit qu'à n'en point douter elles étaient capables tout à la fois d'une grande tendresse et d'une grande violence... La jeune fille revint au visage. Le capitaine, très concentré, serrait les mâchoires. A cet instant, il était très viril, très séduisant. Et Sophie devait bien s'avouer qu'elle avait été attirée par lui au point de ne pouvoir détourner son regard du sien lorsqu'il l'avait croisée du haut de son cheval...

Enfin, l'officier leva la tête et reposa sa plume. Il surprit les yeux de Sophie braqués sur lui, et un large sourire détendit son visage.

— C'est vous, miss Delcourt ! Mes excuses !

Il se leva pour s'incliner vers elle, puis se rassit.

— Je pensais que c'étaient les servantes de la taverne qui suivraient, enchaîna-t-il. Comment vous sentez-vous ce matin ? Êtes-vous remise de vos frayeurs d'hier ?

— Je ne souffre d'aucun trouble apparent.

Elle souriait, et il vit qu'elle n'était plus du tout dans les mêmes dispositions que la veille au soir, dans les rochers. Elle semblait calme, maîtresse d'elle-même et de ses paroles.

— Je suis heureux de l'apprendre. A présent, je dois vous poser quelques questions de routine.

Il ouvrit son cahier à une nouvelle page, et y consigna quelques indications.

— Je connais votre nom et votre adresse. Quand êtes-vous arrivée en Angleterre, et où avez-vous débarqué ?

Après avoir pris note de ces renseignements, il reposa sa plume sur le bureau.

— Avant que vous ne me disiez quoi que ce soit d'autre, j'ai décidé de vous expliquer pourquoi le fait de rattraper les meurtriers de mes collègues revêt pour nous une si grande importance. Avez-vous déjà entendu cette remarque, mi-sincère, mi-ironique, disant que si l'on s'avisait de jeter en prison tous les pêcheurs qui font de la contrebande ou qui servent de guide aux contrebandiers, on ne trouverait plus un seul poisson à acheter sur la côte sud ?

Elle se dit que la tâche de l'officier devait être bien difficile.

— Oui, je l'ai entendue. Comment procédez-vous donc ?

— Dans la mesure du possible, nous les prenons sur le fait, mais ils peuvent être aussi glissants que les anguilles qu'ils attrapent en pratiquant leur métier officiel : la pêche ! Ils bénéficient de l'aide généreuse de nombreux citoyens par ailleurs fort honorables, qui souhaitent pouvoir continuer à leur acheter leurs marchandises. La perspective de ne pas payer de taxes constitue en effet pour beaucoup une tentation irrésistible. Et il en sera toujours ainsi... Il nous est arrivé de découvrir des chaires de prédicateurs et des nefs d'églises remplies de thé, et des celliers de manoirs débordants de barillets d'eau-de-vie importés illégalement ! Les gens riches et influents sont bien difficiles à convaincre de détention de produits de contrebande. D'autant qu'ils bénéficient parfois de l'appui d'amis hauts placés...

— Et qu'en est-il des meurtriers des agents du Trésor ?

— Ah, dit-il d'un air grave, ceux qui ont commis ce crime sont à ranger dans une autre catégorie. Il existe des pêcheurs-contrebandiers capables d'utiliser une arme à feu s'ils se trouvent acculés. Mais ceux dont je vous parle sont dénués de tout scrupule, et agissent sur une large échelle. Il leur arrive d'opérer par bandes de soixante hommes ou plus. Ils sont extrêmement dangereux et contraignent les citoyens ordinaires à stocker les marchandises pour eux. Ils ne montrent aucune pitié pour ceux qui se trouvent sur leur chemin, que ce soient des hommes ou des femmes, pas plus que pour ceux d'entre eux qu'ils soupçonnent de les trahir. Ils les ligotent contre un rocher, puis laissent la marée les engloutir, leur coupent la langue ou les précipitent au fond d'un puits. Bien que le service des Taxes ait démantelé la majeure partie de ces bandes, il en subsiste une, connue sous le nom de la bande de Broomfield. Elle nous a tenus en échec en de trop fréquentes occasions. Et j'ai quelques raisons de croire que ce sont eux qui ont opéré dans ce secteur.

— Mais pensez-vous qu'ils auraient osé, avec tous ces Dragons stationnés ici ?

— C'est justement ce qui prouve à quel point ils sont téméraires et rusés !

— Et vous croyez qu'ils sont les auteurs des meurtres ?

— La manière dont le crime a été exécuté porte leur signature.

Il passa sous silence certains détails, trop cruels, et qui auraient offensé sa pudeur.

— Miss Delcourt, reprit-il avec force, vous comprenez à présent combien il est important que vous me fassiez part de tout ce qui pourrait nous aider !

Elle inclina la tête :

— Je suis prête à le faire. Mais à condition que vous me donniez votre parole d'honneur que vous ne révélerez jamais votre source d'information. De même, si vous deviez avoir besoin de me poser d'autres questions, je vous demanderais de venir me trouver ici. Je respecte en cela la demande de ma logeuse, qui exige que jamais un étranger ne vienne me voir chez elle.

Il reposa la plume qu'il avait reprise.

— J'accepte vos requêtes. Je ne noterai que les dates et les lieux s'ils sont d'une importance quelconque. Ce que vous venez de me demander n'est pas aussi rare que vous pouvez le croire. Beaucoup de gens ne parlent que de façon anonyme !

— C'est bien pourquoi j'espérais que Mr Barnley et Mr Deane tiendraient compte de l'information que je leur avais fait parvenir ! s'écria Sophie.

Sa voix faiblit :

— Je crois que je suis involontairement responsable de leur mort.

Rory Morgan se cala dans sa chaise et dit d'une voix calme :

— Continuez.

Après avoir fait le récit complet des événements, Sophie resta prostrée sur sa chaise, la tête basse. Il se leva et vint poser une main sur son épaule.

— Vous n'avez aucun reproche à vous faire. Vous avez accompli votre devoir de citoyenne respectueuse des lois, tout comme ils ont accompli le leur au mieux de leurs possibilités. Je vous remercie de vous être ouverte à moi.

Elle leva la tête, les yeux remplis de détresse :

— J'ai vu trop de crimes dans mon pays. Et je déteste la violence ! Je pensais l'avoir laissée derrière moi en fuyant la France, mais elle me guettait encore... Je l'ai retrouvée dès que j'ai posé le pied sur le sol anglais.

— Que s'est-il passé ?

Il l'écouta attentivement pendant qu'elle lui relatait l'agression dont elle avait été victime, et expliquait qu'elle n'avait dû son salut qu'au miraculeux passage de Tom Foxhill. Il nota sur son cahier la description de Barnes et de ses complices.

— Puisque vous patrouillez souvent sur la côte, conclut-elle, pleine d'espoir, je pensais que le nom de Barnes vous dirait quelque chose.

Il secoua la tête :

— On m'a effectivement signalé que des crimes de ce genre étaient perpétrés à l'encontre des émigrés nouvellement arrivés. Un bon nombre d'arrestations ont été effectuées, mais le trio Barnes m'est inconnu. Comment le marquis est-il arrivé sous votre protection ? Et le petit garçon ? Est-ce un orphelin ?

Elle lui donna quelques détails, en veillant à ce qu'ils ne soient pas en contradiction avec la déclaration dans laquelle elle affirmait qu'Antoine était son neveu.

— Voyez-vous, l'Angleterre est un havre pour moi. Mais je n'aurai l'âme en paix que lorsque je serai certaine que Barnes ne fera plus d'autres victimes.

— Vous pouvez me faire confiance. Je ferai l'impossible pour les faire mettre sous les verrous, lui et ses complices.

Sophie hocha la tête avec gratitude :

— Vous m'en voyez soulagée. Peut-être pourrais-je apporter une modeste contribution à votre lutte contre la bande de Broomfield en gardant les yeux ouverts sur ce qui se passe autour de moi ?

Il saisit immédiatement la balle au bond :

— Vous feriez cela ? Je dois dire que lorsque je me suis rendu au cottage de Mrs Renfrew, j'ai pensé que ses habitants jouissaient d'une excellente vue sur tout le rivage. Et sur une distance considérable... Je vous procurerai une longue-vue. Mais je souhaiterais que vous la conserviez précieusement pour vous.

— A quels signes reconnaîtrai-je la présence éventuelle des contrebandiers ?

— Lorsque vous verrez la barrière d'une ferme grande ouverte, demandez-vous si ce n'est point pour permettre l'entrée des chariots ou des chevaux au galop. Parfois, ils font flotter sur l'eau un repère qui vous paraîtra inhabituel. Regardez le sable : des traces de pas que vous n'aviez pas notées la veille seront suspectes. Suspectes, aussi, les ailes d'un moulin à vent changeant d'angle aux heures de marée haute. Et ainsi de suite...

— Comment reconnaîtrai-je un repère ?

— Ce peut être une petite bouée. La plupart du temps, ils font flotter du liège, c'est moins visible depuis la côte. Le liège est utilisé surtout lorsque les contrebandiers apportent de l'alcool, soit en provenance de France, soit d'une goélette mouillant au large, en eaux profondes. Lorsqu'ils ne sont pas sûrs de pouvoir amener leur chargement jusqu'au rivage en toute sécurité, ils lestent les tonneaux avec des poids et les immergent sous leurs repères. Puis quand ils sont certains qu'il n'y a pas d'agents du Trésor aux environs, ils récupèrent leur marchandise.

— Donnez-moi donc cette longue-vue.

Il admira son courage. En dépit de tout ce qu'il lui avait raconté et de toutes les épreuves qu'elle avait endurées, elle persistait à vouloir l'aider. Sortant une longue-vue de sa poche, il invita Sophie à venir le rejoindre à la fenêtre. Il lui apprit à manier l'instrument et à l'ajuster à son œil. Elle fixa l'horizon, par-delà la route et la promenade, et vit s'approcher un navire qui avait déployé toutes ses voiles comme des pétales. C'était un joli spectacle.

Sophie baissa la longue-vue et la referma. Son regard s'attarda sur le bateau.

— Ses marins peuvent voir la France depuis bâbord.

— Votre pays vous manque, n'est-ce pas ? lui demanda Rory d'une voix douce.

— Oui, quelquefois, avoua-t-elle dans un murmure. Et pourtant, j'ai eu la chance de pouvoir m'enfuir et de sauver ma vie.

— N'oubliez pas que le nouveau régime ne pourra jamais changer Paris, ni les paysages, ni les ciels de France que vous connaissez.

Elle se retourna pour lui jeter un regard interrogateur :

— Vous semblez avoir connu l'exil, vous aussi.

— Non, mais je n'ai point oublié combien me manquait l'Angleterre, lorsque j'étais en Inde.

— Quand je retournerai dans mon pays, dit-elle d'un ton ferme, comme j'espère pouvoir le faire en des jours meilleurs, ce sera pour ne plus jamais le quitter.

Elle mit la longue-vue dans la poche de sa jupe et replaça son tablier par-dessus, en affirmant à Rory qu'elle lui trouverait une bonne cachette dans sa chambre.

— J'apprécie votre coopération, lui répondit-il. J'aurai besoin de vous rencontrer de temps en temps pour savoir si vous avez remarqué quelque chose.

— Je passerai vous voir à votre quartier général.

Rory secoua la tête :

— Je n'y suis pas souvent. Et puis de toute façon, mieux vaut ne pas ébruiter le fait que vous m'accordez votre aide. Nous éviterions tout soupçon si nous nous rencontrions en public. Ne pourrions-nous mélanger le travail et le plaisir ?

Elle eut une hésitation.

— J'espère que vous n'avez pas utilisé cette longue-vue comme un stratagème pour parvenir à vos fins. Je me sentirais vraiment stupide.

— Pas du tout ! se défendit-il avec véhémence. La plus petite information peut nous conduire sur une piste. Il est exact que j'ai envie de vous revoir, mais ce sont deux choses entièrement séparées.

Elle fut convaincue de sa sincérité. Et puis, ne désirait-elle point le revoir, elle aussi ?

— Je dispose de temps à autre d'une demi-journée de liberté.

— Quand ? J'aimerais vous emmener passer une soirée au Castle Inn.

— La semaine prochaine.

— Pas avant ?

Elle lui rappela qu'entre-temps ils seraient fort occupés tous les deux. Force fut pour lui d'en convenir.

Ce soir-là, en rentrant au cottage, Sophie annonça à Clara qui venait d'aller s'assurer que les enfants étaient endormis :

— Nous avons tous été interrogés à tour de rôle au Old Ship par l'officier des Taxes qui est passé vous voir.

— Le capitaine Morgan ? Ah, oui.

— Je lui ai parlé de Barnes. Non, ne froncez pas les sourcils ! Il m'a donné sa parole qu'il me contacterait toujours sur mon lieu de travail. Il m'a aussi invitée à sortir.

— C'est parfait, répondit Clara, aimable, mais le jour où il vous courtisera sérieusement, ne comptez pas utiliser mon salon.

Sophie éclata de rire :

— Espèce de marieuse ! Je m'assurerai qu'il s'arrêtera à la porte du cottage.

— Non. Plus loin ! Dans le bas du chemin !

Clara secoua la tête d'un air déterminé :

— Il suffirait que cette commère de Mrs Furlow soit cachée derrière ses rideaux pour qu'elle se mette à clamer sur tous les toits qu'elle voit défiler devant chez elle les hommes qui viennent nous voir !

— N'ayez crainte, la rassura Sophie, je ferai comme vous le souhaitez.

Cette nuit-là, le grondement lointain qu'elle ne pouvait identifier se fit à nouveau entendre. Rejetant ses couvertures, elle rejoignit la fenêtre à pas feutrés. Elle ne vit que les arbres immobiles et le chemin baigné des rayons argentés de la lune. En dépit des explications de Clara, elle était convaincue que les curieuses vibrations étaient dues aux vagues. Peut-être ne pouvait-on les percevoir que dans cette partie de la maison. Voilà qui expliquerait pourquoi le sommeil de Clara n'avait jamais été perturbé par ce sourd vrombissement...

Sophie prit la longue-vue dans le tiroir où elle l'avait dissimulée et se glissa dans la chambre des garçons. Eux avaient vue sur la mer. Elle adapta la longue-vue à son œil, mais elle ne distingua rien de particulier. Perplexe, elle retourna à sa chambre. Peu après, elle entendit arriver le visiteur nocturne de Clara.

A son grand soulagement, Sophie n'eut pas à repousser les avances des employés masculins des cuisines du Old Ship. A l'exception du chef qui l'avait engagée et qui gardait ses distances, les autres étaient trop hostiles à sa présence pour la considérer autrement que comme une usurpatrice qu'ils étaient forcés de tolérer en leur sein. Leur conviction était qu'une femme était faite pour cuisiner dans ses foyers ou, tout au plus, en tant que domestique. Mais le domaine des préparations culinaires importantes devait rester exclusivement masculin. Ainsi le voulait la tradition... Sophie savait que l'origine de cette coutume remontait à l'époque où, dans toute l'Europe, les cuisines étaient transformées en fournaises par les énormes foyers ouverts devant lesquels les hommes travaillaient nus. Mais les temps et les mœurs — y compris culinaires — avaient changé depuis !

Henriette proposa à Sophie de lui prêter une robe pour sa soirée avec Rory. Le Castle Inn, tout comme le Old Ship, était l'un des endroits prisés par la bonne société de Brighton. Il était doté d'une grande salle de bal et jouissait des faveurs du prince de Galles. Sophie ne possédait rien dans sa garde-robe qui pût convenir à un tel endroit.

— Chez la comtesse de Lombarde, il y a une collection de robes qui sont à la disposition des jeunes filles de notre âge, lui indiqua Henriette. Nous sommes toutes à la recherche d'un mari, et nous ne pouvons porter les mêmes atours à chaque fois que nous nous montrons en public ! Il y a également une boîte qui contient des fleurs de soie et des ceintures. A moins que vous n'en possédiez vous-même ?

La plupart des robes étaient faites de tissus légers, comme le voulait la mode de l'époque. Il y avait là une profusion de mousselines diaphanes, de fines batistes et de soies vaporeuses. De coupe simple, les fichus ruchés et les jupes froncées portées sur des jupons étaient très faciles à exécuter. Ainsi toutes les aristocrates françaises, même celles qui ne s'étaient jamais essayées à coudre une robe auparavant, pouvaient facilement les réaliser.

Avant de faire son choix, Sophie essaya plusieurs toilettes. Le laçage du dos permettait de les ajuster à toutes les tailles, excepté pour les jeunes filles vraiment dodues.

Au moment où elle prenait congé, Henriette exprima son inquiétude de la voir sortir sans chaperon.

— Un chaperon ? répéta Sophie avec incrédulité. En ce qui me concerne, c'est une chose qui appartient au passé. Au même titre que la vie qui a été la mienne avant le jour où j'ai dû m'enfuir de Paris. A dater de ce moment-là, il m'a bien fallu affronter seule tout ce qui s'est présenté sur ma route !

— Mais que ferez-vous si le capitaine Morgan essaie de vous embrasser ?

Sophie éclata de rire, les yeux pétillants :

— Je le laisserai faire ! Il y a bien longtemps que je n'ai pas été embrassée par un homme qui me plaît. Depuis mon départ de Paris il m'a fallu me défendre contre les baisers des domestiques, et contre ceux des deux fils Millard. Avant de devoir gagner ma vie, j'ignorais à quel point les hommes pouvaient harceler les femmes. C'est partout pareil.

Elle enroula la ceinture qu'elle avait choisie.

— Vous êtes bien heureuse d'être à l'abri de tous ces ennuis dans votre monde, grâce à votre tante, et à toutes ces douairières qui vous surveillent d'un œil vigilant.

Henriette l'écoutait parler, captivée.

— Comme vous êtes courageuse, Sophie ! Mais je le savais déjà...

En quittant Henriette, Sophie pensa à l'innocence de son amie. Vraiment, elle était bien loin d'avoir son expérience de la vie. A l'époque où elle jouissait encore de la protection de ses parents, elle avait compris très tôt que les hommes la trouvaient séduisante, mais son père ne l'avait jamais quittée des yeux lorsqu'ils sortaient ensemble.

Elle avait eu, aussi, une tendre romance avec un jeune homme qu'elle connaissait depuis toujours. Mais il était catholique, tandis qu'elle était d'origine huguenote. L'opposition de leurs deux familles l'avait éloigné d'elle. Elle en avait beaucoup souffert, mais cette expérience lui avait inculqué l'horreur de l'intolérance religieuse. Elle espérait ne jamais s'en rendre coupable un jour. Enfin, elle avait dû un jour affronter un viol. Elle avait réussi à se saisir d'un couteau de cuisine pour arrêter son agresseur, sans toutefois le blesser mortellement.

Au cottage, Clara poussa des exclamations enthousiastes à la vue de la robe. Elle proposa de lui prêter des pendentifs en or. Sophie accepta avec joie. La jeune fille ne laissait jamais d'être surprise par le luxe qui entourait Clara dans sa maison. Son linge était d'une qualité exceptionnelle, sa porcelaine était des plus fines et la nourriture elle-même était de premier choix. La jeune fille en était arrivée à la conclusion que l'amant de Clara était un homme aisé qui la comblait de sa générosité. Il était certainement marié, ce qui expliquait la détermination de Clara à vouloir éviter tout commérage à son propos.

Sophie et Rory étaient convenus de se retrouver au Castle Inn. Elle avait mis sa robe de batiste blanche et verte, s'était parée des pendentifs en or et avait jeté sa cape sur ses épaules. Elle aperçut Rory qui l'attendait à l'entrée, sanglé dans son plus bel uniforme. A sa grande surprise, elle sentit les battements de son cœur s'accélérer à sa vue. Il se hâta à sa rencontre et la conduisit à l'intérieur.

— Je me réjouissais de cette soirée, Sophie, et je formais des vœux pour que les Gentilshommes, ces mal nommés, ne m'appellent point ailleurs.

Il la débarrassa de sa cape.

— Qu'avez-vous fait, depuis notre dernière rencontre ?

— J'ai été extrêmement occupée, mais je suis désolée, je n'ai rien à vous signaler.

— Cela ne fait rien. Il est encore trop tôt.

— Avez-vous progressé un peu ?

— Non, nous sommes toujours à la recherche d'indices. Mais n'en parlons plus, ce soir. Nous sommes ici pour nous amuser.

Ils étaient parvenus à la salle de bal. A l'instar de celle du Old Ship, elle était longue et rectangulaire, ce qui convenait à la plupart des danses, et elle était brillamment éclairée par les centaines de bougies garnissant les lustres scintillants. Les miroirs accrochés au mur reflétaient les silhouettes des femmes en toilette pastel. Les hommes, eux, portaient du cramoisi, du bleu roi, du vert, du bordeaux et du noir. Tous les jeunes gens présents suivaient la nouvelle mode en arborant des cheveux naturels, coupés plus court. Tous, sauf les Dragons, superbes dans leurs uniformes, et les Français présents dans la salle... Pour ces derniers, les cheveux poudrés représentaient le signe de leur loyauté vis-à-vis de la Maison des Bourbons.

Sur la tribune, l'orchestre avait entamé une danse paysanne. Rory invita Sophie à rejoindre la piste. Elle ne connaissait pas toutes les figures, mais elle suivit immédiatement la cadence. Le cœur incroyablement léger, elle s'abandonnait à la joie de danser avec Rory. Ils prirent vivement leur tour entre les deux lignes formées par les autres couples. Heureusement, les danses qui suivirent furent moins effrénées...

Lorsque arriva l'heure du souper servi dans la salle de réception adjacente, Sophie parcourut la table d'un œil professionnel, soucieuse de comparer la pièce montée en sucre du confiseur du Castle Inn avec celle du Old Ship. Elle constata sans surprise que le motif choisi par le confiseur de la maison était un château agrémenté de tourelles et de créneaux. Elle savait qu'il était constitué de fil de fer et de carton, habilement recouvert de sucre. Cette pièce avait été exécutée avec talent, mais elle jugea que celle du confiseur du Old Ship, un galion qui voguait toutes voiles dehors, était plus réussie que celle de son rival. Cependant, depuis son départ de France, elle n'avait jamais vu aucune sculpture de sucre qui pût égaler les créations de son père, ni les siennes...

Pendant le souper, Rory lui demanda de lui parler de sa vie à Paris avant la Révolution. A son tour, elle écouta le récit de son enfance dans le Surrey et de son engagement dans l'armée, suivant en cela les traces de son père décédé.

Alors qu'il servait dans les forces de la Compagnie des Indes orientales, il avait été blessé au cours d'une escarmouche.

— Je suis resté longtemps souffrant. Après avoir été rapatrié par bateau, j'ai été déclaré invalide et on m'a démobilisé. Tout le monde était persuadé que je ne me rétablirais jamais.

Il sourit en voyant son expression inquiète.

— C'est difficile à croire aujourd'hui, n'est-ce pas ? Notre médecin de famille m'a envoyé à Brighton pour me soigner. Et l'air de la mer semble m'avoir guéri ! Depuis, je me porte comme un charme... Mais ma carrière militaire étant définitivement terminée, j'ai rejoint les rangs du service des Taxes.

Cela me permet de rester au bord de la mer. Je ne voudrais plus qu'il en soit autrement.

Il poursuivit en lui apprenant qu'il avait trois sœurs, dont deux étaient mariées. Sa mère vivait avec la troisième dans une petite ville à quelques miles de Brighton. Il se montra surpris lorsque Sophie lui raconta qu'elle pratiquait la confiserie depuis son âge le plus tendre.

— Vous étiez à l'ouvrage pendant que vos amies d'enfance jouaient !

— Mon temps était réparti entre l'éducation et le jeu. Mais la fabrication des sucreries constituait une sorte de plaisir. Peut-être l'utilisation de l'or et des couleurs faisait-elle travailler mon imagination ?

— Vous pourriez avoir votre propre confiserie !

— Telle est bien mon intention. Mais auparavant, il me reste un long chemin à parcourir. Au printemps prochain, je vais proposer mes services au Pavillon de la Mer.

— Je vous souhaite bonne chance, Sophie.

Lorsque la danse reprit, Sophie ne remarqua pas l'homme grand, vigoureux, aux cheveux noirs et bouclés coupés court, qui fit son apparition sur le seuil de la salle de bal. Dans un geste ample qui souleva les pans de son habit de velours vert, il invita les amis pleins d'entrain qui l'accompagnaient à suivre un domestique. Celui-ci les conduisit jusqu'à une niche d'où l'on jouissait de la meilleure vue sur la salle. Fermant la marche, l'inconnu ramassa un éventail que l'une des dames avait laissé tomber et le leva bien haut, afin que sa propriétaire puisse le voir. A cet instant, Sophie l'aperçut. Ses manières légères et assurées réveillèrent quelque chose au fond de sa mémoire. L'image du contrebandier à la cape marchant sur la plage traversa son esprit. Tous ses sens étaient en éveil.

— Rory, chuchota-t-elle, saisissant son compagnon par le bras sans même en avoir conscience. Cet homme... !

— Oui, que voulez-vous dire ?

Rory, intrigué par sa nervosité, l'emmena sur le bord de la piste tout en suivant la direction de son regard.

Au moment où elle s'apprêtait à lui chuchoter qu'elle était persuadée que cet étranger était le chef des contrebandiers, l'homme, qui avait rendu l'éventail à sa propriétaire, se tourna face aux danseurs. Immédiatement, Sophie eut conscience de sa méprise.

— C'est Tom Foxhill, celui qui nous a sauvés, Antoine et moi ! s'exclama-t-elle, incrédule. Voilà pourquoi j'avais l'impression de le connaître !

A la vue de la jeune fille, Tom sentit une onde d'exaltation traverser son corps. Il l'avait laissée, mortellement pâle, étendue dans le lit d'une ferme. Et à présent, elle se tenait la tête haute, le fixant de ses yeux d'ambre, et sa présence semblait emplir tout entière la pièce. C'était comme s'ils étaient seuls au monde. Et pourtant, à la manière dont elle tenait ses mains jointes à la hauteur de sa poitrine, en un geste de défense instinctif, il comprit qu'elle mettait entre elle et lui une barrière invisible. Alors, d'un geste brusque, il renversa la chaise qui obstruait son chemin et, comme poussé par une force irrésistible, il se dirigea droit vers elle. Un large sourire s'épanouit peu à peu sur ses lèvres. Tandis qu'il se rapprochait d'elle sans la quitter du regard, la jeune fille s'enhardissait peu à peu, et répondait à son sourire. A présent, ils étaient face à face et les yeux émerveillés de Tom se posèrent sur elle, redécouvrant ses traits. Mais il comprit très vite que son étrange réserve ne l'avait pas quittée.

— Mademoiselle Delcourt !

Il prit sa main et se pencha sur elle.

— Ou me permettez-vous de vous appeler Sophie ? Vous avez souvent occupé mes pensées, et dans mes pensées, vous étiez Sophie.

— Vous n'avez nul besoin de me le demander, répondit-elle avec vivacité, vous moins que quiconque ! Une fois de plus, nous nous rencontrons dans des conditions inattendues. Permettez-moi de vous présenter le capitaine Morgan. Rory, je vous présente Mr Foxhill, l'homme qui m'est venu en aide alors que je me trouvais dans la plus grande détresse.

Tom échangea quelques mots avec Rory, puis revint à elle.

— Je suis heureux de constater que vous vous êtes parfaitement remise de vos épreuves. Cependant, je le savais déjà par Mrs Millard.

— Êtes-vous retourné à la ferme ?

— Oui, j'en ai eu l'occasion. Mais pourquoi donc restons-nous ici, sur le bord de la piste ? Je serais très honoré si vous veniez tous deux rejoindre mes amis.

Cela ne faisait point l'affaire de Rory, mais la situation lui échappait. Les amis de Foxhill étaient des jeunes gens fortunés accompagnés de leurs conquêtes. Les bons mots fusaient, mais Rory bouillait d'exaspération. Il avait été séparé de Sophie, accaparée par Tom Foxhill. Tous deux étaient plongés dans une conversation qui semblait passionnante. Aussi Rory invita-t-il l'une des jeunes femmes à danser et l'entraîna-t-il dans un *cotillon*.

Tom se pencha vers Sophie :

— Qu'est-ce qui vous a décidée à venir à Brighton ?

— Je connais quelqu'un ici.

— L'officier des Taxes ?

— Non, j'ai rencontré Rory depuis. C'est une émigrée comme moi, Henriette de Bouvier, qui m'a donné l'idée de m'établir dans cette ville. Avez-vous reçu la lettre que je vous ai envoyée à Londres ?

Il hocha la tête :

— Oui. Mais je n'avais pas songé à ces dix guinées comme à un prêt. Je vous en prie, rappelez-vous que si vous deviez jamais être dans le besoin...

Elle secoua vivement la tête :

— Tout va bien, maintenant. J'ai du travail et un logement confortable.

Après lui avoir donné quelques détails, elle lui demanda combien de temps il resterait en ville.

— Pas aussi longtemps que je l'aurais souhaité, maintenant que nous nous sommes retrouvés. Mais ce n'est que partie remise ! J'ai accompagné à Brighton quelques amis qui souhaitaient venir humer l'air de la mer — il jeta un coup d'œil dans la direction de l'une des jeunes femmes, dont le regard glacé démontrait qu'elle goûtait fort peu sa négligence à son égard — et nous sommes descendus ici, au Castle Inn. Je pars pour la Hollande demain. Je suis négociant en objets d'art, et Amsterdam est le lieu où s'achètent les marchandises de qualité importées d'Extrême-Orient. Je surveille tous les marchés, que ce soient ceux de Saint-Pétersbourg ou de Vienne, de Florence ou d'ailleurs. Avant la Révolution, je me rendais souvent à Paris.

— Donc, vous voyagez beaucoup.

— Trop, parfois. Mais je pense laisser bientôt cet aspect de mon métier à mon frère, Richard, qui est mon aîné de dix ans. Pour le moment, il s'occupe de notre boutique à Londres. Je songe également à ouvrir une boutique à Brighton.

— Vous pourrez toujours constituer votre fonds de commerce en achetant leurs biens aux émigrés, répondit-elle étourdiment, en faisant allusion aux pratiques malhonnêtes des charlatans qui flouaient ses compatriotes.

Il leva un sourcil désapprobateur :

— Effectivement, je leur achèterai des marchandises en les payant leur juste prix. Et je leur en vendrai suivant les mêmes critères !

Elle rougit :

— Je suis désolée ! Je ne pensais pas que vous vous sentiriez concerné personnellement par ma remarque. Je connais votre générosité.

Il sourit :

— Vous ne m'avez pas blessé. Je reconnais qu'à l'occasion je suis un peu dur en affaires. Nous souhaitons tous être récompensés de nos efforts du mieux possible — tout comme le capitaine Morgan espère toucher une bonne prime lorsqu'il découvre des marchandises de contrebande, et qu'il met la main sur les malfaiteurs. Je vous rappelle également que tous vos compatriotes émigrés ne sont pas ruinés. Certains sont arrivés de France avec l'équivalent d'une fortune en bijoux.

— Mais la plupart ont dû tout abandonner et d'autres ont perdu tous leurs biens pendant leur voyage, rétorqua-t-elle, en pensant avec amertume aux joyaux de la comtesse.

— Mrs Millard m'a dit que l'on n'avait jamais retrouvé ce qui vous appartenait.

— C'est exact, en dehors d'un manuel de confiserie écrit par mon père, ce qui m'a comblée de joie. Comment se portent les Millard ?

— Très bien, d'après ce que j'ai pu en voir. Ils ont prétendu ne pas avoir la moindre idée de l'endroit où vous vous étiez rendue après avoir quitté la ferme. Je n'ai d'ailleurs pas été le seul à me renseigner. Mrs Millard m'a dit qu'un Français était passé chez eux peu de temps après votre départ.

— Mais personne ne savait que j'avais séjourné là-bas !

— Ce n'était pas vous qu'il voulait voir. Il avait entendu parler du décès du marquis de Fontaine et voulait savoir comment il était mort. Mrs Millard n'a pas réussi à saisir son nom. Elle m'a dit que sa prononciation dépassait son entendement. Elle a tout de même compris qu'il s'agissait du gendre du vieux monsieur. Un veuf...

Sophie ressentit un élan d'allégresse. Antoine avait un oncle en Angleterre ! Son protégé avait un parent vivant ! Peut-être le petit garçon en retrouverait-il d'autres encore, plus tard... Mais elle ne cesserait jamais de prendre soin de lui, avant d'avoir rempli la promesse qu'elle avait faite à sa mère.

— Mrs Millard a-t-elle ajouté autre chose à propos de cet homme ? Sait-elle où il habite, ou si sa famille — s'il en a une — l'avait accompagné ?

— Non, elle ne m'a rien dit de tel. En quittant la ferme, le Français a demandé à être conduit sur la tombe du marquis car il voulait lui rendre hommage. Elle a mentionné qu'il s'était inquiété des personnes qui accompagnaient le vieil homme. Il voulait savoir où il pourrait les trouver. Mais bien sûr, elle n'a pas pu le renseigner. Pourquoi ne lui avez-vous pas laissé votre adresse ?

— Est-ce ce qu'elle vous a dit ? s'étonna Sophie. Ce n'était pas mon idée, mais la sienne !

Elle lui expliqua que la fermière ne voulait pas que ses fils tentent de la retrouver. Mais Tom n'abandonna pas le sujet pour autant.

— Mais sur la lettre que vous m'avez écrite, vous n'avez pas indiqué d'adresse non plus ! Le cachet de la poste était la seule indication pouvant m'éclairer sur l'endroit où vous vous trouviez.

Elle répondit avec franchise :

— Vous aviez déjà été si bon pour nous ! Je ne voulais pas que vous puissiez me retourner la lettre de change du banquier, sous le prétexte que nous pourrions à nouveau nous trouver en difficulté !

— Comment va Antoine ?

Ils poursuivirent leur conversation. Pendant ce temps Rory bavardait avec les amis de Tom. Ils étaient tous liés, de près ou de loin, au prince de Galles. Les dames, elles, étaient en bons termes avec Mrs Fitzherbert. Quant à Tom, il avait fourni le prince en meubles de prix, pour Carlton House et pour le Pavillon de la Mer. Le prince l'accompagnait assez souvent à des ventes aux enchères. Et lorsque Tom achetait un objet particulièrement beau, il accordait toujours la primeur de sa découverte à son royal protecteur.

Peu avant la fin du bal, après avoir dansé à s'étourdir,

Sophie et Rory prirent congé. Tom les raccompagna dans le hall. Profitant de l'absence de Sophie qui était allée chercher sa cape, il confia à Rory :

— Je voulais éviter de gâcher la soirée de Sophie. Mais il y a quelque chose qu'elle doit savoir. Il vous faudra choisir le moment approprié pour le lui dire, car cela va la peiner profondément. Le Français qui est venu à la ferme a profané la sépulture du marquis. Détail atroce, il a arraché la cocarde blanche confectionnée par Sophie, et l'a enfoncée dans la boue à coups de talon !

— Grâce à Dieu, Sophie n'était plus là-bas lorsque c'est arrivé, répondit vivement Rory. Elle a traversé suffisamment d'épreuves. L'individu qui a profané la sépulture du marquis était sans doute un révolutionnaire, venu ici pour espionner les émigrés. Il entre dans mes fonctions de tenter de repérer ces gens. Mais c'est une tâche difficile !

— J'en suis persuadé. Ah ! voilà Sophie.

Les deux hommes la regardèrent s'approcher. Avant qu'elle ne prenne congé, Tom exprima l'espoir de la revoir bientôt.

— Si vous ouvrez une boutique à Brighton, je suis sûre que nous nous rencontrerons de temps à autre, répondit-elle sans s'engager. Je vous souhaite une bonne nuit, Tom.

— Bonne nuit, Sophie... et à vous aussi, capitaine Morgan.

Debout sur les marches, les mains aux hanches, les coudes relevés et les pieds écartés — dans une attitude inconsciemment agressive —, Tom suivit le couple des yeux. Son ombre démesurément longue se dessinait sur les pavés.

Il désirait Sophie, et se jura de la posséder un jour. Depuis qu'il l'avait quittée, le souvenir obsédant de son ravissant visage hantait sa mémoire. Que n'était-il passé à la ferme des Millard, lors de son voyage de retour ! Il avait attendu un moment plus opportun. Et elle s'était envolée ! Ensuite, la fermière lui avait menti, en prétendant ignorer la destination de la jeune fille. Il aurait dû s'en douter, et lui extirper la vérité, de gré ou de force ! Le cachet de la poste sur la lettre que Sophie lui avait expédiée était un indice. Mais au cours de ses deux visites précédentes à Brighton, il n'avait pas réussi à la dénicher. Il ne la laisserait pas lui échapper à nouveau.

Sophie et Rory rentrèrent par la plage. Tout au bonheur de leur soirée, elle était d'humeur exquise. Il décida d'attendre un peu avant de lui rapporter les paroles de Tom Foxhill.

— Nous nous quitterons à l'endroit où le chemin quitte la route de la mer, dit-elle au bout d'un moment. Ma logeuse m'a expressément demandé de rentrer seule à la maison. Elle craint les commérages.

Il parut surpris :

— Mrs Renfrew m'a semblé être une femme audacieuse et ouverte. Je suis étonné qu'elle s'inquiète de bavardages stupides.

— Je crois que je sais pourquoi, s'exclama Sophie, les yeux pétillants de malice. Mais je ne suis pas sûre de pouvoir vous le dire...

Il rit :

— Avez-vous donc peur de me scandaliser ?

— D'aucuns pourraient l'être, en effet. En fait, je pense qu'elle a un amant de minuit. Voilà pourquoi elle prend bien soin de ne pas prêter le flanc aux ragots ! Elle ne se doute point que je sais toujours à quel moment il vient lui rendre visite !

— Dormez-vous mal ?

— Non, plutôt bien. Mais d'une oreille seulement, à cause d'Antoine !

Elle baissa le ton :

— Parfois, je fais des cauchemars, je rêve du passé.

— J'ai bien peur que tous ceux qui ont, un jour ou l'autre, été plongés dans l'horreur fassent de même. N'importe quel soldat qui se serait trouvé au cœur d'une bataille pourrait en témoigner !

Elle s'arrêta pour le regarder :

— Vous aussi ?

Il hocha la tête. Elle posa sa main sur sa joue. Il s'empara de ses doigts et baisa le creux de sa paume. L'instant d'après, elle était dans ses bras. La bouche de Rory se posa sur la sienne. L'empressement avec lequel elle répondit à son baiser augmenta encore la fougue du jeune homme, et elle s'abandonna entièrement au plaisir sensuel que lui procurait son étreinte passionnée, à l'exaltation déclenchée par son contact viril, et au havre de sécurité de ses bras. Quelques secondes durant, Sophie ne fut plus seule au monde. Mais quand leurs lèvres se désunirent, elle revint brutalement à la réalité. Non. Elle ne pouvait pas s'engager avec qui que ce soit. Elle avait trop à faire avant...

Rory la serrait toujours contre lui avec autant de force.

— Vous ne me connaissez pas encore, dit-il d'une voix sourde. Mais je voudrais que ce baiser ne soit qu'un commencement...

Elle secoua négativement la tête. Elle ne pouvait lui faire aucune promesse.

— Je ne puis vous offrir que mon amitié, Rory. N'espérez rien de plus !

Il fronça les sourcils :

— J'ai parlé trop vite. J'ai été submergé par les sentiments que j'éprouve pour vous.

— Moi aussi, je l'ai été. Un instant du moins...

— Y a-t-il quelqu'un d'autre ?

— Non, répondit-elle fermement. Mais je suppose qu'il y a une fille, quelque part, qui vous aime ?

— Il n'y a personne.

Il disait vrai. Jamais, jusque-là, il n'avait voulu se lier à une femme...

— Ce ne sont certainement pas les occasions qui vous ont manqué, j'en suis bien sûre !

Ses yeux pétillants de gaieté et d'espièglerie lui firent oublier la gravité du moment qu'ils venaient de vivre.

— Vous avez raison ! répondit-il avec bonne humeur. (Puis, entrant dans son jeu, il ajouta :) Je crois que vous venez de parler d'amitié, Sophie. Restons-en donc là.

Il songea en lui-même : « Pour le moment. » Et il fut convaincu, en observant la manière dont elle le regardait, qu'elle venait de faire de même... Peu de temps après, ils s'engagèrent dans le sentier. Parvenus au sommet, ils convinrent d'un nouveau rendez-vous. Après lui avoir souhaité la bonne nuit, Sophie parcourut seule quelques mètres, mais fit vivement demi-tour, et courut le retrouver. Elle le saisit par le bras, comme si le contact de sa main pouvait obliger le jeune homme à écouter plus attentivement ce qu'elle allait lui dire.

— Soyez prudent, implora-t-elle. La traque de la bande de Broomfield peut être dangereuse !

Il sourit, rassurant :

— Je suis toujours sur mes gardes. Pourquoi êtes-vous revenue me dire cela ?

Elle ne sut que répondre. Elle ignorait ce qui avait provoqué l'épouvantable pressentiment qui l'avait enveloppée comme une brume glacée et invisible.

— J'ai ressenti le besoin de vous prévenir, souffla-t-elle finalement.

Il lui prit les bras et contempla le visage tendu, aux yeux immenses et sombres levés vers les siens.

— Je vous en remercie. Mais maintenant, chassez la peur de votre esprit. Tout ira bien.

Mue par une impulsion, elle se haussa sur la pointe des pieds pour l'embrasser. Puis elle se remit à courir le long du chemin. Il la suivit des yeux jusqu'à ce qu'elle fût hors de sa vue. Mais il ne sut pas qu'au moment où il tournait les talons Sophie se rappela soudain que la mère d'Antoine n'avait pas de sœur. Ce ne pouvait donc pas être le gendre du marquis qui s'était rendu à la ferme...

Depuis l'accident, Sophie était allée voir plusieurs fois Harry et sa femme. Elle savait qu'il appréciait ses visites. Il fut heureux d'apprendre que son apprenti souhaitait lui aussi venir le saluer. Mais Sophie n'osait pas lui dire que Josh l'avait déçue. Il était devenu si négligent qu'elle avait dû le réprimander. Lui demandait-elle d'ajouter une pincée de sel à un plat ? Il en versait une cuillère à soupe. L'obligeant à tout jeter et à recommencer, ce qui se soldait bien souvent pour elle par une course contre la montre... Si d'aventure elle lui faisait une remarque, il protestait qu'il n'avait fait que ce qu'elle lui avait demandé. Et recommençait à la première occasion, notamment en ajoutant beaucoup trop d'épices ! L'apprenti étant sous sa responsabilité, elle devait affronter ensuite le mécontentement du chef cuisinier.

Peu à peu, elle comprit que Josh sabotait délibérément son travail. Sans doute parce qu'elle était une femme... Exaspérée de découvrir une telle animosité chez un si jeune représentant du sexe dit fort, Sophie décida de le tancer vertement. Au moment où elle se préparait à le réprimander, elle fit une nouvelle découverte : il avait mélangé du sable à la farine ! Par chance pour Josh, le chef cuisinier n'était pas présent, car cette fois la jeune fille laissa exploser sa colère. Une démonstration de rage à laquelle Josh assista mi-pétrifié, mi-admiratif...

— Il suffit, maintenant ! cria Sophie. J'en ai assez de vos

tours stupides ! Si je n'avais pas remarqué la différence de texture, les convives auraient été aussi blêmes de rage en découvrant du sable dans leur pudding que je le suis à présent ! Tout ce que je puis supposer, c'est que vous agissez ainsi pour prouver votre loyauté vis-à-vis de Harry. Mais vous êtes très sot ! Que vous le compreniez ou non, ma loyauté lui est acquise également ! Ne vous avisez point de recommencer, ou je vous chaufferai les oreilles jusqu'à ce qu'elles deviennent rouges comme des fanaux ! Et maintenant, dépêchez-vous d'aller jeter la farine que vous avez gâchée, et de nettoyer la bassine à fond !

— Oui, miss.

La réaction initiale de Josh avait fait place au désarroi. La honte au front, il souleva la bassine et l'emporta. Sophie, elle, se tourna vers les autres domestiques. Comme ils avaient ri, quand elle avait découvert la farine mêlée de sable ! Les trois cuisiniers, plus encore que le pâtissier, s'en étaient donné à cœur joie. A présent, ils exprimaient tous trois bruyamment leur compassion pour Josh. Un malheureux garçon obligé de travailler avec une mégère... Sophie se dit que c'était peut-être bien ces trois-là qui étaient à l'origine de ses ennuis. Peut-être encourageaient-ils Josh à lui jouer ses tours. Peut-être même l'y incitaient-ils ? Lorsque le chef cuisinier fut de retour, Josh qui lança à Sophie un regard angoissé. Il craignait d'être dénoncé... Mais la jeune fille poursuivit sa tâche sans rien dire et l'apprenti ne put cacher son soulagement.

Au cours de la matinée, la fleuriste vint faire sa visite quotidienne à la cuisine. Le chef sélectionnait les fleurs comestibles qu'il utilisait abondamment dans les salades et en garniture, et laissait Sophie choisir elle-même celles destinées à décorer les desserts. Elle les sélectionna et les plaça dans un peu d'eau, sur un plateau réservé à cet usage. Alors que la fleuriste s'en allait, Sophie se décida à prendre quelques boutons de rose supplémentaires pour les placer sur les *quaking puddings* qu'elle préparait suivant une vieille recette apprise à la ferme. Ces puddings étaient ainsi nommés parce qu'ils tremblaient au plus léger mouvement.

— Attendez ! cria-t-elle à la femme qu'elle rattrapa près de la porte d'entrée.

Mais les roses qui restaient dans le panier n'étaient pas de la couleur qui convenait, et Sophie rejoignit la cuisine quelques secondes plus tôt que prévu. Et elle vit l'un des cuisiniers donner une bourrade à Josh pour l'éloigner, bousculer sa table pour faire tomber son plateau de fleurs sur le sol et renverser la terrine !

— Ainsi, c'était vous ! hurla-t-elle, au comble de la fureur. Ce n'était pas Josh !

La précédente explosion de colère de Sophie ne fut rien à côté de la volée de bois vert qu'elle envoya au cuisinier coupable. Celui-ci tenta bien de lui échapper, mais Josh, mû par l'esprit de revanche et voyant qu'il avait une alliée sûre en la personne de Sophie, avoua que les trois cuisiniers s'étaient ligués contre elle pour lui jouer des tours. Le remue-ménage qui s'ensuivit dans la cuisine alerta les serviteurs qui accoururent à toutes jambes pour assister à la scène. Même le préposé à la taverne avait abandonné son comptoir pour venir voir ce qui se passait ! Par bonheur, Mr Hicks n'était pas présent. Sinon le résultat ne se serait pas fait attendre... Ce fut le chef qui finit par ramener le calme en renvoyant les spectateurs à leurs activités et en réprimandant sévèrement le personnel dont il avait la responsabilité. Il n'épargna personne.

— Et maintenant, conclut-il d'un ton menaçant, retournez tous à votre travail ! Ou alors... !

Sophie se baissa pour ramasser celles des fleurs tombées à terre qui n'avaient pas été écrasées. Josh — qui avait réussi à échapper aux calottes des cuisiniers qu'il avait dénoncés — nettoya le sol maculé de pâte à pudding.

— Je suis désolée de vous avoir accusé de tous ces forfaits par erreur, Josh, lui dit Sophie d'un ton navré.

Il eut un bref sourire.

— N'en parlons plus. J'aurais dû vous dire ce qu'ils faisaient, mais j'avais trop peur. Je pensais que vous, une étrangère et une femme, vous ne pourriez pas faire le poids contre eux.

— Vous menaçaient-ils ?

Il hocha la tête.

— Ils disaient qu'ils feraient mettre fin à mon apprentissage si je les dénonçais.

— Nous allons leur opposer un front uni, à partir de maintenant, déclara-t-elle d'un ton triomphant.

— Sûr, miss Sophie !

Sophie ne fut plus directement en butte au harcèlement,

même si hors de la présence du chef les moqueries continuaient. Elle se contentait de les ignorer. De temps en temps elle serra les dents, et bouillit intérieurement de colère. Mais elle ne perdit plus jamais le contrôle d'elle-même.

Le succès de ses œufs à la neige fut presque immédiat. La jeune fille avait un secret, qu'elle confia à Josh : elle ajoutait une larme d'eau de rose aux blancs d'œufs pendant qu'elle les faisait monter. Puis elle maintenait au-dessus du plat une pelle de boulanger remplie de braises. Et elle obtenait des nuages neigeux, flottant sur une crème dorée. C'était grâce au même système de chaleur contrôlée, sa crème brûlée prenait des teintes ambrées. Fidèle à ses habitudes de toujours, elle décorait les desserts de fleurs fraîches. Les boutons de rose et les pensées ajoutaient la touche finale à la décoration d'un plat, au même titre que les fleurs de ciboulette et les pétales de souci donnaient de la couleur aux salades du chef. Ainsi, les tons orange de la capucine rehaussaient-ils son blanc-manger constitué de crème et de miel. Cette spécialité remportait un succès si éclatant auprès des dîneurs que le pâtissier en conçut une vive aigreur, jetant ses casseroles à terre et hurlant que le blanc-manger de Sophie évinçait ses mousses de fruits. Il ne retrouva son calme qu'après que la recette de Sophie eut été rayée du menu.

— Je vous avais prévenue, lui dit le chef.

Si elle n'avait pas montré autant de talent pour le travail qui entrait dans ses attributions, il n'aurait pas hésité à la renvoyer.

— Le blanc-manger était de mon ressort ! Pas de celui du pâtissier ! repliqua-t-elle, furieuse.

— Je n'en disconviens pas, concéda-t-il. Mais vous n'êtes qu'une femme. C'est donc à vous de céder.

Sophie fulmina intérieurement, mais elle prit sa revanche dès le lendemain. Elle confectionna un pudding à la vapeur, léger comme des fils de la Vierge, agrémenté d'une sauce rosée dans laquelle elle avait incorporé des fraises fraîches délicieusement sucrées. Ce pudding devint le plat le plus prisé de toute la carte, la demande pour les glaces et les mousses de fruits du pâtissier chutant immédiatement.

Plus tard, lorsque la saison des fraises fut passée, Sophie les remplaça avec un égal succès par d'autres fruits. Et elle sut qu'elle était finalement sortie victorieuse du conflit...

Lorsqu'elle lui conta cette anecdote lors d'une visite, Harry rit de bon cœur.

— Je ne pense pas que le chef me reprendra à la cuisine du Old Ship après tout le talent que vous y déployez, dit-il avec simplicité.

Il ne réussit pas à dissimuler l'expression anxieuse de ses yeux. Plusieurs semaines après son accident, il était loin d'être guéri. Ses mains et ses bras étaient toujours bandés, et il souffrait encore beaucoup.

— Si, il vous reprendra, répliqua fermement Sophie. Vous êtes un maître dans la confection des puddings ! Et puis, je sais à quel point le chef tout comme les autres cuisiniers souffrent de ma présence. Ils m'apprécieraient beaucoup si je nettoyais les planchers ou si j'épluchais les légumes, mais ils enragent à l'idée qu'une femme puisse prendre la place et les responsabilités d'un homme. Ils ne font que me tolérer, dans l'attente de votre retour... Quoi qu'il en soit, je quitterai le Old Ship dès que vous y reviendrez. J'ai d'autres projets. Dans l'intervalle, je conserve votre poste pour vous et j'acquiers de l'expérience...

A l'expression reconnaissante d'Harry, elle comprit qu'elle l'avait rassuré.

8

Rory effectua plusieurs arrestations dans le voisinage. Les recherches effectuées avaient permis de découvrir des marchandises de contrebande dans des granges, des étables et même derrière la double cloison d'une maison inhabitée. Mais il apparut qu'aucun des malfaiteurs interpellés n'était impliqué dans le meurtre des agents du Trésor. Il s'agissait de contrebandiers à la petite semaine, qui lorsque l'occasion s'en présentait introduisaient clandestinement quelques barillets d'alcool, un peu de dentelle, ou du thé. Les membres de la bande de Broomfield ignorant que leur débarquement avait eu un témoin, une surveillance discrète était maintenue sur la plage. A chacune de leurs rencontres, Rory gardait Sophie informée des progrès de l'enquête.

Par un matin couvert, alors que Sophie était en route pour l'auberge, Rory et ses hommes la dépassèrent au galop. Rory ne la vit pas. Les chevaux qui passaient dans un bruit de tonnerre faisaient jaillir des gerbes d'eau sous leurs sabots. Elle se retourna pour les regarder disparaître par la route du bord de mer, qui était en partie inondée. Durant la nuit, les vagues, poussées par un vent violent, étaient venues s'abattre jusque-là. Plus tard dans la journée, elle apprit qu'au cours de cette même nuit une bataille rangée avait eu lieu dans les collines entre des contrebandiers appartenant à deux bandes rivales. Deux blessés avaient été abandonnés sur place. Lorsqu'elle revit Rory, celui-ci lui raconta qu'il avait subi un autre revers :

— J'espérais que les deux prisonniers accepteraient de

témoigner contre leurs complices. Mais ils ont succombé à leurs blessures...

— Savez-vous s'ils appartenaient à la bande de Broomfield ?

— L'un d'eux a vécu assez longtemps pour pouvoir me dire que c'était contre cette bande qu'il s'était battu ! L'autre n'a pas repris conscience. Mais, ajouta-t-il, c'est ainsi que vont les choses, parfois. Ma chance va bien finir par tourner, un jour ou l'autre.

— Je l'espère, répondit-elle avec ferveur.

Leurs pas les avaient conduits le long de la promenade. Ils firent une pause, et Rory s'appuya contre le muret, face à la ville, tandis que Sophie regardait la mer. Les étoiles brillaient comme des diamants dans la nuit claire. Le beau temps était revenu.

Rory lui jeta un regard en biais. Leur conversation avait pris un tour sérieux, et il jugea le moment venu de lui transmettre l'information donnée par Tom Foxhill.

— Sophie, dit-il en se redressant et se tournant vers elle, j'ai quelque chose d'autre à vous dire. Je sais que je vais vous causer de la peine. L'autre soir, au Castle Inn, Foxhill m'a rapporté un événement très désagréable. Il m'a demandé de choisir un moment approprié pour vous en parler.

— S'est-il passé quelque chose à la ferme des Millard ? s'écria-t-elle, anxieuse.

— Non, ce n'est pas cela.

Il lui fit part de la profanation de la sépulture du marquis.

Elle secoua la tête d'un mouvement convulsif et joignit les mains.

— Mais quelle haine ! Les révolutionnaires n'accordent-ils donc pas même à leurs victimes le droit de reposer en paix ? L'idée que l'on puisse échapper à leurs filets leur est insupportable. Oh ! quand Tom Foxhill m'a parlé de ce Français venu à la ferme, je m'étais doutée de quelque chose. Il s'est présenté comme le gendre du marquis. Mais je savais que le marquis n'avait pas d'autre gendre que le père d'Antoine. Et celui-ci est mort !

Rory posa ses mains sur les siennes d'un geste protecteur et sa chaude étreinte la ramena au calme.

— Que dites-vous ? Le mari de votre sœur était-il noble ?

Elle détourna la tête, sa voix faiblit :

— J'ai assez parlé.

— Non, dit-il doucement. Que me cachez-vous ? Vous pouvez me faire confiance maintenant, n'est-ce pas ?

D'un geste vif, elle tourna son regard angoissé vers lui.

— Oui, je vous fais confiance ! Peut-être est-il temps pour moi de tout vous dire, Rory. Je n'ai pas été entièrement sincère avec vous, ni avec personne, depuis que je suis arrivée en Angleterre. Mais j'ai agi pour préserver la sécurité d'Antoine. Il n'est pas mon neveu. Je n'ai pas de sœur. Antoine est le seul héritier vivant des comtes de Juneau...

Elle lui fit le récit complet des événements, depuis l'appel pathétique de la comtesse et la découverte du marquis dans l'orangerie, jusqu'à leur fuite devant les révolutionnaires et leur odyssée jusqu'à la côte. Elle ne s'attarda pas sur les détails du voyage, mais Rory n'eut aucun mal à imaginer la lourde charge qui avait été la sienne, et la difficulté de se frayer un chemin au milieu du danger avec deux protégés d'âge si différent.

— Henriette est la seule à connaître l'identité exacte d'Antoine, conclut Sophie, et elle ne la trahira jamais. C'est elle qui m'a mise en garde pendant la traversée.

Rory connaissait Henriette. Un jour qu'il avait emmené Sophie danser à Promenade Grove, ils avaient croisé la jeune fille. Certes, elle semblait placer très haut son amitié avec Sophie. Mais Rory s'interrogea tout de même. Saurait-elle rester discrète sur la véritable identité d'Antoine en toutes circonstances ?

— La comtesse m'a confié que son neveu était aussi son pire ennemi, poursuivit Sophie, passant ses doigts sur ses sourcils comme pour rassembler plus sûrement ses idées. Cet homme était lié aux traîtres. Il est à n'en point douter haut placé dans le gouvernement révolutionnaire ! Il ne se trouve sûrement pas en Angleterre. Je crains — elle avala sa salive — qu'il n'ait dépêché quelqu'un pour pourchasser Antoine. Après son échec, cet individu s'est vengé sur la tombe du marquis !

Rory passa un bras autour de ses épaules, et sentit qu'elle tremblait de tous ses membres.

— Tout ceci me semble hautement improbable, dit-il pour la rassurer. Vous ne vous êtes retrouvés à la ferme que par un pur effet du hasard. En quittant Shoreham avec Barnes, vous n'aviez laissé aucune trace derrière vous. J'ai l'impression, d'après ce que j'ai compris des informations de Foxhill, que le profanateur était un agent infiltré en Angleterre, qui tentait de nuire à son pays par l'espionnage et le sabotage. Il avait entendu raconter qu'un aristocrate français avait été enterré au cimetière. Mais il n'en voulait pas précisément aux Juneau... De toute façon, Mrs Millard se ferait couper en morceaux plutôt que de dévoiler l'endroit où vous vous êtes rendue. Personne, donc, ne pourra vous retrouver à Brighton !

Elle se laissa convaincre par le ton apaisant de Rory. Peut-être s'était-elle laissé emporter par ses craintes.

— J'espère que vous avez raison, mais je continuerai à rester vigilante.

— Cela me semble judicieux. Je vais vous ramener chez vous, maintenant, Sophie. Si cela peut vous être une consolation, considérez-moi comme le second protecteur d'Antoine.

Elle lui dédia un sourire plein de gratitude :

— Je suis heureuse d'avoir pu vous raconter tout ce qui m'est arrivé.

— Vous pouvez me faire entièrement confiance, Sophie.

— Je le sais.

Bien décidé à ne pas la quitter sur le chemin ce soir-là, Rory la raccompagna jusqu'à la porte du cottage. Heureusement, pour une fois, Clara était déjà endormie, morte de fatigue après une journée de travail bien remplie sous les ardents rayons du soleil. Le baiser passionné que Rory et Sophie échangèrent avant de se séparer n'eut aucun témoin.

Les semaines d'été se succédaient. Sophie continuait à rencontrer Rory aussi souvent que son service et ses horaires de travail le leur permettaient. Le district que couvrait l'officier était grand et, parfois, ils ne pouvaient faire mieux que d'échanger quelques mots à la porte de la cuisine du Old Ship. Cela ne faisait que rendre le temps qu'ils passaient ensemble plus précieux encore. A l'occasion, il leur arrivait de souper dans l'une des quarante et une tavernes de la ville. Là, ils pouvaient parler sans se soucier du monde qui les entourait. Un soir, ils se joignirent à la foule massée sur le Steine pour admirer le feu d'artifice donné en l'honneur du trente et unième anniversaire du prince. Des festivités avaient lieu à l'intérieur du Pavillon de la Mer, mais le prince, accompagné de Mrs Fitzherbert et de tous leurs invités, accourut pour jouir du spectacle offert par les cascades d'étoiles multicolores qui descendaient du ciel. Le prince fut salué par des applaudissements, auxquels il répondit en agitant la main.

« Félicitations, Prinny ! », « Bonne chance, Prinny ! » Les vœux et les vivats fusaient de toutes parts, jaillissant des poitrines du bon peuple de Brighton. Sophie et Rory joignirent joyeusement leurs voix à celles des spectateurs, comme s'ils étaient nés eux aussi dans cette cité qui lui devait sa prospérité.

A deux reprises, après que Sophie eut travaillé presque vingt-quatre heures d'affilée pour participer à la préparation du buffet offert au cours des soirées privées et des bals donnés par le prince au Old Ship, le chef lui accorda une journée complète de liberté. La première fois, Rory réorganisa son service de manière à pouvoir louer une voiture et la conduire sur les Downs avec Antoine et Billy. Le prince passait les troupes en revue.

Le prince avait dessiné le nouvel uniforme des Dragons dont il était le colonel en chef, et il le portait lui-même. Sanglé dans sa belle veste bleue garnie de galons d'argent, portant la culotte de nankin blanc et la coiffure de fourrure noire au plumet blanc, il était d'une suprême élégance. Les troupes, quant à elles, marchaient fièrement au son du tambour, derrière des bannières bordées d'or qui flottaient dans la brise. A la vue de ce spectacle grandiose, l'excitation des deux garçons atteignit des sommets. Rory et Sophie, quant à eux, terminèrent leur journée au théâtre.

La fois suivante, Rory emmena Sophie et les garçons aux courses de chevaux qui avaient lieu sur les pentes herbeuses des collines. Le prince faisait partie de la foule des spectateurs — un endroit un peu à l'écart avait tout de même été réservé à son intention et à celle de ses amis. Il hurlait à pleins poumons des encouragements aux chevaux. Mrs Fitzherbert, qui n'était jamais bien loin de lui, assistait aux courses depuis sa voiture. Son teint parfait était protégé par un grand chapeau à large bord garni de roses, et par une ombrelle agrémentée de ruches. Sophie, qui tenait la main de Billy, la vit sourire à Antoine alors qu'il passait, juché sur les épaules de Rory. Elle aurait ardemment souhaité pouvoir lui présenter le petit comte de Juneau, dont les parents l'avaient reçue chez eux autrefois.

Ses craintes à propos du sort du comte et de la comtesse de Juneau avaient hélas été confirmées. Henriette lui avait montré leurs noms, mentionnés dans le journal français publié à Londres. Tous deux étaient sur la liste des victimes de la Révolution. Le comte était décédé, son épouse avait été guillotinée. Le même journal faisait état du meurtre d'un duc français à Londres. Un jeune homme, dernier de sa lignée. Son assassin avait prouvé que l'esprit de vengeance pouvait traverser la Manche. Il avait signé son crime en écrivant sur un miroir, avec le sang de sa victime, les mots *Liberté, Égalité, Fraternité*. Sophie comprit que, plus que jamais, le secret de l'identité d'Antoine devait être bien conservé.

Antoine appréciait la compagnie de Rory. C'était un enfant de cinq ans très intelligent et la perte de son grand-père, plus encore que celle de son père, avait laissé un vide dans son existence. Il continuait, de temps en temps, à laisser éclater un désespoir intime dont il ne connaissait pas l'origine. Il ne supportait pas d'être moqué par les autres enfants lorsqu'il ne parvenait pas à formuler ses phrases dans un anglais correct, et manifestait son humiliation en hurlant et en tapant du pied. S'il se battait et se querellait avec Billy, c'était d'une autre manière, car les deux enfants étaient bons amis. Il avait pris l'habitude d'appeler Clara « Ma », tout comme Billy. Sophie avait tenté de le corriger, mais Clara avait secoué la tête.

— Laissez-le faire. Personne ne pourra prendre la place de sa mère, ni vous, ni moi, mais ça réconforte cet enfant de m'appeler « Ma ».

Sophie pensa, comme elle l'avait fait en maintes occasions déjà, qu'elle avait eu beaucoup de chance de rencontrer sa logeuse.

Sophie entendit parler du dernier pari lancé au sein de la noblesse alors qu'elle se trouvait au Old Ship. Ce fut le cuisinier qui supportait le moins sa présence qui en parla le premier. L'homme ne s'était probablement pas remis de la semonce qu'il avait reçue du chef après avoir délibérément renversé le plateau de fleurs et la terrine de Sophie. Il ne s'était plus jamais risqué à ce petit jeu, mais saisissait la moindre occasion de s'amuser aux dépens de la jeune fille.

— Connaissez-vous la nouvelle ? lança-t-il. Il y a une bande de nobles qui se sont mis dans la tête d'arranger des paris, en faisant courir des femmes de métiers différents. Il y a une modiste, une poissonnière, une couturière et d'autres. Si ce sont toutes des Frenchies, la course sera bien intéressante, parce que s'il y en a qui savent s'enfuir à toutes jambes, c'est bien elles !

Les hommes éclatèrent en gros rires. Sophie serra les lèvres, mais continua imperturbablement de décorer un pudding à la crème de délicates baies de sureau baignant dans un sirop. Elle était bien consciente que les yeux moqueurs de tous les hommes — apprentis y compris — étaient braqués sur elle. Mais ce n'était pas la première fois. Elle ne réagissait jamais, sachant qu'elle ne ferait qu'augmenter leur méchante hilarité. Son mépris silencieux faisait généralement très vite retomber les quolibets. Le chef, bien que n'étant pas franchement de son côté, ne prenait pas part aux railleries et exerçait son autorité lorsqu'elles dépassaient les bornes. Puis, Sophie avait la paix pour un moment. Et elle se consolait en se disant que cette expérience la préparait à ce qu'elle allait subir dans les cuisines du Pavillon de la Mer, si elle parvenait à s'y faire engager... Tout en consacrant son attention à l'étape suivante de sa décoration — dessiner un anneau composé de délicates fleurs de bourrache, sur une rangée de puddings teintés de rose par la magie d'une purée d'odorants pétales —, Sophie réfléchit à cette fameuse course, et se demanda de quel montant serait la récompense. Un petit supplément serait le bienvenu. En tant que femme, ses gages étaient bien inférieurs à ceux des hommes — même si elle avait entièrement repris les tâches de Harry ! Après avoir payé sa pension et son logement, il ne lui restait plus grand-chose. Antoine allait avoir besoin de vêtements chauds pour l'hiver, et de bien d'autres choses encore.

— Que gagnera celle qui remportera la course ? demanda-t-elle, se tournant vers le cuisinier.

— Le prince a promis qu'il lui remettrait vingt guinées et une paire de chaussures neuves. Pourquoi ? Envisagez-vous d'y participer ?

Vingt guinées ! Plus que ce qu'elle gagnerait en un an à

l'auberge ! Cela couvrirait toutes les dépenses de l'hiver. Et il lui resterait une petite réserve de sécurité pour l'avenir...

Elle n'hésita pas une seconde avant de répondre :

— S'il reste une place pour une cuisinière, j'irai ! Comme vous le disiez tout à l'heure, nous autres Françaises, nous avons la jambe agile, particulièrement lorsqu'il s'agit d'arracher un prix aux Anglais !

A ces mots, un charivari de cris moqueurs, accompagnés d'un concert d'ustensiles de cuisine, et même de certains rires bienveillants, emplit la cuisine. Mais Sophie en était sûre. Même si les hommes éprouvaient du ressentiment à son égard, ils miseraient tout de même sur elle !

La nouvelle de son projet se répandit à travers le Old Ship comme une traînée de poudre. En moins de cinq minutes, elle atteignit Mr Hicks, qui vint en personne faire un tour dans la cuisine. Il était enthousiasmé. La participation de Sophie à la course mettrait le nom de son hostellerie en avant. Son établissement ne pourrait qu'y gagner !

— Je n'ai pas encore posé ma candidature, Mr Hicks, lui dit Sophie. Je viens seulement d'apprendre qu'une course va être organisée !

— Dans ce cas, je vais immédiatement envoyer un messager et m'informer de tous les détails.

Ainsi fut fait. Aucune cuisinière n'étant encore en lice, Sophie fut admise à participer à la course, qui devait avoir lieu le dimanche après-midi suivant, à travers la ville. Tout le monde regarda le parcours sur le plan, et Sophie fut submergée de conseils. Huit concurrentes étaient déjà inscrites. D'ici le départ, elles seraient sans doute au moins dix.

Ce soir-là, Clara dit à Sophie qu'une guide-baigneuse s'était inscrite un peu après elle.

— C'est Amy Wyatt, commenta-t-elle. Tout le monde va rire en la voyant arriver, parce qu'elle est très grosse, mais je l'ai déjà vue courir et je peux vous dire qu'elle a de bonnes jambes. Un jour, la petite fille d'une baigneuse est partie se promener le long de la plage, ni vue, ni connue. Quand on s'en est aperçu, elle n'était plus qu'un petit point au loin. Amy l'a rattrapée à la vitesse de l'éclair.

Sophie alla repérer le parcours de la course. Le départ et l'arrivée avaient lieu sur le Steine. Elle avait décidé de se préparer minutieusement. La récompense représentait pour elle une véritable manne et elle voulait absolument gagner. Mais comment allait-elle se chausser ? Tous les souliers qu'elle possédait étaient munis de talons ! Finalement, elle décréta que ses pieds s'étaient tellement durcis à force de marcher sur les galets, qu'elle pourrait courir pieds nus. Tard dans la soirée, elle alla reconnaître le parcours. Son entraînement fut quelque peu gâché par la peur qu'elle éprouva lorsque des ivrognes entreprirent de la suivre en l'invectivant. Mais elle leur échappa aisément, et arriva sur le Steine hors d'haleine.

Les fenêtres du Pavillon de la Mer étaient brillamment éclairées. Des festivités se déroulaient à l'intérieur. Sophie s'arrêta pour s'appuyer contre la grille et reprendre son souffle. Elle en profita pour observer les invités vêtus avec élégance, assis dans un salon aux murs tendus de bleu paon. Les dames, parées de joyaux étincelant de mille feux, agitaient délicatement leurs éventails. Le prince fit son apparition, et, tournant le dos à la fenêtre, entonna un air pour ses invités.

Sophie l'écouta attentivement. Son amour de la musique était bien connu, et la ballade qu'il avait choisie convenait parfaitement à sa voix. Ce n'était pas un interprète de premier ordre, mais elle resta tout de même pour l'écouter chanter une seconde fois. Puis il se pencha pour saluer, et les applaudissements éclatèrent, à l'intérieur comme à l'extérieur. Sophie s'aperçut alors qu'une petite foule s'était formée autour d'elle.

Le prince goûtait pleinement sa soirée. Le concert venait de se terminer et il ne tarderait pas à inviter ses amis à le suivre jusqu'au buffet préparé dans la pièce voisine. Jamais il n'était plus heureux qu'en bonne compagnie, et lady Jersey s'était montrée particulièrement charmante envers lui... Son regard pensif se posa à nouveau sur elle. Il la connaissait depuis de nombreuses années, ainsi que son époux. Mais il avait appris récemment que le couple ne vivait plus sous le même toit. Lady Jersey était une femme d'une quarantaine d'années, aussi spirituelle que vive. Elle était déjà grand-mère, mais sa silhouette mûre à la poitrine pleine était encore très belle. Le prince était depuis toujours attiré par les femmes plus âgées que lui. Ainsi, durant son adolescence, il avait vécu sa première histoire de cœur sérieuse avec l'actrice Mary Robinson. A cette époque, elle jouait Perdita dans *Conte d'hiver*. Sa passion sans limites l'avait conduit à se considérer comme son Florizel. Ce surnom lui était resté. Mais personne n'osait l'appeler ainsi en face...

Son regard n'avait point échappé à lady Jersey. Elle s'avança vers lui dans un bruissement de satin et de dentelle, avec aux lèvres un petit sourire félin qui éclairait son visage ovale aux grands yeux.

— Vous avez divinement chanté, Sire. J'aurais voulu pouvoir vous écouter jusqu'à l'aube.

Toujours sensible à la flatterie, il se rengorgea. Il lui plaisait d'être apprécié des hommes et aimé des femmes. En fait, l'idée d'être écarté ou rejeté lui était tout simplement insupportable.

— Je suis enchanté que cela vous ait plu. Êtes-vous satisfaite de votre séjour à Brighton ?

— Mon séjour est extrêmement plaisant et je regrette que des raisons familiales me contraignent à repartir demain. Brighton, en cette saison, est infiniment plus agréable que Londres... exception faite des invitations à la Cour, bien sûr !

Le prince était convaincu qu'elle trouvait les obligations de la Cour aussi ennuyeuses que lui-même, bien qu'elle fût en termes exceptionnellement bons avec la reine. Cependant, il s'abstint de tout commentaire.

— Il est vrai que je ne suis jamais pressé de voir venir la fin de l'été.

— Je n'en suis pas surprise, votre cottage est ô combien charmant !

Faisant tinter ses doigts chargés de bagues, elle eut un geste pour désigner le décor somptueux qui les entourait. Il éclata de rire. Il aimait que l'on employât le nom de cottage pour désigner son Pavillon, bien que personne au monde, à l'exception de Maria, n'eût conscience de l'importance que son joyau des bords de mer revêtait pour lui.

— Les travaux d'agrandissement commenceront dès le début de l'automne.

— J'espère être parmi les premiers à apprécier le résultat.

Le prince baissa langoureusement les paupières, tout en gardant son regard posé sur elle.

— Vous avez ma parole, madame.

Maria bavardait, assise sur un divan. Comme beaucoup d'épouses, elle était capable de conserver toutes les apparences de l'attention, tout en ne perdant pas une miette des faits et gestes de son mari. Et elle n'avait rien perdu du manège du prince et de lady Jersey... Visiblement, il s'intéressait à cette femme. Tout le démontrait... Son petit rire bref, son expression admirative, sa légère pression sur le coude de sa conquête pour l'éloigner des autres invités... N'avait-elle pas succombé elle-même à cette manière qu'il avait d'incliner la tête pour regarder les femmes plus petites que lui, qui l'attiraient irrésistiblement ? C'était une attitude à la fois sensuelle et curieusement affectueuse, à laquelle les femmes répondaient en s'épanouissant comme des fleurs au soleil...

Maria s'entendait bavarder en gardant toutes les apparences de la sérénité, mais, en elle, c'était la tempête. Plus d'*amitié amoureuse* ! Et surtout pas avec lady Jersey ! Cette femme était trop intelligente, trop retorse, et le prince était une proie trop facile !

Cette nuit-là, dans sa maison du Steine, couchée à côté de son époux qui dormait du sommeil du juste, Maria ne trouva pas le repos. Elle avait été fort soulagée en apprenant, peu avant la fin de la soirée, que lady Jersey quittait Brighton au matin. Même si, au cours du bref trajet qui séparait le Pavillon de la Mer de la maison, le prince n'avait parlé que de la course du dimanche suivant ! Riant aux éclats, il lui avait confié qu'il avait déjà placé cent guinées sur la modiste. On lui avait dit que cette dernière avait de bonnes chances de remporter l'épreuve...

— Sur laquelle allez-vous miser, Maria ? avait-il demandé.

— Avant de parier, je préfère attendre d'avoir vu toutes les concurrentes sur la ligne de départ.

— Je reconnais bien là ma sage bien-aimée, avait-il dit avec un hochement de tête approbateur.

Sage ? Elle avait jeté sa sagesse par-dessus bord en l'épousant. Bien sûr, elle ne l'avait jamais regretté, en dépit de quelques moments difficiles...

Rejetant ses couvertures, Maria se glissa hors du lit. Elle passa un déshabillé et alla s'asseoir près de la fenêtre, laissant errer son regard sur le Steine baigné de lune. Sa vie conjugale auprès de ses deux maris précédents avait été bien différente. Tous deux catholiques comme elle, ils avaient été sérieux et fidèles, toujours d'humeur égale. Son premier mariage, au cours de sa dix-huitième année, avec un riche veuf propriétaire terrien, Édouard Weld, s'était terminé tragiquement avant leur premier anniversaire de mariage. Son époux avait été mortellement blessé dans une chute de cheval. Malgré leur grande différence d'âge, elle avait été une épouse heureuse et comblée. Après trois années de veuvage, elle avait épousé Thomas Fitzherbert, son aîné de dix ans. Un intellectuel fortuné qui lui avait permis de s'épanouir au sein du milieu où il l'avait introduite. Elle était en voiture à ses côtés quand elle avait aperçu le prince pour la première fois. Le prince qui l'avait fixée comme s'il avait été l'objet d'une vision...

Sa première rencontre avec lui s'était produite dans la loge de son oncle à l'Opéra. Elle portait toujours le deuil de Thomas, décédé trois ans auparavant d'une maladie des poumons, mais on l'avait convaincue d'assister à la représentation. Le prince, qui l'avait aperçue depuis la loge royale, vint lui rendre visite pendant l'entracte.

— Par tous les saints, dites-moi qui est cette magnifique jeune fille, Henry, demanda-t-il à son oncle, qu'il connaissait bien. Présentez-moi immédiatement.

C'est ainsi que tout avait commencé. Elle avait eu de nombreux admirateurs, avant de se marier comme après chacun de ses deux veuvages. Mais rien ne l'avait préparée à la cour ardente que lui avait faite le prince. Elle avait fait son possible pour le décourager, et l'avait évité autant que faire se pouvait, mais il refusait de rester éloigné d'elle. Des amis communs lui avaient fait savoir qu'il était inconsolable à l'idée qu'elle ne lui laissait pas même une toute petite chance de lui prouver son amour. Un jour, dans son désespoir, il s'était jeté à terre...

Il était difficile de lui résister, car il était au faîte de sa beauté. Toutes les femmes succombaient à son charme irrésistible. Il opérait aussi sur elle, mais sa volonté était la plus forte et elle était soutenue par sa foi religieuse. Et elle se refusait obstinément à devenir sa maîtresse...

Maria retourna son fauteuil pour contempler l'homme qu'elle avait tenté de chasser de son cœur autant que cela avait été humainement possible. Lorsqu'il avait parlé mariage, la tension s'était encore accrue. Elle revécut en pensée la scène orageuse qui avait eu lieu. Elle lui avait jeté au visage qu'il lui était interdit, en tant qu'héritier de la Couronne, de songer à épouser une roturière ou une catholique, et qu'elle était les deux à la fois. Un mariage secret, tel qu'il le souhaitait, transgresserait l'Acte de Mariage Royal et leurs enfants ne seraient jamais reconnus. Mais il avait répondu, en hurlant plus fort qu'elle, que rien de tout cela ne lui importait, et qu'elle seule comptait à ses yeux. L'un de ses frères pourrait aisément engendrer un héritier pour lui succéder. Son unique devoir était de devenir roi. Mais il n'envisageait point une vie de roi sans la seule femme qu'il eût jamais aimée, et qu'il aimerait jusqu'à la fin de ses jours. Elle n'avait point cédé, et il avait tenté de se donner la mort. Jamais sa vie n'avait été en danger. Mais, à cette époque, elle ne l'avait pas compris. Convoquée par ses médecins auxquels il avait interdit de soigner sa blessure tant qu'il n'aurait pas vu sa Maria tant aimée, abusée par ses râles d'agonie simulés, elle lui avait promis de devenir sa femme. Il s'était rétabli à une vitesse fulgurante. Comprenant qu'elle avait été flouée, elle s'était enfuie en France, où elle avait été talonnée par les courriers porteurs de ses missives enflammées.

Cependant, elle avait été incapable d'étouffer plus longtemps l'amour qu'il avait éveillé en elle. En le voyant étendu sur son pseudo-lit de mort, elle avait compris à quel point elle était attachée à ce prince si émotif et si imprévisible. Elle avait fini par accepter un mariage secret et avait attendu que tous les préparatifs fussent terminés pour rentrer en Angleterre. La cérémonie avait eu lieu dans le salon de sa maison de Londres. Elle avait été conduite par un clergyman de l'Église d'Angleterre, libéré de la prison où il avait été enfermé pour dettes, et qui commettait une infraction bien plus dangereuse en mariant le futur roi d'Angleterre à une femme qui ne serait jamais reconnue comme son épouse.

Le regard de Maria retourna se poser sur le Steine et sur le Pavillon de la Mer, où quelques lumières restaient allumées toute la nuit durant. Elle n'avait dormi en ce lieu qu'en de rares occasions, lorsque le prince était souffrant, mais elle n'avait jamais partagé son lit sous son toit. Dès le jour de leurs noces, elle avait tenu à maintenir les apparences. Cependant, le secret de leur mariage avait transpiré. Peut-être le roi et la reine avaient-ils été les premiers à l'apprendre, mais ils n'en avaient jamais rien laissé paraître. En ce qui les concernait, cette union n'existait pas. Ce qui ne les empêchait point de se montrer extrêmement gracieux envers elle lorsqu'elle se trouvait à la Cour. En réalité, elle était sûre que tous les membres de la famille royale l'appréciaient et qu'ils regrettaient en leur for intérieur que tant de barrières les empêchent de l'accueillir parmi eux.

Son mari remua dans le lit et se dressa sur un coude.

— Que se passe-t-il ? demanda-t-il d'une voix ensommeillée. N'êtes-vous pas bien ?

— Je ne peux pas dormir, mon ami.

— Revenez vous coucher.

Elle obéit, fit glisser son déshabillé et s'allongea à côté de lui. Il l'entoura de son bras et se rendormit aussitôt. Le regard de Maria se perdit dans les plis soyeux du baldaquin qui étendait son ombre au-dessus d'eux. S'ils se trouvaient au seuil d'une nouvelle crise dans leur vie conjugale, les expériences passées lui avaient appris comment agir. Jamais elle ne lui avait montré à quel point elle était blessée de ses attentions pour une autre, jamais elle n'avait rien laissé transparaître. En agissant ainsi, elle avait toujours conservé sa dignité et elle savait que son ascendant sur George était intact. Elle n'ignorait point qu'une autre attitude eût fait pâlir le magnétisme qui le ramenait immanquablement à elle, anxieux de s'assurer de l'indéfectibilité de son amour. Elle n'avait rien à craindre de lady Jersey, ni d'aucune autre, quelle que fût sa souffrance intime pendant ses escapades amoureuses. Il avait dit la vérité en lui jurant qu'il l'aimerait jusqu'à la fin de ses jours. Même s'il ne le savait pas lui-même...

9

Le dimanche après-midi, Sophie était assurée des encouragements enthousiastes de Rory, de Clara et des garçons pour affronter la course. N'ayant pas oublié à quel point ses jupons l'avaient gênée dans sa fuite pendant l'attaque du château, elle s'était contentée de mettre une jupe de coton. Aucune des autres concurrentes ne paraissait avoir eu la même idée. Elle espérait que cela lui donnerait un léger avantage. Chacune des femmes était tenue de porter un objet représentatif de son métier. La poissonnière avait mis un poisson dans la poche de son tablier et l'agitait de temps à autre comme s'il était encore vivant, pour la plus grande joie des spectateurs. La modiste portait un joli chapeau et la dentellière arborait un délicat fichu de sa fabrication. Sophie, pour sa part, avait choisi de porter une cuiller en bois. Elle vit qu'un coussinet à aiguilles se balançait sur la poitrine de la couturière, que la servante de la taverne portait une chope de bière, la lavandière une petite boîte de savon vert et que la coiffeuse avait piqué un peigne dans ses cheveux. Lorsque la gantière fit son apparition, les mains gantées de blanc, il y eut une vague de nouveaux paris, car elle paraissait énergique et son pas était décidé. Les spectateurs avaient également estimé que Sophie avait de bonnes chances de remporter la compétition.

Des applaudissements frénétiques, des sifflets et des rires saluèrent la guide-baigneuse, qui avait choisi de faire son entrée en dernier. Sophie connaissait Amy Wyatt et l'aimait bien, car c'était une femme au caractère enjoué, mais son poids était tel que tout laissait à penser que le manque de souffle causerait sa perte. Cependant, les parieurs considéraient qu'elle pouvait constituer la surprise du jour, car chacun connaissait la rapidité de ses mouvements, et sa cote grimpa au fur et à mesure que l'argent changeait de mains. Elle agita le bras avec exubérance et entoura sa tête d'une serviette de bain, visiblement enchantée de l'accueil enthousiaste qui lui était réservé, tout en répondant du tac au tac aux spectateurs qui l'apostrophaient.

Le prince et sa suite parurent, et les concurrentes se hâtèrent de se placer sur la ligne de départ. Le prince vint parler à chacune d'elles, distribuant sourires et félicitations pour les bonnes dispositions d'esprit qui les avaient amenées à s'inscrire pour la course. Il tira le coup d'envoi lui-même. Encouragées par un tonnerre d'applaudissements, les concurrentes s'élancèrent.

La gantière était en tête, talonnée par la modiste, une sorte de petit lutin. Sophie, économisant ses forces comme Rory le lui avait conseillé, se laissa dépasser par deux autres concurrentes et surveilla Amy qui restait à son côté. Les spectateurs s'étaient massés tout au long du parcours, et les occupants des attelages arrêtés pour les regarder passer les applaudissaient et les encourageaient lorsqu'elles arrivaient à leur hauteur. Le parcours était court, aisé à couvrir pour un homme entraîné. Mais, pour une femme qui n'avait jamais l'occasion de courir, c'était une rude épreuve.

Elles remontèrent Castle Square à toute allure. Des porteurs de drapeau leur firent signe lorsqu'elles passèrent devant la façade ouest du Pavillon de la Mer, pour s'engager ensuite dans le passage resserré qui menait au Steine et à la ligne d'arrivée. La dentellière avait abandonné la course très tôt, et la servante de la taverne avait trébuché et chuté.

En arrivant aux abords du passage Sophie et Amy augmentèrent peu à peu leur vitesse. Soudain, Sophie comprit que la guide-baigneuse avait l'intention de prendre la tête. Compte tenu de sa masse, elle empêcherait toutes les autres concurrentes de la dépasser dans l'étroit passage. Amorçant sa célèbre pointe de vitesse, Amy bondit en avant. Sophie soutint son allure. Elles dépassèrent la modiste et la poissonnière, jusque-là en tête. Le passage n'était plus qu'à quelques mètres. Rassemblant toutes ses forces, Sophie fonça. Elle devait absolument arriver à la ruelle avant Amy, sous peine de voir toutes ses chances de gagner disparaître. La guide-baigneuse sembla lire dans ses pensées. Brusquement, elle tendit un bras et lui assena un coup qui lui fit perdre l'équilibre. Sophie entra en collision avec la concurrente qui la suivait et elles chutèrent toutes deux. Les spectateurs qui avaient vu le geste de la guide-baigneuse exprimèrent leur désapprobation et applaudirent en voyant Sophie se relever et reprendre la course. Mais l'occasion était perdue. Amy était en tête dans la ruelle et personne ne pouvait passer.

Sophie reprit de la vitesse. Mue par une ardente colère, elle guetta le moment où Amy sortirait du passage pour entamer les derniers mètres qui la séparaient de la victoire. Lorsque arriva l'instant crucial, Sophie baissa la tête et plongea comme un boulet de canon sous le bras de sa rivale. La voie était libre. A présent, c'était elle qui menait la course. Un crescendo d'acclamations traversa les airs lorsqu'elle passa la ligne d'arrivée et arriva à la hauteur du prince devant lequel elle s'arrêta, haletante, cherchant désespérément à reprendre son souffle. Amy arriva immédiatement derrière elle, et les autres concurrentes les rejoignirent les unes après les autres. Le prince félicita Sophie :

— Très bien, mademoiselle Delcourt. Je vous ai déjà vue, n'est-ce pas ?

Il se flattait de ne jamais oublier un visage, particulièrement lorsqu'il était joli. Et celui-ci ne s'oubliait pas facilement...

— Oui, Votre Altesse. Au Old Ship, je portais des salières sur un plateau.

— Je m'en souviens. Vous avez fait une course magnifique. Qui eût cru qu'une cuisinière l'emporterait ? Permettez-moi de vous décerner ce prix que vous avez largement mérité.

Il lui tendit une bourse.

— Les chaussures seront fabriquées à vos mesures par le cordonnier de Great East Street, ajouta-t-il.

Sophie plongea dans une révérence.

— Merci, Sire.

Mrs Fitzherbert s'approcha, l'expression inquiète.

— Votre pied saigne, mademoiselle Delcourt. Il faut s'en occuper sans tarder. Venez avec moi. Nous allons le baigner et faire un pansement.

Voyant que Mrs Fitzherbert s'apprêtait à l'emmener au Pavillon de la Mer, Sophie eut un mouvement de recul.

— Je vais mettre du sang sur les tapis, madame.

— Eh bien, vous en mettrez.

Mrs Fitzherbert dépêcha l'un des écuyers du prince au Pavillon. Deux valets ne tardèrent point à faire leur apparition. L'un d'eux portait un linge destiné à bander fermement le pied de Sophie, qui souffrait à présent beaucoup. Les deux hommes la portèrent à l'intérieur du Pavillon, dans une petite pièce décorée de peintures hollandaises. On la fit asseoir sur une chaise recouverte de tissu rouge et l'intendante, qui avait été prévenue, plaça un tabouret sous son pied blessé. Une servante apporta un panier contenant des linges propres, tandis qu'une autre accourait, portant une bassine d'eau.

— La blessure est-elle profonde ? s'enquit Mrs Fitzherbert auprès de l'intendante.

Cette dernière examina attentivement la plante du pied de Sophie.

— Assez profonde, madame. Je pense qu'elle a été causée par un morceau de verre, mais je ne vois rien à intérieur des chairs.

— Tant mieux.

Mrs Fitzherbert s'assit auprès de Sophie pendant que l'intendante la soignait, et lui sourit.

— Savez-vous où vous vous êtes ouvert le pied ?

— Je n'en ai pas la moindre idée, répondit Sophie en s'efforçant de masquer sa souffrance. Je n'avais qu'une idée en tête, c'était de gagner la course !

— Cela avait-il donc tant d'importance pour vous ?

Sophie hocha la tête :

— Oui. J'ai recueilli mon neveu orphelin, et je dois faire de mon mieux pour subvenir à ses besoins.

— Autant que je puisse en juger, vous êtes française. Et si vous êtes dans notre pays avec ce petit garçon, c'est que vous avez survécu à une tragédie ! Le prince et moi-même avons été extrêmement affligés par le sort d'un grand nombre de nos amis français. J'avais rencontré certains d'entre eux alors que j'étais élève dans un couvent du faubourg Saint-Antoine, à Paris. J'ai passé de très bons moments là-bas.

— Je connais fort bien ce couvent. Je suis passée maintes fois devant ! Maintenant que la Convention a aboli le christianisme en France, je crains qu'il n'existe plus.

Mrs Fitzherbert soupira :

— Vous avez sans doute raison. Où demeuriez-vous, à Paris ?

Elles poursuivirent leur conversation en français, langue que Mrs Fitzherbert parlait couramment. Sophie lui parla de la mort de son père, et de tous les tragiques événements qui s'étaient produits à Paris, mais elle ne fit aucune nouvelle allusion à Antoine. Elle aurait souhaité révéler l'identité d'Antoine à cette femme si bonne. Mais les faveurs qui ne manqueraient pas d'être dispensées à l'enfant risqueraient de se révéler aussi dangereuses qu'un poignard planté dans sa gorge. De son côté, Mrs Fitzherbert ne lui posa aucune question au sujet du petit garçon.

A présent, le pied de Sophie était soigneusement bandé. La jeune fille s'apprêta à prendre congé. L'intendante et les servantes quittèrent la pièce.

— Je ne vous remercierai jamais assez d'avoir fait soigner ma blessure, madame. Je suis sûre que mon pied sera bientôt guéri.

— Cela prendra du temps. Tenez-le au repos, car la blessure risque de se réouvrir et de s'enflammer. Je vais vous faire ramener chez vous dans ma voiture.

Par la fenêtre, Sophie apercevait Rory qui, bien que la foule se soit dispersée, était resté près de la grille. Aucune trace des garçons. Elle supposa qu'ils avaient fini par s'ennuyer et que Clara les avait emmenés.

— On m'attend à la grille.

Mrs Fitzherbert suivit la direction du regard de Sophie. Puis elle appela un valet. Quelques minutes plus tard, Rory entrait dans la pièce. L'officier s'inclina devant Mrs Fitzherbert. Celle-ci lui demanda s'il avait quelque espoir d'arrêter les meurtriers des agents du Trésor dans un avenir proche. Rory répondit par l'affirmative. Il était visiblement impressionné par la beauté de l'épouse du prince. Mais aussi par sa bonté. Puis, après avoir pris congé, Rory souleva Sophie dans ses bras et l'emporta jusqu'à la voiture qui les attendait devant l'entrée principale.

En voyant arriver l'élégant équipage à sa porte, Clara se précipita au-dehors.

— Puisque vous amenez Sophie, capitaine Morgan, dit-elle, entrez donc prendre une tasse de thé.

Sophie comprit qu'en dépit de l'aversion de Clara contre

l'administration sous toutes ses formes, elle s'était ce jour-là prise d'amitié pour l'officier.

Avant de partir, Rory se pencha vers Sophie.

— Surtout, recommanda-t-il à la jeune fille, laissez votre pied au repos. Sinon, vous mettrez bien plus de temps à guérir !

Clara le rassura :

— J'y veillerai !

Au début, la blessure de Sophie la fit tellement souffrir qu'elle suivit leurs conseils. Mais à la fin de la semaine, elle fut capable de marcher à cloche-pied, et ne supporta pas de rester inactive plus longtemps. Elle demanda à un voisin, Mr Pomfret, de l'amener quotidiennement à la plage avec sa charrette. Il accepta contre un dédommagement d'un penny par voyage, ce qui était raisonnable. Il vint donc la prendre désormais tous les matins devant le cottage, la soulevant pour la hisser à l'intérieur de la charrette et la portant jusqu'aux cabines de bain.

Sophie s'asseyait sur une caisse retournée, et surveillait les jeux d'Antoine et de Billy. Elle aidait également Clara et les autres guides-baigneuses à encaisser l'argent des candidates au bain. Son pied bandé était protégé du sable par une grande botte qui avait appartenu au mari de Clara. L'effet était comique et elle riait de bon cœur aux plaisanteries des guides-baigneuses et des garçons qui s'amusaient de la voir clopiner ainsi accoutrée.

Sophie était très heureuse de ce repos forcé. Elle avait appris qu'un cuisinier à la retraite avait été engagé pour la remplacer momentanément, et elle savait que son absence ne causerait aucun préjudice à l'auberge. Elle se délectait de la vue de la mer, du bruit des vagues, du cri des mouettes, du bavardage des guides-baigneuses et du défilé de mode offert par les ladies qui venaient prendre un bain. Tout la ravissait : les énormes chapeaux ornés de tulle de toutes les couleurs, les fleurs de soie et les masses de rubans, les jupes froufroutantes abondamment froncées qui balayaient la plage et envoyaient de petits nuages de sable lorsque ces dames montaient les marches des cabines de bain... Mais lorsque ces mêmes gravures de mode réapparaissaient de l'autre côté des cabines dans leur accoutrement de bain informe, le tableau était bien différent ! Parfois, leurs vêtements flottaient autour d'elles à la surface des vagues, les transformant en de gigantesques nénuphars barbotants.

Sophie portait un vieux chapeau de paille ayant appartenu à Clara, mais le soleil et l'air marin réussirent cependant à dorer sa peau. Un jour, Tom, qui passait par là, l'aperçut depuis la promenade. Elle était diablement belle... Le jeune homme enjamba le muret, atterrit brutalement en faisant voler quelques galets autour de lui, et se précipita vers elle.

— Sophie ! Que faites-vous donc ici ? Avez-vous quitté le Old Ship ?

Elle fut terriblement surprise de le voir apparaître ainsi sans crier gare. Mais avant qu'elle ait eu le temps de prononcer un mot, des cris de vertu outragée fusaient déjà de tous côtés. Les baigneuses s'accroupirent dans l'eau pour se tenir hors de la vue de ce représentant du sexe masculin, et les guides-baigneuses foncèrent sur lui à grand renfort de hurlements. Certaines surgirent même de l'eau, telles des furies vengeresses...

— Point d'hommes ici !

Tom, comprenant son erreur, battit hâtivement en retraite et cria à Sophie :

— Montez sur la promenade. Je voudrais vous parler !

Amusée, Sophie appela Billy.

— Va dire au monsieur qui était sur la plage à l'instant que je suis blessée au pied et que je ne puis le rejoindre. Dis-lui que je rentrerai en charrette vers six heures et demie et que nous pourrons nous voir à ce moment-là.

Billy s'exécuta. Sophie vit que Tom donnait une pièce au petit garçon pour le remercier de son message. Ne se tenant plus de joie, Billy revint vers elle, et lui montra les six pence qu'il avait à la main.

— Regardez le cadeau qu'il m'a fait ! Et il m'a dit que point n'était besoin de prendre la charrette. Il vous attendra en voiture pour vous emmener dîner.

— Vraiment ! s'exclama Sophie. Il croit qu'il peut disposer ainsi de moi !

Elle se tourna vers la promenade, mais Tom était déjà parti.

Le soir venu, Mr Pomfret porta Sophie jusqu'à sa charrette. Mais Tom attendait sur la promenade. Il salua la jeune fille et la prit des bras de son porteur pour l'installer dans un cabriolet.

— C'est moi qui vais m'occuper de vous, maintenant, dit-il.

— Dans ce cas, il ne me reste qu'à vous souhaiter une bonne soirée à tous les deux, déclara Mr Pomfret d'un ton entendu, en portant la main à son front pour saluer Tom.

Sophie poussa un soupir d'exaspération feinte.

— Tom, vous n'avez même pas pris la peine de me demander si je ne voulais pas rentrer chez moi !

— Je vous ramènerai plus tard.

Il aperçut sa botte.

— Par tous les diables, qu'est-ce que c'est ?

— Une botte de pêcheur, naturellement. Je suis sûre que vous en avez déjà vu ?

— Oui, mais pas au pied d'une femme !

Elle éclata de rire et sortit son pied bandé.

— Voilà ! Est-ce mieux ainsi ?

— Non, pas exactement.

Il sauta sur le siège à côté d'elle et prit les rênes.

— Je préférerais voir vos orteils.

Elle lui jeta un regard en biais. Elle n'avait pas l'intention de lui montrer ses pieds. Pas plus qu'aucune autre partie de son corps...

— Vous voyez bien que je ne puis aller dîner nulle part ! Le bord de ma jupe est taché de sable, le vent a emmêlé mes cheveux et mon chapeau conviendrait parfaitement à un épouvantail !

— Sur vous, il est aussi ravissant que la dernière création d'une modiste !

— Cessez de vous moquer !

Elle ôta son couvre-chef.

— Pour quelle raison êtes-vous revenu à Brighton ?

— L'un de mes amis m'a fait savoir qu'il y connaissait un magasin à vendre.

— Comment m'avez-vous trouvée sur la plage ?

— J'étais en route pour le Old Ship. Je croyais que vous étiez là-bas.

— Rory m'a transmis votre message. Êtes-vous retourné à la ferme des Millard ?

— Je m'attendais à ce que vous me posiez cette question. L'horrible incident que Rory vous a raconté ne s'est pas répété. Mrs Millard entretient régulièrement la tombe du marquis.

— Elle me l'avait promis.

Sophie gardait la tête baissée, regardant sans le voir le chapeau qu'elle faisait lentement tourner dans ses mains.

— Merci d'avoir laissé à Rory le soin de choisir le bon moment pour m'annoncer la terrible nouvelle.

— J'ai été le premier à être frappé par ce drame.

Afin de détendre l'atmosphère, il aborda un sujet plus plaisant :

— J'ai eu récemment de bonnes nouvelles de la ferme. L'un des fils Millard s'est fiancé et son frère courtiserait une fille du village. Ils seront peut-être dûment mariés d'ici peu, et vous pourrez rendre visite à leur mère !

— Je l'espère.

Sophie regarda autour d'elle :

— Où allons-nous ?

— Prendre un souper froid sur les Downs...

Elle rit en rejetant la tête en arrière :

— Dans ce cas, même dans cet accoutrement, je ne serai pas déplacée !

Ils s'esclaffèrent de concert, enchantés à la perspective de leur escapade. Et ils bavardèrent gaiement jusqu'au flanc de colline que Tom avait choisi pour leur pique-nique. Arrivé là, le jeune homme étala une couverture sur l'herbe et posa le panier à côté. Puis il retourna chercher Sophie dans la voiture et la déposa sur le sol avec précaution.

— C'est charmant, ici, Tom, dit Sophie.

Ils étaient installés au pied d'une haie d'arbres, tandis que, devant eux, s'étendait un paysage de vallons et de coteaux recouverts d'herbe bien verte. La ville était à peine visible, et la mer, en cette fin d'après-midi, se parait des teintes moirées du verre ancien.

— Votre malencontreux accident est une chance pour moi, déclara Tom. S'il ne s'était pas produit, vous seriez à vos fourneaux et moi, je devrais me creuser la tête pour trouver le moyen de passer un peu de temps avec vous avant de reprendre la route demain.

— Déjà ?

— Hélas, oui. Je dois régler certaines affaires.

Tom souleva le linge qui recouvrait le panier.

— Voyons un peu ce que le Castle Inn nous a préparé.

C'était un superbe pâté de viande accompagné d'une bouteille de bon vin. A l'heure du déjeuner, Sophie n'avait pris qu'un petit en-cas sur la plage, et elle avait grand-faim. Elle fit honneur au repas. De son côté, Tom ne fut pas en reste. Ils continuèrent à deviser tout en mangeant. La jeune fille interrogea son compagnon. Était-il vrai que, grâce à son métier, de véritables trésors passaient entre ses mains ? Tom acquiesça, et lui parla d'un meuble japonais, laqué de rouge et d'or, dans lequel il avait trouvé un éventail ancien. En une autre occasion, il avait mis la main sur une exquise miniature de femme peinte sur ivoire, dont il ignorait la provenance. Et, par hasard, il reconnut son modèle dans une dame âgée, à qui il se fit un devoir de rendre son bien...

Tom était allé par deux fois en Orient, pour y chercher des objets précieux. Suspendue à ses lèvres, Sophie l'écouta raconter ses voyages. Et elle se laissa emporter jusqu'aux cieux lointains de l'Extrême-Orient. Elle entendit résonner les sons d'une musique sortie d'instruments inconnus en Occident, elle sentit sur sa langue le goût étrange des mets épicés, respira le parfum de mille fleurs exotiques... Quand enfin elle retrouva ses esprits, le soleil se couchait sur une mer ressemblant à une gigantesque nappe d'or.

— J'ai trop parlé, dit Tom avec un sourire d'excuse.

— Non, pas du tout, Tom ! s'exclama Sophie. A présent, je comprends mieux pourquoi vous gardez parfois par-devers vous un objet que vous aviez l'intention de vendre. C'est que ces objets ont une âme... A votre place, j'agirais de même !

— La chance n'est pas toujours avec moi. Un jour, le prince de Galles a remarqué dans ma boutique une table que je ne souhaitais point vendre, et a décrété qu'il la voulait. Il existe une tradition séculaire qui veut qu'on ne refuse rien aux personnes de sang royal. Mais il m'en a terriblement coûté de me séparer de ma merveille !

Il l'observa du coin de l'œil tandis qu'elle rangeait les reliefs de leur pique-nique dans le panier. En dépit de tout l'intérêt qu'elle lui avait témoigné en l'écoutant, elle ne s'était pas départie un seul instant de sa réserve à son égard. Et lui était si passionnément épris d'elle... Elle était son sang, son souffle, sa chair !

Sa voix se brisa :

— Sophie...

— Oui ?

Elle avait refermé le panier. Alertée par la transformation de sa voix, elle releva la tête et le regarda de ses grands yeux d'ambre qui semblaient avoir pris la couleur de la mer au soleil couchant.

Son ton arrêta Tom. Toute la magie des précieux instants qu'ils venaient de partager disparut. Il ravala les tendres paroles qu'il s'apprêtait à prononcer.

— J'espère que vous me permettrez de vous revoir lors de mon prochain séjour à Brighton.

— Cela dépend de mon travail, répondit-elle évasivement, étonnée d'avoir pu se sentir à l'aise en sa présence pendant un bref moment.

A présent, Tom lui semblait de nouveau aussi dangereux et imprévisible qu'un volcan en activité...

— Cette soirée a été parfaite et je l'ai pleinement appréciée, mais je pense qu'il vaudrait mieux que nous nous contentions d'échanger des nouvelles lorsque nous aurons la chance de nous rencontrer. Je serai toujours heureuse de savoir comment se développent vos affaires. Et, aussi, comment se portent les Millard...

Elle fit une pause, et son regard se fit plus doux.

— Je vous souhaite sincèrement bonne chance, Tom.

Tom se dit qu'elle aurait tout aussi bien pu lui claquer une porte au nez. Mais si elle s'imaginait que cela changerait quoi que ce soit à ce qui les liait déjà à jamais, elle se trompait lourdement !

Ils roulèrent en direction des lumières tremblotantes de Brighton. Arrivé devant le cottage de Clara, Tom souleva Sophie, mais elle refusa de se laisser porter à l'intérieur.

— Je puis marcher, déclara-t-elle. Adieu, Tom. Je vous souhaite un bon voyage à Londres.

Il resta devant la clôture jusqu'à ce qu'il la vît atteindre la porte. En passant le seuil, elle lui adressa un petit sourire pardessus son épaule.

Puis il s'en retourna au Castle Inn.

A sa grande déception, le magasin qu'il était venu visiter ne lui convint pas. Décidément, sa visite à Brighton était loin d'être un succès.

Lorsque Sophie retrouva l'usage de son pied, elle alla acheter un cadeau pour Clara. Elle utilisa également l'argent de son prix pour offrir un jouet à chacun des deux garçons. Puis elle se rendit chez le cordonnier pour commander les souliers qu'elle avait gagnés. Elle les choisit dotés de magnifiques talons rouges et de boucles rutilantes. Et c'est au cours de sa sortie suivante avec Rory qu'elle les étrenna...

10

Ce fut en entendant Billy répéter partout qu'il entrerait à l'école à la fin de l'été, ce dont il n'était pas peu fier, que Sophie réalisa qu'il lui fallait se préoccuper sérieusement de l'éducation d'Antoine. Elle ne pourrait en aucun cas lui offrir le genre d'école auquel il aurait pu prétendre. Une fois de plus, elle regretta amèrement le vol des bijoux de la comtesse. Les joyaux auraient payé toute la scolarité d'Antoine, université comprise ! Hélas, il était désormais inutile de s'attarder sur ce qui aurait pu se passer.

— Pensez-vous qu'il existe une chance pour qu'Antoine soit autorisé à entrer à l'école gratuite avec Billy, cet automne ? s'enquit la jeune fille auprès de Clara.

L'école gratuite avait été ouverte quelques années auparavant par des personnes éclairées, soucieuses de donner une instruction aux enfants de la paroisse. Bien sûr, les fils de pêcheurs suivaient en général les traces de leurs pères dès qu'ils étaient en âge de le faire. Mais Clara avait d'autres projets pour Billy. L'enfant allait apprendre à lire et à écrire. Et, plus tard, il travaillerait à terre. Elle ne voulait à aucun prix qu'il navigue sur la mer qui lui avait déjà pris son mari.

— Ce n'est pas tout à fait gratuit, Sophie, répondit-elle. Il faut donner un penny par semaine, et si les bienfaiteurs n'ont pas fourni assez de livres et d'ardoises, ce sont les parents qui doivent les acheter.

— Je m'en sortirai d'une façon ou d'une autre. Antoine connaît déjà son alphabet et sait un peu lire et écrire en anglais. Il est bon élève. Mais j'ai peu de temps à consacrer à son instruction !

— Rien ne vous empêche de demander à l'école si son inscription est possible. Mais pour Antoine, ça ne sera pas rose tous les jours ! Il est français et, par moments, sa façon de parler nous fait bien rire. Les autres enfants risquent de se moquer de lui...

— Je sais. C'est ce qui me fait hésiter. Peut-être vaut-il mieux attendre encore un an ?

La décision fut prise par Antoine lui-même.

— Billy va à l'école. Je veux y aller aussi ! déclara-t-il.

Sophie lui expliqua avec délicatesse qu'il aurait sans doute un peu de peine à suivre les leçons et qu'il serait peut-être en butte aux sarcasmes des autres garçons. Mais Antoine tapa du pied avec obstination :

— S'ils me battent, je leur rendrai leurs coups ! Je veux apprendre !

Sophie l'emmena à l'école gratuite de Duke Street. L'institutrice, miss Stanton, était une femme à l'air sensible et intelligent, qui plut immédiatement à Sophie. Elles s'installèrent dans la salle de classe, déserte durant cette période de vacances. Antoine fureta un peu partout et dénicha une ardoise sur laquelle il dessina un visage. Il leva les couvercles des pupitres et plongea son doigt dans un encrier pour voir s'il était plein. Il l'était, et Sophie dut réparer les dégâts...

Miss Stanton prévint toute autre tentative d'exploration en lui demandant de lire un livre à haute voix. Il le fit correctement, quoique en hésitant quelque peu. Il trouva également le bon résultat de deux des trois additions qu'elle avait écrites sur le tableau.

— Bien, Antoine, dit la maîtresse d'école en reposant la craie, pourquoi voulez-vous venir dans notre école ?

Il la regarda d'un air grave, confus d'avoir manqué son dernier exercice.

— Il faut que je sache tout, pour le jour où je retournerai chez moi.

— Chez vous ? répéta-t-elle.

— En France, madame.

Sophie éprouva une grande fierté. Elle venait d'avoir la preuve qu'Antoine avait pris à cœur tout ce qu'elle lui avait inculqué sur ses origines.

Miss Stanton avait légèrement levé les sourcils en entendant la réponse de l'enfant. Elle avait affaire à un garçon extrêmement précoce. Il ne faisait aucun doute qu'il parviendrait aisément à triompher des quelques difficultés qu'il allait rencontrer.

— Vous pourrez venir à l'école en septembre, Antoine, déclara-t-elle. Mais les enfants m'appellent « miss », et non pas « madame ». Vous en souviendrez-vous ?

Il sauta de joie.

— Oui, madame ! Yes, miss !

L'école n'était pas très éloignée de la plage où Sophie retourna le confier à Clara. Il gambada tout le long du trajet. Miss Stanton avait affirmé que les brutalités étaient interdites au sein de l'école. Elle maintenait visiblement une stricte discipline. Sophie savait que l'enfant serait en bonnes mains. Depuis leur arrivée à Brighton, Antoine avait passé ses journées à s'ébattre en toute liberté sur la plage, tel un petit animal insouciant tanné par le soleil. Un rythme de vie plus organisé ne pourrait que lui être bénéfique.

Le mois de septembre mit un terme à la saison des cabines de bain. Le jour même de la rentrée des classes, les encombrantes cabanes furent attelées à des chevaux qui les tirèrent jusqu'à un terrain situé en dehors de la ville, où elles furent entreposées en vue d'être repeintes et réparées. Pendant ce temps, Sophie et Clara accompagnaient les deux enfants à l'école. Elles restèrent devant la porte, à les observer. Grâce au petit pécule qu'elle s'était constitué en gagnant la course, Sophie avait pu vêtir et chausser Antoine de neuf. L'enfant était ravi de sa casquette bombée ornée d'un gland, la même, exactement, que celle portée par Billy et les autres garçons.

Miss Stanton vint à la rencontre des nouveaux élèves.

— Me voilà, miss ! s'écria Antoine, en ôtant sa précieuse casquette comme Sophie le lui avait recommandé. Maintenant les cours peuvent commencer !

— Oui, nous pouvons commencer, Antoine, répondit sèchement miss Stanton.

L'institutrice songea que ce garçon faisait montre d'un orgueil surprenant. Pourtant, il n'était que le neveu d'une fille de confiseur...

Avec l'automne, les visiteurs commencèrent à quitter Brighton. Malgré le temps qui restait estival, le flot se fit peu à peu continu. Des carrosses remplis de bagages encombraient la route de Londres. Les aristocrates émigrés les regardèrent partir avec nostalgie. Ceux d'entre eux qui avaient été invités par des amis ou connaissances à passer une partie de la saison d'hiver dans la capitale s'estimèrent très heureux. D'autres apprécièrent tout autant d'être conviés à passer Noël et le Nouvel An dans de grandes propriétés de campagne.

Au Old Ship, on attendait le retour de Harry d'un jour à l'autre. Sophie ne débordait pas d'enthousiasme à l'idée de reprendre son travail en salle. Bien sûr, à la cuisine, elle avait dû subir maintes persécutions. Mais c'était tout de même son véritable élément, et elle regrettait de le quitter. D'autant que, depuis la course, les cuisiniers et même le pâtissier s'étaient montrés plus agréables : ils avaient tous misé sur elle et en avaient été récompensés...

Harry surprit tout le monde en arrivant un beau matin à l'improviste dans ses meilleurs vêtements. Sophie se réjouit de le voir de retour. Même si cela signifiait pour elle un changement de poste défavorable...

— C'est bon de vous voir ici, Harry ! lui dirent les autres en guise de salut.

— Je ne reviens pas, leur rétorqua-t-il.

Les questions fusèrent de toutes parts. Il leva ses mains pour réclamer le silence et annonça :

— Je commence ailleurs demain. Et avec de meilleurs gages ! Je vais être chef de cuisine au Castle Inn !

Cette déclaration souleva un concert de huées. Il allait vendre ses services au concurrent direct du Old Ship ! Puis, quand les premières clameurs se furent apaisées, Harry fut chaudement félicité pour sa promotion.

Et le nouveau chef de cuisine alla dire tout bas à Sophie, avec un clin d'œil complice :

— Maintenant, vous ne craignez plus rien ! Mieux encore : vos gages vont être augmentés, puisque vous serez employée à titre permanent. Et dès qu'une place de confiseur sera vacante au Castle Inn, je vous le ferai savoir.

Sophie le remercia, appréciant sa gentillesse. Mais, en son for intérieur, la jeune fille espérait bien ne pas quitter le Old Ship pour aller au Castle Inn...

Au cours du même mois, Sophie apprit une terrible nouvelle. Marie-Antoinette avait été guillotinée. La plus charmante parmi les souveraines de France n'était plus. Les yeux baignés de larmes, la jeune fille sortit un étroit ruban écarlate de sa commode et l'enroula d'un geste grave autour de son cou. Elle ne possédait pas de vêtements de deuil, mais Clara lui prêta un fichu noir et des poignets qu'elle attacha à sa robe.

Dans les jours qui suivirent, les signes extérieurs de deuil se multiplièrent à Brighton. Peu d'émigrés avaient échappé à la perte d'un être cher, et ceux qui venaient d'abandonner le noir le ressortirent. La ville était presque entièrement vidée de ses visiteurs anglais. Le deuil porté par les aristocrates n'en fut que plus apparent...

Le prince avait été profondément choqué par la nouvelle. Au moment de l'exécution de Louis XVI, George III avait décrété le deuil de la Cour, et tous les lieux de plaisir de Londres avaient été fermés pendant quelques semaines. En signe de respect pour la mort de la reine, son fils annula toutes les festivités prévues au Pavillon de la Mer.

Et il prit le deuil... En cette fin septembre, vêtu d'une veste et d'une culotte de velours noir, il signait les papiers que son secrétaire plaçait devant lui. Parmi eux, il y avait de grosses factures à régler. Certaines étaient accompagnées de lettres le pressant d'en exécuter le paiement sans tarder. Il en parcourut quelques-unes. Peut-être aurait-il pu se passer de ces boucles de souliers en diamant... Il en possédait déjà suffisamment pour garnir ses souliers de boucles différentes chaque jour de l'année ! Mais elles étaient si belles ! Comment aurait-il pu résister devant de tels joyaux ?

Dans ses papiers, il trouva également une facture de Tom Foxhill. Il lui avait acheté une ravissante horloge chinoise ornée de sonnettes dorées. D'autres marchands lui présentaient leur note pour des objets d'art si parfaits qu'il n'avait pu résister à la tentation de les acquérir. En bon collectionneur, il décelait immédiatement les objets les plus beaux et les plus rares. Et la beauté lui était aussi indispensable que l'air qu'il respirait... Sa passion de collectionneur avait pourtant un inconvénient majeur. Elle l'amenait à contracter des dettes... Le prince soupira. Tant qu'il ne serait pas roi, ses revenus ne seraient, hélas, pas inépuisables...

— Je vais régler cette facture, dit-il en extrayant le billet de Tom du reste de la pile. Emportez les autres.

Le jeune marchand lui plaisait, et il appréciait sa compagnie. Et puis lui au moins allait chercher d'exquis objets d'art jusqu'en Chine... Le prince sourit. Dans les premières années du siècle, la Chine s'était ouverte aux hommes d'affaires venus d'Occident. Un engouement effréné pour tout ce qui était oriental avait alors submergé l'Europe. Cette mode avait même influencé les fabricants anglais, Chippendale inclus ! Ensuite, elle avait au cours des années perdu de sa popularité. Mais lui l'avait redécouverte. Il restait confondu d'admiration devant l'habile utilisation des couleurs, le délicat travail des ivoires, de l'or et des émaux, la finesse du trait dans les motifs à la fois pittoresques et exotiques que l'on retrouvait aussi bien sur de minuscules tabatières que sur des services de table complets. Il se devait de voler au secours de cet art chinois si riche ! Lors des embellissements prévus, il ajouterait des pagodes chinoises au Pavillon de la Mer. Le coût déjà élevé des travaux grimperait sans nul doute dans des proportions astronomiques, mais cela n'était guère de nature à le faire reculer.

Le secrétaire tourna les talons, mais il venait à peine de refermer la porte que celle-ci s'ouvrit à nouveau pour livrer le passage à Maria. Elle portait un costume de voyage. Comme toujours, dès qu'elle paraissait, le prince s'émerveilla. La luxuriance de ses cheveux dorés, ses magnifiques yeux brillants et la clarté lumineuse de son teint de pêche restaient les mêmes, en dépit des années qui s'écoulaient.

— Ainsi, vous voilà prête à partir, ma chère Maria, dit-il.

Il fit le tour de son bureau et vint poser ses mains sur sa taille. Tout comme lui, elle avait pris beaucoup de poids depuis leur mariage, mais il aimait ses rondeurs amples et admirait toujours sa silhouette.

— Ne tardez point trop à venir me rejoindre dans notre retraite de campagne, le pressa-t-elle.

— Vous pouvez compter sur moi. Dès que les échafaudages seront montés et que les travaux auront commencé, je partirai.

Elle fut vivement tentée de lui conseiller, une fois de plus, de mettre un frein à ses dépenses excessives. Mais le prince se montrait extrêmement irritable dès qu'elle lui rappelait ses dettes colossales, et cela ne pourrait que les conduire à une nouvelle querelle. C'était la dernière chose qu'elle souhaitait au moment de son départ...

— Très bien, mon cher George. Je vous attends avec impatience.

— Tout comme j'ai hâte de vous revoir.

Il la serra contre lui et ils s'embrassèrent. Puis il l'escorta jusqu'à son attelage.

Lorsque l'équipage se fut ébranlé, Maria se prit à regretter, une fois encore, de ne pas parvenir à freiner George dans ses extravagances financières. Il était convaincu qu'en dernier ressort le Parlement serait mis à contribution pour régler ses dettes, comme il l'avait fait précédemment. Mais elle était persuadée que, cette fois-ci, ce ne serait pas si facile. On imposerait au prince certaines conditions, destinées à le ramener à la raison. Cette pensée ne laissait pas de la tourmenter. Dans le passé, George avait toujours suivi ses conseils. Il lui était arrivé un jour de l'amener à se réconcilier avec le roi après une amère dispute. La reine lui en avait su gré. Le père et le fils n'avaient point tardé à être de nouveau à couteaux tirés, mais rien ne pourrait jamais changer leurs difficiles rapports. En purs représentants de la maison royale de Hanovre, le roi et son héritier voyaient rarement les choses du même œil, au point de donner leurs faveurs à des partis politiques rivaux. Cependant, Maria était pleine de compréhension pour son cher George, car il était sans nul doute extrêmement malaisé à un prince de sa sorte, intelligent, énergique et doté d'idées bien arrêtées, d'être condamné à attendre le pouvoir. Pourtant, même si cela contrecarrait sans cesse son ambition, il restait loyal vis-à-vis de son père...

Un peu plus tard dans la journée, le prince revêtit son uniforme du 10e Régiment de Dragons légers. La veste tombait décidément mieux depuis que le tailleur avait élargi les coutures. Il était fier de porter l'uniforme d'un régiment célèbre, et n'oubliait jamais que son nom était associé à de grandes batailles remportées grâce au courage de ses soldats. Lorsque l'uniforme serait définitivement trop étroit, il le ferait soigneusement mettre de côté. Comme tous les bons vêtements qu'il ne mettait plus, qu'ils soient de facture somptueuse ou de simple laine. Il était thésauriseur autant que collectionneur, et il lui répugnait de jeter quoi que ce soit...

Tandis que son valet ajustait les cordons de soie de sa veste posée en travers de son épaule, telle une veste de hussard, le prince ne perdait pas une miette de son image reflétée par un miroir en pied. Lorsqu'il fut prêt, il sortit de la pièce à grands pas, conscient d'avoir fière allure. Son cheval l'attendait devant l'entrée principale. Il le monta et, suivi de ses écuyers, franchit les grilles du Pavillon. Il séjournerait au camp de défense jusqu'au lendemain.

Habituellement, lorsqu'il se promenait le long de la promenade ou qu'il passait dans sa voiture, les gens de la ville, accoutumés qu'ils étaient à sa présence, ne lui accordaient que peu d'attention. Mais, lorsqu'il apparaissait en uniforme, comme c'était le cas ce jour-là, les applaudissements joyeux crépitaient sur son passage. Il répondait par des saluts et des sourires, appréciant la bienveillance du bon peuple à son égard. Heureux de constater que les habitants de Brighton lui réservaient une place toute particulière en leurs cœurs... Ses soldats, eux aussi, l'appréciaient à sa juste valeur. Comme il aurait été heureux de les mener à la bataille contre les Français ! Sans se soucier du danger, il aurait conduit toutes les charges en personne ! Mais, une fois de plus, son père contrariait ses ambitions en lui refusant obstinément la permission de servir hors de son pays. Ce sujet avait donné lieu à une épouvantable querelle. Le prince fronça les sourcils à ce souvenir. Évidemment, les choses seraient entièrement différentes s'il était roi — ah, s'il était roi !

Le prince visitait le camp dès qu'il en avait l'occasion. Contrairement aux soldats qui étaient confinés dans des tentes minuscules, il y jouissait de tout le confort. Sa tente tendue de chintz orné des trois plumes, emblèmes du prince de Galles, était assez large pour pouvoir être divisée en plusieurs parties.

Le dîner qu'il partagea avec ses officiers dans le coin réservé à cet usage fut très gai. Plusieurs de ses hommes finirent par rouler sous la table. Un peu plus tard, il dut lui-même être porté jusqu'à son lit, ivre mort.

Le lendemain, le prince confia sa monture aux bons soins d'un écuyer et rentra au Pavillon de la Mer en voiture. Les chevaux furent maintenus à une allure modérée, car il souffrait d'abominables maux de tête. Si seulement Maria, sa tendre épouse, avait été là ! Elle l'aurait accueilli, elle aurait baigné ses pauvres tempes avec de l'eau de rose, comme elle l'avait déjà fait si souvent ! Puis, réflexion faite, le prince se dit qu'il valait peut-être mieux qu'elle soit absente. Ses beuveries l'exaspéraient de plus en plus. Selon toute vraisemblance, elle l'aurait laissé souffrir le martyre sans s'occuper de lui. Ces derniers temps, cela lui était déjà arrivé plusieurs fois...

Le prince, de fort méchante humeur, apprit avec grand déplaisir qu'il avait un visiteur. Pourtant, quand on lui précisa qu'il s'agissait de lady Jersey, son visage s'éclaira d'un large sourire. C'était exactement la compagnie dont il avait besoin ! Une femme charmante, à la voix douce, qui feindrait d'ignorer ses yeux injectés de sang, et qui le distrairait en lui répétant les derniers potins de la Cour.

— C'est une délicieuse surprise ! s'exclama-t-il en l'accueillant lorsqu'elle entra dans le salon circulaire, vêtue d'une robe de velours aux couleurs de l'automne et la tête surmontée d'un immense chapeau à plume. Je ne pensais pas vous revoir avant de rentrer à Londres. Qu'est-ce qui vous ramène à Brighton, en ces temps d'exode général ?

— C'est que je me préoccupe de votre cottage, Votre Altesse ! déclara-t-elle d'un ton léger, un éclair de coquetterie dans les yeux. Tous ceux qui arrivent à Londres ont une version différente de ce que vous avez l'intention d'y faire ! Et je voulais m'assurer que vous ne vous apprêtiez point à y poser un toit de chaume et à laisser des vaches paître au milieu de la pelouse !

Il s'esclaffa et la conduisit vers un sofa où il prit place à côté d'elle.

— N'ayez crainte ! Je n'ai pas l'intention de laisser le Pavillon de la Mer retourner à ses origines rustiques. Loin de là. Comparez-le à une gigantesque chrysalide qui attend son heure avant de sortir et d'étendre ses ailes comme un papillon exotique.

— Magnifique !

Dans son enthousiasme, elle battit des mains.

— Vous m'avez ôté les mots de la bouche, Sire. Pour ma part, je vois le Pavillon de la Mer comme une huître sur le point de vous faire cadeau de ses perles. Pour peu que vous consentiez à l'ouvrir, en utilisant toutes les forces de l'imagination créatrice et du goût très sûr que vous avez manifestés à Carlton House !

Il se tapa sur les cuisses en riant de concert avec elle. Quel plaisir que d'être encouragé à faire fi de ses dettes et à aller de l'avant ! Cela le changeait des critiques malveillantes de son père, des reproches de sa mère, de la censure du Parlement et des lugubres mises en garde de Maria ! Autrefois, Maria maniait l'argent avec autant d'insouciance que lui-même. Mais désormais, elle se tourmentait sans cesse, lui reprochait sa « prodigalité » ! Il savait qu'elle était pleine de bonnes intentions, mais il était las de tous ses bons conseils. Réconforté, il décida de faire ouvrir une bouteille et de la partager avec lady Jersey. Puis, il se leva d'un bond. Son mal de tête avait disparu.

— Venez avec moi, madame. Je vais de ce pas vous montrer les plans que Mr Holland a dessinés d'après mes ordres. Vous me direz ce que vous en pensez.

— J'en serais ravie !

Elle vint le rejoindre d'un mouvement gracieux, accompagné d'un petit rire de gorge.

Tout en marchant à ses côtés, elle lui lança un regard en biais. Au vu de son expression ravie, elle sut qu'elle s'était trouvée là au bon moment. C'était un bon début. Peut-être finalement parviendrait-elle à se dresser entre Mrs Fitzherbert et le prince. Mais point de hâte inutile. Le prince ressentait une certaine attirance pour elle. Cependant, il n'était pas dans son intention de chercher immédiatement à le séduire. Son Altesse était d'une grande inconstance, mais Mrs Fitzherbert le faisait immanquablement revenir à elle. Cette fois-ci, il lui faudrait veiller à ce que cela ne se reproduise pas. Et pour cela, distiller perfidement les insinuations et les mensonges... Elle finirait bien par déchirer le lien qui unissait le prince et son épouse morganatique. Elle en était certaine. Après tout, n'était-elle pas venue à Brighton à la requête de la reine elle-même ? Celle-ci avait insisté sur le service qui serait rendu à la nation par la destruction du mariage de son fils. Il était d'une importance politique primordiale de libérer le prince de Mrs Fitzherbert. Au plus haut niveau de l'État, on s'occupait déjà à préparer d'autres plans pour son avenir. Le rôle de lady Jersey se bornait à poser les fondations de ces plans. Une tâche qui serait plutôt agréable. Le charme naturel du prince et son physique agréable auraient constitué une tentation pour n'importe quelle femme... Et puis, lady Jersey avait des raisons personnelles de parvenir à ses fins. Elle nourrissait l'ambition de jouir d'une influence considérable à la Cour...

Dans la bibliothèque, le prince déroula avec empressement les plans de l'architecte et les lui montra, le visage illuminé d'enthousiasme.

— Regardez ! Voilà comment se présentera mon cottage !

Elle se pencha sur les plans et les commenta avec intelligence. Ce qui, elle le savait, ne manquerait point de lui plaire. Elle accompagna ses remarques d'un sourire radieux.

— Je n'ai qu'une petite réserve à formuler, dit-elle en indiquant un endroit sur le plan.

Intrigué, le prince s'approcha et, d'un même mouvement, ils se penchèrent tous les deux sur les dessins de l'architecte. Pendant qu'elle parlait, il eut soudain une conscience aiguë de la proximité de son corps chaud caché sous le velours et la soie bruissante. Et le délicieux parfum qui émanait d'elle monta jusqu'à ses narines...

Les ailes cintrées qu'il avait dessinées pour le Pavillon de la Mer ne virent jamais le jour. Henry Holland soupçonna qu'elles n'avaient pas plu à lady Jersey, mais il n'en eut jamais la confirmation. Il ne fut plus jamais fait mention non plus de la construction éventuelle de quelques pagodes.

Le temps s'était écoulé trop vite pour Maria et pour le prince dans leur retraite de campagne. Ils avaient fait de longues promenades dans les bois parés des couleurs de l'automne, foulé sous leurs pieds des tapis de feuilles rousses et dorées. Ils avaient dîné en tête à tête aux chandelles, parfois dégusté des faisans que le prince avait chassés lui-même, et roulé à travers la campagne, prenant leur repas dehors lorsque le temps était beau. Leur seule compagnie avait été celle du petit garçon placé en nourrice chez le couple qui tenait leur maison. Le prince et Maria étaient très attachés à l'enfant et veillaient à son bien-être. Une seule chose gâcha un peu la joie de Maria. George citait lady Jersey à tout propos, lui rapportant sans cesse ce qu'elle pensait de ceci ou de cela.

Ils rentrèrent séparément à Londres, fidèles en cela à une habitude ancienne qui ne trompait plus personne, mais qui sauvegardait les apparences — chose que Maria avait imposée au début de leur liaison. Le prince lui avait offert une magnifique maison à Pall Mall, tout près de Carlton House. Pour y habiter, elle avait abandonné son ancienne demeure de Park Street, dans laquelle elle avait vécu avec son mari, feu Thomas Fitzherbert, qui la lui avait léguée à sa mort.

Lorsque la porte de la maison se referma derrière elle, Maria s'arrêta dans le hall d'entrée au sol quadrillé de blanc et noir. Le lustre de cristal scintillait sous le soleil d'hiver filtrant à travers l'imposte, et envoyait tout autour d'elle des myriades de paillettes. Un miroir au cadre doré suspendu au-dessus d'une desserte encadrait son image, tel un portrait. Elle se regarda dans les yeux et y lut la question qui la tourmentait. Combien de temps faudrait-il à George pour se libérer des griffes de lady Jersey ?

La ville de Brighton tout entière était saisie d'une activité fébrile. Pour faire face à la demande grandissante d'appartements ou de résidences individuelles destinés aux visiteurs saisonniers, il avait fallu entreprendre la construction de nouveaux bâtiments. De nombreux invalides vivaient habituellement à Brighton. Mais avec le froid, une vague de nouveaux arrivants à la santé fragile déferla sur la ville. Le Old Ship était plus fréquenté que jamais. Aux nouveaux clients accompagnés de leurs infirmières — et bien souvent de leurs mères et de leurs sœurs — venaient s'ajouter les commerçants et les hommes d'affaires attirés par le développement de la cité. Les bals et autres divertissements offerts par le Old Ship et le Castle Inn se succédaient sans discontinuer, et étaient très appréciés.

Sophie avait escompté que Rory disposerait d'un peu plus de temps durant l'hiver, mais elle s'était trompée. Quelques tempêtes et des vents forts soulevaient bien la Manche de temps en temps, envoyant d'énormes vagues déferler sur les galets et s'abattre sur les falaises, mais il y avait de longues périodes de douceur qui permettaient aux contrebandiers d'amener aisément leurs embarcations jusqu'au rivage. Rory avait réussi à anéantir une bande de malfaiteurs qui opérait sur la côte à l'est de Brighton depuis longtemps. Ses chefs avaient été pendus à la chaîne dans les arbres des environs, et certains avaient poussé leur dernier soupir à côté de bandits de grand chemin qui avaient subi le même sort. Mais Rory ne se faisait pas grande illusion sur l'effet dissuasif de ce spectacle cruel. La guerre avec la France avait multiplié la demande de biens importés illégalement de ce pays, puisqu'il était désormais impossible de les obtenir par d'autres moyens. Et l'appât du gain était plus fort que la peur de la corde.

Quand Rory invita Sophie et Antoine à passer la Noël chez sa sœur, la jeune fille fut totalement prise au dépourvu. Elle fut à la fois heureuse de cette demande, et déçue de ne pouvoir l'accepter.

— J'aimerais tant pouvoir venir, Rory ! Mais le chef de cuisine ne me laissera jamais partir à pareille époque. J'ai déjà fait tant de puddings pour Noël que mes cheveux sentent les épices même quand je viens de les laver !

— Vos cheveux ont le parfum des fleurs, Sophie, dit-il d'une voix douce.

— Cher Rory, murmura Sophie, touchée par son compliment.

Ils étaient devant le cottage, où il venait de la ramener après une soirée passée au théâtre. La nuit était sombre, parcourue par un vent violent qui faisait voler le triple col de son grand manteau dont les pans se rabattaient autour d'elle. Il la serra contre lui.

— Il y a une solution qui vous permettrait de passer Noël avec moi.

— Laquelle ? demanda-t-elle, troublée.

— Celle de donner votre congé au Old Ship.

— Vous savez que je ne puis les quitter maintenant.

— Vous le pourriez si nous nous fiancions. Vous habiteriez avec Antoine chez ma mère et ma sœur, Ellen, jusqu'à notre mariage. Juste le temps qu'il faudra pour tout régler. Je vous aime, Sophie.

Sa voix se fit plus rauque.

— Je veux vous prendre pour femme.

Les yeux de Sophie cherchèrent les siens. Rory et elle étaient devenus très proches et elle l'aimait profondément. Il possédait tout ce qu'elle admirait chez un homme. Elle lui répondit en toute sincérité :

— Dieu sait combien je vous aime, Rory, mais je dois d'abord m'installer dans la vie avant de pouvoir songer au mariage.

Il la serra plus fort contre lui.

— Est-ce à cause d'Antoine ? Ne craignez rien. J'aime cet enfant et je le considérerai comme mon fils.

Elle se dégagea de ses bras et recula d'un pas, les mains crispées sur ses hanches, son manteau tournoyant dans les rafales qui venaient de la mer.

— Je suis au désespoir de vous blesser, Rory, mais ce n'est pas possible. Vous attendriez d'Antoine qu'il vous considère en retour comme son père, et vous n'ignorez point combien il aime votre compagnie. Avant longtemps, toute sa piété filiale vous serait entièrement acquise. Vous en feriez un Anglais, pour la bonne raison que vous seriez son modèle ! Je ne laisserai pas faire une chose pareille ! Je dois veiller à ce qu'il reste français dans son esprit et dans son cœur. Tous mes efforts tendent à lui faire comprendre que ses racines ne sont point ici, mais de l'autre côté de la Manche !

— Pensez-vous que sa mère eût fait passer une promesse avant son bonheur ?

— Non, mais il est heureux au cottage. Il est entouré de mon affection sans compter celle de Clara et de Billy.

— Mais il n'a pas de père. Quand lui direz-vous la vérité ?

— Avant qu'il n'entre à l'école, je lui ai expliqué que ses parents n'étaient plus au château, mais au Ciel. Il m'a répondu qu'ils étaient allés rejoindre son grand-père et qu'ils étaient sûrement heureux d'être à nouveau réunis. Les enfants peuvent accepter le décès d'un parent, mais jamais sa défection. J'ai pris la place de sa mère, au moins jusqu'à un certain point. J'ai l'intention de lui donner l'amour et la protection qu'elle lui aurait procurés, jusqu'au moment où, devenu adulte — plaise au Ciel —, il pourra retourner chez lui.

Le visage de Rory trahit une sourde colère :

— Êtes-vous en train de me dire que je dois attendre qu'Antoine devienne adulte ?

Elle se rebiffa :

— Non ! Je ne demanderais jamais à personne de m'attendre !

Rory perdait rarement la maîtrise de lui-même, mais il se sentit soudain envahi d'une rage folle :

— Personne ? Est-ce là tout ce que je suis pour vous ?

— Ne détournez pas le sens de mes paroles ! Pourquoi suis-je impuissante à vous faire comprendre que cette promesse, celle de tout faire pour qu'Antoine rentre un jour chez lui, gouverne ma vie, et pour plus d'une raison ? C'est tout l'avenir de la France qui est entre ses mains, et celles des enfants tels que lui. Non pas pour restaurer l'ancien régime ! Mais pour préserver ce qu'il contenait de bon en lui, et le fondre avec la vraie justice et la liberté. Et, aussi, pour rendre son honneur à mon pauvre pays baignant dans son sang.

Elle couvrit ses yeux d'une main tremblante, retenant ses larmes.

— Rien ne pourra me faire oublier mes responsabilités.

Toute la colère de Rory s'envola.

— Alors, laissez-moi les partager.

— Oh, Rory !

Elle secoua la tête devant tant d'obstination.

— N'avez-vous rien écouté de ce que je vous ai dit ?

— J'ai bu chacun de vos mots. Mais ils ne m'ont pas convaincu, même si je comprends pourquoi vous faites tant de cas de cet enfant.

Elle lui jeta un regard implorant.

— Dans ce cas, prouvez-moi votre compréhension en laissant ce sujet de côté.

Il hocha la tête, ne désirant pas la chagriner davantage, mais elle savait que ses dispositions d'esprit, de même que son amour pour elle, demeuraient inchangées.

Sophie et Rory échangèrent leurs cadeaux de Noël avant que le jeune militaire quitte Brighton. Il lui offrit un éventail. Elle, de son côté, avait découvert un livre écrit par un voyageur qui avait sillonné l'Inde. Ce cadeau causa un immense plaisir à Rory, car la plus grande partie du territoire évoqué lui était familière.

Le jour de Noël n'étant pas tombé un dimanche, il ressembla donc à tous les autres jours. Les boutiques restèrent ouvertes et chacun se livra à ses activités coutumières. Mais les enfants chantèrent des chants de Noël dans les rues, et les cloches de l'église sonnèrent. Comme tous les gens qui travaillaient, Sophie réussit à distraire un peu de temps, pour pouvoir consacrer de brefs moments au culte dans le fond de l'église Saint-Nicolas, où seuls ceux qui disposaient de loisir pouvaient profiter du service religieux en son entier.

Rory revint à Brighton deux jours après la Noël, mais il avait reçu l'ordre de quitter la ville pour rejoindre le Dorset.

Trois agents du Trésor y avaient été tués, et cinq autres blessés, dans une bataille rangée qui les avait opposés à des contrebandiers. Ces criminels de la mer se défendaient de façon de plus en plus acharnée, car, grâce à la vigilance de la British Navy qui bloquait les ports français, leurs sloops étaient interpellés et, bien qu'ils soient rapides, ils ne pouvaient pas toujours s'échapper. Ce danger ne faisait qu'augmenter le prix des marchandises de contrebande lorsqu'elles arrivaient à bon port. Changeant leur tactique, les contrebandiers opéraient désormais de préférence à bord de petites barques de pêche. Ils évitaient ainsi d'être repérés en mer. Rory s'attendait à ce changement d'affectation, car la contrebande avait disparu dans son secteur depuis qu'il avait fait traduire certains chefs de bande en justice. La bande de Broomfield l'avait évité en déplaçant son terrain de chasse, mais il était persuadé de se retrouver un jour sur leur chemin.

— Au moins, nous pouvons commencer la nouvelle année ensemble, Sophie, dit Rory après lui avoir annoncé son prochain départ.

Malgré la perspective de leur séparation imminente, Sophie en fut très heureuse.

Le Old Ship s'activait aux préparatifs du bal qui serait donné ce soir-là. Sophie n'avait que peu d'espoir de voir sa requête entendue lorsqu'elle demanda sa soirée au chef de cuisine. Celui-ci hésita, puis il hocha la tête.

— Vous avez travaillé dur à la Noël. Vous pourrez partir après le dîner de trois heures.

Le soir du Nouvel An, habillée cette fois encore d'une robe que lui avait procurée Henriette, Sophie dansa toutes les danses avec Rory. Et ce soir-là, Tom Foxhill ne vint pas interrompre leur tête-à-tête.

L'année 1794 ne comptait qu'une heure lorsque Rory, après l'avoir juchée sur son cheval, sauta derrière elle et la reconduisit au cottage.

— Je vous en prie, ne prenez aucun risque dans le Dorset, le supplia-t-elle, alors qu'ils échangeaient leurs adieux à la porte de la maison.

D'un ton badin, il lui lança :

— Vous vous inquiétez beaucoup trop pour moi !

— Comment ne le ferais-je pas ? Vous êtes l'homme le plus gentil que j'aie jamais rencontré !

Bien sûr, ce n'était pas là le genre de réponse que Rory voulait entendre. Il aurait préféré que Sophie lui crie qu'elle l'aimait trop pour pouvoir vivre sans lui... Mais la jeune fille était toujours sincère, et ne prononçait jamais de paroles qu'elle ne pensait pas.

— Je vous écrirai régulièrement, lui promit-il.

— Moi aussi.

Brusquement, elle cacha son visage dans son épaule, incapable de contenir son chagrin.

— N'y aura-t-il jamais que des séparations dans ma vie ?

Il caressa ses cheveux puis lui releva le menton.

— Vous saviez bien que je repartirais tôt ou tard.

— Oui, bien sûr. Je m'y étais préparée.

— Dans ce cas, pourquoi cette détresse ?

— Parce qu'une fois de plus vous vous dirigez droit sur le danger ! Parce que je ne sais pas... quand je vous reverrai.

— Je reviendrai toujours vers vous.

Il la caressait, la voix chargée de désir.

— Rien ne pourra me tenir éloigné de vous jusqu'au jour de ma mort.

Elle recula vivement à ces mots et ouvrit de grands yeux remplis d'effroi.

— Ne parlez pas de mort !

— Sophie, mon amour !

Sa bouche trouva la sienne et il l'embrassa avec une passion plus intense que jamais. Il était convaincu qu'elle l'aimait plus qu'elle n'en avait conscience, et il était à cet instant plein d'espoir en l'avenir.

Il ne remonta sur son cheval qu'après s'être assuré qu'elle était rentrée. Et elle, de son côté, resta dans le corridor à écouter le bruit du pas de sa monture, jusqu'à ce qu'il ait disparu.

Pendant les quelques jours qui suivirent, Sophie eut l'esprit préoccupé et se montra inhabituellement silencieuse. Elle n'était pas d'humeur à écouter les cancans de Polly, qui s'empressait de lui répéter tous les potins croustillants qu'elle pouvait saisir dans la salle. Sophie fronça les sourcils lorsque la servante vint la pousser du coude avec insistance.

— Voulez-vous savoir ce qu'on raconte ?

— Non, Polly.

— Vous voudrez en savoir plus long quand vous saurez de quoi il s'agit ! Il paraît que les choses se gâtent entre Prinny et Mrs Fitz !

— Ce n'est pas possible. Vous vous trompez.

Agacée, Sophie lui tourna le dos.

Polly la suivit.

— Eh bien, si j'en crois ce que j'ai entendu de mes propres oreilles il n'y a pas plus de quelques minutes de ça, et à deux tables différentes, le prince voit beaucoup trop lady Jersey et pas assez sa femme !

— Je ne le crois pas, la coupa Sophie.

Polly eut un sourire entendu.

— C'est votre affaire. Nous verrons bien laquelle des deux ladies viendra passer l'été prochain à Brighton !

Impatient de voir les progrès des travaux de transformation du Pavillon de la Mer, le prince fit deux brefs séjours dans la ville, durant les mois de février et de mars. Il vint seul à chaque fois, mais les rumeurs persistèrent. Au cottage, Clara continuait de temps à autre à recevoir son amant pendant la nuit. Sophie fut plus d'une fois tentée de lui dire de cesser de prendre des précautions inutiles quand elle le recevait. Son sommeil était bien plus perturbé par les chuchotements et les glissements furtifs qu'il ne l'aurait été si le visiteur était entré et sorti normalement. Mais elle n'en fit rien, ne souhaitant pas embarrasser Clara qui pensait que son secret était bien gardé.

11

Ce fut pendant l'une des brèves visites du prince que Tom vint lui aussi à Brighton. Bien qu'il eût rendez-vous au Pavillon de la Mer, son but était en fait de parvenir à rencontrer Sophie. Se remémorant son attitude évasive lors de leur dernier tête-à-tête, il décida de lui faire parvenir une invitation qu'il lui serait impossible de refuser. Il s'installa dans sa chambre du Castle Inn pour lui écrire une lettre. Puis il cacheta sa missive et l'expédia par un courrier.

Sophie était extrêmement occupée à la cuisine du Old Ship lorsqu'on lui remit la lettre. Ne reconnaissant pas l'écriture, elle brisa le cachet avec curiosité. Elle fronça les sourcils en la parcourant.

— Dites à Mr Foxhill, dit-elle au messager qui attendait, que j'accepte son invitation et que je le rencontrerai demain à l'heure et à l'endroit prévus.

Durant le reste de la journée, elle ne put détourner ses pensées de la mission qu'elle avait accepté d'exécuter pour Tom au Pavillon de la Mer. Elle n'aurait aucune difficulté à s'absenter durant deux heures, car Josh était fort capable de prendre le relais pendant ce laps de temps. Elle regretta de ne pas avoir de cape neuve à porter pour pareille occasion. Mais en acheter une constituerait une dépense non justifiée pour le moment. De toute façon, elle pourrait sans doute ôter la sienne dès son arrivée, car elle avait entendu dire que le bâtiment était chauffé lorsque le prince s'y trouvait durant les mois d'hiver.

Le lendemain, Sophie quitta la cuisine vers le milieu de la matinée et se changea, revêtant sa plus belle robe de laine cramoisie. Puis elle se posta devant le miroir et posa sur sa tête le nouveau chapeau du dimanche que Clara lui avait prêté. Il était gris pâle, très seyant, assorti d'un pimpant petit plumet. Clara lui avait également remis une paire de gants en chevreau, en déclarant que personne n'allait jamais rendre visite à un prince avec des mitaines tricotées.

— C'est Tom qui le rencontrera, avait répondu Sophie, pas moi. Mais il est vrai que je dois à Tom d'être à mon avantage si le prince nous voit ensemble !

Lorsque Sophie se mit en route, l'air était vif et froid et les nuages si bas qu'ils semblaient toucher la mer. Ce jour-là, les eaux étaient d'une teinte sombre qui tirait sur le vert olive. La jeune fille fut la première à apercevoir Tom qui l'attendait près de l'entrée principale. A la vue de sa haute stature, de sa sveltesse, de son visage énergique, aux traits affirmés, la jeune fille fut, comme d'habitude, saisie de méfiance. Cet homme-là avait des allures de tigre. Et il émanait de ses mouvements pleins d'ardeur contenue une formidable impression de puissance, un pouvoir d'attraction dangereusement pervers. Elle sentit son pouls s'accélérer. Dès qu'ils étaient l'un près de l'autre, l'atmosphère devenait tendue, électrique. Elle avait ressenti cette impression au moment même où, recouvrant ses sens, elle avait levé les yeux vers lui pour la première fois. Aujourd'hui, c'était leur cinquième rencontre — non, leur quatrième seulement ! Pourquoi avait-elle commis cette erreur ? Décidément, tout ce qui le concernait était une énigme pour elle. C'était pour cette raison qu'elle jugeait impossible d'envisager une quelconque relation avec lui, quelle que soit sa nature. Ah ! Il l'avait vue. Comme elle s'y attendait, il la salua avec empressement.

— C'est très aimable à vous d'être venue si vite, Sophie. Je ne suis rentré de l'étranger que d'hier et je n'ai pas eu la possibilité de vous présenter ma requête plus tôt.

— Cela n'a aucune importance.

Elle jeta des regards inquiets autour d'elle, comme si elle se demandait tout à coup s'il ne l'avait pas attirée en cet endroit sous un prétexte fallacieux.

— Je m'attendais à trouver avec vous un porteur chargé des porcelaines de Sèvres que vous avez mentionnées dans votre message.

— Les porcelaines sont arrivées il y a dix minutes. Elles nous attendent.

— Comment pouvez-vous être sûr que je puis vous aider à les identifier ?

— Lorsque je suis entré en possession de ces vases, je me suis rappelé qu'au bal du Castle Inn vous aviez évoqué vos fréquentes visites à Versailles en compagnie de votre père. On m'a dit que ces vases provenaient de Versailles. J'ai donc immédiatement pensé que vous pourriez les authentifier.

— Mais peut-être cela ne me sera-t-il pas possible ! Je suis loin d'avoir parcouru ce vaste château dans ses moindres recoins !

— Je me suis laissé dire qu'ils provenaient d'un appartement bien précis. Lorsque vous les verrez, il vous suffira de dire oui ou non. Je vous assure que l'on ne peut pas oublier ces vases, même si on ne les a vus qu'une seule fois dans sa vie !

— Pourquoi ne me les avez-vous pas montrés avant de les faire apporter ici ? insista Sophie.

Il leva un sourcil interrogateur.

— Si vous aviez la moindre idée des précautions à prendre pour mettre ces objets en caisse, vous ne me demanderiez pas pourquoi on ne les a pas déballés à la seule fin de vous permettre d'y jeter un coup d'œil préliminaire.

Il poussa l'une des doubles grilles ornementales et s'effaça pour la laisser passer.

Elle hésita, sachant qu'en Angleterre même les médecins n'entraient pas dans une grande maison par l'entrée principale.

— Ne faites-vous pas une erreur ?

— Non, répondit-il, amusé. J'ai ce privilège. Permettez-moi de vous offrir mon bras.

Elle posa sa main gantée de chevreau au creux de son coude.

— Supposez qu'il me soit interdit d'emprunter cette voie royale ?

— Cela ne sera pas le cas, dit-il sur le ton de la confidence en la guidant vers l'avenue.

— A quel titre ?

— Au titre de conseiller en porcelaine de Son Altesse.

Elle laissa échapper un petit rire devant son audace.

— Mais c'est un métier !

— Oui, et j'en remercie le Ciel. Je serais bien incapable de mener une vie oisive, et vous aussi, j'en suis convaincu. Nous allons bien ensemble, n'est-ce pas ?

Elle put se dispenser de répondre. Le laquais de service, les ayant vus s'approcher, avait ouvert la porte d'entrée. Tom introduisit Sophie dans le hall. Comme elle s'y attendait, le Pavillon de la Mer était chauffé, et à son grand soulagement elle put se débarrasser de sa cape. Le personnel connaissait bien Tom. Un nouveau laquais leur fit traverser un magnifique corridor presque aussi vaste qu'une salle de bal, avant de les introduire dans la pièce où se trouvaient les vases.

Le coffre contenant la porcelaine de Sèvres avait été placé sur une table recouverte d'un petit tapis persan. Tom sortit une clé de sa poche, fit jouer la serrure et souleva le couvercle. Avec précaution, il défit une partie de l'emballage.

— Pour l'instant, tout va bien, souffla-t-il. Ces deux vases ont fait un voyage mouvementé, mais ils n'ont apparemment pas été endommagés.

— Rien n'a été cassé ? demanda Sophie, qui constata avec surprise qu'elle partageait l'anxiété de Tom.

Quelle joie de revoir des objets venant de France ! Peut-être même pourrait-elle toucher ces vases extraordinaires ?

— En apparence, ils semblent intacts, dit Tom, très concentré. Il ne nous reste plus qu'à espérer qu'ils ne sont pas fendus.

Sophie retint son souffle pendant qu'il soulevait avec une extrême précaution les vases enveloppés dans une dernière protection de soie bleue. Sophie estima leur hauteur à environ quatorze pouces. Tom déposa l'un d'eux au creux de ses bras et prit le deuxième. Le laquais ouvrit une porte pour les introduire dans un grand salon, puis la referma derrière eux, les laissant seuls.

Le décor était somptueux. Les murs étaient tendus de soie damassée du même vert que la mer, et, de tous côtés, un luxe de dorures semblables à des rayons de soleil éclaboussait la pièce. Les chenets en forme de griffons, les bras et les pieds des tabourets, des tables et des fauteuils, les candélabres surchargés d'ornements et jusqu'à la jolie pendule sur pied dont Sophie savait qu'elle ne pouvait venir que de France, tout ici était splendide. Mais la plus belle pièce était sans conteste un secrétaire à plateau rabattable, qui semblait avoir été moulé dans l'or avant d'avoir été incrusté d'ébène. Le trumeau lui-même était orné d'une frise de feuilles d'acanthe aussi délicatement travaillée qu'une dentelle d'or. Tom y plaça les vases encore emballés.

— Sophie, j'aimerais que vous les dévoiliez, si cela ne vous ennuie pas, dit-il dans un souffle.

Le ton de sa voix n'aurait pas été plus intime s'il lui avait demandé de se déshabiller. Elle rougit malgré elle. Une fois de plus, chaque parcelle de son corps vibrait au simple son de sa voix... Mais elle ne devait pas laisser son imagination lui jouer des tours. Peut-être le trouble qu'elle ressentait en sa présence la portait-il à lui prêter des intentions qu'il n'avait pas.

— J'espère que ces vases seront assez beaux pour ne pas être écrasés par la magnificence des meubles de cette pièce ! finit-elle par dire en se tournant vers le trumeau.

Tom la rassura.

— Ce sera bien le cas. Vous verrez.

Puis il recula de quelques pas, sous prétexte de lui laisser le champ libre. En réalité, il désirait profiter pleinement de la vue de son expression lorsqu'elle découvrirait les vases. Un silence lourd s'installa. Avec des gestes inconsciemment sensuels, Sophie faisait glisser la soie autour de ses doigts, déshabillant lentement la porcelaine... Son visage était semblable à un camée serti dans la chevelure noire qui s'échappait de son chapeau. Elle semblait sereine, mais l'émotion qui l'emplissait tout entière rougissait ses joues.

Au moment où elle allait ôter la soie du premier vase, Sophie leva la tête et rencontra les yeux de Tom. Le regard du jeune homme trahissait un désir si violent que d'un mouvement brusque elle détourna immédiatement la tête. Il comprit qu'il était toujours séparé d'elle par un fossé infranchissable. Et elle, le cœur battant à tout rompre, prit conscience de la facilité avec laquelle cet homme pourrait ravager sa vie si elle ne s'en défendait...

En un éclair, elle dirigea de nouveau son regard vers le vase de Sèvres. Et fit glisser la soie, en retenant son souffle. Il était ravissant, gracieusement ovoïde, ceint d'une guirlande de feuilles de laurier en bronze doré repoussé qui convenait parfaitement au décor de la pièce où ils se trouvaient. Le col était parsemé de turquoises et de paillettes d'or, et se terminait par une ouverture largement évasée. Peinte sur fond blanc, une exquise décoration chinoise représentait des personnages, des feuillages et des fleurs. Elle retourna doucement le vase par les anses pour examiner le groupe d'oiseaux exotiques peint sur l'autre côté.

Puis elle recommença l'opération pour son pendant, qui n'avait rien à lui envier.

— Alors ? demanda Tom, très calme.

Sophie tourna son visage vers lui.

— Oui, dit-elle d'une voix légèrement hachée. J'ai déjà vu ces vases.

— A Versailles ? Où exactement ? Dites-moi si vous vous en souvenez. Je dois le savoir ! Oh ! pas à cause de l'argent qu'ils m'ont coûté. La République vend ses trésors culturels en masse, afin d'acquérir des fonds pour mener la guerre. Le marché mondial en est submergé. Naturellement, la valeur des objets est plus importante s'ils ont été la propriété personnelle du défunt roi de France. Mais moi, c'est l'aspect esthétique qui m'importe. Tout de même, j'étais à peu près persuadé que ces vases avaient appartenu à Louis XVI. Je souhaitais donc qu'ils soient entre les mains d'un véritable amateur d'art, qui saurait les estimer et les apprécier à leur juste valeur. J'aurais pu les vendre partout, mais je les ai apportés ici.

Une voix profonde surgit de l'encadrement de la porte.

— Je vous remercie de l'avoir fait, Tom.

Ils se retournèrent tous deux avec un sursaut, et constatèrent que le prince avait pénétré dans la pièce sans se faire remarquer.

Immédiatement, Tom s'inclina et Sophie plongea dans une révérence. Le prince vint vers eux pour les saluer cordialement. Ses yeux allèrent de l'un à l'autre des deux jeunes gens dont il avait interrompu la conversation.

Tom s'avança vers lui.

— Permettez-moi de présenter Mlle Delcourt à Votre Altesse, dit-il.

Sophie fit une nouvelle révérence et le prince la releva lui-même.

— Nous voici donc de nouveau en présence, mademoiselle.

Professant des idéaux démocratiques, toujours à l'aise avec

ses interlocuteurs quel que soit leur statut social, il ne montra aucune surprise en la voyant sous son toit.

— Êtes-vous toujours au Old Ship ?

— Oui, Sire.

— Mais aujourd'hui, vous êtes ici parce que vous êtes plus compétente que Tom au sujet des objets qu'il souhaite me montrer. Est-ce exact ?

— Je connais un peu ces vases, dit-elle avec réserve.

Puis elle s'éloigna du trumeau, soudain consciente qu'elle empêchait le prince de voir les chefs-d'œuvre de porcelaine de Sèvres.

Le prince ne savait pas masquer ses émotions. Un marchand sans scrupules aurait facilement pu tirer avantage de sa réaction émerveillée à la vue des vases. Mais Tom avait déjà mentalement fixé son prix et il n'en changea pas. Et, comme il était d'usage, il n'en fit pas mention. Il négocierait tout à l'heure la vente avec un écuyer chargé de marchander à la place du prince, au cas où la somme demandée paraîtrait trop importante.

— Ces vases sont superbes, Tom ! s'exclama le prince en saisissant l'un d'entre eux. C'est Asselin qui a exécuté cette décoration chinoise, si je ne me trompe.

— C'est exact, Sire, répondit Tom. Et les oiseaux peints de l'autre côté sont l'œuvre de Fallot, tandis que le fond a été peint par Taillandier.

— La manufacture de Sèvres s'enorgueillissait de tant d'artistes de talent, soupira le prince. Je me demande où ils se trouvent à présent.

— Nous ne pouvons qu'espérer qu'ils ont survécu et qu'ils peuvent continuer à exercer leur art.

— Oui, espérons-le.

Le prince étudiait toujours le vase qu'il tenait en main.

— Mlle Delcourt m'a confirmé qu'ils provenaient de Versailles. On m'a dit qu'ils étaient exposés dans la galerie des Glaces.

Sophie intervint avec vivacité :

— Ils ne se sont jamais trouvés dans la galerie des Glaces !

Les deux hommes se détournèrent pour la dévisager. Ce fut Tom qui parla le premier :

— M'a-t-on mal informé ?

— Très mal.

Le prince replaça le vase avec précaution sur le secrétaire, puis se tourna vers Sophie :

— Seriez-vous disposée à vous expliquer, mademoiselle ?

— Oui, Sire. La première fois que j'ai vu ces vases, je n'étais qu'une petite fille.

— Grand Dieu ! Et dans quelles circonstances les avez-vous remarqués ?

— La reine Marie-Antoinette aimait beaucoup les enfants et un jour, me voyant avec mon père, elle m'a parlé.

Sophie exposa rapidement l'objet de leurs visites à Versailles.

— Je n'étais âgée que de huit ans, à l'époque, poursuivit-elle, mais elle m'a demandé, à l'avenir, de venir lui apporter une bonbonnière garnie de ses bonbons favoris à chacune de mes visites. Après cet épisode, elle m'a reçue maintes fois.

— Vous êtes donc en train de nous dire que ces vases sont les siens, sans doute aucun ?

— Oui, Sire. Ils se trouvaient dans son appartement, sur le manteau de marbre rouge de la cheminée du Cabinet doré.

— Dans ce cas, mademoiselle, déclara le prince avec émotion, ces vases seront à l'honneur, ici ou à Londres. On m'a rapporté qu'aucun soldat n'avait affronté la mort avec plus de courage que la défunte reine de France sur l'échafaud.

A l'expression de Sophie, Tom sut que le prince avait fait sa conquête. Le futur roi d'Angleterre était capable d'une très grande gentillesse et de beaucoup de générosité. Il lui arrivait d'être ému aux larmes par le sort des malheureux, mais cela ne l'empêchait point, cependant, de se montrer brutal, égoïste et capricieux si l'humeur lui en prenait, rendant la vie difficile à son entourage. Tom avait eu l'occasion de connaître ces deux aspects du caractère du prince, sans que cela amoindrisse l'immense sentiment d'affection qu'il éprouvait pour lui. En effet, qui pouvait prétendre à être entièrement bon ? Il se réjouissait de voir que Sophie avait été traitée avec autant de considération. Puis, comme il s'y attendait, le prince l'entraîna dans une conversation sur les courses de chevaux, dont ils étaient tous deux des amateurs éclairés.

Sophie resta silencieuse sauf pour répondre à une question du prince concernant les courses en France avant la Révolution. Elle avait vite compris que les relations amicales entre Tom et le prince prenaient leur source dans le monde viril des spectacles de combats, des courses et du jeu. Divertissements qui maintenaient constamment l'héritier de la Couronne en haleine...

Tom était d'excellente humeur quand il quitta le Pavillon de la Mer aux côtés de Sophie. Il avait fait une bonne vente, trouvé le refuge idéal pour abriter les deux précieux vases, et pour couronner le tout, le prince lui avait donné une excellente information pour les prochaines courses à Newmarket.

— Comment avez-vous obtenu ces vases ? s'enquit Sophie.

— Par une source française. Les émigrés prétendent tous vous vendre des trésors provenant de Fontainebleau, ou de Versailles, ou d'autres châteaux français, dans l'espoir d'en obtenir un prix plus élevé. Mais au vu de la beauté exceptionnelle de ces vases, j'ai cru sans peine qu'ils avaient eu leur place à la galerie des Glaces. En réalité, je sentais qu'ils avaient en eux quelque chose d'unique. C'est un sentiment que l'on éprouve parfois dans mon métier. Cependant, jamais je n'aurais soupçonné qu'ils avaient été la propriété privée de la reine.

Sophie lui jeta un regard en coin.

— D'évidence, ces vases reviennent de droit au nouveau roi de France, même si ce pauvre petit orphelin a été jeté dans cette horrible prison où il est seul et sans personne pour le réconforter.

— Connaissant le prince de Galles comme je le connais, je suis certain qu'il ne manquerait point de restituer ces vases si jamais ce jeune garçon était libéré.

— S'il était libéré... répéta-t-elle avec une profonde tristesse. Je crains pour sa vie à lui aussi.

Tom partageait son opinion, mais il ne souhaitait pas prolonger cette discussion plus avant.

— Je vous sais gré de ce que vous avez fait pour moi aujourd'hui.

— Je suppose qu'il vous arrive souvent d'avoir entre les mains ce genre de trésors venus de France.

— Oui, plus souvent que vous ne le pensez.

Elle soupira.

— Chacun d'entre eux constitue une perte cruelle pour le patrimoine de mon pays.

— Je crains que vous n'ayez raison. Lorsque j'aurai ouvert

une boutique ici, à Brighton, vous aurez au moins la consolation d'en admirer quelques-uns.

— Avez-vous déjà trouvé un local ?

— Non. Lorsque ce sera le cas, vous serez la première à le visiter.

Lorsqu'ils furent parvenus au Old Ship, elle se remémora un détail concernant les vases.

— Je me souviens maintenant avoir entendu dire un jour que c'était la reine en personne qui avait commandé ces vases à la manufacture de Sèvres.

— J'en ferai part au prince à notre prochaine rencontre.

Elle lui adressa un petit sourire moqueur.

— A Newmarket ?

— C'est exact.

Il ajouta en riant :

— Je placerai un pari pour vous.

— Pourquoi le feriez-vous ?

Il enveloppa son visage de son chaud regard vert avant de répondre :

— Le prince m'a dit que l'un des chevaux s'appelait Bonheur. C'est ce que nous recherchons tous les deux.

— En empruntant des chemins différents, s'empressa-t-elle de préciser.

— Mais des chemins qui vont continuer à se croiser ! Adieu, Sophie. J'espère que nous ne tarderons pas à nous rencontrer à nouveau.

Sophie rejoignit la cuisine et fit un signe de tête approbateur à Josh en voyant tout ce qu'il avait fait en son absence.

Elle se demanda si, le moment venu, elle irait voir la boutique de Tom. A coup sûr, celle-ci mériterait le détour surtout s'il y exposait les vases à titre d'échantillons. Mais pouvait-elle risquer d'entretenir la moindre relation avec cet homme ? Le regard intense dont il l'avait enveloppée avait confirmé toutes ses craintes. Il lui avait sauvé la vie, mais il était devenu le pire de ses ennemis. Oh ! Bien sûr ! Il ne pouvait pas savoir que la jeune fille refusait de toutes ses forces de plonger dans le tourbillon d'émotions que des hommes tels que lui avaient le don de déclencher autour d'eux. A son insu, Tom avait mis en relief les qualités de Rory. Il était curieux de penser que c'était Rory, avec son métier si dangereux, qui représentait pour elle la sécurité, tandis que Tom, qui menait une vie conventionnelle, personnifiait à ses yeux le désordre total...

Ce soir-là, pour tenter de calmer ses nerfs à fleur de peau, Sophie relut les lettres de Rory. Il ne parlait pas beaucoup de sa mission, mais tout ce qu'il lui racontait était intéressant. Chaque lettre se terminait par l'assurance de son amour pour elle et de sa foi en leur avenir commun.

En rangeant ces missives dans sa commode, elle pensa qu'elle le comprenait fort bien. Il avait déjà trente ans et était préoccupé de ne pas avoir encore son propre foyer. Ce qu'il voulait, c'était une femme et une famille, un havre de sécurité où il pourrait se réfugier après avoir accompli son travail si dangereux et si exigeant. Mais comment pourrait-elle accepter de l'épouser, elle qui devait réorganiser entièrement sa vie avant de pouvoir prendre le moindre engagement ? Elle éprouvait un besoin impérieux d'atteindre le sommet de son art, de recréer et de rétablir la confiserie Delcourt, de lui conférer un renom plus grand encore que par le passé. Elle rendrait ainsi hommage à la mémoire de son père tant aimé, qui gisait dans une tombe anonyme, et prendrait sa revanche contre le régime qu'elle haïssait de tout son être pour avoir détruit tant de vies innocentes.

Rory accepterait-il jamais de partager avec elle un objectif aussi exigeant, dont elle ne s'écarterait sous aucun prétexte ? Elle en doutait. Il lui avait suggéré un jour d'avoir sa propre confiserie. Mais peut-être l'avait-il imaginée vêtue d'un joli tablier, en train de servir des sucreries puisées dans des bocaux, au fin fond d'un village tranquille, et prête à se faire remplacer derrière le comptoir par une vendeuse dès qu'il rentrerait à la maison ? Son regard s'adoucit. Cher Rory ! Il faudrait qu'il soit disposé à lui laisser du temps et beaucoup de liberté d'action s'il voulait qu'il y ait un avenir pour eux. Mais elle savait bien que cet homme, prêt à tout pour combler ses désirs, ne pourrait lui donner indéfiniment ce dont elle avait tant besoin...

12

Ce fut Antoine qui découvrit l'objet en métal dans le jardin du cottage. Sophie, qui revenait de la buanderie avec du linge propre, trouva les garçons en train de l'examiner.

— Qu'est cela, miss ? lui demanda Billy.

Sophie vit immédiatement qu'il s'agissait d'une sorte de lanterne munie d'un long col qui pouvait laisser passer la lumière. Puis elle pressentit sa fonction.

— Où l'as-tu trouvée ?

— Ce n'est pas moi. C'est Antoine. Il cherchait une balle que je lui avais lancée. Et il a mis la main là-dessus ! C'était dans les buissons, près des marches de la cave.

— C'est une lanterne. Va la reporter, Billy. Peut-être ta mère s'en sert-elle pour aller chercher des pommes de terre ou des conserves dans le cellier.

Billy lui obéit. Les deux enfants reprirent leurs jeux et Sophie rentra à l'intérieur de la maison. Arrivée dans sa chambre, elle rangea le linge propre, tout en réfléchissant à la découverte d'Antoine. Si elle se souvenait bien des récits de Rory, il s'agissait sans doute d'une lanterne de contrebandier. Le long col permettait d'émettre une lumière qui pouvait être dirigée soit vers un bateau, soit vers la grève, sans être vue d'ailleurs. C'était une lumière semblable qu'elle avait aperçue le fameux soir sur la plage. Mais que faisait ce genre d'objet chez Clara ? Était-il possible que l'amant de sa logeuse fût un Gentilhomme ? Il était clair que la lanterne avait été oubliée. Elle n'aurait jamais dû se trouver là.

Lorsque Sophie tenta de la retrouver, elle avait disparu. Petit à petit, la vérité se fit jour dans l'esprit de la jeune fille.

Elle avait noté plus d'une bizarrerie dans cette maison. Le niveau de vie de Clara, exceptionnel pour une pauvre veuve, sa crainte des commérages, son aversion pour les représentants de la loi et sa sollicitude particulière pour Sophie qu'elle tenait à voir rentrer saine et sauve à la maison. N'était-ce pas plutôt pour s'assurer que sa locataire rentrait bien par le chemin et ne pouvait découvrir ce qui se passait sur la plage ? Sophie se sentit prise entre deux feux, liée à la fois par sa promesse à Clara et par sa collaboration avec Rory. Elle décida d'en avoir le cœur net et attendit le moment propice pour aborder le sujet.

Ce moment arriva un soir, alors que Sophie rentrait après une journée de pluie. Clara, assise à la table de la cuisine, ravaudait les chaussettes de Billy. Sophie, après avoir accroché son manteau humide, vint s'installer en face de sa logeuse.

— Prenons une bonne tasse de thé, proposa cette dernière.

— Je vais le faire dans une minute, mais, auparavant, je voudrais vous demander quelque chose. Êtes-vous liée aux Gentilshommes ?

Une lueur de surprise traversa les yeux de Clara, qui conserva cependant son expression sereine.

— En voilà une question ! On ne peut pourtant point dire que le soleil a tapé si fort aujourd'hui qu'il trouble votre raisonnement !

— Je veux une réponse sincère. Louez-vous votre bateau à un contrebandier ? Est-ce là votre véritable source de revenus ?

Clara posa son ravaudage, mais elle persista à vouloir donner le change.

— Le poisson se vend à un bon prix. Le pêcheur qui a mon bateau me donne un pourcentage sur chaque pêche. Ça ne va pas chercher très loin, mais c'est ce qui fait la différence pour Billy et pour moi.

— Surtout si la pêche inclut la contrebande !

Clara pâlit. Ses yeux se remplirent d'effroi.

— Je me demande où vous allez chercher tout ça.

— Antoine a trouvé une lanterne de contrebandier dans les buissons près de la porte de la cave.

Clara réussit à éclater d'un petit rire faussement désinvolte.

— Ah bon, ce n'est que ça ! Oui, c'est vrai, j'en ai une.

Billy l'a trouvée sur la plage, il y a bien longtemps. Je m'en sers parfois à la cave.

Sophie tapa du poing sur la table.

— Cessez de mentir ! Billy ne l'avait jamais vue avant. Vous vous en servez depuis votre fenêtre pour signaler à votre contrebandier qu'il peut accoster. Fait-il partie de la bande de Broomfield ?

La terreur envahit le visage de Clara qui se leva d'un bond, faisant tomber sa chaise dans sa précipitation.

— Non ! Je le jure ! Dieu m'en soit témoin, je dis la vérité !

Sophie, elle aussi, s'était levée.

— Mais vous travaillez avec une bande de contrebandiers !

— Seulement avec mon partenaire. Il se contente de m'apporter une boîte de thé de temps en temps.

— Donc il est pêcheur de métier. J'ai toujours été surprise de voir autant de bon thé dans cette maison, alors qu'il coûte trois guinées la livre !

Clara se tordit les mains et sa voix monta, trahissant la panique :

— Qu'allez-vous faire, maintenant ? Me dénoncer aux agents du Trésor ? Savez-vous ce qui se passerait, dans ce cas ? C'est la pendaison pour les contrebandiers et la prison pour les receleurs. Voulez-vous voir mon pauvre petit Billy livré à lui-même, sans personne pour prendre soin de lui ? Est-ce là ce que vous voulez ?

— Calmez-vous, Clara. Il ne faut pas réveiller les enfants.

Sophie ramassa la chaise et la remit à sa place.

— Je vais faire le thé, poursuivit-elle. Nous parlerons ensuite, et je vous dirai ce que j'ai l'intention de faire.

Il y avait de l'eau bouillante sur le feu. Sophie fit le thé et disposa tasses et soucoupes sur la table. Elle avait délibérément choisi les tasses en porcelaine de Chelsea, autre exemple de luxe inattendu dans une maison de pêcheurs. Clara s'était assise, soumise et abattue. Toute son exubérance naturelle avait disparu. Sophie ne prononça pas un mot avant d'avoir pris place et d'avoir versé le thé.

— Je ne veux pas me mêler de votre vie privée, déclara-t-elle en posant une tasse devant Clara, mais votre partenaire est-il l'homme qui vient vous rendre visite la nuit de temps à autre ?

— Vous êtes donc au courant de cela aussi ? s'enquit Clara, amère. Oui, c'est lui. Comment vous en êtes-vous aperçue ?

— J'ai le sommeil plus léger que vous ne le pensez. Je vous ai entendus vous quereller la nuit de mon arrivée.

— Il voulait m'empêcher de vous louer une chambre. Il avait peur d'être découvert, mais moi, j'ai pensé qu'un peu de compagnie me ferait du bien et j'ai pensé aussi qu'il ne serait pas mauvais pour Billy d'avoir un compagnon de jeux.

— Pourquoi ne vous êtes-vous pas remariée ?

— J'aurais épousé cet homme si j'avais pu, mais si je ne l'ai pas fait, ce n'est point pour ce que vous croyez.

— Il est déjà marié ?

— Il est bien célibataire, mais c'est un Frenchie comme vous et il ne veut point quitter la France et moi je ne veux point partir d'ici.

La stupéfaction de Sophie n'échappa pas à Clara, qui, malgré sa détresse, sourit faiblement.

— Vous étiez loin de penser à ça, n'est-ce pas ? C'est aussi un peu pour cette raison que j'ai voulu vous prendre chez moi. Vous et le petit garçon, vous êtes du même pays que Pierre.

— Comment vous êtes-vous rencontrés ?

— Pendant une mission de contrebande avec Jim. Je vous ai bien dit, le premier jour, que je sortais en mer avec mon mari avant la naissance des enfants. Lui et Pierre, ils étaient tous deux pêcheurs et ils travaillaient chacun d'un côté de la Manche, en faisant de la contrebande ensemble, tout comme leurs pères le faisaient avant eux. Sûrement serez-vous étonnée d'apprendre qu'il existe une camaraderie héréditaire entre contrebandiers, mais c'est pourtant ce qui se passe entre les familles Renfrew et Froment.

— Effectivement, je l'ignorais. Donc, c'est Pierre qui a le bateau de votre défunt mari ?

Clara hocha la tête :

— C'est un bateau plus grand et en meilleur état que le sien, et nous avons trouvé un arrangement. Je vous en ai parlé. Je l'attends à certaines dates et à certaines marées. Au début, il venait me donner mon pourcentage. Mais il me plaisait depuis toujours, et j'étais seule.

Clara but une gorgée de thé.

— Dieu sait que j'aimais mon Jim, poursuivit-elle, mais il ne m'a jamais regardée comme Pierre le fait. Peut-être ferais-je mieux de ne point vous l'avouer, puisque vous n'êtes pas mariée, mais jamais ça n'a été pareil au lit avec Jim.

Elle posa sa tasse.

— Bien, maintenant, dites-moi quelle décision vous avez prise. Avez-vous l'intention de me faire arrêter et de faire tendre un piège à Pierre ?

Sophie la regarda bien en face pendant un long moment.

— Répondez encore à une question auparavant. Pierre Froment est-il un ennemi de l'Angleterre ?

— Vous voulez savoir s'il est favorable à la nouvelle République ? Oui ! Mais seulement parce qu'il sait de quel côté il trouvera le beurre pour mettre sur son pain ! Il vit à Dieppe, il n'a jamais vu le défunt roi de France, il ne s'est jamais occupé de politique. Grâce à la pêche et à la contrebande, il n'a jamais eu faim. Et ses amis marins non plus... Tout ce qu'il demande, c'est de continuer à vivre de la même façon. Et tout ce qui lui importe dans cette guerre, c'est d'éviter de se faire prendre par les navires anglais ! Mais je m'en vais vous dire une bonne chose, ajouta-t-elle en brandissant un index vengeur. Si je pensais que c'est un espion, comme vous l'imaginez, je le livrerais moi-même aux autorités ! Malgré tout l'amour que j'ai pour lui ! Souvenez-vous que mon aîné, Daniel, est dans l'armée. Je ne permettrai jamais à un espion de mettre sa vie en danger !

— J'accepte votre jugement sur Pierre Froment. Mais, avant de me prononcer, je vais vous révéler quelque chose. Je crois que j'ai vu la bande de Broomfield en pleine action !

Clara poussa un cri horrifié et mit les mains sur ses oreilles en fermant les yeux.

— Je ne veux point le savoir ! Ne dites pas un mot de plus sur ces démons ! Personne ne veut rien savoir sur eux !

Sophie saisit Clara par les poignets et lui retira les mains des oreilles.

— Moi, je veux savoir ! En échange de mon silence sur vous et sur votre Français, j'exige qu'il me dise tout ce qu'il sait sur cette bande d'assassins !

— Comment le pourrait-il ? Il n'a rien à voir avec eux !

— Ils font le même métier ! Il entend forcément parler d'eux de temps en temps !

Sophie ajouta d'une voix menaçante :

— C'est à prendre ou à laisser !

Clara, bouleversée, balbutia :

— Vous ne savez pas ce que vous demandez. Vous vous engagez sur un terrain très dangereux.

— Je suis prête à prendre le risque.

Clara poussa un profond soupir.

— Très bien. Pierre fera ce que vous demandez.

Sophie hocha la tête avec satisfaction, puis déclara :

— Je comprendrais qu'après ce qui s'est passé entre nous ce soir vous me demandiez de quitter votre maison le plus tôt possible. Il faudra cependant que je reste, jusqu'à ce que j'aie obtenu des renseignements sur la bande de Broomfield.

— Mais je ne veux pas que vous partiez ! s'exclama son hôtesse. Peu me chaut que vous m'ayez découverte ! C'est même un soulagement pour moi, dans une certaine mesure. Lorsque vous m'avez parlé du grondement que vous entendiez, j'ai eu peur que vous alliez fouiner dans la cave.

— Ce bruit, c'était donc Pierre qui remuait de la marchandise de contrebande ? Mais le thé se met en boîte ! Et ce que j'ai entendu, ce ne pouvait être qu'un bruit de tonneaux qui roulaient ! Suis-je dans le vrai ?

— Il m'apporte une goutte d'eau-de-vie de temps en temps.

— Une goutte ! Clara, vous êtes incorrigible ! s'exclama Sophie, qui ne put s'empêcher d'éclater de rire. A en juger par les sons que j'ai entendus, ce sont des rangées entières de tonneaux qui se trouvent dans cette cave !

Un sourire étira les lèvres de Clara.

— Très bien. Si vous voulez vraiment tout savoir, je vends de temps à autre un ou deux petits barillets d'eau-de-vie à quelques tavernes de la ville.

— Mais comment les leur amenez-vous ?

— Je travaille avec deux passeurs qui viennent régulièrement ramasser et distribuer la marchandise. Mais je ne peux vous en dire plus.

Clara se leva pour aller ouvrir un buffet et en sortit une carafe de cristal et deux verres faisant partie d'un service que Sophie n'avait jamais vu auparavant.

— Je pense que vous accepterez de prendre une larme de cette eau-de-vie ! Elle vous aidera à vous remettre de tout ce que vous avez appris ce soir...

Clara leva son verre :

— A notre amitié !

Sophie savoura longuement une gorgée de l'excellent alcool.

— Fournissez-vous le Old Ship ? demanda-t-elle.

En souriant, Clara tapota son nez du bout du doigt.

— Je ne parle jamais de mes clients.

Elle versa un peu plus d'eau-de-vie dans le verre de Sophie.

— Voilà qui vous aidera à bien dormir. Quant à moi, j'aurais passé plus d'une nuit blanche si je m'étais doutée que vous entendiez plus de choses que vous n'auriez dû !

Cette soirée commencée dans une tension extrême prit petit à petit une tournure très gaie. Lorsque l'on frappa soudain à la porte de la maison, elles sursautèrent toutes deux.

— Pour l'amour du Ciel, qui est-ce ? s'exclama Clara en jetant un coup d'œil à la pendule.

Il était plus de onze heures. Une heure bien tardive pour rendre visite aux gens...

— Vite, Sophie ! Ne perdons pas de temps. Faites disparaître l'eau-de-vie et les verres pendant que je vais ouvrir.

Sophie s'exécuta prestement, tandis que Clara se rendait dans le corridor. Elle entrebâilla la porte pour glisser un œil à l'extérieur. Elle crut sentir son cœur s'arrêter en apercevant un uniforme, puis elle reconnut l'homme de haute taille qui souriait sur le seuil. Et elle lui ouvrit tout grand.

— Capitaine Morgan ! Quelle surprise !

— Toutes mes excuses, madame, pour cette visite tardive, mais je ne fais que traverser Brighton. Si je n'avais pas vu de la lumière aux fenêtres, je serais retourné au Old Ship où j'ai pris une chambre, et je serais revenu demain matin à la première heure.

— Entrez ! Je connais une personne qui sera heureuse de vous voir.

Il la suivit sans se faire prier, ôta son chapeau et secoua son manteau pour en faire tomber les gouttes de pluie.

Sophie avait entendu sa voix. Elle se leva d'un bond et sa silhouette auréolée de la lumière des chandelles vint s'encadrer dans la porte de la cuisine. Rory se hâta vers elle.

— Quelle joie de vous revoir, Rory ! s'exclama-t-elle, joyeuse.

— J'arrive de Londres et j'ai fait un détour avant de retourner dans le Dorset.

— Quelle bonne idée vous avez eue là !

Clara les invita à entrer :

— Allez à la cuisine, tous les deux. Il fait froid, dans le couloir.

Puis, dans le dos de Rory, elle fit une grimace de connivence à Sophie. La présence d'un officier du service des Taxes dans une maison regorgeant de marchandises de contrebande ne manquait point de sel. Les yeux de Sophie pétillèrent. Elle savait que Clara était heureuse de pouvoir partager avec elle son amusement devant le comique de la situation. Cependant, ce n'était pas de Rory qu'elles riaient, mais seulement de tout ce qu'il représentait. N'avaient-elles point, ce soir-là, résolu toutes deux de combiner leurs forces pour l'aider à capturer la proie de choix qu'il traquait ?

Toujours hospitalière, Clara fit réchauffer un peu de soupe pour Rory. Elle lui en servit une pleine assiette, ajouta du pain cuit à la maison et une chope de bière. Le jeune homme était fatigué par sa longue chevauchée sous la pluie, et la soupe chaude lui fit du bien. Mais la simple vue de Sophie assise en face de lui, les bras posés sur la table, aurait suffi à le faire revivre ! Il lui expliqua qu'il s'était rendu à Londres pour faire un rapport à son supérieur. Comme il n'était pas tenu de repartir immédiatement pour le Dorset, il avait saisi au vol l'occasion de venir lui rendre visite. Il parla peu de sa mission, se contentant de déclarer qu'il était parfois très occupé. Sophie supposa qu'il restait très en dessous de la vérité. Mais il y avait tant d'autres choses à dire ! Clara s'était jointe à la conversation. Elle aurait souhaité pouvoir lui servir une goutte d'eau-de-vie après son repas. Mais elle connaissait sa perspicacité. Et elle ne voulait pas prendre le risque d'éveiller sa curiosité en lui faisant goûter un alcool de cette qualité. Seul un idiot sous-estimerait cet homme ! Elle resta avec lui pendant que Sophie débarrassait la table. Puis, comme la jeune fille revenait, elle se leva.

— Je vous souhaite la bonne nuit, capitaine Morgan, dit-elle.

Rory l'ayant imitée, elle ajouta :

— Restez donc encore une petite demi-heure.

Après leur avoir ainsi clairement indiqué les limites de leur tête-à-tête, elle le laissa seul avec Sophie.

L'air renfrogné, Rory vint la rejoindre au coin du feu.

— Nous devrions avoir notre propre toit. Je me sens ravalé au rang d'un jeune blanc-bec qui vient faire sa cour.

— Vous semblez avoir oublié que nous avons de la chance de pouvoir passer un peu de temps ensemble, fit remarquer Sophie, sibylline. Ce n'est possible que parce que Clara vous apprécie. Un autre que vous, avec cet uniforme, aurait été refoulé sans pitié.

Elle s'empressa de changer de sujet.

— Racontez-moi ce que vous avez vu à Londres. C'est une ville que je souhaite visiter depuis longtemps.

— J'ai passé tout mon temps à la Maison des Douanes, mais pendant que je m'y trouvais, j'ai eu accès à des rapports décrivant les derniers incidents survenus dans le Sussex depuis mon départ, et mon attention a été attirée par un vol très particulier. Un agent du Trésor a été attaqué par des contrebandiers qui opéraient dans la région. Il a été laissé pour mort. Néanmoins, il a réussi à se traîner jusqu'à un chemin où il espérait être découvert. A l'aube, une voiture est passée. Un homme très grand et une femme mince en sont descendus, suivis de leur cocher. Alors qu'il était étendu sans défense, ils lui ont dérobé sa montre et ses bagues, ont vidé ses poches de tout l'argent qu'il possédait et l'ont laissé là sans lui porter secours. Finalement, il a été sauvé par un berger.

Sophie s'était raidie.

— Barnes et ses complices sont donc toujours en liberté.

— Nous n'avons pas la preuve qu'il s'agit bien d'eux. Mais la description faite par l'agent du Trésor correspond bien à la vôtre.

— Où cela s'est-il passé ?

— A moins de vingt miles d'ici.

Rory passa un bras autour d'elle et la serra contre lui.

— Nous les rattraperons un jour ou l'autre, je vous le promets.

— Je l'espère.

Il tourna son visage vers le sien et baisa ses lèvres, doucement d'abord, puis avec une fougue croissante.

— Je vous aime plus que tout, murmura-t-il d'une voix sourde. Vous avez sûrement eu le temps de réfléchir à tout ce que je vous ai dit avant de partir et à tout ce que je vous ai écrit.

— Rien n'a changé, Rory.

— Peut-être bien, mais je reste persuadé que nous pourrions régler bien des problèmes en les évoquant ensemble.

Avec douceur, elle posa ses doigts sur ses lèvres.

— Ne dites plus rien, mon cher Rory. Cela ne ferait que rendre les choses plus difficiles encore.

Il lui prit la main et la baisa.

— Alors, faites-moi une promesse. C'est tout ce que je vous demande.

— Quelle promesse ?

— Donnez-moi votre parole que si, d'aventure, votre vie et celle d'Antoine devaient être mises en péril par une quelconque menace venue de France, vous me laisseriez vous mettre tous les deux en sécurité. Je quitterais alors le service des Taxes et nous pourrions tous trois commencer une nouvelle vie dans ce qui était, il y a peu encore, nos colonies américaines. Mieux encore. Je vous assisterais dans vos efforts pour conserver vivant le souvenir de la France dans le cœur d'Antoine. Il pourrait me considérer comme son deuxième tuteur, à vos côtés.

— Vous feriez tout cela pour moi ? demanda-t-elle, incrédule.

— Je ferais n'importe quoi pour vous ! Faites-moi cette promesse. Vous n'aurez peut-être jamais à la tenir. Mais, en attendant, vous saurez qu'il existe une porte de sortie, pour vous et pour l'enfant. Cela apaisera mon angoisse.

Il la prit par les épaules et la regarda dans les yeux.

— Acceptez-vous ?

Sophie comprit qu'il venait de lui faire une proposition qu'il lui était impossible de refuser. Cependant, elle la considéra une fois encore sous tous les angles, avant de hocher affirmativement la tête.

— Pour la sécurité d'Antoine, je vous donne ma parole.

Il l'entoura de ses bras et l'embrassa amoureusement.

— En cas d'urgence, lui dit-il, la tenant toujours embrassée, faites parvenir un message scellé au bureau des Taxes en mentionnant son caractère d'urgence. Il me sera remis dans les plus brefs délais. Je donnerai des instructions dans ce sens demain avant de partir.

— Je m'en souviendrai.

Le temps alloué à Rory était presque écoulé. Il secoua la tête et poussa un soupir significatif en entendant Clara remuer. Elle ne s'endormirait pas avant son départ. Sophie devina quant à elle que Clara craignait une visite de Pierre Froment. Même si la marée n'était guère favorable, elle ne voulait prendre aucun risque.

— Si d'aventure je devais apprendre quelque chose au sujet de la bande de Broomfield, déclara-t-elle à Rory alors qu'il s'apprêtait à partir, je vous transmettrais mon message dans une lettre scellée. Ne vous inquiétez donc pas en la recevant. Cela ne signifiera pas forcément que nous sommes en danger.

— Pourquoi dites-vous cela ? Avez-vous appris quelque chose qui serait susceptible de m'aider ?

— Non, il n'y a rien de nouveau, mais je n'ai pas perdu tout espoir.

Rory prit délicatement son visage entre ses mains et plongea son regard dans le sien.

— Parlons de nous avant de nous quitter. Vous êtes toujours aussi libre et autonome qu'avant ma visite de ce soir. C'est ainsi que je vous veux, même si j'ai juré de faire votre conquête.

— Je le sais, Rory. S'il en avait été autrement, je n'aurais rien pu vous promettre.

Il l'embrassa une dernière fois. Lorsqu'il fut parti, elle s'appuya contre la porte et resta là un long moment, à songer à tout ce qui venait de se passer.

Trois semaines s'écoulèrent avant que Pierre Froment ne revînt chez Clara. Il n'y avait rien d'inhabituel à cela. Ainsi que celle-ci l'avait expliqué à Sophie, les visites de Pierre ne dépendaient pas seulement des marées, mais aussi du temps. Sophie entendit les éclats de voix d'une vive querelle, mais la maison ne tarda pas à recouvrer son calme.

Le lendemain matin, Clara lui fit un signe de tête.

— Pierre fera ce que vous avez demandé. Mais cela pourra prendre un peu de temps.

— Je crains que ma requête n'ait créé un léger différend entre vous...

Clara eut un petit sourire.

— Je ne l'ai jamais vu dans une telle colère. Mais les réconciliations sont ce que je connais de meilleur !

Sophie remarqua qu'elle chantonnait en préparant le petit déjeuner.

Bien que Sophie fût impatiente de rencontrer Pierre, elle avait un autre sujet de préoccupation. Déjà, des tapis de crocus et de primevères aux vives couleurs annonçaient le printemps. Il était temps pour la jeune fille de retourner postuler pour un emploi au Pavillon de la Mer.

De temps à autre, elle avait l'autorisation d'utiliser la cuisine de Clara pour confectionner une fournée de confiseries. Elle avait usé de ce droit à Noël et pour des anniversaires. Le jour précédant sa démarche, elle passa un long moment à préparer une composition de sucre. Au matin, elle plaça son œuvre dans une boîte bien solide, agrémentée d'une feuille de dentelle de papier.

Clara ne tarit pas d'éloges :

— Voilà qui est digne d'un roi, ne parlons pas d'un prince ! s'exclama-t-elle. Bonne chance, vous la méritez bien !

Sophie se mit en route, pleine d'espoir, portant avec précaution son œuvre d'art. La rénovation du Pavillon de la Mer avait bien avancé durant l'hiver, mais des échafaudages en cachaient encore une grande partie. Cette fois-ci, il n'était pas question pour Sophie d'entrer par la grande porte, comme elle l'avait fait avec Tom. Elle dut se contenter d'actionner à nouveau la cloche destinée aux serviteurs et aux fournisseurs. Le valet qui ouvrit la porte portait la livrée rouge et verte du prince de Galles. Il lui était inconnu. Elle lui exposa l'objet de sa visite. Il l'informa que c'était l'intendante, Mrs Palmer, qui prenait en charge les postulantes féminines. Il l'introduisit dans le vestibule et elle s'assit sur un banc pour attendre. Le souvenir de la bonté de l'intendante, qui avait soigné sa blessure le jour de la course, fit grandir ses espoirs. Elle écoutait les sons familiers parvenant de la cuisine où régnait une activité de ruche. Ils faisaient écho aux bruits de marteau émanant de la partie du bâtiment qui se trouvait toujours en travaux. Enfin, au bout de quelques minutes, on l'introduisit chez l'intendante.

Mrs Palmer était assise derrière un bureau. Pareille au souvenir que Sophie avait gardé d'elle... C'était une belle femme au regard direct, presque perçant, et à la bouche bien ourlée. Sa robe de soie noire à la jupe large et au corsage ajusté était agrémentée d'un fichu de fine batiste blanche, du même tissu que son bonnet.

— Bonjour, miss Delcourt.

Elle eut un geste assuré de la main.
— Asseyez-vous. J'espère que cette vilaine coupure ne vous a pas ennuyée trop longtemps.
Sophie sourit.
— Grâce aux soins que vous avez eu la bonté de me dispenser, elle a guéri très vite.
— J'en suis heureuse. Eh bien, avez-vous apporté vos références ?
— Oui, madame.
Sophie lui en tendit deux, la première établie par Mr Hicks et l'autre par Harry, qui se prévalait de son titre de chef de cuisine au Castle Inn et évoquait leur excellente collaboration à l'auberge. Tous deux louaient ses qualités professionnelles et son dévouement. Lorsque l'intendante les eut lues, Sophie ouvrit la boîte qu'elle tenait sur ses genoux et en sortit sa composition de sucre. C'était une délicate chute d'eau jaillissant du bec d'un dauphin. L'intendante ne cacha pas son admiration :
— C'est charmant ! Vous possédez un grand talent ! Il est vrai que les confiseurs français sont inégalables pour tout ce qui touche la sculpture du sucre. Malheureusement, je n'ai pas de poste libre dans votre domaine. Mais parlez-moi de vous. Depuis quand êtes-vous en Angleterre ?
Sophie, submergée par une immense vague de déception, répondit de façon presque automatique et lui raconta dans quelles circonstances elle s'était établie à Brighton avec son neveu.
— N'y a-t-il aucune place pour moi ici ?
Mrs Palmer secoua négativement la tête.
— Lorsque Son Altesse fait une rapide visite d'inspection pour vérifier l'état d'avancement des travaux, il ne donne aucune festivité, et lorsqu'il vient pour séjourner ici, son personnel de Londres le suit. Savez-vous coudre, miss Delcourt ?
— Coudre ? répéta Sophie, sans comprendre. Oui. C'est moi qui ai fait la robe que je porte.
— Dans ce cas, vous êtes non seulement une artiste en confiserie, mais aussi une couturière experte. Les plissés de votre corsage, les broderies des manches, sont exécutés de manière réellement professionnelle. Je peux vous proposer un poste de lingère à temps partiel. Cela devrait vous convenir puisque vous vous occupez d'un jeune enfant. Naturellement,

vous ne viendriez pas vivre ici, comme le personnel employé à temps complet.

Sophie était si déçue qu'elle éprouvait quelque difficulté à comprendre les paroles de l'intendante. Elle avait été tellement sûre que son destin était de travailler sous ce toit, tellement certaine qu'à la vue du magnifique échantillon de ses capacités on lui confierait au moins un poste de commis de confiserie ! Elle ne souhaitait pas retourner au Old Ship. Bien sûr, Mr Hicks l'avait assurée qu'il lui conserverait son poste, il avait juré qu'il ne souhaitait pas la perdre. Mais cette phase de son existence était terminée. A présent, elle voulait exercer les talents de confiseuse pour lesquels elle avait été formée dès sa plus tendre enfance.

Puis, soudain, Sophie réalisa ce qu'on lui proposait. Elle releva le menton dans un renouveau d'optimisme. Peut-être, après tout, ne s'était-elle point trompée en pensant que son avenir était lié à cette maison princière. Ses traits s'éclairèrent d'un large sourire.

— Oui, bien entendu. Ce travail de lingère à temps partiel me convient admirablement. Quelle serait exactement ma tâche ?

Elle écouta attentivement les instructions de Mrs Palmer. Puis, sur tout le trajet de retour, elle échafauda des plans pour l'avenir.

Au cottage, Clara était en train de faire de la pâtisserie lorsque la porte de la cuisine s'ouvrit à la volée. Un nuage de farine traversa les airs. Sophie se précipita à l'intérieur et se mit à danser autour de la table, le visage débordant de joie.

— Je commence lundi, Clara !

— Bravo !

Clara frappa dans ses mains couvertes de farine.

— Oui ! Avec un dé à coudre, du fil et une aiguille !

— Quoi ?

Sophie s'arrêta et s'appuya contre la table.

— Je vais travailler comme lingère à temps partiel. Cela ne me prendra que quelques heures par jour — un peu plus lorsqu'il y aura du monde. Cela signifie que j'aurai un salaire réduit, mais régulier. Et suffisamment de temps libre pour m'occuper de ma propre affaire de confiserie ! Je vais faire des sucreries, et je vais les vendre aux boutiques de la ville.

A condition, naturellement, que vous acceptiez de me louer l'ancienne cuisine qui se trouve dans la buanderie.

— Mais elle n'a pas été utilisée depuis que Jim y faisait cuire ses homards, ses crabes et ses crevettes ! Ses vieux casiers à homards et ses filets y sont toujours. Elle est pleine de toiles d'araignées, maintenant.

— Il n'y en aura plus quand j'aurai tout récuré du sol au plafond et que je l'aurai blanchie à la chaux. Qu'en pensez-vous ?

Sophie attendait, suspendue à ses lèvres. Clara n'allait tout de même pas lui refuser cela !

Clara poussa un soupir, mais son visage était souriant.

— Très bien. Faites ce que vous voulez. Mais il faudra commencer par nettoyer la cheminée.

— Je m'occuperai de cela demain. Oh, merci de me permettre d'utiliser cet endroit !

Sophie se rua hors de la pièce, pressée de mettre des vêtements de travail et de courir jusqu'à la vieille cuisine pour avoir une idée de ce qu'il convenait d'y faire pour la mettre en ordre. Clara la rappela :

— Attendez une seconde !

Sophie repassa la tête par la porte.

— Oui ?

— Il y a une lettre pour vous.

Clara alla attraper la missive posée contre une assiette dans le vaisselier, et la tendit à Sophie.

— Ce n'est pas Rory, dit Sophie surprise. C'est Tom. Combien vous dois-je ? ajouta-t-elle, car les lettres étaient payées à réception.

— La même chose que d'habitude, répondit Clara, retournant à sa pâtisserie.

Sophie prit l'argent dans sa bourse et le plaça sur le vaisselier. Lorsqu'elle brisa le cachet et ouvrit la lettre, un chèque de banque vola sur le sol. Elle le ramassa et son regard alla du chèque aux quelques mots que Tom avait écrits. Puis elle pressa le chèque contre elle, en riant de bonheur.

— Vous rendez-vous compte ? Tom m'a promis de placer un pari sur un cheval pour moi et il gagné ! Trente guinées ! Cet argent n'aurait pas pu mieux tomber ! Je vais le considérer comme son investissement dans mon affaire de confiserie, mais il n'en saura rien avant le jour où je pourrai lui racheter sa part !

Clara secoua la tête :

— Parfois je pense que vous êtes trop indépendante pour votre propre bien, Sophie. Si quelqu'un avait parié sur un cheval pour moi, j'aurais accepté l'argent du gain sans chercher midi à quatorze heures !

Instantanément, l'expression de Sophie changea. La jeune fille répondit, très grave :

— Vous ne savez pas ce que c'est que de perdre sa liberté. Sinon vous ne me parleriez pas ainsi. Elle m'a été ravie à Paris, et je ne l'ai recouvrée qu'ici. Personne ne me la reprendra !

— Pas même le capitaine Morgan ?

— Pas même lui.

— Le mariage profite toujours à l'homme. Vous ne tarderez pas à le découvrir.

— Pas lorsque je me marierai — si jamais je me marie ! Je veux être l'égale de mon mari, et non pas sa propriété !

— Quelles belles paroles ! ironisa Clara. Allez, ne prenez pas cet air sérieux. Si une femme doit jamais parvenir à un tel exploit, c'est vous la mieux placée pour réussir.

— En tout cas, rien ne pourra me détourner de mon but ! répliqua Sophie résolument, mais avec un léger sourire.

Elle était sur le point d'amorcer une nouvelle phase très importante de sa vie, et ce n'était pas le moment de se disperser.

— J'ai quelque chose à faire avant de réorganiser l'ancienne cuisine.

— Je m'en doute. Vous voulez faire une ou deux fournées de sucreries dans ma cuisine pour en offrir des échantillons aux boutiquiers. N'ai-je pas raison ?

— Si. Je voudrais avoir des commandes à exécuter dès que tout sera prêt. C'est important.

— Peut-être pourrais-je vous prêter main-forte ?

— Je vous en saurais gré.

— Que ferez-vous si, avec le temps, vous êtes submergée de commandes ? Quand je reprendrai mon travail de guide-baigneuse je ne pourrai plus vous aider.

— J'y ai pensé aussi. J'emploierai Henriette. Elle ne sera que trop heureuse d'échapper à ses chapeaux.

— J'ai l'impression que vous avez pensé à tout. Mais n'oubliez point qu'elle est si préoccupée de dénicher un mari qu'elle risquera de vous quitter à tout moment !

— Pour l'instant, il n'y a personne en vue. Son oncle et sa tante lui interdisent de fréquenter les officiers de la ville, à l'exception des veufs de grade supérieur. Mais elle est loin d'apprécier leur compagnie ! Les jeunes nobles ne la prendront pas sans dot. Il s'en est bien trouvé certains pour lui faire la cour, mais, soit ils s'enfuyaient en découvrant qu'elle ne possédait pas un penny, soit c'étaient leurs pères qui intervenaient. Elle a été très malheureuse lorsque la dernière de ces brèves romances s'est terminée.

— Pauvre fille ! Je suis sûre qu'il y a des tas de gars ordinaires qui lui conviendraient bien mieux que tous ces prétentieux de la haute.

— Mais elle ne serait pas autorisée à épouser quelqu'un qui exercerait un métier.

— Elle a bien un métier elle-même, puisqu'elle fabrique des chapeaux !

— Cela ne compte pas, car elle est en compagnie de gens comme il faut.

— Ne serait-elle pas en compagnie de gens comme il faut, avec vous ?

Sophie rit.

— C'est uniquement parce que nous sommes devenues amies au moment où Henriette avait cruellement besoin d'aide que je bénéficie du privilège d'être reçue chez elle et de la fréquenter. Mais je pense que sa tante considérera la confection de confiseries légèrement plus raffinée que celle des chapeaux !

— M'est avis qu'Henriette sera certainement bien plus contente de travailler ici. C'est une gentille fille. L'été dernier, elle venait me dire un mot à chaque fois qu'elle descendait sur la plage. Et c'est moi qu'elle prenait comme guide-baigneuse. Ellc disait quc j'étais plus douce que les autres.

— C'est ce qu'elle m'a dit aussi, mais je n'ai jamais rien trouvé de doux dans le fait d'être plongée sous l'eau, déclara Sophie avec amusement.

— C'est parce que je ne les pousse pas sous l'eau en leur appuyant sur la tête. Ma méthode, c'est d'appuyer sur les épaules.

— Si tout va bien, Henriette aura peu de temps pour aller se baigner lorsque l'été sera revenu.

— Je continue à penser qu'elle serait mieux mariée à un jeune pêcheur vigoureux, à un gars qui serait propriétaire de son bateau, plutôt qu'à un vieux noble ventru comme ceux avec qui on veut la caser.

— Peu importe qui elle épouse, pourvu que ce soit par amour et que son mari soit bon avec elle. Elle a cruellement manqué d'affection au cours de sa vie. Maintenant, je vais aller visiter mes nouveaux locaux.

Lorsque Sophie ouvrit la porte de la vieille cuisine, une épouvantable odeur de poisson, de goudron, de crasse et de poussière mélangés lui sauta au nez. Personne n'avait touché à rien depuis le décès prématuré de Jim Renfrew, hormis pour entreposer dans la pièce des meubles mis au rebut et des objets domestiques hors d'usage.

Pleine d'impatience, elle pénétra à l'intérieur. C'était une salle tout en longueur, au plafond bas, au sol carrelé. Les poutres noires étaient recouvertes de toiles d'araignée. Il était impossible de donner un âge à la bâtisse de pierres siliceuses, mais Sophie se dit qu'il s'agissait peut-être d'une petite maison familiale datant du seizième siècle. Des transformations y avaient été apportées par la suite. Ainsi, Jim y avait ouvert des fenêtres plus larges. La vieille maçonnerie en brique entourant le foyer comportait un four de cuisson, près duquel se trouvaient les chaudrons jadis utilisés par le mari de Clara pour faire bouillir ses fruits de mer. Des filets de pêche et des casiers à homards qui avaient grand besoin d'être réparés jonchaient le sol. Sophie dut les enjamber pour aller examiner une longue table entreposée sous une fenêtre. Après un bon nettoyage, elle constituerait un magnifique plan de travail.

Lorsqu'elle émergea de la bâtisse, son visage était strié de traînées de poussière et des toiles d'araignée pendaient à ses vêtements, mais son cerveau bouillonnait. Grâce à la somme envoyée par Tom, elle pourrait acheter une petite chaudière pour clarifier le sucre par grandes quantités, ainsi que des ustensiles dont elle aurait été contrainte de se passer si l'argent lui avait fait défaut. Tout ce qui resterait serait utilisé pour conquérir ses clients.

Elle passa le reste de la journée à étudier le manuel de confiserie de son père et à établir une liste de tous les équipements et ingrédients dont elle aurait besoin lorsque sa cuisine reluirait comme un sou neuf.

13

Lorsque Sophie eut préparé un nombre suffisant d'échantillons, elle inscrivit un numéro sur les petites boîtes en carton blanc destinées à les recevoir, et garnit chacune d'elle d'une fine dentelle de papier.

— Ces boîtes étaient fabriquées par des jeunes filles dans un atelier attenant à la confiserie de mon père, expliqua-t-elle à Clara. Nous y emballions les confiseries vendues en petites quantités, et nous mettions les sucreries dures, telles que les pralines à la fleur d'oranger ou les pistaches Arlequin, dans un cornet de papier garni d'un ruban.

— Et dans quoi mettiez-vous vos confiseries fines ?

— Nous les placions dans de ravissantes boîtes peintes ou incrustées de bronze ou de pierres semi-précieuses. Nous avions aussi des boîtes recouvertes d'un joli satin, ou de velours, décorées de paillettes, de broderies, de nœuds... Nous les faisions garnir d'un linge fin, qui était festonné par des couturières que nous employions spécialement à cet effet. Nous avions fréquemment des commandes de bonbonnières en or ou en argent, et il est arrivé plus d'une fois qu'un riche aristocrate exige une bonbonnière ornée de bijoux !

Clara poussa un petit sifflement.

— Dieu du Ciel ! Nous voilà bien loin des pommes en sucre qu'on achète à la foire ! Il faut dire qu'avant de vous connaître je n'avais jamais goûté à des choses aussi délicieuses.

Elle resta auprès de Sophie tandis que celle-ci rangeait les petites boîtes côte à côte dans un panier plat enrichi d'un linge blanc et d'une large dentelle de papier. L'anse du panier était entourée d'un ruban.

— Ces riches Français n'avaient-ils point de confiseur chez eux pour leur faire leurs sucreries ?

— Si, bien sûr, mais aucun d'entre eux ne pouvait rivaliser avec mon père.

— Mais il a mis toutes ses recettes dans un livre !

— Il n'y a pas mis ses ingrédients secrets, ainsi qu'il le fait remarquer dans son introduction. Ce qui se trouve dans le manuel donne des résultats parfaits. Mais dépourvus de ce goût délicieux qui emplissait la bouche, des heures durant, et qui a fait sa réputation !

— Et vous le connaissez, vous, ce fameux secret ?

Sophie tapota son front :

— Il est là. Il n'a jamais été couché sur papier.

— Vous l'avez utilisé pour faire les friandises que vous allez emporter à la ville aujourd'hui ?

— Non. Il faut que je commence par établir une bonne sélection de produits pour un prix compétitif. Plus tard, je pourrai confectionner des confiseries plus recherchées et plus chères.

Sophie recouvrit le contenu de son panier d'un tissu blanc.

— Me voilà prête.

Elle sortit de sa poche la liste des boutiques auxquelles elle avait l'intention de rendre visite et y jeta un coup d'œil.

— Je vais commencer par Mrs Edwardes — elle vend des confiseries de grande qualité — et ensuite je continuerai ma tournée.

Après le départ de Sophie, Clara retourna à ses occupations domestiques. Alors qu'elle récurait le carrelage du corridor, la jeune fille fit irruption dans la maison par la porte de derrière et fut à deux doigts de la renverser.

— Oh, Clara, je suis désolée ! Je ne m'attendais pas à vous trouver là.

Clara s'était assise sur ses talons.

— Et moi, je ne pensais pas vous revoir de sitôt. Que s'est-il passé ? Vous avez renversé votre panier ?

— Non !

Sophie battit des mains avec allégresse.

— Mrs Edwardes a tout pris. Je lui ai offert un bonbon pour le goûter et elle m'a demandé de lui laisser tout le panier.

Et elle m'a passé une commande à livrer régulièrement tous les lundis !

— Bravo ! Elle sait reconnaître les bonnes choses. Une chance que vous n'ayez emporté que la moitié des échantillons !

— Je vais emballer le reste dans les autres boîtes.

La tournée avait fort bien commencé, mais Sophie remporta moins de succès dans les autres boutiques. Ses produits furent bien accueillis, mais les propriétaires des confiseries ne tenaient pas à augmenter le nombre de leurs fournisseurs. Cependant, elle reçut un certain nombre de petites commandes à titre d'essai. Et rares furent les magasins d'où on l'éconduisit sans autre forme de procès...

A la fin de la tournée, il restait une dernière boîte dans le panier de la jeune fille. Sophie n'avait aucune envie de la ramener au cottage. Elle passa devant une maison de café fréquentée par les gens aisés de la ville. Elle nota le nom du propriétaire inscrit au-dessus de la porte et entra. Les arômes mêlés du café et du chocolat chaud lui firent réaliser qu'elle n'avait rien pris depuis son petit déjeuner. Elle demanda à voir Mr Mitchell.

— Il a disparu il y a dix ans, lui répondit-on. C'est sa veuve qui s'occupe de la maison.

On introduisit Sophie dans le bureau de Mrs Mitchell. Celle-ci se trouvait près de la fenêtre, à étudier des papiers.

— Qu'avez-vous à vendre, mademoiselle ? lui demanda-t-elle en français. Je ne refuse jamais d'aider un émigré, quand je le peux, mais je suis au regret de vous dire que je n'ai nul besoin de napperons de dentelle, ni de serviettes brodées, ni de fleurs séchées.

— Ce n'est pas cela qui m'amène, madame, répondit Sophie dans sa propre langue, car elle avait reconnu l'accent parisien d'une compatriote. Mes confiseries vous permettraient d'ajouter un peu de variété au choix de gâteaux que vous proposez.

Son interlocutrice leva la tête et la dévisagea.

— On m'a dit que votre nom était Delcourt. Êtes-vous... ? Non, vous ne pouvez pas être... ?

— Henri Delcourt, de Paris, était mon père.

Immédiatement, Mrs Mitchell posa ses papiers et vint la rejoindre dans un bruissement de soie vert sombre.

— C'est un émigré qui m'a appris la triste nouvelle de son décès. Suivez-vous les traces de votre père ?

— Oui, madame.

— C'est merveilleux ! Asseyez-vous. Puis-je vous offrir une tasse de chocolat chaud ?

— Avec plaisir.

Mrs Mitchell agita une petite clochette et passa commande à la servante qui se présenta. Puis elle s'assit. Sophie sortit la boîte de sucreries de son panier et l'offrit à sa compatriote. Mrs Mitchell croqua dans un bonbon et ferma les yeux avec délectation.

— Paris ! Je revois encore la boutique de votre père. Elle sentait si bon ! Il y avait en permanence une pyramide de bonbons présentée dans un plat de cristal sur le comptoir. Qu'il est étrange que ce souvenir me revienne !

— Connaissiez-vous mon père personnellement ?

Sophie était émue.

— Non, je n'étais qu'une cliente, et il y a bien longtemps de cela. Vous savez, j'ai rencontré mon époux anglais au cours d'un voyage d'affaires qu'il faisait à Paris et je me suis enfuie de chez moi pour le rejoindre. Ma famille a toujours refusé de me revoir... Permettez que je goûte à une autre douceur.

Sophie passa une demi-heure très agréable avec Mrs Mitchell. Leur rencontre se solda par une commande dépassant toutes ses espérances. En sortant de la maison de café, elle ne rentra pas immédiatement, mais fit un détour pour aller parler à Henriette. Cette dernière ouvrit des yeux ronds en entendant la proposition qui lui était faite.

— Je serais aux anges ! Mais je n'ai pas la moindre notion de cuisine. On m'a simplement appris à tenir une grande maison pour me préparer au mariage et je sais composer un menu pour toutes les occasions ! Mais je n'ai jamais mis les pieds dans une cuisine, pas même ici, à Brighton, car ma tante me le défend.

— Mais vous n'avez qu'une seule servante ! Est-ce que c'est elle, aussi, qui prépare à manger ?

— De quelle domestique parlez-vous ? Nous en avons eu un flot ininterrompu. La plupart du temps, c'est le chaos, parce que tante Diane se comporte comme si elle avait toujours cinquante domestiques à sa disposition. J'ai voulu m'essayer aux fourneaux à l'aide d'un livre de cuisine. Mais, comme je vous l'ai dit, elle me l'a interdit.

Un court instant, Sophie ressentit une pointe d'impatience devant l'attitude soumise de son amie. Puis elle se souvint qu'Henriette n'était pas responsable de cet état de fait. Habituée dès son plus jeune âge à une docilité de tous les instants, elle continuait d'obéir à des coutumes impossibles à perpétuer dans les circonstances présentes.

— J'aimerais tant venir travailler avec vous ! conclut Henriette avec mélancolie. Mais c'est impossible ! Et de toute façon, je ne ferais que vous gêner. Je manque tellement d'expérience !

Sophie sourit :

— Je voudrais tout de même que vous essayiez. Dites à votre tante que votre lieu de travail sera désormais l'Atelier de Confiserie Delcourt. Un atelier, ce n'est pas une cuisine ! C'est moi qui accomplirai tous les travaux compliqués. Quant à vous, vous serez chargée de toutes les tâches de routine : mélanger la pâte à sucre, faire la vaisselle, et ainsi de suite... Cela vous convient-il ?

— Oui ! Et j'apprendrai, Sophie ! Je vous le promets !

— Dans ce cas, demandez la permission de votre oncle ce soir.

— Je le ferai. Mais j'aimerais que vous soyez présente.

Sophie poussa un soupir :

— Il est temps que vous appreniez à tenir debout toute seule.

— Oui, mais pas cette fois-ci. J'aurai à faire face à un flot de questions et tante Diane est bien capable de lui ordonner de refuser.

Sophie inclina la tête :

— Très bien. Je viendrai à sept heures.

Henriette l'étreignit avec exubérance :

— Quelle bonne amie vous faites !

Sophie tint sa promesse. Le baron de Bouvier, grand, mince et emperruqué de blanc, était aussi hautain que son épouse et abaissa sur elle un regard condescendant. Visiblement, il la plaçait à un niveau à peine plus élevé que celui d'une paysanne. Mais elle était décidée à ne pas se laisser décontenancer par des manières aussi stupidement arrogantes. Sans détour, elle requit sa permission d'employer sa nièce, laquelle se tortillait nerveusement à ses côtés. La baronne ne perdait pas une miette de ses paroles. Lorsqu'elle l'entendit dire que Henriette percevrait un salaire régulier plus élevé que sa rétribution à la pièce, qui fluctuait au gré des saisons, elle fit à son époux un signe presque imperceptible. L'argent, qu'autrefois elle dépensait comme s'il sortait d'une corne d'abondance, avait revêtu une importance capitale dans sa situation précaire. En travaillant pour Sophie, Henriette pourrait subvenir pour une part plus importante à ses besoins.

— Très bien, dit le baron, qui avait compris le message muet de sa femme. Henriette pourra entrer à votre service, mademoiselle, à condition d'être dûment chaperonnée à tout moment.

Sophie fit une révérence comme l'exigeait la politesse et quitta la pièce avec Henriette. Dans le corridor, celle-ci entama une danse de triomphe.

— Ça y est ! Vous avez réussi ! Quand puis-je commencer ?

— Dès que l'atelier sera prêt. J'y ai passé le balai cet après-midi. J'ai aussi enlevé tout le bric-à-brac qui s'y trouvait. Il n'y reste plus que quelques meubles que je pourrai utiliser. Un voisin a commencé à me monter une chaudière. Il devrait avoir terminé aux environs de dix heures demain matin. Mais il me faudra attendre que le mortier ait pris avant de pouvoir m'en servir.

— Alors, je viendrai dès que votre voisin sera parti et je vous aiderai à tout nettoyer. Je suis très capable d'apprendre à frotter les sols. J'ai vu suffisamment de femmes le faire.

Sophie en était bien convaincue, elle aussi.

Lorsque Henriette fit son apparition au cottage le lendemain matin, Clara jeta un coup d'œil désapprobateur à ses vêtements inappropriés au travail qui l'attendait, et lui tendit une vieille robe de coton et un grand tablier de toile. Elle lui donna également un chiffon pour recouvrir ses cheveux. Sophie, qui avait déjà commencé ses travaux, était vêtue de la même façon. Elle dit à son amie en plaisantant :

— Ne vous regardez pas dans un miroir. Vous risqueriez de ne pas vous reconnaître.

— Peu m'importe de ressembler à un épouvantail, déclara Henriette, le cœur léger. Me voici ! Par quoi vais-je commencer ?

Clara vint participer aux travaux de nettoyage. La suie et la poussière dégagées par la construction de la chaudière étaient venues s'ajouter au reste. Pour commencer, les femmes ramassèrent au balai les détritus encombrant le foyer et délogèrent quelques vieux nids de la cheminée. Puis elles allumèrent un feu sous l'ancien chaudron, afin de faire chauffer de l'eau chaude en grande quantité pour le lavage et le récurage. Elles travaillèrent dur toutes trois, brossant les murs et les poutres avec vigueur et les débarrassant de leurs guirlandes de toiles d'araignées. Henriette poussait des cris perçants à chacune de ses rencontres inopportunes avec les énormes araignées qui s'enfuyaient se mettre à l'abri. Puis ce fut au tour du carrelage de subir un récurage minutieux. Les brosses furent maniées avec vigueur et le savon moussa jusqu'à disparition complète de la moindre trace suspecte.

Sophie, encadrée de ses deux amies, examina avec satisfaction le résultat de leurs efforts. Toute la bâtisse était humide, mais elle sentait le propre, et la bonne odeur du bois de pommier qui craquait encore dans le foyer ajoutait une note parfumée supplémentaire. Les murs apparaissaient plus clairs, débarrassés de la poussière qui les recouvrait, et le carrelage aurait presque pu passer pour neuf. Les fenêtres elles-mêmes resplendissaient et le plateau de la table de travail de Sophie était éclatant de blancheur.

— Vous avez fait des miracles, vous deux ! déclara-t-elle à ses assistantes, ignorant délibérément son propre rôle et la façon dont elle avait elle-même effectué les tâches les plus pénibles sans ménager sa peine. Nous allons dîner dehors, ce soir, avec les garçons.

Elles firent toutes trois un tour dans la buanderie. Elles ôtèrent leurs vêtements de travail pour les faire tremper dans un baquet, avant de verser l'eau chaude sur leurs corps fatigués. En attendant son tour, Sophie descendit en courant jusqu'à la mer et plongea au milieu des vagues. L'eau était froide, mais elle se sentit raffermie et revigorée à son contact.

La jeune fille prêta l'une de ses plus belles robes à Henriette, qui protestait qu'elle ne pouvait aller dîner en tenue de travail : les vêtements qu'elle portait le matin en arrivant étaient ceux qu'elle mettait pour fabriquer ses chapeaux... Billy et Antoine firent également assaut d'élégance. Puis tous se mirent en route vers une rôtisserie située dans Black Lion Street. Les deux garçons, surexcités, s'amusèrent à se bousculer mutuellement, jusqu'à ce que Clara s'empare de la main de l'un et que Sophie prenne celle de l'autre.

Ce fut une agréable soirée, qui ne greva pas trop le budget de Sophie, car la rôtisserie ne comptait pas parmi les endroits réservés à l'élite. Cependant, les mets étaient bons et copieux. Ils choisirent un pudding au steak et aux rognons, qui fut servi avec une certaine cérémonie. Le serviteur enleva la serviette blanche qui le recouvrait, dévoilant la croûte de graisse blanche dans laquelle il était enfermé. Il renversa ensuite avec habileté le pudding sur une assiette et le chef-d'œuvre apparut : un château crémeux qui laissait filtrer le jus délicieux de la viande moelleuse se trouvant à l'intérieur. L'arôme savoureux qui s'en dégageait les faisait saliver d'avance. Des pommes de terre, des carottes, des navets et des oignons braisés complétèrent le menu.

Au cours de la soirée, cependant, un petit incident embarrassa Sophie. Il se produisit au moment du départ. Clara, qui connaissait la femme du propriétaire, échangea quelques mots avec elle, tandis que Sophie et Henriette l'attendaient avec les garçons. Antoine, qui n'avait pas revu de lustre depuis qu'il avait quitté son foyer, leva les yeux sur celui qui était suspendu au-dessus de sa tête.

— Nous avions des lumières comme celles-ci au château, mais les nôtres étaient bien plus belles. Il y avait des petits bouts de verre qui remuaient et qui brillaient.

— Sûr que tu mens ! se moqua Billy. Et d'abord, qu'est-ce qu'un « châtou » ?

— Non, je ne mens pas ! s'échauffa Antoine. C'est ma maison en France, c'est là que je retournerai un jour !

Sophie, après avoir échangé un regard consterné avec Henriette, intervint vivement :

— Pas de dispute ! Vous ne voulez pas gâcher une si belle soirée ! Soyez sages, tous les deux !

A son grand soulagement, ils obéirent. Clara vint les rejoindre au même moment, impatiente de leur transmettre un potin qu'on venait de lui raconter. Plus tard, en couchant Antoine, Sophie profita de l'absence momentanée de Billy pour lui faire la leçon :

— Je crois que vous ne devriez pas parler ainsi du château en disant que c'est votre maison, Antoine. Vous ne voudriez pas passer pour un vantard aux yeux des autres, n'est-ce pas ?

Il réfléchit à ses paroles. Puis il hocha la tête.

— Très bien, acquiesça-t-il en bâillant.

Il lui tendit les bras. Pendant qu'il se blottissait contre elle, tout ensommeillé, elle repoussa une mèche de ses cheveux. Ceux-ci commençaient à foncer et n'étaient plus aussi bouclés qu'auparavant. Il avait grandi et s'était mué en un robuste petit garçon bientôt âgé de six ans. Personne n'aurait pu reconnaître en lui le tout petit enfant parti de France. En fait, il n'y avait jamais eu beaucoup de chance que l'un des nombreux émigrés à Brighton identifie Antoine. Il était venu au monde pendant l'année qui avait précédé la Révolution, et, après sa naissance, le comte et la comtesse s'étaient retirés et avaient reçu peu de visiteurs dans leur château. L'enfant n'avait jamais été séparé d'eux, ce qui l'avait rendu précoce et lui avait donné cet air étrangement mature qu'il n'avait jamais perdu. Sophie vit qu'il s'était endormi. Elle déposa un baiser sur son front et le coucha sur l'oreiller, avant de remonter ses couvertures.

Clara fit sa proposition à Sophie et aux garçons pendant le petit déjeuner :

— Pourquoi ne ferions-nous pas un feu de joie avec toutes les vieilleries que nous avons sorties de la cuisine ? Nous pourrions emporter tout ce bric-à-brac sur la plage à marée basse et y ajouter un peu de bois sec.

Les garçons poussèrent des hourras en jetant leurs cuillères à porridge en l'air et en tapant des pieds sur les barreaux de leurs chaises. Sophie les ramena au calme en riant. Ils partirent pour l'école, enchantés d'avoir reçu l'autorisation d'inviter tous leurs camarades de classe. Au cours de la matinée, Sophie se rendit en ville afin d'acheter toutes les fournitures dont elle avait un besoin immédiat pour l'atelier. Sur le trajet, elle passa dans tous les cottages voisins pour inviter les gens à venir assister au feu de joie à la tombée de la nuit. A cette époque de l'année, la marée s'en allait très loin. Ils jouiraient d'au moins trois heures avant qu'elle ne remonte. Trois heures à profiter du brasier... Sophie aurait bien invité Henriette, mais elle savait que, ce soir-là, son amie devait accompagner sa tante à une partie de cartes. Sophie commença par faire l'emplette d'un certain nombre de pots et de casseroles, puis elle se rendit chez l'épicier pour acheter du sucre en masse et d'autres ingrédients. Chez l'apothicaire, elle put se procurer un bon choix d'essences qui vinrent s'ajouter à celles qu'elle avait déjà acquises auparavant, pour confectionner des confiseries au cottage. Elle se prit à espérer que, plus tard, pour faire face à la demande, elle devrait se procurer des ingrédients bien plus chers.

Lorsqu'elle arriva à la maison, elle fut accueillie par le parfum des gâteaux aux fruits qui cuisaient dans le four. Clara était déjà en train de préparer une seconde fournée, désireuse de pouvoir en offrir une tranche à tous ceux qui viendraient assister au feu de joie ce soir-là.

Il avait été convenu qu'en revenant de l'école Antoine et Billy participeraient eux aussi à la préparation de la fête en descendant les objets à brûler sur la plage. Mais, pendant l'absence de Sophie, Clara avait trouvé deux volontaires — des voisins — qui avaient accepté de s'en charger dès que la marée l'avait permis.

Au crépuscule, une quarantaine de personnes au moins se massaient devant le bûcher qui se dressait très haut. On y avait ajouté de gros morceaux de bois provenant de la charpente d'une vieille épave. On approcha la flamme d'une bougie, et, aussitôt, le feu se mit à crépiter joyeusement. Les flammes ne tardèrent pas à s'emparer avec voracité des cordes encrassées de goudron et des vieux casiers à homards, en projetant dans les airs une multitude de flammèches bleues et or. Clara et Sophie firent passer les plateaux chargés de tranches de gâteaux. Chaque invité avait été prié d'apporter qui une tasse, qui une chope, et la bière coula à flots parmi les adultes, tandis que les enfants se régalaient du jus de groseilles fabriqué par Clara avec les fruits de son jardin, l'été précédent.

A présent, il faisait sombre et les étoiles avaient fait leur apparition. Le feu de joie, complété par du bois sec trouvé sur la plage, montait de plus en plus haut. Quelqu'un avait apporté des feux d'artifice et l'excitation fut à son comble lorsque les fusées s'élevèrent dans le ciel. Un bon nombre de curieux qui avaient aperçu les flammes de loin avaient rejoint la fête par le rivage. Doublant ainsi le nombre initial de spectateurs...

Ce fut au point culminant de la fête que Sophie sentit qu'on l'observait. Elle tourna vivement la tête et vit Tom, debout sur les galets, drapé dans la cape qui tombait de ses épaules.

Éclairé par la lumière rouge et or du feu de joie, il ressemblait à un personnage de théâtre. Par-delà la distance qui les séparait, ses yeux, enfoncés dans l'ombre de leurs orbites, vinrent croiser les siens. Ce fut un moment semblable en tous points à celui au cours duquel elle avait rencontré son regard au Pavillon de la Mer. Mais, cette fois-ci, elle n'en ressentit aucun effroi, car les sentiments qu'il lui vouait ne constituaient plus une découverte pour elle. Pourtant, elle sentit son sang courir plus vite dans ses veines et resta comme pétrifiée au milieu de la foule qui l'entourait, dans une sorte d'attitude de défi. Enfin, semblant répondre à un appel muet de sa part, Tom descendit sur les galets. Il portait son chapeau de castor à la main. Lorsqu'il se rapprocha, la boucle d'argent de la lanière scintilla à la lueur du feu. Le cœur battant, elle se raidit pour se préparer à son arrivée.

Tom l'observait déjà depuis plusieurs minutes, et il l'avait vue évoluer au milieu des spectateurs, souriant et bavardant avec les uns et les autres, s'écartant d'un bond, en riant, pour éviter d'être touchée par un jet de cendre chaude, se précipitant pour retenir un enfant qui s'approchait trop près du foyer. Lorsqu'elle avait tourné la tête et rencontré ses yeux, il avait senti sa beauté emplir son cœur.

Se frayant un chemin parmi la petite foule, il la rejoignit sans cesser de soutenir son regard. Elle parla la première, d'une voix entrecoupée :

— Qu'est-ce qui vous amène à Brighton, cette fois-ci ?

— J'avais besoin de vous voir, Sophie.

Elle leva un sourcil interrogateur.

— Vous avez d'autres vases ? plaisanta-t-elle, la légèreté de son ton contrastant avec sa tension intérieure.

— Non, pas cette fois-ci.

Tom désigna le feu de joie.

— N'est-il pas trop tôt pour célébrer la nuit de Guy Fawkes ? Ce n'est pas avant le mois de novembre.

— Il est trop tôt, sans nul doute ! Même moi, une Française, j'ai appris cela. Mais ce soir, nous ne faisons pas la fête parce que le Parlement a été sauvé d'un complot criminel. La raison en est toute différente. Je me lance dans une nouvelle aventure. Nous sommes en train de faire brûler toutes les vieilleries qui encombraient l'endroit qui va devenir mon atelier.

Il eut un léger sourire, qui alla en s'élargissant pour devenir bientôt éclatant :

— Vous vous lancez dans la confiserie !

— Oui !

Sophie battit des mains de plaisir, se détendant devant la chaleur de son approbation.

— C'est en grande partie grâce à vous, puisque vous m'avez envoyé le produit du pari que vous avez fait à Newmarket. Cela m'a donné une base financière solide. Je vous ai écrit pour vous remercier.

— Je n'ai pas encore reçu votre lettre. Je suppose qu'elle m'attend à Londres. Je reviens de l'étranger. De toute façon, je ne souhaite pas que vous m'écriviez des lettres de politesse. Je préfère de beaucoup être tenu au courant au fur et à mesure de ce que vous faites et de ce qui vous arrive.

Elle leva la tête pour suivre des yeux la dernière fusée qui explosait en une pluie d'étoiles d'or.

— Je n'ai pas le temps d'écrire de longues lettres.

— Racontez-moi ce qui vous a amenée à prendre cette décision.

Elle lui en donna brièvement les détails. A son récit, il fronça les sourcils :

— Je ne comprends pas pourquoi vous devriez prendre ce poste de lingère. Vous avez certainement déjà assez de commandes pour être suffisamment occupée dès maintenant !

— S'il ne s'agissait que de moi, ce serait différent, mais je ne peux prendre aucun risque en ayant Antoine à ma charge.

Elle le chercha des yeux parmi la foule des enfants.

— Le voilà ! Antoine ! Viens saluer l'un de nos bons amis, Mr Foxhill. C'est grâce à lui que nous avons passé un séjour si agréable à la ferme des Millard.

Antoine, échevelé et couvert de sable, arriva vers eux en bondissant, mais il se souvint à temps de ses bonnes manières et s'inclina :

— Votre serviteur, Mr Foxhill.

— Très honoré, Antoine, répondit Tom, qui ne voulait point être en reste de civilité.

Il se revoyait porter ce même enfant, endormi dans ses bras, jusqu'à la ferme des Millard...

— Vous vous amusez bien, n'est-ce pas ?

— Oui, monsieur. Je n'avais jamais vu de grand feu d'aussi près.

— Saviez-vous qu'en Angleterre, en cas d'invasion, on allumait à la chaîne des feux comme celui-ci au sommet des collines ?

— Cela fait beaucoup de feux !

— Oui, c'est vrai.

L'un des compagnons de jeux d'Antoine vint le chercher et l'entraîna avec lui. Tom prit Sophie par la main.

— Montrez-moi l'atelier où vous allez exercer vos talents.

Après avoir prévenu Clara, Sophie gravit la petite montée qui partait de la plage et le conduisit jusqu'à son nouveau domaine. Lorsqu'ils atteignirent la bâtisse, elle lui demanda de s'arrêter.

— Attendez ici pendant que j'allume la chandelle, dit-elle.

Sophie avait placé une lampe et un briquet sur un rebord se trouvant dans l'encadrement de la porte. Lorsqu'elle eut allumé la mèche et replacé le verre, elle se poussa sur le côté et Tom franchit le seuil de la porte d'entrée.

Il accrocha son chapeau à un clou et déboutonna sa cape. Les mains sur les hanches, il se posta au milieu de la pièce pour mieux l'examiner. Il nota sa propreté, les quelques meubles, le bois qui attendait d'être allumé dans l'âtre. Il donna son verdict.

— C'est parfait. Vous avez beaucoup de place et de grandes fenêtres pour vous éclairer. Elles n'étaient certainement pas de cette taille lorsque la maison a été construite. Je suppose que c'est l'une des plus vieilles des environs. Elle a subi des transformations, naturellement.

— C'est le mari de Clara qui en a fait une partie.

Sophie jeta un regard heureux autour d'elle.

— J'ai beaucoup de chance de pouvoir en faire mon atelier. Demain, je mettrai une couche de chaux sur les murs.

— Je vais m'en charger, dit-il sans hésiter. Voulez-vous que je pose également quelques rayons ?

— Vous en avez déjà fait suffisamment pour moi, répondit-elle d'un ton ferme. Clara connaît un bon menuisier, je vais aller le trouver.

Tom circulait de long en large dans la pièce.

— Où avez-vous l'intention de poser les rayonnages ?

— J'avais pensé en mettre une demi-douzaine sur environ un mètre de long, à côté de la table.

Elle lui montra l'endroit, puis pointa son doigt vers un mur dénué de fenêtre :

— J'en mettrai aussi du sol au plafond dans ce coin-là.

— Bonne idée. C'est moi qui vais le faire. Je suis meilleur menuisier que vous ne le supposez. Demain matin, en venant ici, je m'arrêterai pour demander qu'on nous livre le bois. Et la chaux ?

— Je l'ai achetée. Je l'ai déjà mélangée.

— Avez-vous suffisamment de brosses ?

— Clara va m'en prêter. Mais vous avez certainement des choses plus importantes à faire ?

Il lui répondit sans cesser son mouvement de va-et-vient à travers la pièce :

— Cette fois-ci, je ne suis venu à Brighton que dans le but de vous voir. Alors, que pourrais-je faire de mieux que de me rendre utile ? Je ne suis pas obligé de repartir avant vingt-quatre heures.

Elle secoua la tête avec étonnement :

— Vous ne vous reposez donc jamais, Tom ? Vous êtes sans cesse en train de partir ou de revenir. N'êtes-vous pas fatigué de tant voyager ?

Lui tournant le dos, il s'était arrêté face à une vieille armoire qu'elle avait récurée aussi bien à l'intérieur qu'à l'extérieur, en laissant les portes ouvertes en haut et en bas pour lui permettre de sécher.

— Je pense que je le suis, concéda-t-il, mais, à l'heure présente, je ne vois pas comment m'arrêter.

Sophie s'approcha de lui. Il regardait avec attention les sculptures des portes de l'armoire.

— Ne pourriez-vous pas envoyer des agents acheter à votre place ?

Il eut un demi-sourire :

— Si. Mais il y a certaines choses que je suis seul à pouvoir faire.

Puis, comme pour détourner la conversation, il eut un mouvement de tête en direction de l'armoire.

— C'est une pièce splendide.

Sophie acquiesça :

— Je suis du même avis. Elle est vraiment trop belle pour

y mettre mes moules à confiseries et mes autres outils, mais Clara prétend qu'elle est trop grande pour la maison.

— C'est du chêne anglais, dit Tom. Début du seizième siècle.

— Pourriez-vous la vendre pour Clara ?

Il secoua la tête :

— Non. La demande, de nos jours, se dirige vers le précieux et l'élégant. Je pense qu'elle a été fabriquée par un artisan de la région.

— Cela signifie qu'elle a pu appartenir à la première famille qui a vécu ici.

— C'est possible.

— Alors, je vais en faire grand cas.

— Grand cas ? répéta-t-il d'une voix plus basse, plus douce. C'est ainsi que je vous garde en mémoire, en faisant grand cas de vous, à chaque fois que je quitte Brighton.

Sophie redressa la tête, de nouveau sur ses gardes. Mais une sorte de saisissement s'était emparé d'elle. Elle restait immobile, comme lorsqu'il s'était trouvé face à elle sur les galets, dans la lumière du feu de joie. Sa respiration s'était accélérée. Soudain, ils eurent conscience tous deux du silence qui régnait dans l'atelier. La lueur de la chandelle faisait trembler leurs ombres sur le mur.

Sophie sut que ce qu'elle craignait depuis le début était sur le point de se produire. Mais à condition de faire vite, elle pouvait encore l'éviter. Pourquoi, alors, ne réagissait-elle pas ? Il fallait mettre un terme à l'attraction que Tom exerçait sur elle. Vaincre le tourbillon qui s'emparait d'elle, face à la virilité, à la puissance de cet homme, dont le visage exprimait un désir éperdu. Mais elle ne fit rien. Et, comme dans un songe, elle vit ses bras se tendre vers elle.

A la dernière seconde, elle s'écarta. Le grondement sourd d'une troupe de chevaux avançant au galop emplit soudain le silence de la pièce, et ce bruit qui allait en s'amplifiant la remplit de terreur.

— Écoutez ! Que se passe-t-il ?

Son effroi grandit encore.

— Est-ce que ce sont des contrebandiers ? Seigneur, ayez pitié ! Antoine et Billy, et tous les enfants, ils sont tous sur la plage !

Tom se rua dehors. Elle se précipita à sa suite. L'air était plein des hurlements provenant de la plage. En sortant du bosquet, elle poussa un cri. La scène joyeuse qu'elle avait laissée derrière elle s'était métamorphosée en un spectacle cauchemardesque. Des Dragons à cheval, brandissant leurs sabres, encerclaient les gens pris de panique. Les femmes serraient leurs enfants contre elles en hurlant à pleins poumons, les hommes attaquaient les soldats en leur jetant des volées de brandons, de pierres et de morceaux de bois, les chevaux effrayés renâclaient et se cabraient.

Cape au vent, Tom descendit sur la plage au pas de course.

— Ce ne sont pas les Français ! Mais ouvrez donc vos yeux !

Ses paroles se perdirent dans la panique ambiante. Il alla se poster devant le brasier, saisit une paire de pistolets sous sa cape et tira en l'air. La détonation provoqua un moment de stupeur. Tom mit à profit ces précieuses secondes de silence pour répéter d'une voix forte :

— Ce n'est pas une invasion ! Ce sont les Dragons !

Puis, s'adressant aux cavaliers :

— Qui vous commande ? Qu'il approche !

Un silence de mort s'était installé, déchiré seulement par les sanglots des enfants terrorisés. Un officier à l'air hautain approcha. Les sabots de sa monture claquaient sur les galets. Sophie comprit qu'à la lueur du feu les uniformes des soldats avaient pris une couleur différente, déclenchant la panique de la foule qui vivait dans l'appréhension latente d'une invasion française.

A présent, Tom contrôlait parfaitement la situation. Il apostropha l'officier, sans lâcher ses pistolets fumants :

— Que signifie ceci ? De quel droit faites-vous irruption au milieu de ce groupe de paisibles sujets de Sa Majesté ?

L'officier répondit d'un ton froid :

— J'ai été informé qu'un feu avait été allumé pour donner l'alerte devant une invasion ennemie. J'ai compris qu'il s'agissait d'une erreur en arrivant sur les lieux, mais une femme s'est mise à hurler que les Français étaient arrivés et vous voyez vous-même le résultat.

Il pointa le bout de son sabre vers le feu :

— Éteignez immédiatement ces flammes. C'est un ordre. Un brasier de cette taille aurait pu déclencher d'inutiles alertes en chaîne à travers tout le pays !

Il pressa les flancs de son cheval pour lui faire faire demi-tour, et remonta le sentier, ordonnant sèchement à ses troupes de le suivre. Sophie dévala les galets pour rejoindre Clara qui, le visage couleur de craie, serrait encore Billy contre elle. Antoine paraissait beaucoup moins impressionné, ce qui ne l'empêcha pas de s'emparer vivement de la main de Sophie.

— Je n'ai pas aimé tout ce bruit, mais les soldats français ne nous auraient point fait de mal.

Elle se baissa pour le prendre dans ses bras, pour qu'il ne voie pas les larmes qui brillaient dans ses yeux. Elle les essuya du dos de la main et se redressa en voyant Tom venir les rejoindre. Il avait fait disparaître ses pistolets sous sa cape.

— Plus de peur que de mal, dit-il d'un ton rassurant, mais quelle triste fin pour une fête !

Elle hocha la tête :

— Cela aurait pu tourner plus mal encore si vous n'étiez pas intervenu.

Des gens s'approchèrent pour le remercier. Sophie s'éloigna. Ceux qui habitaient dans les environs étaient rentrés chez eux pour aller quérir des seaux, et, déjà, quelques-uns revenaient et les remplissaient d'eau de mer. La marée montante se rapprochait rapidement du feu, mais personne ne souhaitait le retour des Dragons. Lorsque l'eau lancée par les villageois atteignit les flammes, des dizaines de jets de vapeur s'échappèrent en sifflant du brasier. Les gens s'écartèrent vivement. Certains s'attardèrent auprès de Sophie et de Clara, mais la plupart étaient pressés de rentrer chez eux avec leurs enfants. Tom alla rejoindre Sophie et lui conseilla de regagner le cottage.

— Je vais rester ici jusqu'à ce que le feu soit éteint. Je serai là demain matin.

Sophie prit la main d'Antoine et remonta le sentier à la suite de Clara et Billy. Elle se demanda si Tom vaquait toujours à ses occupations en portant deux formidables pistolets sur lui.

14

Tom arriva le lendemain matin à sept heures et demie. Sophie était en train de mettre son tablier de toile dans l'atelier lorsqu'il tambourina à la porte avant d'entrer, portant un sac de menuisier.

— Bien le bonjour, Sophie. J'ai commandé le bois. Il sera là dans moins d'une heure. J'ai aussi loué les outils qui me sont nécessaires. Je ne suis pas en retard, n'est-ce pas ?

— Non, au contraire. Henriette n'est pas encore arrivée.

Tom enleva prestement sa veste.

— Il me faut une échelle, dit-il en revêtant un tablier de jardinier qu'il avait apporté avec lui.

— Il y en a une à côté, dans la vieille étable. Vous pourriez mettre votre veste là-bas. Ainsi vous ne risquerez pas de l'éclabousser avec la chaux.

— Oui, vous avez raison.

Mais Tom ne bougea pas.

— Comment vont les enfants, ce matin ? demanda-t-il. Se sont-ils remis du choc de la soirée d'hier ?

— Oui ! Très bien ! Ils ont été aussi turbulents que d'habitude au petit déjeuner.

— Et vous-même, Sophie ?

— Tout va bien.

Pendant qu'il se rendait à l'étable, la jeune fille prit le briquet et s'agenouilla pour allumer le feu. Le jaillissement des premières flammèches lui rappela le feu de joie, et le profond plaisir sensuel qu'elle avait éprouvé à la vue de Tom qui l'observait depuis les galets. Elle ressentait un grand élan amoureux lorsque Rory l'embrassait, mais le trouble et l'émoi violent qui s'emparaient d'elle en la présence de Tom n'étaient en rien comparables...

Lorsque la porte s'ouvrit, elle sursauta. Mais c'était Henriette qui arrivait, brandissant un journal pour émigrés imprimé à Londres. Son oncle l'achetait régulièrement, et elle l'apport à Sophie, une fois qu'il l'avait lu.

— Prenez connaissance de l'article que j'ai entouré !

A regarder le visage défait d'Henriette, Sophie comprit immédiatement que la nouvelle était alarmante. Le journal avait été plié de façon à mettre en évidence une colonne publiant les avis de recherche des émigrés. Elle s'en empara fébrilement, et lut : *Un parent recherche Antoine, comte de Juneau, petit-fils de feu le marquis de Fontaine. Né en juin 1788, l'enfant a le teint clair et des cheveux châtain foncé bouclés. Il a été soustrait à sa famille dans de pénibles circonstances par l'une des servantes de la maison. Une récompense de cent guinées est offerte pour toute information concernant l'endroit où le comte de Juneau et cette femme pourraient se trouver.*

Henriette lisait par-dessus l'épaule de Sophie.

— Comment osent-ils prétendre qu'Antoine a été enlevé ! Après tous les risques que vous avez pris pour l'arracher à ses ennemis ! Je suppose que c'est pour éviter toute revendication de votre part sur l'enfant. Vous m'avez dit à plusieurs reprises qu'à votre connaissance Antoine n'avait aucun parent. Qui donc a pu faire paraître cet avis ?

Sophie répondit d'une voix chargée d'angoisse :

— C'est sûrement le même homme qui a profané la tombe du marquis. Je...

Elle s'interrompit en voyant Tom revenir, muni de l'échelle. Hâtivement, elle posa le journal plié sur ceux qui étaient destinés à allumer le feu, plus que jamais soucieuse de préserver le secret de l'identité d'Antoine ! Puis elle fit les présentations, car Henriette et Tom ne s'étaient jamais rencontrés, et expliqua à son amie que Tom avait eu la bonté de proposer son aide.

— Comme c'est galant de votre part, Mr Foxhill ! s'exclama la jeune fille.

— Pas le moins du monde. Je me suis trouvé ici au bon moment, c'est tout.

Sophie s'aperçut bien vite qu'Henriette trouvait Tom à son goût. La jeune aristocrate se mit à minauder et ne quitta la pièce pour aller accrocher son manteau dans l'étable qu'à contrecœur.

— Tout va bien, Sophie ? s'enquit Tom, la scrutant du regard.

— Oui.

Sophie eut un sourire un peu trop épanoui. Elle était toujours sous le choc de ce qu'elle venait de lire.

— J'ai beaucoup de choses en tête en ce moment. Je suis heureuse que vous ayez fait la connaissance d'Henriette. Je lui ai si souvent parlé de vous, et inversement !

— Elle est très jolie.

Tom mit l'échelle en place, puis apporta un seau rempli de chaux, qu'il accrocha à un clou planté dans la poutre. Sophie ne parvenait pas à détourner ses pensées de l'avis de recherche. L'air absent, elle déplia des chiffons taillés dans de vieux draps, et les étendit sur les quelques meubles épars.

Henriette refit son apparition et entreprit de l'aider. Elle eut un petit rire espiègle et lui chuchota à l'oreille :

— J'ai enfin fait la connaissance de Mr Foxhill ! Quel bel homme ! Si je n'avais pas su qu'il arrivait toujours à l'improviste, j'aurais pensé que vous le cachiez pour le garder pour vous toute seule !

— Ne soyez pas stupide, rétorqua Sophie d'un ton sec. Aujourd'hui, ma patience a des limites !

— Pardonnez-moi...

Henriette arbora l'air d'une enfant prise en faute. Tout à sa surprise d'avoir rencontré Tom Foxhill, elle avait oublié l'inquiétant avis de recherche.

Les deux jeunes filles s'étaient chargées de passer une partie de la chaux sur les murs. Pour se protéger, elles recouvrirent leur tête d'un bonnet d'intérieur. Henriette, qui trouvait ce couvre-chef peu seyant, réussit à en faire dépasser quelques boucles de cheveux. Alors qu'elle saisissait une brosse, Tom lui demanda, du haut de son échelle :

— Avez-vous entendu parler des événements qui se sont produits sur la plage hier soir, mademoiselle de Bouvier ?

— Non.

Henriette fut tout ouïe.

— Qu'est-il arrivé ?

Sophie parla du feu de joie et raconta les péripéties de la soirée. Henriette en fut consternée :

— Quelle affreuse méprise ! Gâcher le plaisir des enfants d'aussi horrible façon ! Je dois dire que je suis très heureuse de n'avoir point été présente. J'aurais été terrifiée.

Elle leva la tête vers Tom :

— Par chance, vous étiez armé, Mr Foxhill. C'est ce qui vous a permis de vous faire entendre au milieu de toute cette panique !

Sophie dressa l'oreille pour entendre la réponse de Tom. Celle-ci ne tarda point. Il dit d'un ton très assuré :

— C'est vrai, c'était une chance. Mais les bandits de grand chemin constituent une menace permanente sur la route de Londres. J'ai pris l'habitude d'être toujours prêt à me défendre.

— Mais, tout de même, porter des pistolets à Brighton ! insista Henriette en battant des cils avec coquetterie, car Tom, décidément très aimable, lui adressait un sourire charmeur du haut de son échelle. Vous ne vous attendez tout de même pas à être dévalisé dans les rues de notre ville ? Si c'était le cas, jamais plus je ne me risquerai à longer la grève pour venir jusqu'ici !

— Ne vous inquiétez pas. Les Gentilshommes ne travaillent que lorsque la nuit leur offre une lune de contrebandiers. Il serait alors effectivement dangereux pour une jeune femme de se trouver seule aux abords du rivage.

Henriette émit un son inarticulé, puis réussit à balbutier :

— Viendraient-ils l'enlever ?

— Je préfère ne pas dire ce qu'un Gentilhomme est capable de faire.

Sophie intervint :

— Reprenez votre travail, Henriette. Tom vous taquine.

Henriette obtempéra, et, pendant un moment, on n'entendit plus d'autre bruit que celui des brosses et du crépitement du feu dans l'âtre.

Sophie réfléchissait aux dernières paroles de Tom. Avait-il voulu lui faire comprendre qu'il savait qu'elle avait été à deux doigts d'être découverte par les contrebandiers ? Mais seul Rory était dans la confidence ! Un doute fulgurant la saisit tout à coup, mais elle le chassa dans l'instant. Comment avait-elle pu imaginer, même une seule seconde, que Tom était le mystérieux contrebandier qu'elle avait aperçu sur la plage l'été précédent ? Elle perdait la tête ! Et pourtant... Les vases de Marie-Antoinette n'étaient, elle le savait, qu'un minuscule échantillon de tous les objets venus de France qui lui passaient entre les mains. Était-il possible que la provenance de certains d'entre eux fût illégale, qu'il s'adressât à des sources clandestines, au-delà de la mer ?

Sophie lui lança un regard perçant, mais Tom ne le remarqua point. Tout à sa tâche, il sifflotait un air d'opéra. Du coup, la jeune fille décida d'oublier tout cela et de s'adonner entièrement à son travail. Elle était heureuse qu'il n'ait pas rencontré ses yeux. Ses soupçons étaient grotesques. Elle passa le dos de sa main sur son front, comme pour en chasser les pensées folles qui l'avaient assaillie.

Lorsque Clara fut libérée de ses tâches ménagères, elle vint leur apporter un plateau de rafraîchissements. Elle ne pouvait mieux tomber : Sophie et ses deux dévoués assistants avaient fini d'enduire les murs et s'apprêtaient à s'accorder une petite pause. Pour hâter le séchage de la chaux, les fenêtres avaient été laissées grandes ouvertes pour laisser entrer le pâle soleil d'avril, et la pièce était froide. Tom approcha un banc et un trépied du foyer pour leur permettre à tous quatre de profiter de la chaleur. Bientôt imité par les femmes, il leva sa chope de chocolat chaud pour lire les quelques vers humoristiques qui y figuraient. Ils rirent de bon cœur. Henriette poussa un hurlement lorsque, après avoir vidé sa chope, elle découvrit une grenouille tapie au fond. Par bonheur, c'était une grenouille en porcelaine ! Elle prit la plaisanterie du bon côté, mais Clara s'empressa de s'excuser :

— J'avais oublié ce petit détail, j'avais dans l'idée de prendre cette chope moi-même ! Elle appartenait à mon fils Daniel. Quand il vivait encore ici, il aimait faire ce genre de farces à nos visiteurs.

— Allez-vous le revoir bientôt, Mrs Renfrew ? s'enquit Tom.

Clara secoua tristement la tête :

— Il est là-haut, dans le Yorkshire, et il y restera jusqu'à ce que nos soldats partent se battre sur le continent.

— Oh, cela n'arrivera pas avant longtemps ! répondit Tom. C'est la Royal Navy qui fait tout le travail en ce moment. Elle applique le blocus des ports du continent, pour empêcher les exportations vers la France.

— Réussira-t-elle ? demanda Henriette.

— Toutes les chances sont de son côté. La marine française est actuellement dans le plus grand désarroi. Autrefois, les officiers dans leur ensemble étaient des aristocrates. Or, la plupart d'entre eux ont été guillotinés ou ont fui à l'étranger. Le résultat ne s'est point fait attendre : l'anarchie a pris possession de la marine française, qui est formée de nouveaux officiers inexpérimentés et d'équipages indisciplinés.

— Et un grand nombre de navires français ont coulé, ajouta Sophie. J'en ai vu la liste dans un journal pour émigrés que m'a transmis Henriette.

Elle résista à l'envie de jeter un regard en direction du foyer derrière lequel la dernière édition était dissimulée. L'audace de l'avis de recherche dépassait réellement les bornes. Cette accusation d'enlèvement constituait une menace terrible contre elle. Son ennemi était à l'évidence convaincu qu'il pourrait s'appuyer sur les lois anglaises pour mettre la main sur Antoine s'il parvenait à retrouver leur piste.

Tom s'était levé :

— Allons, au travail !

Il entreprit d'installer les planches. Le laissant avec Henriette, chargée de nettoyer le carrelage maculé de chaux, Sophie et Clara retournèrent au cottage. Elles lavèrent les chopes ainsi que les nouveaux ustensiles que Sophie avait achetés.

Après avoir terminé sa tâche, Henriette vint les rejoindre. Elle rapportait les vieux journaux qu'elles avaient posés sur le sol afin de le protéger.

— Merci d'avoir si bien travaillé, lui dit Sophie avec chaleur.

A sa grande surprise, son amie, dont le teint était coloré en permanence, rougit encore un peu plus et laissa paraître un certain malaise. Sophie pensa en deviner la cause.

— Ne vous inquiétez pas si vous n'avez pu débarrasser le carrelage de toutes les traces blanches. Elles partiront avec le temps.

Henriette s'empara de la perche qui lui était tendue avec un certain soulagement :

— Je l'espère. J'aurais dû veiller à ne point laisser goutter ma brosse en passant la chaux.

Sophie l'examina plus attentivement. Tom avait-il flirté avec elle ? Était-ce là la raison de la tension inhabituelle d'Henriette ? Ils avaient quelque peu badiné pendant la matinée. Mais c'était compréhensible. Henriette devait se sentir le cœur si léger de se retrouver libre et en agréable compagnie, dans une ambiance si différente de l'atmosphère guindée régnant chez elle ! Clara, qui avait tout observé, nota la façon dont la jeune aristocrate évitait les yeux de Sophie et se tournait vers tous les ustensiles rassemblés sur la desserte.

— A quoi cela sert-il ? demanda-t-elle, saisissant un cadre d'étain subdivisé en petits carrés.

— A couper le sucre d'orge, répondit Sophie.

— Et ceci ?

Henriette fit tourner une vis dans un petit entonnoir.

— A fabriquer des gouttes de sucre semblables à des bijoux.

Henriette prit une seringue munie d'une large canule :

— Et que faites-vous avec cela ?

— Des étoiles en massepain.

Clara admira par-devers elle la patience avec laquelle Sophie indiquait l'usage de chaque ustensile. Henriette s'animait au fur et à mesure qu'elle écoutait les explications et qu'elle maniait les objets. Le dernier fut un bloc de bois creusé contenant un outil destiné à couper les bordures de papier, pour éviter le fastidieux travail de la découpe à la main.

— Quand je pense à toutes les sucreries que j'ai mangées sans me préoccuper de savoir comment elles étaient fabriquées !

Et saisissant un fouet et le faisant tourner en l'air, elle s'exclama :

— J'espère que je serai bientôt assez experte pour savoir utiliser toutes ces choses !

— Ce ne sera possible que si vous vous mettez sérieusement au travail ! lui lança Clara sans détour.

Bien qu'elle fût d'avis qu'Henriette avait montré sa bonne volonté en accomplissant des tâches pénibles et nouvelles pour elle, elle ne pouvait imaginer que cette fille parvienne un jour à devenir habile en quoi que ce fût. Elle serait certainement parfaite pour les travaux répétitifs, mais il ne faudrait pas lui demander des choses trop compliquées.

— Il va falloir vous dépêcher de vous entraîner ! ajouta-t-elle.

— Oh, oui, je vais me dépêcher ! répondit Henriette avec ferveur, les yeux soudain remplis de larmes. Je veux devenir la main droite de Sophie. C'est le moins que je puisse faire, ajouta-t-elle d'une voix hachée.

Sophie fut touchée par cette manifestation d'émotion. Clara, moins impressionnée, attrapa les journaux usagés qu'Henriette avait placés sur une chaise et les rapporta dans l'atelier. Ils pourraient être utilisés pour allumer le feu. Après avoir échangé quelques mots avec Tom, elle retourna à la cuisine où Henriette était assise à la table, attendant qu'on lui expliquât la technique de fabrication des boîtes. Le papier et les ciseaux étaient prêts.

— Je vous laisse le soin de lui montrer, Clara, dit Sophie en sortant du cottage avec un seau d'eau bouillante et une bassine destinés à laver et à ébouillanter la chaudière toute neuve.

Elle était heureuse à l'idée qu'Henriette puisse rester assise pour le reste de la journée.

En pénétrant dans l'atelier, Sophie constata que Tom avait déjà posé une partie des planches.

— Elles sont magnifiques, Tom. Exactement à la hauteur et à la largeur voulues.

— J'aurai fini le reste en fin d'après-midi.

— Vous avez peut-être manqué votre vocation, plaisanta-t-elle, tout en soulevant le couvercle de la chaudière.

Il lui sourit :

— Si les objets d'art venaient à manquer, je pourrais toujours me faire menuisier !

— Heureusement pour vous, c'est fort peu probable.

— Si je n'avais dû quitter Brighton ce soir, je serais revenu vous aider demain. Je sais que vous aurez beaucoup à faire.

Après avoir versé un peu d'eau dans le réservoir, elle plaça une bassine sous le robinet pour la recueillir, et entreprit de nettoyer le conduit par lequel le sucre clarifié viendrait s'écouler. Puis, s'apprêtant à allumer la chaudière pour ébouillanter le réservoir avec le reste de l'eau, elle prit un peu de petit bois dans l'âtre où le feu brûlait toujours. Elle remarqua que Clara avait placé les journaux périmés hors d'atteinte des projections, mais celui qui publiait l'avis de recherche était toujours soigneusement dissimulé.

— Comment allez-vous livrer vos confiseries ? s'enquit

Tom, alors que Sophie se baissait pour jeter le petit bois et quelques journaux roulés en boule dans l'ouverture de la chaudière.

— Je vais engager un commis. Dès que mon affaire sera stable, j'achèterai un cheval et une petite voiture. Je ne veux point d'une simple carriole, parce que l'élégance aura son importance. Mon père m'a appris à monter et à manier les rênes.

Sophie profita d'un moment où Tom avait le dos tourné pour retourner près du feu. Prestement, elle s'empara du journal caché et déchira l'avis de recherche, qu'elle enfouit dans sa poche. Elle présenta le reste aux flammes et s'en servit pour allumer la chaudière.

— Vous savez, fit remarquer Tom d'un ton négligent, je pourrais vous louer ma voiture.

— Que voulez-vous dire ? demanda Sophie, tout en refermant la porte de la chaudière où le feu avait pris.

— J'avais prévu d'avoir un cheval et un équipage à ma disposition pendant mes séjours à Brighton, et je viens d'arranger cela. J'en ai parlé à Mrs Renfrew il y a quelques minutes, et elle a eu l'amabilité de me louer son écurie. Cela signifie que vous pourriez avoir l'usage de mon cheval et de mon cabriolet pour vos livraisons. En fait, tout est déjà réglé et je vais engager un garçon d'écurie pour nourrir et panser l'animal dès qu'il aura été livré.

Sophie se dirigea lentement vers lui.

— Un cabriolet ? Je vous aurais plutôt vu dans un phaéton, où vous risqueriez votre vie à chaque tour de roues.

— J'en ai déjà un à Londres.

— Mais vous pourriez aussi en avoir besoin à Brighton. Pensez à toutes les courses de vitesse auxquelles vous pourriez participer ! A mon avis, vous êtes un homme qui aime le danger.

Elle n'avait pu s'empêcher, par ces dernières paroles, d'exprimer le doute persistant qui refusait de quitter son esprit.

— Lorsque je viens sur la côte, ce n'est pas pour les courses de phaétons. Je peux me contenter d'un cabriolet. Alors, qu'en dites-vous ?

Il la regardait, dans l'attente de sa réponse.

Une fois de plus, comment lui résister ? A l'évidence, il

était animé des meilleures intentions du monde à son égard. La voix de Sophie se fit plus douce.

— Je pense, dit-elle, que vous utilisez un nouveau stratagème pour vous montrer généreux envers moi.

— Il y a du vrai dans ce que vous dites. Mais je vous jure que j'ai besoin d'une voiture sur place. Vous me feriez une faveur en l'utilisant en mon absence.

Elle inclina la tête.

— Très bien. Ce sera six pence par livraison. Je vous remercie.

— Topons là !

En riant, il tapa sa main contre la sienne comme le font les gens du Sussex pour sceller un marché.

— J'ai déjà ma petite idée sur le cheval et je sais où trouver le cabriolet qui conviendra.

— Comment avez-vous fait ?

Tom sourit :

— Je l'ai commandé lors de mon dernier séjour. Comme je vous l'ai dit, je pense à cette acquisition depuis un certain temps.

— Je vais aller voir Clara pour lui dire que j'ai accepté.

Sophie se détourna pour sortir, mais Tom, rapide comme l'éclair, la prit par les poignets, et la fit tomber à la renverse contre sa poitrine. Puis il baisa ses lèvres, à demi entrouvertes sous l'effet de la surprise. Il laissa s'écouler quelques instants avant de la libérer.

— Voilà une meilleure manière de sceller un marché, Sophie, dit-il doucement, jubilant intérieurement.

Elle se recula vivement et feignit l'indifférence pour cacher le trouble que lui avait procuré ce baiser. Elle avait été touchée au plus profond de son être par le contact impérieux de sa bouche et la pression de son corps fort et viril contre le sien.

— Peut-être me suis-je trompée à propos de votre vraie vocation, dit-elle en prenant délibérément un ton de défi. Ce n'est pas celle de menuisier ! Si vous êtes capable de prendre ainsi les gens par surprise, vous auriez pu faire une grande carrière chez les Gentilshommes. Personne n'aurait été à même d'anticiper vos mouvements.

Son cœur, qui, déjà, battait à tout rompre, accrut encore son rythme pendant qu'elle guettait la réponse de Tom. Mais celui-ci se contenta de lui dédier un sourire encore plus épanoui :

— Quelle idée ! Non, vous vous trompez, ce n'est pas cette carrière-là que j'aurais choisie. J'aurais préféré être bandit de grand chemin. Je me verrais bien dans la peau d'un Robin des Bois détroussant les riches pour donner aux pauvres. Au lieu de quoi, je suis un marchand d'objets d'art qui s'appauvrit souvent par la faute des riches répugnant à payer leurs factures !

Sophie eut le sentiment très inconfortable que sa remarque avait complètement manqué son but. Elle ne savait pas exactement quelle réponse elle s'était attendue à recevoir, mais elle n'avait pas prévu qu'il détournerait complètement le sens de ses paroles.

— Les mauvais payeurs sont nombreux, n'est-ce pas ?

— Malheureusement, oui, répondit-il tout en prenant les mesures de la planche qu'il s'apprêtait à poser. Peut-être les tailleurs sont-ils les plus touchés de tous les commerçants. Bien souvent, les manteaux qu'ils confectionnent pour leurs riches clients sont déjà mis au rebut avant d'être payés. Assurez-vous de recevoir le règlement de vos factures en temps et en heure.

— Mes clients seront des gens ordinaires, peu accoutumés à se faire prier pour régler leurs dettes.

— N'oubliez point que lorsque l'on est dans les affaires, on n'échappe pas aux mauvais payeurs. Soyez vigilante, Sophie.

— Je le serai.

La jeune fille lui adressa un long regard interrogateur dont il n'eut pas conscience. Quelque chose — était-ce l'intuition féminine, ou cette méfiance si profondément enracinée à son égard — l'empêchait d'oublier ses doutes, comme elle l'aurait souhaité de tout son cœur. Elle quitta l'atelier, songeuse.

Tom finissait de poser les rayons et une triple rangée de crochets lorsque Sophie vint le chercher pour le repas. Il ne s'était arrêté de travailler qu'une seule fois, en entendant bouillir l'eau contenue dans la chaudière. Après avoir laissé couler une petite quantité d'eau par le robinet, il avait éteint le feu. Il informa Sophie de son initiative.

— Vous avez bien fait. Je n'avais pas pensé que l'eau bouillirait si vite.

Le repas les attendait. Les garçons étaient revenus de

l'école et s'étaient déjà installés à table. Henriette s'était assise à côté de Billy. Lorsque Tom avança une chaise à Clara, celle-ci en fut stupéfaite. Jamais on ne s'était montré aussi courtois à son égard ! Elle apprécia vivement le geste, et elle prit place, débordante de grâces et de sourires.

Clara demanda à Tom quand il reviendrait à Brighton. Elle voulait se préparer à réceptionner le cheval et le cabriolet.

— Je ne sais jamais à l'avance où je serai, ni quand, répondit-il, mais ce qui est sûr, le cheval et le cabriolet, eux, seront ici dès ce soir ! Je vais m'en occuper avant de quitter la ville.

Les garçons eurent du mal à en croire leurs oreilles.

— C'est un vrai cheval qui sera dans l'étable, Ma ? s'exclama Billy, incrédule.

— Oui, répondit Clara.

— Est-ce que nous pourrons monter dans la voiture ? s'enquit Antoine, très excité.

— Cela dépendra de Sophie.

Les enfants, soudain aussi muets que des carpes, tournèrent un visage anxieux vers Sophie. Tous les adultes éclatèrent de rire.

— Eh bien ! s'exclama la jeune fille. Comme vous voilà calmes et bien élevés, tout à coup ! Rappelez-vous toutefois qu'un cabriolet ne comporte que deux places. Mais je pense que vous pourrez parfois vous partager l'espace prévu pour une personne, à côté du conducteur...

Les garçons laissèrent éclater leur allégresse, mais Sophie fronça légèrement les sourcils pour les ramener au calme :

— Gardez votre joie pour le moment où le cheval arrivera, et en attendant restez sages à table.

Après le repas, Tom proposa à Henriette de l'escorter chez elle. Cette dernière accepta, en se hâtant de préciser :

— Mais je marcherai seule en arrivant aux abords de la rue où je demeure. Je n'ai pas envie d'être vue sans chaperon avec un homme.

— Naturellement, répliqua Tom, sèchement.

Henriette se tourna vers Sophie :

— Je serai de retour demain à la même heure.

Sophie exprima sa gratitude à Tom pour tout le travail accompli durant cette journée, ainsi que pour l'usage du cheval et du cabriolet.

— Tout ce que je fais pour vous me cause un immense plaisir, répondit-il avec aisance.

Lorsque Sophie se retrouva seule avec Clara, elle lui annonça qu'elle s'absenterait le lendemain.

— Où allez-vous ? s'enquit Clara, surprise. Je pensais que vous étiez pressée de commencer à fabriquer vos confiseries.

— C'est vrai. Mais je viens de décider d'aller faire une visite à la ferme où nous avons été recueillis après l'agression. J'avais prévu de faire une partie du chemin en diligence et de marcher ensuite, mais grâce au cabriolet de Tom, je vais pouvoir me mettre en route très tôt demain matin. Je ne resterai pas absente très longtemps.

— Mais pourquoi demain ?

— C'est maintenant ou jamais. Quand j'aurai commencé mon travail au Pavillon de la Mer, je ne pourrai plus me libérer aussi facilement.

— Antoine n'ira donc point à l'école ?

Sophie secoua la tête avec énergie :

— Je ne l'emmène pas avec moi. Il ne faut à aucun prix qu'il manque ses cours. Il me reste encore des bonbons au chocolat. Je vais en prendre une boîte pour Mrs Millard.

Peu avant l'heure du coucher des enfants qui faisaient le guet devant la clôture, un garçon d'écurie amena l'attelage. Tom avait choisi un alezan à étoile blanche, aux yeux dociles et aux flancs robustes. Comme s'il avait compris que c'était une manière de lui souhaiter la bienvenue, l'animal ne se montra nullement impressionné par les démonstrations de joie des enfants, qui se mirent à danser autour de lui. Le cabriolet était écarlate, orné d'un liseré doré, la peinture des roues était assortie, les sièges garnis de cuir blanc, et il était équipé d'un coffre destiné à contenir les bagages. Sophie remarqua immédiatement qu'il était assez grand pour contenir un bon nombre de boîtes de confiserie.

Le garçon d'écurie déchargea un sac d'avoine et annonça à Clara qu'une livraison quotidienne de nourriture serait effectuée à compter du lendemain. Lorsqu'il appris que Sophie comptait conduire le cabriolet, il lui donna quelques conseils :

— Ce ch'val est une bonne bête, qu'y soye att'lé ou qu'il y soye point. Mr Foxhill l'a déjà pris souventes fois pour le monter. Vous aurez point d'mal avec c'te brave bête, à moins qu'vous y fassiez tâter du fouet. Alors là y fil'ra comme le vent, qu'l'attelage soye derrière ou point. Saurez-vous vous y prendre ?

Sophie flatta l'encolure lustrée du cheval.

— J'ai conduit des chevaux en France. Certains avaient beaucoup de tempérament. Quel est son nom ?

— Étoile, miss. Rapport à la forme d'sa tache blanche.

Au matin, Sophie attela Étoile au cabriolet et fit aux garçons la surprise de les emmener à l'école. Puis elle poursuivit son chemin à l'intérieur des terres. Pendant les dix premiers miles, elle suivit la route de Londres, puis elle bifurqua pour prendre la route sinueuse qui menait à la ferme des Millard. La journée était douce et claire, avec une petite brise et un ciel bleu sans nuage. Sophie eut conscience de se retrouver entièrement seule, pour la première fois depuis son départ du château de Juneau. Non pas qu'elle le regrettât. Elle s'était prise d'affection pour Antoine, au même titre que s'il avait réellement été son neveu. L'enfant avait hérité du caractère doux de sa mère, mais il portait également en lui la fierté des Juneau, qui l'amenait à vouloir exceller en toutes choses, à obtenir les meilleures notes à l'école et à sortir vainqueur de tous les combats. Il avait souffert de maintes déconvenues. Mais Sophie considérait que c'était là un bon moyen d'atténuer son orgueil et de conforter son courage et sa persévérance dans l'effort.

Sophie arrivait à présent sur la route traversant le village. Les gens s'ébaubirent devant le spectacle de cette jeune fille à bord d'un cabriolet flambant neuf, mais elle ne reconnut personne, à l'exception d'un homme qui cultivait des terres non loin de celles des Millard.

— Bien le bonjour, s'écria-t-il. La petite miss française est donc de retour !

Elle s'arrêta à sa hauteur.

— J'espère que vous vous portez bien, Mr Bromley. Ainsi que votre femme et votre famille.

— Tout va on ne peut mieux. Comment se porte le petit gars ?

— Il pousse bien et il travaille bien à l'école.

Une pensée lui vint :

— Vous m'avez appelée « la petite miss française ». Est-ce ainsi que les gens m'appellent ?

— Oui, ou alors, la « fille Fontaine » !

Jamais aucun Français n'aurait reconnu le nom du marquis ainsi écorché.

— C'est une surprise de vous revoir ! ajouta-t-il.

Sophie sourit :

— Cela fait dix mois, maintenant, que je suis partie !

— Je suppose que vous êtes là pour aller voir cette pauvre Mrs Millard.

Il secoua la tête.

— Quel stupide accident !

Sophie sentit son sang se glacer.

— Que s'est-il passé ?

— Comment, vous ne saviez point ? Il y a pas plus d'une semaine de ça, elle a glissé dans l'étable et sa tête a tapé contre un rebord de pierre. Elle va vraiment mal, depuis ce temps-là.

Sophie prit congé, profondément attristée par le coup du sort qui frappait la fermière. Elle se demanda comment son mari et ses fils y faisaient face. Peut-être la nouvelle belle-fille avait-elle pris le ménage en main ? Elle emprunta le chemin cahoteux qui menait à la ferme. Il n'y avait aucun signe des hommes, probablement dans les champs. Sophie descendit de la voiture. Mais elle n'avait pas encore atteint la porte que déjà celle-ci s'ouvrait à la volée sur Josie qui l'avait vue arriver par la fenêtre.

— Vous êtes revenue !

L'enfant se jeta dans les bras de Sophie. La jeune fille l'embrassa.

— Eh bien ! Vous avez grandi, ma chère Josie !

— Où est Antoine ? Pourquoi n'est-il pas avec vous ?

— Il est à l'école. Pourquoi êtes-vous à la maison, aujourd'hui ?

— Le maître est parti pour se marier et nous n'avons pas encore de remplaçant. Entrez !

La petite fille se précipita à l'intérieur en criant :

— Tante Hannah ! C'est miss Sophie !

La femme qui apparut, essuyant ses mains sur son tablier, offrait quelque ressemblance avec Mrs Millard et avait les mêmes cheveux tirant sur le roux. Une odeur de ragoût de mouton s'échappait de la cuisine, rappelant de façon poignante à Sophie la soirée où elle avait été transportée à la ferme.

— Alors, vous êtes la miss française ! s'exclama la femme. Il y a quelques mois, Maggie m'a parlé de vous. Je suis sa sœur, Hannah Harwood. Entrez ! Que vous êtes bonne de venir lui rendre visite !

— Je n'ai entendu parler de son accident qu'après mon arrivée au village, déclara Sophie en embrassant du regard les lieux qui lui étaient familiers.

Mrs Harwood voulut l'introduire dans le salon glacé, réservé aux grandes occasions, mais Sophie lui dit, dans un sourire :

— Je me sens tellement chez moi sous ce toit que j'ai plus l'habitude de la cuisine.

— Nous irons donc à la cuisine après que vous aurez vu Maggie. Je ne sais point d'où vous venez, mais vous allez manger avec nous. C'est ce que Maggie aurait voulu.

— J'ai apporté quelques bonbons au chocolat pour votre sœur.

Mrs Harwood prit la boîte.

— Vous êtes trop bonne. Je vais en écraser un dans un peu de lait chaud et je vais voir si elle peut le prendre.

Puis Sophie sortit un bracelet de coquillages qu'elle avait apporté pour Josie et le lui tendit :

— C'est pour vous.

Josie était aux anges.

— Je n'ai jamais rien eu d'aussi beau !

— J'ai ramassé les coquillages là où je demeure maintenant.

Mrs Harwood donna une petite bourrade à sa nièce.

— Laissez-nous, maintenant, ma petite. J'emmène miss Sophie auprès de votre mère.

Lorsque la fillette fut hors de portée de voix, Sophie regarda Mrs Harwood d'un air grave.

— Quand pensez-vous que votre sœur sera rétablie ?

— Le docteur dit qu'il faut être patient et la laisser au calme. Vous ne pourrez rester plus d'une minute auprès d'elle. Elle est dans un état pitoyable.

Bien que prévenue, Sophie eut un choc en apercevant Mrs Millard. Aussi pâle que ses oreillers, la fermière gardait les paupières closes. Sa sœur s'approcha d'elle et lui dit :

— Miss Sophie est venue te voir, Maggie.

Les paupières de Mrs Millard palpitèrent et s'ouvrirent.

— C'est gentil, murmura-t-elle d'une voix faible. Une si bonne fille.

Sophie s'assit sur le bord du lit et prit la main de la malade entre les siennes.

— Je suis bien triste de vous trouver souffrante, mais je suis sûre que vous vous rétablirez bientôt. Je vous amènerai Antoine.

— Oui, s'il vous plaît.

La malade referma les yeux.

Sophie l'embrassa sur le front et sortit de la pièce en silence, accompagnée de Mrs Harwood. Dans la cuisine, où durant sa convalescence elle avait passé tant de temps assise près du feu ou devant la fenêtre, elle fut présentée à une jeune femme timide répondant au prénom de Sally. Elle avait épousé le fils aîné des Millard, et était visiblement enceinte.

— Et votre beau-frère ? Est-il fiancé ? s'enquit Sophie.

— Oui, miss. Il ne vit plus ici. Son futur beau-père est boucher et il est entré dans l'affaire familiale. Vous ne verrez pas mon mari non plus aujourd'hui. Il s'est rendu au marché et il rentrera tard, ce soir.

— A moins que miss Sophie ne reste ici pour passer la nuit, intervint Mrs Harwood.

— Non, je dois rentrer, mais je vous remercie de votre hospitalité.

Lorsqu'il revint des champs, Mr Millard fut ravi de revoir Sophie. Cette dernière, sachant qu'elle ne représentait plus une menace pour la paix domestique, parla en toute liberté de son travail à Brighton et de ses nouveaux projets. Avant de repartir, elle put parler seule à seul avec Mr Millard et lui exposer le but de sa visite.

— Votre femme vous a-t-elle dit à quoi ressemblait ce Français ? Était-il grand ou petit ? Brun ou blond ?

Le fermier réfléchit.

— Il portait une perruque blanche et avait d'étranges manières. Ma femme ne sait point décrire les gens, mais elle n'a point aimé ses courbettes et ses salamalecs. Elle a juste dit qu'il ne sortait pas de l'ordinaire, quoique étranger. Que voulez-vous savoir ?

— Je ne suis pas sûre qu'il ne cherchera pas à nuire à

Antoine, ou à me nuire, au cas où il se trouverait sur notre chemin.

— M'est avis que vous n'avez pas de grandes chances de le rencontrer un jour. Maggie ne l'a pas fait entrer, elle n'a point non plus donné vos noms quand il a demandé après la jeune femme et le petit garçon qui avaient été attaqués avec le vieux monsieur. Elle n'aime point trop ceux qui fourrent leur nez partout. Après tout, il disait qu'il était un parent du défunt, et point le vôtre ni celui de votre neveu. Mais il insistait beaucoup. Alors, elle lui a dit qu'à son avis vous étiez partis pour Londres. Notre fils cadet, Jim, était à côté. Elle ne voulait point qu'il sache où vous étiez vraiment allés !

Sophie poussa un soupir de soulagement.

— Ce Français ne risque pas de nous y retrouver !

Le fermier posa une main calleuse sur son épaule et plongea dans les siens ses yeux pénétrants :

— Prenez soin de vous et de l'enfant. Comme Maggie me l'a dit après avoir renvoyé cet étranger, vous avez eu votre compte d'ennuis en étant forcée de quitter la France et après, en étant attaquée par des bandits. Elle ne voulait point qu'on vous en cause de nouveaux.

— Vous avez été si bons pour moi, tous les deux. Un jour, peut-être, pourrai-je tout vous raconter. Jim a-t-il ajouté quelque chose d'autre à la description du Français faite par Mrs Millard ?

— Il n'a vu ce gars que de dos, quand Maggie a fermé la porte. Quand vous repasserez par le village, allez donc voir le propriétaire du Oaktree Inn. L'étranger lui a demandé où se trouvait l'endroit où un vieux Français et ses compagnons avaient été attaqués, et il lui a répondu que c'était près de notre ferme et qu'il ferait mieux de nous le demander à nous.

Sophie suivit les conseils de Mr Millard. Le propriétaire de l'auberge se montra disposé à lui raconter tout ce qu'il savait.

— Quand l'étranger est arrivé, c'était jour de marché, nous étions tous occupés à servir à boire et personne n'a fait attention à lui. Tout ce que je puis vous dire, c'est qu'il était assez grand et qu'il portait une perruque, ou que ses cheveux étaient poudrés. Il a demandé la direction de la ferme des Millard et je lui ai dit de suivre la route qui part vers le nord. Je ne me souviendrais même plus de tout cela, s'il n'y avait pas eu tout ce remue-ménage, à cause de ce qu'il a fait dans le cimetière.

En réfléchissant à tout cela sur le chemin du retour, Sophie en arriva à la conclusion que son ennemi en avait très peu appris sur son compte. L'avis de recherche mentionnait la possibilité qu'elle soit une ancienne servante du château. Mais cette information avait sans doute été recueillie en France. Et il ne s'agissait que d'une supposition reposant sur le fait que le comte et la comtesse étaient les seuls aristocrates présents dans le château au moment de l'attaque. Antoine avait donc forcément été emmené par une domestique !

Sophie songea que son ennemi pensait peut-être qu'elle était la nourrice d'Antoine. A en juger par les paroles du tenancier de l'auberge, l'homme était certain de retrouver ses proies à la ferme. Après avoir donné libre cours à sa colère dans le cimetière, il n'avait eu d'autre choix que de quitter les lieux de son forfait le plus rapidement possible.

Restait à comprendre comment il avait pu retrouver leur trace jusqu'à la ferme. Il avait dû, d'une manière ou d'une autre, avoir vent de l'agression dont ils avaient fait l'objet. Sophie était certaine que si Mrs Millard avait été en état de parler, elle aurait pu lui en dire plus sur la physionomie du Français. Mais pour le moment, Sophie se trouvait dans l'incapacité de fixer la date de sa prochaine visite à la ferme.

15

Profitant des quelques jours de liberté qui lui restaient avant de prendre sa charge de lingère, Sophie s'adonna avec joie à son métier de confiseuse enfin retrouvé. Les merveilleux arômes du caramel et du citron, de la vanille, de la fleur d'oranger, de la cannelle, de l'amande et du chocolat vinrent parfumer l'atelier. Dès le premier matin, Clara avait revêtu un tablier blanc et noué un chiffon autour de sa tête. Prête à seconder Sophie. Cette tâche nouvelle l'enthousiasmait au point qu'elle songeait sérieusement à abandonner son travail de guide-baigneuse. A l'instar de toutes les maîtresses de maison qui avaient un peu de pratique, elle était capable de confectionner des confiseries aisées à réussir, mais elle se prit au jeu et s'intéressa de plus en plus aux réalisations plus compliquées. Sous les directives de Sophie, elle fut bientôt en mesure de transformer les fils de sucre en nids, en paniers ou en berceaux. La fabrication des bonbons lui parut particulièrement captivante, car le plus important était de connaître le moment exact où le colorant devait être ajouté au sirop de sucre, versé ensuite dans la série des petits moules.

Sophie se chargea également de l'instruction d'Henriette. Celle-ci était la plus jeune et la plus inexpérimentée. Ce fut donc à elle que revint la tâche de faire passer à travers un sac de tissu le sucre clarifié qui sortait de la chaudière chauffée au charbon de bois. C'était un travail fastidieux et répétitif, mais Henriette ne se plaignait jamais. Elle aimait à plonger les fruits confits, les écorces d'orange ou les morceaux de caramel dans le sucre afin de les rassembler sous forme de petites pyramides décoratives, qui, par la suite, seraient placées dans les boîtes à fils de sucre. Au début, ses pyramides manquaient de symétrie et s'écroulaient souvent, mais, bien vite, elle devint experte. Elle aimait aussi à confectionner les sucres d'orge avec Clara. Cette dernière découpait l'amalgame en petits morceaux qu'elle lui passait. La jeune fille se chargeait ensuite de les rouler à la main et les transformait en rubans, puis en torsades. Sophie leur avait dit que dans l'atelier de son père les femmes en roulaient six à la fois dans chaque main, et telle était la prouesse qu'Henriette rêvait de réaliser.

Sophie préparait elle-même le candi aux fruits, les rubans à la française multicolores, les bonbons transparents qui devaient être gardés à feu doux, juste le temps qu'il fallait, dans le vieux four situé au fond du foyer, ainsi que tout ce qui se trouvait encore au-delà des capacités de ses deux employées.

Le jour de la première livraison fut un jour de fièvre intense. Les boîtes de papier, agrémentées de ruches obtenues grâce au nouvel équipement, furent placées sur des plateaux de bois léger. Mises en valeur par des tons pastel, décorées de violettes ou de noix en sucre, d'écorces confites ou de minuscules fraises en massepain garnies de feuilles d'angélique, les confiseries offraient un spectacle alléchant. Les plateaux de nougat voisinaient avec les pastilles et les bonbons au chocolat, au cachou et à la réglisse, qui ressemblaient à des pierres précieuses. Après avoir placé tout cela dans le coffre du cabriolet, Sophie, qui avait revêtu ses plus beaux atours et étrennait un chapeau de paille tout neuf noué sous le menton par des rubans, prit place sur son siège. Elle agita les rênes et son équipage s'ébranla.

Ses confiseries furent bien accueillies par Mrs Edwardes qui acheta tous les sucres d'orge, dont elle conservait un stock pour les enfants. D'autres boutiquiers furent visiblement impressionnés par la présentation de Sophie, mais aucun d'eux ne renouvela sa commande. Ils lui déclarèrent, d'un ton légèrement condescendant, qu'ils attendraient de connaître le succès de ses confiseries avant de refaire appel à elle.

Mais la réception fut totalement différente à la maison de café. Mrs Mitchell entreprit de goûter à chaque assortiment.

— Ils sont tous superbes ! Mes clients vont se délecter ! Ce bonbon fourré à la gelée est d'un moelleux !

Moins de vingt-quatre heures plus tard, un serviteur vint taper à la porte de l'atelier.

— Miss Delcourt, dit-il à Sophie qui s'était avancée à sa rencontre, Mrs Mitchell a besoin sur-le-champ de deux autres plateaux de confiseries. J'attends ici pour les prendre. Elle vous fait dire qu'elle a déjà reçu des demandes de clients qui veulent en emporter chez eux.

Après qu'il eut tourné les talons, chargé de ses plateaux, Sophie s'adressa à ses deux amies qui lui souriaient d'un air ravi :

— Il est encore un peu tôt, mais je me prends à croire au succès du lancement de la confiserie Delcourt !

Les commandes des boutiques qui avaient préféré attendre avant de s'engager se mirent à arriver au compte-gouttes, tandis que les boîtes de confiseries préparées pour la maison de café Mitchell partaient au fur et à mesure de leur mise en vente. Clara et Henriette pavoisaient. Sophie elle-même se demanda si elle devait toujours prendre la place de lingère au Pavillon de la Mer. Mais elle tempéra son enthousiasme en se répétant que l'engouement pour ses confiseries pouvait n'être qu'un feu de paille, et qu'elle n'était pas encore en position de renoncer à quoi que ce soit. Avoir un pied chez le prince, cela signifiait pouvoir un jour être promue au rang de fournisseur en confiserie de Son Altesse...

Lorsque, par un beau jour de mai, la nouvelle lingère prit ses fonctions, rien ne laissait paraître qu'elle était debout depuis quatre heures du matin, à confectionner des confiseries, et qu'elle avait donné les dernières instructions à ses employées avant de se mettre en route.

Sophie fut introduite dans la lingerie où s'activaient déjà deux jeunes femmes appartenant au personnel de Carlton House.

— Je suis Rose Lewis, lui dit l'une d'elles d'un ton affable, et voici Betsy Dawson. Pour le moment, nous raccommodons des tabliers. Mais, pour commencer, vous allez faire quelque chose de plus délicat. Prenez donc ce drap au sommet de la pile. La dentelle a besoin d'un point.

Sophie mit le drap sur ses genoux et s'empara d'une aiguille dans la boîte de couture placée à côté de sa chaise. La dentelle déchirée était magnifique. Le drap était brodé aux trois plumes du prince de Galles. Betsy lui expliqua :

— Tous les draps sont pareillement brodés. Si cela vous chante, vous pouvez aider les servantes à le remettre sur le lit de Son Altesse. Peut-être en serez-vous émoustillée !

Les deux jeunes femmes s'esclaffèrent en chœur, guettant la réaction de Sophie.

Celle-ci eut un large sourire.

— Peut-être ! Mais encore faut-il que le lit me plaise !

Elles furent soulagées. Cette Française-là n'était point aussi collet monté que tant d'autres parmi ses compatriotes. Elles lui apprirent que l'arrivée du prince était attendue pour le jour suivant. Il ne serait accompagné que de deux hôtes et de leur suite. Les fêtes données au Pavillon auraient donc peu d'ampleur, mais les nombreux invités extérieurs créeraient de l'animation. Le prince ne se joignait pas à ses invités au petit déjeuner, préférant rester dans ses appartements. Cette coutume lui permettait également de garder secrets ses retours matinaux, lorsqu'il avait passé la nuit entière avec son épouse dans sa maison du Steine.

— Les invités passent toujours des moments merveilleux, ici, déclara Betsy avec mélancolie. J'aimerais bien échanger ma place avec l'une de ces ladies, juste pour une journée. Mrs Fitzherbert arrive habituellement aux environs de midi et elle est toujours à la place d'honneur. D'ailleurs, c'est sa vraie place, même s'ils jouent la comédie pour faire croire qu'elle n'est pas sa femme. Quel dommage ! Elle aurait pu faire une reine adorable, plus tard.

— Je l'admire beaucoup, pour ce que j'en ai vu, renchérit Sophie. Elle est bonne et gentille, c'est certain !

Lorsque Sophie eut fini de réparer la fine dentelle, on lui confia un travail un peu moins raffiné. Mrs Palmer vint faire une petite inspection et se montra satisfaite. Avant le départ de la jeune fille, Betsy l'emmena à la cuisine pour lui présenter les autres domestiques. Le laquais à la langue bien pendue qui l'avait reçue à la porte le premier jour la reconnut et lui sourit.

— Donc, vous avez réussi à vous faire engager ! Je m'appelle Nick Barlow. Dommage que vous ne soyez point employée à la confiserie, je vous aurais vue plus souvent à la cuisine. Prendrez-vous le repas de la mi-journée avec nous ?

Le repas les attendait dans la salle des serviteurs. Les hommes en manches de chemise mirent leurs vestes, tandis que les femmes vérifièrent leur apparence, soucieuses d'être nettes et bien mises. Sophie, qui préférait retourner à l'atelier, déclina la proposition de Nick Barlow. Mais au moment de quitter la cuisine, elle s'arrêta net, car un page qui avait été expédié en course arrivait, avec une nouvelle stupéfiante :

— Mrs Fitzherbert ne revient pas à Brighton cet été !

— D'où tenez-vous cela ? s'enquit Betsy.

— J'ai rencontré un domestique qui travaille aux cuisines de la maison du Steine. Il a été renvoyé, et il cherche autre chose. Mrs Fitzherbert a loué une maison qui a pour nom Marble Hill. A Twickenham ! C'est inouï ! Sûr que ça va bien plus mal entre eux que nous le pensions !

Il s'éloigna pour répondre aux questions des domestiques qui n'avaient pu saisir que des bribes de ses paroles.

Sophie se tourna vers Betsy :

— Qu'a-t-il voulu dire par « ça va bien plus mal » ?

— N'avez-vous pas entendu les rumeurs qui circulent à Brighton, à propos du prince et de lady Jersey ?

— Si, mais j'ai refusé de croire qu'il s'agissait d'autre chose que de commérages.

— Nous, à Londres, nous avons vu couver l'orage. Si Mrs Fitzherbert ne vient point à Brighton cet été, cela prouve que c'est sérieux !

Sophie, attristée, forma des vœux pour que la mésentente au sein de ce couple qui avait surmonté tant de difficultés ne se prolonge point.

A l'atelier, tout fonctionnait à merveille. Au bout de quelques minutes, elle était déjà à l'ouvrage, elle aussi. Elle apprit la nouvelle à ses deux employées. Clara dit péremptoirement :

— On ne la fera point aux gens de Brighton ! Sûr que là-bas, à Londres, les politiciens et les autres m'as-tu-vu de la noblesse seront contents d'être débarrassés de Mrs Fitzherbert, mais ici, les gens ne vont point aimer ça ! Je ne voudrais point être dans la peau de lady Jersey le jour où elle viendra se pavaner au Pavillon de la Mer. Les gens du peuple vont se charger de lui faire connaître leurs sentiments. Vous verrez !

Sa réprobation devant les agissements irresponsables des gens de pouvoir ne l'empêcha point de continuer à remplir les moules à confiserie avec la gelée de pomme qu'elle avait confectionnée elle-même l'automne précédent. Lorsque la gelée aurait pris, elle serait enrobée de sucre, puis recouverte de chocolat. Tenant toujours le pot de gelée à la main, Clara ajouta :

— J'ai quelque chose à vous dire, moi aussi.

— Quoi donc ?

— La saison des bains ouvre le 1er juin, mais je ne vais pas retourner faire la guide-baigneuse. Si vous voulez bien, je reste ici.

— Mais ce serait prendre un risque ! protesta Sophie.

— J'en doute fort. De toute façon, je pourrai toujours me faire réembaucher s'il le faut. Mais m'est avis que ce ne sera point nécessaire.

— Dans ce cas, je serais heureuse que vous restiez, s'empressa de répondre Sophie, reconnaissante.

Clara s'était révélée extrêmement capable et elle pouvait se reposer entièrement sur elle.

— Maintenant que l'argent commence à rentrer, je peux augmenter vos gages ainsi que ceux d'Henriette. C'est ce que je vous avais promis.

Sachant qu'elle pouvait dorénavant compter sur la présence permanente de Clara, Sophie envisagea la fabrication d'une nouvelle variété de confiseries. En allant effectuer une livraison chez Mrs Mitchell, dont les besoins à elle seule auraient pu assurer la survie de l'atelier, elle lui fit une suggestion :

— Toutes les boutiques que je fournis augmentent leurs commandes de façon régulière. Mais, en complément de ce que je vous fournis déjà, seriez-vous intéressée par une fabrication spéciale, réservée à votre maison ? Les produits seraient plus chers, car je n'utiliserais que des ingrédients de premier choix, ainsi que des liqueurs et de l'eau-de-vie de Cognac. Mais je peux vous promettre des confiseries identiques à celles que mon père confectionnait pour feu le roi Louis en personne.

Les yeux de Mrs Mitchell se mirent à briller.

— Quand pourrez-vous me livrer la première fournée ?

— Aux environs de la fin de la semaine. A une condition. Si je devais un jour avoir la bonne fortune de fournir le Pavillon de la Mer, ou d'avoir ma propre boutique, je confectionnerais pour mon compte les mêmes produits.

— Accepté !

A dater de là, de nouveaux arômes délicieux se mêlèrent aux parfums désormais traditionnels de l'atelier. Sophie put enfin donner libre cours à son savoir-faire exceptionnel. En outre, chacune des confiseries eut sa décoration particulière.

Sa première livraison à Mrs Mitchell coïncida avec la nouvelle d'une grande victoire navale de la Royal Navy, sous les ordres de l'amiral Hood. La marine française perdit six de ses plus beaux navires. Cette date passa à la postérité sous le nom du « Glorieux Premier Juin ». Les cloches des églises sonnèrent et les Dragons firent tonner le canon. La victoire fut célébrée dans tout le royaume, et la ville de Brighton pavoisa.

Les drapeaux flottaient toujours au vent lorsque le prince établit ses quartiers d'été au Pavillon de la Mer. Il arriva seul. Cependant, quelques jours plus tard, lorsque deux couples de ses amis vinrent occuper les appartements des invités, l'espoir se leva au sein de la population de la ville : peut-être Mrs Fitzherbert serait-elle là elle aussi, après tout. Mais ces espoirs furent déçus le jour où, sous une pluie diluvienne, un attelage jaune, dont les postillons en livrée guidaient les chevaux noirs, pénétra en trombe dans la ville. Lady Jersey était arrivée.

Lors de sa première sortie, alors qu'elle faisait quelques pas au soleil en compagnie du prince le long de la promenade, on la hua. Deux pêcheurs allèrent plus loin : ils crachèrent sur ses traces.

Au bout de quelques jours, il fut impossible au prince de se montrer en ville en compagnie de lady Jersey sans se faire huer. Le prince en était à la fois profondément blessé et furieux. Jusqu'alors, il avait été la coqueluche des habitants de Brighton, qu'il avait toujours considérés comme des amis fidèles, les réunissant, Maria et lui, dans une même affection et dans un même respect.

Maria ! Il se tapa la main sur le front et fixa le sol de son cabinet. Sa conscience le tourmentait désormais sans relâche, semblable à un mal de tête perpétuel. Parfois, il se traitait de fou pour l'avoir négligée à ce point durant l'hiver. Il n'était point étonnant qu'elle ait préféré passer l'été ailleurs. Elle s'éloignait toujours de lui lorsqu'il lui avait déplu. Elle le punissait bien trop durement ! Par tous les diables ! N'avait-il pas assez de soucis avec tous ces créanciers qui couraient à ses basques, et ses dettes qui augmentaient chaque jour ?

La poignée s'enclencha avec un bruit sec et la porte s'ouvrit. Il fut envahi d'un grand soulagement et d'un plaisir sans bornes à la vue de lady Jersey. Quelle femme désirable !

— J'espère que je ne vous dérange pas ? s'enquit-elle d'une voix douce.

— Seule votre incroyable séduction me dérange, ma chère Frances, répondit-il avec galanterie.

Frances sourit et s'avança vers lui en faisant bouger gracieusement sa jupe d'été brodée de boutons de rose. Rien n'était plus satisfaisant pour une femme mûre que l'admiration d'un homme plus jeune, trop entiché d'elle pour se souvenir du nombre d'années qui les séparaient.

Trois matins par semaine, Sophie exécutait ses deux heures de travail au Pavillon de la Mer. Enfermée en compagnie des couturières, qui entraient et sortaient par l'entrée de service, elle n'avait aucune occasion d'apercevoir le prince, même si, à l'occasion, elle entendait sa voix et son rire. Lady Jersey résidait ailleurs, dans Brighton, mais, au dire de Betsy et de Rose, elle ne quittait pas le futur souverain. Ce fut à contrecœur que Sophie répara le châle de soie que lady Jersey avait déchiré dans un buisson de roses du jardin. Sophie avait eu pour instruction de le recoudre au plus vite, car sa propriétaire en avait grand besoin. Lorsqu'elle se fut acquittée de sa tâche, Rose et Betsy admirèrent le résultat. Les points, minuscules, étaient invisibles.

— C'est bien trop beau pour cette catin prétentieuse ! s'exclama Rose. Par bonheur, ce n'est point à moi de le lui rapporter !

— Je vais aller trouver sa femme de chambre, déclara Sophie en pliant le châle.

— Non, vous avez reçu l'ordre de le réparer et de le rapporter immédiatement à « Sa Suffisance », précisa Betsy d'un ton ironique.

Nick, le laquais, fit savoir à Sophie que les invités du prince se tenaient dans le salon circulaire. Sophie entrait pour la première fois dans cette pièce, qui était le pivot du bâtiment. Le plafond incurvé s'élevait à travers l'étage supérieur, en séparant les appartements du prince, côté sud, de ceux de ses hôtes situés au nord, et culminait dans le dôme du toit. Décorée d'une profusion de fleurs et de chérubins aux tons délicats, cette œuvre architecturale ajoutait à la beauté de cette pièce peu commune. Le prince était présent, revenant d'une promenade à cheval en compagnie de ses deux hôtes, dont les épouses étaient assises auprès de lady Jersey.

Sophie fit une révérence et tendit le châle à lady Jersey. Cette dernière lui décocha un regard chargé de dédain, mais le prince s'avança prestement pour prendre le châle des mains de Sophie et le drapa autour des épaules de sa propriétaire.

— Voilà, ma chère lady. Vous ne sentirez plus les courants d'air, à présent.

Lady Jersey lui dédia un sourire éblouissant et lui tendit la main afin qu'il la prenne entre les siennes.

— Merci, Sire. Je vous suis infiniment obligée.

Sophie sortit de la pièce sans que personne s'en aperçoive. Le prince n'avait d'yeux que pour lady Jersey. Voilà qui n'était pas de très bon augure pour Mrs Fitzherbert.

Généralement, Sophie se couchait de bonne heure, épuisée par les levers matinaux, les délicats travaux d'aiguille, les heures à l'atelier et le temps qu'elle consacrait toujours à Antoine. Parfois, elle s'endormait avant que sa tête n'atteigne son oreiller. Elle était plongée dans l'un de ces sommeils de plomb lorsqu'elle en fut tirée à grand-peine par Clara qui la secouait par l'épaule.

— Réveillez-vous ! Pierre est là ! Cette fois-ci, il veut vous voir !

Cette nouvelle réveilla complètement Sophie. En toute hâte, elle passa une robe de chambre et des pantoufles. Elle attendait ce moment depuis longtemps. Elle se coiffa rapidement et se rendit dans la cuisine où l'attendait Clara. Pierre Froment lui tournait le dos et se tenait face au feu, occupé à bourrer sa pipe de terre dotée d'un long tuyau. Clara enlevait les reliefs du repas qu'elle lui avait servi, ne laissant sur la table qu'une carafe de vin et son verre.

— Je vous souhaite le bonsoir, monsieur Froment, dit Sophie.

L'homme tourna la tête vers elle. Agé d'une quarantaine d'années, il avait le nez large et des traits grossiers, une peau tannée par l'air marin. Et, pourtant, il n'était point laid. Ses yeux perçants détaillèrent Sophie et le résultat lui plut, au moins apparemment, car il lui fit signe de s'asseoir. Après avoir allumé sa pipe et en avoir aspiré une bouffée, il prit une autre chaise et s'assit en face d'elle, en posant un bras sur la table.

— Ainsi donc, mademoiselle Delcourt, dit-il en français, vous vous préparez à travailler main dans la main avec les agents du Trésor.

— J'ai mes raisons.

— Mais pas toute votre tête.

Elle releva le menton :

— C'est ce que vous croyez ! Ce n'est pas parce que je suis une femme que je ne suis pas capable d'être un adversaire dangereux pour la bande de Broomfield !

— Inutile de vous échiner à raconter de quoi sont capables les femmes, dit-il, l'œil narquois. Je les ai vues à l'œuvre près de mon village, quand on a découvert des aristos déguisés. Ce sont les femmes qui ont utilisé leurs fourches contre eux !

Sophie frissonna. Clara, bien que ne comprenant pas le français, remarqua sa réaction et s'empressa d'administrer une tape à Pierre.

— Ne commencez pas à effrayer cette petite, lui ordonna-t-elle, sans avoir conscience de l'incongruité de cette remarque, compte tenu de l'objet de leur réunion. Parlez en anglais pour que je puisse comprendre de quoi il retourne. Soyez aimable envers Sophie. N'oubliez point qu'après avoir découvert le pot aux roses, elle aurait pu aller tout droit vous livrer aux autorités, sans même m'en parler. Et on vous aurait passé la corde au cou !

Comme pour s'excuser, Pierre tapota amoureusement la croupe de Clara à travers ses jupes et décocha un regard sévère à Sophie.

— Clara me dit de ne pas vous effrayer. Mais savez-vous bien où vous allez mettre les pieds, si je vous donne les informations que vous m'avez demandées ?

— J'en suis très consciente, répliqua fermement Sophie. Ne me faites pas attendre plus longtemps. Dites-moi ce que vous savez.

— Bien. Vous l'aurez voulu !

Il haussa les épaules comme pour lui signifier qu'il se lavait les mains de sa décision.

— La bande de Broomfield ne revient pas toujours au

même endroit. Ils utilisent à tour de rôle certaines criques, certaines galeries et quelques plages.

— Cela signifie-t-il qu'un jour ou l'autre ils vont revenir sur le rivage où je les ai surpris ?

— Sans aucun doute. Mais ils ont des vigies qui les préviennent en cas de danger.

Pierre tira de nouveau sur sa pipe. Incontestablement, son tabac était de premier choix. Sans doute provenait-il, lui aussi, de la contrebande !

— Où se trouve la bande de Broomfield en ce moment ?

— La semaine dernière, ils ont débarqué du côté de Rye. Pour le moment, c'est tout ce dont je suis sûr.

— Dans ce cas, pourquoi vouliez-vous me voir ?

— Je voulais être certain que je n'avais point affaire à une écervelée capable de tout dégoiser à n'importe qui à la dernière minute.

— Je sais que Clara n'a pas parlé de moi en ces termes.

Clara, indignée, posa ses poings sur ses hanches.

— Pour sûr ! Que chantez-vous là, Pierre ? Ne vous ai-je pas dit que vous auriez affaire à une jeune femme de très grande qualité ?

Il aspira une bouffée de tabac, indifférent à son reproche.

— C'est vrai, chérie, mais un homme aime à juger par lui-même. Surtout quand c'est une question de vie ou de mort. mademoiselle Delcourt, racontez-moi donc pour quelle raison vous tenez tant à voir la bande de Broomfield sous les verrous. Vous êtes française. Ce qui se passe ici ne vous regarde point.

— Si, cela me regarde. L'Angleterre est ma patrie, maintenant. Mais, surtout, deux agents du Trésor ont été assassinés, parce que je leur avais dit avoir vu les contrebandiers.

— Les fous ! Ils ont voulu aller s'occuper de la bande tous seuls, pas vrai ? C'est l'appât du gain qui les a perdus. Ils ne voulaient point partager leur récompense !

— Mais ce meurtre prouve que la bande de Broomfield a opéré par ici pendant un certain temps.

Il opina du chef :

— Oui, cela leur arrive quand ils ont un gros butin à débarquer et à distribuer.

Sophie n'y alla pas par quatre chemins :

— Je crois que vous avez décidé de me rencontrer parce qu'il se trame quelque chose. N'ai-je point raison ?

Il resta évasif :

— Ça se pourrait. Bien, je ne veux point vous priver de sommeil plus longtemps. Je vous souhaite la bonne nuit, mademoiselle.

Sophie ne parvint pas à se rendormir. Trop de choses tournaient dans son esprit. Pierre était parti depuis moins d'une demi-heure lorsqu'elle se leva pour faire sa toilette et s'habiller. Elle se rendit à l'atelier et commença sa journée plus tôt que d'habitude.

A la Saint-Jean, le prince reçut une lettre de l'une de ses sœurs, qui souhaitait le consulter. Que n'aurait-il fait pour lui être agréable ! Il n'hésita pas un instant à quitter Brighton pour Windsor. D'autant qu'une autre raison le poussait à ce départ. Le destin avait, semble-t-il, décidé de lui donner une chance de se rapprocher de Maria. Son frère William, duc de Clarence, donnait ce soir-là un dîner chez lui, près de Hampton Court. Il l'y attendait. Et Maria, elle aussi, était invitée...

Le prince gagna son cabinet, s'assit à son bureau, et lui écrivit une lettre très tendre. Il l'appela son cher amour et signa : « A vous pour toujours ». Après avoir expédié sa missive, il poussa un soupir de soulagement. Bientôt, le différend entre lui et sa femme chérie ne serait plus qu'un mauvais souvenir. Par le passé, elle lui avait accordé son pardon à maintes reprises. Il était certain qu'elle se montrerait à nouveau clémente...

A Windsor, la première visite du prince fut pour son père. C'était un devoir qu'il n'aimait point affronter. Comme il s'y attendait, il lui fallut supporter une nouvelle tirade à propos de ses dettes. Et ce fut la pire de toutes celles qu'il avait déjà dû entendre. Le vieil homme le réprimanda vertement et le menaça de le laisser se noyer dans ses folies. Cette fois-ci, la menace paraissait réelle.

— Père, je vous l'ai déjà expliqué à maintes reprises, si j'avais une rente compatible avec ma position...

— Balivernes ! Si votre rente était cinquante fois supérieure, elle vous filerait entre les doigts de la même façon ! Vous n'êtes qu'un propre à rien ! Vous ne pensez qu'au plaisir !

— A qui la faute ? Vous ne m'accordez aucune responsabilité ! Vous ne me laissez pas conduire votre armée ! Je veux servir notre nation. Je serais prêt à consacrer ma vie à notre peuple. Mais non ! Vous me le refusez ! Tout ce qui me reste, c'est la poursuite du plaisir. Et ce n'est pas à cette Cour avare de ses deniers que je le trouverai !

— Comment osez-vous !

Le roi se leva, tremblant de rage de la tête aux pieds. Son visage vira au cramoisi. Il semblait près d'être terrassé par une attaque d'apoplexie.

— Si vos dettes devaient vous conduire devant un juge, n'attendez point de moi que je vous donne le quart d'un penny ! Le Parlement ne bougera pas non plus ! J'y veillerai ! Les Lords et les Communes me soutiendront, de tout leur cœur ! Ils sont aussi las que moi de vos débauches. Et maintenant, hors de ma vue !

Le prince ne trouva nul réconfort auprès de sa mère. Bien que l'aimant profondément, celle-ci se rangeait presque toujours du côté de son père. Il quitta sa frileuse présence dès qu'il lui fut permis de s'échapper. L'accueil affectueux qu'il reçut de ses sœurs ne dissipa pas sa mélancolie. En les quittant, il se rendit directement à Carlton House. Il effectua tout le trajet les yeux clos, en proie à un profond désespoir. Le doute n'était plus permis, les ennuis se rapprochaient dangereusement. L'ampleur de ses dettes était notoire. Pas une banque, pas un ami, même proche, ne se montrerait disposé à lui accorder un prêt sans espoir d'être remboursé à une échéance prévisible. Que faire, vers qui se tourner ?

Il gémit à haute voix. Quelle infortune ! Pourquoi donc était-il aussi cruellement méjugé et maltraité ? Comme si ses soucis financiers ne suffisaient pas, il avait mis en jeu son union avec Maria. Celle-ci le croirait-elle lorsqu'il lui affirmerait qu'il n'était réellement à blâmer en rien, qu'il n'aimait toujours qu'elle ? Peut-être avait-elle été trop blessée, trop humiliée, pour accepter ses excuses ? Et si, en arrivant au dîner, il la trouvait froide et distante, insensible à sa lettre si aimante ? Ce serait le coup fatal. Il ne le supporterait pas. Petit à petit, l'appréhension prit le pas sur la joie qu'il avait ressentie à Brighton, à la perspective de la revoir.

A l'heure de se rendre au dîner de William, le prince était dans un tel état de désespoir qu'il envisageait de repartir sur-le-champ pour son cottage bien-aimé du bord de mer. Ses visiteurs avaient pris congé. Frances était retournée à Londres pour s'occuper d'une affaire de famille. Personne ne viendrait le déranger. Les trumeaux reflétaient la silhouette de cet homme grand, toujours beau malgré sa corpulence, qui arpentait le parquet, la tête baissée, dans une attitude de profond désarroi. Il ne s'arrêta que pour boire d'un trait un nouveau verre de brandy, puis reprit sa ronde désordonnée d'animal pris au piège.

A sa grande surprise, la porte s'ouvrit sur lady Jersey qui avança vers lui de sa démarche ondulante. Elle était vêtue d'une robe au décolleté profond laissant apparaître la naissance de ses seins. Elle tendit vers lui ses bras blancs :

— Mon cher George ! Je reviens de Windsor où la reine m'a rapporté votre pénible entrevue avec Sa Majesté. Il me fallait accourir vers vous ! Je suis ici pour vous prouver qu'il y aura toujours quelqu'un pour combattre à vos côtés !

— Que vous êtes bonne, Frances ! s'exclama-t-il, ému.

Les bras de lady Jersey vinrent se nouer autour de son cou. Les yeux humides, le prince la serra contre lui. Quelle loyauté ! Quelle compassion ! Loin de se montrer froide, loin de lui tourner le dos à cette heure où il se trouvait dans le plus cruel besoin, elle lui caressait les cheveux en lui murmurant des mots d'amour entre ses baisers, langoureuse comme jamais. Il se sentit peu à peu envahi par un regain d'espoir. Et un à un, ses soucis s'envolèrent, emportés par son parfum et par la chaleur de son corps si attirant. Pourquoi donc supplier cette sans-cœur de Maria, pourquoi risquer une nouvelle rebuffade de sa part, alors que l'adorable créature qu'il tenait contre lui ne voyait aucun mal dans ses actions ?

Ils furent interrompus par un coup importun frappé à la porte. Son attelage l'attendait. Ce fut un terrible moment d'indécision. Lady Jersey prit la décision pour lui.

— Son Altesse n'a plus besoin de son attelage, dit-elle au laquais. Mais vous allez délivrer une lettre.

Ensorcelé comme toujours par le charme de sa présence, à demi enivré par le brandy qu'il avait absorbé, le prince écrivit une missive sous sa dictée, savourant le sentiment de triomphe qui avait pris possession de lui... Le laquais reçut l'ordre d'expédier le pli séance tenante.

William, qui avait fait patienter ses hôtes jusqu'à l'ultime seconde dans l'espoir de voir enfin arriver son frère, venait d'offrir son bras à Maria pour la conduire à table lorsque la lettre du prince fut remise à la jeune femme.

William constata immédiatement que la lettre de son frère avait atteint Maria au cœur. Livide au point que ses lèvres elles-mêmes en étaient décolorées, elle semblait à deux doigts de défaillir.

— Je vois que vous ne vous sentez pas bien, Mrs Fitzherbert, dit-il en se hâtant de la soustraire aux regards curieux des autres invités.

Il l'escorta hors de la pièce. Sans mot dire, tremblant de tous ses membres, elle lui tendit la lettre. Il fut abasourdi de ce qu'il lut.

— Je vais vous ramener chez vous, dit-il, plein de sollicitude.

— Non, répondit-elle avec dignité, vous vous devez à vos autres invités.

— Dans ce cas, je viendrai vous voir demain.

— Je vous remercie, mon bon ami, mais je voudrais rester seule.

Lorsqu'elle fut partie, William retourna auprès de ses hôtes. C'était un homme jovial, toujours prêt à éclater de rire et jamais avare d'anecdotes croustillantes datant de la joyeuse époque où, servant dans la Royal Navy, il naviguait en mer.

Mais ce soir-là, seule sa bonne éducation lui permit d'accorder un peu d'attention à la conversation de ses invités. Et tandis qu'il devisait avec eux, il tournait et retournait inlassablement la même question dans son esprit. Quelle mouche pouvait donc bien avoir piqué son frère, pour qu'il écrive à Maria que tout était fini entre eux ?

Maria quitta Marble Hill pour passer quelques semaines dans la ville balnéaire de Margate, sur la côte est. Entretemps, le prince avait amèrement regretté sa lettre cruelle, et avait par tous les moyens essayé de retrouver ses faveurs. Mais elle refusa de le revoir ou de répondre à ses lettres de supplication. Ses frères, qu'il avait dépêchés comme émissaires, n'eurent pas plus de succès. Elle apprit que les remords avaient sérieusement affecté sa santé, mais, décevant les espoirs du prince, elle ne se précipita pas à son chevet. Forte de l'expérience de sa pseudo-tentative de suicide, elle ne voulait pas tomber dans le piège une seconde fois.

Peu à peu, le prince comprit que Maria lui pardonnerait peut-être, mais qu'elle ne reviendrait pas.

16

Tom se frayait un passage à travers les ruelles mal famées de Londres, se hâtant vers l'auberge où il avait rendez-vous avec le Français qui prétendait être un parent d'Antoine. Comme il s'y attendait, l'adresse portée sur l'avis de recherche du journal était celle d'un bureau des Postes Royales où les lettres restaient en attente. Il avait rédigé une missive sur place et l'avait laissée là. A présent, il suivait les indications qu'il avait reçues en réponse.

Il sourit en se remémorant la consternation d'Henriette lorsque, retournant à l'atelier, elle l'avait trouvé agenouillé près du feu, en train de lire l'avis de recherche entouré d'un cercle, qu'il venait de découvrir. Affolée, elle avait tenté de le lui arracher. Après cela, il ne lui avait pas été très difficile de soutirer toute l'histoire à la jeune fille, qui était dans un état de nervosité effrayant. Elle l'avait supplié de ne pas la dénoncer à Sophie et il avait promis de se taire jusqu'au moment qu'il jugerait opportun. Ce détail n'avait pas manqué de l'inquiéter, mais il lui avait donné l'assurance qu'il assumerait toute la responsabilité de sa faute. En secret, Tom s'irritait à l'idée que Sophie s'était confiée à l'officier des Taxes en le maintenant, lui, dans l'ignorance. Mais il était fermement décidé à épingler ce Français dont l'ombre menaçante s'étendait sur elle et sur l'enfant.

Il arriva au Golden Lion, l'une des tavernes les plus fréquentées de Londres : c'était un terminus pour les diligences. Dans la cour de la taverne, on détachait les chevaux fourbus par leur course, et on les remplaçait par des chevaux frais qui faisaient claquer leurs sabots sur le pavé à intervalles réguliers, lorsque des passagers embarquaient pour un voyage. C'était un endroit bruyant et animé, où se mêlaient des valets d'écurie, des porteurs, des démarcheurs, des colporteurs, et des gamins quémandant quelques pence.

Tom indiqua son nom au comptoir de l'auberge et fut dirigé à une table d'angle de la taverne. Surpris, il s'aperçut que c'était une femme qui l'attendait. Une Londonienne, sans aucun doute. Tandis qu'il s'asseyait, elle le salua avec amabilité.

— Vous voulez peut-être vous rincer la gorge ? lui demanda-t-elle en lui montrant son pot de bière brune à moitié vide.

Il secoua la tête :

— Je préfère attendre la personne qui doit venir nous rejoindre.

Elle éclata d'un gros rire, découvrant des dents gâtées.

— Sûr que vous mourrez de soif avant. Tout ce que vous avez à faire, c'est me dire ce qu'un certain monsieur veut savoir. J'ai de l'argent pour vous payer, ajouta-t-elle avec satisfaction.

— Je ne traite pas avec les intermédiaires. Allez le chercher.

— Il n'est point là.

Tom repoussa sa chaise, feignant de partir.

— Eh bien, je m'en vais.

Consternée, elle l'implora en le tirant par la manche.

— Attendez, monsieur ! Soyez pas sans cœur ! On me paie grassement pour faire ça ! Me gâtez pas toute l'affaire !

Tom, qui n'avait en fait nulle intention de s'en aller, se rassit. Cette fois-ci, il fit signe à un serviteur et commanda une bière pour lui-même et un autre pot de bière brune pour la femme.

— Alors, qui vous a donné ces instructions ? demanda-t-il après qu'elle eut avalé sa boisson d'une traite.

Elle haussa les épaules.

— Allons donc, mon bon monsieur. Comment que je pourrais le savoir ? D'ailleurs, je ne le voudrais point ! Vous et lui vous êtes mêlés à une affaire qui ne m'intéresse pas.

— A quoi ressemble-t-il ? Vous pouvez me dire au moins cela.

Tom posa une pièce de cinq shillings sur la table.

Elle regarda la pièce avec nostalgie.

— Si je vous donne une réponse honnête que vous n'allez point aimer, me donnerez-vous quand même ma petite récompense ?

A son grand soulagement, il poussa la pièce vers elle. Elle l'empocha prestement.

— Je ne sais point à quoi il ressemble. C'est Mme Rose, ma maîtresse, qui a tout manigancé.

Tom se dit que le Français cherchait probablement à dissimuler ses traces.

— Alors, dites-moi ce qui était prévu pour le cas où je refuserais de vous donner mes informations ?

— Ça n'a pas d'importance, puisque vous allez parler ! répondit-elle effrontément. Vous me donnez le nom de cette femme et moi je vous donne les vingt-cinq guinées. Quand on aura trouvé le nom sur le registre où sont inscrits tous les Frenchies qui sont venus en Angleterre, nous deux, nous serons de la revue. Vous en aurez encore vingt-cinq quand vous m'aurez donné son adresse. Quand on lui aura mis la main dessus vous aurez le restant.

— Comment puis-je vous faire confiance ? demanda-t-il pour simuler l'intérêt, voire la cupidité.

Elle se pencha en avant, et sa poitrine se releva sous son étroit corsage.

— Entre moi et vous, ce que je crois, c'est que le maraud va déguerpir sitôt qu'il aura eu ce qu'il voulait. Alors vous feriez mieux de compter sur cinquante guinées, et de vous estimer heureux comme ça. Au moins, vous n'avez point à donner la moitié de ce que vous gagnez à votre maîtresse, comme je vais être obligée de le faire ! Alors, ce nom ? Le mieux serait encore de l'écrire. Les noms français sont si singuliers.

Tom fit un nouveau signe au serviteur afin qu'on apporte de quoi écrire. Après avoir inscrit un nom et séché l'encre, il tendit le papier à la femme. Celle-ci l'examina, bien qu'il doutât qu'elle sût lire. Puis elle le plia et le mit dans son sac avant de saisir une petite bourse remplie de pièces. Les guinées tintèrent lorsqu'elle les lui remit. Pendant qu'il vérifiait le montant, elle vida son pot de bière et se leva.

— Je vous laisse finir votre bière. A demain, même heure, même endroit.

Tom attendit qu'elle ait disparu dans la nuit. Puis il sortit prestement derrière elle, bien décidé à en avoir le cœur net. Il la vit s'arrêter devant l'immeuble voisin. La portière d'une voiture, qui, visiblement, l'attendait, s'ouvrit brutalement devant elle. Il bondit en avant pour sauter à l'arrière du véhicule mais elle prononça quelques mots depuis le marchepied, tandis qu'une main sortait de l'habitacle pour la tirer à l'intérieur.

— Je ne m'attendais point à vous voir là, monsieur.

C'était le Français ! Tom s'élança vers la portière au moment où elle se refermait. Déjà, les chevaux s'ébranlaient. Il passa un bras par la vitre ouverte et saisit la poignée. Tout se passa en quelques secondes. Un coup de pistolet partit de l'intérieur, la balle frôla son visage. La femme hurla. Il tomba à la renverse sur le pavé crasseux. La femme tenta de s'élancer dehors, mais un bras l'en empêcha, tandis que l'attelage continuait sa course folle.

Tom se releva avec un juron, furieux de son erreur. Il s'était préparé à un face-à-face avec le Français, mais n'avait pas prévu qu'on attenterait à sa vie. Que ne s'était-il donc tenu prêt à tirer ! Puis il éclata de rire. Au moins son assassin potentiel n'irait-il pas bien loin avec le nom qu'il avait écrit sur le papier. C'était le nom de sa grand-mère française, morte depuis longtemps déjà.

La rapidité avec laquelle les ragots circulaient parmi les domestiques ne laissait pas d'être un sujet d'étonnement pour Sophie, qui entendait le personnel du Pavillon de la Mer débattre à longueur de journée des affaires privées du prince.

Le refus obstiné opposé par Mrs Fitzherbert à ses propositions de réconciliation fut commenté et disséqué à l'infini. La loyauté des domestiques vis-à-vis du prince était indéfectible. Mais tous étaient d'avis que plus vite il sortirait des griffes de lady Jersey pour retourner auprès de son épouse, mieux cela vaudrait pour lui. En apparence, le prince était aussi hospitalier et aussi affable que par le passé. Mais ses serviteurs savaient qu'il était blessé et chagriné par l'attitude d'un grand nombre de ses amis de longue date qui déclinaient ses invitations, leur sympathie allant entièrement à Mrs Fitzherbert. Cependant, lady Jersey le maintenait plus que jamais sous sa coupe et la solution qu'elle avait trouvée pour venir à bout de ses ennuis financiers était désormais connue de tous.

— Non ! l'avait-on entendu rugir un jour, alors qu'ils se trouvaient tous deux dans le salon circulaire, ignorant que les doubles portes n'étaient pas closes et que les laquais tendaient l'oreille. Juste Ciel ! Je suis déjà marié ! Personne ne réussira à faire de moi un bigame en m'imposant une fiancée étrangère !

— Aux yeux de la loi, vous êtes toujours célibataire. Tâchez de vous en souvenir. Et la princesse Caroline de Brunswick est charmante et très amusante. Elle a été séduite par le portrait de vous qu'on lui a fait parvenir.

— Jamais ce portrait n'aurait dû arriver jusqu'à elle ! Qui plus est, la princesse Caroline est la nièce de mon père ! Dieu me pardonne ! Pouvez-vous supposer un seul instant que cette femme, choisie par mon père, pourrait me plaire ?

— Mais semblable union rencontrerait la faveur de vos futurs sujets et serait bien accueillie à l'étranger ! Le Parlement est prêt à rembourser toutes vos dettes jusqu'au dernier penny si vous acceptez cette alliance. Votre rente serait réévaluée et tout irait pour le mieux.

— Non !

— Il vous faut un héritier !

— Mes frères sont à même de faire une ribambelle d'enfants qui assureront la succession du trône.

— Soyez raisonnable. Voulez-vous prendre le risque d'être humilié par vos débiteurs sous les yeux du monde entier ? Ce mariage politique serait votre salut. Vous avez tout à y gagner et rien à y perdre. Mrs Fitzherbert ne vous reviendra jamais !

Le prince gémit à fendre l'âme et se laissa tomber sur une chaise qui craqua sous son poids. Les serviteurs aux aguets ne perdirent pas une miette de ses sanglots désespérés, jusqu'au moment où lady Jersey s'avisa soudain de l'espace béant entre les doubles portes, qu'elle ferma d'un geste vif. Privés de la suite des événements, ils en furent réduits aux suppositions. L'hypothèse la plus généralement répandue fut que lady Jersey, pour calmer cette crise de désespoir, avait pris la tête du prince contre son sein, se coulant pour l'occasion dans le rôle de la mère plutôt que dans celui de l'amoureuse.

A Margate, les rumeurs de mariage entre le prince et une princesse étrangère parvinrent jusqu'à Mrs Fitzherbert, mais elle n'y accorda aucune attention. Elle était certaine que son époux ne commettrait jamais un forfait aussi abominable. Même si, fidèle à ses habitudes, il voulait posséder à la fois le beurre et l'argent du beurre, et la suppliait de revenir près de lui tout en restant l'esclave dévoué de lady Jersey. Lorsqu'il se serait libéré des griffes de cette dernière, elle redeviendrait son épouse. Il était inutile de vouloir changer la nature d'un homme. Et elle l'aimait en dépit de tout...

Par un beau matin ensoleillé, Henriette arriva à l'atelier dans un tel état de surexcitation qu'elle en bégayait.

— Hier soir, j'étais à une réception à Promenade Grove avec oncle François et tante Diane. J'ai fait la connaissance d'un homme extrêmement agréable. Il a dansé plusieurs danses avec moi, plus qu'il ne l'aurait dû, mais comme il est riche et qu'il est — au dire de ma tante — d'un âge certain, je n'ai pas été réprimandée, et tout le monde a vu la chose d'un bon œil.

— Quel est son nom ? s'enquit Sophie, heureuse de la joie de sa jeune amie.

— Sir Roland Westonbury. C'est un baronnet, il est veuf, il est âgé d'environ trente-cinq ans. Il a perdu sa femme il y a trois ans, il n'est donc plus en deuil maintenant. Je ne puis pas dire qu'il soit beau. De plus, il est corpulent comme le prince de Galles. Mais c'est le premier homme agréable à mes yeux qui plaise aussi à mon oncle et à ma tante. Il nous invite tous les trois au bal du Castle Inn ce soir !

Sophie se demanda si l'approbation de la tante d'Henriette était une bonne référence, mais elle se garda bien de tempérer le plaisir d'Henriette.

— Est-il à Brighton pour la saison ?

— Oui, il a pris un appartement sur le Steine. Sa résidence de Londres est à Berkeley Square et il a une gentilhommière à la campagne, dans le Gloucestershire !

Clara se mêla à la conversation, tout en continuant de mélanger son chocolat :

— A-t-il des enfants ?

— Non. Tante Diane lui a posé la question.

— Il veut sûrement un héritier. Il ne sera point trop difficile à prendre dans vos filets, Henriette ! plaisanta Clara.

Henriette rougit.

— Ne vous moquez pas ! Je ne connais pour ainsi dire pas cet homme !

Cependant, elle eut le plus grand mal à se concentrer sur son travail et parla sans discontinuer de ce grand événement. L'agacement ne tarda pas à gagner Clara, qui en fut presque à envier Sophie lorsque celle-ci les quitta pour prendre son service au Pavillon de la Mer. Au milieu de la matinée, elle n'y tint plus :

— Henriette ! Vous avez répété dix fois tout ce que vous saviez de sir Roland. Je ne veux plus en entendre parler avant de vous voir avec une bague de fiançailles au doigt !

— Pensez-vous que cela soit possible ?

Henriette la regarda, pleine d'espoir. Puis elle réfléchit longuement à haute voix sur la durée de fréquentation qu'il convenait de respecter avant la demande en mariage. Il n'échappa point à Clara que pas une seule fois la jeune fille n'avait évoqué l'amour.

Comme à l'accoutumée, Sophie quitta le Pavillon de la Mer par la porte de service. A présent, tout le monde savait qu'elle confectionnait également des confiseries et on lui avait demandé à plusieurs reprises d'en apporter. Elle avait prévu de s'exécuter pour l'anniversaire du prince, en août. A sa grande surprise, Tom l'attendait dans le cabriolet.

— J'ai de bonnes nouvelles ! dit-il, sautant à bas de l'attelage. J'ai enfin acheté des locaux à Brighton. Voilà pourquoi je suis venu vous chercher.

Il lui expliqua durant le trajet que les locaux appartenaient à un fabricant de meubles récemment retiré des affaires, et consistaient en une petite boutique, un grand magasin d'exposition et un atelier sur l'arrière. Ils n'avaient pas été entretenus depuis plusieurs années et des travaux étaient donc nécessaires. Il faudrait attendre encore un certain temps avant de pouvoir y installer et y exposer les marchandises.

Arrivé à Middle Street, Tom s'arrêta à côté de la boutique éclairée par une fenêtre en rotonde. On accédait à l'écurie et à l'atelier par des portes latérales. L'enseigne du fabricant de meubles, représentant une chaise, était suspendue au-dessus de l'entrée.

— Je vais changer cela, dit Tom en montrant l'enseigne de la tête avant d'ouvrir la porte et de laisser le passage à Sophie.

— Que mettrez-vous à la place ? s'enquit Sophie.

L'endroit était propre et vide, à l'exception d'un banc de bois vernis sur lequel Tom posa son chapeau et ses gants.

— A Londres, mon enseigne représente un coffret de nacre. J'aurai la même ici.

Sophie frissonna. L'image du contrebandier au coffret de nacre s'imposa immédiatement à sa mémoire.

— Existe-t-il beaucoup de coffrets de ce genre ? demanda-t-elle avec précaution.

— Pas du genre de ceux que je recherche pour les mettre en vente. Ils sont très rares. Ils ont été fabriqués en Chine voici environ deux cents ans. J'ai eu la chance de mettre la main sur l'un de ces coffrets pour le vendre au prince de Galles il y a quelque temps.

— Quand donc ?

Elle évita son regard, mais elle sentit qu'il l'observait d'un œil acéré.

— Attendez.

Il y eut une longue pause.

— C'était l'été dernier.

Le cerveau en ébullition, Sophie franchit les doubles portes pour se diriger à pas lents vers le magasin d'exposition. Le bruit de ses talons résonna comme dans une caverne. Tous les volets étaient clos, à l'exception de ceux d'une fenêtre située à l'autre bout de la pièce. La lumière dispensée était suffisante pour lui permettre de constater que le bâtiment était ancien, et qu'il avait servi autrefois de grange. Une ancienne galerie de bois fermée par une balustrade courait le long des murs. Son instinct lui dictait de mettre quelque distance entre Tom et elle avant d'aborder la confrontation qui était devenue inévitable, à présent. Elle entreprit de gravir l'étroit escalier en colimaçon qui menait à la galerie. Ses jupes bruissaient dans le silence de la pièce.

Parvenue sur la galerie, elle s'arrêta pour le regarder. Il était resté en bas et levait la tête vers elle.

— Où se trouve le coffret de nacre du prince, maintenant ? lui demanda-t-elle abruptement.

— A Carlton House, s'empressa-t-il de répondre. Pourquoi ?

Elle se retourna et fit quelques pas le long de la galerie.

— Son Altesse sait-elle que vous lui vendez de la marchandise de contrebande ?

Il poussa un cri de triomphe, qui se répercuta dans le vide de la pièce :

— A présent, je suis sûr que c'était bien vous qui étiez sur la plage cette nuit-là !

Il grimpa les escaliers deux par deux pour la rejoindre, faisant trembler la galerie sous ses pieds. Elle pivota pour lui faire face, les yeux brillants de colère.

— Je refusais de croire que vous étiez un criminel. Je n'ai cessé de me répéter que je me trompais, mais depuis le début, depuis que vous m'avez découverte gisant dans la poussière, je me demandais pourquoi vous aviez emprunté ce chemin pour charretier, au lieu de prendre une route meilleure et plus rapide.

Tom avait posé ses poings sur ses hanches et lui faisait face dans une attitude de prédateur, le menton en avant.

— Votre infortune a été pour moi le moment le plus heureux de ma vie. Lorsque je vous ai vue gisant à demi nue sur le sol, mon premier mouvement a été la pitié. Lorsque je me suis agenouillé et que je vous ai soulevée dans mes bras, j'ai regardé votre visage et j'ai connu l'amour.

Elle recula d'un pas dans un geste de défense.

— N'essayez pas de me gagner à votre cause ! Je sais que vous êtes membre de cette bande d'assassins, la bande de Broomfield, et j'ai juré de ne pas connaître de repos avant que vous n'ayez répondu de vos crimes devant la justice !

Il pencha un peu la tête d'un air interrogateur, très maître de lui et visiblement intéressé :

— Que vous proposez-vous de faire ? Vous avez certainement une preuve à offrir aux juges.

— Je n'ai pas de preuves, en dehors de ma parole de témoin.

— Serez-vous en mesure de dire que vous m'avez reconnu sur la plage avec le coffret de nacre entre les mains ?

— Votre visage était à demi couvert.

— C'est exact, confirma-t-il avec un sourire, en secouant la tête pour la décourager. Je ne pense pas que vous pourrez donner du corps à votre accusation. Au mieux, vous pourriez me dénoncer au capitaine Morgan. Il ne disposerait d'aucun témoignage pour m'arrêter, mais il vous croirait.

— Vous savez que je ne puis le faire, s'écria-t-elle, déchirée. En dépit de tout ce que je vous ai dit, comment pourrais-je envoyer au gibet l'homme qui a sauvé ma vie et celle de mon neveu ?

— N'est-ce pas du comte de Juneau que vous voulez parler ?

Elle poussa un gémissement et saisit sa tête entre ses mains.

— Vous savez cela aussi ! Quand avez-vous découvert la vérité ?

Il se rapprocha d'elle.

— Le jour où nous avons badigeonné votre atelier à la chaux.

Il lui raconta alors comment Henriette l'avait trouvé en train de lire l'avis de recherche et comment elle lui avait avoué la vérité.

Sophie fut terriblement blessée par cette révélation. Oh ! elle comprenait, à présent, pourquoi Henriette était si rouge et paraissait si embarrassée en revenant de l'atelier...

— Elle a rompu la promesse qu'elle m'avait faite !

— Il ne faut pas lui en tenir rigueur. Henriette est pleine de bonne volonté, mais elle n'était pas de taille à lutter contre moi.

Il baissa la voix pour lui demander :

— Pourquoi ne m'avez-vous pas dit la vérité ? Je pensais que vous me faisiez confiance.

Elle releva violemment la tête.

— Je ne vous ai jamais fait confiance !

— C'est à vous-même que vous ne faites pas confiance. Dans le fond de votre cœur, vous savez que vous et moi nous sommes faits l'un pour l'autre ! Mais vous refusez d'en tenir compte, parce que cette réalité n'entre point dans vos projets d'avenir si minutieusement élaborés !

Il posa ses deux mains sur sa taille souple et l'attira contre lui.

— Comment aurais-je pu sentir votre présence sur la plage, si je n'avais pas été attiré par vous autant que vous l'êtes par moi ? Cette nuit-là, j'ai cru que c'était impossible, que mon imagination me jouait des tours. Maintenant, je regrette de ne pas avoir évoqué ce moment-là plus tôt.

— Si ce que vous dites est vrai, pourquoi avez-vous attendu avant de retourner à la ferme pour me retrouver ? lui lança-t-elle avec colère, en essayant de se libérer de son étreinte.

Ni l'un ni l'autre n'eurent conscience des craquements du

plancher sous leurs pieds. Et Tom l'attira plus près de lui encore.

— C'est que cette nuit-là, répondit-il, je foulais le sol de l'Angleterre pour la première fois depuis longtemps. Mais vous m'avez reconnu comme moi je vous ai reconnue ! Même si vous avez mis plus de temps que moi pour vous en rendre compte !

— Vous êtes fou !

Elle le frappa sur la poitrine pour se libérer, mais sa poigne était de fer.

— Aussi fou que les révolutionnaires qui assassinent des innocents, cria-t-elle. Tout comme eux, vous avez du sang sur les mains ! Je vous hais !

— Et moi, je n'ai jamais désiré une femme comme je vous désire.

Sans lui donner le temps de se dégager, il l'entoura de ses bras. Il avait saisi l'arrière de sa tête entre ses mains pour l'empêcher d'échapper à son étreinte, et il l'embrassa avec une sorte de ferveur, comme un homme embrasse sa jeune épousée au seuil de leur première nuit. La rage, le dépit et l'angoisse qui emplissaient le cœur de Sophie s'évanouirent comme par enchantement, remplacés par un sentiment d'ardente harmonie avec l'homme qui la tenait serrée contre lui. Elle sentit leurs cœurs battre à l'unisson, le flux de son sang s'accorder au sien, leurs corps se confondre, pour bientôt lui faire perdre la notion de la réalité qui les entourait. Elle s'abandonna tout entière, parcourue de frissons. Mais lorsque sa bouche se sépara de la sienne pour baiser son visage avec une infinie douceur, elle recula vivement. La raison et la réalité venaient, en un éclair, de reprendre possession d'elle.

Redevenue maîtresse d'elle-même, elle lui déclara d'un ton douloureux :

— Il est temps de regarder les choses en face. Chacun de nous connaît maintenant les secrets intimes de l'autre, et chacun de nous se trouve entre les mains de l'autre. J'ai fait le serment de participer à l'arrestation de la bande de Broomfield si l'occasion m'en est donnée, mais, quels que soient mes sentiments vis-à-vis de vos agissements, je ne pourrai jamais vous trahir. Puis-je vous demander de me faire la même promesse ?

— Je voudrais d'abord vous avouer quelque chose. J'ai pris sur moi de suivre la piste de l'adresse indiquée sur le journal.

Les joues de Sophie s'empourprèrent.

— Vous avez vu mon ennemi ?

— Pas exactement. Je lui ai écrit pour lui proposer de le rencontrer, en indiquant que j'avais conduit une jeune femme et un petit garçon à la ferme des Millard et que je savais où ils demeuraient.

— Vous avez fait cela ! Tom, comment avez-vous pu être aussi cruel ?

Elle resta pétrifiée à l'idée que par légèreté ou par bravade il ait pu la trahir. Dans un sursaut de rage et d'effroi, elle tenta en vain de se dégager de son étreinte.

— Écoutez-moi ! rugit-il.

— Laissez-moi partir !

Elle se débattit comme un chat sauvage. Trop occupés à lutter l'un contre l'autre, ils ne prirent pas garde au craquement sinistre qui se fit entendre. Tout à coup, ils chancelèrent, le plancher vibra et Tom la lâcha, sentant le sol se dérober sous lui. Sophie poussa un cri et alla s'affaler contre le mur. Tom était tombé en avant. L'une de ses jambes avait disparu dans la brèche ouverte dans la balustrade, tandis que l'autre restait coincée à la hauteur du genou.

— Restez où vous êtes ! hurla-t-il en voyant Sophie s'avancer pour lui venir en aide.

Il n'eut pas le temps de se ressaisir que déjà le plancher éclatait sous son poids. Deux lames se brisèrent l'une après l'autre et allèrent s'écraser à grand bruit sur le sol de la pièce. Sophie poussa un hurlement d'effroi, craignant de le voir subir le même sort, mais il parvint à maintenir sa tête et ses épaules au-dessus du trou béant, en prenant appui sur ses bras. Sans se soucier du danger, elle se jeta à plat ventre et saisit sa veste à pleines mains tandis que les deux tiers des barreaux de la balustrade, en une réaction en chaîne, allaient rejoindre à grand fracas ceux qui étaient tombés avec le plancher. Laissant la galerie sans protection...

Tom essaya de prendre appui sur le mur avec un pied pour se relever.

— Reculez ! supplia-t-il. Vous risquez de vous rompre les os si jamais d'autres lames s'effondrent !

— Taisez-vous ! lui jeta-t-elle pour toute réponse. Économisez votre souffle !

De nouveaux morceaux de plancher volèrent en éclats. En haletant, il lui dit :

— Je vais me laisser tomber, mais vous, vous allez reculer. Pendant qu'il en est encore temps ! Cramponnez-vous à tout ce que vous pourrez attraper.

Lui obéissant à contrecœur, elle se remit debout et se glissa le long du mur. Tom disparut petit à petit de sa vue, ne laissant plus apparaître que ses deux mains aux jointures blanchies par l'effort. Trois lames supplémentaires allèrent s'échouer sur le sol, puis une autre, et une autre, encore... En quelques secondes, le trou béant avait atteint, à quelques pouces près, les pieds de Sophie. D'énormes nuages de poussière montaient jusqu'à elle.

— Tout va bien, Tom ? le héla-t-elle avec angoisse, tout en se rapprochant progressivement de la fenêtre de la galerie.

Lorsqu'elle fut arrivée à cette hauteur, elle se percha sur le rebord. De là, elle avait vue sur toute la longueur de la pièce.

— Pour l'amour de Dieu, Tom, répondez-moi !

A son immense soulagement, une silhouette s'éleva des débris en titubant, puis se redressa. Tom se tourna vers elle. Ignorant sa question angoissée, il lui lança :

— Restez où vous êtes, Sophie. Ne bougez pas ! Je vais aller chercher une échelle dans l'atelier.

Il franchit en hâte les deux portes qui menaient à l'écurie et les laissa grandes ouvertes. Un rectangle de soleil se dessina sur le sol. L'instant d'après, il était de retour avec l'échelle qu'il posa devant elle.

— Allez-y, Sophie ! Faites vite, essayez de ne pas causer de vibrations.

Elle releva ses jupes et posa précautionneusement le pied sur un barreau. Puis elle descendit rapidement. Il la souleva dans ses bras avant de la laisser atteindre le sol et l'emporta dans la boutique, où il la déposa. Il était couvert de poussière et du sang coulait sur sa joue.

— Ainsi que j'étais sur le point de vous le dire avant cette interruption intempestive, dit-il pendant qu'elle mettait la main dans sa poche, à la recherche d'un mouchoir pour essuyer son visage, j'ai écrit à la personne qui a passé l'avis de recherche en me contentant de lui signaler que je connaissais votre adresse. Mais non pas que je la révélerais. Vous auriez dû le comprendre !

— C'est vous qui m'avez affolée ! s'exclama-t-elle, accusatrice. Je vis dans la crainte constante d'être trahie par quelque découverte fortuite. Pourquoi donc ne vous êtes-vous pas exprimé plus clairement ?

— Vous ne m'en avez point laissé le temps ! Par tous les diables ! Quelle nature emportée !

— Que s'est-il passé alors ? demanda-t-elle avec impatience, en s'asseyant sur le banc.

A présent qu'ils étaient en sécurité tous les deux, elle avait conscience du tremblement de ses jambes. Mais Tom n'était pas encore disposé à parler.

— J'en arriverais presque à plaindre votre ennemi, Sophie ! Il ne sait pas contre qui il a engagé la lutte !

— Dites-moi donc ce que vous savez de lui.

Tom s'installa sur le banc, et lui fit un récit détaillé de ses aventures.

— Je me mords les doigts de ma bêtise, dit-il pour conclure. J'aurais dû me douter qu'un homme aussi déterminé ne laisserait personne interférer dans son action... Henriette m'a dit que vous pensiez que c'était un parent du père d'Antoine ?

— Oui. La comtesse de Juneau m'a parlé d'un certain Émile de Juneau. Le neveu de son époux. Cet homme s'est toujours violemment opposé au comte. Je pense qu'il s'agit de lui. Mais j'ignore s'il se trouve en Angleterre, ou s'il a engagé un assassin.

— Tout me porte à croire que j'ai eu affaire à lui en personne. S'il a mis tant de soin à rester dans l'ombre, c'est qu'il veut à tout prix éviter d'être reconnu par des émigrés royalistes. Un agent n'a pas ce genre de craintes.

Elle eut un petit geste de la main pour exprimer son incertitude.

— Je me demande s'il n'y a pas autre chose. Je ne pense plus que son but soit simplement d'éliminer le dernier membre de la branche principale d'une longue lignée aristocratique.

— Pensez-vous qu'il puisse s'agir de questions d'héritage ?

Elle hocha la tête :

— Des domaines très importants ont été confisqués par la

République, dit-elle pensivement. Supposons que cet Émile désire s'assurer que le château de Juneau, les vignobles et toutes les terres lui reviennent. Il est connu pour ses idées révolutionnaires. S'il déclare qu'il n'existe point d'héritier vivant, la cause est entendue. Surtout s'il promettait de partager le produit des terres avec les paysans. Ensuite, il pourrait les gruger très facilement...

— Vous parlez de cet homme comme si vous le connaissiez personnellement !

— J'ai eu beaucoup de temps pour réfléchir, et tenter de découvrir les motifs d'une telle haine. La cupidité en est un. Émile de Juneau sait, comme tout un chacun, que la France sera tôt ou tard contrainte de mettre un terme aux guerres et de faire cesser le désordre. Il est possible que les émigrés ne puissent y retourner en toute sécurité avant plusieurs années. Mais la comtesse m'avait parlé de lui comme d'un homme jeune. Il n'est donc point surprenant qu'il désire assurer sa fortune pendant que cela lui est possible. Si Antoine rentrait un jour en France, il perdrait tout !

Brusquement, Sophie mit son bras devant ses yeux.

— Jusqu'à présent, j'ai toujours évité de parler de mon ennemi en le désignant par son nom. C'était une manière de le maintenir à distance. Mais maintenant, il se rapproche et il a pris corps. C'est devenu un homme de chair et de sang. Si je le craignais auparavant, je le crains mille fois plus encore aujourd'hui.

Tom se leva d'un geste vif. Mais il n'eut pas l'imprudence de tenter de la prendre dans ses bras. Elle était bien trop bouleversée pour supporter le moindre contact physique. Rassurant, il lui fit remarquer :

— Vous semblez oublier que votre ennemi n'a toujours pas la moindre idée de l'endroit où vous vous trouvez tous deux. Et il ne peut se mettre à découvert pour partir à la recherche d'informations ! C'est donc vous qui avez l'avantage. Avant longtemps, il lui faudra renoncer et retourner en France.

— Certes, mais cela ne fera que retarder l'échéance. Je ne cesserai jamais de vivre dans la crainte.

Sophie se tourna vers Tom.

— Vous avez risqué votre vie à Londres pour nous deux. Je...

— Tout comme vous avez risqué la vôtre pour moi à l'instant.

Elle balaya son objection d'un geste de la main, comme pour signifier que la comparaison n'était pas possible.

— Ma dette envers vous augmente quotidiennement. Tout ce que je puis faire, en retour, est de vous protéger des autorités. Par mon silence.

— Cela serait suffisant, mais je veux plus.

— Non !

Elle leva la main, anticipant ses paroles.

— Ne confondez point ma gratitude avec un quelconque attachement sentimental que je pourrais ressentir à votre égard.

— Inutile de poursuivre cette discussion, concéda-t-il sèchement. Je vais quitter Brighton dans la journée, mais je serai de retour dès que les échafaudages auront été posés pour les travaux. Je regrette ce qui s'est passé. Et je suis heureux que vous n'ayez point été blessée.

— Cela m'aura été une expérience ! dit-elle d'un ton léger.

— Une expérience que je m'en voudrais de renouveler. Les travaux de réparation commenceront par cette galerie, qui est probablement là depuis la construction de la maison.

— La conserverez-vous ?

— Oui. A propos, je continuerai à laisser Étoile et le cabriolet chez Mrs Renfrew. Ils resteront à votre disposition comme par le passé.

— Mais vous avez des écuries, à présent.

— J'aurai d'autres équipages ici. Je pense acquérir l'un de ces dangereux phaétons dans lesquels vous me voyiez si bien... Mais rassurez-vous. Je ne vous laisse pas Étoile dans le seul but de vous conquérir ! Depuis longtemps, je souhaitais trouver un endroit pour abriter mon cheval à la fois loin de la ville et près de la grève.

— Au cas où vous seriez poursuivi par les agents du Trésor, par une nuit sans lune et sans étoiles ?

— Mais pourquoi diable aurais-je eu besoin, sinon, d'un cheval fougueux entraîné à accepter à la fois la selle et le harnais ? Étoile et le cabriolet pourront se révéler très utile, le jour où j'aurai à emporter moi-même mes marchandises de contrebande de toute urgence.

— Que faites-vous donc de l'autre côté de la Manche ?

Volez-vous, tuez-vous pour obtenir vos précieux objets d'art français ?

— Je ne suis pas un assassin. Je le jure ! Mais j'avoue qu'il m'arrive de détourner à mon profit quelque objet déjà acquis illégalement par d'autres...

— Des marchandises volées ! s'écria-t-elle d'un ton accusateur.

Il ne nia point.

— Parfois, j'achète des trésors qui proviennent du pillage de certains châteaux, et qui sont mis ouvertement en vente dans les boutiques ou sur les places de marché. Je recherche également les pièces de dentelle précieuse. Mais je laisse la contrebande de l'eau-de-vie, du tabac et du thé à mes compagnons.

— Et les vases de la reine ?

— Je les ai acquis à Londres, en toute légalité.

Elle joignit les mains.

— Pourquoi ne quittez-vous pas la bande de Broomfield ? Après tout, vos affaires en Extrême-Orient sont régulières et vous m'avez dit que vous voyagiez à Saint-Pétersbourg et ailleurs pour acheter vos objets d'art. Au moins, ajouta-t-elle, je présume que c'est la partie honnête de votre travail.

Il en fut amusé.

— Oui, c'est exact. Je suis heureux que vous me fassiez crédit de cela.

— Dans ce cas, pourquoi donc prenez-vous de tels risques par ailleurs ? Vous avez virtuellement reconnu que vous pourriez bien vivre sans être acoquiné avec les Gentilshommes.

— Effectivement, mais que vaudrait une vie sans un soupçon de danger ? Si vous n'aviez eu la responsabilité d'Antoine, je vous aurais invitée à faire quelques traversées de nuit avec moi.

Elle le regarda, incrédule.

— Pour oser concevoir pareil projet, vous devez avoir perdu l'esprit !

— Oh ! non ! Vous seriez la compagne idéale, et vous garderiez la tête froide en cas d'incident. La façon dont vous avez fui la France m'en avait déjà convaincu. Votre comportement sur la galerie vient de me le prouver une nouvelle fois.

Exaspérée, elle frappa du poing sur ses genoux.

— Cessez de parler de moi ! Vous finirez par être pris !

— Je n'en ai absolument pas l'intention. Même si mon unique crime était de faire du commerce avec un pays ennemi, je connais trop bien le destin des contrebandiers.

Elle mit les mains sur ses oreilles :

— Ne parlez point de cela !

Il la saisit par les poignets et baissa ses mains :

— Cela vous toucherait-il ?

— Je déteste le gaspillage, lui répondit-elle d'un ton sec. Même votre vie à vous est trop précieuse pour être perdue. Mieux vaudrait la mettre en vente un bon prix.

Il éclata d'un rire bruyant, puis la regarda fixement, un sourire ironique aux lèvres.

— Vous osez parler de gaspillage, Sophie. Alors que vous, vous gaspillez du temps en refusant de reconnaître tout ce qui se passe entre nous.

Frémissante de rage, elle se leva et ouvrit la porte de la boutique. Avant de sortir, elle le regarda en face et lui lança d'un ton de défi :

— Si je devais désigner le seul homme qui compte au monde pour moi, ce serait Rory Morgan. Et personne d'autre !

Tom fut atteint de plein fouet.

— Ne faites jamais cela ! rugit-il.

Elle sursauta, les yeux élargis de fureur.

— Qu'est-ce qui peut vous faire croire que vous pouvez m'interdire quoi que ce soit ?

— Dans le cas présent, c'est mon droit !

— Votre fatuité est insupportable ! Faites en sorte que nous ne nous rencontrions plus avant très, très longtemps !

Elle se précipita hors de la boutique et claqua la porte derrière elle.

Une heure plus tard, à l'atelier, elle reçut un paquet accompagné d'une note ainsi rédigée :

Vos leçons ont été payées d'avance. Adressez-vous au sergent Jones, au n° 15, Black Lion Street. Il vous enseignera le maniement de l'objet ci-joint. Il est indispensable pour votre sécurité et celle de l'enfant que vous soyez en mesure de vous défendre. On ne sait jamais. Tom.

Le paquet contenait un pistolet. Sophie ne put résister à la tentation de passer son index sur la détente. La vue de cette arme la dégoûtait. Mais, en même temps, elle était soulagée de pouvoir désormais, le cas échéant, affronter Émile de Juneau à armes égales. Une fois de plus, elle se dit que Tom était l'homme le plus exaspérant du monde. Il possédait le don de la mettre hors d'elle, puis, l'instant suivant, il se rachetait par une délicatesse hors du commun. En la mettant devant le fait accompli, il avait prévenu tout refus. Maintenant qu'elle avait recouvré son calme, elle reconnaissait qu'elle devait accepter son geste. Pour la sécurité d'Antoine...

Le sergent Jones se révéla être un robuste gars au visage rougeaud. Il avait perdu une jambe sur le sol français aux premiers jours de la guerre. C'était un excellent instructeur. Dès que Sophie eut fait ses preuves dans le maniement et le chargement de l'arme, et qu'elle se montra capable de la nettoyer soigneusement suivant les usages en cours dans l'armée, il installa une cible sur une plage déserte, où les balles perdues ne risquaient de blesser personne. Parfois, il la traitait avec courtoisie, mais, à d'autres moments, il oubliait de contrôler son langage et l'admonestait comme une nouvelle recrue en termes peu choisis. Mais elle se montra une excellente élève. Avant longtemps, elle eut droit à deux ou trois mots de félicitation. A la fin de la dernière leçon, il opina du chef d'un air approbateur :

— Vous êtes devenue une bonne tireuse, miss. Je le dirai à Mr Foxhill la prochaine fois.

Tom apprécia la lettre que Sophie lui écrivit. Elle avait accepté le pistolet et les leçons de tir sans aucun état d'âme...

Mais plus tôt elle ferait sortir Morgan de sa vie, mieux cela vaudrait. L'une des raisons pour lesquelles Tom avait engagé le sergent Jones était qu'il voulait être certain que Sophie ne prendrait pas de leçons avec l'officier des Taxes.

17

Chaque fois qu'elle passait devant les locaux de Tom, dans Middle Street, Sophie jetait un coup d'œil pour vérifier si les travaux avaient commencé. Mais il n'en était rien. Elle en conclut qu'il était à l'étranger et que tout avait été remis à son retour. Elle regrettait de s'être querellée avec lui. Mais c'était plus fort qu'elle : dès qu'elle sentait que quelqu'un tentait de lui dicter ses actes, ses vieux réflexes de défense prenaient le dessus. C'était une attitude née de toutes les épreuves qu'elle avait traversées, et que ni Tom, ni Rory ne pouvaient accepter. D'autant que cela n'avait rien à voir avec ses responsabilités vis-à-vis d'Antoine ! Non. Elle s'était tout simplement trop habituée à être totalement libre et autonome...

Clara et elle avaient engagé une fille pour surveiller les deux enfants durant la période des vacances d'été, mais, le dimanche, Sophie organisait des pique-niques et des sorties en famille. Antoine ne réclamait plus Rory comme il le faisait auparavant et son attention vagabondait lorsqu'elle lui lisait les lignes que le jeune officier lui destinait dans ses lettres. Il était trop occupé par ses activités et ses amis, et c'était bien ainsi.

Au fur et à mesure que l'été avançait, Sophie se surprenait à espérer une visite inopinée de Tom à l'atelier. A moins qu'il ne vienne l'attendre au Pavillon de la Mer ? Mais ses espoirs demeurèrent vains. Elle était plongée dans ses pensées lorsque Henriette s'approcha d'elle pour risquer une requête :

— Je sais que vous êtes occupée du matin au soir, Sophie, et jamais je ne vous aurais demandé cela si j'avais pu l'éviter.

— De quoi s'agit-il ? s'enquit Sophie, affable.

Elle venait de recevoir du papier à bonbons sur lequel elle avait fait imprimer de petites phrases romantiques, ou des prédictions d'avenir. En France, c'était son père qui avait lancé cette nouveauté, et il avait remporté un vif succès. En son souvenir, elle avait fait imprimer les textes en français.

— Mon oncle et ma tante souhaitent donner un dîner pour sir Roland. Ils sont d'avis que cela lui donnera l'occasion de faire sa demande. Accepteriez-vous de confectionner un dîner de fête pour nous, de façon à le mettre dans les meilleures dispositions ?

— Mais votre famille a-t-elle donné son accord ?

— Oh oui ! Je leur ai dit que personne au monde ne faisait la cuisine mieux que vous. J'en ai fait moi-même l'expérience après avoir dîné ici le soir où vous avez fait un repas spécial pour Mrs Renfrew et les garçons !

— C'est un beau compliment !

— Ma tante souhaite que les dépenses soient limitées, mais je compléterai la différence de mes propres deniers si besoin est. Nous avons de bons vins à la cave. Ils ont été laissés là par le bienfaiteur de ma famille.

Sophie la dévisagea d'un air très sérieux.

— Sir Roland est-il le mari que vous souhaitez au fond de votre cœur ?

Henriette baissa les yeux un instant, puis releva vivement la tête.

— Oui. Il est riche et considéré et j'ai beaucoup d'affection pour lui.

Son débit se précipita :

— J'aime à travailler avec vous, Sophie. Vous le savez bien. Mais il faut que je quitte mon oncle et ma tante. Je me sens si peu à l'aise sous leur toit ! Tout ce que je demande à la vie, c'est un époux, un foyer et des enfants. C'est pourquoi je vous demande de nous aider pour cette soirée.

Sophie sourit :

— Ce sera avec plaisir. Indiquez-moi la somme que vos parents sont disposés à dépenser, et nous pourrons établir le menu ensemble.

Elles décidèrent qu'il y aurait deux services, suivant les usages ayant cours en Angleterre, chacun d'eux consistant en une variété de plats. Les convives ne devant être qu'au nombre de dix, il y aurait peu d'entrées. Le dîner ne serait point semblable en cela aux banquets du Pavillon de la Mer, où l'on ne servait pas moins de trente-six entrées, suivies d'une pléthore d'autres plats. Pour clôturer le repas, les confiseries de Sophie, ainsi qu'un dessert aux fruits de saison, seraient servis avec une sélection de madère et de porto blanc ou rouge, qui conférerait au repas sa touche finale.

Henriette battit des mains :

— Tout cela s'annonce magnifique !

Malgré le peu de temps dont elle disposait, Sophie apporta une attention méticuleuse à tous les préparatifs. Elle s'entendit avec un pêcheur pour qu'il lui réserve ses meilleures crevettes et ses meilleurs homards, et, chez un autre, elle commanda des carrelets. Elle se rendit dans une ferme pour acheter de l'agneau des South Downs, ainsi que du veau et du bœuf. Cela revenait moins cher que d'aller chez le boucher. Sophie savait que la baronne tirait avantage de son désir d'aider Henriette, mais cela ne diminuait en rien son désir de confectionner un dîner réellement succulent. Les salades fraîches, les herbes et les légumes étaient à sa disposition dans le jardin de Clara. Cette dernière incita Sophie à se servir à volonté et refusa d'être payée. C'était sa contribution à l'entreprise de séduction d'Henriette.

— J'espère qu'Henriette réussira à mettre le grappin sur sir Roland, plaisanta-t-elle. Mes oreilles pourront enfin se reposer : je ne l'entendrai plus échafauder ses projets de mariage à longueur de journée !

— J'aimerais être certaine qu'Henriette n'est pas en train d'essayer de se convaincre elle-même qu'il est paré de toutes les qualités qu'elle recherche chez un homme.

— Ah ! lâcha Clara d'un ton énigmatique avant de se taire...

A la veille du dîner, Sophie alla inspecter la cuisine et la salle à manger des Bouvier. Il fallait également choisir le linge de table et le décor. Aidée d'Henriette, elle effectua une sélection de lingerie afin de trouver celle qui convenait le mieux. Elle se décida pour un fin damas bordé d'une lourde dentelle.

— Les échafaudages ont été montés devant la boutique de Tom, dit Henriette en repliant le linge. En passant devant pour aller chercher un éventail que j'avais fait réparer, j'ai cru l'apercevoir à travers la fenêtre.

Sophie retint sa respiration. Il était de retour ! Mais ce n'était pas le moment de spéculer sur son attitude au cas où ils se rencontreraient. Peut-être cela ne se produirait-il pas, après tout. Ne lui avait-elle pas demandé elle-même d'éviter de se trouver sur son chemin pendant un bon moment ? Elle s'ingénia à le chasser de ses pensées et alla donner ses directives à la servante et à Clara, qui avait proposé son aide à la cuisine. Elle nota également l'ordre des services à l'intention des deux valets français qui avaient été engagés pour la soirée.

Ce soir-là, après avoir passé plusieurs heures à confectionner des confiseries, Sophie s'attarda dans la cuisine du cottage pour mettre la dernière main aux desserts et préparer ce qui pouvait être fait à l'avance. Clara resta pour l'aider, car elle attendait la visite de Pierre. Il arriva peu après minuit au moment où les deux femmes, ivres de fatigue, venaient de se laisser tomber sur leurs chaises pour boire une tasse de thé. Il prit Clara dans ses bras pour la saluer d'un baiser, puis s'avisa de la présence de Sophie.

— Je voulais vous voir, lui déclara-t-il.

— Vous avez du nouveau ! s'écria Sophie, tout ouïe.

— Oui, mais il vous faudra juger par vous-même si cela peut vous être de quelque utilité.

— Dites vite !

Pierre prit son temps pour s'asseoir. Cet homme ne semblait jamais pressé en quoi que ce soit. Sophie posa ses mains sur ses genoux et attendit.

— J'avais une petite affaire à régler à Sidlesham il y a deux nuits, dit-il en guise d'introduction. Là-bas, le meunier du moulin à marée m'a dit qu'il devait préparer quatre charrettes pour un chargement important, qui arrivera sous peu.

Pierre fit une pause. Puis il reprit :

— Bon, dans mon métier, personne n'a intérêt à se montrer trop curieux. Mais on se comprend à demi-mot, entre Gentilshommes, et moi je dirais que c'est la bande de Broomfield qui va livrer cette marchandise. A ma connaissance, personne d'autre qu'eux ne peut opérer à grande échelle à cette heure. La Royal Navy a pris beaucoup trop de bateaux de contrebandiers en chasse. Elle les confond avec les vaisseaux américains qui viennent forcer le blocus pour apporter du blé dans les ports français.

— Où se trouve Sidlesham ?

— C'est un petit village à l'ouest du comté.

— Pour quand prévoyez-vous l'arrivée de la bande de Broomfield ?

— Personne ne le sait avec certitude. A mon avis, c'est peut-être pour la prochaine nuit sans lune.

Au matin, Sophie fit deux démarches importantes. Elle se rendit tout d'abord au bureau des Taxes, où elle remit une lettre urgente à transmettre à Rory. Elle eut à peine le temps de faire demi-tour que déjà un agent du Trésor la dépassait à bride abattue sur son cheval pour aller délivrer sa missive. Ensuite, elle se dirigea vers la boutique de Tom, dans Middle Street. Le bâtiment entier était caché derrière des échafaudages et les travaux de réfection de la toiture avaient commencé.

La cloche de la porte tinta lorsqu'elle pénétra à l'intérieur. Un homme grand, large d'épaules et portant des vêtements de bonne coupe sortit du magasin d'exposition dans lequel des ouvriers s'affairaient à abattre la galerie. Il ferma les doubles portes pour se protéger du bruit et elle vit immédiatement qu'il ne pouvait s'agir que du frère de Tom. La ressemblance résidait plus dans la stature, la taille et la couleur des cheveux que dans les traits, malgré la similitude des yeux et de la bouche bien dessinée qui portait incontestablement la marque des Foxhill. Sophie se présenta, en ajoutant qu'elle ne pensait point se tromper en croyant reconnaître en lui Richard Foxhill. Les yeux gris de l'homme s'éclairèrent d'un sourire.

— Tom m'a souvent parlé de vous, mademoiselle Delcourt, répondit-il avec chaleur. C'est un honneur que de vous rencontrer.

— Je désirerais lui parler.

— Il n'est pas ici.

Elle se demanda si Richard connaissait les activités illégales de son frère. Tom l'avait toujours dépeint comme un homme de confiance, consciencieux et ne ménageant point sa peine. Cette description, ajoutée à son aspect sérieux, ne portait pas à croire qu'il soit impliqué, même indirectement, dans les affaires de contrebande. Et, cependant, ils étaient partenaires.

— Si vous n'y voyez pas d'objection, je vais m'asseoir sur ce banc en attendant son retour.

— C'est inutile. Je crains de ne pas avoir été clair. Il est à l'étranger pour quelque temps.

Soudain, elle crut défaillir d'angoisse. Tom était déjà en France ! Elle aurait dû commencer par venir ici avant d'envoyer sa lettre à Rory. C'était Richard, et non Tom, qu'Henriette avait aperçu par la fenêtre... Elle avait été abusée par la ressemblance existant entre les deux frères !

— Il faut que je lui fasse parvenir un message !

— Ce ne serait possible que si vous preniez le bateau pour Saint-Pétersbourg.

Une onde de soulagement la fit trembler de la tête aux pieds. Elle eut un sourire reconnaissant :

— Mon message a perdu son caractère d'urgence. J'espère que Tom fera de belles acquisitions au cours de son voyage, si, comme je le présume, il est parti dans ce but.

— C'est effectivement l'objet des voyages de Tom lorsqu'il part pour un pays lointain.

Richard la reconduisit à la porte.

— Ce serait pour moi un grand plaisir de vous avoir à dîner un soir.

— J'en serais ravie.

Ils convinrent d'une date. Elle se réjouit à l'avance de déguster un repas préparé par d'autres, après tous les préparatifs de la veille et tout le travail qui l'attendait ce jour-là jusqu'à minuit au moins.

Elle transporta tout ce qui lui était nécessaire à la préparation du repas dans le cabriolet. Elle laissa Clara et Henriette travailler seules à l'atelier, bien qu'Henriette soit beaucoup trop fébrile pour être d'une grande utilité. Cela amena Sophie à réfléchir à l'avenir. Il faudrait remplacer Henriette, dans le cas où ses espoirs de mariage se réaliseraient. Peut-être était-il temps d'engager un apprenti, un jeune confiseur doté de quelque expérience.

Comme c'était l'usage, le dîner devait être servi à six heures. Sophie avait l'œil à tout. Elle délaissa la cuisine où rôtissaient et mijotaient les mets pour aller vérifier une dernière fois la bonne ordonnance de la table. La décoration centrale, formée de roses, était parfaite. Sur la desserte, les verres à vin blanc avaient été placés à l'envers dans des bassins en argent garnis de glace pilée. Les couteaux, les fourchettes et les cuillers avaient été disposés comme il convenait. Tout ceci avait été effectué sous les directives d'Henriette, qui avait reçu une excellente éducation de maîtresse de maison. La baronne, quant à elle, n'avait rien fait. Elle se trouvait toujours à l'étage, finissant de se pomponner avant l'arrivée des invités. Le baron avait approuvé la sélection des vins. Il n'avait demandé qu'une seule modification.

Sophie se trouvait à la cuisine où elle bénéficiait de l'aide de Clara pour faire face aux préparations de dernière minute lorsqu'elle entendit un brouhaha signalant l'arrivée des convives. Ils arrivèrent tous à quelques minutes d'intervalle, au grand soulagement de Sophie qui craignait les temps morts. Aidées des servantes, Sophie et Clara passèrent les plats du premier service. Certains d'entre eux étaient tenus au chaud sur des chauffe-plats. Il y avait des huîtres garnies de citron et servies avec une sauce poulette, des homards reposant sur un lit de laitue croquante, des crevettes disposées en cascade, des carrelets rehaussés de crème, du poulet en croûte, des pigeons à l'étouffée et du rôti de canard farci aux herbes. Des salades aussi agréables à l'œil qu'un jardin fleuri et des légumes d'été vinrent compléter ce premier service. Le potage de poissons à la Russe fumait doucement dans une soupière d'argent.

Sophie ne put s'empêcher de penser que ce n'était pas ainsi que l'on aurait servi un dîner officiel français. Chacun des plats aurait été annoncé et apporté en grande pompe. Mais Henriette avait tenu à ce que l'on observe rigoureusement les coutumes britanniques, pour que rien n'apparaisse singulier, ou déplacé, à l'invité d'honneur. Ses craintes avaient également amené Sophie à effectuer un choix de mets plus restreint qu'elle ne l'aurait souhaité : sir Roland était un conservateur qui détestait tout ce qui était « étranger ». Mais apparemment, son attirance pour Henriette était grande, puisqu'elle l'avait conduit à fermer les yeux sur le sang français qui coulait dans ses veines.

Sophie essuya une petite tache de sauce sur le bord d'un plat avec une serviette propre, puis fit signe à Clara et à la servante.

— Tout est prêt. Dans un instant, un valet va annoncer à

la porte du salon que le dîner est servi. Ne prenez pas cet air inquiet. Tout se passera bien !

Elle ne s'était point trompée. Le premier service se passa admirablement bien. Les valets emportèrent ensuite le second service, constitué d'un filet de veau aux champignons accompagnés d'une sauce onctueuse, de faux-filet rôti, d'un pudding fourré de viande de bœuf très tendre, servi dans son jus, et de rôti d'agneau à la menthe. Les asperges furent dressées dans un plat spécial de porcelaine fine, de la même forme que ces légumes raffinés. Puis ce fut le moment d'apporter les desserts. Sophie s'était surpassée, mais son chef-d'œuvre fut une vieille recette française datant de l'époque de Mme de Pompadour, et passant pour être sa gourmandise favorite. Cette délicieuse préparation à base de crème, d'œufs, de sucre et de subtiles essences, était moulée en forme de cœur délicatement coloré de rose et décoré de violettes que Sophie avait cueillies et confites elle-même au printemps précédent.

Pour finir, on retira la nappe pour servir les confiseries, dont la pièce maîtresse était l'une des créations de Sophie, une vannerie de fils de sucre entrelacés, remplie d'un choix de ses meilleures sucreries. Il ne resta plus qu'à servir le plateau de thé préparé dans le salon.

Sophie consulta l'horloge. Il était minuit moins vingt et les messieurs, qui avaient fini leur porto, étaient allés rejoindre les dames. Sophie estima que le moment était venu pour sir Roland de suggérer à Henriette d'aller faire une promenade dans la roseraie. Ils y seraient accueillis par la fraîcheur de l'air embaumé et le croissant de lune ferait le reste.

Sophie alla vérifier la cuisine, qu'elle eut la surprise de trouver bien rangée. Les deux jeunes femmes qu'elle avait engagées à ses frais étaient à l'œuvre devant l'évier dans un halo de vapeur d'eau chaude, les bras dans la mousse de savon. Il ne restait plus qu'à ranger tous les restes dans des récipients propres et à les placer dans les armoires à provisions.

Clara, rayonnante, déclara alors que l'on rapportait les restes du dessert à la cuisine :

— Je parie que c'est le meilleur repas jamais servi dans cette maison. Le valet m'a dit qu'il fallait les voir se précipiter dessus comme des affamés ! La baronne de Bouvier elle-même a pris un peu de tout !

Voilà qui constituait certainement un compliment ! Sophie était impatiente de savoir si sir Roland, gavé de nourriture succulente et de bon vin, avait accordé quelques regards enamourés à Henriette, mais elle se garda de poser cette question à une tierce personne. Elle sortait du garde-manger lorsqu'elle entendit un pas lourd dans le corridor. La porte capitonnée de vert de la cuisine s'ouvrit à la volée. A sa grande surprise, le prince fit son apparition, la face empourprée par la quantité de nourriture et de boisson qu'il avait absorbée, son habit de brocart tendu à craquer sur sa panse.

— Quel splendide repas ! s'écria-t-il d'une voix tonitruante. Je suis venu pour féliciter le chef !

Sophie, qui ignorait que le prince comptait parmi les convives, s'abîma dans une profonde révérence. Les deux jeunes femmes, qui avaient sursauté devant leur évier, suivirent son exemple et exécutèrent elles aussi un petit plongeon.

— Je suis honorée d'apprendre qu'il vous a plu, Votre Altesse, dit Sophie.

Elle avait entendu dire au Pavillon de la Mer que le prince aimait à visiter les cuisines pour bavarder avec les chefs et le personnel, mais elle n'aurait jamais imaginé que sa générosité s'étendait au-delà des limites de son entourage.

— C'est encore vous, par tous les diables ! s'exclama-t-il avec un clin d'œil. Je vous rencontre partout ! Vous êtes l'experte en porcelaine française. Que faites-vous donc là ?

Sans attendre sa réponse, il eut un geste ample.

— J'ai vu Tom Foxhill il y a deux jours. Il m'a apporté un nouveau vase. Très fin, couleur de mer au crépuscule. L'avez-vous vu ?

— Non, Sire.

Elle fut prise d'un doute :

— Je croyais Mr Foxhill à Saint-Pétersbourg ?

— Permettez-moi de vous détromper, mademoiselle, répondit le prince en agitant un index mal assuré, vous êtes dans l'erreur. Je viens de passer trois jours à Carlton House et c'est là qu'il m'a remis le vase dont je vous parle. Je l'ai d'ailleurs rapporté avec moi à Brighton.

Sophie sentit de nouveau la terreur l'envahir. Le prince était ivre, mais pas au point de ne pas savoir ce qu'il disait. Richard lui avait menti !

— Donc, mademoiselle, conclut le prince avec le sourire

qui ne manquait jamais de charmer ses interlocuteurs — adversaires exceptés, bien sûr —, je vous félicite encore pour le festin que vous avez préparé ce soir. Si je n'étais pas tenu au devoir de courtoisie vis-à-vis de mes hôtes, je vous aurais installée aux cuisines du Pavillon de la Mer dès demain. Bonne nuit.

La porte capitonnée se referma sur lui.

— Avez-vous entendu, Sophie ? s'exclama Clara. Le premier gentilhomme d'Europe aimerait vous avoir pour cuisinière !

Sophie répondit d'un ton absent :

— Mais je suis confiseuse, je ne suis pas cuisinière. J'aurais préféré des compliments pour mes douceurs.

Elle enleva son tablier.

— Je vous laisse surveiller le rangement. Je dois partir, je ne tarderai point à être de retour.

— Êtes-vous souffrante ?

Sophie secoua la tête :

— Je vous expliquerai plus tard. Pourquoi personne ne m'a-t-il prévenue que le prince était invité ?

— Henriette a pensé que c'était préférable pour votre tranquillité d'esprit. Elle avait l'intention de vous le dire plus tard.

— Cela ne m'aurait point inquiétée, mais c'est délicat de sa part. J'espère que sa soirée a été un succès.

Sophie quitta la cuisine par l'arrière et monta dans le cabriolet qui attendait à la porte. En dépit de l'heure tardive, les environs grouillaient de monde et l'on entendait jouer de la musique partout. Décidément, durant la saison, Brighton semblait ne pas dormir la nuit... Sophie n'avait pas la moindre idée de l'endroit où trouver Richard, mais, sachant que son frère avait une prédilection pour le Castle Inn, elle en déduisit qu'il y était peut-être descendu. Mais elle fit chou blanc. Son nom n'était pas dans le registre. Elle prit la direction du Old Ship.

L'homme qui tenait le livre des entrées était nouveau, mais obligeant. Il n'eut aucune difficulté à trouver le nom de Richard Foxhill dans le registre.

— S'il vous plaît, envoyez quelqu'un à sa chambre pour lui dire que miss Delcourt l'attend au salon pour une affaire très urgente.

Sophie, incapable de s'asseoir, fit les cent pas dans la pièce. Lorsque Richard fit son apparition, elle comprit qu'il avait probablement été tiré de son sommeil, à en juger par ses cheveux ébouriffés et par ses vêtements qui semblaient avoir été passés en toute hâte.

— Qu'y a-t-il ? s'empressa-t-il de demander.

— Vous m'avez menti ! Tom est en France, n'est-ce pas ?

— C'est parce qu'une idée de femme hystérique vous a traversé l'esprit que vous êtes venue jusqu'ici, à cette heure ? lui rétorqua-t-il durement.

— Inutile de vouloir donner le change ! Sa vie est en danger !

Richard la dévisagea longuement puis ferma la porte.

— Pourquoi dites-vous cela ?

— Parce que je sais qu'il marche avec la bande de Broomfield. Avant de venir à la boutique, ce matin, j'ai envoyé un message à un officier des Taxes pour le prévenir qu'elle prévoyait de débarquer des marchandises sous peu.

Le visage de Richard se ferma.

— Quel jeu jouez-vous ?

— Je ne joue à rien ! Je dois la vie à Tom et c'est pour cette raison que je ne voudrais point le voir pendu. Mais, en ce qui concerne cette bande, c'est autre chose. Ce sont des coupeurs de gorge qui ne connaissent aucune pitié. Je voulais prévenir Tom de ne pas prendre la mer avec eux lors de la prochaine nuit sans lune, mais il est trop tard. Maintenant, c'est à vous de l'avertir.

— Grand Dieu ! Je ne sais pas où le trouver ! s'exclama Richard d'une voix rauque.

Elle serra les poings de dépit.

— Mais vous avez des contacts ! Et ces hommes payés par la bande pour faire le guet ?

— C'est Tom le contrebandier, pas moi. Je ne sais pas qui sont ces hommes.

A ces mots, son sang ne fit qu'un tour :

— Vous êtes le partenaire de votre frère pour vos affaires, mais vous ne voulez rien savoir des dangers qu'il court pour vous enrichir tous deux !

— Vous n'allez sûrement pas me croire, mais les choses ne se présentent pas tout à fait comme cela. Qui plus est, Tom n'en a jamais fait qu'à sa tête.

Richard marchait nerveusement de long en large.

— Il faut immédiatement annuler ce message !

— L'homme chargé de le transmettre est parti à cheval tôt ce matin. L'officier des Taxes à qui je l'ai envoyé, dans le Dorset, sait que je ne lui aurais jamais adressé ce pli sans une raison sérieuse. Il sera au rendez-vous de Sidlesham ! Croyez-moi ! Le capitaine Morgan se cramponne depuis des mois comme un bouledogue au moindre indice qui peut l'aider à anéantir cette bande !

— Je vais aller moi-même dans le Dorset, décida brusquement Richard. Dites-moi où je puis trouver le capitaine Morgan et j'utiliserai tous les moyens en mon pouvoir pour l'envoyer loin de Sidlesham.

— Comment y parviendriez-vous ?

— Il se trouve que je suis magistrat.

Cette révélation la fit légèrement sursauter.

— Je viens avec vous. Si vous échouez, je pourrai m'adresser directement au capitaine Morgan.

— Je dispose d'un équipage rapide. Je vous propose de partir tout de suite. Il n'y a pas de temps à perdre. Combien de temps vous faut-il pour vous préparer ?

Elle n'eut aucune hésitation :

— Vingt minutes. Vous pouvez venir me chercher chez moi.

Sophie retourna chez les Bouvier. Après tout le travail que Clara avait abattu, elle devait à cette dernière de la raccompagner sans tarder chez elle. Henriette se précipita à sa rencontre pour l'embrasser :

— Je suis fiancée, Sophie ! Sir Roland et moi allons nous marier à l'automne !

— C'est magnifique ! J'en suis très heureuse pour vous ! s'exclama Sophie en serrant son amie dans ses bras.

— Vous serez ma demoiselle d'honneur ! Je ne veux personne d'autre. Et Antoine sera mon page. Venez vite que je vous présente à mon futur époux.

— Pas maintenant, Henriette. Pas habillée comme je le suis. Je veux me montrer à lui sous mon meilleur jour. Allez vite le rejoindre. Il va se demander ce que vous faites.

Henriette n'attendait que cela. Elle s'attarda juste le temps nécessaire pour recevoir les bons vœux de Clara et disparut ensuite dans le salon. Sophie put donc emmener Clara sans perdre de temps. Sur le trajet, elle lui parla de son voyage dans le Dorset afin d'empêcher Rory de se rendre à Sidlesham.

— J'ai changé d'avis à propos de l'information que Pierre m'a donnée, lui indiqua-t-elle, et Richard Foxhill m'a proposé de m'y emmener.

— Ah bon, se contenta de répondre Clara avec flegme. Les frères Foxhill ont des liens avec la bande de Broomfield, pas vrai ?

Sophie poussa un profond soupir. Elle aurait dû se douter que Clara, en fine mouche, comprendrait toute la vérité.

— Richard ne la connaît pas. Mais Tom fait parfois de la contrebande avec elle. Je ne puis prendre le risque de le faire pendre !

— Il est en bien mauvaise compagnie avec ces gens. Après cette alerte, vous feriez bien de lui conseiller d'opérer seul. Ou de se joindre à ceux qui ne tuent pas d'abord, et posent les questions ensuite.

— Rien ne peut donc vous étonner, Clara ? s'enquit Sophie, saisie. Je pensais qu'après ce que je viens de vous dire sur Tom, la surprise vous aurait coupé le souffle.

— Rien ne me surprend plus quand il s'agit de contrebande. Et d'ailleurs, point n'était besoin d'être devin pour comprendre. Vous êtes devenue blanche comme un linge quand le prince vous a dit qu'il avait vu Tom Foxhill dans la semaine. Maintenant, je ne connais point le capitaine Morgan comme vous le connaissez, mais m'est avis qu'il a lancé ses hommes sur la route de Sidlesham aussitôt qu'il a reçu votre message ! Il faut empêcher Tom Foxhill de prendre la mer.

— Richard ignore où il se trouve.

— Pas moi.

Sophie en fut abasourdie.

— Comment le savez-vous ?

— Pierre me l'a dit l'autre nuit, quand vous nous avez laissés. Il y a une auberge à Dieppe où la bande de Broomfield a ses quartiers avant les opérations sur la côte du Sussex. Ils ont différentes caches là-bas où les marchandises sont rassemblées.

— Connaissez-vous le nom de l'auberge ?

— Pierre me l'a dit, mais je ne comprends goutte aux noms français. Il m'a dit que cela signifiait « le coq rouge ».

— Qui pourrait me faire faire la traversée de Dieppe pour un prix raisonnable ?

Clara agrippa soudain le poignet de Sophie et le serra à lui faire mal.

— Vous ne pouvez pas y aller ! Que deviendrait Antoine si vous étiez prise et emprisonnée, ou pire ?

Sophie poussa un gémissement de désespoir.

Elle alla attendre Richard devant la clôture et l'entraîna hors de portée de voix du cocher. Dès qu'il eut appris le dernier rebondissement, Richard renvoya l'équipage puis revint vers elle.

— Où est la barque ?

— Sur la grève, parée à prendre la mer. Le pêcheur est un voisin qui a entièrement voué sa vie au trafic de contrebande, selon Clara. Il n'a pas accepté que je le paie, car il espère obtenir de vous un meilleur prix.

Elle lui tendit un paquet.

— Voilà un peu de nourriture pour le voyage.

Elle le conduisit jusqu'à l'endroit où la barque de pêche était mise à flot. La marée était haute. Richard embarqua immédiatement.

— Que Dieu soit avec vous ! murmura-t-elle.

Elle resta sur la plage jusqu'au moment où l'embarcation cessa de se découper sur le ciel constellé d'étoiles. Elle pria le Ciel pour que Richard fût dans les temps.

Plusieurs jours s'écoulèrent sans que Sophie entendît parler de quoi que ce soit. Le pêcheur avait déposé Richard sur le rivage puis avait fait demi-tour. Il aurait été trop dangereux d'attendre sur place.

Sophie avait assez de travail pour s'occuper à plein temps et ne s'inquiétait pas pour Rory, qui lui avait promis, avant de quitter Brighton, qu'il la ferait prévenir immédiatement s'il était blessé au cours de quelque escarmouche. Henriette continuait de venir fidèlement à l'atelier mais, avant longtemps, ses obligations mondaines aux côtés de son fiancé réduiraient sa disponibilité pour finalement la supprimer tout à fait. Sophie alla rendre visite à Harry au Castle Inn et lui demanda s'il connaissait un confiseur désireux de tenter sa chance ailleurs.

— Je connais la personne qu'il vous faut ! déclara Harry,

rayonnant. J'ai un neveu qui vient justement de terminer son apprentissage et qui est prêt à quitter le maître chez qui il travaille depuis sept ans. C'est un bon gars. Il pourrait venir habiter chez nous.

— Où est-il en ce moment ?

— A Reading, mais dès que je lui aurai fait savoir que vous avez du travail à lui proposer à Brighton, il rappliquera en moins de temps qu'il n'en faut pour le dire ! Son nom est Robin Brown.

Robin était un jeune homme charmant, rapide et gai comme un pinson. A la moindre occasion, son visage encadré de cheveux blonds aux reflets roux s'illuminait d'un sourire éclatant. Il avait acquis une bonne expérience, si bien qu'au bout d'une semaine Sophie en fut à se demander comment elle avait pu se passer de lui. Elle se rendit compte du nombre incalculable de rappels à l'ordre quotidiens qu'elle avait dû administrer à Henriette et de toutes les directives qu'elle avait à donner à ses deux employées, tout en vaquant à ses propres occupations. Robin savait ce qu'il avait à faire, et le faisait bien.

— Est-ce que vous allez me garder ici, miss Delcourt ? lui demanda-t-il, anxieux, à la fin de ses deux semaines d'essai.

— Oui, Robin. Vous faites désormais partie à plein temps du personnel de la Confiserie Delcourt, la confiserie digne de la Cour !

— Vous devriez garder cette devise.

Sophie haussa les sourcils.

— Je l'ai lancée sans réfléchir, mais je pense que vous avez raison !

Elle apporta une ébauche à un artisan, qui frappa cent cinquante médaillons portant chacun son nom et celui de la ville de Brighton, placés en demi-cercle au-dessus de la devise. Ce genre de nouveauté était un bon moyen de faire connaître un établissement, car les pièces passaient de main en main et circulaient souvent jusqu'à des distances très éloignées. Sophie, flanquée de ses employés, était en train d'examiner des médaillons Delcourt qui venaient d'être livrés, lorsque Richard fit son apparition sur le seuil de la porte. Le médaillon qu'elle tenait lui échappa et vint rouler sur la table.

— Je vous souhaite le bonjour, mademoiselle Delcourt.

J'espère que vous vous portez bien. Tout va pour le mieux, pour mon frère et moi.

— Je suis heureuse de l'apprendre, dit-elle de façon fort conventionnelle, alors qu'en réalité son soulagement était si grand qu'elle craignait de voir ses jambes se dérober sous elle. Tom est-il à Brighton ?

— Non, il est en convalescence à Londres. Il a hélas été victime d'un léger accident au cours de son dernier voyage à l'étranger, mais ne vous inquiétez pas. Ce n'est rien de sérieux. Mais cela implique que je reste ici pour surveiller les travaux de rénovation des nouveaux locaux.

Elle piaffait d'impatience à l'idée de ne pouvoir poser toutes les questions qui lui brûlaient les lèvres en la présence de tierces personnes.

— C'est la première fois que vous venez ici. Voudriez-vous visiter mon atelier ?

— Oui, certainement.

Il s'empara du médaillon qui était tombé sur la table et lut l'inscription.

— Puis-je garder ceci ?

— Naturellement.

Ses employés étaient retournés à leurs activités. Sophie décrivit les différentes étapes de la fabrication des confiseries. Ils terminèrent leur visite auprès d'Henriette. Celle-ci était en train d'emballer les bonbons dans les papiers multicolores imprimés de la phrase romantique en français, idée qui s'était révélée un succès. Richard n'en avait jamais vu auparavant et fut intéressé par le travail d'Henriette. Il ne tarda pas à entamer avec elle une conversation portant sur les poètes français dans l'œuvre desquels presque toutes les phrases étaient puisées. Sophie, pour sa part, avait envie de danser ! Tom était sain et sauf, même s'il souffrait d'une légère blessure, et, selon toute vraisemblance, Rory avait pris la bande de Broomfield dans ses filets.

Richard s'inclina au-dessus de la table d'Henriette.

— Vous avez de la chance de préparer des bonbons pour des amoureux, fit-il remarquer avec un sourire.

— Oui, c'est vrai.

Henriette en saisit un au hasard et traduisit à haute voix :

— *Vous êtes près de m'aimer d'un amour sincère*. C'est une agréable prédiction.

— Je suis de votre avis.

Il lut à son tour :

— *Que les étoiles, tel un collier de perles, vous offrent leurs mille éclats, et que le monde soit un rubis pour votre doigt.*

Henriette hocha la tête :

— Quel merveilleux cadeau cela serait !

Elle leva sa main gauche comme pour admirer la bague imaginaire. Elle ne pouvait mettre sa bague de fiançailles pour venir à l'atelier.

Il traduisit une autre phrase :

— *A vos lèvres, à vos yeux, à vos cheveux, je fais serment d'allégeance.*

Elle murmura :

— Quelles tendres paroles !

Puis elle se hâta de parler d'autre chose :

— Comment avancent les travaux à Middle Street ?

Sophie était retournée à ses occupations, et guettait le moment où Richard prendrait congé. Elle était impatiente de lui poser toutes les questions qui se pressaient sur ses lèvres. Mais il était toujours plongé dans sa conversation avec Henriette, qui emballait les bonbons à un rythme régulier tout en devisant.

Enfin, Richard finit par abandonner la jeune fille.

— J'ai eu grand plaisir à faire votre connaissance, mademoiselle de Bouvier !

Henriette le suivit des yeux pendant qu'il allait rejoindre Sophie. Quel bel homme c'était ! Lorsqu'il sortit de l'atelier en compagnie de son amie, il se retourna pour lui lancer un regard plein d'intérêt par-dessus son épaule. Henriette lui rendit son sourire, mais elle sentit sa gorge se nouer. En ce quart d'heure passé en sa compagnie, il avait fait naître en elle une sourde nostalgie. Car Roland ne prononcerait jamais les tendres paroles que Richard lui avait lues de sa voix profonde et bien posée. Le soir où il lui avait fait sa demande, les mots d'amour qu'elle espérait n'avaient point franchi ses lèvres. Pourtant, elle devait accepter cette évidence : mieux valait tenir que courir. C'était uniquement parce qu'elle était de noble lignée qu'il avait fermé les yeux sur le fait qu'elle travaillait. Et encore sa tante l'avait-elle persuadé qu'elle s'occupait de former Sophie par charité... Henriette soupira.

Elle n'était pas très fière de cette bassesse. Mais c'était elle qui avait fait pencher la balance dans un sens favorable...

Lorsqu'ils furent à l'extérieur, Richard murmura à Sophie :

— Nous ne pouvons parler ici, et j'ai beaucoup de choses à vous confier. Nous avions formé le projet de dîner ensemble. Êtes-vous libre ce soir ?

Ils se retrouvèrent dans un coin retiré de la salle à manger du Old Ship, où ils pouvaient être vus des autres dîneurs, mais non pas entendus.

— Ainsi que vous l'a certainement dit le pêcheur qui m'a fait faire la traversée, dit-il en guise d'introduction, le voyage s'est passé sans anicroche. Nous n'avons rencontré personne. A Dieppe, je me suis rendu directement au Coq Rouge et j'y ai pris une chambre.

Il eut une grimace à ce souvenir.

— Cette auberge est située dans un quartier extrêmement inhospitalier, et les clients étaient pour le moins grossiers et prompts au coup de poing. Au cours des longues heures que j'ai passées dans cette horrible taverne, je n'ai pas vu trace de Tom. J'ai donc décidé de partir à sa recherche dans la région. Mais auparavant, j'ai pris soin de confier au tenancier de l'auberge que mon frère descendrait peut-être chez lui. Mais je n'ai laissé aucun nom, au cas où Tom userait d'un pseudonyme... Après tout, dans un endroit pareil, la méfiance est de rigueur.

— Tom vous a-t-il jamais fait quelque confidence ?

— Ça lui est arrivé. Mais uniquement lorsqu'il ne pouvait l'éviter.

— Mais les objets de contrebande passent par la boutique que vous exploitez tous les deux !

— C'est Tom qui s'occupe de les vendre.

Richard remplit son verre.

— Au cours de mes vaines recherches, j'ai mille fois regretté de ne pas en savoir un peu plus long sur les activités de mon frère ! Heureusement, alors que je rentrais désespéré et que je montais à l'étage, j'ai entendu une voix que j'aurais reconnue entre mille réclamer de l'eau.

— Tom ?

Richard raconta comment il avait découvert son frère gisant sur le lit à demi inconscient, une balle dans l'épaule. Richard, qui avait servi quelques années dans l'armée avant de s'associer à Tom, avait enlevé la balle lui-même et soigné sa blessure. Dès que Tom avait été capable de se déplacer, Richard avait réussi à le ramener en Angleterre.

— Il est toujours très faible, car il a perdu beaucoup de sang et il a voyagé bien trop tôt. Mais je devais le tirer de ce trou immonde le plus rapidement possible. A l'auberge, je ne pouvais faire confiance à personne. Il est toujours alité, à son grand désespoir. Mais ce sont les ordres de son médecin londonien...

Sophie était furieuse contre Tom. Il aurait pu mourir dans ce trou à rats, seul et ignoré de tous.

— A-t-il été blessé au cours d'une confrontation avec l'un de ses complices ? demanda-t-elle, amère.

— Tout ce qu'il a consenti à me confier, c'est qu'une sentinelle lui a ordonné de s'arrêter. Mais qu'il a continué sa course...

Elle leva au ciel des yeux exaspérés.

— Ne comprendra-t-il donc jamais ?

Richard eut un sourire sans joie.

— Tom est trop indépendant pour se laisser influencer par quoi que ce soit.

— Soupçonnez-vous certains de ceux que vous avez vus à la taverne de faire partie de la bande de Broomfield ?

— Non. Aucun d'entre eux ne m'a semblé être un sujet britannique. Peut-être cela signifie-t-il qu'ils rencontrent leurs pourvoyeurs français dans les caves ou dans les cachettes où sont stockées les marchandises prêtes à être embarquées. Il est inutile de le demander à Tom. Il ne nous dira jamais rien.

Elle soupira.

— Tout ce qui nous reste à faire est de le persuader de ne plus tenter le diable.

— Rien ne pourra l'empêcher de retourner en France lorsqu'il sera remis sur pied. Pas même vous, Sophie !

En prononçant ces mots, Richard confirmait ce que Sophie avait toujours pensé. Rien, pas même l'attachement qu'il avait pour elle, ne parviendrait jamais à détourner Tom de sa route. Sophie en fut plus blessée qu'elle ne voulut l'admettre.

Elle fut invitée par la comtesse de Lombarde, qui dirigeait l'atelier de modistes, à venir prendre le thé pour faire la connaissance de sir Roland. Henriette, qui ne restait jamais bien longtemps chagrine, avait après l'épisode des phrases poétiques retrouvé tout son entrain. Comme elle se l'était répété avec fermeté, elle ne faisait plus tapisserie, elle aurait un titre, une vie luxueuse, et elle n'était point assez folle pour en demander plus. Ce fut donc avec fierté et satisfaction qu'elle présenta son fiancé à Sophie, qu'elle présenta comme son amie la plus chère. Sur un signe de sa tante, Henriette laissa sir Roland et Sophie seul à seule.

— Lorsque j'ai fait la connaissance de la baronne, dit sir Roland avec une affabilité contrastant avec son visage rougeaud et sa corpulence, elle m'a appris que sa nièce vous transmettait son savoir dans l'art délicat de la confiserie.

— Vraiment ? se contenta de répondre Sophie, sèchement.

— Je trouve admirable le dévouement de cette chère petite. Mais je pense que le temps est venu pour Henriette de se consacrer exclusivement à son trousseau et à nos projets d'avenir. Bien sûr, cela va vous porter un coup très rude...

— Je savais que tôt ou tard elle finirait par quitter l'atelier.

Au moment où Sophie prenait congé, Henriette la pria de l'excuser pour n'avoir jamais rectifié le mensonge de sa tante.

— J'avais si peur de le perdre, Sophie ! Pardonnez-moi, je vous en prie.

— Je comprends fort bien, répondit Sophie en souriant. Soyez heureuse. C'est tout ce que je vous souhaite.

Sur le chemin du retour, Sophie vit un groupe de badauds occupés à lire un avis placardé dans une vitrine. Elle supposa qu'il s'agissait d'un communiqué de guerre, ou du compte rendu des derniers événements se déroulant en France. De l'avis général, la Révolution n'en avait plus que pour trois ou quatre semaines : Robespierre, l'instigateur de la Terreur, venait lui-même d'être guillotiné. Avec sa mort, l'horrible bain de sang allait peut-être enfin prendre fin.

Mais il ne s'agissait de rien de tout cela. Et Sophie lut avec stupeur l'annonce des fiançailles de George, prince de Galles, et de la princesse Caroline de Brunswick. Comment le prince avait-il pu ! En s'éloignant, Sophie songea longuement à Mrs Fitzherbert, qu'il avait tant aimée, et qu'il délaissait à présent avec tant de cruauté. La pauvre femme ! Elle la plaignait de tout son cœur.

A Marble Hill, Maria Fitzherbert fit dire à ses visiteurs qu'elle n'était point chez elle. Elle se drapa dans un silence plein de dignité et cacha ses larmes aux yeux du monde.

18

Comme Sophie l'avait espéré, Rory vint lui-même lui faire le récit des événements de Sidlesham. Son arrivée fut annoncée par Billy, qui passa la tête par la porte de l'atelier.

— Le capitaine Morgan est en train de remonter le chemin !

Sophie, qui était occupée à confectionner des bonbons à la liqueur, se débarrassa à la hâte de son tablier et de sa coiffe et se précipita dehors. Rory était près d'atteindre la porte du cottage quand elle vint se jeter dans ses bras.

— Vous êtes sain et sauf, Rory ! s'écria-t-elle, soulagée et radieuse.

Elle savait bien que s'il en avait été autrement, elle aurait été avertie. Mais elle voulait tout de même vérifier de ses propres yeux qu'il n'avait pas été blessé. Elle se blottit contre lui comme un enfant ayant trouvé son havre. Les yeux fermés, elle sentit ses lèvres se poser sur son front. Ce ne fut qu'après s'être penchée en arrière pour regarder son visage qu'elle comprit qu'il ne partageait pas sa joie. Quelque chose n'allait pas.

— Que se passe-t-il ? demanda-t-elle avec anxiété.

Il soupira et posa son bras autour de ses épaules. Ils quittèrent le chemin et descendirent sur la plage.

— Tout a échoué, Sophie. Mes hommes et moi avons fait le guet et attendu nuit après nuit du côté du moulin de Sidlesham, mais les contrebandiers ne s'y sont pas montrés.

Elle fut amèrement déçue.

— Oh, Rory ! Je suis vraiment désolée. Pourtant, mon informateur était sincère !

Il secoua la tête.

— Non, Sophie. Vous avez été dupée.

— C'est impossible !

— Je puis vous le prouver. Figurez-vous que j'avais tendu un piège à la bande de Broomfield à un certain endroit du rivage où pénètre un petit bras de mer. J'étais convaincu que le prochain débarquement aurait lieu là-bas. Mais en recevant votre message, j'ai immédiatement levé mon embuscade, et j'ai mis le cap sur Sidlesham. Je vous laisse deviner la suite.

Il se tut. Sophie se figea brusquement, une expression d'effroi sur le visage.

— Ne me dites pas qu'ils ont débarqué à l'endroit que vous avez laissé sans surveillance !

— C'est exactement ce qui s'est passé...

Sa mâchoire se crispa.

— Alors que j'étais sur le point de leur mettre la main dessus !

Il brandit le poing.

— Ces criminels ont de plus en plus de mal à débarquer leurs gros chargements. Il leur fallait être sûrs que je serais ailleurs. Ils m'ont donc lancé sur une fausse piste. Et vous avez pour cela été leur instrument.

Elle poussa un cri de détresse.

— Je voulais vous aider, et j'ai fait une terrible erreur !

Il eut pitié d'elle et la prit dans ses bras.

— S'il y a quelqu'un à blâmer, c'est moi, non pas vous. J'aurais dû me fier à mon propre jugement au lieu de me laisser influencer par votre message. Qui vous a mise sur cette fausse piste ?

— Je ne puis vous le dire.

Il la repoussa et la tint à bout de bras, le regard tout à coup très dur.

— Et moi j'exige de le savoir ! Cette personne est un allié de la bande de Broomfield et il faut l'éliminer. Qui protégez-vous ? Un homme ou une femme ?

— Vous pouvez me poser toutes les questions que vous voudrez, je ne vous répondrai point.

Son visage était fermé et déterminé.

Il retira ses mains, exaspéré, et lui tourna le dos.

— Votre fierté vous empêche-t-elle de reconnaître votre

faute ? Je pensais que vous exigiez réparation pour le meurtre des deux agents du Trésor.

— Vous êtes injuste ! Vous savez que c'est mon but. Mais je ne puis vous parler sans impliquer une personne qui n'est pas responsable du mauvais tour que l'on vous a joué.

— Comment pouvez-vous être sûre de son innocence ? Les contrebandiers corrompent tous ceux qui s'associent à eux.

— Dans ce cas, moi aussi je suis corrompue !

Rory la fixa, abasourdi.

— Réalisez-vous ce que vous êtes en train de dire ?

— Trop bien, hélas !

— Je ne sais en quelle compagnie vous vous êtes fourvoyée, mais vous devez immédiatement vous en libérer. Vous avez suffisamment de soucis avec la charge d'Antoine. Inutile de vous en créer d'autres. Le temps est venu maintenant de changer de nom et de demeure. Épousez-moi, Sophie !

Elle secoua la tête.

— Vous devriez m'arrêter, et non pas me proposer une fois de plus le mariage. Je vous ai mis dans une situation effroyable, Rory. Si j'avais été quelqu'un d'autre, vous m'auriez interrogée, peut-être même emprisonnée, après ce que je viens de vous révéler !

— Alors, rachetez-vous en me révélant la source de la fausse information. En témoignant contre vos complices, vous pourrez parler librement devant la cour, sans craindre d'être punie.

— Vous me demandez l'impossible !

Elle était toujours convaincue que les intentions de Pierre étaient bonnes. Mais même s'il n'en était rien, il lui fallait protéger Tom et Clara. Quelle aurait été la réaction de Rory s'il avait découvert que, pendant un court moment de folie, elle était allée jusqu'à envisager de s'embarquer pour la France, afin de prévenir un membre de la bande de Broomfield ? Elle dut se rendre à l'amère évidence qu'il valait mieux rompre toute relation avec lui.

— Nous avons pris des routes différentes, Rory. Compte tenu de ce qui s'est passé, et de tout ce qui nous sépare désormais, nous ne pouvons plus former aucun projet ensemble.

Le visage de Rory se crispa sous l'effet de la colère.

— Que vous arrive-t-il ? Croyez-vous un seul instant que je vous quitterai pour la seule raison que vous êtes tombée entre les griffes de personnes de mauvaise compagnie ? Je n'aurai de cesse de vous en avoir délivrée !

— Je peux m'en délivrer à tout instant, mais je continuerai à garder le silence.

— Mais cela aussi, je suis prêt à l'accepter.

— Vous perdez l'esprit. Que deviendrait votre carrière si d'aventure on apprenait mes liens avec les Gentilshommes ? Cela pourrait conduire à votre perte.

— Le diable emporte ma carrière ! Vous seule comptez pour moi !

Il l'attira brutalement à lui et l'embrassa passionnément, tremblant de désir. Puis, au prix d'un grand effort, il maîtrisa sa fougue et elle resta un long moment blottie dans ses bras, le front appuyé contre son épaule.

— Vous ne devriez pas m'aimer autant, murmura-t-elle.

— Comment pourrais-je m'en empêcher ? Souvenez-vous que je suis patient et que je vis dans l'attente du jour où vous ressentirez le même amour pour moi.

Elle savait que rien au monde ne pourrait l'empêcher d'espérer. S'il était patient, il était également déterminé. Et, en cela, ils étaient semblables.

Après le fiasco de la fausse information, Sophie informa Clara qu'elle ne voulait plus traiter avec Pierre. Son amie ne fit que peu de commentaires, mais il était clair qu'elle était perplexe.

Une nuit, Sophie entendit Pierre secouer le sable de ses bottes sur le perron. Puis il frappa à la porte. Ses coups devinrent de plus en plus impatients. Puis il se mit à secouer la poignée avec force. Sophie se laissa glisser hors de son lit et sortit sur le seuil de sa chambre. La chandelle brûlait dans la cuisine, révélant que Clara était levée, mais qu'elle persistait à ignorer superbement la présence du contrebandier. Finalement, Pierre lança contre la porte un coup de pied d'une telle violence que le bois se fendit. Peu après, on entendit le gravier du sentier crisser sous ses pieds. Il s'éloignait...

Sophie passa une robe de chambre et alla rejoindre Clara à la cuisine. Elle était assise près de la table, triste, mais l'œil sec. Elle se contenta de dire, sans regarder Sophie :

— J'aurais tout pardonné à Pierre, sauf d'aider la bande de Broomfield. J'ai préféré garder ça pour moi jusqu'ici, mais petit à petit j'ai compris que Pierre vous avait bernée. C'est pour ça que j'ai gardé ma porte fermée.

Elle passa une main tremblante devant ses yeux.

— Faites-nous une tasse de thé.

Sophie s'exécuta. Le thé était la panacée anglaise pour tous les moments difficiles. Et elle se réjouissait, elle aussi, de la perspective de déguster ce réconfortant breuvage. Les deux amies venaient de couper tous les liens avec la bande de Broomfield : Clara, en mettant un terme à son amourette, et Sophie, en repoussant Tom.

— Mon seul regret est d'être la cause involontaire de votre peine de cœur, dit Sophie pendant qu'elles buvaient leur thé.

— Mon chagrin est moins grand que vous ne le pensez, rétorqua Clara d'un ton las. Il y a belle lurette que j'avais songé en finir avec tout ça. Ces tonneaux d'eau-de-vie qui entraient et qui sortaient de ma cave, ça ne pouvait plus durer. Il faut que je pense à Billy. Alors, il vaut mieux que tout soit fini.

Elle reprit un peu d'entrain.

— Et puis, maintenant que j'ai un bon travail dans votre atelier, je n'ai plus besoin de faire ce trafic ! A présent, je suis une femme honnête !

— Je suis soulagée de vous l'entendre dire ! J'espère que mes affaires vont continuer sur leur lancée. Si les clients me passent commande après avoir quitté Brighton pour la saison à Londres, je saurai que j'ai gagné la partie.

— Pourquoi n'apportez-vous pas une boîte de friandises à Prinny ? Il vous connaît bien.

Sophie secoua vivement la tête.

— Jamais je ne ferais cela. Ce ne serait pas correct. Et en tout cas, je ne veux pas obtenir sa clientèle par ce moyen. Pour l'instant, il pense que je suis cuisinière, lingère, et spécialiste en porcelaine. Mais un jour — oh oui, un jour ! — il découvrira la confiserie Delcourt par lui-même, et il me passera commande...

Sophie avait écrit à Tom pour lui souhaiter un prompt rétablissement.

— Il s'en tirera, n'est-ce pas ? avait-elle anxieusement demandé à Richard.

— S'il observe les prescriptions de son médecin, tout ira bien.

Richard eut un sourire en coin.

— Mais vous connaissez Tom aussi bien que moi. Ce n'est pas la patience qui le caractérise.

— Cela l'aiderait-il si j'allais lui rendre visite ?

— Il est très orgueilleux. Je ne suis point convaincu qu'il souhaiterait vous offrir le spectacle de sa déchéance présente.

— Je ferai tout ce qui est en mon pouvoir pour hâter sa guérison, déclara-t-elle.

— Continuez à lui écrire. Il attend vos lettres avec impatience.

Richard emportait souvent lui-même les lettres de Sophie à Londres, où il se rendait régulièrement pour surveiller l'état de santé de son frère. Tom était soigné par une de ses tantes plutôt âgée, et par deux infirmières qui se relayaient jour et nuit à son chevet, afin de le garder constamment sous surveillance.

— Je me languis de la vue d'une jolie femme, Richard, déclara-t-il un jour du fond de ses oreillers. Dites à Sophie de me faire parvenir un portrait par votre intermédiaire.

— Inutile de vous leurrer. Sophie est bien trop occupée pour avoir le temps de rester assise à poser.

— Dites-lui tout de même, grommela Tom.

Richard s'abstint de faire passer le message. Sophie n'avait vraiment pas un seul moment de libre. Et, de toute façon, Tom allait sûrement oublier sa requête avant sa prochaine visite.

Sophie, elle, continua fidèlement de correspondre avec Tom. Elle lui relatait les derniers cancans de Brighton. Elle lui parlait également d'elle, lui faisant part de son rêve de trouver une petite maison où elle se sentirait entièrement chez elle. Ce qui ne l'empêchait nullement d'apprécier la bonté de Clara, et de se réjouir de l'amitié grandissante qui les unissait.

Durant toute cette période, Sophie vit très peu Henriette. La jeune fille se consacrait entièrement à sa vie mondaine. Elles ne se rencontraient qu'au cours des essayages des robes qu'elles porteraient le jour du mariage. C'était une couturière française qui confectionnait leurs toilettes, qui promettaient d'atteindre le summum de l'élégance. Henriette avait choisi une soie crème, et avait dessiné elle-même le patron de sa robe. Sophie porterait du rose. Mais leurs deux tenues obéissaient aux nouveaux canons de la mode, privilégiant la simplicité. Les jupes étaient moins arrondies et les corsages montaient plus haut, mais le fichu était toujours là, et leurs chapeaux à large bord ornés de tulle soyeux seraient portés de façon à mettre leur visage en valeur. De son côté, lors de son dernier essayage, Antoine se déclara enchanté de sa veste et de sa culotte de velours cramoisi.

— Est-ce la tenue que j'aurais portée en France si nous y étions encore ? demanda-t-il à Sophie lorsqu'ils se retrouvèrent seuls.

— Pour les occasions officielles, oui.

Mais il se lassa bien vite de ses beaux atours et fut heureux de retrouver ses vêtements de tous les jours. Ce qu'il attendait avec le plus d'impatience était le voyage dans le Gloucestershire. En effet, il prendrait la diligence avec Sophie jusqu'à Londres, où ils passeraient la nuit dans une auberge. Puis ils seraient pris en charge pour le reste du trajet par un équipage envoyé par sir Roland. Henriette avait espéré se marier à Londres, où la saison battait son plein, mais sir Roland, étant veuf, avait décidé que la cérémonie se tiendrait à la campagne, dans la quiétude de la chapelle familiale de son château. Un grand bal comptant huit cents invités serait donné le lendemain.

— Vous rendez-vous compte, Sophie, s'exclama Henriette en battant des mains, les gens n'auront d'yeux que pour moi ! Je serai la nouvelle lady d'une grande maison ! Tout le comté se déplacera pour faire ma connaissance.

La jeune fille vint faire ses adieux par un matin de la fin de la saison, alors que l'on était en train d'emballer les confiseries. Sir Roland était déjà parti pour le Gloucestershire et elle s'apprêtait à aller le rejoindre en compagnie de son oncle et de sa tante. Jusqu'au jour du mariage, ils seraient les hôtes d'un comte du voisinage.

— Vous me manquerez, ma chère Sophie, dit Henriette, l'œil humide, alors qu'elles échangeaient un baiser d'adieu. Mais sir Roland m'a promis que nous reviendrions sur la côte chaque été.

— En attendant, nous nous reverrons dans trois semaines, pour le mariage !

— C'est vrai !

Henriette sécha ses larmes et dit, à nouveau tout sourire :

— Votre robe et les habits de velours d'Antoine ont été emballés avec grand soin. Ils vous attendront à votre arrivée. Au revoir, ma chère amie.

Sophie agita la main pendant qu'elle s'éloignait à bord d'un phaéton vert pomme flambant neuf, conduit par un cocher en livrée.

Rory avait également été invité au mariage, mais il était retenu par ses obligations. Lorsqu'ils prirent la route du départ, Antoine était au comble de l'excitation. Il aurait préféré voyager à l'extérieur, sur l'impériale, mais sir Roland avait payé pour les meilleures places, et celles-ci étaient à l'intérieur. L'enfant applaudit lorsque le postillon souffla dans une longue corne et que les chevaux s'ébranlèrent en faisant claquer leurs sabots sur le pavé. En passant devant les nouveaux locaux de Tom, Sophie constata que les échafaudages avaient été enlevés et qu'une enseigne représentant un coffret de nacre miroitait au soleil au-dessus de l'entrée. Tout était prêt à présent. L'ouverture ne dépendait plus que du prompt rétablissement de Tom.

La diligence conserva une bonne allure et changea de chevaux deux fois. Quatre autres passagers étaient installés à l'intérieur, dont une Française avec qui Sophie conversa. Ils passèrent par Cuckfield et Crawley, Reigate et Croydon, et traversèrent de nombreux villages avant d'arriver, exactement sept heures après leur départ, au White Horse Inn de Fetter Lane. Sophie et Antoine ressentirent la même émotion à la vue de la City de Londres, et le tohu-bohu qui régnait dans les rues réveilla la nostalgie de Sophie pour Paris. C'était le même grouillement de diligences et d'attelages, de carrioles et de charrettes à bras, de colporteurs braillant à tue-tête, de mendiants en loques. Et l'on voyait partout des gens bien mis, au milieu de la foule de ceux qui luttaient quotidiennement pour leur survie.

La cour du White Horse était bordée sur trois côtés par un bâtiment doté de coursives donnant accès aux chambres. Lorsque la diligence s'arrêta, des palefreniers accoururent pour saisir les chevaux par la bride. Puis des porteurs s'activèrent à décharger les bagages. Sophie descendit la première. Antoine la suivit d'un bond. Au moment où elle saisissait la main de l'enfant, elle aperçut Tom qui s'avançait vers elle, appuyé sur une canne. Son cœur se serra devant sa pâleur et sa maigreur, ses yeux battus, ses joues creuses. Il ne lui laissa pas le temps de le saluer.

— Enfin ! Pourquoi n'êtes-vous pas venue me rendre visite ? éclata-t-il, furieux.

— Tom, je vous en prie ! Nous n'allons pas parler de cela ici. Comment allez-vous ?

— Comment pensez-vous que je me porte ? aboya-t-il.

Elle comprit qu'il n'était plus maître de lui-même. Les gens jetèrent des regards curieux dans sa direction, car, en dépit de sa faiblesse, il avait donné de la voix. Elle se tourna vers Antoine.

— Attendez-moi ici pendant que je vais voir où sont nos bagages.

Tom fit claquer ses doigts.

— C'est inutile. Mon serviteur réglera tout cela pour vous. Vous allez venir passer la nuit chez moi.

— Certainement pas ! Je n'ai pas envie de subir vos reproches !

Toute la patience de Sophie s'était envolée.

— Nous avons besoin de repos avant de reprendre la route demain !

— Cela vous est-il égal d'apprendre que je suis à l'arrivée de toutes les diligences de Brighton depuis trois jours ? Et ceci, uniquement parce que Richard a quitté Londres sans me donner la date exacte de votre voyage ?

— Je suis désolée pour vous. Mais maintenant, permettez-moi d'emmener Antoine à l'auberge sans m'importuner davantage !

— Je vous accompagne.

Tom fit signe à son serviteur, qui s'était déjà saisi des bagages de Sophie. Une foule de passagers nouvellement arrivés se pressait au comptoir de la réception, mais l'air autoritaire de Tom attira immédiatement l'attention, et Sophie entra rapidement en possession de sa clé. Elle aurait préféré que Tom la laisse seule, mais il insista pour dîner en sa compagnie.

Dans sa chambre, qui donnait sur la coursive inférieure, il y avait un lit à colonnes. Un petit lit avait été dressé pour Antoine dans une pièce attenante.

— Pourquoi Mr Foxhill est-il si fâché ? s'enquit le petit garçon alors qu'elle versait de l'eau dans une cuvette pour laver son visage et ses mains avant le dîner.

Elle répondit avec franchise, comme toujours :

— Il ne veut point que je me marie avec le capitaine Morgan. Je l'ai un jour menacé de le faire, et je suppose qu'il croit que j'ai passé mon temps avec Rory au lieu de venir le voir à Londres.

— Il ne me plairait point, à moi non plus, que vous vous mariiez avec le capitaine Morgan.

— Que voulez-vous dire ?

Il leva la tête pour lui permettre de passer une flanelle humide sur son visage.

— J'aime le capitaine Morgan. Mais il est toujours au loin ! Je voudrais que vous épousiez quelqu'un qui vivrait avec nous tout le temps. Tous les garçons de l'école ont un père, sauf Billy et moi.

Elle lui tendit une serviette. Elle découvrait avec tristesse que l'enfant ressentait davantage l'absence d'un père qu'elle ne l'avait imaginé.

— Je ne pense pas que les choses seraient différentes si j'épousais Mr Foxhill. Il serait toujours au loin, lui aussi. Et puis de toute façon, il ne m'a jamais parlé de mariage !

— Mais s'il ne voulait pas se marier avec vous, cela lui serait bien égal que vous voyiez le capitaine Morgan !

— Je n'en suis pas certaine. A présent, descendons dans la salle à manger. Vous êtes sûrement aussi affamé que je le suis moi-même.

Tom semblait s'être radouci. Il se leva lorsqu'il les vit s'approcher de sa table. Toutes les salles à manger privées étaient prises et il ne pourrait pas parler seul à seul avec Sophie comme il l'avait espéré. Lorsqu'ils furent assis, il s'adressa à Antoine en français :

— J'ai omis de tenir compte de votre présence, Antoine. Il faut me pardonner. J'espère que ma colère ne vous a point effrayé.

— Non, monsieur. Ma Renfrew crie tout le temps après moi et après Billy, mais cela ne veut rien dire.

— Vraiment ?

Tom leva les sourcils.

— Vous me voyez soulagé, bien que Sophie sache que je

n'aime point parler pour ne rien dire, quel que soit le volume de ma voix. Bien, que désirez-vous manger ?

Grâce à la présence de l'enfant, le ton de la conversation resta calme et serein. Lorsqu'ils eurent fini de dîner, Tom raccompagna ses invités jusqu'à leur chambre. Il ouvrit la porte et remit la clé à Sophie. L'enfant entra, mais Tom tendit un bras pour empêcher Sophie de passer.

— Pourquoi ne m'avez-vous pas envoyé votre portrait ? lui demanda-t-il. Les artistes ne manquent pas à Brighton durant la saison. Richard l'aurait payé pour moi. J'ai passé mon temps à l'attendre. Je pensais que vous vouliez m'en faire la surprise.

Elle le regarda avec stupéfaction.

— De quoi parlez-vous ?

— Je vous ai fait parvenir un message pour vous dire que je voulais un portrait de vous.

— Je n'en ai jamais rien su, protesta-t-elle.

— Ma demande ne vous a-t-elle donc pas été transmise ?

— Peut-être tout ceci n'est-il que le fruit de votre imagination, suggéra-t-elle d'un ton doux. Après tout, vous êtes resté très faible pendant un certain temps, et vous n'étiez pas toujours lucide au début.

— C'était une raison de plus pour venir me rendre visite.

— Je me suis proposé de le faire, mais vous étiez trop malade. Plus tard, j'ai été submergée de travail, et, par ailleurs, je savais par Richard que vous étiez hors de danger.

Sophie avait le plus grand mal à conserver sa sérénité. Tom la fixait avec intensité et la passion qui l'habitait la gagnait peu à peu, traversant sa chair et pénétrant au plus profond de ses os.

— Ne pensez-vous pas que Morgan se comportera en gentilhomme si vous lui expliquez que c'est moi que vous aimez vraiment ?

De la même voix brève et haletante, il poursuivit :

— Bien sûr que si ! Ce serait tout à fait dans son caractère que de se sacrifier pour le bonheur de la femme qu'il adore !

Elle rougit.

— Mais pas dans le vôtre, bien entendu.

— Pas s'il fallait pour cela nier tout ce qui nous attire l'un vers l'autre. Vous savez que je vous ai aimée dès le premier jour. Personne n'a le droit de s'immiscer entre nous !

Elle fut malgré elle gagnée par l'impatience.

— Vous ne devriez pas être aussi présomptueux et prétendre connaître mes sentiments. Je suis libre de ma personne et j'ai l'intention de le rester toute ma vie. Laissez-moi passer, Tom, s'il vous plaît.

Avec force, elle le poussa sur le côté et se précipita à l'intérieur de la pièce. Elle claqua la porte derrière elle et tourna la clé dans la serrure. Elle resta debout, immobile et tremblante, les mains sur les yeux. Elle entendit le bruit de ses pas qui s'éloignaient le long de la coursive.

Dans la pièce, tout était calme. Lorsqu'elle laissa retomber ses mains, elle ne vit nulle trace d'Antoine. Elle se rendit dans la chambre attenante et le trouva déjà endormi dans son lit. Elle ramassa les vêtements qu'il avait semés un peu partout, les replia et les posa sur une chaise. Puis elle se coucha sur son lit et, les yeux fixés sur le baldaquin, elle repensa à tout ce qui s'était passé entre Tom et elle. Force était de reconnaître qu'une partie d'elle-même, la plus passionnée, celle qu'elle avait toujours bridée par une féroce discipline, était follement attirée par Tom. A l'approche du jeune homme, elle resurgissait, battant des ailes comme un oiseau pris au piège. Et il fallait à Sophie une volonté d'acier pour la réduire au silence ! Elle savait qu'elle ne serait jamais libérée de son côté passionné. Mais elle entendait bien éviter de lui donner libre cours ! Et elle avait conscience que Rory était devenu son plus solide rempart contre la tempête que Tom déchaînait, à chacune de leurs rencontres, dans sa vie si bien ordonnée.

En dépit de la fatigue de la journée, Sophie mit longtemps à trouver le sommeil. Elle souffrait d'un curieux vague à l'âme, qui ressemblait étrangement à un chagrin d'amour, et ne la laissait pas en paix... Au matin, elle n'eut que le temps d'emmener Antoine voir la Tour et le Pont de Londres. Puis l'attelage de sir Roland Westonbury vint les prendre au White Horse Inn.

Le mariage fut aussi calme que sir Roland l'avait souhaité. Seuls la famille et les amis proches se réunirent sur les bancs de la chapelle familiale. Mais le bal du soir suivant fut spectaculaire. La grande maison était tout emplie de lumière et de musique. Henriette rencontra tout le succès qu'elle avait espéré. Et elle recueillit d'innombrables manifestations d'amitié. Même si sa pétulance était un peu tempérée au lendemain de sa nuit de noces, elle était devenue une femme. Cela lui conférait une nouvelle dignité. Et rien ne pouvait ternir son charme...

Le moment du départ arriva. Sophie et Antoine agitèrent la main, assis dans l'attelage qui les emmenait. Ils virent au loin la silhouette d'Henriette courir derrière eux sur le chemin, où elle s'arrêta pour continuer à leur faire signe jusqu'à ce qu'ils aient disparu. Sophie eut le temps d'apercevoir sir Roland qui, venu rejoindre sa jeune épouse, avait posé un bras autour de ses épaules. Ce n'était peut-être pas l'homme idéal pour Henriette, mais Sophie était sûre qu'il serait le plus attentionné des maris.

— Je pense qu'Henriette aurait bien voulu rentrer à Brighton avec nous, déclara Antoine après qu'ils se furent installés tous deux au fond de leurs sièges.

Une fois de plus, Sophie fut étonnée par le discernement de cet enfant, si jeune encore.

— Je le pense aussi. Mais bientôt elle s'habituera à sa nouvelle vie et sera heureuse.

L'attelage les conduisit directement à Brighton, avec une étape dans une auberge de campagne. A leur arrivée chez eux, ils furent accueillis par une heureuse nouvelle : Robin informa Sophie qu'une première commande était arrivée de Londres. Moins d'une heure plus tard, Sophie avait déjà revêtu son tablier et, tout en travaillant, régalait Clara d'un récit circonstancié du mariage et des festivités qui avaient suivi.

Clara fit remarquer :

— C'est du mariage du prince de Galles que je me rejouirais d'entendre parler, à présent ! Mais Dieu seul sait quand il aura lieu.

Le prince était d'ailleurs dans la même ignorance. La date fixée pour l'arrivée de sa fiancée avait été retardée à plusieurs reprises. La guerre avec la France rendait tout voyage périlleux. Et l'hiver rigoureux qui sévissait sur le continent rendait l'entreprise encore plus risquée.

Mrs Fitzherbert, quant à elle, avait reparu en société à Londres. Selon les informations parvenues jusqu'à Brighton et provenant de plusieurs sources différentes, son attitude sereine ne permettait pas de deviner ses sentiments vis-à-vis du mariage imminent de son époux avec une autre femme...

Brighton ne profitait pas pour autant de la présence du prince. L'hostilité constante montrée par la population avait provoqué chez lui un tel courroux qu'il se tenait éloigné de la ville. Un jour, dans un accès de colère, il avait même déclaré qu'il ferait transformer le Pavillon de la Mer en quartier militaire. Mais tous savaient qu'il était bien trop attaché à son « cottage » pour mettre sa menace à exécution.

A la fin du mois de novembre, Rory vint faire une courte visite à Sophie. Il était en route pour Londres, où il devait faire un séjour, d'une durée indéterminée, à la Maison des Douanes. Les autorités avaient fait appel à lui pour les aider à résoudre une affaire de fraude perpétrée par un certain nombre d'importateurs.

— Ce travail exigera beaucoup de patience et de prudence, lui précisa-t-il. Rien ne devra filtrer. Si je réussis, j'aurai droit à une promotion. J'ai un important poste administratif en vue à Shoreham. Il couvrira tout le Sussex. L'homme qui tient ce poste actuellement va bientôt se retirer de ses activités.

— C'est magnifique.

— Mais j'ai quelque chose à régler avant.

Elle le comprit à demi-mot.

— Vous reprendrez vos patrouilles sur la côte jusqu'au moment où vous aurez mis la main sur la bande de Broomfield.

— C'est cela. Je termine toujours ce que j'ai commencé.

Rory passa trois jours à Brighton avant de poursuivre son voyage pour Londres. Antoine fut particulièrement triste de le voir repartir. En effet, Rory lui avait donné ses premières leçons d'escrime. Il lui avait pour cela confectionné une épée rudimentaire à lame de bois. Mais il lui opposait une épée véritable, qu'il n'utilisait néanmoins pas avec assez de force pour fendre celle de l'enfant.

— Le capitaine Morgan m'a dit que si je voulais devenir un vrai gentilhomme français je devais être capable d'utiliser une lame, déclara Antoine à Sophie.

— Il a raison, admit cette dernière.

Elle pensa par-devers elle qu'il devait également apprendre à monter à cheval, car il avait probablement tout oublié des premières leçons dispensées par sa mère. Mais il lui faudrait attendre encore un peu. Le prix d'une telle instruction n'était pas encore abordable pour Sophie...

Sophie n'avait pas abandonné l'espoir de recueillir des informations complémentaires sur Émile de Juneau. C'est pourquoi elle décida de retourner à la ferme des Millard.

Elle trouva Mrs Millard complètement rétablie et enchantée de sa visite. Toutefois, certaines périodes de sa vie avaient disparu de sa mémoire, et l'incident avec le Français en faisait partie.

Le voyage aurait été plus rapide si Sophie avait pu profiter du cheval de Tom. Mais après avoir mis un terme à ses relations avec Pierre, Clara avait décidé de ne plus enfreindre la loi en aucune façon. Elle avait donc prié Richard d'emmener l'attelage de Tom, en déclarant à Sophie :

— Je ne veux plus avoir affaire de quelque manière que ce soit aux Gentilshommes et à leurs alliés, et vous m'avez dit que Tom Foxhill appartenait à cette catégorie.

Sophie avait donc dû se résoudre à louer un bidet bon marché et une carriole... Elle envisageait d'acheter un poney et une charrette anglaise légère dès que ses moyens le lui permettraient.

19

En décembre 1794, le prince épousa sa fiancée, toujours absente, par procuration. Le crime était donc consommé. Mrs Fitzherbert fit savoir qu'elle avait recouvré son état de veuve et qu'elle se retirait désormais à Marble Hill, dans la campagne de Twickenham. Les neuf années de son mariage avec le prince étaient balayées d'un trait. Sophie en fut profondément chagrinée. Le prince et Maria avaient vécu un grand amour pour lequel ils avaient dû faire face à d'innombrables difficultés. Force était de constater que les dettes, la politique et l'influence notoire de lady Jersey en avaient eu raison.

Sophie fut déçue de ne recevoir que quelques commandes en provenance de Londres, mais ses ventes à Brighton lui donnaient suffisamment de travail pour l'occuper à plein temps, ainsi que ses deux employés. Elle ne vit nulle trace de Tom dans sa boutique, dont les volets restèrent fermés.

Puis arrivèrent le printemps et ses tapis de jonquilles. Le volume des commandes augmenta de façon importante, ce qui permit à Sophie d'engager un nouvel apprenti prénommé Oliver.

Au deuxième jour du mois d'avril, la princesse Caroline de Brunswick débarqua à Greenwich, où elle fut accueillie par lady Jersey. Deux jours plus tard, Sophie se rendit au Pavillon de la Mer pour s'enquérir de la date de la reprise de ses activités de lingère. Les langues allaient bon train : il n'était question que de la rencontre désastreuse entre le prince et sa jeune épousée.

— C'est le genre de femme qui a toujours l'air mal fagoté, quelle que soit sa tenue, entendait-on. Pas comme lady Jersey, qui serait élégante même habillée avec un sac. On dit que ce pauvre Prinny n'a pas pu cacher le choc qu'il a reçu quand elle est entrée dans la pièce ! Il l'a détestée dès le premier regard ! Après les présentations, il est allé tout droit se faire servir un verre bien rempli ! Et que croyez-vous qu'a dit la princesse avec son accent affreux ? « Je ne pensais pas qu'il était si gros ! Et il n'est pas aussi beau que sur son portrait ! »

Sophie écouta, effarée. La tragédie commencée avec la répudiation de Mrs Fitzherbert se poursuivait, toujours plus affreuse. Comment les choses allaient-elles se terminer pour l'infortunée princesse et pour ce fou de Prinny ?

— La princesse Caroline est-elle laide à ce point ?

— Non. Mais on ne peut pas dire qu'elle soit jolie non plus ! La vérité, c'est qu'elle n'est point sa tasse de thé. Elle est fière de sa poitrine et la montre beaucoup trop, aussi bien dans la journée que le soir, mais elle n'a rien d'une dame. Et une servante m'a dit que lady Jersey a dû lui demander de se baigner plus souvent. Vous vous rendez compte !

Sophie secoua la tête. Chacun savait que le prince était extrêmement délicat. Il y avait peu d'espoir.

En rentrant chez elle, elle trouva une lettre de Rory, dans laquelle il lui demandait de venir le rejoindre à Londres pour admirer le luxe des décorations ornant la ville en vue du mariage princier. Sa sœur, Ellen, qui profiterait d'un moment de détente bien mérité, y serait également. Clara encouragea vivement Sophie à accepter.

— Vous travaillez dur depuis si longtemps, sans jamais un jour de repos. Je sais à quel point vous protégez Antoine, mais je le surveillerai aussi bien que vous le feriez vous-même !

— Non, je ne puis le laisser. Pas même avec vous.

Clara sembla froissée.

— Mais pourquoi donc ? Je trouve que parfois vous passez les bornes. Penser que vous ne me croyez pas capable de prendre soin d'Antoine !

— Ma chère amie, ce n'est pas cela. Je vous en prie, croyez-moi.

— Eh bien, allez-y ! Ou alors, je croirai qu'un grand danger guette cet enfant.

Mais il lui fut impossible de convaincre Sophie, qui ne

concevait point de mettre entre elle et son protégé l'énorme distance de soixante miles.

Le jour du mariage princier, Sophie ne regretta pas d'être restée à Brighton, car les enfants avaient eu droit à un jour de congé, et elle était allée écouter la musique et danser dans les rues avec Clara et les garçons. Le soir, des feux d'artifice avaient été tirés.

A Londres, le prince avait sombré dans la mélancolie dès son réveil. C'était aujourd'hui que devait être célébré le mariage qu'il redoutait tant. La veille, il avait fait une dernière tentative de réconciliation avec Maria. Mais elle avait échoué. Pourtant, il avait passé sa journée à caracoler autour de sa maison, dans l'espoir qu'elle céderait et lui ferait signe d'entrer.

La cérémonie eut lieu dans la soirée. Le prince, qui avait passé la journée à boire pour noyer son chagrin, avait beaucoup de peine à se tenir debout. Ce fut au milieu d'un halo de brume qu'il distingua la jeune épousée, parée de beaux atours ornés de fleurs et de perles destinées à rehausser ses cheveux jaunes. Il tenta bien de s'enfuir lorsqu'il se retrouva devant l'autel, mais quelqu'un le repoussa avec violence dans le droit chemin. Ce ne pouvait être que l'un de ses frères.

Il dut avaler encore un peu plus de brandy avant de trouver le courage d'affronter la chambre nuptiale. En entrant dans la pièce, il se dit qu'il lui serait plus facile de se tirer une balle dans la tête que d'accomplir son devoir conjugal vis-à-vis de cette jeune épouse si peu attirante. Mais il réussit Dieu sait comment à consommer le mariage et quitta le lit immédiatement, dans l'intention d'aller se réfugier dans sa chambre. C'était compter sans le brandy. Le prince ne tenait plus sur ses jambes. Il trébucha contre la cheminée et tomba dans les cendres, inanimé.

La princesse Caroline se souleva sur un coude et le regarda avec dégoût. Quel mari elle avait récolté là ! Avant de quitter Brunswick, elle avait entendu parler de son flirt avec lady Jersey. Et c'était cette femme qui était venue l'accueillir, à son arrivée à Greenwich ! Devant l'affront, elle avait failli faire demi-tour. Mais elle croyait encore toutes les fables qu'on lui avait racontées à propos du prince, qui se serait consumé d'amour pour elle à la vue de son portrait. Elle croyait, aussi, que le premier gentilhomme d'Europe était le plus charmant, le plus spirituel, le plus beau des hommes. Des mensonges ! Rien que des mensonges !

Dans un accès de rage, elle fit tomber une grêle de coups de poing sur ses oreillers. Qu'il reste la tête dans les cendres pendant toute la nuit ! Que lui importait ! Elle espérait que les braises ardentes qui se consumaient dans l'âtre lui roussiraient les cheveux !

Les volets qui aveuglaient la façade de la boutique de Tom disparurent au début du mois de mai. Sophie, qui passait dans Middle Street, s'arrêta pour jeter un coup d'œil aux objets chinois exposés à l'intérieur. Il y avait des pots, des coupes et des vases. La pièce maîtresse était un superbe cheval dont la couverture de selle en feutre vert mettait en valeur l'ambre de la selle. Si le prince venait à l'apercevoir, il ne saurait y résister, et l'ajouterait à sa magnifique collection...

Elle sursauta lorsque la porte s'ouvrit, mais c'était Richard qui l'avait vue à travers la vitre.

— Entrez, Sophie. Permettez-moi de vous faire faire le tour du propriétaire.

— Tom n'est donc point là ?

— Non, il est en voyage.

Richard vit son regard se durcir.

— Il est parti pour affaires, se hâta-t-il de préciser, mais des affaires légales, je vous le garantis.

— Je suis heureuse de l'apprendre !

Elle entra dans la boutique et retint son souffle, éblouie.

— Quelles belles choses !

Les lieux avaient été transformés. La boutique et le magasin d'exposition avaient été tendus de papier chinois gaufré à la main. Richard lui fit remarquer qu'aucun oiseau, aucune fleur n'avait été reproduit deux fois.

La galerie avait été reconstruite, et Richard lui fit gravir le nouvel escalier en colimaçon pour lui faire admirer les nombreuses peintures exposées. Une coupole de verre avait été découpée dans le toit pour permettre à la lumière d'entrer à flots. L'ensemble y gagnait également en élégance. Elle jeta un coup d'œil par-dessus la balustrade pour revoir l'endroit où s'était terminée la chute de Tom. L'espace était désormais occupé par des meubles précieux, de la marqueterie et des ors qui brillaient de tous leurs feux. Quelques marbres, de l'argenterie et de la porcelaine y étaient également exposés. L'un des employés de Richard était en train de négocier le prix d'un buste romain avec un client, tandis que le deuxième venait de vendre deux armoires d'angle.

Avant de redescendre, Richard montra à Sophie la nouvelle disposition de l'espace situé au-dessus de la boutique. Il avait été converti en un appartement spacieux comportant deux chambres à coucher. Le mobilier était à l'image de celui vendu au rez-de-chaussée.

— C'est extrêmement commode pour nous de pouvoir habiter au-dessus de notre magasin, fit remarquer Richard lorsqu'ils furent redescendus.

— Quand Tom prendra-t-il l'affaire en main ? demanda-t-elle, en prenant sur un rayon une petite cassette en argent, qu'elle examina attentivement.

— Je crois qu'il continuera pendant un certain temps encore à faire des allées et venues. Tom a confié la direction de cette boutique au sous-directeur de celle de Londres. Il vient s'installer aujourd'hui avec son épouse dans une maison de Brighton.

— D'où provient cette cassette ?

— De Perse. C'est un artisanat superbe. Elle date du seizième siècle.

Elle replaça la cassette sur son étagère et admira plusieurs autres objets exposés sur une table. Mais elle ne pouvait s'empêcher de continuer à penser à Tom.

— Savez-vous que votre frère et moi nous sommes querellés lors de notre dernière rencontre ?

Richard soupira.

— Oui, il me l'a dit. Il a toujours été convaincu d'obtenir tout ce qu'il désirait, et vous êtes en train de lui donner une leçon bien méritée.

— Je doute que vous soyez sincère en me disant cela. J'ai certes bien compris que Tom n'a nulle intention de changer de conduite. Mais je sais que ni vous ni moi ne souhaiterions le voir souffrir davantage, pas même pour son bien.

— Vous avez raison, naturellement. Il n'aurait jamais dû vous attendre par surprise au relais de diligence comme il l'a fait. Je regrette de ne pas avoir été au courant de son projet. J'aurais tenté de l'en détourner.

— Pensez-vous qu'il vous aurait écouté ?

Richard eut une moue de lassitude.

— Non, je ne pense pas. Il ne l'a jamais fait...

Sophie ouvrit un grand livre relié qui se trouvait à portée de main. A chaque page, une gravure différente représentait un palais indien à l'architecture exotique, dont la décoration apparaissait délicate comme une dentelle.

— C'est magnifique !

— Tom s'est procuré ce livre pour le prince de Galles. L'intérêt de Son Altesse pour l'architecture est très grand. C'est un livre rare, qui devrait lui plaire.

Lorsque peu de temps après Sophie quitta la boutique, elle songeait que le livre d'architecture indienne devrait doublement plaire au prince. Parce qu'il était un amateur éclairé. Mais aussi parce qu'il lui rappellerait que le pouvoir britannique était en train de croître en Inde.

Henriette et son mari vinrent passer la saison à Brighton, où ils avaient loué la maison précédemment occupée par Mrs Fitzherbert. Sophie se trouvait dans son atelier, lorsque la porte s'ouvrit sur Henriette, vêtue d'une robe de mousseline rose où flottaient des rubans, le visage radieux sous un chapeau incroyablement chic.

— Ma très chère Sophie ! Oh ! Comme vous m'avez manqué ! Les lettres ne remplacent pas la présence !

Indifférente au tablier poisseux de sucre de Sophie, elle se jeta au cou de son amie.

— Avouez-moi donc que vous êtes heureuse de me revoir, vous aussi !

Sophie éclata d'un rire joyeux.

— Bien sûr que je le suis ! Mais dites-moi, vous êtes une véritable gravure de mode !

— N'est-ce pas ?

Henriette virevolta pour lui permettre de mieux apprécier sa toilette.

— Devinez qui est ma couturière ? C'est Mme Rose, l'ancienne couturière de Marie-Antoinette ! C'est une émigrée, elle aussi.

Puis elle se dirigea vers Clara en trottinant comme un petit oiseau rose.

— Comment allez-vous, Mrs Renfrew ? J'étais si émue de revoir Sophie que j'ai omis de venir vous saluer tout de suite.

— Je vais bien, répliqua Clara, la détaillant d'un œil narquois. C'est vous qui serez la coqueluche de Brighton, cette saison, si je ne m'abuse.

— Je l'espère bien. Je veux tourner la tête à tous les hommes. Ne suis-je pas une coquine ?

Henriette esquissa un pas de danse, un sourire malicieux aux lèvres.

— Cela me changera bien de l'époque où je traînais à la suite de mon oncle et de ma tante, habillée au décrochez-moi-ça, ajouta-t-elle. Cela me changera, aussi, des heures interminables passées à fabriquer des chapeaux. Mes seuls moments de bonheur, c'est ici que je les ai connus, dans cet atelier.

Puis, se dirigeant d'un pas léger vers Robin :

— Vous êtes arrivé après mon départ. Êtes-vous heureux ici, vous aussi ?

Le jeune homme rougit.

— Oui, madame.

— Qu'êtes-vous en train de préparer ?

Elle l'observait avec intérêt.

— C'est une nouveauté. Ce sont des vases de sucre posés sur un piédestal de carton recouvert d'or ou d'argent. Ils sont destinés à des tables de buffet ou autre. L'idée est de les remplir de fleurs.

— Qu'ils sont jolis ! Je vais en commander quelques-uns pour mes fêtes.

— Nous avons toute une variété de moules. Vous pourrez choisir les formes qui vous plairont.

Mais déjà elle papillonnait vers le jeune apprenti assis au bout de la table, qui emballait les bonbons dans les papiers aux petites phrases romantiques, une tâche dont elle se souvenait bien.

— Comment vous appelez-vous ?

— Je suis Oliver, madame.

— Eh bien ! Laissez-moi donc voir comment vous vous y prenez. Personne n'est meilleur juge que moi en la matière.

Gaiement, elle saisit l'un des papiers et y jeta un coup d'œil, mais elle ne lut pas le texte à haute voix. Son changement d'expression, à peine visible, n'échappa cependant point à Sophie. Vivement, Henriette reposa le papier comme s'il lui brûlait les doigts.

— Mon travail vous plaît-il, madame ? s'enquit Oliver,

malicieux et ravi, car cette jolie jeune femme créait une plaisante diversion dans la monotonie de leur routine.

Henriette lui répondit d'un ton presque absent, en lui tapotant l'épaule d'une façon maternelle :

— C'est très bien. Je n'aurais pas mieux fait.

Puis elle redevint égale à elle-même et se dirigea en babillant vers les boîtes de confiseries emballées qui attendaient d'être distribuées.

— Je voudrais vous passer une commande régulière qui devra être livrée dans notre résidence d'été.

Sophie vint la rejoindre.

— Que désirez-vous ? Je vais chercher mon registre.

— Je viens avec vous.

Henriette passa son bras sous celui de Sophie et l'entraîna à l'extérieur.

— Attendez ! Mon registre est dans l'atelier, protesta Sophie.

— Aucune importance. Je voudrais vous poser une question. Avez-vous vu dans le journal des émigrés d'hier un article faisant état d'un rassemblement politique à Paris, en faveur du gouvernement ? Il se serait tenu la semaine dernière.

— Oui, je l'ai lu.

— Émile de Juneau y était. Il est rentré en France.

— Dieu soit loué ! s'écria Sophie dans un cri du cœur.

— A présent, vous n'avez plus rien à craindre. Votre ennemi a renoncé à ses recherches.

Sophie se tut pendant quelques instants, puis répondit :

— Pour le moment !

— Ne soyez pas si pessimiste ! la reprit Henriette d'un ton encourageant. Cet horrible individu ne peut passer sa vie à vous traquer ! De plus, il semblerait qu'il veuille saisir l'occasion de retrouver le pouvoir politique qu'il a perdu lorsque Orléans a été guillotiné. Il aura bien trop à faire là-bas pour revenir.

— Je vais en parler à Rory lorsqu'il reviendra de Londres. J'aimerais pouvoir partager votre façon de voir, mais mon instinct me dit qu'Émile de Juneau reviendra tôt ou tard. Mais je suis heureuse de ce répit.

— Maintenant, vous pouvez aller chercher votre registre.

— Je vous fais cadeau des confiseries.

— C'est hors de question ! Je vais avoir besoin d'être fournie pendant tout l'été. Et nous poursuivrons en hiver.

Henriette poussa un soupir de soulagement.

— Enfin, je suis délivrée des visites à toute la famille Westonbury ! Les châteaux écossais sont glacés ! Sir Roland m'a promis que nous passerions la moitié de l'hiver prochain à Londres, pour que je puisse assister aux bals et aux festivités. Nous passerons l'autre moitié dans le Gloucestershire. Il ne peut vivre sans la chasse ! Poursuivrez-vous votre travail de lingère au Pavillon de la Mer ?

— Oui, mais pas régulièrement. Deux lingères supplémentaires ont été engagées pour cet été : la princesse de Galles accompagne le prince à Brighton. Mes services seront requis pour les travaux délicats. Le séjour de la princesse risque de ne pas être très confortable. Le Pavillon de la Mer disparaît une fois de plus derrière les échafaudages.

— Et qu'y fait-on cette fois-ci ?

— De gros travaux. On y construit entre autres un appartement spécial pour la princesse de Galles. Mais, malheureusement, ce n'est pas encore terminé.

— Malgré les travaux, le prince ne renoncera pas à ses fêtes, n'est-ce pas ?

Henriette la fixa, le visage anxieux.

— Roland s'attendait à ce que nous y soyons invités, comme il l'était par le passé.

— Ne vous inquiétez pas. Certaines parties du Pavillon de la Mer sont toujours habitables. Vous pourrez briller et faire tourner toutes les têtes avec vos nouvelles robes.

Au grand soulagement d'Henriette, la première invitation au Pavillon de la Mer ne tarda pas à arriver. De plus, aux côtés de son époux, elle fit partie de l'élite conviée par le Maître des Cérémonies de la ville à assister à toutes les splendides festivités données en l'honneur du mariage du couple princier.

Au Pavillon de la Mer, les langues allaient bon train. Sophie ne tarda pas à apprendre que tout n'allait pas pour le mieux entre le prince et la princesse Caroline, qui avait la voix forte, le rire rauque et l'humour graveleux. Ses gestes étaient dénués de toute élégance, et sa démarche était aussi gracieuse que celle d'un laboureur. Sa mise était négligée et son attitude vis-à-vis de l'eau, que ce fût l'eau de mer ou l'eau du bain, était très proche de celle des chats. Souvent, les serviteurs se bouchaient le nez derrière son dos. Elle s'arrangeait toujours pour renverser du vin ou pour faire tomber de la nourriture sur ses vêtements, mais ce n'était point surprenant, car, à en croire les laquais qui servaient à table, elle avait un appétit insatiable et des manières peu soignées qui juraient avec celles, extrêmement délicates, du prince. Il arrivait fréquemment à ce dernier de détourner les yeux de sa personne.

Dans la lingerie, le linge à réparer s'amoncelait. La princesse ne cessait de prendre ses talons dans les bords de ses vêtements, de déchirer sa jupe ou ses poignets de dentelle. Pour couronner le tout, elle semblait n'avoir aucun sens de l'orientation et elle se fourvoyait fréquemment dans les parties du Pavillon de la Mer livrées aux soins des ouvriers. Elle se plaignait amèrement :

— Ces maudits coups de marteau me donnent mal à la tête et cette satanée poussière me monte dans le nez.

Elle éternuait fréquemment et à grand bruit, ce qui faisait sursauter le prince.

Cependant, tous ceux qui étaient au service du prince s'accordaient à dire que la princesse Caroline était finalement d'un commerce plutôt agréable. Elle n'avait aucune fierté mal placée, et son comportement était ouvert et amical. Sociable, elle se sentit immédiatement à l'aise à Brighton et fut enchantée de la réception enthousiaste de la ville. Elle apprécia tous les discours de bienvenue et se divertit à toutes les festivités. Les spectateurs lui répondirent avec chaleur, et les enfants se précipitèrent pour lui offrir des fleurs, qu'elle entassa gaiement sur son ample poitrine. Elle adorait les enfants, était toujours prête à parler aux tout-petits ou à prendre un bébé des bras de sa mère pour l'embrasser et le serrer contre elle. Elle-même présentait tous les symptômes d'un début de grossesse. Elle était certaine d'avoir conçu l'enfant au cours de sa nuit de noces, car elle pouvait compter sur les doigts d'une main le nombre de visites effectuées par le prince dans son lit. En fait, depuis qu'elle lui avait fait part de sa certitude de devenir mère, il ne l'avait plus approchée.

Pour le prince, sa présence dans son cottage bien-aimé était un cauchemar. Envolés, la quiétude et les plaisirs élégants au milieu de ses merveilleux trésors. Sans le savoir, la princesse gâchait chaque événement par sa vulgarité, en offensant à tout propos le sens de l'esthétique du prince. Où donc était le mal, si elle lançait son chapeau sur un vase Ming d'une valeur inestimable, ou si elle semait sur son passage ses gants, ses foulards, ses éventails et ses mouchoirs, créant un joyeux désordre dans toutes les pièces au décor raffiné qu'elle traversait ? Les serviteurs s'attendaient à voir le prince atteindre sous peu le point de non-retour. Le ressentiment de la princesse Caroline, à qui l'on avait imposé lady Jersey comme dame d'atours, envenimait encore leurs rapports. L'un des laquais résuma ainsi la situation :

— Même un aveugle verrait que lady Jersey ne perd jamais une occasion de jeter de l'huile sur le feu. Il faudrait que Prinny la chasse à coups de pied au train.

Mais aucun signe ne permettait d'entrevoir l'imminence de la chose. Sophie, qui connaissait les difficultés qui guettaient un nouvel arrivant en pays étranger, se sentit solidaire de la princesse.

Un beau matin, en venant prendre son service, elle aperçut le prince qui montait dans son carrosse. Sa suite était répartie dans d'autres équipages.

— Où va le prince ? s'enquit Sophie auprès de Nick, le laquais.

— Il retourne à Carlton House pour quelques jours. Il ne peut plus supporter la princesse de Galles.

Sophie se demanda s'il reviendrait à Brighton. Il revint. Lady Jersey avait dépensé des trésors de persuasion dans ce but.

20

Comme à son habitude, Tom prit Sophie par surprise. Celle-ci assistait à une vente de chevaux aux enchères, dans un pré, lorsqu'il surgit soudain à ses côtés.

— Qu'envisagez-vous d'acheter ? lui demanda-t-il, comme s'ils s'étaient quittés la veille dans les meilleurs termes.

Elle se tourna vers lui.

— Un poney et une charrette anglaise. Comment allez-vous ?

— Je ne me suis jamais mieux senti. Je ne pense pas qu'un poney et une voiture légère me soient d'une grande utilité.

— Ce n'est point à vous que je pense, rétorqua-t-elle, piquée.

— Comment vous êtes-vous débrouillée depuis que Mrs Renfrew s'est débarrassée de mon cheval et de mon cabriolet ?

— J'ai loué un attelage, mais c'est une charrette qui ne paie pas de mine, et ce n'est pas bon pour mes affaires d'être vue en tel équipage.

— Et quel est le poney que vous avez choisi ?

— Celui-ci.

Elle se mit sur la pointe des pieds, car il y avait foule, principalement des hommes.

— Justement, on l'amène.

Il regarda l'animal et acquiesça :

— Je l'ai remarqué, tout à l'heure. Ce n'est pas le meilleur, mais il est vigoureux et robuste.

Il vit qu'elle s'apprêtait à enchérir, et il jugea utile de lui prodiguer quelques conseils :

— Faites mine de ne point être très intéressée. Il est possible que le propriétaire fasse lui-même monter les enchères contre vous. Venez avec moi, nous allons nous placer à un meilleur endroit. Manifestez-vous dès le début, car vous risqueriez de ne pas être remarquée au cas où les enchères finales sembleraient se jouer entre deux acquéreurs dans une autre partie de l'assistance.

Au début, les enchères montèrent mollement. Elles augmentèrent petit à petit, mais, finalement, le poney fut adjugé à Sophie. Elle se tourna vers Tom, les yeux brillants. Dans le feu de l'action, elle avait oublié tous leurs différends.

— Il est à moi !

Il sourit.

— Oui, il est à vous !

Tom prit l'animal par la bride. Sophie lui proposa quelques morceaux de sucre dans sa main ouverte, lui parla et lui flatta le col.

— Et maintenant, allons-y pour une charrette anglaise.

Sophie désigna une autre partie du pré.

— Tous les véhicules sont là-bas.

Elle se précipita, les rubans de son chapeau flottant derrière elle. Tom la suivit avec le poney. Ce jour-là, personne ne semblait intéressé par les charrettes anglaises et elle acheta pour un prix exceptionnel une voiture nécessitant une simple couche de peinture. Son enthousiasme fut à son comble lorsqu'ils attelèrent le poney.

— Une fois repeinte, la charrette paraîtra comme neuve ! Je vais faire dessiner une inscription sur les côtés.

Elle recula et traça de la main un rectangle sur le côté de la voiture, comme si elle mettait en image ce qu'elle pourrait y inscrire.

Il couvait des yeux son visage rayonnant.

— Comment allez-vous appeler votre poney ?

— Bijou. C'est le nom du cheval avec lequel je me suis enfuie du château avec Antoine et le marquis.

— Dans ce cas, il est bien nommé.

Elle prit place dans la voiture et saisit les rênes.

— Voulez-vous que je vous dépose ? proposa-t-elle à Tom.

— Non, je n'ai pas encore tout vu, ici.

Un soupçon surgit soudain dans son esprit.

— Peut-être êtes-vous ici pour acheter des chevaux pour

vos complices ? Je sais qu'ils ont toujours besoin de montures rapides.

Il saisit immédiatement le sens de ses paroles.

— Non, vous vous trompez ! Il me faut deux autres chevaux pour une seconde voiture de livraison à la boutique. Par tous les diables, Sophie ! Quand allez-vous cesser de vous méfier de chacun de mes actes ?

— Comment pourrait-il en être autrement, sachant ce que je sais ?

— Ne pourrons-nous jamais rester en bons termes pendant plus d'une minute ?

Malgré le vacarme environnant, elle baissa la voix, de crainte d'être entendue :

— Cela dépend entièrement de vous. Lorsque vous m'annoncerez que vous ne retournez plus en France pour vos sorties spéciales avec certains compagnons, il n'y aura plus d'échanges désagréables entre nous. Pensez-vous qu'il me soit agréable de me quereller ainsi avec vous ?

Ses yeux étincelaient, comme s'ils étaient emplis de larmes. Elle avait été si heureuse de partager quelques instants de bonheur avec lui. Mais, à présent, tout son plaisir s'était envolé.

— Nous avons passé quelques bons moments ensemble, ajouta-t-elle. Nous avons ri, nos vies ont été étroitement liées, nous nous sommes sentis bons amis. Sachez qu'aujourd'hui j'ai été heureuse de partager cette heure avec vous !

Soudain, l'espoir se leva en elle.

— Si vous tenez véritablement à moi, donnez-moi votre parole que vous cesserez vos activités illégales !

Un sourire amer se dessina sur les lèvres de Tom.

— Décidément, vous n'avez aucune confiance en moi, Sophie !

Puis il s'éloigna, remit son chapeau et la planta là.

Elle agita les rênes et partit sans se retourner. Toute colère l'avait quittée. Seule subsistait l'affreuse certitude que Tom et elle avaient creusé entre eux un fossé infranchissable, un fossé aussi profond que celui qui existait entre le prince et Mrs Fitzherbert.

Elle fit repeindre sa voiture en bleu, dans un ton doux rappelant celui de la mer. Sur les côtés, en délicates lettres dorées, le nom de Delcourt voisinait avec un bonbon arborant les couleurs de l'arc-en-ciel.

Au mois de janvier de la nouvelle année 1796, presque neuf mois jour pour jour après sa nuit de noces, la princesse de Galles donna le jour à une fille, qui fut baptisée Charlotte Augusta. Le prince songea que c'était bien d'elle de n'avoir pas même tenté de se faire pardonner ses défauts en pondant un héritier mâle. Il ne lui donnerait aucune chance de se racheter, car tout était fini entre eux. Il aimait beaucoup les enfants, mais il lui était impossible de s'attacher au nouveau-né braillard qui lui rappelait tant son épouse. Cependant, il espérait ressentir un jour un peu d'affection paternelle à son égard. Après tout, Charlotte Augusta n'était en rien responsable des manquements de la princesse.

Durant le mois qui vit la célébration de cette naissance royale, la ténacité de Rory se révéla payante. Après de longues et méticuleuses investigations, il découvrit un vaste réseau d'escroquerie et de fraude fiscale qui étendait ses ramifications à travers tout le pays. De nombreuses arrestations eurent lieu et la source de déficit qui avait coûté des milliers de livres à la nation fut tarie. Le coût de la guerre avec la France augmentant, le moindre penny était précieux, et Rory fut chaudement félicité pour son travail. On lui offrit un poste permanent à Londres, mais il déclina la proposition.

— Je vous remercie, messieurs, dit-il à ses supérieurs, mais je dois d'abord terminer la tâche que j'ai entreprise sur la côte pour anéantir la bande de Broomfield. A ce jour, ils se sont rendus coupables d'une longue liste de crimes crapuleux. Sans compter, bien sûr, leur trafic de contrebande. C'est pourquoi, après mûre réflexion, j'accepterais le poste vacant de Shoreham, si vous me le proposiez. A la condition qu'en dehors de mes tâches administratives je puisse prendre personnellement la tête des sorties, quand je le jugerai nécessaire.

Cette demande fut acceptée et on le félicita pour cette nouvelle affectation. Avant de prendre ses fonctions, il se rendit à Brighton pour aller chercher Sophie et Antoine. Ce dernier était en vacances pour Pâques, et Rory les avait invités à passer quelques jours chez lui. Sa mère, qui était veuve depuis quelques années, s'était installée à Lymington, une petite ville des bords de mer située dans le comté voisin du Hampshire.

Le voyage durerait moins d'une journée et Sophie se réjouissait de faire la connaissance de la sœur de Rory, Ellen, au cours des cinq journées passées là-bas.

Sophie aperçut de loin la grande maison de brique rouge qui reflétait le soleil de l'après-midi. Ellen, qui guettait leur arrivée, courut à leur rencontre, pressée d'aller saluer ce frère qu'elle chérissait. Ses cheveux étaient de la même couleur de blé mûr que les siens, mais leur ressemblance s'arrêtait là. Le gris souriant de ses yeux contrastait avec le bleu acier des yeux de Rory, et ses traits étaient aussi joliment ciselés que les siens étaient austères. Sophie, à qui elle souhaita la bienvenue avec chaleur, éprouva pour elle une sympathie immédiate. Avec un sourire, Ellen salua Antoine :

— Rory m'a parlé de vous. C'est un plaisir que de vous avoir ici.

Antoine s'inclina comme on le lui avait appris :

— Votre serviteur, madame.

Après avoir déposé leurs vêtements d'extérieur dans les chambres mises à leur disposition, Sophie et Antoine descendirent dans le salon où Rory et Ellen bavardaient à bâtons rompus avec leur mère. Rory se leva pour les accueillir, heureux de voir Sophie évoluer dans sa maison. Mrs Morgan était assise sur un sofa recouvert de soie rayée. Elle n'avait jamais quitté le deuil de son défunt mari, et était toute de noir vêtue. Ses cheveux gris étaient cachés sous une coiffe de dentelle. Elle souhaita aimablement la bienvenue à ses deux hôtes, mais son sourire était mince et ses yeux froids et inquisiteurs. Elle était visiblement habitée d'une grande méfiance à l'encontre de cette belle étrangère qui avait su capter l'intérêt de son fils bien-aimé. Non seulement cette jeune fille était française, mais — et c'était bien pire ! — elle exerçait un métier. Et, pour compléter le tout, ce grave défaut n'était pas dû à un concours de circonstances malheureux, mais parce que à en croire Rory, elle était née fille d'un marchand de confiseries.

— Entrez et venez vous asseoir près de moi, mademoiselle Delcourt, dit Mrs Morgan, tout en se disant en son for intérieur que c'était bien la première fois qu'elle invitait une marchande de confiseries à s'asseoir en sa présence.

Mais il était vrai qu'elle ne fréquentait pas les gens qui

devaient travailler pour gagner leur vie. Cela ne se faisait point, tout simplement.

— Merci, Mrs Morgan.

Sophie prit place dans le fauteuil qui lui avait été indiqué.

— Sans doute Rory vous a-t-il dit que nous sommes une famille très unie.

Mrs Morgan préférait mettre les choses au point dès le début.

— Parlez-moi donc de vous, à présent, poursuivit-elle.

Mrs Morgan ne fut pas longue à décréter que, même si Sophie avait été un parti acceptable socialement, elle ne serait jamais une bonne épouse pour Rory. Cette jeune Française avait un comportement bien trop indépendant. Mrs Morgan soupçonnait son fils d'avoir déjà fait sa demande, et elle en était extrêmement ennuyée. Deux jours s'écoulèrent, cependant, sans qu'il soit fait mention de fiançailles. Elle en conclut que la Française avait réservé sa réponse. Sans aucun doute, son fils était plein d'espoir et l'amour transparaissait dans le moindre de ses regards. Mrs Morgan brûlait d'envie de le supplier de ne point commettre une telle folie, mais Rory était aussi entêté que son défunt père, et ne renonçait jamais à une idée qu'il estimait bonne. Il était inutile de s'opposer à lui ouvertement. Tout ce qui lui restait à faire, c'était d'espérer qu'il reprendrait ses esprits et qu'il trouverait quelqu'un de plus convenable. C'était certainement le vœu d'innombrables mères comme elle, face au choix de leur fils.

Mrs Morgan aurait définitivement perdu sa tranquillité d'esprit si elle avait soupçonné un instant que sa fille, si douce et obéissante, était éperdue d'admiration devant la liberté d'esprit de Sophie. A son insu, Sophie avait révélé à Ellen que le mariage n'était pas forcément la seule voie s'offrant à une femme dans la vie. Et pour la première fois, il se fit jour dans l'esprit d'Ellen que le célibat ne vous marquait pas obligatoirement au fer rouge. Une idée en totale opposition avec les enseignements de sa mère, de ses sœurs et de la société tout entière.

Mrs Morgan tenta de conserver un certain tact, mais elle ne put s'empêcher de faire un peu trop souvent allusion à Lucy, la fille de son amie la plus chère, qui demeurait non loin de là. Quelle chère enfant ! Toujours si attentionnée, si prévenante pour les personnes âgées comme elle-même. Et si douée ! Elle n'avait pas sa pareille pour peindre de jolies aquarelles, danser, chanter, ou jouer du clavecin. Lucy était aimée de tous pour sa bonté et sa grâce, et il n'y avait rien d'étonnant à cela.

Sophie se demanda si Rory aurait épousé ce parangon de vertu, si elle-même n'était entrée dans sa vie, mais elle s'abstint de lui poser la question. Elle qui subissait depuis son arrivée deux interrogatoires par jour n'avait pas le cœur de lui faire subir le même sort.

Mrs Morgan, qui était elle-même une couturière émérite, s'était montrée particulièrement intéressée par son travail de lingère au Pavillon de la Mer. Sophie en parla de bonne grâce, heureuse d'échapper pour une fois à des questions plus personnelles.

— C'est moi qui suis chargée de tous les travaux délicats. Je suppose que l'habileté d'une confiseuse qui travaille le sucre est proche des qualités requises pour les travaux d'aiguille. La première fois, on m'a confié de la dentelle, mais ensuite, il m'a fallu repriser des vêtements plus ordinaires, comme la passementerie des livrées des laquais, sans parler des multitudes de boutons perdus. Et, bien souvent, des pièces à coudre à l'arrière des culottes des serviteurs dont la taille épaissit en proportion du nombre d'années passées au bon service du prince !

Mrs Morgan eut une moue de désapprobation à l'énoncé de tâches aussi humbles, mais elle s'abstint de tout commentaire.

— Même si vos travaux sont plus délicats à présent, pourquoi continuez-vous ? Vous avez certainement assez à faire avec votre confiserie.

— C'est exact, mais je ne veux pas renoncer au privilège d'avoir mes entrées au Pavillon de la Mer, même à l'échelon le plus bas. Je suis une femme très ambitieuse, Mrs Morgan, et mon but est d'amener mon affaire de confiserie au niveau le plus élevé.

Mrs Morgan fut décontenancée par cette attitude déterminée. Elle n'en songea qu'avec plus de nostalgie à sa chère petite Lucy. On aurait cherché en vain dans sa jolie tête de telles idées, totalement inadaptées à la nature féminine !

Pour tout arranger, la pluie qui tomba sans discontinuer réduisit notablement les sorties. Par bonheur, Rory saisit cette occasion pour dispenser des leçons d'escrime à Antoine dans la serre. L'enfant fit aussi quelques promenades en forêt en compagnie de Sophie, d'Ellen et de Rory. Mais cela ne l'empêcha pas de s'ennuyer affreusement. Sans compagnon de jeu, le temps lui parut très long. Il lui sembla passer le plus clair de ses journées en conversations polies dans le salon de la vieille dame, qui ne laissait aux adultes que peu d'occasions d'échapper à son œil acéré.

Sophie ne goûta pas beaucoup plus son séjour. Une diversion fut créée, toutefois, par la visite des deux autres sœurs de Rory, accompagnées de leurs époux. Tous les quatre étaient charmants et de commerce agréable. Cependant, en dépit de cette démonstration générale de bienveillance à laquelle Sophie répondit avec joie, la jeune fille fut soulagée de reprendre la route de Brighton. Le point le plus positif de sa visite était l'amitié naissante avec Ellen.

Sophie était convaincue que le peu de distance séparant Brighton de Shoreham lui permettrait de voir Rory au moins une fois par semaine, mais il n'en fut rien. Sa tâche s'était accrue avec ses nouvelles responsabilités. Il ne se consacrait plus uniquement à l'élimination de la bande de Broomfield, mais devait faire disparaître tout trafic de contrebande de la côte du Sussex. Le nombre d'arrestations ne cessant d'augmenter, il ne tarda pas à être craint de tous ceux qui, de près ou de loin, étaient liés au trafic des Gentilshommes. Clara, dont les amis pêcheurs baignaient dedans depuis toujours, apprit à Sophie que Rory était désormais surnommé « le Vautour ».

— La seule idée de l'affronter au cours d'un interrogatoire les fait réfléchir à deux fois avant d'apporter le plus petit objet de contrebande.

— Je suis heureuse de l'entendre, répondit Sophie. Ces hommes-là sont inoffensifs, et je ne voudrais pas voir l'un d'eux finir sur la potence pour un ou deux tonneaux d'eau-de-vie. Rory a toujours été obsédé par l'idée de capturer la bande de Broomfield. Mais il ne montrera aucune pitié pour les autres.

Elle espérait que Tom serait également prévenu et prendrait ses précautions. Elle ne l'avait pas revu depuis le jour de la foire aux chevaux. Richard lui rendait visite à chacun de ses séjours en ville. Il ne manquait jamais de lui transmettre le bon souvenir de Tom, et elle faisait de même. C'était leur seul mode de communication. Elle savait que Tom venait de temps à autre dans sa boutique, et Clara l'avait rencontré à une ou deux reprises dans Duke Street. Mais elle-même ne l'avait jamais aperçu.

Sophie se réjouissait d'avance de revoir Henriette pour la saison d'été. Mais celle-ci ne vint pas. Elle savait depuis un certain temps que son amie était enceinte, aussi ne fut-elle point surprise d'apprendre qu'il lui avait été déconseillé de voyager. Henriette donna le jour à un garçon vigoureux et en bonne santé que l'on prénomma Alexandre. La jeune maman fit part de la bonne nouvelle à Sophie, qu'elle aurait aimé prendre pour marraine. Mais sir Roland était d'un autre avis. La raison qu'il invoqua vis-à-vis de son épouse fut que certains membres de sa famille se seraient sentis offensés de ne point avoir été choisis. Mais, en réalité, il avait décidé qu'il était temps pour elle de rompre toute relation avec son passé de Brighton. Il n'avait plus l'intention de l'y emmener. Sa bête noire était l'oncle de son épouse, qui ne cessait de lui emprunter de l'argent sans penser une seconde à le lui rembourser. Pire, il soupçonnait fortement le baron de tricher aux cartes. Sir Roland n'avait pas meilleure opinion de la baronne, qu'il ne voulait plus voir franchir le seuil de sa porte. Par ailleurs, Brighton n'était plus un endroit à fréquenter, maintenant que son protecteur s'était déshonoré en se séparant de la princesse de Galles. Leur fille restait à Carlton House avec le prince, et la princesse rendait visite à l'enfant à intervalles irréguliers. Des rumeurs persistantes circulaient, suivant lesquelles lady Jersey aurait perdu la faveur du prince, qui, de son côté, chercherait à rentrer en grâce auprès de Mrs Fitzherbert. Cette dernière réapparaissait désormais en société. Elle se montrait gracieuse envers lui en public, tout en refusant fermement de le voir seul.

Le prince trouvait une consolation au Pavillon de la Mer, qu'il avait délivré de la présence de la princesse Caroline. Les fêtes s'y succédaient, comme par le passé, mais, lorsqu'il banquetait, assis au centre de la table, il ne manquait jamais de soupirer en imaginant sa chère Maria assise à la place d'honneur. Aucun visage, même le plus charmant, ne pourrait jamais rivaliser avec le sien. Le prince avait un autre motif de détresse : si sa popularité auprès du peuple ne cessait de diminuer, celle de la princesse Caroline augmentait. Voyant en elle la jeune épousée délaissée, puis l'épouse et la mère trompées, le royaume l'avait prise en affection. De plus, ce mariage ne lui avait pas apporté tout le bénéfice qu'il en escomptait, loin de là ! Ses revenus avaient considérablement augmenté, mais pas autant que ses besoins. Et le Parlement, prenant prétexte du coût de la guerre, et s'abritant derrière le fait que les contribuables ne pouvaient être trop mis à contribution, n'avait pas réglé ses dettes dans leur intégralité. Jamais il n'aurait dû écouter les arguments des uns et des autres, car, en définitive, c'était lui le perdant. Si seulement Maria consentait à lui ouvrir à nouveau les bras ! Il saurait supporter tout le reste...

Cependant, malgré toutes les épreuves traversées, le prince avait toujours foi en l'amour. Il était resté sentimental. Lorsque l'intendant permettait à deux des serviteurs de se marier, il aimait à en être informé et se montrait toujours optimiste quant au bonheur futur des fiancés.

— Il y aura une petite fête à onze heures dans la cuisine principale, Sire, pour célébrer les fiançailles de Nick Barlow, le laquais, et de Betsy Dawson, la lingère, l'informa son écuyer.

— Bien !

Le prince jeta un coup d'œil à la pendule. Peut-être aurait-il le temps de s'y montrer avant de sortir. Il savait que son souci du bien-être de ses serviteurs était considéré comme une excentricité dans les milieux où il évoluait, mais il éprouvait un sentiment paternel vis-à-vis de chacun d'eux. Personne ne le quittait après une longue période de bons et loyaux services sans percevoir une pension.

Puis il retourna à son livre d'architecture indienne qui lui donnait beaucoup à réfléchir. Il avait déjà quelques idées sur la manière de s'en inspirer pour ajouter une nouvelle facette à son pavillon des bords de mer, et en faire le plus merveilleux des palais. Mais il lui faudrait du temps pour réfléchir au moindre détail du projet qui grandissait dans son esprit. Ce palais surprendrait l'œil et le ravirait par son aspect magique et aérien. Mais il serait également construit de telle sorte qu'il résisterait à l'épreuve du temps.

Ces projets architecturaux arrivaient à point nommé pour détourner son esprit de la préoccupation qui le rongeait.

Toutes ses lettres d'amour à Maria restaient vaines. Et cependant, il y mettait toute son âme. Il était allé jusqu'à lui envoyer une boucle de ses cheveux pour lui rappeler la boucle dorée qu'il lui avait offerte alors qu'ils étaient fiancés. Il ne doutait pas qu'elle se remémorerait également les mots d'amour qui l'accompagnaient, et qu'elle comprendrait qu'il n'avait pas changé à son égard. Il était proprement miraculeux que ses cheveux n'aient pas blanchi sous l'effet de tous les soucis et tous les chagrins qu'il avait endurés. Curieusement, ils devenaient au contraire de plus en plus foncés, et restaient aussi fournis et sains qu'au temps de son adolescence.

Il se contempla dans un miroir et passa avec satisfaction une main dans sa chevelure. Indubitablement, il était encore dans la fleur de l'âge, et portait toujours aussi beau. Le léger embonpoint qui augmentait de façon régulière ajoutait à son charme.

Maria ne retrouverait-elle donc jamais ses esprits ? A quarante ans sonnés, elle devrait s'estimer heureuse d'être aimée par un homme jeune, qui la plaçait au-dessus de toutes les autres femmes, et qui l'inondait de lettres proclamant qu'il ne cesserait jamais de la considérer comme sa fidèle épouse !

La pendule lui rappela la fête de fiançailles. Le joyeux tohu-bohu qui s'échappait de la cuisine principale arriva à ses oreilles dès qu'il s'engagea dans le corridor. Personne ne le remarqua lorsqu'il s'arrêta sur le seuil. Le verre de bière à la main, tous n'avaient d'yeux que pour Nick, qui rayonnait de joie en tenant tendrement enlacée la rougissante Betsy. Il nota la présence de Martha Gunn, la guide-baigneuse, qui venait fréquemment rendre visite à sa nièce, une fille de cuisine, et de la jeune Française que lui avait présentée Tom Foxhill. Elle rit et leva son verre avec les autres, lorsque l'intendant porta un toast :

— Toutes nos félicitations ! Nous vous souhaitons longue vie et bonheur !

— Attendez !

La voix du prince avait arrêté tous les bras dans leur élan.

— Je veux boire avec vous !

Chacun plongea, qui, dans une révérence, qui, dans un profond salut. Martha Gunn grommela entre ses dents, à l'intention d'une servante qui se tenait en face d'elle :

— C'est un mauvais présage quand on interrompt un toast !

La servante regarda par-dessus son épaule :

— Chut ! Ne faites point l'oiseau de mauvais augure !

On versa un verre de bière au prince, qui s'avança vers les heureux fiancés.

— Je joins mes félicitations à celles de vos amis !

Il leva son verre en leur honneur, suivi par toute l'assemblée. Dès que chacun eut fini son verre, ceux-ci furent posés sur un plateau pour être lavés dans une cuisine attenante, et les serviteurs se dispersèrent pour retourner à leurs activités. Le prince dévisagea Sophie alors qu'elle s'apprêtait à suivre les autres.

— Par tous les diables ! Vous avez donc fini par devenir cuisinière dans mon cottage ?

— Non, Votre Altesse. Je suis lingère à temps partiel.

— Quelle versatilité ! Continuez-vous à préparer des banquets pour le baron et la baronne de Bouvier ?

Un éclair traversa les yeux de Sophie.

— Non, je ne l'ai fait qu'une seule fois, lors d'une occasion spéciale. Elle a d'ailleurs conduit aux fiançailles de leur nièce avec sir Roland Westonbury.

— Je m'en souviens maintenant. Le vieil adage qui dit que l'amour passe par l'estomac a prouvé ce soir-là qu'il était exact !

Ses yeux brillèrent de malice.

— Dites-moi, c'était le but que vous recherchiez pour le compte de la jeune lady ?

Lorsqu'elle eut confirmé qu'il ne se trompait point, il rit de bon cœur.

— Alors, à la liste de tous vos autres talents, j'ajoute celui de marieuse ! Nos chemins se sont croisés si souvent que je suis sûr que nous ne tarderons point à nous rencontrer à nouveau.

Puis, remarquant que Martha Gunn s'apprêtait à partir, il l'interpella :

— Attendez un instant, Mrs Gunn. Pourquoi n'êtes-vous pas sur la plage, aujourd'hui ?

— C'est marée basse, Sire, et le vent est froid.

— C'est vrai. Dehors, on gèle ! Venez près du feu et réchauffez-vous donc avant de ressortir.

Elle n'eut d'autre choix que de lui obéir. A son grand dam, il lui avança un tabouret et en prit un deuxième pour lui-même. Les yeux brillants d'une malice enfantine, il s'assit en posant les mains sur ses genoux. Il ne manquait jamais de saisir l'opportunité de jouer un bon tour à quelqu'un et Martha lui en avait procuré une. Elle ignorait que, depuis le seuil de la porte, il l'avait vue prendre un morceau de beurre emballé sur la table et l'enfouir dans sa poche.

— Je ne me permettrai point de m'asseoir en votre présence, Sire, marmonna Martha, qui ne demandait qu'à s'enfuir.

— Je respecte vos vieux os, madame. Prenez ce siège, je vous prie.

Elle s'exécuta. Le beurre était désormais soumis à la chaleur des flammes crépitantes... Le prince devisa avec elle de choses et d'autres, évoqua son métier, la vigueur des vagues ce matin-là, lorsqu'il avait pris son bain. Une tache de graisse qu'elle tenta vainement de cacher avec la main ne tarda pas à apparaître sur sa poche. Et lorsque le prince quitta la cuisine en lui souhaitant le bonjour, Martha se leva d'un bond. Faisant aussitôt dégouliner une plaque de beurre fondu sur le carrelage...

Quand il manda l'intendante, le prince souriait encore du bon tour qu'il venait de jouer à la guide-baigneuse.

— Faites envoyer à Mrs Martha Gunn une nouvelle robe taillée dans une bonne étoffe, suffisamment de tissu pour deux jupons et une livre de beurre.

— Oui, Sire, répondit l'intendante, interloquée.

Elle n'avait pas encore remarqué la tache de graisse que l'on s'employait à faire disparaître du sol de la cuisine.

A la fin de la saison, Sophie fut satisfaite des profits dégagés par la confiserie. Elle se trouvait à la tête d'une liste de commandes régulières à distribuer non seulement à Londres, mais aussi dans d'autres régions de l'Angleterre. Un beau matin, elle alla trouver Richard à la boutique et lui tendit une somme d'argent.

— Tom avait parié pour moi aux courses de Newmarket, dit-elle. Le cheval avait gagné. Je suis désormais en mesure de lui rembourser le montant de ce gain, avec les intérêts !

— Je ne sais pas si je dois accepter cette somme à la place

de Tom, répondit Richard, dubitatif. Il n'y a pas eu de reconnaissance de dette écrite, et mon frère n'est pas informé de votre geste.

— J'ai toujours considéré cette affaire comme un prêt conclu de vive voix. Veuillez lui remettre cet argent, s'il vous plaît. Je saurai alors que la confiserie Delcourt m'appartient entièrement.

— Très bien. Je ferai ce que vous me demandez.

Sophie et Richard avaient l'habitude de dîner ensemble de temps à autre au Old Ship. Lors de la rencontre suivant cette conversation, le jeune homme fit part à Sophie de la surprise de Tom quand il lui avait remis l'argent.

— Mon frère vous remercie. Il m'a chargé de vous dire qu'il acceptait votre remboursement, tout comme vous-même avez accepté le pistolet dont il vous a fait cadeau. Il souhaite que vos affaires continuent de prospérer.

Sophie eut un léger sourire.

— Je suis heureuse qu'il ait accepté l'argent sans rancune, dit-elle.

C'était tout de même curieux. Tom et elle-même s'entendaient à demi-mot sur certains sujets. Et ils ne cessaient pourtant de s'affronter désespérément...

Après avoir visité les seules habitations de Brighton qui étaient à louer pour un prix abordable, Sophie s'était résignée à attendre encore un certain temps avant d'avoir son propre foyer. Il s'agissait sans exception de constructions anciennes, minuscules et étroites, serrées les unes contre les autres le long de petites ruelles.

Mais, par un frais dimanche de novembre, elle décida d'emmener Antoine et Billy en promenade, comme elle le faisait parfois pour permettre à Clara de s'octroyer une petite sieste au coin du feu. Décidant de rompre avec les habitudes, ils quittèrent le rivage et suivirent un chemin conduisant vers l'intérieur des terres.

Les garçons couraient en tête, s'amusant à se bombarder mutuellement de feuilles mortes. Sophie aperçut la petite maison au détour d'un chemin sinueux, à environ un mile de la mer. Une plaque de bois accrochée près de l'entrée portait l'inscription *A louer* en lettres bleu foncé.

Arrivée à la hauteur de la bâtisse, Sophie s'arrêta. Elle était construite en pierre et recouverte d'un toit d'ardoise. Et elle ressemblait tout à fait à un dessin d'enfant : une façade carrée, deux fenêtres à l'étage, deux fenêtres en bas, une porte située au centre et une imposante cheminée. La porte de la clôture s'ouvrait sur un sentier de gravier menant au porche puis à un autre petit sentier qui, probablement, conduisait vers un abri destiné à un cheval. Le jardin était bien entretenu. Sans doute la maison était-elle vide depuis peu de temps.

Elle appela les garçons :

— Les enfants ! Revenez ! Je vais jeter un coup d'œil par là !

Ils firent demi-tour et la trouvèrent en train de regarder par un soupirail. Puis ils la suivirent jusqu'à un carré de légumes situé derrière la maison. Il y avait aussi une écurie avec un box.

Pendant que les garçons se lançaient dans une exploration complète, Sophie alla faire connaissance avec les alentours. La maison était bordée de tous côtés par des prés, des champs et des bois. C'était exactement ce qu'elle voulait. Il ne restait plus qu'à connaître le montant du loyer. Le panneau de bois comportait une flèche pointée en direction de l'ouest. Sans doute le propriétaire était-il le fermier dont la maison au toit de chaume était visible à un demi-mile de là.

— Vous pouvez rester à jouer ici, si vous voulez, lança-t-elle aux garçons, après les avoir trouvés juchés sur un arbre. Je vais aller demander une clé.

Ce fut la fermière qui lui ouvrit la porte. C'était une femme robuste au sourire amical. Elle portait un bébé dans ses bras et un autre bambin, qui commençait à peine à marcher, était accroché à ses jupes. Deux autres petits enfants, qui se ressemblaient comme deux gouttes d'eau, arrivèrent en trombe pour dévisager la visiteuse.

— Entrez, miss, lui dit la femme après avoir pris connaissance du motif de sa visite. La maison n'est libre que depuis quinze jours. C'était un couple de la ville qui était venu s'installer ici, parce qu'ils voulaient vivre à la campagne, mais ils ne sont restés que huit mois. Ces petits que vous voyez là sont à moi. J'en ai sept en tout. Mais nous sommes assez loin de la maison pour que ses locataires ne soient pas dérangés par le bruit. C'est bien vous la jeune dame qui a une confiserie chez Mrs Renfrew ? Je vous ai vue passer dans les environs.

Je trouve votre voiture bleue très belle, surtout avec les rubans assortis que vous avez accrochés aux brides du poney.

Sophie sourit :

— C'est que je veux mettre ma confiserie en valeur !

Mrs Brown avait envoyé l'un des jumeaux quérir son mari. Le fermier, un homme au visage franc et ouvert, était de taille moyenne, large et trapu.

— Donc vous voulez aller voir ma Beech House, miss Delcourt ? Vous verrez c'est un vrai petit nid douillet. C'est là que mes grands-parents vivaient, autrefois.

Il était visiblement enchanté à la perspective d'avoir un nouveau locataire si rapidement. Sophie songea que la maison était sans doute restée longtemps inoccupée avant l'arrivée des précédents habitants. Cela expliquerait, en tout cas, que le prix du loyer soit si bas.

— Demeurerez-vous seule ? lui demanda-t-il en lui donnant la clé.

— Non, j'aurai mon jeune neveu avec moi. Il a huit ans et va à l'école de Duke Street.

— Alors, il connaît sûrement mon gars, William, qui a deux ans de plus.

Il lui offrit de l'accompagner pour visiter la maison, mais Sophie préférait rester seule. Les garçons étaient toujours en train de grimper aux arbres lorsqu'elle ouvrit la porte d'entrée. Le rez-de-chaussée au sol carrelé était réparti entre un salon, une cuisine et une petite pièce. A l'étage, il y avait trois chambres à coucher. Depuis la fenêtre de la plus grande, on avait vue au loin sur la mer. La maison s'était trouvée en bonnes mains durant les derniers mois. Les occupants l'avaient visiblement remise à neuf. Tous les murs étaient recouverts de papier peint rayé de ton pastel, à l'exception de la cuisine qui avait été blanchie à la chaux. Sophie poussa un soupir de satisfaction.

Elle ouvrit une fenêtre et cria :

— Antoine ! Venez voir votre nouvelle maison !

Antoine, saisi, obéit avec moins de vivacité que Billy. Sophie expliqua la surprenante nouvelle aux deux garçons interloqués. Elle les emmena avec elle lorsqu'elle retourna à la ferme pour payer un mois de loyer d'avance. Le fermier et sa femme lui souhaitèrent d'être heureuse dans son nouveau foyer, et lui firent part de leur satisfaction de l'avoir désormais comme voisine.

Clara, qui savait que Sophie désirait avoir son chez-elle, la congratula. Elle avait pensé que le départ de la jeune Française aurait lieu au moment de son mariage avec le capitaine Morgan, mais il n'en était visiblement pas question. Au début, Antoine ne montra pas grand enthousiasme à l'idée de quitter le cottage de Clara, malgré la perspective d'avoir une chambre pour lui tout seul. Sophie le rassura en lui disant que certaines choses resteraient inchangées. Elle l'emmènerait à l'atelier le matin et il rentrerait le soir à Beech House avec elle, tout en continuant à se rendre à pied à l'école avec Billy comme il l'avait toujours fait. Ses dernières réticences s'envolèrent quand William Brown vint les trouver dans leur nouvelle maison, un petit chiot bâtard dans les bras.

— Pa dit que vous seriez contente de l'avoir, miss. C'est le plus petit de la portée, ce n'est pas bon pour lui.

Sophie, qui était à genoux en train de laver le sol, se releva. On ne pouvait certes pas s'extasier sur l'apparence de ce petit chiot blanc et noir, mais il avait tout de même d'irrésistibles yeux de velours. En souriant, elle fit un signe d'acquiescement à William.

— Nous allons le prendre. Combien ?

— Rien du tout. Pa sera content de l'avoir placé. Il n'aime pas supprimer les animaux quand il n'y est pas obligé.

— Dites-lui grand merci de ma part.

Sophie prit le petit chiot frétillant dans ses bras.

— Venez me voir demain matin à l'atelier en rentrant de l'école. Je vous donnerai une boîte de sucreries à emporter chez vous.

— Merci, miss.

Le garçon s'en alla comme une flèche.

Sophie tendit le chiot à Antoine, dont le visage resplendissait de joie.

— Il faudra bien le dresser, dit-elle. Et jamais il ne devra franchir le seuil de l'atelier ! Je ne veux pas de poils de chien dans mes confiseries.

— Il m'obéira bien. Je vous le promets, Sophie.

— Comment allez-vous l'appeler ?

Il n'hésita pas une seconde :

— Barnabé. Barney, comme diminutif.

L'idée d'adopter un animal n'avait jamais effleuré Sophie. Mais à présent que Barney était là, elle en était heureuse. Un chien et ses aboiements constitueraient une bonne protection pour eux. Après tout, la maison était plutôt isolée. Pour l'instant, Barney n'était qu'une petite boule de poils mais il avait déjà fait sa conquête.

21

Sans faire aucune dépense superflue, Sophie acheta tout ce dont elle avait besoin pour sa nouvelle demeure. En raison du va-et-vient incessant de visiteurs saisonniers, les marchés de Brighton regorgeaient de meubles et d'objets à usage domestique. Le contenu d'un appartement fut un jour vendu aux enchères, et elle réussit à acheter pour un bon prix de la poterie ainsi qu'un grand tapis turc. Une fois déroulé sur le sol du salon, il était splendide. Une table longtemps négligée et une commode en acajou ne tardèrent pas à regagner leur lustre après un astiquage énergique. Elle avait encore quelques fauteuils à regarnir et des rideaux à suspendre lorsque Rory vint visiter la maison. Pour célébrer son installation, il lui avait apporté un miroir mural entouré d'un cadre d'argent. Elle sut immédiatement où le suspendre. Elle lui fit faire le tour du propriétaire en dansant de joie. Son bonheur d'être enfin chez elle faisait plaisir à voir.

— Enfin, je plante mes racines quelque part. Ma maison à moi, Rory ! Vous rendez-vous compte ? Je ne me suis jamais sentie chez moi nulle part depuis la Révolution !

Elle s'arrêta dans la plus grande pièce de l'étage, dont elle voulait faire sa chambre. Elle était toujours vide, à l'exception de la commode et d'un tapis fait de bandes de tissu assemblées, offert par Clara.

— J'ai acheté un lit à un propriétaire qui est en train de changer les meubles d'un appartement. Dès que je le recevrai je m'installerai ici.

Mais Rory semblait préoccupé.

— Je voulais vous parler de Noël, finit-il par dire. Je ne

pourrai pas le passer avec vous, comme je l'avais espéré. Ma mère ne se porte pas bien en ce moment et je voudrais surveiller moi-même son état de santé.

Rory manqua beaucoup à Sophie durant la période des fêtes. Elle les passa dans leur nouvelle maison, décorée de houx et de verdure. Ils avaient invité Clara et Billy. Rory avait quant à lui été bien inspiré de se rendre à Lymington. L'état de santé de sa mère avait empiré, et elle mourut deux jours plus tard.

A la lecture du testament, il décida de réviser le sien à la première occasion. Mais il fut bien vite accaparé par ses activités, et il oublia sa résolution.

Sophie se disait parfois que son surnom de « Vautour » illustrait bien la transformation qui s'était opérée en lui. Sa tendresse vis-à-vis d'elle restait intacte, mais la destruction de la bande de Broomfield était devenue son unique obsession. Il avait fortuitement rencontré quelques-uns de ses membres. Mais il disposait d'une escorte trop peu nombreuse. Trois agents du Trésor étaient morts, cinq autres avaient été blessés, et lui-même avait souffert d'une légère entaille qui avait été longue à guérir. Son dépit après cette escarmouche tant attendue, mais qui avait tourné à son désavantage, l'avait rendu nerveux et irascible. Il tança vertement Antoine, prétextant qu'il était bruyant et turbulent — mais l'enfant ressemblait en cela à tous les petits garçons de son âge. Il le critiquait également durement lorsqu'ils s'affrontaient tous deux à l'escrime. Sophie expliqua à Antoine que Rory avait des ennuis. Antoine se contenta de hausser les épaules et de sourire :

— Quand je battrai à l'escrime le capitaine Morgan, c'est *moi* qui le critiquerai ! répliqua-t-il avec insolence.

Rory, de plus en plus préoccupé par son travail, voyait de moins en moins Sophie. Souvent, lorsqu'il venait à Beech House, il se laissait tomber dans un fauteuil et, épuisé, il s'endormait. Mais, parfois, il se montrait plus amoureux qu'il ne l'avait jamais été. Cependant, il connaissait la force de sa passion et refusait d'y céder. Il chérissait trop Sophie pour prendre le risque de la laisser seule, enceinte, au cas où il perdrait la vie avant leur mariage. Et il avait de toute façon été habitué à observer le code de l'honneur vis-à-vis des femmes convenables, tout en satisfaisant ses besoins physiques avec les autres.

Sophie pendit la crémaillère, et invita ses amis à Beech House. Suivant la tradition, ils lui apportèrent tous un cadeau. Henriette, qui se trouvait à Londres pour la saison, n'eut pas la permission de voyager jusqu'à Brighton, mais elle fit parvenir à Sophie une jolie pendule en porcelaine anglaise décorée de petites fleurs. Richard la lui remit personnellement, car elle avait été choisie dans la boutique de Tom, à St James's Street. Les quelques mots qui l'accompagnaient, écrits de l'écriture enfantine d'Henriette, touchèrent Sophie : *Pensez à moi au moins une fois par jour lorsque la pendule sonnera.*

Quant à Richard, il lui offrit une jolie petite table de jeu en bois de rose incrustré d'ivoire.

Sophie habitait Beech House depuis trois mois lorsqu'elle retrouva Richard au Old Ship. Comme d'habitude, lorsqu'elle sortait pour quelque mondanité et rentrait tard le soir, Antoine dormait chez Clara. Il avait l'autorisation d'emmener Barney avec lui. Clara était suffisamment indulgente pour permettre au chien de dormir au pied du lit d'Antoine, bien que Barney ait atteint une taille plutôt imposante.

Richard avait réservé sa table préférée. Ils étaient servis par Polly, comme cela leur était déjà arrivé à plusieurs reprises. Ce soir-là, la jeune femme se montra particulièrement ravie de la voir.

— Je vais dire à Mr Hicks que vous êtes ici, Sophie. Aujourd'hui, ça a été le chaos à la cuisine ! Le confiseur et le chef en sont venus aux mains !

Elle rit, enchantée.

— Vous auriez dû voir le spectacle ! Finalement, le confiseur est parti et ses commis ont dû se débrouiller tout seuls. Peut-être qu'il en sortira du travail pour vous ?

Elle tourna les talons, faisant danser les rubans de son tablier. Richard adressa un sourire à Sophie.

— Seriez-vous prête à accepter ?

— Cela dépendra de ce que l'on me demandera. Je suis toujours intéressée à étendre ma clientèle.

— Votre affaire se porte-t-elle toujours bien ?

— Très bien. Récemment, j'ai engagé quelques personnes de l'extérieur pour faire les boîtes et les décorations.

— Pensez-vous vous agrandir bientôt ?

— Le temps n'en est pas encore venu. Lorsqu'il le sera, ce sera sur une grande échelle. Mais nous n'en sommes pas encore là !

— Je revois encore lady Westonbury emballer les bonbons. Je n'ai eu aucune nouvelle d'elle depuis le jour où elle est venue acheter la pendule. Comment se porte-t-elle ?

— Bien. Mais son petit garçon a été souffrant. Son époux veut les emmener passer l'été à Ramsgate. C'est une grande déception pour elle, et pour moi également, mais il déteste Brighton, maintenant.

— Mrs Fitzherbert sera également à Ramsgate.

— Comment le savez-vous ?

— Elle est venue à ma boutique récemment, pour y choisir un secrétaire qu'elle souhaite voir livrer là-bas.

— J'ai entendu dire que le prince n'avait toujours pas perdu l'espoir de la voir revenir à lui.

— Je ne pense pas que cela soit possible. Comment une dame aussi profondément croyante pourrait-elle accepter de se réconcilier avec lui, si elle ne peut se considérer comme son épouse ?

— Mais ce sont leurs noces qui ont été célébrées en premier. C'est donc leur engagement réciproque qui fait foi, rétorqua Sophie.

Richard haussa les épaules.

— Nul doute que si tous les hommes de loi et tous les dignitaires religieux du royaume s'avisaient de se rassembler pour résoudre le problème, ils argumenteraient jusqu'au Jugement dernier.

Mr Hicks arriva à cet instant à hauteur de leur table. Après les avoir salués, il fit une requête à Sophie :

— Pourriez-vous m'accorder quelques instants avant de partir, miss Delcourt ? Je regrette de vous importuner de la sorte, mais je me trouve face à un cas d'urgence.

Sophie accepta. Mr Hicks s'inclina et tourna les talons. Richard eut une mimique significative.

— Du travail en perspective pour la confiserie Delcourt, la confiserie digne de la Cour !

— Nous allons bien voir, répondit-elle avec un sourire.

Puis elle posa la question qui lui tenait le plus à cœur :

— Et comment Tom se porte-t-il en ce moment ?

Il la scruta du regard.

— Voulez-vous réellement le savoir ?

— Son bien-être n'a jamais cessé de m'intéresser.

— Je crains qu'il ne puisse vous pardonner la demande que vous lui avez faite lors de la vente aux enchères. Il pense que vous devriez comprendre que ses voyages en France font partie intégrante de sa vie. Et qu'il ne peut y renoncer, qu'il le veuille ou non. Il va toujours jusqu'au bout de ce qu'il entreprend sans se préoccuper du reste. Et ce, depuis toujours.

— Je suppose que cela résume également son comportement envers les femmes.

Richard but une gorgée de vin.

— C'était le cas, oui. Avant qu'il vous rencontre.

— Et depuis ? demanda-t-elle d'un ton sec.

— Elles ne font que passer.

— Il va finir par m'oublier.

— Je ne le crois pas.

Puisqu'ils en étaient à se parler sans détour, Sophie aborda un autre problème :

— J'ai remarqué certaines coïncidences troublantes à propos de vos séjours à la boutique. J'en suis arrivée à la conclusion que lorsque vous êtes à Brighton, Tom est en France.

Richard ne chercha pas à nier. Il se contenta d'un hochement de tête.

— Ma présence est devenue essentielle depuis que Mrs Renfrew m'a demandé de reprendre possession de l'attelage. Lorsque j'attends le retour de Tom, je ne verrouille pas les portes de l'écurie et je selle le cheval, au cas où il devrait s'enfuir de toute urgence.

Elle se mordit les lèvres pour en masquer le tremblement, puis releva légèrement le menton.

— Accoste-t-il toujours au même endroit ?

— Non, mais c'est le chemin qu'il emprunte le plus souvent.

— Laisserez-vous les portes ouvertes, cette nuit ?

— Oui, et c'est ce que j'ai fait pendant les trois dernières.

— Dans ce cas, je pense que vous devriez rentrer, maintenant, le pressa-t-elle, se préparant à partir.

De toute façon, ils avaient terminé leur dîner.

— Pas sans vous ! protesta-t-il.

Comme elle s'y attendait, Mr Hicks lui offrit le poste de

confiseuse. Autrefois, elle aurait sauté de joie à cette proposition, mais elle secoua la tête :

— Mon atelier me prend tout mon temps.

— Je le sais, et je vous passerai commande à l'avenir. Si je ne l'ai pas fait auparavant, c'est parce que le confiseur qui vient de me quitter ne l'aurait jamais toléré ! Ses commis ont été consciencieusement formés, ils seront capables de faire leur travail correctement. Mais demain soir, le prince donnera un bal ici, et il me faut une pièce décorative spectaculaire pour la table du buffet...

— Je m'en charge. Voulez-vous encore un galion ?

— Je vous donne carte blanche. Je voudrais également avoir un assortiment de vos meilleures confiseries.

Après une brève discussion sur les prix, il l'escorta jusqu'à la porte principale et ils se souhaitèrent mutuellement la bonne nuit. Richard avait fait avancer son attelage et tenait lui-même le poney par la bride.

— Tom est rentré, il est sain et sauf, lui annonça-t-il pendant qu'elle descendait les marches.

— Comment le savez-vous ? se hâta-t-elle de lui demander.

Il eut un mouvement de tête en direction de l'autre côté de la rue déserte et mal éclairée. Elle aperçut Tom vêtu d'un long manteau et d'un grand chapeau, comme s'il venait de quitter la table de jeu. Il ne portait rien, mais peut-être son butin avait-il déjà été déposé. Elle se raidit en le voyant traverser lentement les pavés dans sa direction. Mais elle ne put finalement s'empêcher d'être submergée par une onde de joie. Elle ressentit une délicieuse faiblesse, qu'elle attribua au soulagement de le savoir bien vivant, cette fois encore.

Le regard affamé de Tom se posa sur la silhouette qui se découpait dans la lueur des candélabres placés au-dessus de l'entrée du Old Ship.

— Le diable vous emporte, vous êtes plus belle que jamais, Sophie ! gronda-t-il. J'espérais vous retrouver amaigrie et flétrie par la douleur de mon absence !

— Vous vous faisiez des illusions ! répliqua-t-elle du tac au tac, blessée à en pleurer par la manière abrupte dont il l'avait abordée après une si longue séparation. Vous ne me manquiez pas, bien au contraire !

Elle s'apprêta à monter dans sa voiture, mais Tom la saisit

par le bras pour l'arrêter. Elle craignit de défaillir au contact de sa main.

— J'ai quelque chose à vous dire, Sophie. La semaine dernière, j'étais au château de Juneau.

— Vous étiez là-bas ! Il existe toujours ? Il n'a pas été brûlé, n'est-ce pas ?

Les questions se pressaient sur ses lèvres, exprimant la crainte qui la tourmentait depuis longtemps.

— Non, il est toujours là, verrouillé. Mais j'ai trouvé un volet ouvert et j'ai réussi à glisser un œil à l'intérieur d'une pièce. Il n'y a plus rien, tout a été dérobé.

— Quelle déception pour vous ! rétorqua-t-elle. Pas le moindre petit trésor à emporter !

Il pâlit comme sous l'effet d'un soufflet.

— Vous n'avez rien perdu de votre venin ! Je vous ferai part de mes autres découvertes lorsque vous serez d'humeur moins agressive.

Il lâcha son bras et s'éloigna en hâte.

La fierté l'empêcha de courir à sa suite. La peine qu'il lui avait causée s'était envolée. Elle regrettait de s'être laissée aller à des mots blessants. Elle se tourna vers Richard.

— Où va-t-il ?

— A l'appartement. Voulez-vous que je vous y conduise ?

— Non, il est fatigué et n'aura plus la patience de me supporter. Peut-être vous dira-t-il ce qu'il s'apprêtait à me révéler. Vous pourrez alors m'en faire part.

Sophie était presque arrivée lorsqu'elle s'aperçut, à la lueur des feux de sa voiture, que la barrière qui donnait accès au pré jouxtant son jardin était légèrement entrouverte. Elle en fut contrariée. Antoine avait joué là dans l'après-midi, avec Billy et d'autres enfants. Le fermier, Mr Brown, leur permettait de le faire, à condition qu'Antoine obéisse aux règles et referme la clôture. Celle-ci n'était pas d'un maniement très difficile, et l'enfant n'avait donc aucune excuse. De plus, c'était la seconde fois que cela se produisait. Et par le passé, un troupeau de moutons avait profité de sa négligence pour aller se promener sur le chemin.

Sophie sauta de son siège pour aller refermer la barrière, fermement décidée à réprimander sévèrement Antoine le lendemain matin. Puis elle parcourut les quelques mètres qui la séparaient de sa maison et conduisit le poney à l'étable. Elle alluma une lanterne pour éclairer son chemin jusqu'à la porte d'entrée. Elle ne ressentit aucune crainte en entendant soudain le bruit d'un galop de cheval qui s'approchait. Chacune des fibres de son corps savait déjà que c'était Tom qui arrivait. Il s'arrêta en la voyant sur le sentier, la lanterne à la main, mais ne descendit pas de sa monture.

— Je n'ai pas le droit de garder ce que je sais pour moi, déclara-t-il d'un ton crispé.

Elle leva la tête vers lui. Dans son visage éclairé par la lueur dorée de la lanterne, ses yeux brillaient d'un éclat dangereux.

— C'est ma faute, reconnut-elle. Je vous en prie, dites-moi tout.

— J'étais effectivement en maraude, mais pas pour mon compte. J'espérais trouver quelque chose à rapporter à Antoine. Après avoir forcé le volet, j'ai brisé une fenêtre, et je suis entré. J'ai découvert qu'un certain nombre de pièces avaient été mises à sac, mais que la plus grande partie était quasiment intacte. J'avais l'impression curieuse que quelqu'un avait indiqué aux malfaiteurs ce qu'il fallait dérober. Peut-être cela apaisera-t-il votre esprit de savoir que je n'ai touché à rien, excepté à ces deux objets que j'ai rapportés pour l'enfant.

Il sortit un petit sac de velours de sa poche et le lui tendit.

Sophie posa la lanterne sur le muret et ouvrit le sac. Deux miniatures glissèrent à l'intérieur de sa main. Elle reconnut les modèles sans hésiter :

— Ce sont le comte et la comtesse de Juneau ! Les parents d'Antoine !

Des larmes d'émotion jaillirent de ses yeux.

— Oh ! Tom ! Comment pouviez-vous savoir qu'il s'agissait d'eux ?

— Parce que l'on avait tailladé d'autres portraits de ces deux personnes. Et puis Antoine leur ressemble...

Elle essuya ses larmes.

— Mais que faisiez-vous dans cette région ?

— Je disposais d'un peu de temps et j'ai eu l'idée de faire une petite enquête. Votre ennemi, le citoyen Juneau, m'y a précédé là-bas, voilà un ou deux mois. Et ce n'était pas la première fois qu'il s'y rendait. Dans le village, je me suis présenté comme un commis voyageur et j'ai recueilli moult informations. Les villageois répugnaient à parler à un étranger et sont restés sur leurs gardes, mais un homme m'a confié que Juneau ne cessait de leur demander quels serviteurs se trouvaient au château au moment de l'émeute. Il cherchait à apprendre votre nom !

— Pensez-vous qu'il ait réussi ?

— D'après ce que j'ai pu savoir, il n'a pas eu plus de succès cette fois-ci que lors de ses précédentes visites. Je suppose que vous n'aviez pas de contact direct avec les villageois ?

— Non, aucun. Je savais que les autres serviteurs étaient tous royalistes et je me sentais donc en sécurité au château. Mais dans la mesure du possible, j'essayais de me cacher des étrangers. Je n'ai jamais su si l'on avait suivi ma trace depuis Paris.

Elle hésita, puis les mots se bousculèrent sur ses lèvres :

— Avez-vous pu obtenir une description physique d'Émile de Juneau ?

— J'ai simplement appris qu'il était grand et brun, avec des traits aristocratiques, et qu'il présentait une certaine ressemblance avec feu le comte de Juneau.

Sophie releva la tête d'un geste vif.

— Au moins, je pourrai reconnaître mon ennemi !

— Les villageois se méfient de lui. Ils savent que c'est lui qui a mené l'attaque contre le château.

— Peut-être est-ce lui, aussi, qui a veillé à le laisser partiellement intact ! fit remarquer Sophie, amère. Il s'en voit certainement déjà propriétaire. Savez-vous où il se trouve, à présent ?

— Il est à Paris, où il tente de faire son chemin au sein du gouvernement. Mais dans le climat politique actuel ses liens passés avec le traître Orléans lui causent préjudice. Il peut s'estimer heureux d'avoir conservé sa tête, à l'inverse de son célèbre allié. Je ne pense pas que vous ayez à craindre son retour dans un proche avenir, car sa bourse est vide. Ses recherches pour retrouver Antoine lui ont coûté des sommes considérables. Et il lui faut consolider sa position en France. Jusqu'ici, il n'a pas encore osé revendiquer la propriété du château. Mais quand ses douteuses relations seront oubliées, il n'y manquera pas. Il pourra proclamer son bon droit à la suite du décès de l'héritier légitime !

— J'ai lu un article concernant ses activités politiques dans un journal pour émigrés. Cela m'a tranquillisée. Mais surtout, les leçons de tir que vous m'avez fait dispenser par le sergent Jones n'ont appris à me défendre !

— Vous êtes douée, m'a-t-il dit.

— C'était un bon instructeur. Êtes-vous également allé à Paris ?

— Oui. Après toutes les atrocités qu'elle a connues cette ville magnifique commence à respirer. Mais les prisons sont toujours pleines de prisonniers politiques, et les rumeurs selon lesquelles le dauphin avait échappé à la mort se sont révélées fausses. Le prétendant au trône est toujours le frère de Louis XVI, qui est en exil. Le pays tout entier a été saisi d'un enthousiasme guerrier : on ne parle plus que du jeune général Bonaparte, qui inonde la France des trésors qu'il a conquis en Italie.

— J'ai entendu parler de lui, moi aussi. Mais parlez-moi encore de Paris...

— Les cloches de Notre-Dame se sont remises à sonner, les gens se pressent dans les cafés pour apprendre les derniers potins circulant dans les milieux politiques, les feuilles des arbres reverdissent... La boutique de votre père n'est plus condamnée, comme la dernière fois que vous l'avez vue. C'est une boulangerie, maintenant.

Elle se contenta de hocher la tête sans mot dire, submergée par une vague de nostalgie pour un passé à jamais révolu. Puis, se rapprochant d'un pas :

— Je ne pourrai pas expliquer à Antoine la provenance de ces miniatures, dit-elle en les remettant dans le sac de velours. Il sait qu'il est préférable de ne pas évoquer le château, sa maison, sous peine d'être pris pour un vantard, mais ce cadeau pourrait lui délier dangereusement la langue. Dans ce cas c'est vous, plus que quiconque, qui seriez en danger.

Il eut un petit rire sans joie.

— Seriez-vous inquiète pour moi, Sophie ?

— Pourquoi persiflez-vous toujours ainsi ? éclata-t-elle, exaspérée. Je vous ai déjà dit il y a un certain temps que je détestais le gâchis. Vous avez certainement quelque suggestion à me faire pour expliquer à Antoine la provenance de ces miniatures ?

— Dites-lui que je les lui offre sur mon stock. Ce qui correspond à la vérité, en quelque sorte. Je lui révélerai tout plus tard, lorsque les circonstances le permettront.

— Je vous en remercie mille fois de sa part et de la mienne. Il n'a pas été très facile de conserver vivante la mémoire de ses parents, mais ces jolis portraits l'aideront à la garder intacte pour le restant de ses jours.

— Eh bien, voilà. Je vous souhaite la bonne nuit, Sophie. Je serai à Brighton pendant quelques jours. J'ai de très jolies toiles et un cabinet chinois pour le prince.

Il fit faire demi-tour à sa monture, et s'enfonça dans l'obscurité. Sophie se dit qu'il se trompait s'il pensait recevoir sa visite à la boutique. Elle lui avait donné un ultimatum à propos de ses activités de contrebande. Mais il n'y renonçait pas. Alors moins ils se verraient, mieux ce serait...

Le lendemain matin, Sophie réprimanda sévèrement Antoine au sujet de la barrière. L'enfant ne tentait jamais de nier sa responsabilité lorsqu'il commettait une faute, elle avait donc peine à le punir. Cette fois-ci, il s'en tira avec un avertissement.

Sophie passa la journée à confectionner la pièce décorative en sucre destinée à Mr Hicks. S'inspirant d'un tableau accroché dans la salle à manger du Old Ship, elle avait décidé de sculpter un vaisseau baptisé *Surprise*. Celui-là même sur lequel le propriétaire de l'auberge avait jadis aidé Charles II à fuir la guerre civile. L'armature du gréement était particulièrement difficile à réaliser. Lorsque le modelage fut terminé, Sophie plaça sur le pont une fine silhouette de sucre : le roi en fuite, coiffé de sa longue perruque...

Lorsque Mr Hicks reçut livraison de la pièce décorative, resplendissante d'or et de couleurs vives, il fut ébloui. C'était la première fois qu'un confiseur songeait à représenter la *Surprise* ! Il se maudit d'avoir laissé échapper une perle telle que Sophie. Restée au Old Ship, elle aurait réalisé le même genre de chef-d'œuvre contre des gages extrêmement modestes. Alors qu'à présent elle demandait le même prix que n'importe quel confiseur masculin !

Ce soir-là, Sophie remit les miniatures à Antoine et lui parla longuement de ses parents. Par sécurité, elle s'abstint d'évoquer leur position dans le monde et la carrière politique de son père. Mais il l'écouta attentivement et évoqua les quelques souvenirs qui lui restaient de l'époque où il vivait au château. Elle s'attendait à le voir verser des pleurs à la vue du visage de sa mère, mais trop de temps s'était écoulé. Sophie compris qu'elle avait guéri sa blessure en comblant son besoin d'affection.

— Pourrais-je avoir ces miniatures dans ma chambre ? demanda Antoine, au moment de se coucher.

Sophie accepta avec joie. Par cette demande l'enfant avait révélé l'importance qu'il accordait à ses origines. Il décida d'accrocher les miniatures au mur qui faisait face à son lit. Ainsi, la dernière chose qu'il verrait en se couchant, et la première chose qu'il verrait en se levant, seraient les visages de ses parents...

Antoine écrivit une lettre de remerciement à Tom. Sophie le laissa se rendre seul à la boutique pour la lui remettre. Il resta absent plus longtemps qu'elle ne l'avait prévu et elle sentait poindre en elle une légère inquiétude, lorsqu'il arriva en trombe à la maison, rouge d'excitation.

— Mr Tom Foxhill s'est battu en duel !

— Quoi ?

Sophie, abasourdie, n'en croyait pas ses oreilles.

— Avec des rapières ! Dans son écurie !

Hors d'haleine, Antoine se jeta sur le sofa. Visiblement, dans sa hâte de venir lui raconter l'événement, il avait couru tout le long du chemin.

— C'est Mr Richard qui était son témoin. Je ne connais pas le nom de l'autre témoin, mais le vieux Dr Moore était là et il était très fâché. Il disait que le temps des duels était terminé et qu'ils allaient tous être arrêtés, mais ils ne l'ont pas été parce que Mr Tom m'a dit de fermer les portes de l'écurie pour que les passants ne puissent rien voir depuis la rue.

— Est-ce que Tom a été blessé ?

— Pas beaucoup.

— Pas beaucoup ? cria Sophie d'une voix stridente.

— Il a été touché au menton, c'est tout.

Elle se laissa tomber dans un fauteuil.

— Comment le duel a-t-il commencé ?

— Voici : j'ai donc donné ma lettre à Mr Tom et il l'a montrée à Mr Richard et ils ont dit tous les deux que j'écrivais bien et ils m'ont demandé comment je travaillais à l'école et ainsi de suite. Ils n'avaient pas beaucoup à faire, parce qu'il n'y avait pas de clients dans la boutique. Puis tout à coup un monsieur de Londres est entré et a demandé réparation pour l'honneur de sa femme. Mr Tom a répondu que cette question ne pouvait pas être réglée là et c'est alors qu'ils ont fermé la boutique et qu'ils ont envoyé chercher le Dr Moore. Si seulement vous aviez pu voir briller les lames !

Antoine se leva d'un bond et sauta à travers la pièce, en imitant les gestes des duellistes et le son des lames fendant les airs.

— Arrêtez !

Sophie abattit les poings sur les bras de son fauteuil.

— Calmez-vous et dites-moi comment s'est terminé le duel.

Il lui obéit, quelque peu surpris de son expression chagrine :

— Mr Tom a déchiré les manches du monsieur et l'a un peu blessé. Ensuite, il a fait sauter sa rapière et il a posé la pointe de sa lame contre son cœur.

Antoine se précipita sur Sophie et l'entoura de ses bras.

— N'ayez pas peur ! Mr Tom ne l'a pas tué ! Il a simplement fait sauter sa rapière et ensuite il s'en est retourné dans sa boutique. Je l'ai vu dans son appartement avant de rentrer. Il tamponnait le sang sur son menton et il buvait du champagne. Il était d'humeur très joyeuse.

Sophie repoussa Antoine et se leva brutalement. Un accès de rage incontrôlée lui fit taper du poing contre le rebord de la cheminée.

— Ce Tom Foxhill ! explosa-t-elle, furieuse. Ne cessera-t-il jamais de provoquer la mort ?

En même temps, elle était au désespoir de constater que ce duel n'était point la seule raison de son accès de rage. Car elle devait bien se l'avouer : elle était littéralement torturée de jalousie vis-à-vis de l'inconnue pour laquelle Tom s'était battu...

22

Sophie n'avait pas vu Rory depuis un mois lorsqu'il arriva à l'atelier avec deux billets de théâtre pour la représentation du soir. Elle fut heureuse de cette surprise. Après avoir laissé Antoine au cottage pour la nuit, elle se hâta d'aller se changer chez elle. Elle passa une nouvelle robe de velours bleu nuit, dont le décolleté bordé d'une ruche de soie mettait en valeur la douceur laiteuse de son cou et de ses épaules.

La pièce était excellente. Sur le chemin du retour, Sophie annonça à Rory qu'elle avait renoncé à sa place de lingère au Pavillon de la Mer pour la saison à venir.

— Je ne puis plus continuer à partager mon temps ainsi. J'ai été tellement occupée à l'atelier durant les mois d'hiver ! Et cette fois, c'est sûr : cet été, je n'aurai plus une minute à moi... J'ai reçu beaucoup de commandes venant de gens étrangers à la ville. Certains d'entre eux ne sont jamais venus à Brighton, mais ils ont eu l'occasion de goûter à mes fabrications. Et c'est la même chose pour mes pièces décoratives en sucre ! Depuis que j'ai confectionné celle de Mr Hicks, il ne se passe pas une semaine sans que je n'aie de commande pour les buffets des bals. Sans compter toutes celles que l'on me passe pour les festivités privées...

— Superbe ! Et à quoi travaillez-vous en ce moment ?

— A un Neptune transporté dans un chariot fabriqué avec des coquilles de noix ! Hier, j'ai terminé un temple grec.

La nuit était fraîche. Dès qu'ils furent arrivés, elle s'agenouilla pour rajouter des bûches et attiser le feu. Les flammes s'élevèrent bien haut. Assise sur ses talons, au centre du cercle de velours formé par sa jupe, elle eut un hochement de tête approbateur :

— C'est bien mieux ainsi !

Rory, qui avait ôté son chapeau et suspendu son manteau dans le corridor, vint s'asseoir près d'elle, sur le tapis. Doucement, il posa son bras sur le bord d'un fauteuil, incapable de la quitter des yeux. La lueur des flammes dansait sur son visage et accentuait l'ombre de la naissance de ses seins.

— Je vous ai raconté tout ce que j'avais fait, dit-elle en pivotant pour lui faire face et en s'asseyant, les jambes repliées sous elle. Et vous, qu'avez-vous fait ? J'aimerais que vous me parliez de votre travail, vous aussi. C'est très inquiétant de ne rien savoir. Parfois, il m'arrive de ne pouvoir dormir, en pensant aux dangers que vous affrontez peut-être au même moment.

— Pendant que vous vous inquiétez pour moi, sans trouver le sommeil, répondit-il avec une profonde tendresse, je suis probablement tranquillement couché dans mon lit. Mon travail est beaucoup moins héroïque que vous ne l'imaginez. J'ai eu tellement de renfort que je n'aurai nul besoin de faire appel à l'armée le jour où j'affronterai la bande de Broomfield.

— Pensez-vous que c'est pour bientôt ?

Quelque chose dans son intonation l'avait alertée, même s'il n'en avait pas eu conscience.

— Dites-le-moi ! J'insiste !

Il hésita quelques instants, mais, puisqu'elle semblait avoir deviné, il acquiesça :

— Je m'approche du but. Vous savez ce que cela signifie, Sophie ! Ma grande œuvre sera bientôt accomplie.

Une soudaine vague d'angoisse la submergea, et elle se jeta contre sa poitrine, comme pour le protéger de son propre corps.

— Prenez garde, Rory ! Pour la bande de Broomfield, vous êtes le Vautour. Ils n'auront de cesse que vous soyez mort !

Il fut profondément touché par une telle démonstration d'inquiétude et la serra contre lui.

— Je suis préparé à toute éventualité. Ne vous inquiétez pas à ce sujet. Ma seule et unique crainte, c'est de vous perdre !

Elle se releva et le regarda.

— Je l'ignorais. Mais il n'y a aucune raison...

Elle se sentit fondre de tendresse pour cet homme bon, qui s'apprêtait à affronter le pire des dangers avec un courage calme et résolu. Soudain, elle sentit monter en elle l'angoisse profonde que connaissent toutes les femmes, lorsque leur amoureux ou leur mari s'apprête à partir pour la guerre. Elle craignait de le perdre à jamais, et ressentit l'impérieuse nécessité de lui accorder cette promesse qu'il attendait depuis si longtemps. Comme si son serment pouvait être un bouclier contre le malheur. Sa voix se fit murmure :

— Tout ce que je vous avais demandé, c'était du temps, Rory.

Le visage transfiguré, Rory mit la main à sa poche et en sortit une petite boîte de velours, qu'il ouvrit en faisant apparaître une bague resplendissante. Un diamant entouré de rubis...

— Je porte cette bague sur moi depuis longtemps, déjà. J'attendais le moment où vous l'accepteriez enfin. Je ne me trompe pas, aujourd'hui, n'est-ce pas ?

— Non, Rory, dit-elle doucement. Et c'est une bague magnifique.

Elle tendit sa main gauche et il fit glisser le bijou sur son doigt. Puis il la saisit par les épaules et la tourna vers lui pour l'embrasser avec passion. Jamais il ne l'avait autant désirée. Le parfum de sa peau lui donnait le vertige. Il n'aurait pas été difficile de l'inciter à donner libre cours à sa nature sensuelle dans ses bras, mais il ne perdait pas de vue l'amère réalité. Dans moins de trente-six heures, il serait engagé dans un combat qui serait peut-être le plus acharné de tous ceux qu'il avait déjà livrés. Il ne pouvait risquer d'engendrer un enfant hors des liens du mariage.

— Je serai bientôt votre femme, Rory, murmura Sophie.

Il ne se berçait d'aucune illusion. Il savait qu'elle l'aimait, mais que ses sentiments n'étaient pas encore aussi profonds que les siens. Si elle trouvait l'épanouissement dans leur lit conjugal, alors peut-être, concevrait-elle pour lui de la passion...

L'heure du départ avait sonné. Un détachement était déjà en route vers le point de ralliement et il lui fallait s'y trouver avant ses hommes.

Sophie l'accompagna jusqu'à la clôture pour le suivre des yeux. Dans sa joie, Rory la souleva et la fit tourbillonner dans ses bras. Puis il la reposa et l'embrassa une dernière fois. Avant de disparaître de sa vue, il poussa le cri de victoire des agents du Trésor et elle sourit, heureuse de lui avoir procuré un tel bonheur.

Rentrée chez elle, elle regarda sa bague. Enfin, elle avait chassé Tom de sa vie. Mais pourquoi donc n'éprouvait-elle aucun soulagement ?

Le lendemain matin, Sophie se leva de bonne heure. Elle écrivit deux lettres pour annoncer ses fiançailles, l'une à Ellen et l'autre à Henriette.

Le soir même, Sophie remit sa robe bleu nuit pour se rendre à une partie de cartes. Tous les participants étaient des émigrés comme elle. Sophie avait pour partenaire une veuve intarissable qui s'empressa de lui faire part du dernier événement survenu dans un théâtre de Londres.

— Dès que le prince de Galles a fait son apparition dans la loge royale, il a été hué par la majeure partie de l'assistance. N'est-ce pas épouvantable ? Cela me rappelle le temps où feu notre reine recevait la même réception, à Paris.

Sophie était bien placée pour en savoir plus sur la vie privée du prince que tous ceux qui se trouvaient là. Elle recueillait ses informations en passant saluer ses amis dans les cuisines du Pavillon de la Mer. Mais elle ne souhaitait nullement éclairer plus avant la lanterne des émigrés. Inutile de colporter davantage des secrets de famille, même si ceux-ci étaient connus quasiment de tous ! Personne ne pouvait plus ignorer la popularité grandissante de la princesse Caroline, aux dépens de celle du prince. Au moment de leur séparation, la princesse avait refusé les services de lady Jersey et s'était entourée dans le château qui lui avait été alloué sur les bords de la Tamise d'une cour hétéroclite et indiscrète. Parmi ses nouveaux amis se trouvaient quelques ennemis influents du prince, indubitablement choisis pour cette raison précise, et qui ne perdaient aucune occasion de le diffamer. La presse se saisissait de chacune de leurs allégations et en faisait ses choux gras.

— A vous la donne, madame la marquise ! déclara Sophie d'un ton ferme, pour mettre un terme aux commentaires sur l'humiliation subie par le prince.

Il était déjà tard lorsque la dernière partie s'acheva. Les

joueurs échangèrent encore quelques propos sur les marches du perron avant de se quitter. Puis on se souhaita mutuellement la bonne nuit, et Sophie prit les rênes pour rentrer chez elle.

L'air de la nuit était agréable, la lune argentée jouait à cache-cache avec les nuages qui avançaient doucement. Elle passa devant le cottage de Clara. Toutes les lumières étaient éteintes. Antoine dormait certainement à poings fermés, Barney couché à ses pieds. Dans quelques heures à peine, une activité bourdonnante régnerait dans son atelier. Elle avait bien fait d'investir dans de nouveaux équipements. Parmi eux, une grande armoire de fer contenant des cuvettes d'égouttage, un nouvel appareil destiné à fabriquer les fleurs de massepain à une vitesse incroyable, sans compter un alambic servant à distiller la vanille, les essences d'angélique, de cannelle et autres épices, ainsi que toutes sortes d'eaux de fleurs. Son atelier était aussi bien équipé, à présent, que l'était celui de son père à Paris.

Dans la campagne, les primevères baignées de lune émaillaient l'herbe de taches claires. Dans la matinée, Antoine lui en avait cueilli un grand bouquet dont elle avait garni deux vases. Arrivée à la hauteur d'une grange déserte, elle sursauta en voyant un homme se réfugier précipitamment dans la pénombre, mais elle eut le temps de voir briller des boutons de cuivre et fut rassurée. Ce n'était qu'un agent du Trésor qui montait la garde, comme cela se produisait parfois par des nuits semblables à celle-ci, lorsque la mer était bonne et que le léger rayon de lune favorisait la sortie des Gentilshommes. Cette surveillance nocturne faisait suite aux ordres dispensés par Rory. Elle ne vit plus personne ensuite, mais elle s'arrêta devant la barrière donnant accès au pré qui jouxtait son jardin en constatant qu'elle était grande ouverte, une fois de plus.

Elle s'écria à haute voix :

— Encore ! Oh, Antoine !

Après avoir cueilli son bouquet de primevères, il avait certainement oublié de retourner fermer le loquet. Pourtant, elle n'avait rien remarqué en passant devant le pré pour aller le déposer chez Clara, avant sa partie de cartes... La barrière avait dû s'ouvrir progressivement.

Ses talons s'enfoncèrent dans le sol meuble du pré lorsqu'elle s'avança pour aller tirer la clôture. Celle-ci ne bougea point. Sophie prononça quelques mots bien sentis et tira une nouvelle fois de toutes ses forces. En vain. Interloquée, elle s'accroupit pour regarder ce qui la retenait. Une pierre ? Non. C'était un solide morceau de bois, profondément enfoncé dans la terre. Pour le ficher à cette profondeur, il avait fallu utiliser un gros maillet. En aucun cas ce n'était l'œuvre d'un enfant.

Sophie sentit son sang se glacer dans ses veines. Cela signifiait donc... Désespérément, elle tenta de croire qu'elle faisait erreur. Elle releva ses jupes et traversa le pré où se trouvait une autre barrière, rarement utilisée. Celle-ci était également béante, et les vaches qui broutaient habituellement là avaient disparu. Elle savait que la barrière suivante donnait sur un chemin creux qui traversait les bois et conduisait à une route rapide. Mais elle jugea inutile d'aller vérifier. Elle était convaincue qu'elle serait béante, elle aussi. Le fermier, Mr Brown, avait veillé à laisser passage aux contrebandiers à cheval. Parce que la bande de Broomfield opérait cette nuit-là. Pas étonnant que les agents du Trésor soient dans les parages ! Probablement Rory s'était-il trouvé dans le district toute la journée. Mais il s'était bien gardé de lui faire savoir qu'il était sur le point d'en découdre avec ceux qu'il pourchassait depuis si longtemps. Et qu'il se trouverait en première ligne pendant l'embuscade...

Elle retourna en hâte sur le chemin et éteignit les lampes de sa voiture. Puis elle se précipita à l'intérieur de la maison pour se saisir de son pistolet, qu'elle chargea et introduisit dans sa ceinture. Quelques minutes plus tard, elle reprit les rênes. La bande de Broomfield débarquerait certainement dans la crique où elle avait vu Tom avec le coffret de nacre, et elle voulait être présente pendant la confrontation. Après tout, elle était un peu responsable de la mort des agents du Trésor qu'elle avait alertés. Son seul espoir était que cette fois-ci Tom ne se trouverait pas parmi les contrebandiers.

Elle sortit du chemin et s'engagea dans des sentiers qu'elle connaissait bien pour les avoir parcourus de nombreuses fois à pied. Tout était calme. Les contrebandiers ne pouvaient pas encore avoir débarqué. Dans un bosquet, elle se débarrassa de sa cape, dont la couleur éclatante risquait d'attirer l'attention. Sa robe bleu sombre se confondrait avec les ombres de la nuit. Elle attacha son poney et continua à avancer à pied à travers les arbres, jusqu'à la haie de tamaris qui bordait la terre en surplomb des galets. Le léger clair de lune lui permit d'apercevoir une douzaine de chariots, et une rangée de chevaux sellés qui attendaient calmement un peu plus loin. Leur nombre indiquait que le chargement de ce soir-là promettait d'être important. Elle ignorait combien de contrebandiers et de complices participeraient à cette action. Mais Rory lui avait dit que, bien souvent, plus de soixante Gentilshommes à cheval, assistés d'une escorte armée, assuraient le transport de leurs marchandises. Là-bas au milieu des chariots et des chevaux, quelques hommes se mouvaient dans le plus profond silence.

Précautionneusement, Sophie risqua un œil vers la crique à travers les branches de la haie de tamaris. Le sable lumineux était désert, mais elle savait que Rory et ses hommes se tenaient tapis dans l'ombre, cachés derrière les rochers. Pour le moment, elle n'entendait rien, à l'exception du murmure de la brise marine qui caressait l'herbe, du doux clapotis des vagues et du léger cliquetis du harnais d'un cheval qui bougeait. Lorsque, tout à coup, une lumière clignota à deux reprises sur la mer, le cœur de Sophie se mit à battre si fort qu'elle se demanda si on ne l'entendait pas à des miles de là.

De l'endroit où elle se trouvait, il lui fut impossible de voir le signal de réponse envoyé depuis le rivage, mais celui-ci avait dû être donné, car le comportement des hommes qui attendaient auprès des chevaux indiquait clairement que les opérations suivaient leur cours normal. De temps à autre, elle apercevait l'éclat d'une arme. Les hommes se tenaient donc prêts à toute éventualité. Elle se demanda combien de paires d'yeux guettaient les barques larguées depuis le bateau, et qui se rapprochaient lentement. Peu de temps après, elle vit des ombres convergeant vers la grève. Les avirons furent levés et amarrés en silence. Immédiatement, les complices des contrebandiers postés sur la plage s'agitèrent et descendirent en trombe sur les galets, sans être autrement inquiétés. Sophie comprit qu'on laissait les Gentilshommes débarquer pour s'assurer qu'ils ne pourraient s'enfuir par la mer. Le déchargement commença. A son immense soulagement, aucune silhouette solitaire ne vint se détacher pour mettre une pièce du butin de côté. Tom n'était pas là. Soudain, le silence fut traversé par un ordre hurlé par Rory :

— Chargez !

A ce signal, des cris retentirent et des flambeaux s'allumèrent comme par magie, en un large demi-cercle destiné à éclairer la plage. Les agents du Trésor déferlèrent de tous côtés, telle une horde hurlante, et se ruèrent sur les contrebandiers frappés de stupeur. En quelques secondes, l'endroit fut transformé en une scène digne de *L'Enfer* de Dante. Les sabres d'abordage entrèrent en action, rendus plus effrayants encore par la couleur rouge et or des flammes qui se réfléchissaient sur leurs lames. Le vacarme assourdissant des coups de pistolet effraya les chevaux qui se mirent à tirer sur leurs liens en hennissant et en renâclant. L'homme chargé de les surveiller s'affola lui aussi. Sophie eut le temps de distinguer sa silhouette qui enfourchait une monture et s'enfuyait au galop. Mais elle fut dans l'incapacité de suivre le déroulement du sanglant combat depuis sa cachette. Le sable volait de toutes parts. Les cris des blessés et des mourants se mêlaient au cliquetis des lames. Horrifiée, elle se consumait d'angoisse pour Rory. Parfois, à la lueur tremblante des flambeaux, elle apercevait un contrebandier qui fendait férocement l'air de son sabre d'abordage, mais elle ne parvenait pas à distinguer son fiancé parmi les hommes en uniforme. Elle rongeait son frein, folle de rage de ne pouvoir rien faire pour l'aider quand, tout à coup, une idée traversa son esprit. Les chevaux ! Si elle les détachait, au moins pourrait-elle couper la retraite des contrebandiers...

Attentive à rester à l'abri de la haie de tamaris, Sophie atteignit la première rangée de chevaux. Tout en leur prodiguant de bonnes paroles sur un ton rassurant, elle détacha leurs liens. Il fut inutile de les encourager à partir, car ils détalèrent les uns après les autres. Un cri retentit, l'arrêtant au moment où elle s'apprêtait à détacher la rangée suivante.

— Qui est là ? Par le diable, que faites-vous donc ?

Donc, il restait au moins un homme pour surveiller les bêtes ! Elle le vit se précipiter vers elle, un gourdin à la main. Elle réagit automatiquement, comme le sergent Jones le lui avait enseigné. L'homme ralentit le pas lorsqu'il l'entendit armer le pistolet, qu'elle pointa sur lui. Il s'était suffisamment avancé pour qu'ils se reconnaissent mutuellement. Le fermier, son voisin, baissa son gourdin.

— Ne tirez pas, miss Delcourt, l'implora-t-il, pétrifié.

— Êtes-vous seul, Mr Brown ?

— Oui, les autres sont en bas, sur la plage. Que faites-vous donc là ?

— C'est la façon dont vous avez ouvert les barrières du pré qui m'a mis la puce à l'oreille.

Mr Brown baissait le front, piteux.

— Il fallait que je le fasse. Personne ne discute avec la bande de Broomfield. Je n'allais point laisser brûler ma maison sous les yeux de ma femme et de mes enfants. Ces brutes n'ont aucune pitié, vous le savez bien.

— L'un des chariots est-il à vous ?

— Oui, ils m'ont ordonné de me tenir prêt pour le transport.

— Alors, allez le chercher et retournez à votre ferme. Fermez vos barrières. Mais d'abord, retirez le harnais des autres chevaux !

— Ne me demandez point une chose pareille !

— Quelle que soit l'issue de cette bataille, je puis vous dire que les contrebandiers ne seront pas en état de transporter leurs marchandises. J'ai tout lieu de penser qu'ils vont plutôt tenter de regagner leurs barques, ou de s'échapper à l'aide des chevaux. Voilà pourquoi je les détache. Si vous restez, vous risquez d'être arrêté. Mais si vous suivez mon conseil tout ira bien.

— Vous ne direz rien aux autorités ? Vous ferez comme si vous ne m'aviez point vu ?

— Oui. Je pense à votre famille.

Elle remit son pistolet à sa ceinture.

— Il y a des patrouilles par ici, alors longez la grève pendant un certain temps, et reprenez ensuite vers l'intérieur. Cela vous permettra de les éviter.

Il jeta son gourdin, soulagé.

— Grand merci. J'y vais de ce pas.

Il eut tôt fait de détacher les chevaux. Mais certains d'entre eux refusèrent de s'éloigner, et Sophie dut les chasser à grand renfort de gestes et de cris. Puis elle courut reprendre son poste d'observation. La bataille faisait toujours rage. Son inquiétude pour Rory grandissait de minute en minute. Enfin, elle l'aperçut à la lueur d'un flambeau. Il se battait avec acharnement, le visage tendu et déterminé. Non seulement il n'était pas blessé, mais ses hommes avaient l'avantage.

Leurs adversaires, qui menaient une bataille d'arrière-garde, tentaient une sortie vers l'endroit où ils croyaient retrouver leurs montures. D'autres battaient en retraite individuellement. Et certains arrivaient dans sa direction ! Sophie plongea dans les sous-bois et les vit bondir les uns après les autres à travers la haie de tamaris. Ils jurèrent en s'apercevant que les chevaux avaient disparu, mais ne perdirent pas de temps et disparurent dans les bois. N'en voyant plus apparaître de nouveaux, Sophie en déduisit que les hommes de Rory leur avaient coupé la route.

Au moment où elle se relevait avec précaution pour aller juger de l'avance de son fiancé, elle sentit une main la saisir par la jupe. Elle étouffa un cri. Tom ! C'était Tom, couché sur le ventre, couvert de sang ! Il leva les yeux vers elle.

— Pour l'amour de Dieu, Sophie, aidez-moi ! Si on me voit, tout est fini !

La colère l'envahit.

— Vous êtes vraiment fou, Tom !

Mais elle était près de défaillir. Elle imagina la torture qu'il avait dû supporter pour ramper jusque-là.

— Pourrez-vous marcher ?

— Si je peux m'appuyer sur vous, oui.

Elle le soutint et il se releva en titubant. Son bras gauche pendait, sans vie, comme brisé. Il avança un pied avec précaution, comme si sa jambe, elle aussi, était atteinte. Surmontant la douleur, il se contraignit à avancer d'un pas chancelant et désespérément lent. Sophie avait le plus grand mal à garder l'équilibre.

— Mon attelage m'attend dans les bois, Tom, l'encouragea-t-elle. Vous n'aurez pas à marcher très loin.

Il eut un rire bref et dit dans un souffle :

— Un jour j'ai dit que votre équipage ne me serait d'aucune utilité, vous en souvenez-vous ? Je retire cette phrase !

— Ne parlez pas. Je vous emmène tout droit chez le Dr Moore.

— Non, pas chez lui ! Chez Richard. Il saura quoi faire.

Sophie mourait d'angoisse à l'idée qu'il pourrait perdre tout son sang pendant le trajet. Peut-être, lorsqu'ils seraient hors de vue, pourrait-elle s'occuper de ses blessures les plus graves et arrêter le flux. Elle se demandait également avec inquiétude si Bijou était toujours dans le bosquet. S'il était tombé sous le regard de l'un des fugitifs, tout était perdu.

Ils atteignirent le couvert des arbres. Avec soulagement, elle vit les nuages se déchirer et, à la lueur d'un rayon de lune, elle aperçut son poney et sa voiture.

— Encore quelques pas, Tom.

Elle n'osa pas s'arrêter pour lui permettre de se reposer, car elle savait qu'il était sur le point de perdre connaissance. Durant les derniers mètres, ils titubèrent ensemble comme deux ivrognes.

Ce fut une rude tâche que de le faire monter dans la voiture. Il était à bout de forces, et elle dut faire appel à toutes ses ressources physiques pour le hisser à bord. Il fit une tentative pour l'aider mais tomba, inconscient, sur le sol de la voiture. C'était d'ailleurs le meilleur endroit pour le transporter. Elle se souvint de l'agent du Trésor qu'elle avait aperçu en rentrant chez elle. Rory avait dû faire encercler la région afin de rattraper tous les fuyards ! Elle bondit sur son siège et étala ses jupes par-dessus Tom. Au moment où elle sortait un plaid pour le recouvrir, un craquement se fit entendre dans les fourrés. Un homme massif et corpulent en surgit, le tricorne enfoncé sur le front, la partie inférieure du visage recouverte d'un mouchoir.

— Descendez, femme ! Laissez-moi ça ! aboya-t-il, posant la main sur le côté du véhicule.

Elle porta immédiatement la main à son pistolet. Cet homme ne lui était pas inconnu. C'était sûrement un habitant de la région, mais ce n'était pas cet épicier, ou ce boucher, qui allait la faire reculer !

— Non ! siffla-t-elle. J'ai pris en charge un de vos collègues grièvement blessé. Otez-vous de là !

Il eut une brève hésitation à la vue du pistolet, mais il n'avait pas de temps à perdre. En bougeant, elle avait fait glisser la couverture du visage de Tom et l'homme le dévisagea une seconde.

— Il est fichu ! Je l'ai vu tantôt, on lui a percé les boyaux !

Ses énormes mains se posèrent sur Tom pour le tirer dehors.

— Ce pistolet va me servir contre les agents du Trésor, et c'est moi que vous allez conduire à sa place !

Elle tira. Il tomba en arrière avec un cri horrible et resta étendu, gémissant. La tête et les bras de Tom pendaient dehors, et elle le tira à l'intérieur, terrifiée à l'idée que la détonation avait peut-être alerté quelqu'un. Mais les bruits de bataille n'avaient toujours pas cessé et il lui restait une chance de s'échapper. En toute hâte, elle recouvrit entièrement Tom avec la couverture et fit claquer sa cravache. L'incident n'avait pas duré plus d'une minute. Mais il lui avait semblé interminable. Et ce qu'avait dit l'homme au sujet des blessures de Tom l'avait remplie d'effroi.

— Ne mourez pas, Tom ! l'implora-t-elle, pendant que le poney rebroussait chemin. Mon Dieu, je vous en prie, laissez-le vivre !

Arrivée à hauteur du chemin, Sophie estima qu'elle pouvait s'arrêter sans trop de risques, car les contrebandiers en fuite éviteraient les endroits où ils pourraient aisément être rattrapés. Elle tendit l'oreille, mais à l'exception d'un coup de pistolet au loin, derrière elle aucun bruit ne se fit entendre. Elle retira deux de ses cotillons pour les presser à l'endroit où la veste de Tom avait été transformée en loques, bien qu'il fût impossible de savoir d'où exactement coulait le sang. Elle descendit de voiture et lava ses bras et ses mains maculés dans le ruisseau qui passait là. Son corsage était probablement taché, lui aussi, mais, par bonheur, sa cape, qui était restée dans la voiture, était intacte. Elle la revêtit, ralluma les feux en hâte, et s'engagea dans le chemin.

Son poney avançait d'un pas régulier. Elle prit la résolution d'agir le plus normalement possible, et de faire mine d'ignorer totalement qu'à quelques miles de là se déroulait un terrible combat. Comme elle s'y attendait, elle ne tarda pas à voir déboucher deux agents du Trésor. Ils l'arrêtèrent au milieu du chemin en levant leurs lanternes. L'un d'eux fit un pas en avant :

— Votre nom, miss.

— Je suis Mlle Delcourt, la fiancée du capitaine Morgan du service des Taxes.

L'homme adressa un regard interrogateur à son compagnon, qui hocha la tête :

— Il est fiancé à une Française.

Reprenant la parole, le premier lui demanda :

— Que faites-vous sur les routes à cette heure ? Il est trois heures.

Elle feignit l'impatience :

— Je sais tout comme vous que le capitaine Morgan a des occupations spéciales cette nuit. Je m'inquiète, à attendre toute seule. Je suis en route vers la ville pour passer la nuit avec une amie. Je suis sûre que l'un de vous m'a vue rentrer chez moi après minuit. Je retourne en ville chercher un peu de compagnie.

Le second homme s'avança pour passer sa lanterne sur l'intérieur de la voiture. Sophie retint son souffle, priant le Ciel pour que le sang de Tom n'ait pas coulé. En même temps, elle ne pouvait faire le moindre geste pour vérifier, sous peine d'éveiller les soupçons. Mais l'agent du Trésor baissa sa lanterne.

— Très bien, miss. Je suis désolé de vous avoir retardée, mais nous devons contrôler tout le monde, cette nuit.

Dès qu'ils furent hors de vue, elle augmenta sa vitesse et entra en trombe en ville. Dans Middle Street, les portes de l'écurie de Tom étaient grandes ouvertes et elle entra directement dans la cour. Richard avait dû faire le guet par la fenêtre, car la porte du magasin d'exposition s'ouvrit immédiatement et il sortit en courant.

— Sophie, pour l'amour du Ciel, que faites-vous ici ? Avez-vous vu Tom ?

Il poussa un cri de désespoir en la voyant découvrir le visage de son frère.

— Dieu tout-puissant ! Est-il mort ?

— Non ! hurla-t-elle, comme pour conjurer le sort. Il ne faut pas qu'il meure !

— Prenez-le par les pieds et aidez-moi à le transporter à l'intérieur. Vous me direz plus tard ce qui s'est passé.

Compte tenu du poids de son frère, Richard eut toutes les peines du monde à gravir l'escalier en colimaçon qui menait à l'appartement. Arrivés à la cuisine, ils l'étendirent de tout son long sur la table. Sophie courut rassembler toutes les chandelles afin d'obtenir le plus de lumière possible. Richard coupa les vêtements de Tom, pendant qu'elle allait chercher de l'eau chaude ainsi qu'une boîte de fournitures médicales.

Le jeune homme resta inconscient tout le temps que dura l'opération. Un sabre d'abordage lui avait profondément ouvert le côté, mais, par bonheur, les organes vitaux n'avaient pas été touchés. Un os sortait de son bras brisé, et sa jambe avait été déchiquetée par un coup de feu. Le geste sûr, Richard le soigna, aidé de Sophie qui faisait l'impossible pour se rendre utile. Elle ne laissa pas d'être surprise par la compétence de Richard, qui semblait avoir passé son existence à appliquer des éclisses, soigner les plaies et recoudre les chairs. Ils travaillèrent tous deux sans mot dire. Pour finir, avec mille précautions, ils baignèrent le blessé et le séchèrent. Puis ils lui mirent une chemise de nuit dont ils avaient découpé une manche auparavant. Richard l'enveloppa dans une couverture et, une fois de plus, ils le transportèrent jusque dans une chambre dont Sophie avait préparé le lit.

Richard baissa ses manches et resta planté devant son frère.

— Tom est comme les chats. Il a neuf vies. Malheureusement, il les a brûlées très vite et je dirais que celle-ci est la dernière. La prochaine fois, il ne s'en sortira plus.

— Pensez-vous qu'il vivra ?

Sophie osait enfin formuler la question qu'elle se posait depuis des heures.

— Il a perdu beaucoup de sang, mais c'est à chaque fois ainsi et il s'en tire toujours. Il a de bonnes chances de vivre. Dès qu'il reviendra à lui, il lui faudra boire de l'eau en grande quantité.

Richard s'aperçut que toutes les épreuves subies par Sophie l'avaient mise à bout de nerfs. Elle tremblait de tous ses membres, les mains plaquées sur le visage. Il passa un bras autour de ses épaules et la conduisit vers un fauteuil.

— Venez vous asseoir. Vous allez prendre un peu de brandy. J'en ai besoin aussi. Peut-être pourrez-vous me dire ce qui s'est passé. Je suppose qu'ils sont tombés dans une embuscade ?

Richard s'assit au chevet de son frère et écouta attentivement le récit qu'elle lui fit. Il lui posa quelques questions. Puis ce fut au tour de Sophie de s'enquérir :

— Où avez-vous appris à soigner les blessés ? Étiez-vous chirurgien, autrefois ?

— Non. Mais j'aurais aimé l'être. Lorsque j'étais jeune lieutenant durant la Révolution américaine, j'ai perdu un ami parce que j'ai été dans l'incapacité de soigner ses blessures. A la suite de ce drame, j'ai entrepris de lire tous les livres de médecine qui me tombaient entre les mains et les chirurgiens de l'armée ont pris l'habitude de faire appel à moi quand ils ne savaient plus où donner de la tête après une bataille. En quittant l'armée, je souhaitais poursuivre dans cette voie, mais Tom me pressait de m'associer à lui et lorsqu'il m'a confié la véritable nature de ses activités, je me suis senti responsable de lui.

— Ne lui aviez-vous point fait part de vos intentions premières ?

— Si. Mais je n'ai aucun regret.

— Ce n'est pas l'égoïsme qui vous caractérise, fit-elle remarquer.

Puis elle regarda par la fenêtre. L'aube, déjà, peignait le ciel de rose.

— Je dois rentrer. Rory est toujours occupé, probablement, mais je veux être là quand il me fera part de sa victoire.

Richard se leva.

— Attendez ! Il y a des taches de sang dans votre voiture. Elles pourraient vous trahir. Je vais aller chercher de l'eau et les laver.

En attendant son retour, elle s'assit auprès de Tom. Lorsqu'il la rejoignit, Richard mit sa cape autour de ses épaules. Au moment où ils s'apprêtaient à quitter la pièce, Tom remua et murmura quelque chose. Sophie posa une main sur le bras de Richard.

— Ne le laissez pas seul.

— Comment pourrais-je vous remercier de tout ce que vous avez fait ?

— Les remerciements ne sont pas nécessaires entre amis.

Sitôt rentrée chez elle, Sophie se débarrassa de sa cape et fit brûler tous ses autres vêtements. Puis elle prit un bain et lava ses cheveux. Elle venait à peine de les relever que déjà la servante arrivait, accompagnée de la femme chargée des gros travaux. Plongées dans une conversation animée, elles entrèrent dans la cuisine. Sophie les entendit parler en descendant les escaliers et n'eut aucun mal à deviner le sujet qui les occupait. A bout de forces, physiquement et mentalement, elle espérait pouvoir dormir un peu avant le retour de Rory. Elle demanda aux servantes d'éviter le salon où elle voulait s'étendre sur le sofa, n'ayant point dormi de la nuit.

Elle était au milieu du corridor lorsque quelqu'un frappa à la porte. Elle alla ouvrir. Le second de Rory, qu'elle connaissait bien, se tenait sur le seuil. La première fois qu'elle avait vu Rory, ils montaient tous deux côte à côte.

— Bonjour, Mr Pearce. Avez-vous... ?

Devant son air grave, sa voix s'étrangla. Elle s'effaça pour le laisser entrer. Il portait son chapeau sous le bras.

— Que se passe-t-il ? Rory est-il blessé ?

— Je pense que vous devriez vous asseoir pour entendre la triste nouvelle que je vous apporte.

— Parlez !

Elle était livide.

— La nuit dernière, au cours de l'opération lancée par le capitaine Morgan, la bande de Broomfield a été défaite. La bataille était déjà terminée lorsqu'un contrebandier a fait une tentative de fuite. Il a sorti une arme et a tiré. La balle a atteint le capitaine en plein cœur. Sa mort a été instantanée. Il ne s'est rendu compte de rien. C'est arrivé à l'instant de son triomphe.

Il eut juste le temps de rattraper Sophie dans ses bras au moment où elle perdait connaissance.

Les funérailles de Rory furent empreintes de solennité. Son cercueil fut porté par ses collègues officiers et tout le parcours de l'église Saint-Nicholas fut bordé de part et d'autre d'agents du Trésor en uniforme. Des officiels avaient fait le voyage de Londres et on tira une salve auprès de la tombe. Tous les membres de la famille étaient présents et tinrent à exprimer leur sympathie et leurs condoléances à Sophie.

— Voulez-vous revenir avec moi à Lymington pendant un certain temps ? lui proposa Ellen, lorsque tout le monde fut reparti et qu'elles se retrouvèrent seules au coin du feu, vêtues de noir.

— Je vous remercie de votre prévenance, répondit Sophie, reconnaissante, mais Antoine ne peut pas manquer l'école et je ne puis le laisser ici. Il a du chagrin et il a besoin de moi.

La réciproque était vraie. Antoine lui était également d'un grand réconfort. Lorsqu'on lui avait annoncé la mort de Rory, l'enfant s'était jeté dans ses bras en sanglotant.

— D'abord maman et papa, ensuite grand-père ! Et maintenant, le capitaine Rory !

Elle l'avait serré contre elle et ils avaient pleuré ensemble.

— Peut-être viendrez-vous plus tard, suggéra Ellen, interrompant le flot de pensées de Sophie.

— Je regrette infiniment, mais je ne puis rien vous promettre maintenant. J'ai mon travail. Il va falloir que je m'occupe plus que jamais.

Puis elle se dit soudain que la solitude d'Ellen à Lymington House était grande, elle aussi. Elle avait perdu sa mère. Et maintenant, c'était le tour de son frère bien-aimé...

— Puis-je vous retourner l'invitation, et vous demander de rester ici aussi longtemps que vous le souhaiterez ?

— Vous ne pouvez savoir à quel point je suis heureuse d'accepter, répondit Ellen sans l'ombre d'une hésitation.

Sophie se jeta à corps perdu dans le travail. Ellen s'activait à la maison et, en rentrant chez elle, Sophie trouvait la table dressée. La jeune femme ne s'immisçait jamais dans la vie de Sophie, elle était d'un commerce agréable et elle s'entendit bientôt à merveille avec Antoine.

Rory n'avait pas eu le temps de modifier son testament en faveur de Sophie, et Ellen en était fort contrariée. Sophie, qui n'y avait point réfléchi avant qu'Ellen n'aborde le sujet, s'empressa de la rassurer :

— Cela n'a aucune importance. Il me reste la jolie bague qu'il m'a offerte.

Dévorée de chagrin, Sophie vivait au jour le jour. La pensée de n'avoir pas assisté aux derniers moments de Rory la torturait. Richard était le seul à qui elle pouvait s'en ouvrir :

— J'aurais dû amener Tom chez Clara et la laisser le conduire chez vous. J'aurais pu retourner à la crique.

— Mais vous n'auriez pas pu sauver la vie du capitaine Morgan. On vous a rapporté le détail des dernières minutes qui se sont écoulées avant le coup de feu. Vous n'auriez pu intervenir en aucune façon. Il se trouvait au milieu de ses hommes et de ses prisonniers. Beaucoup étaient encore en train de se battre. Par sécurité, les agents du Trésor vous auraient empêchée de vous approcher de lui...

— Mais au moins, j'aurais été là !

Richard passa un bras autour d'elle.

— Dans ce cas, mon frère serait mort, lui aussi. Le temps de réveiller Mrs Renfrew et d'attendre qu'elle se mette en route lui aurait coûté la vie à lui aussi. Et comment pouvez-vous être sûre que Clara l'aurait accompagné ? Le risque d'être arrêtée était grand, et je crois que son choix n'aurait fait aucun doute : elle aurait refusé de laisser seul au monde un enfant en bas âge pour sauver Tom.

Sophie savait que tout cela était vrai, mais son désespoir ne la quittait pas.

Tom survécut à ses blessures et son état de santé s'améliora. Sophie n'alla jamais lui rendre visite. Mais Richard lui donnait des nouvelles régulièrement. Puis arriva le jour où il annonça à Sophie :

— Demain, j'emmène Tom à Londres. Il a une longue convalescence devant lui. Il souhaite vous voir avant de partir.

Sophie l'écouta parler, très droite.

— Autant que je sache, Tom a croisé le fer avec Rory sur la plage, cette nuit-là. Rien ne pourra jamais effacer le fait qu'il s'est battu aux côtés des contrebandiers qui ont tué mon fiancé. Je ne veux plus jamais avoir affaire avec lui.

23

Sophie était de ceux qui, dans Ship Street, se pressaient pour acheter un journal à un vendeur criant à tue-tête la bonne nouvelle :

— La flotte de Napoléon a sombré dans le Nil ! Grande victoire de l'amiral Nelson !

Elle parcourut les premières lignes résumant l'âpre bataille. Puis elle lut que Nelson se trouvait à Naples, où il était reçu par l'ambassadeur de Grande-Bretagne et son épouse, sir William et lady Hamilton.

Sophie replia le journal pour le parcourir plus tard chez elle en toute tranquillité. C'est alors qu'elle aperçut Tom qui venait d'en acheter un exemplaire. Leurs yeux se rencontrèrent et il la salua d'un air grave :

— Je vous souhaite le bonjour, Sophie.

— Bonjour, Tom.

Elle s'éloigna. Seize mois s'étaient écoulés depuis qu'ils avaient échangé leurs dernières paroles, dans la crique, par une nuit d'horreur. Après avoir quitté Brighton, Tom lui avait écrit une lettre, et avait chargé son frère de la lui remettre. Mais elle avait refusé la missive. Et un an s'était écoulé avant qu'elle n'entende à nouveau parler de Tom. Antoine avait été le premier à le rencontrer en ville.

— Mr Foxhill a une nouvelle cicatrice sur la joue. Je lui ai demandé s'il avait eu un autre duel. Il a ri et il m'a dit que oui, et qu'il avait gagné comme la dernière fois.

Sophie n'avait fait aucun commentaire. Elle avait revu Tom plusieurs fois depuis, car il paraissait être presque en permanence dans sa boutique. Lorsqu'il leur arrivait de se croiser en voiture, lui dans son rapide phaéton à hautes roues, et elle dans sa charrette anglaise bleu océan menée par son poney trottinant, il la saluait en soulevant sa cravache et elle inclinait la tête pour lui répondre. Lorsqu'ils se rencontraient à pied, elle faisait de même tandis qu'il soulevait son chapeau, la fixant de son regard sérieux. Il ne portait aucune trace de ses corps à corps avec la mort, à l'exception de la cicatrice sur la joue. Et voilà qu'au moment où elle s'y attendait le moins, il lui avait adressé la parole et l'avait contrainte à lui répondre !

Il ignorait qu'elle ne ressentait plus ni colère ni amertume à son encontre. Si avec la lente guérison de son chagrin était venu pour elle le temps du pardon, elle ne pouvait cependant oublier. Il n'avait point tué Rory, mais il s'était battu aux côtés de ses assassins. Finalement, elle avait épongé sa dette vis-à-vis de Tom : elle lui avait sauvé la vie, comme lui-même avait sauvé la sienne autrefois. Elle ne lui devait donc plus rien.

Des applaudissements retentirent à quelque distance de là. Sophie vit passer le prince, assis dans son carrosse découvert. Il était visible que les démonstrations de bienveillance qu'il recueillait le ravissaient. Il y eut une salve de nouveaux applaudissements, que le prince accepta le sourire aux lèvres.

Une petite fille s'élança devant les roues du carrosse, lui causant un vif émoi. Par bonheur, quelqu'un rattrapa l'enfant à temps. Elle ressemblait un peu à sa petite Charlotte. Son antipathie initiale pour sa fille avait fait place à une affection toute paternelle. Malheureusement pour eux deux, Charlotte était bruyante et autoritaire, deux traits de caractère qu'elle tenait — du moins selon le prince — de sa mère...

Quelle bénédiction que de constater que depuis la seule et unique visite de Caroline à Brighton la ville restait préservée de sa présence ! A certaines périodes, la haine qu'il lui avait vouée était si forte qu'elle en avait altéré sa santé ! Elle avait considérablement affaibli sa dignité d'héritier du trône, son prestige en société et l'estime qu'on lui portait. Les détails qu'on lui rapportait sur ses bouffonneries et ses extravagances le conduisaient à se demander si elle était saine d'esprit. Il y avait eu des cas de folie chez ses ancêtres. Mais le public, n'ayant pas connaissance du côté impudique et douteux de sa nature, continuait à lui réserver un accueil des plus chaleureux partout où elle se rendait. Et les cercles politiques utilisaient la faveur dont elle jouissait au sein du peuple comme une arme contre lui...

Son regain d'intérêt pour la politique déplaisait à certains, mais il lui arrivait fréquemment de ressentir la vanité de sa vie entièrement vouée au plaisir. Et le besoin impérieux de servir son pays — ce que lui refusait obstinément le roi — le taraudait. De même, il réclamait à cor et à cri de prendre une part active à la guerre, mais en pure perte. Ah ! Si sa bien-aimée Maria consentait à lui revenir, tous ses soucis seraient moins difficiles à supporter.

Il s'était débarrassé depuis longtemps déjà de lady Jersey, qui n'osait plus se montrer à la Cour depuis que ses menées malveillantes avaient offensé la reine en personne. Mais tous les remords exprimés dans ses lettres, toutes ses protestations d'amour éternel s'étaient heurtés à l'indifférence, au moins apparente, de Maria.

Son carrosse l'avait amené à la porte du Pavillon de la Mer. Avant d'entrer, le prince alla faire un tour dans les jardins. Les roses avaient été superbes tout l'été durant et les plates-bandes éclataient de couleurs, embaumant l'air de leur parfum. Tout comme dans ses autres résidences, il avait participé personnellement à la création de chacune des facettes du jardin. Il se réjouissait de l'absence de murs élevés. Ainsi, le peuple de la ville pouvait profiter de la vue de toutes ces jolies plantes et variétés de fleurs.

Bijou était chez le maréchal-ferrant. Sophie rentra donc chez elle avec Mr Brown, le fermier. Ses conseils avisés lui avaient permis d'échapper à tout soupçon quant à sa participation à l'action de la bande de Broomfield, durant la nuit de l'embuscade. Désormais, Sophie pouvait compter sur l'entier dévouement de Mr Brown et de sa femme, qui ne savaient que faire pour lui prouver leur reconnaissance.

— Comment se porte miss Morgan ? lui demanda Mr Brown, lorsqu'ils s'engagèrent sur le chemin.

Il avait rencontré Ellen au cours de l'un de ses séjours chez Sophie.

— Très bien, merci, répondit la jeune fille. Je lui ferai part de votre sollicitude.

Après les funérailles, Ellen était restée deux mois à Beech

House. Durant cette période, elle avait rencontré Richard et les trois jeunes gens étaient plusieurs fois sortis ensemble. Mais Ellen refusa farouchement de reconnaître que Richard l'attirait. Et vice versa.

— C'est un engouement passager, avait-elle protesté. Nous nous apprécions mutuellement, c'est tout...

Vrai ou faux, un échange de correspondance avait eu lieu. Et à chaque nouvelle visite d'Ellen à Beech House, Richard ne manquait pas de venir tout exprès de Londres pour la voir. Sophie espérait qu'ils finiraient par se marier, car elle les trouvait bien assortis : ils étaient tous deux calmes, sérieux, et partageaient le même intérêt pour les livres et la musique.

Lorsque le fermier arrêta son attelage pour permettre à Sophie de descendre, celle-ci vit que Richard l'attendait, installé dans le jardin à l'ombre d'un arbre, un journal entre les mains. Il se leva, le sourire aux lèvres, et vint à sa rencontre.

— J'étais justement en train de penser à vous, dit-elle avec un petit rire.

— J'en suis heureux ! Je suis à la boutique pour quelques jours.

Un éclair malicieux traversa le regard de Sophie.

— Cela aurait-il un rapport avec l'arrivée d'Ellen, demain ?

Le sourire de Richard s'élargit.

— Peut-être bien.

— Ruth, ma petite servante, vous a-t-elle servi un rafraîchissement ?

— Elle me l'a proposé, mais je lui ai dit que je préférais vous attendre.

Ruth guettait certainement par la fenêtre, car elle fit son apparition avec un plateau chargé d'une cruche remplie de limonade et de deux verres, qu'elle posa sur la table de jardin.

— Merci.

Sophie tendit son journal et son chapeau à la servante pour que celle-ci les emporte dans la maison. Elle ébouriffa ses cheveux aplatis de ses doigts, puis elle prit place sur le banc pour verser la limonade.

Richard s'assit à côté d'elle.

— Je vois que vous avez lu l'article sur la nouvelle victoire navale.

— J'ai eu juste le temps d'y jeter un coup d'œil, mais c'est très encourageant. Pourtant, prendre parti contre mon propre pays me déchire...

— Plaise au Ciel que tout cela ne soit bientôt plus qu'un mauvais souvenir.

— Amen, dit-elle dans un cri du cœur.

Ils n'évoquaient plus Tom depuis qu'elle avait refusé de lire sa lettre. Pourtant, elle prit le parti d'aborder le sujet.

— J'ai rencontré Tom aujourd'hui. Nous étions tous deux en train d'acheter des journaux.

Richard lui décocha un regard scrutateur avant de déclarer :

— Tom espérait vous parler.

— Nous nous sommes contentés de nous saluer. Rien n'a changé !

Elle but sa limonade et reposa son verre.

En pesant ses mots, il souffla :

— Ne pourriez-vous faire preuve d'un peu de miséricorde ?

— Pourquoi ? rétorqua-t-elle, les sourcils levés. Uniquement parce qu'il se rend en France un peu moins souvent ? Inutile de me répondre, je sais déjà ce que vous allez me dire. Vos visites à Brighton sont plus espacées, exception faite des séjours d'Ellen, et Tom passe de longues périodes à la boutique.

— C'est exact.

Elle leva la main.

— Vous m'étonnez, Richard ! Me prenez-vous pour une simple d'esprit ? Si Tom ne traverse plus la Manche aussi souvent, c'est parce que le butin se raréfie. Le nouveau gouvernement réquisitionne tous les trésors qui lui tombent sous la main pour restaurer la grandeur de la France.

— Vous êtes libre d'interpréter les choses à votre guise. J'étais simplement en train d'essayer de dire un mot en faveur de mon frère.

Elle se pencha vers lui, la voix plus douce :

— J'ai pardonné à Tom, contrairement à ce que vous pensez. Mais ce qui s'est passé a érigé entre nous deux une barrière infranchissable.

Il haussa les épaules et soupira :

— Vous êtes aussi entêtée que Tom. Permettez-moi cependant de vous demander une faveur, Sophie.

— Oui ?

— Pensez à Tom, de temps à autre. Demandez-vous ce qui le pousse, par moments, à agir comme un insensé. Essayez de le découvrir.

— Je n'en vois pas l'utilité. Il est amoureux du danger, c'est tout. Assez parlé de lui !

Elle remplit le verre de Richard et changea de sujet :

— Pourrez-vous aller chercher Ellen à l'arrêt de la diligence, demain ? Ce matin, j'ai eu affaire avec mon banquier et un agent m'a fait visiter quelques boutiques à louer. Il me faudra donc passer toute la journée à l'atelier, demain.

— Avec la plus grande joie. Vous songez à ouvrir une boutique ?

— J'y pense depuis longtemps déjà. Mais jusqu'à une date récente, c'était hors de question.

Elle consulta sa montre.

— Je suis désolée de vous presser, mon ami, mais je dois me changer et retourner au travail. Venez dîner demain soir.

Il accepta. Au moment de partir, il lui glissa :

— Je vous en prie, faites ce que je vous ai demandé. Accordez une pensée à Tom, de temps à autre.

A l'atelier, Sophie repensa aux paroles de Richard et regretta qu'il ait formulé une telle requête. A quoi donc rimait de songer à Tom ? Elle n'en avait nulle envie. Le seul résultat serait de réveiller des sentiments tumultueux qui ne lui apportaient que confusion et détresse. Elle avait aimé Rory d'un amour serein, exempt d'élans passionnés comme de chagrin. Aucune querelle déchirante, aucune confrontation désespérée ne les avait opposés. Il était son havre, aimant et aimé.

La visite d'Ellen se termina une fois de plus sans demande en mariage.

— Richard était sur le point de me demander, avoua Ellen en faisant ses bagages pour repartir, mais je l'ai devancé en lui disant que mon existence était trop organisée pour que je puisse envisager de la changer.

— Mais pourquoi ? s'étonna Sophie. Ne compte-t-il donc pas du tout pour vous ?

— Bien sûr que si, mais je suis satisfaite de ma vie telle qu'elle est.

— Mais le destin vous a donné la chance de remplacer la satisfaction par le vrai bonheur.

Ellen la prit par les épaules et la regarda droit dans les yeux :

— Peut-être devriez-vous suivre le bon conseil que vous m'avez donné et chercher le bonheur pour vous-même. Rory était mon frère bien-aimé et je pense qu'il est irremplaçable. Mais il est temps pour vous de cesser de porter son deuil. Cela ne signifie pas qu'une partie de votre cœur ne lui restera pas acquise à jamais, mais, suivant le vieil adage, la vie continue et vous êtes trop jeune pour laisser filer l'amour et le bonheur.

— Faites ce que je dis, mais ne faites pas ce que je fais ! s'exclama Sophie.

— Les circonstances sont entièrement différentes. De plus, j'ai dix ans de plus que vous. Je sais de quoi je parle.

Ellen embrassa Sophie sur la joue.

— Adieu. Peut-être resterai-je un certain temps sans revenir, mais vous serez toujours la bienvenue chez moi.

Sophie se trouvait à l'atelier lorsque l'un des vendeurs de Tom vint remettre une lettre cachetée. Clara voulut la prendre à la porte de l'atelier, mais l'homme secoua la tête :

— Mr Foxhill a dit qu'il fallait la remettre à Mlle Delcourt personnellement. Comme vous le voyez, c'est écrit urgent. Mais il n'attend pas de réponse.

Sophie brisa le cachet, étonnée.

Elle lut :

Sophie,

Vous m'avez dit un jour que vous aviez un plan d'urgence pour vous échapper si d'aventure vous craigniez que votre ennemi ne se rapproche d'Antoine. Je sais qu'il a envoyé un espion dans votre voisinage. Il faut immédiatement mettre l'enfant en sécurité. Allez le chercher à l'école et prenez la voiture fermée qui vous attendra devant la porte. Ne vous arrêtez sous aucun prétexte et demandez à Mrs Renfrew de brouiller votre piste. Si votre plan initial n'est plus d'actualité, amenez l'enfant à Richard à Londres. Partez dès maintenant !

Tom.

Clara vit Sophie devenir pâle comme de la craie, et craignit un moment de la voir perdre connaissance, mais il n'en fut rien. Avec une singulière dureté dans le regard, la jeune fille mit la lettre entre les mains de Clara et se retourna pour s'adresser à Robin et à Oliver :

— Je viens de recevoir un message urgent. Je dois m'absenter pour quelque temps. Robin, c'est vous qui prendrez en charge les pièces décoratives. S'il vous faut de l'aide, allez quérir Mr Salisbury, ce confiseur retiré des affaires qui m'a déjà été d'un grand secours.

— Oui, miss. Serez-vous partie longtemps ?

— Je n'en ai pas la moindre idée. Mais soyez sûr que je reviendrai dès que possible.

Puis elle sortit en trombe, après avoir ôté son tablier et sa coiffe. Clara la suivit en courant.

— Il vous faudra de l'argent à Londres !

— Combien y a-t-il dans la caisse ?

— Beaucoup. Hier, c'était le dernier jour du mois et plusieurs clients ont payé leurs factures. Je vais préparer une bourse.

Sophie saisit sa cape.

— Donnez-m'en la moitié. Suivant les instructions de Tom, je partirai à pied. Veillez sur Bijou. Dites à Ruth d'aller à Beech House quelques heures par jour, durant tout le temps de mon absence.

Tout à coup, Sophie se frappa le front avec désespoir :

— Barney est à la maison ! Jamais Antoine ne voudra partir sans lui !

— Il ne faut pas perdre de temps à retourner là-bas ! rétorqua Clara. Si vous devez rester partis longtemps, je vous amènerai Barney moi-même s'il le faut. Dites-le à Antoine.

Sophie serra Clara dans ses bras.

— Merci de votre sollicitude.

— Tenez ! Prenez ce sac de toile ! J'y ai mis quelques affaires qui pourront vous servir. Partez, maintenant, et ne vous inquiétez de rien. La seule chose qui compte, c'est de mettre ce cher petit en sûreté.

Sophie se hâta de s'en aller. Après son départ, Clara jeta la lettre de Tom dans le feu, un peu étonnée de l'extraordinaire confiance que Sophie avait pour lui. Elle avait suivi ses instructions à la lettre, sans poser aucune question...

L'attelage les attendait dans Duke Street. Sophie eut un bref entretien avec le cocher qui arpentait les pavés. Puis elle se précipita à l'école. Miss Stanton était en train de faire la classe, mais elle introduisit immédiatement Sophie dans son bureau. Elle parut troublée lorsque la jeune fille lui annonça qu'elle désirait emmener Antoine séance tenante, et qu'elle ne savait quand il pourrait revenir.

— C'est très dommage, miss Delcourt. C'est un bon élève qui travaille bien. Une interruption pourrait lui porter un grand préjudice. Naturellement, je ne peux vous en empêcher, mais...

— Si je vous explique ce qui se passe, me donnez-vous votre parole que tout ceci restera entre nous ?

Miss Stanton hocha la tête.

— Vous avez ma parole, miss Delcourt. Cela a-t-il un lien avec le fait qu'Antoine soit un aristocrate émigré ?

— Comment le savez-vous ? s'enquit Sophie, estomaquée.

— J'ai demandé un jour aux enfants d'écrire une rédaction sur leur souvenir le plus lointain. Le texte d'Antoine m'a tout révélé. Il avait écrit qu'à son arrivée en Angleterre un méchant homme avait tué son grand-père juste après que d'autres méchants hommes l'eurent forcé à quitter sa maison avec vous. Il avait écrit « château », mais il a barré ce mot pour le remplacer par « maison ».

— Tout ceci est vrai. Et je viens le chercher aujourd'hui pour le soustraire à un ennemi dangereux. Nous avons un attelage rapide qui nous attend dans la rue.

— Je vais vous l'amener.

Antoine ne cacha pas sa surprise lorsque miss Stanton le fit entrer dans son bureau.

— Que se passe-t-il, Sophie ?

— Nous allons partir faire un tour en voiture, répondit Sophie, en relevant le col de sa veste et en essayant de lisser ses cheveux en bataille. Je vous expliquerai tout après notre départ. Dites au revoir à miss Stanton. Peut-être ne reviendrez-vous pas à l'école avant un certain temps.

Son visage s'éclaira :

— Partons-nous en vacances ?

— En quelque sorte.

S'adressant à son institutrice avec les manières parfaites qu'il savait prendre en cas de besoin, il s'inclina profondément :

— *Au revoir*, miss Stanton.

L'instant suivant, il bondissait comme un cabri pour aller attraper sa casquette ornée de glands et la poser de guingois sur sa tête.

Dans la voiture, il s'empressa d'ouvrir la boîte posée sur le siège. Elle contenait un pistolet et des munitions. Sophie la lui enleva d'un geste vif. Puis il inspecta un panier rempli de provisions pour le voyage, et elle dut lui interdire de manger tout de suite. Puis, pendant qu'elle replaçait le linge par-dessus la nourriture — celle-ci avait été prévue pour éviter les arrêts prolongés durant le voyage —, Antoine ouvrit une bourse placée à côté du panier et, avant que Sophie ait pu l'en empêcher, faisait tomber une pluie de guinées d'or sur les sièges et sur le sol.

— Restez tranquille, maintenant, lui intima-t-elle d'un ton ferme.

Après avoir soigneusement ramassé toutes les pièces, elle rangea la bourse dans la poche de sa cape. Elle n'avait pas pris le temps de se changer, et voyageait avec une vieille cape et une robe de travail en coton.

L'excitation d'Antoine retomba lorsqu'il se rendit compte que l'attelage sortait de Brighton pour prendre la route de Londres.

— Ne rentrons-nous pas d'abord à la maison ? demanda-t-il d'un ton légèrement angoissé.

— Non. Nous sommes pressés, parce que nous allons voir quelqu'un d'important.

Il s'affola :

— Et Barney ? Il va m'attendre ce soir !

Leurs retrouvailles quotidiennes après l'école étaient un moment de pur bonheur.

Sophie se voulut rassurante :

— Clara et Billy prendront soin de lui pendant un certain temps. Ensuite ils viendront nous l'apporter. Je suis désolée de toute cette précipitation, mais nous sommes obligés de quitter Brighton de la même façon que nous avons dû quitter le château, autrefois. La seule différence, c'est qu'aujourd'hui personne ne nous suit.

— Mais nous reviendrons bien ici, n'est-ce pas ? insista-t-il.

— Oui. Dès que Tom Foxhill nous fera savoir que tout est

rentré dans l'ordre. Malheureusement, je ne peux rien vous dire de plus.

Antoine aimait beaucoup les deux frères Foxhill et voyait Tom à l'insu de Sophie. Ils parlaient chevaux, Tom lui faisait admirer les dernières nouveautés de la boutique, comme, par exemple, un petit oiseau doré qui chantait lorsqu'on tournait une clé. Le duel dont Antoine avait été le témoin était resté gravé dans sa mémoire et il était certain que quel que soit le danger qui les menaçait à Brighton, Tom les en débarrasserait rapidement. Si Barney le rejoignait dans l'intervalle, il parviendrait à supporter l'éloignement pendant un certain temps. Il remarqua un poteau indicateur en passant. Londres était une ville très intéressante. Oui, le séjour serait agréable.

— Où habiterons-nous ? demanda-t-il.

— Je ne sais pas encore. Nous allons d'abord passer à Tilney Street. Mrs Fitzherbert n'est plus à Twickenham. Elle est rentrée à Londres, où elle a une autre maison. Vous m'avez entendue parler d'elle, parfois.

Sophie prit les mains de l'enfant dans les siennes.

— Il y a déjà un certain temps que j'avais pris la décision, au moment venu, de lui révéler votre véritable identité. Mrs Fitzherbert a séjourné au château de Juneau avec vos parents avant votre naissance.

— Le château de Juneau ? répéta-t-il lentement. Vous ne m'avez jamais dit le nom de ma maison.

— C'est également votre nom. Maintenant, je puis vous révéler tout ce qu'il me fallait vous cacher auparavant. En arrivant en Angleterre, je vous ai donné le nom de jeune fille de ma mère pour vous protéger. J'espère que vous comprenez que c'était nécessaire.

Il hocha la tête, un peu troublé tout de même, mais souriant.

— Antoine et Barney de Juneau. Je trouve que cela nous va vraiment bien !

Ellc poussa un soupir de soulagement en constatant qu'il ne paraissait pas autrement ébranlé, car elle avait toujours envisagé ce moment avec crainte. En lui remettant les miniatures de la part de Tom, elle avait simplement précisé qu'il s'agissait de papa et de maman.

— Au moment de la mort de votre père, poursuivit-elle, vous êtes devenu le nouveau comte de Juneau. C'est un titre dont vous pouvez être fier, car il plonge ses racines dans l'Histoire de France.

Gravement, il déclara :

— Rien ne pourra m'empêcher de retourner chez moi plus tard.

Ils firent une courte étape dans un relais de poste pour changer les chevaux. Sophie en profita pour se procurer du papier et une plume. Elle écrivit une brève missive à Mrs Fitzherbert. Elle lui demandait de la recevoir avec Antoine, le fils du comte et de la comtesse de Juneau à présent décédés, pour une affaire d'une extrême urgence.

Lorsqu'ils furent parvenus à Tilney Street, le cocher sauta à bas de son siège. Sophie lui remit le pli. Il alla soulever le heurtoir de bronze de la porte de Mrs Fitzherbert. Pour l'avoir entendu dire quelques jours plus tôt au Pavillon de la Mer, Sophie savait que Maria séjournait dans cette résidence. Mais se trouvait-elle chez elle en ce moment ?

Pendant qu'elle rongeait son frein sur le siège, Antoine, quant à lui, observait le manège d'un colporteur portant une corbeille remplie de chiots. Il aurait aimé pouvoir les acheter tous, pour les sauver de leur triste sort !

Ils attendirent un certain temps la réponse du laquais qui était allé transmettre leur requête. Puis le cocher ouvrit la porte de la voiture.

— Mrs Fitzherbert va vous recevoir, ma'am.

— Merci. Veuillez attendre ici.

Le hall, d'où partait un large escalier, était tendu d'un tissu couleur corail. Antoine avait ôté sa casquette. Sophie le prit par la main pour l'introduire dans le salon où Mrs Fitzherbert, vêtue d'une robe de soie couleur bronze, les attendait. Elle s'avança et dit en français :

— Mademoiselle Delcourt, je me souviens fort bien de vous ! Et voici donc Antoine, le comte de Juneau, le fils de mes très chers amis. Ils m'ont reçue avec tant d'hospitalité dans une période de désarroi !

Antoine s'inclina profondément :

— Mes hommages, madame.

Ravie, Mrs Fitzherbert battit des mains en faisant miroiter ses bagues.

— On jurerait que vous arrivez directement de Versailles, Antoine.

— Non, madame, répondit-il avec le plus grand sérieux. J'ai quitté la France deux mois avant mon cinquième anniversaire. Aujourd'hui, j'ai dix ans.

— Vous êtes grand pour votre âge. C'est magnifique ! Asseyons-nous.

Elle désigna un sofa de soie jaune à ses hôtes et s'assit avec grâce dans un fauteuil. Puis, s'adressant à Sophie :

— Comment avez-vous pu deviner que vous me causeriez grand plaisir en me présentant Antoine ? Feu sa mère m'avait prévenue de sa naissance, mais peu de temps après, la France s'est engouffrée dans la Révolution et toute correspondance s'est révélée impossible.

Sophie hésita.

— Pardon d'être impertinente. Mais puis-je vous demander de faire servir une légère collation à Antoine pendant que nous nous entretiendrons ?

Mrs Fitzherbert comprit immédiatement que Sophie souhaitait parler en dehors de la présence de l'enfant. Elle sonna pour demander du thé, et le laquais emmena Antoine, qu'il mit entre les mains de la femme de charge. Mrs Fitzherbert écouta le récit de Sophie, puis dit, tout en réfléchissant :

— J'ai une suggestion à vous faire. Mais j'ai quelque scrupule...

— De quoi s'agit-il, madame ?

— Me permettriez-vous de prendre provisoirement Antoine sous ma protection ? Je dispose d'une retraite secrète à la campagne où je séjourne incognito. Le couple chargé de l'entretien de ma maison sert de famille d'adoption à un garçon de douze ans. Antoine pourra y rester le temps qu'il faudra pour que tout danger soit écarté. Il aura un précepteur français. Sait-il monter à cheval ? Non ? Eh bien, il apprendra. Il fait de l'escrime ? Bien, il continuera à prendre des leçons, ainsi que des leçons de musique et des leçons de chant. Je me propose, si vous le permettez, de continuer à me charger de son éducation lorsqu'il sera de nouveau libre de ses mouvements.

— Son institutrice m'a dit qu'il avait des dispositions pour les études.

— Dans ce cas, il fréquentera également l'université d'Oxford et choisira la profession qui lui conviendra.

— Votre bonté me touche profondément. Vous répondez exactement aux vœux de ses parents.

— Je sens à votre voix que vous avez des réserves. Quelles sont-elles ?

— Eh bien, il a déjà affronté tellement de deuils et de malheurs dans sa vie que je ne puis me résoudre à lui laisser croire que je l'abandonne.

Sa voix faiblit :

— Dans votre retraite, je lui manquerai autant qu'il me manquera. Je suis venue ici aujourd'hui dans l'espoir que vous lui donneriez un foyer et, dans une certaine mesure, que vous combleriez le manque d'amour maternel dont il souffrira quand je l'aurai quitté. Mais je ne puis le laisser vivre loin de tout à la campagne. Je le connais suffisamment pour savoir qu'il s'enfuirait.

Mrs Fitzherbert, comprenant son désarroi, s'empressa de la rassurer :

— Pensez-vous que je ferais une telle proposition, sachant qu'Antoine serait malheureux là-bas ? Nous nous devons de donner la priorité à sa sécurité ! Malheureusement, mes moindres faits et gestes sont observés, commentés par le menu. Si je gardais Antoine près de moi, les milieux mondains ne tarderaient point à se perdre en conjectures. Pas une pierre qui ne serait retournée pour chercher à connaître son identité. Et si l'on en venait à découvrir sa condition d'émigré, il serait à nouveau à la merci d'Émile de Juneau. Peut-être ce dernier sait-il déjà que sa proie s'est enfuie de Brighton !

— Je comprends votre point de vue, mais...

Mrs Fitzherbert l'interrompit en souriant :

— N'en dites pas plus. Nous allons partir tous trois dès demain pour ma retraite. Vous pourrez apprécier par vous-même le charme de cet endroit. Vous y resterez tout le temps qu'il vous plaira pour permettre à Antoine de s'y habituer. Si, après une période que vous estimerez suffisamment longue pour constituer un essai concluant, il ne se sent toujours pas chez lui, nous prendrons d'autres dispositions.

Sophie utilisa les services de la voiture pour aller faire l'emplette de vêtements pour Antoine et pour elle-même. Puis elle libéra le cocher après l'avoir payé avec générosité.

Lorsqu'ils se mirent tous trois en route, Mrs Fitzherbert

dévoila à Antoine le nom qu'elle utilisait lorsqu'elle voyageait incognito.

— Vous en souviendrez-vous, Antoine ?

— Oui, madame.

Antoine ne savait trop ce qu'il devait penser. Il aimait beaucoup les voyages. Mais Sophie lui avait expliqué les raisons et la destination de celui-ci, et, bien qu'elle lui ait promis qu'il ne resterait pas à la campagne s'il était malheureux, il ne pouvait se défendre d'un sentiment de malaise.

La route fut très longue. Enfin, l'attelage franchit de hautes grilles et un manoir se dessina au bout de l'allée, éclairé par le soleil couchant dont le reflet dansait sur les fenêtres. L'intérêt d'Antoine s'accrut lorsqu'il aperçut quelques poneys qui tournaient dans un paddock. Dans la voiture, Mrs Fitzherbert lui avait recommandé de s'adresser au couple qui l'accueillerait en les désignant sous le nom de *Pater* et de *Mater*, car Jamie, l'enfant qu'ils élevaient, les appelait ainsi. Puisque Antoine entrait dans le cercle de famille, le mieux était d'agir de même.

Les intendants du manoir avaient été prévenus de l'arrivée de leurs visiteurs par un message arrivé la veille au soir. Ils accoururent sous le porche dès qu'ils virent l'attelage. Ils étaient âgés de trente-cinq ans environ et leur apparence, leurs paroles et leurs manières aristocratiques trahissaient qu'ils n'étaient point de naissance plébéienne. Mais il n'y avait rien d'austère en eux. Sophie fut rassurée par leur façon aimable d'accueillir Antoine. Au bout de quelques minutes, celui-ci savait déjà que *Pater*, qui aimait les chevaux autant que lui, lui donnerait des leçons d'équitation, ce dont il se languissait depuis si longtemps. Tom lui avait souvent permis de s'asseoir sur une selle et lui avait fourni les instructions de base, mais ses chevaux n'étaient pas destinés à un enfant.

Antoine s'était attendu à être confronté à l'enfant de la maison dès son arrivée, mais, à son vif soulagement, on commença par lui faire visiter sa chambre ainsi que la salle de classe où un précepteur venait quotidiennement dispenser ses leçons.

Il avait déjà pris la décision de ne point rester. Il préférait se cacher dans le grenier de Mrs Renfrew et se faire nourrir par Billy à travers la lucarne, comme un chevalier se dissimulant devant les troupes de Cromwell, plutôt que d'être séparé de tous ceux à qui il était attaché. Ici, il serait forcé de subir la compagnie d'un garçon de deux ans son aîné, qui le mépriserait pour la simple raison qu'il était son cadet. Pas même les leçons d'équitation ne valaient la peine de subir un tel traitement. Retourné à Brighton, il attendrait jusqu'à ce qu'il ait atteint l'âge de monter l'un des chevaux de Tom, tout simplement...

Puis Jamie, qui, visiblement, était à sa recherche après avoir eu une conversation en tête à tête avec Mrs Fitzherbert, fit son apparition.

— Vous voici donc, Antoine ! s'exclama-t-il avec un sourire épanoui.

Ses cheveux clairs encadraient un visage rond, et ses yeux gris le dévisageaient, curieux et amicaux.

— Faites-vous de l'escrime ? Savez-vous monter à cheval ? Je m'ennuie tellement, ici, tout seul. Et le cricket, et le football ? Il nous reste assez de temps avant le dîner pour que je vous montre ma collection de soldats d'étain, si vous voulez.

La glace était rompue.

Au fur et à mesure que les jours s'écoulaient, Antoine s'aperçut que tout se déroulait beaucoup mieux qu'il ne l'avait escompté. Un nombre impressionnant de chiens et de chats vivaient là, ce qui n'était pas pour lui déplaire, et il bénéficiait des leçons du précepteur dans la salle de classe avec Jamie. Ce dernier montait à cheval comme s'il était né sur une selle, mais Antoine était bien décidé à le surpasser un jour. Il était déjà près d'être au même niveau que lui en escrime et lançait la balle plus vite que lui, mais, en ce qui concernait la musique, il n'était pas de taille : Jamie jouait de plusieurs instruments, à commencer par le clavecin et le violon, alors que lui-même n'en était qu'à ses premières leçons. Lorsque Barney vint le rejoindre, en se montrant si exubérant qu'il le renversa, Antoine se dit qu'il était très heureux dans sa nouvelle maison.

— Barney est le meilleur chien que j'aie jamais vu ! s'écria Jamie, conquis par les aimables dispositions de Barney, toujours prêt à gambader, à courir et à jouer.

Ce fut cette remarque qui scella leur amitié. Billy lui manquait beaucoup, mais Jamie lui apportait une stimulation de tous les instants.

Mrs Fitzherbert ne resta qu'une semaine. Sophie passa

beaucoup de temps en sa compagnie. Le nom du prince ne fut jamais prononcé, mais Sophie eut tôt fait de comprendre que cette retraite avait été leur havre secret. Il arriva deux semaines après le départ de Mrs Fitzherbert. Alors qu'autrefois ils étaient heureux de passer du temps ensemble loin des yeux indiscrets de la bonne société, leurs visites étaient désormais prévues de sorte qu'ils ne se rencontrent jamais...

Sophie sortait de sa chambre lorsque le prince arriva. Il poussa un cri de surprise en l'apercevant :

— Mademoiselle ! Mais quelle surprise ! Me suivez-vous partout ?

Elle secoua la tête. Puis, s'adressant à lui sous son nom d'emprunt, elle lui indiqua que le jeune comte de Juneau, dont elle avait la charge jusque-là, était appelé à rester dans la maison, et lui en donna les raisons.

Il fronça les sourcils :

— C'est une situation très grave, mais je puis vous garantir qu'il sera en sécurité ici.

Sophie partageait son avis. Il était effectivement très facile au prince et à Mrs Fitzherbert de conserver l'incognito dans cette retraite. Ainsi que le lui indiqua *Mater*, les villageois pensaient que les deux propriétaires revenaient de l'étranger à intervalles réguliers. Mais « l'étranger », ce pouvait tout aussi bien être l'Inde que n'importe quelle grande ville du royaume... Les habitants du village ne s'éloignant jamais beaucoup, la seule image de la famille royale qu'il leur était donné de voir était gravée sur les pièces de monnaie. Et si, par extraordinaire, une caricature du prince était parvenue jusqu'à cette région reculée, ses traits en auraient été trop grossiers pour pouvoir ressembler au paisible gentilhomme qui venait épisodiquement passer quelque temps dans sa maison des environs du village, accompagné de son épouse.

Sophie ne vit plus le prince qu'occasionnellement. Lorsqu'il partait en promenade, montant toujours le même cheval noir, il cmmenait avec lui Antoine et Jamie, sur leurs poneys. Le prince encourageait Antoine et lui donnait des conseils. L'enfant se montrait bon élève.

Le prince repartit pour Londres au bout de quelques jours, et Sophie jugea le moment opportun pour aborder avec Antoine le sujet de son retour à Brighton. Antoine réfléchit soigneusement avant de répondre :

— J'accepte de rester seul ici si vous me promettez que je pourrai rentrer à la maison dès que Mr Tom sera d'accord. Et si vous venez me voir de temps en temps...

Elle sourit :

— Je vous le promets.

Au moment de la séparation, ils parvinrent à simuler une gaieté qui ne les trompa ni l'un ni l'autre. Lorsque la voiture emmena Sophie, Barney, qui s'était assis à côté d'Antoine, émit un long hurlement lugubre...

Durant son voyage, Sophie se demanda quelle était la position de Jamie dans la maison qu'elle venait de quitter. *Pater* et *Mater* lui montraient de l'affection. Mais ses cheveux clairs et bouclés, ses yeux gris, le charme qu'il déployait, et jusqu'à son talent musical, l'intriguaient, et elle se demanda qui étaient ses parents. Peut-être son nom n'était pas un diminutif de James, mais un surnom servant à cacher un nom renommé...

Sophie se remémora le dessin satirique qu'elle avait vu dans la boutique d'un libraire à son arrivée à Brighton. Daté de 1786, un an après le mariage secret entre le prince et Mrs Fitzherbert, il montrait cette dernière penchée sur un bébé dans un berceau. Des rumeurs prétendant qu'elle avait mis un enfant au monde avaient également couru les rues douze ans auparavant.

Que les gens continuent à se perdre en conjectures ! Sophie savait qu'elle ne parlerait jamais à personne de Jamie...

24

Après être rentrée à Brighton, Sophie se rendit immédiatement chez Tom. Il était à la boutique, et ne manifesta aucune surprise en la voyant entrer. Assis derrière son bureau, il ferma son registre et posa sa plume sur son porte-plume.

— Je vous attendais, dit-il, très à l'aise, en se levant pour lui avancer un fauteuil. Je pense que vous êtes restée suffisamment longtemps pour permettre à l'enfant de s'habituer à l'endroit où il se trouve. Apparemment, votre plan de secours était bon, puisque vous ne l'avez pas amené à Richard. Depuis quand êtes-vous revenue ?

Elle s'assit.

— Je suis arrivée hier soir. Tom, une fois de plus, je suis votre obligée.

— Ce que j'ai fait, je l'ai fait pour Antoine, rétorqua-t-il d'un ton brusque. Vous ne me devez rien.

Ses yeux étincelèrent.

— Malheureusement, je pense que si.

Il s'installa au fond de son fauteuil et un sourire se dessina peu à peu sur sa bouche.

— Je suis heureux de constater que vos récentes tribulations n'ont pas eu raison de votre nature ardente...

— Rien n'en aura jamais raison !

Elle ouvrit son sac pour en sortir la petite bourse remplie de guinées d'or qu'il avait laissées pour elle dans la voiture.

— Je vous remercie de votre sollicitude, mais j'ai pu emporter suffisamment d'argent.

Après avoir placé la bourse sur le bureau, elle sortit de sa poche la boîte contenant le pistolet et la posa à côté.

— Je suis venue aujourd'hui pour vous remercier de m'avoir prévenue et aidée.

Sa voix était sèche, et elle relevait fièrement le menton.

— J'ai amené Antoine à Mrs Fitzherbert, poursuivit-elle. C'était une amie de ses parents. Il est sous sa protection dans une retraite de campagne.

— Bravo !

— Savez-vous si mon ennemi est toujours dans la région ?

— Oui.

Il la vit sursauter.

— Rassurez-vous. L'espion de Juneau est derrière les barreaux. Il s'appelle Claude Monclar. Ce nom vous rappelle-t-il quelque chose ?

Elle secoua négativement la tête.

— Donc ce n'est pas Juneau qui est en Angleterre ?

— Non. Pour le moment, il veut se consacrer entièrement à la politique.

— Comment avez-vous appris l'existence de Monclar ?

— Par l'un de mes contacts qui avait entendu dire qu'un criminel français bien connu avait débarqué à quelques miles à l'ouest d'ici.

— Je suppose que votre contact était un Gentilhomme, fit-elle froidement remarquer.

— Puisque vous évoquez vous-même les contrebandiers, je reconnais que c'en est un.

Elle comprit trop tard que, par respect pour la mémoire de Rory, il aurait préféré éviter de faire allusion à son trafic.

— Que s'est-il passé ? s'empressa-t-elle de demander.

— J'ignorais que le nouvel arrivant avait été envoyé par Juneau, mais j'ai décidé malgré tout de suivre sa trace. Il a débarqué à l'époque où la moisson battait son plein et il s'est fait passer pour un émigré à la recherche d'un travail. Mr Millard, le fermier, l'a embauché sans poser de questions. Trop heureux d'avoir de la main-d'œuvre supplémentaire... Monclar travaillait la plupart du temps avec sa belle-fille. En bavardant, elle lui a raconté en toute innocence qu'une jeune Française avait noué des liens d'amitié avec la famille après avoir été agressée et dévalisée par des malfaiteurs.

Sophie s'affola.

— Lui a-t-elle donné nos noms ?

— Oui, je le crains. Lorsque je suis arrivé à la ferme, il

était déjà parti depuis une semaine. De ma vie je n'ai chevauché aussi vite que ce jour-là pour retourner à Brighton ! Je suis allé droit à l'école, sachant que Monclar tenterait d'enlever Antoine à la première occasion. J'ai eu le temps de voir Antoine entrer dans sa classe avec Billy. J'ai été soulagé, certain qu'il y serait en sécurité au moins jusqu'à la mi-journée.

— Je comprends que vous m'ayez fait parvenir votre message de toute urgence.

— En vous éloignant de Brighton, j'éloignais l'imminence du danger. Cela m'a donné le temps de faire quelques recherches. Je ne tardai point à remarquer un étranger qui correspondait à la description physique qu'on m'avait faite de Monclar. Le gardant à l'œil, j'ai fini par lui mettre la main au collet alors qu'il rôdait une nuit autour de Beech House. Je l'ai pris par surprise, en lui mettant mon pistolet dans le dos et en le délestant de son couteau. La perspective d'une petite correction lui a fait perdre son sang-froid. Ensuite, avec une apparente magnanimité, je lui ai mis le marché en main : soit je le dénonçais comme espion français et il serait fusillé, soit je l'accusais d'être un émigré receleur de marchandises de contrebande, ce qui signifiait la déportation. Naturellement, il choisit la deuxième solution, probablement dans l'espoir de s'échapper, mais il se retrouve à présent derrière les barreaux, pieds et poings liés.

— Comment avez-vous fait pour étayer la thèse du recel ?

— Je l'ai amené ici et je lui ai mis un rouleau de dentelle française dans une poche et un paquet de thé dans l'autre. Ensuite, je l'ai traîné jusque chez le magistrat le plus proche.

Tout en redoutant d'entendre la réponse à sa question, Sophie demanda :

— Monclar a-t-il dit s'il avait déjà communiqué ce qu'il savait à Émile de Juneau ?

— Oui, reconnut Tom franchement. Il lui a d'ailleurs fallu pour cela attendre le départ d'un messager pour la France, et c'est ce qui m'a permis d'organiser votre fuite.

Sophie était devenue si pâle, et le fixait avec des yeux si angoissés qu'il marqua une pause avant d'ajouter :

— Monclar semblait certain que Juneau n'enverrait plus d'autre agent, maintenant qu'il sait où vous trouver.

— Cela signifie-t-il qu'il viendra lui-même la prochaine fois ?

Tom acquiesça :

— Oui, mais pas avant un long moment. Il vient de mettre un pied dans le gouvernement et ne peut s'en absenter. J'en suis arrivé à la conclusion que ce n'est pas uniquement la cupidité qui l'incite à s'acharner contre Antoine. Je pense qu'il y a autre chose.

— La vengeance ? murmura-t-elle d'une voix tremblante.

— Oui. Son plus cher désir était de voir le comte de Juneau finir sur la guillotine. Il a échoué. Maintenant il veut trouver d'autres moyens pour atteindre ce but...

D'un ton triomphant, elle s'exclama :

— Au moins ne pourra-t-il pas retrouver les traces d'Antoine. C'est tout ce qui compte. Le procès de Monclar a-t-il eu lieu ?

— Oui, à Lewes, avec celui de sept autres hommes des docks accusés du même délit. Il n'a pas duré plus de dix minutes, car ils ont tous été pris sur le fait avec des marchandises de contrebande. Ils ont tous été condamnés à être déportés aux colonies, en Australie.

Tom ouvrit une commode, dont il sortit une liste de noms imprimés, et la lui tendit :

— Parmi ceux qui ont été embarqués se trouvaient des contrebandiers pris dans l'embuscade de la bande de Broomfield. Leur départ avait été retardé pour permettre de soigner leurs blessures. Mais ils sont loin d'être guéris. Qu'importe ! Les autorités carcérales ne voient pas d'inconvénient à envoyer au bagne des hommes destinés à mourir pendant le voyage...

Sophie parcourut la liste des yeux, se demandant si elle reconnaîtrait le nom de certains habitants de Brighton. L'homme qu'elle avait abattu ne lui avait pas semblé totalement étranger.

Soudain, sa main trembla, faisant bruire la feuille de papier. Un nom lui avait sauté aux yeux, lui ramenant en mémoire le terrible instant où, dans le bosquet, son pistolet avait explosé. Elle entendit à nouveau le hurlement de douleur de l'homme. *John Barnes !* Maintenant, elle en était convaincue. C'était le même Barnes qui l'avait attaquée lors de son arrivée en Angleterre.

— Y a-t-il un nom que vous connaissez ? s'enquit Tom, intéressé.

Elle hocha la tête :

— L'homme qui a essayé de vous tirer hors de ma voiture était Barnes, l'assassin du marquis !

— En êtes-vous sûre ?

— Oui !

Elle rendit la liste à Tom pour qu'il pût lire le nom.

Tom frappa du poing sur la table :

— Donc, il faut rejuger Barnes, et pour meurtre, cette fois-ci !

— Non ! s'écria-t-elle. Il serait pendu, et il y a déjà eu assez de morts. Je veux que la sentence soit appliquée. Toute une existence en exil, c'est un châtiment suffisant. Mais avant son embarquement je veux lui parler face à face.

— Ce ne sera pas une partie de plaisir pour vous.

— Je dois le faire pour la mémoire du marquis.

Tom comprit que sa décision était prise.

— Très bien. Richard arrangera cela pour vous. Il est en bons termes avec le gouverneur de la prison de Lewes.

Elle se leva pour prendre congé :

— Je vais écrire à Richard dès aujourd'hui. Jamais je n'aurais pensé me trouver face à Barnes sans le reconnaître sur-le-champ.

Tom grimaça un sourire :

— Vous aviez autre chose en tête.

Seules les barrières qu'elle avait mises entre eux empêchèrent Sophie de sourire.

Tom la reconduisit jusqu'à la porte de la boutique et la frôla en se penchant pour tourner la poignée. Ils se souhaitèrent le bonjour et Sophie s'en alla d'un bon pas. Cette célérité soudaine n'était justifiée en rien. Mais il lui fallait mettre entre elle et Tom une bonne distance. Pourquoi la présence physique de cet homme avec lequel elle avait tant de divergences la troublait-elle à ce point ? Jamais elle n'avait ressenti cette dangereuse attirance pour Rory. Pas même lors de leurs derniers moments, très tendres. Et elle en était heureuse !

Depuis qu'elle avait quitté le deuil, Sophie avait rencontré des hommes désireux de nouer des liens avec elle, et il s'était toujours trouvé une femme plus âgée, ou une veuve, parmi ses amies françaises, qui s'était déclarée prête à lui servir de chaperon. Ces femmes étaient soulagées de voir que Sophie était revenue à des manières plus conventionnelles. Trop de jeunes émigrées étaient devenues les victimes d'hommes peu scrupuleux, qui avaient tiré avantage de leur solitude et de leur désarroi dans ce pays étranger. Pour Sophie, qui refusait de s'engager sentimentalement, le chaperonnage constituait le moyen le plus sûr de prévenir toutes les avances. Aucun des hommes qui lui faisaient la cour n'aurait eu la même indulgence que Rory, Tom et Richard, qui acceptaient son indépendance et la respectaient.

Richard répondit promptement à la lettre de Sophie. Non seulement il organisa sa visite à la prison de Lewes, mais il vint la rejoindre spécialement à Brighton pour l'y escorter et l'assister pendant sa visite à Barnes.

La prison était un grand édifice gris fermé par une porte cloutée, qui ressemblait à une forteresse. Accompagnés d'un garde, Sophie et Richard traversèrent la cour sous un vacarme assourdissant de cris et de huées provenant des fenêtres à hauts barreaux derrière lesquelles les prisonniers se battaient pour apercevoir la femme qui passait.

Le bureau du gouverneur, auquel des murs lambrissés et un bon feu crépitant conféraient une douce quiétude, offrait un contraste saisissant avec les couloirs mornes et étroits que ses visiteurs venaient de longer.

— Votre requête est très inhabituelle, miss Delcourt, déclara d'emblée le gouverneur. Cependant, Mr Foxhill m'a exposé clairement votre cas et, puisque personne d'autre n'a demandé à voir Barnes, je me suis décidé en votre faveur.

— Et qu'en est-il de sa femme ?

Le gouverneur secoua la tête :

— La plupart du temps, les prisonniers sont abandonnés par leurs proches après avoir été condamnés.

La pièce attenante au bureau du gouverneur était celle où les détenus attendaient qu'il soit prêt à les recevoir. Sophie et Richard y furent introduits, tandis que sous la surveillance d'un garde Barnes y entrait par une autre porte. Malgré elle, Sophie, prise de pitié, retint son souffle. L'homme qui se tenait devant eux la tête penchée, les pieds et les poignets enchaînés, était un être brisé. Elle fit involontairement un pas en avant, mais Richard la retint par le bras. Et le meurtre brutal du marquis lui revint en mémoire.

— John Barnes, prononça-t-elle d'un ton ferme, me reconnaissez-vous ?

Il leva la tête et cligna des yeux, incommodé par la lumière qui entrait à flots par les larges fenêtres. Puis ses yeux s'acclimatèrent et son regard se durcit :

— C'est vous, vous êtes la chienne qui a tiré sur moi ! Je ne peux plus me servir de mon bras à cause de vous !

— C'est vous qui m'avez forcée à le faire. Mais je voudrais vous rappeler notre autre rencontre, celle d'avant, sur le port de Shoreham. Vous étiez le révérend Barnes, ce jour-là. Vous vous rappelez certainement avoir offert votre aide à une jeune Française accompagnée d'un petit garçon et d'un aristocrate âgé ?

Le visage de l'homme vira soudain au gris. Ses joues veinées de rouge semblèrent tout à coup comme striées par les fils ténus d'une toile d'araignée. Sa lèvre inférieure se mit à trembler et il ouvrit la bouche, laissant échapper un filet de bave.

— Êtes-vous venue pour ajouter une nouvelle charge contre moi ? bredouilla-t-il avec effroi.

Puis, à sa grande stupéfaction, il se mit à genoux et la supplia :

— Non, miss ! Ne faites pas ça, je vous en supplie ! C'était un accident, rien d'autre. Le vieux était encore vivant quand je l'ai laissé.

Le garde, n'y comprenant goutte, regarda Richard d'un air suspicieux :

— Que signifie tout ceci, sir ?

Sophie répondit à sa place, irritée par l'attitude de l'homme qui ne jugeait pas utile de s'adresser à elle directement :

— Garde ! C'est une affaire entre le prisonnier et moi !

Puis, s'adressant à Barnes :

— Depuis combien de temps êtes-vous acoquiné avec les contrebandiers ?

— Depuis qu'il y a moins d'immigrés. Ce n'était plus rentable. Il fallait bien que je vive.

Un peu de son ancienne roublardise apparut dans ses yeux. Il se rapprocha encore, toujours sur les genoux.

— Ayez pitié, miss. Vous avez pris votre revanche quand vous avez emmené cet homme du gouvernement à ma place, la nuit de l'embuscade. Et en plus, pour vous faire bonne mesure, vous m'avez tiré dessus.

Il continua à bredouiller des appels à la clémence, mais elle ne l'écoutait plus. Elle tournait de grands yeux interrogateurs vers Richard qui la regardait fixement sans répondre. Elle revint à l'homme agenouillé :

— Que voulez-vous dire par là ? Un homme du gouvernement ?

Il grimaça un sourire découvrant ses dents jaunes :

— Alors comme ça, vous vous êtes trompée d'homme, pas vrai ? Lui, je l'ai vu de mes yeux pendant qu'il se battait à côté du capitaine des agents du Trésor. Il faut le comprendre. Quand la bagarre a éclaté, il s'est mis du côté de la loi... Vous pensiez sauver un homme de la bande ?

Elle ignora sa question, et, repoussant la main de Richard, elle se baissa au niveau de l'affreux visage de Barnes, ignorant son haleine fétide.

— Qui est-ce que j'avais dans ma voiture, alors ? martela-t-elle, les poings levés comme pour le frapper. Qui était cet homme que vous vouliez jeter par terre parce qu'il était fichu ?

Le regard de Sophie était si ardent qu'il prit peur. Il recula dans un bruit de ferraille.

— Je n'ai jamais su son nom, mais ce n'était pas pour des breloques qu'il partait en France. On m'a dit comme ça qu'un jour il s'était battu à mort avec un gars de la bande qui lui avait volé un paquet de documents par simple curiosité.

— Donc c'était un espion.

Sophie se releva.

— Certains membres de la bande de Broomfield étaient français, dit-elle, pensant à Pierre Froment. Il leur était donc égal qu'il fasse du trafic avec les secrets de leur pays ?

— Sûr que oui. Il les payait bien pour qu'ils l'emmènent où il voulait.

Barnes vit qu'elle s'apprêtait à partir et la panique le saisit. Sûrement, elle avait décidé de l'envoyer à la potence.

— Je ne suis pas un assassin ! Je n'ai jamais été un assassin ! Je ne voulais pas que le vieux meure !

Sophie se détourna pour le regarder :

— Je vous crois. J'espère qu'après avoir purgé votre peine vous apprendrez à vivre honnêtement aux colonies.

Lorsqu'ils eurent quitté la prison, Sophie posa à Richard la question qui lui brûlait les lèvres :

— Pourquoi ne m'avez-vous rien dit ?

— Tom m'a parlé de ses missions sous le sceau du secret, comme il l'a fait en présence du ministre de la Guerre lui-même.

— Je comprends à présent pourquoi vous m'avez demandé de réfléchir à la raison qui poussait Tom à commettre des folies.

— Je suis certain que vous auriez fini par tout comprendre, un jour ou l'autre, lui dit-il pour la réconforter, conscient qu'elle était consumée de remords.

— Certainement, mais au prix de longues années perdues ! Comment donc n'ai-je pas compris que lorsque Tom était couché dans son sang il craignait d'être tué par un contrebandier pressé de prendre sa revanche, et non pas d'être arrêté par les agents du Trésor qui l'avaient vu combattre aux côtés de Rory ?

Une autre question lui vint à l'esprit :

— Et pourquoi donc Tom se rend-il moins souvent en France en ce moment ? Vous pouvez certainement me répondre ?

— Demandez-le-lui vous-même.

Elle se tordit nerveusement les mains :

— Je repense à tous les mots durs que je lui ai lancés ! A toutes mes accusations ! Il a dû me haïr, à certains moments !

— Non ! Jamais !

— Mais comment pourrai-je encore le regarder en face ? Que pourrais-je faire pour me faire pardonner ?

— Permettez-lui de venir vous voir chez vous.

— Non.

Elle ne voulait pas faire la paix avec Tom chez elle. Beech House était remplie du souvenir de Rory.

— Je ne veux pas non plus aller à sa boutique. Nous y avons eu tant de querelles !

— Je vous propose d'organiser une rencontre en territoire neutre.

Sophie réfléchit un instant, puis claqua des doigts d'un air triomphant :

— J'ai trouvé !

Lorsqu'elle lui eut dévoilé l'endroit, il sourit également :

— Il n'y a pas mieux !

En arrivant à Beech House, Sophie se précipita à l'intérieur. Elle alla droit à la cuisine où les vieux papiers étaient entreposés dans un panier, près du foyer. Ruth, qui était en train de préparer des légumes pour le dîner, s'arrêta net en la voyant fouiller dans la pile, trier les vieilles lettres et autres papiers roulés en boule.

— Qu'avez-vous perdu, ma'am ?

— Tout va bien, Ruth !

Sophie avait retrouvé ce qu'elle cherchait :

— C'est un papier que j'ai jeté l'autre jour. Je n'y voyais point d'intérêt. Mais j'ai changé d'avis.

Au comble de l'excitation, elle se releva et retourna en trombe au salon où l'attendait Richard. Elle étala le papier sur la table et, le défroissant du plat de la main, elle l'invita à lire la description d'une boutique à louer.

— Comme vous le voyez, dit-elle, penchée sur la lettre de l'agent, il y a tout ce que je veux. Elle est bien située et juste aux bonnes dimensions. Je pourrai avoir un atelier plus grand dès que je pourrai me risquer à engager de la main-d'œuvre supplémentaire.

Richard la regarda en riant :

— Le seul inconvénient est qu'elle est située le long de la propriété de Tom, et que vous serez voisins !

— Justement ! Dites à Tom de venir saluer le nouveau locataire demain !

Puis, soudain, elle s'inquiéta :

— Dans la mesure où personne d'autre ne s'est décidé avant moi !

Richard regarda sa montre-gousset :

— Il n'est pas trop tard pour aller voir l'agent maintenant.

Une demi-heure plus tard, Sophie et Richard visitaient les lieux. La maison était construite sur le même modèle que celle de Tom, à la différence près qu'elle disposait d'un étage supérieur transformé en logement. Elle avait été récemment occupée par un drapier, qui l'avait bien entretenue. Lorsque Sophie rentra chez elle, elle avait payé trois mois d'avance pour le loyer et avait les clés en poche.

En attendant Tom, Sophie faisait les cent pas dans la boutique déserte. Elle aurait été incapable de dire combien de fois elle avait consulté la petite montre suspendue à son cou par un ruban de soie. Les minutes semblaient des heures. Elle avait récapitulé toutes les paroles glaciales et hostiles qu'elle lui avait lancées. Comment avait-elle pu être aussi aveugle ? Aussi stupide !

La porte de la boutique s'ouvrit et elle se retourna, pétrifiée. Tom s'avançait à contre-jour dans le soleil d'hiver. La porte grinça lorsqu'il la referma derrière lui.

— Il faut la graisser, dit-il. Un peu d'huile fera l'affaire.

— Tom, dit-elle d'une voix incertaine.

Bien qu'elle ait demandé à son frère de lui raconter ce qui s'était passé à la prison, il avait l'air fermement décidé à ne faire aucun compromis.

— Je me suis lourdement trompée, poursuivit-elle.

— Ne vous excusez pas, Sophie. Vous ne pouviez savoir. Je suis venu vous demander de me promettre que tout ce que vous avez appris resterait entre nous.

— Vous n'avez nul besoin de me le demander.

— Eh bien, n'en parlons plus.

Il regarda autour de lui :

— Ce sont de beaux locaux. Vous y serez à l'aise. La confiserie Delcourt a enfin pris son indépendance. C'est ce que vous avez toujours voulu. Je viendrai faire quelques emplettes de temps en temps.

Elle vit qu'il était sur le point de repartir :

— Ne partez pas encore ! Laissez-moi vous faire visiter.

— Je connais cette maison. Je l'ai achetée en même temps que celle d'à côté... J'envisageais d'étendre ma boutique quand le drapier serait parti. Mais, après tout, j'ai suffisamment d'espace. Je suis votre propriétaire, Sophie ! Si j'avais su que vous étiez prête à tolérer mon voisinage, je vous aurais offert cette boutique lorsqu'elle s'est libérée. Mais je ne voulais pas essuyer une autre rebuffade.

Il se retourna pour sortir.

Elle leva les mains d'un geste suppliant :

— Restez un peu ! J'ai tant de choses à vous dire ! Je vous en prie, donnez-moi une chance !

Il haussa les sourcils :

— Je ne pense pas qu'il y ait quoi que ce soit à dire. Vous connaissez la vérité. Je suppose que vous m'avez pardonné tous mes péchés, réels ou supposés. Nous sommes quittes. Je vous souhaite le bonjour, Sophie.

Une nouvelle fois, il tourna les talons.

La colère l'envahit et elle tapa du poing sur le comptoir :

— Vous ne sortirez pas de cette boutique avant de m'avoir entendue ! Et je veux que vous me disiez pourquoi vos voyages en France se sont espacés de la sorte.

Il revint sur ses pas et posa ses mains de l'autre côté du comptoir pour se pencher vers elle, une lueur narquoise au fond des yeux :

— A la bonne heure ! Je n'aime pas vous voir ramper à mes pieds comme un petit toutou qui implore son pardon.

Elle leva la main et le frappa sur la joue. Le bruit sec de la gifle résonna dans la boutique. Horrifiée par son geste, Sophie se retourna et gravit en courant les escaliers qui menaient au logement vide, puis claqua la porte derrière elle. Elle enfouit son front dans son avant-bras replié et se mit à sangloter convulsivement contre le mur. Elle avait tout gâché ! Perdu sa dernière chance de se réconcilier avec lui ! Elle n'entendit pas la porte s'ouvrir.

— Sophie, ma chérie, ne pleurez pas...

Lentement, elle leva la tête. Tom était là, devant elle. Elle le regarda par-dessus son épaule, en clignant des yeux à travers ses cils mouillés :

— Je pensais que vous étiez parti.

Posté dans l'encadrement de la porte, il secoua doucement la tête :

— Je vous ai attendue si longtemps que rien n'aurait pu me faire partir. Même si vous avez fait tout ce qu'il fallait pour cela...

Elle baissa son bras et se retourna en s'appuyant contre le mur, le visage ruisselant de larmes silencieuses. Elle murmura :

— C'est vrai, et ce depuis le moment où j'ai ouvert les yeux et où je vous ai vu.

Il s'avança vers elle, sortit un mouchoir de sa poche et entreprit de lui sécher les joues et les yeux avec une grande douceur :

— Vous êtes toujours revenue vers moi, que vous le vouliez ou non. Vous n'y pouvez rien, nous sommes irrésistiblement attirés l'un vers l'autre !

La manière dont il la regardait la rendit incapable de proférer un son. Une telle ardeur passionnée se lisait dans ses yeux qu'elle craignait de sentir ses jambes se dérober sous elle.

— La France, s'empressa-t-elle de dire. Vous ne m'avez pas dit pourquoi vous y alliez moins souvent.

— Je n'y suis pas retourné depuis la nuit de l'embuscade. J'ai été dispensé du service actif durant ma convalescence, pour pouvoir organiser notre réseau d'espionnage. Lorsque je ne suis pas ici, je suis à Londres. Je m'occupe du recrutement et, en cas de besoin, de l'instruction. J'ai triplé le nombre de nos espions. Ai-je répondu à votre question ?

— Oui. Je suis heureuse que vos sorties soient terminées. Combien en avez-vous fait ?

Il haussa les épaules :

— Plus d'une centaine, je pense. Le butin que je ramassais constituait une bonne couverture aux yeux des contrebandiers dont j'utilisais les services pour faire la traversée, et que j'appréciais pour leur rapidité. Par ailleurs, il se trouvait toujours des pêcheurs français prêts à me ramener contre espèces sonnantes et trébuchantes.

— Vous avez beaucoup de chance d'être en vie.

— Je n'ai jamais été si près de la mort que le jour où vous m'avez emmené dans votre voiture.

Elle baissa la tête :

— Vous vous êtes battu aux côtés de Rory.

— Oui, jusqu'à ce qu'il nous soit nécessaire de combattre dos à dos lorsque nous avons été coupés de ses hommes.

— Est-ce à ce moment-là que vous avez été blessé ?

Il hésita quelque peu avant de répondre, voyant où elle voulait en venir. Il n'était point dans ses manières de se vanter.

— Effectivement. Mais, par bonheur, les hommes de Morgan sont arrivés à point nommé, car j'avais perdu ma rapière. La seule chose qui me restait à faire était de m'échapper pour éviter d'être foulé aux pieds.

Elle le regarda au fond des yeux :

— Rory aurait été tué au milieu de la bataille si vous ne vous étiez pas battu à ses côtés.

Tom alla jeter un coup d'œil par la fenêtre, bien qu'il n'y ait rien de particulier à voir, en dehors des toits.

— Ce que j'ai fait pour lui, il l'aurait fait pour moi.

— C'est vous qui avez permis à Rory de connaître son

moment de triomphe. Il est mort en sachant qu'il avait atteint son but et que la bande de Broomfield était anéantie.

— Si j'ai été un instrument de cette destruction, j'en suis très honoré. Morgan était un homme brave, et sa mort est une tragédie.

Il se dirigea vers la porte :

— Vous avez certainement beaucoup de choses à faire. Je ne veux point vous retarder plus longtemps. Voulez-vous dîner avec moi ce soir ?

— Avec joie.

Elle le regarda descendre du haut de l'escalier.

— Je voudrais vous demander quelque chose avant que vous ne sortiez.

Il lui sourit depuis le seuil de la porte :

— Oui ?

— Ne pourrions-nous pas refaire connaissance ?

Jamais homme n'avait gravi d'escalier aussi vite. Elle vola vers lui et ils se rencontrèrent à mi-chemin. Leurs lèvres s'unirent et elle s'abandonna toute à ce baiser, donnant enfin libre cours à sa passion si longtemps contenue. Tom dévorait sa bouche, et elle lui répondait, éperdue, passant ses doigts dans ses cheveux et se cramponnant à lui, comme pour l'empêcher d'interrompre son baiser, et pourtant, ses bras la serraient si fort que déjà ils ne faisaient plus qu'un.

Ils titubèrent sous la violence de leur étreinte, agrippés l'un à l'autre et transportés dans un monde qui les délivrait de la pesanteur terrestre. Lorsqu'ils reprirent haleine, ce fut pour échanger un sourire enivré de bonheur. Enfin, ils s'étaient trouvés !

— Où allons-nous élire domicile, Sophie ?

Il tenait son visage radieux entre ses mains.

Elle n'hésita pas une seconde :

— Au-dessus de la boutique. Nous allons ouvrir une porte pour accéder à votre appartement.

— Il y en a une. Venez, je vais vous montrer.

Il la prit par la main et ils grimpèrent les escaliers quatre à quatre.

Dans l'une des pièces se trouvait une grande armoire qu'elle croyait fixée au mur. Tom y appuya son épaule et la poussa sur le côté. Une porte apparut. Saisissant un trousseau de clés dans sa poche, il déverrouilla la porte qui s'ouvrit sur la galerie. Mais Sophie se retourna, intriguée. Elle venait à l'instant de remarquer un meuble qui ne se trouvait pas dans cette pièce la veille au soir. C'était un secrétaire de dame d'une grande beauté, aux moulures de feuilles d'acanthe précieusement ciselées, entièrement marqueté d'écaille de tortue. Dans la douce lumière il brillait comme un bijou. Elle le caressa de la main, éblouie et muette.

— Vous plaît-il ?

Elle hocha la tête et murmura :

— Il vient de France.

— Mieux que cela.

Il vint se placer derrière elle et souleva ses cheveux pour déposer un baiser dans sa nuque.

— Il appartenait à Marie-Antoinette.

— Oh, Tom !

Elle pivota, jeta les bras autour de son cou et baisa ses lèvres avec amour.

— Je le conserverai précieusement, et c'est ce que feront aussi nos enfants et nos petits-enfants.

Elle posa la tête sur son épaule et il lui caressa les cheveux. Il était entré en possession de ce secrétaire peu de temps après leur première rencontre. Depuis lors, il le gardait pour elle. Dès que l'agent lui avait communiqué le nom de son nouveau locataire, il avait fait apporter le meuble.

— Vous parlez de nos descendants, plaisanta-t-il doucement en baisant le sommet de sa tête, mais nous ne sommes pas encore mariés ! Et si vous m'épousiez dès demain ? Mon oncle est l'évêque de Chichester. Il pourra s'occuper de tout.

— Oui, répondit-elle. Cela me convient parfaitement.

Ils ne dînèrent point ensemble ce soir-là. Tom écrivit une lettre que Richard alla remettre à leur oncle. Sophie, de son côté, avait beaucoup de choses à organiser, car Tom avait insisté pour qu'ils passent au moins deux semaines ensemble avant qu'elle recommence à travailler. Elle devait aussi écrire à Antoine, à Ellen et à Henriette pour leur annoncer l'heureuse nouvelle. Elle savait qu'Ellen se réjouirait pour elle et ne serait plus inquiète à l'idée de la voir se morfondre dans les souvenirs du passé.

Le lendemain matin, Clara, à qui Sophie avait tout raconté, les guettait sur le bord de la route en compagnie de Billy et des employés de l'atelier. Lorsque les futurs époux passèrent dans le phaéton de Tom, ils agitèrent la main. Sophie répondit jusqu'à ce que le petit groupe soit hors de vue.

Richard les attendait au palais épiscopal, au cœur de Chichester. Mais ils furent déçus d'apprendre qu'un délai de trois jours était indispensable à l'évêque pour prendre les dispositions nécessaires.

Sa Grâce était un homme aux cheveux blancs d'apparence distinguée, auquel Richard et Tom s'adressaient en l'appelant « mon oncle ». Étouffant dans l'œuf toute velléité de discussion, il précisa :

— Ce sera un plaisir pour moi que d'accueillir miss Delcourt — Sophie — en ma demeure. Richard disposera de sa chambre habituelle, mais vous, Tom, vous devrez prendre un lit à la Taverne du Dauphin, en face de la cathédrale.

Tom comprit que ni son oncle ni sa tante ne voulaient offenser les bonnes mœurs en lui permettant de dormir sous le même toit que la jeune fille qu'il allait épouser. Il se consola en songeant qu'il jouirait de la compagnie de Sophie durant la journée. Mais en apprenant que Sophie n'avait pas eu le temps de commander sa robe de mariée, sa tante prit cette dernière en main à temps complet.

— Je ne fais que ce qu'aurait fait votre mère si elle avait vécu jusqu'au jour de vos noces.

L'épouse de l'évêque, une femme résolue au menton ferme, régentait depuis fort longtemps les dames du diocèse et, d'une manière générale, tous ceux qui avaient affaire à elle. En moins d'une heure, une armée de couturières était au travail pour confectionner une robe conforme aux instructions de Sophie.

Suivirent les visites à la modiste, au gantier, au bonnetier, à l'orfèvre chargé de ciseler une paire de boucles de chaussures, puis au cordonnier. Pour couronner le tout, Sophie se retrouva à l'ouvroir parmi un groupe de dames exécutant des travaux de couture pour les nécessiteux, alla visiter un orphelinat, puis apporta de la nourriture aux pauvres. L'épouse de l'évêque n'entendait point laisser passer une occasion d'utiliser les services d'autrui pour ses bonnes œuvres.

La robe de mariée et les accessoires furent promptement livrés. Sur l'instigation de son épouse, l'évêque régla les factures en guise de cadeau de bienvenue au sein du cercle familial.

Sophie, débordée, ne voyait Tom qu'à l'heure du dîner. Pour suivre la tradition, ce dernier passa la soirée précédant le mariage au bar de la Taverne du Dauphin en compagnie de Richard.

Sophie et Tom avaient souhaité que le mariage se déroule dans la plus stricte intimité. Mais la rumeur s'était répandue, et une assistance nombreuse se pressait à la mi-journée sur les bancs de la cathédrale. La jeune épousée portait, avec son chic inimitable de Parisienne, un chapeau à la mode en forme de bonnet. Un nœud de rubans garnissait le côté de sa couronne. Sa robe de soie champagne, de ligne très simple, était froncée sur la nuque et sous les seins, donnant à sa silhouette une souplesse qui rompait entièrement avec les formes volumineuses en vogue dans le passé. Le bas de la robe était brodé de fleurs de lys.

Le repas de mariage se déroula dans une atmosphère familiale. Ce fut Richard qui porta le toast.

Lorsque Sophie et Tom furent sur le point de partir, il embrassa Sophie.

— Voici le jour que j'attendais depuis longtemps, dit-il. Peut-être me marierai-je bientôt, moi aussi.

— Oh, Richard ! Avez-vous enfin eu raison des réticences d'Ellen ?

Il sourit :

— Cela se pourrait bien...

— J'en suis très heureuse.

Elle se dit que c'était la touche finale apportée à cette journée de bonheur...

L'évêque avait mis sa maison de campagne à leur disposition pour deux semaines. Mais ni Tom ni elle ne souhaitaient cohabiter avec quiconque pendant les quelques jours à venir.

Ils passèrent la nuit dans une auberge de campagne, où ils étaient les seuls clients.

Après le dîner, à la lueur du feu qui crépitait dans leur chambre, Tom enleva sa veste et la laissa tomber sur un fauteuil. L'unique chandelle était posée sur une table surmontée d'un miroir doré devant lequel Sophie avait entrepris d'ôter ses épingles à cheveux.

— Laissez-moi faire, dit-il.

Lorsque sa chevelure fut dénouée, il la laissa retomber en cascade sur ses mains et la porta à ses lèvres. Sophie ne bougea pas. Elle se sentait déjà nue sous son regard. Aucun homme n'avait jamais vu ses cheveux lâchés... Mais lorsqu'il la prit doucement par la taille, et la fit pivoter pour lui faire face, ce fut elle qui desserra son haut col blanc, et libéra son cou. D'un geste vif, il la prit par la main pour l'amener près du feu.

Puis il entreprit de la dévêtir à gestes lents et amoureux. Le contact de ses doigts, qui touchèrent sa peau lorsqu'il desserra ses rubans, déclencha en elle une onde de volupté qui la fit trembler. Elle enjamba sa robe tombée à ses pieds pour se mettre contre lui. Il la prit dans ses bras et posa sa bouche sur la sienne, tout en continuant de la dévêtir avec une infinie douceur. Jamais elle n'aurait soupçonné une telle patience, une telle retenue, chez un homme aussi impétueux et aussi passionné. Ses gestes tendres et rassurants respectaient la pudeur qu'il savait intacte, en dépit de la manière libre et indépendante dont elle menait sa vie.

— Je vous aime depuis si longtemps, mon amour, lui murmura-t-il, passant ses mains sur ses épaules nues et parcourant la ligne de ses bras pour faire descendre sa chemise sur sa taille.

Instinctivement, elle cacha ses seins. Il eut un doux sourire. Prenant son visage entre ses mains, il la regarda au fond des yeux :

— J'ai déjà vu vos adorables formes. A la lueur de la lanterne, tandis que vous étiez couchée dans la poussière du chemin, sans corsage. Vous n'avez aucune raison de me cacher votre beauté maintenant.

Elle fit retomber ses bras. Il baissa la tête et la caressa doucement, puis ses lèvres se posèrent sur le bout de ses seins. Elle ferma les yeux. Il défit les attaches de ses cotillons et ses derniers vêtements vinrent s'amonceler sur le sol. Tous ses sens étaient embrasés. Tom posa un genou à terre pour passer sa bouche sur son ventre et elle planta ses doigts dans ses épaules à travers la toile fine de sa chemise, consciente uniquement du sauvage émoi qui avait pris possession de son corps. Elle poussa un cri de volupté exquise, et il la souleva dans ses bras et la porta sur le lit.

Les vêtements de Tom volèrent dans toutes les directions, et ils se retrouvèrent corps contre corps, bouche contre bouche, membres entremêlés. Ivre de désir, tout entière livrée au déchaînement de leur passion réciproque, elle ne ressentit aucune douleur lorsqu'il entra en elle. Un plaisir intense et presque insupportable les unit au moment de l'extase finale.

Cette nuit dépassa en intensité les rêves les plus fous de Sophie. A l'aube, lorsque après un bref moment de sommeil elle s'éveilla dans les bras protecteurs de Tom, elle eut un sourire de pur bonheur en l'accueillant de nouveau en elle.

Ils passèrent deux semaines à l'auberge, satisfaits de leur modeste chambre. Pendant la journée, ils se promenaient dans la campagne, et l'air vivifiant colorait leurs joues. Parfois, ils louaient des chevaux et chevauchaient pendant de longues heures. D'autres fois, il leur arrivait de s'aimer dans la quiétude d'un bois, sur un lit de feuilles sèches ou dans quelque abri au flanc du coteau, et leurs rires étaient emportés au loin par le vent.

Mais le jour du départ, un sombre pressentiment étreignit Sophie. Étendant son ombre maléfique, le souvenir d'Émile de Juneau la rappelait à l'ordre.

25

Dès qu'elle le put, Sophie alla rendre visite à Antoine. Elle fit le voyage de Londres avec Tom, qui devait y rencontrer des officiels du gouvernement. Une voiture que Mrs Fitzherbert tenait à sa disposition la prit à Tilney Street et lui fit accomplir le reste du trajet.

— Je me demande qui est le plus heureux de me revoir ! s'écria Sophie en riant, sur le point de tomber à la renverse sous l'étreinte fougueuse d'Antoine et les démonstrations de joie de Barney.

Durant son séjour, Sophie ne put faire un pas dehors sans être flanquée du chien, qui la fit trébucher plus d'une fois. Il était beaucoup trop gros pour être autorisé à pénétrer dans la maison, et, lorsque Sophie et Antoine s'y engouffraient, il s'asseyait sur les marches et hurlait jusqu'à ce que l'un des serviteurs lui passe une laisse et l'emmène.

— Depuis qu'il est ici, Barney se languit de vous, déclara Antoine, dans la salle de classe, où il lui avait montré son travail. Il est enchaîné une bonne partie de la journée, car je ne peux le prendre avec moi tout le temps. Je crois qu'il a le mal du pays.

Sophie prit la main de l'enfant dans les siennes :

— Et vous, Antoine ? Avez-vous le mal du pays, vous aussi ?

— Parfois, mais j'aime bien ma vie ici. Cependant, mes amis de Brighton me manquent. Pourquoi Mr Tom n'est-il pas venu avec vous ? Après tout, vous êtes mariés, maintenant. J'aurais voulu qu'il me parle de ses chevaux. J'aimerais bien voir Ma Renfrew et Billy, aussi.

Sophie lui expliqua que cet endroit était une retraite privée dont l'existence ne devait à aucun prix être révélée. Voyant l'enfant baisser tristement la tête, elle tenta de le consoler.

— Venez. Allons promener Barney.

Par une fenêtre du premier étage, Maria Fitzherbert vit Sophie et l'enfant longer le sentier bordé d'une haie de buis. Elle était en excellents termes avec Sophie, qui la distrayait un peu des soucis que le prince lui causait. Tous les moyens pour regagner son amour ayant échoué, George lui avait posé un ultimatum. Si elle n'acceptait pas de redevenir sa femme, il ferait connaître sa passion pour elle au monde entier et reconnaîtrait publiquement qu'ils avaient été mariés. S'il mettait sa menace à exécution, il mettrait en danger son oncle et son frère, qui n'avaient pas hésité à enfreindre la loi en étant leurs témoins de mariage. Mais, surtout, il déclencherait un scandale tel qu'il lui faudrait renoncer au trône. Pire : il deviendrait un paria pour le restant de ses jours. Leurs deux existences seraient détruites. Sans compter celle du roi à qui le choc de cet outrage risquait d'être fatal.

Depuis que George lui avait fait cette menace, Maria et lui ne cessaient de s'écrire pour tenter de dénouer la situation. Un messager prêt à sauter sur son cheval se tenait en permanence devant la porte de la jeune femme. Et Maria réfléchissait tant à ces courriers qu'elle souffrait d'abominables maux de tête.

Elle en était donc venue à envisager de consulter la seule personne qui pourrait l'éclairer sur la conduite à adopter, et à l'avis de laquelle elle se rangerait. Délaissant la fenêtre, elle se dirigea vers un secrétaire où elle s'assit et prit une feuille de papier. Elle saisit sa plume et entreprit d'écrire la lettre qu'elle ferait parvenir à Rome.

Mrs Fitzherbert était partie depuis deux jours quand Sophie dut quitter sa retraite. Au moment où elle s'apprêtait à monter dans la voiture qui l'attendait, Barney bondit à l'intérieur. L'animal, qui, en temps ordinaire, était le plus doux des chiens, gronda férocement et montra les dents au cocher qui tentait de le faire sortir. Les cajoleries d'Antoine n'eurent pas plus d'effet. Barney se contenta de poser sa tête sur ses pattes. Il ne finit par accepter de bouger que lorsque Sophie, sur un ton sans réplique, lui ordonna de descendre.

A sa façon de se déplacer en rampant pour obéir à son ordre, on voyait qu'il avait compris qu'il était en disgrâce.

Mais, au moment où le chien allait sauter à bas de la voiture, Antoine le repoussa en arrière. Son visage était chiffonné comme s'il luttait contre les larmes.

— Barney va rentrer avec vous. Il n'est pas heureux ici. Il lui faut sa liberté. Je pense que les serviteurs le rabrouent et qu'ils le battent quand il aboie. Emmenez-le, je vous en prie.

Le cœur serré devant la tristesse de l'enfant, Sophie répondit :

— Si vous me le demandez... Mais il ne me plaît pas de vous séparer de lui.

— Le terrier du jardinier va bientôt avoir des petits. Je suis sûr que *Mater* me permettra d'en prendre un. Ce ne sera pas Barney, bien sûr, mais je ne ferai pas sentir la différence au petit chien.

Sophie serra l'enfant contre elle :

— Souvent, je pense à votre papa et à votre maman, et je me dis qu'ils seraient fiers de vous, Antoine.

De retour à Brighton, Sophie eut beaucoup à faire. Elle ne prit aucun meuble de Beech House, à l'exception de table de jeu offerte par Richard et de la pendule d'Henriette. Tom et elle avaient décidé qu'ils s'installeraient dans son appartement, tandis que celui de Tom serait mis à la disposition de Richard ou d'autres visiteurs. Dans l'intervalle, ils continuèrent d'y demeurer en attendant que la décoration de l'autre soit terminée. Les murs furent tendus de soie, les planchers astiqués, les fenêtres décorées de charmants rideaux et l'on suspendit des lustres au plafond, dont le plus beau, en cristal de Venise, provenait du magasin d'exposition de Tom.

Tom laissa Sophie choisir ses meubles elle-même. La jeune femme passa des heures à se délecter au milieu des merveilles qu'il possédait. Elle partageait la fascination du prince pour le style chinois. Au cours d'un voyage à Londres, elle était tombée en extase devant un lit doré que Tom exposait dans sa boutique de St James's Street. Le ciel de lit en soie crème agrémenté de dorures figurait un parasol de mandarin bordé de minuscules clochettes. Le lit fut apporté à Brighton dans la pièce prévue pour leur servir de chambre à coucher. La décoration murale à motifs chinois sur fond d'argent transformait la pièce en un boudoir fleuri où s'ébattaient les papillons. Les fauteuils de bambou doré étaient garnis de coussins et la table de toilette sur laquelle étaient posés les parfums et les cosmétiques de Sophie était laquée de vert pâle, de même que les commodes et les coffres.

Lors de leur première nuit dans leur nouvelle chambre, les petites clochettes qui bordaient le ciel de lit les accompagnèrent au cours de leurs ébats. Ils pouffèrent de rire, mais, dès le lendemain, Tom enleva toutes les clochettes en déclarant qu'il n'avait nulle envie de faire savoir au monde entier qu'il emmenait sa femme au lit. Sophie les rangea dans la boîte à bijoux de nacre que Tom lui avait offerte. Elles lui rappelleraient pour toujours la nuit mémorable où leurs gestes d'amour avaient été encore intensifiés par leur son. C'était cette nuit-là qu'elle avait conçu leur enfant.

Après l'inconfort des deux premiers mois, la grossesse ne diminua en aucune façon l'énergie de Sophie. Elle ne manquait jamais d'emmener Barney faire une promenade sur le sable, par tous les temps. Il bondissait de joie, heureux d'avoir retrouvé la liberté dont il venait d'être si longtemps privé. Sans nul doute, ils avaient été sages en décidant de le ramener à la maison.

Sophie fut très fière lorsque le peintre eut fini de peindre son nom sur la façade de la boutique. L'enseigne qui pendait au-dessus de l'entrée représentait un bonbon enveloppé dans un papier aux couleurs de l'arc-en-ciel. Les travaux avaient été effectués simultanément dans la boutique et dans l'appartement. Les murs de la boutique étaient rayés de rose pâle sur fond blanc, et ses confiseries étaient exposées sur un large comptoir dans de grosses coupes de cristal. Les rayonnages étaient garnis de bocaux de verre qui faisaient miroiter leur contenu comme des bijoux. Quelque temps auparavant, un émigré était venu lui montrer un échantillon du travail qu'il exécutait autrefois pour un confiseur renommé de Reims. C'était une série de ravissantes boîtes contenant des galets polis par ses soins, destinés à remplacer les pierres semi-précieuses utilisées en France au bon vieux temps. Sophie l'avait immédiatement engagé comme fournisseur. Elle lui passa commande pour une magnifique série de fausses perles et de gemmes de verre.

Après un dernier coup d'œil à l'œuvre du peintre, Sophie

rentra dans la boutique et se rendit dans son atelier, qui faisait pendant au magasin d'exposition de Tom. Ses talons résonnèrent sur le sol nouvellement carrelé. Elle laissa son regard errer sur les murs blanchis et les nouvelles fenêtres, les fourneaux et les chaudières, qui étaient déjà en place. Elle avait fait installer également la dernière nouveauté en matière de ventilation. La veille, elle avait surveillé l'emballage de tous ses ustensiles, afin que tout fût prêt pour le déménagement.

Jamais elle n'aurait cru pouvoir faire transférer son atelier aussi rapidement. Mais Tom avait insisté pour que tous les travaux soient exécutés pendant que tous les corps de métiers étaient dans les lieux. Elle avait eu beau protester qu'elle n'en avait pas encore les moyens, il n'en avait eu cure.

— Souvenez-vous que, officiellement, vous êtes mon locataire, plaisanta-t-il. Je suis libre de faire ce que je veux dans mes locaux ! Si je décide de les transformer en atelier, c'est tant mieux pour vous ! En ce qui concerne l'affaire elle-même, elle reste entièrement entre vos mains et je n'ai pas à m'en mêler.

Pour tout ce qui concernait les questions importantes, Tom se montrait très compréhensif. Néanmoins, leurs discussions se déroulaient rarement dans le calme et la sérénité ! En fait, ils se querellaient même aussi souvent qu'autrefois. Sophie en était arrivée à conclure que les relations placides qu'elle jugeait autrefois idéales ne lui auraient jamais convenu...

Des sabots de cheval claquèrent à grand bruit devant la boutique. Sophie se précipita sur le seuil de la porte. Son équipement de confiserie était arrivé. Clara, Robin et Oliver accompagnaient l'équipage, prêts à se mettre à l'ouvrage dès que tout serait en place.

L'ouverture était prévue pour la Saint-Jean. Auparavant, Sophie avait tenu à se rendre à Londres pour fêter le onzième anniversaire d'Antoine. Elle avait lu sur le journal pour émigrés qu'Émile de Juneau était toujours occupé à Paris. Il pouvait donc venir la rejoindre en toute sécurité sous la houlette de *Pater*. L'enfant eut l'heureuse surprise, en arrivant, de voir également Tom, Clara et Billy. Ils allèrent tous ensemble voir jouer une pièce comique au théâtre, et, le lendemain, ils se rendirent à une foire où Antoine et Billy s'élevèrent dans les airs en balançoire, si haut que Clara poussa un hurlement de terreur. Lorsque Antoine remonta dans la voiture pour rentrer à la campagne, ses poches étaient remplies d'objets gagnés à la foire et les cadeaux s'empilaient sur les sièges.

— C'est le plus bel anniversaire de ma vie ! cria-t-il par la vitre, tandis que l'équipage s'ébranlait.

Sophie, qui en était à son troisième mois de grossesse, se réjouit à l'idée que l'enfant qu'elle portait atténuerait la peine qu'elle ressentait à chaque fois qu'elle quittait ce garçon qu'elle considérait comme le sien.

L'ouverture de la confiserie Delcourt eut lieu en grande pompe. Sophie avait engagé une fanfare qui faisait résonner ses cuivres dans la rue. Ses trois vendeuses, choisies non seulement pour leurs capacités, mais également pour leur présentation, étaient vêtues d'une robe rose recouverte d'un tablier blanc. La saison battant son plein, la foule ne tarda point à être attirée par les flonflons de l'orchestre. Les gens du beau monde affluèrent dans la boutique. Sophie et ses vendeuses ne surent bientôt plus où donner de la tête. Les livraisons furent assurées par un jeune garçon nouvellement engagé, portant une livrée assortie aux couleurs de la voiture de la maison.

Dans le nouvel atelier, il y avait suffisamment de place pour quelques employés de plus. Sophie prit également plusieurs fournisseurs supplémentaires. Elle continua à s'occuper personnellement de la plupart des pièces décoratives pour lesquelles la demande était importante. Elle mettait justement la dernière main à l'une d'elles lorsqu'une vendeuse arriva en trombe dans l'atelier :

— Le carrosse du prince vient de s'arrêter devant la porte ! Beau Brummell est avec lui !

Sophie se précipita à l'évier où elle actionna la pompe pour se débarrasser du sucre qui collait à ses mains. Beau Brummel était un jeune homme doté d'une immense fortune qui était devenu un intime du prince. A n'en point douter, c'était leur goût commun pour le luxe et les plus folles extravagances qui les avait réunis. L'apparence impeccable de Brummell et son sens de l'élégance avaient fait de lui une autorité incontestée en matière de mode. Ses diktats étaient suivis aveuglément par la bonne société, qu'ils concernent les règles de l'étiquette ou la manière pour une femme de draper une étole. Son influence était si importante que Sophie savait qu'il détenait le pouvoir de décider du succès de sa boutique ou, au contraire, de lui briser les reins. En hâte, elle jeta un regard dans son miroir, repoussa une mèche de cheveux, se débarrassa de son tablier et s'élança à la rencontre de ses deux distingués clients.

Le prince s'arrêta sur le seuil avant de pénétrer à l'intérieur de la boutique, éclatant d'un rire tonitruant à une remarque de Brummell.

— Bien dit, Brummell !

Le prince était satisfait d'avoir fait la conquête d'un tel homme. Avec sa générosité coutumière envers ses amis, il avait nommé Brummell officier au 10e Régiment de hussards, mais il devait convenir, malheureusement, qu'il était inutile de vouloir en faire un bon soldat. La seule chose qui intéressait Brummell dans l'armée, c'était le bel uniforme. Quoi qu'il en soit, c'était fait, et cette nomination ne pouvait plus être annulée. Et il n'en restait pas moins vrai que Brummell était une source intarissable de bons conseils en toute chose. Ils pouvaient concerner aussi bien la coupe d'une veste que la toute dernière façon de serrer le nœud d'une cravate. Un art qui semblait évoluer de semaine en semaine.

Devant l'entrée, le prince qui vit son reflet reproduit à plusieurs exemplaires dans chacun des pans étroits de la fenêtre en rotonde. Obéissant aux canons de la dernière mode, il portait les cheveux plus court, ce qui l'avantageait plus que Brummell, à son avis. Son col, qui montait jusqu'à la ligne de la mâchoire, était flatteur, car il cachait les ganglions de son cou, qui l'ennuyaient du plus loin que remontaient ses souvenirs.

La porte s'ouvrit de l'intérieur avant même qu'un laquais ait pu accéder à la poignée. Une mignonne petite créature en robe rose se précipita vers le prince. Deux autres, toutes semblables, se tenaient derrière le comptoir. Brummell ajusta un face-à-main triangulaire devant ses yeux et les dévisagea d'un œil connaisseur :

— Retenez-moi ! Ces jeunes femmes sont aussi ravissantes que leurs bonbons, et pas moins alléchantes !

Puis la jeune Française en personne apparut et s'abîma dans une révérence. Le prince lui sourit :

— Mes félicitations pour votre mariage, Mrs Foxhill !

— Je vous remercie, Votre Altesse. Puis-je vous souhaiter la bienvenue dans ma boutique, ainsi qu'à Mr Brummell ?

— Assurément. Votre mari m'a emmené à une vente aux enchères, la semaine dernière, et m'a appris votre mariage par la même occasion. Mais c'est le bouche-à-oreille qui m'a amené jusqu'à votre boutique. Allons ! Faites-moi goûter aux délices offertes par la confiserie Delcourt. Je voudrais savoir si vous êtes aussi accomplie dans l'art de confectionner des douceurs que vous l'êtes dans l'art culinaire.

Les trois vendeuses de Sophie lui proposèrent chacune une sélection des meilleurs chocolats et confiseries. Le prince exprima son approbation à chaque nouvelle découverte. Brummell se contenta d'une seule sucrerie, qu'il mangea lentement, sans exprimer ni plaisir ni déplaisir. Le cœur de Sophie lui manqua lorsque, s'en voyant proposer une seconde, il secoua la tête en fronçant les sourcils. Obéissant à une impulsion, elle saisit une coupe de nougats sur le comptoir. Il en prit un mais, pour sa plus grande déception, le mangea sans faire le moindre commentaire.

— Mon intendant va venir vous voir, déclara le prince après avoir dégusté plusieurs confiseries. Vous êtes l'un des fleurons de Brighton. Je vous souhaite le bonjour, Mrs Foxhill.

Il sortit, suivi de Brummell. Sophie se laissa tomber contre le comptoir. Elle préférait ne pas penser aux dommages que Brummell pourrait causer à sa réputation.

Celui-ci avait déjà atteint le seuil de la porte, lorsque, soudain, il fit un pas en arrière.

— Peut-être vous plaira-t-il d'apprendre, Mrs Foxhill, que je ferai partout l'éloge de votre confiserie !

Sophie courut annoncer la bonne nouvelle à Tom. Il en fut aussi heureux qu'elle, mais nullement impressionné :

— Votre succès était assuré de toute façon, mon amour. Même si Brummell n'avait pas apprécié les échantillons qu'il a goûtés, rien n'aurait pu vous empêcher de grimper au sommet.

Elle jeta ses bras autour de son cou et l'embrassa :

— Pas étonnant que je vous aime, Tom ! Vous avez si grande confiance en moi !

Puis elle eut un brusque mouvement de recul. Le visage troublé, elle appuya ses deux mains contre son ventre.

— Que se passe-t-il ? s'enquit-il, inquiet.

Son expression se transforma lentement. Radieuse, elle prononça d'un air émerveillé :

— Le bébé a bougé !

Il partagea son bonheur.

Les mois passèrent, et Sophie songea à engager une nurse en prévision de l'arrivée de son fils, car elle était aussi persuadée que Tom que leur premier-né serait un garçon. Elle reçut plusieurs candidates, mais finit par se décider pour une jeune femme à l'air soigné prénommée Emma. Cette dernière avait reçu une bonne formation dans la nursery d'un baronnet et possédait de sérieuses références. Elle souhaitait à présent prendre un poste à Brighton.

Sophie donna naissance à une fille en même temps que naissait le dix-neuvième siècle. Du fond du lit où elle était couchée, épuisée, avec le nouveau-né dans les bras et Tom assis à son chevet, elle entendait s'exprimer l'allégresse générale à grand renfort d'applaudissements, de cris et de sons de trompe.

Tous deux avaient été si persuadés qu'elle donnerait le jour à un fils qu'ils n'avaient pas réfléchi sérieusement à un nom de fille.

— Eh bien, comment allons-nous appeler cette petite fille qui a si bien su nous surprendre ? demanda Tom. Que pensez-vous de Fleur ?

Elle sourit :

— Ah oui ! La fleur de lys de France !

Henriette fut l'une des marraines de Fleur, que l'on baptisa à l'église Saint Nicholas. Veuve depuis peu de temps, elle se sentait délivrée, malgré le chagrin sincère qu'elle avait éprouvé lors de la mort de sir Roland, survenue au cours d'un accident de chasse. Cependant, elle décida de renoncer à son deuil pour l'occasion et apparut vêtue de velours incarnat, chapeautée d'un bonnet où se dressait une plume. Ellen était la seconde marraine, et Richard le parrain. Mais, en dépit de l'optimisme qu'il avait affiché, rien n'avait été décidé entre eux. Henriette avait amené son petit garçon de quatre ans, Alexandre. C'était un enfant mince au visage pâle, prompt aux larmes, qui offrait une grande ressemblance de traits avec son père.

— Il lui faut l'air de la mer, déclara Henriette. Le climat

du Gloucestershire ne lui a jamais convenu. Je vais donc prendre une maison ici, et nous allons y rester.

C'était une bonne nouvelle pour Sophie, car leur amitié avait repris son cours comme si la séparation n'avait jamais eu lieu. Elle était préoccupée par les événements qui se déroulaient en France. Napoléon Bonaparte était devenu Premier consul et tout portait à craindre des changements de grande envergure au sein du gouvernement. Émile de Juneau comptait parmi ceux qui avaient été écartés. C'était pour lui le moment ou jamais de mener sa vengeance à son terme. Sophie devait donc cesser ses visites à Antoine, au moins pour un certain temps. Elle ne pouvait prendre le risque d'être suivie.

Dans l'intervalle, Tom ayant jugé le danger momentanément écarté, Antoine avait fait quelques séjours à Brighton. Il avait passé son temps à s'amuser avec Billy et Barney, à nager et à jouer au cricket ou au football avec ses anciens camarades de classe. Il se serrait toujours très fort contre Sophie au moment de la séparation, mais il ne versait plus de larmes. Il s'était accoutumé à sa vie à la campagne. Le prince lui avait offert un poney et il ambitionnait de suivre la chasse avec son bienfaiteur royal, en portant l'une de ces vestes roses dont Beau Brummell avait déclaré qu'elles étaient *de rigueur* pour un chasseur.

Tom était sur le qui-vive en permanence. Ses visites à Londres étaient aussi brèves que possible. Suivant ses instructions, Sophie gardait toujours en poche ou dans son sac le pistolet qu'il lui avait donné. Puis, un beau jour, il apprit à Londres qu'Émile de Juneau s'était approprié le château familial ainsi que les terres sous prétexte que l'héritier du défunt comte était présumé mort.

Cette nouvelle atterra Sophie :

— Oh, non ! J'ai promis à la mère d'Antoine que je le ramènerais chez lui un jour ou l'autre !

Elle serra les poings l'un contre l'autre en baissant la tête.

Tom la prit dans ses bras et tenta de la consoler :

— Ne soyez pas chagrine. Personne n'aurait pu en faire plus que vous pour Antoine, ma chérie. Essayez de voir le bon côté des choses. Maintenant que Juneau a ce qu'il désire depuis toujours, il va peut-être laisser sa vieille haine de côté. Ce nouveau développement lève peut-être la menace qui plane sur la vie d'Antoine.

Elle leva vers lui un visage inquiet :

— Mais le désir de vengeance peut-il jamais s'éteindre, chez cette sorte d'homme ?

— Espérons qu'il va doucement engraisser et se laisser gagner par la paresse, au milieu de ses biens mal acquis, et que ses vieilles rancunes s'effaceront. N'oubliez pas non plus qu'Antoine a atteint ses treize ans. Il a appris à se battre à l'épée et au pistolet. Avant longtemps, il sera capable de se défendre contre n'importe qui.

« Excepté, pensa Sophie dans un accès de terreur qu'il lui fut impossible de formuler, contre une attaque en traître, un coup de poignard dans le dos. »

Afin d'apaiser les craintes de Sophie, Tom reprit contact avec un contrebandier français retiré des affaires, un homme qui n'avait jamais été en relation avec la bande de Broomfield, et lui demanda de lui servir d'espion comme il l'avait déjà fait dans le passé. C'était un veuf qui vivait dans une soupente inconfortable, et il se déclara tout prêt à s'installer aux frais de Tom dans le village du château de Juneau, en se faisant passer pour un homme fatigué de la vie citadine. Son rôle était de surveiller étroitement chacun des déplacements d'Émile de Juneau et de noter toute absence suspecte.

— Maintenant, déclara Tom à Sophie, nous n'allons pas tarder à savoir comment Juneau s'est accoutumé à sa vie de gentilhomme de province.

Pour contrebalancer cette mauvaise nouvelle venant de France, d'autres événements avaient réjoui Sophie. Mrs Fitzherbert et le prince s'étaient finalement réconciliés. Le pape avait confirmé la validité canonique de leur mariage. La conscience sensible de Maria étant apaisée, elle pouvait redevenir l'épouse aimante du prince de Galles. Sophie et Tom reçurent une invitation pour une réception donnée à Londres pour célébrer leurs retrouvailles. Au même courrier était jointe une lettre écrite de la main de Mrs Fitzherbert en personne, qui passait à Sophie la plus importante commande qu'elle ait jamais reçue. La pièce décorative de ce banquet !

Il était impossible de transporter une pièce de confiserie aussi délicate et aussi imposante jusqu'à Londres. Sophie décida de s'y rendre avant Tom, et de passer quatre jours dans les cuisines de Mrs Fitzherbert. Elle avait choisi pour motif une énorme corne d'abondance d'où semblaient jaillir en cascade toutes sortes de fleurs printanières, symbole de la résurrection du bonheur du prince et de Mrs Fitzherbert. La table serait parsemée d'une pluie de petites fleurs qui sembleraient avoir été apportées jusque-là par une brise bienfaisante.

Lorsque arriva la soirée, Sophie coiffa ses cheveux à la dernière mode. Son front était orné de boucles et le reste de sa chevelure était tiré en arrière pour former un chignon haut placé sur sa tête, dégageant entièrement sa nuque fine. Un ruban de perles et des boucles d'oreilles venaient compléter la coiffure. Elle tourna sur elle-même pour faire admirer à Tom sa jolie robe décolletée de soie corail, faisant flotter audessus de sa jupe les rubans dorés attachés à la taille, qui se portait très haut désormais.

A leur arrivée à Tilney Street, ils trouvèrent les fenêtres de la maison grandes ouvertes. L'air chaud de juin pouvait ainsi y pénétrer à flots. Tom et Sophie furent accueillis par le prince et son épouse. Les magnifiques saphirs portés par Mrs Fitzherbert, assortis à sa robe de soie couleur écaille d'huître, lui avaient été offerts par son royal mari, pour fêter leur réconciliation.

— Vous êtes ravissante, Sophie, sourit Mrs Fitzherbert. Cette couleur vous va à merveille.

Telle fut également l'opinion de bien d'autres personnes lorsque Sophie entra. Les femmes commentèrent les moindres détails de sa toilette, mais ce fut Tom qui monopolisa leur attention. Avec son teint tanné par l'air de la mer, il était très beau. La coupe de sa veste de velours cramoisi mettait en valeur ses larges épaules, et l'on devinait les muscles de ses cuisses sous la culotte, vêtement que continuaient de porter les hommes pour les grandes occasions. S'il l'avait voulu, ce soir-là, dans cette atmosphère parfumée et enivrée de musique, il aurait pu obtenir les faveurs de la plupart des invitées. Lorsque l'heure du départ eut sonné, Mrs Fitzherbert annonça à Sophie sa prochaine visite à Brighton.

Et son arrivée ne se fit point attendre. Barney souhaita la bienvenue à la distinguée visiteuse de façon amicale, mais avec quelque retenue. Sophie avait pris le soin de compléter son dressage... Mrs Fitzherbert se prit immédiatement d'affection pour Fleur et assit le bébé sur ses genoux. Fleur, écarquillant ses grands yeux, attrapa le collier d'ambre qui dansait de façon tentante devant elle. Sophie voulut en détacher les petits doigts pleins de vigueur, mais Mrs Fitzherbert enleva son collier pour permettre au bébé de jouer avec.

Le prince avait doté Mrs Fitzherbert d'une belle maison sur le Steine, et Sophie en devint familière. Mais les choses n'en restèrent point là. Le prince et Mrs Fitzherbert étaient à Brighton depuis moins de deux semaines que déjà Sophie et Tom recevaient une invitation à dîner au Pavillon de la Mer.

Une assemblée d'hôtes de marque était réunie autour de la table. Sophie était assise entre deux ducs, frères du prince et, tout comme lui, connus pour apprécier les jolies femmes. Les laquais ne manquèrent point d'être étonnés de la voir figurer parmi les invités, mais, rompus à leur métier, ils se gardèrent bien de laisser paraître le moindre sentiment. Seul Nick se permit de lui faire un clin d'œil complice en lui présentant un plat. Elle lui répondit par un regard noyé de bonheur.

Pour la première fois de sa vie, Sophie mangea dans une assiette argentée. Mais la vaisselle qui suivit ensuite sur la table était dorée, excepté les verres à vin délicatement gravés. Elle avait toujours particulièrement admiré les vingt-quatre salières, qu'elle avait vu polir plus d'une fois. Elles avaient la forme d'un coquillage maintenu sur la crête des vagues par un Triton qui s'ébattait dans l'eau, et convenaient donc parfaitement à une résidence des bords de mer. Sophie connaissait toutes les autres pièces d'orfèvrerie, et savait que le prince possédait plusieurs services en or de deux cents couverts ou plus, mais elle ne laissait pas d'être subjuguée par la beauté de tous ces précieux objets.

Cependant, sa plus grande joie fut de voir le prince présider la table dans sa chaise rouge à haut dossier aux côtés de Mrs Fitzherbert, qui avait recouvré sa place d'honneur.

Deux heures plus tard, la compagnie quitta la table pour suivre le couple princier dans un salon voisin où des musiciens s'apprêtaient à donner un concert. Marchant aux côtés de Sophie, Tom lui demanda avec un clin d'œil si elle appréciait sa soirée.

— C'est un rêve, lui confia-t-elle en riant. Je sais que je vais me réveiller d'un moment à l'autre !

Mais ce n'était pas un rêve. D'autres invitations suivirent...

26

Dans les deux années qui suivirent la première visite du prince à la boutique de Sophie, l'affaire prit une expansion qui dépassa ses rêves les plus fous. Elle livrait à présent régulièrement des confiseries et ses pièces décoratives au Pavillon de la Mer, mais aussi à Carlton House. Les frères du prince devinrent, eux aussi, ses fidèles clients. Le duc d'York avait une prédilection pour ses bonbons à l'orange. Elle avait engagé de la main-d'œuvre supplémentaire et possédait désormais trois voitures de livraison à ses couleurs, qui couvraient de grandes distances. Elle put enfin garnir ses boîtes de pierres semi-précieuses pour les présentations spéciales. Quant aux rubans, à la dentelle et aux autres garnitures, ils étaient tous de la meilleure qualité. Tom avait importé de Chine, par caisses entières, des boîtes laquées qui remportèrent un grand succès.

A certains moments, il arrivait à Sophie de retenir son souffle en pensant à sa chance. Tant de bonheurs lui étaient venus ! Fleur était la plus magnifique des petites filles et Alexandre, le petit garçon d'Henriette, avait pris du poids et s'était transformé en un enfant très vivant. Sa maman avait épousé Richard, un an après qu'Ellen eut signifié clairement à ce dernier qu'elle préférait demeurer célibataire.

— Mon amour pour Henriette ne m'est pas venu par dépit, confia Richard à Tom et à Sophie. Je n'ai jamais oublié notre première rencontre à l'atelier. Mais elle était alors fiancée et il m'a fallu chasser son charmant visage de mon esprit. Lorsque je l'ai revue, j'ai eu le sentiment que rien ne nous avait jamais séparés.

Henriette refusait d'exposer Alexandre aux brouillards londoniens. Un compromis fut trouvé : ils s'installèrent dans un village facile d'accès, non loin de la capitale. Ils conservèrent également la maison de Brighton qu'elle avait achetée, et s'y rendirent fréquemment.

Pour ajouter encore au bonheur de Sophie, Émile de Juneau n'avait plus jamais quitté la France. Elle se prit à espérer que, finalement, sa haine s'était atténuée avec le temps. Cependant, elle n'avait pas renoncé à lui intenter un procès au nom d'Antoine. Il devrait payer un jour pour s'être approprié le château...

Un beau matin, en entendant sonner les cloches de l'église, Sophie interrompit son travail à l'atelier, imitée en cela par tout le personnel. Il s'agissait certainement d'une nouvelle victoire navale ! Avant que quiconque ait pu aller se renseigner, Tom arriva en trombe en agitant un journal :

— La paix a été conclue entre la France et la Grande-Bretagne ! Un traité a été signé à Amiens !

Il y eut un instant de silence stupéfait, puis Sophie sentit monter à ses yeux des larmes de soulagement et de joie. Certains réagirent comme elle, tandis que d'autres battaient des mains en poussant des cris de joie. Tom, le bras passé autour de la taille de Sophie, annonça :

— Tout le monde a congé pour le reste de la journée !

Il emmena sa femme.

— Je ne puis y croire, bredouilla-t-elle, toujours sous le choc.

Malgré tous les changements intervenus en France sous Napoléon, celui-ci était tellement assoiffé de conquêtes que la paix semblait inaccessible.

Tom renchérit, gardant ses doutes pour lui :

— Moi non plus.

En réalité, il était convaincu que Napoléon ne s'accordait ce répit que pour réarmer ses troupes en vue d'envahir l'Angleterre.

— Vous plairait-il de m'accompagner à Paris ?

Elle se jeta à son cou :

— Oui, Tom ! Fleur restera chez Henriette !

Mais le projet ne se réalisa pas. Il fallut un mois à Sophie pour prendre les dispositions nécessaires, et, entre-temps, on avait appris que certains émigrés retournés en France avaient été arrêtés sur la foi d'accusations douteuses.

— Votre mandat d'arrêt traîne sûrement dans quelque tiroir, Sophie, déclara Tom d'un ton grave. Il vaut mieux éviter de prêter le flanc aux charges qui pèsent contre vous.

Malgré sa vive déception, Sophie se rangea à son avis. Cette prudence lui fut d'autant plus difficile à observer que la plupart de ses riches clientes traversaient la Manche, enfiévrées du désir de se remettre au fait de la mode parisienne. Les journaux français, pas plus que les journaux anglais, ne firent mention de l'épidémie qui avait ravagé le village du château de Juneau. Mais, parmi les morts, il y avait l'homme qui envoyait de temps à autre des rapports à Tom sur les faits et gestes d'Émile de Juneau. Et Tom, qui n'avait pas de nouvelles, continuait à être persuadé que tout allait bien de ce côté.

Sophie ne s'était point trompée en pensant qu'Antoine se préparerait à rentrer immédiatement en France avec elle. Les motifs qu'elle lui exposa par lettre ne le satisfirent point. Elle prit donc le chemin de la retraite de campagne. Le prince et Mrs Fitzherbert, qui avaient repris leurs visites incognito, s'y étaient retrouvés une semaine auparavant. Antoine et Sophie s'embrassèrent affectueusement comme ils le faisaient toujours. Puis le jeune garçon l'emmena jusqu'à son cabinet de travail. C'était un endroit où il pouvait se consacrer à ses études et se retirer dans la solitude lorsqu'il en éprouvait le besoin. Il avait beaucoup grandi. C'était maintenant un beau jeune homme de quinze ans, grand et fort, qui offrait toujours la même ressemblance avec ses deux parents.

— Vous m'aviez promis que je pourrais rentrer chez moi à la première opportunité, lui dit-il sans détour. C'est la paix, maintenant, Sophie ! Vous seriez en sécurité si nous évitions Paris, ce qui est très facile. J'ai étudié suffisamment de cartes au cours de toutes ces années pour savoir que c'est possible. Nous irons tout droit au château. Tout ce que j'ai à faire, c'est de parler à Émile de Juneau. A présent, il n'osera même plus lever la main sur moi !

— Les choses ne seraient pas aussi simples. Il vous faudrait faire une requête auprès des tribunaux français, en fournissant la preuve de votre identité.

— Oh, tout cela ne présentera aucune difficulté !

Plein d'enthousiasme, il arpentait la pièce d'un pas énergique. Sophie eut un geste de regret.

— Ce n'est pas le bon moment. Tom dit que les requêtes reçoivent le plus souvent un accueil défavorable.

Antoine eut alors une nouvelle idée :

— Je pourrais aller au château avec Tom ! Au moins, je reverrais l'endroit où je suis né et je me ferais connaître des villageois. Je suis sûr qu'ils travaillent la terre et les vignobles comme du temps de mon père.

Les mots se pressaient sur ses lèvres et il s'agitait, enthousiasmé par son projet.

— Je leur dirai qu'ils bénéficieront toujours de gages constants et de mes libéralités, et que nous ne romprons jamais nos bonnes relations.

Sophie était au désespoir, mais elle devait tempérer son désir ardent de retrouver son pays. Désir qu'elle avait cultivé elle-même pendant toutes ces années...

— Je sais combien cela vous paraîtra difficile, mon cher enfant, mais nous devons tous deux patienter encore un peu. Croyez-moi, je suis plus que jamais déterminée à respecter la promesse que j'ai faite à votre mère, mais ce n'est pas encore possible.

Il serra les poings et alla se planter devant la fenêtre en lui tournant le dos, comme s'il refusait de lui montrer sa tristesse et sa déception. Sophie se dit que la compagnie de Jamie lui aurait été bien utile en ce moment. Mais celui-ci avait quitté la retraite pour faire son entrée dans le monde, sous le patronage du prince. Un autre enfant vivait sous le même toit : une petite fille prénommée Mary Anne que l'on disait être la nièce de Mrs Fitzherbert. Elle avait été confiée aux soins de *Pater* et de *Mater* alors qu'elle était âgée de quelques mois, peu de temps après la réconciliation du prince et de Mrs Fitzherbert, mais elle était beaucoup trop jeune pour jouer un rôle dans la vie d'Antoine.

Sophie se tut. Au bout de quelques minutes, Antoine redressa les épaules, apparemment résigné à accepter la situation. Sophie alla le rejoindre et posa une main sur son bras :

— Le temps va passer très vite. Pensez à tout ce qu'il vous reste à faire ici. L'année prochaine, vous partirez pour Oxford. C'est ce que vous avez toujours désiré ! Vous travaillez depuis longtemps dans ce but...

Antoine la regarda, un demi-sourire aux lèvres :

— Oui, j'y ai pensé. Mais j'ai une mission à accomplir vis-à-vis de mes ancêtres.

— C'est vrai. Le jour viendra où vous l'accomplirez ! approuva Sophie avec conviction.

Il hocha la tête et délaissa la fenêtre.

— Pourrais-je retourner à Brighton avec vous, pour une semaine ou deux ?

La lueur brillant dans ses yeux ne lui échappa point, et il secoua la tête avec un sourire :

— Ce n'est point dans l'intention de tenter de convaincre Tom. Je me garderai d'évoquer cette question, je vous le promets. Mais j'ai eu une somme de travail importante ces derniers temps, et j'ai réussi à tous les examens auxquels m'a soumis Mr Harvey. Je ne pense pas qu'il voie d'objection à une brève absence.

A Brighton, Antoine retrouva une fois de plus sa routine quotidienne. Il monta à cheval avec Tom, vit ses amis et se promena sur la plage avec Sophie et Barney. La seule différence notable fut sa propension à remarquer les jolies filles.

Lorsqu'il fut invité à passer une soirée chez des amis habitant dans le voisinage, Sophie lui recommanda de ne pas rentrer trop tard, puis alla se coucher sans inquiétude aucune. Barney aboierait à son retour, et elle saurait qu'il était bien rentré. Mais elle s'éveilla le lendemain sans avoir été réveillée, et elle pensa qu'Antoine s'était empressé de calmer le chien à son retour. Il ne s'était pas encore levé pour prendre son petit déjeuner lorsque Sophie partit pour l'atelier, mais elle décida de le laisser dormir. Il s'était adonné à de multiples activités pendant les deux ou trois jours précédents. Ce ne fut que lorsqu'elle rentra sur le coup de midi pour passer un peu de temps avec Fleur qu'on lui apprit qu'Antoine était toujours couché.

— L'avez-vous entendu bouger, dans sa chambre ? demanda-t-elle à Ruth, la servante qui l'avait suivie depuis Beech House.

— Non, ma'am. Pas un son.

Sophie fut saisie d'une crainte soudaine. Elle se précipita vers la chambre d'Antoine et ouvrit la porte à la volée. Il n'avait pas dormi dans son lit et une lettre était posée sur l'oreiller. Elle l'ouvrit en toute hâte.

Chère Sophie,

Veuillez me pardonner, mais il faut que je me rende en France. J'ai l'intention de demander le soutien des paysans de mon village. Ensuite, avec leurs signatures prouvant que c'est moi, le vrai propriétaire, qu'ils veulent revoir au château, je pourrai aller soumettre ma requête à Paris. Ne vous inquiétez pas pour moi. Je vous écrirai bientôt.

Antoine.

Elle se précipita dans la boutique, mais Tom n'y était pas. Elle le trouva à l'écurie où il surveillait le chargement d'une armoire de prix dans un chariot de transport. La vue de son visage affolé l'alarma et il craignit pour la santé de leur fille. Mais déjà Sophie jetait dans un souffle :

— Antoine est parti !

Il la saisit par le coude et l'entraîna dans son bureau. Sophie lui mit la feuille de papier entre les mains. Il fronça les sourcils en prenant connaissance du texte.

— Mon Dieu ! S'il est parti seul, il ne reviendra pas vivant du château. Il se sent en sécurité depuis si longtemps qu'il a oublié vos mises en garde ou qu'il les trouve exagérées. Il faut que je parte à sa recherche !

Les deux événements qu'elle craignait le plus venaient de se produire. Antoine était en danger de mort et l'homme qu'elle aimait se préparait à partager son destin. Tom vit son accablement et l'attira contre lui.

— Tout ira bien. Je ramènerai cet enfant.

Il l'embrassa doucement.

— Je suppose qu'il a pris une barque de pêche. Je vais essayer de recueillir des renseignements. De votre côté, vous allez demander à Clara si d'aventure elle ne l'aurait pas entendu dire quelque chose sur ses projets. Ensuite, vous irez trouver Billy à la boulangerie où il travaille. Nous nous retrouverons ici. Faites préparer quelques provisions pour mon voyage.

Sophie fut de retour à la maison avant lui. Clara ne savait rien. Elle avait simplement appris qu'Antoine avait acheté deux miches de pain la veille au soir à la boulangerie et qu'un jour Billy l'avait accompagné au marché où il avait acheté un sac de voyage. Tom, pour sa part, en avait appris plus long. Antoine avait loué une petite embarcation, en précisant qu'il voulait la garder pendant toute la durée des vacances. Le voisin, quant à lui, déclara que le jeune garçon avait quitté la soirée à neuf heures.

— Donc, il n'est pas rentré se coucher ! s'exclama Sophie.

— Non. Il est allé chercher son bagage et la nourriture dans la cachette où il les avait mis et il est monté immédiatement dans sa barque.

Tom soupira :

— Jamais je n'aurais pensé qu'un jour je regretterais de lui avoir appris à naviguer !

Sophie se souvint de la façon dont Antoine avait redressé les épaules là-bas, à la campagne. Ce qu'elle avait pris pour de la résignation n'était qu'une expression de défi. Il voulait se rendre en France à n'importe quel prix.

— Il a projeté cette expédition au moment où il a compris qu'il ne pouvait compter sur notre coopération.

Tom mit ses doigts sous le menton de Sophie et attira son visage défait contre le sien.

— Cet enfant est entreprenant et courageux, dit-il avec un sourire grave, et je l'en loue. J'ai le sentiment que vous et moi aurions agi exactement de la même façon si nous avions été à sa place au même âge.

Elle lui répondit d'un ton triste :

— Vous avez peut-être raison. Mais moi, au moins, j'aurais su que ce n'étaient pas des signatures que je recueillerais chez les paysans. Mais des croix...

Tom embrassa Fleur. Sophie l'accompagna. Sur le seuil de la porte, ils échangèrent un long baiser éperdu. Puis il s'arracha à ses bras et sauta sur sa selle.

Les yeux plongés dans les siens, il leva sa cravache en guise de salut. Il galopa tout le long du trajet pour arriver à prendre le bateau du soir, qui faisait la traversée de Newhaven à Dieppe.

Lorsque Tom débarqua à Dieppe, au matin suivant, sa première démarche fut de louer un cheval rapide. Il se dit que, fort probablement, Antoine avait fait de même à l'endroit où il avait atteint le rivage. Il s'arrêta dans toutes les hostelleries qui bordaient sa route, mais personne ne se rappelait avoir vu Antoine. Tom espéra que sur le trajet le jeune garçon n'avait pas été la proie de malfaiteurs. Il s'accorda une courte pause pour dormir. Après avoir changé plusieurs fois de chevaux, il arriva au village du château de Juneau deux jours plus tard.

Il se rendit tout d'abord dans la maison louée par son espion. A sa grande surprise, elle était déserte. Un voisin lui apprit que son occupant était mort quelque temps auparavant des suites d'un accès de fièvre. Tom eut un mauvais pressentiment. Il fit demi-tour et remonta au galop la rue du village, dispersant un troupeau d'oies que l'on menait au marché. En atteignant les grilles du château, il arrêta son cheval fumant. Le portier s'adressa à lui à travers la grille de fer forgé :

— Que voulez-vous, monsieur ?

— Je suis venu pour voir M. Émile de Juneau. Dépêchez-vous d'ouvrir ces grilles. Je n'ai pas de temps à perdre.

— Notre maître n'est point là. Il est parti depuis trois jours.

— Où est-il allé ? C'est une question de vie ou de mort !

Tom tendit une pièce d'or au portier. Ce dernier s'en saisit avec avidité.

— D'habitude, quand il part, c'est qu'il va à Paris, répondit le portier d'un air mi-figue, mi-raisin.

— Que voulez-vous dire ? Où pensez-vous qu'il soit allé, cette fois-ci ?

— Tout ce que je puis dire, c'est qu'il n'a pas pris la diligence avec tous ses bagages, comme à son habitude. Il est parti à cheval, avec seulement des sacoches. Donc il ne peut pas être loin.

— Avez-vous vu passer un garçon qui a demandé à le voir ? Un jeune garçon grand, bien bâti, aux cheveux bruns ?

— Oui, j'en ai vu arriver un comme vous dites pas bien longtemps après que notre maître est parti.

Tom retourna au village. Il ne fut pas long à découvrir Antoine à l'auberge. Le jeune garçon était en train de parler à trois vieillards qui, assis à une table, l'écoutaient religieusement. Une fille d'auberge comptait également parmi les auditeurs. Mais son intérêt allait visiblement moins aux paroles d'Antoine qu'à sa belle apparence.

Le jeune garçon était en plein élan :

— Cela m'est d'un tel réconfort de voir que vous vous souvenez de mon père, mes braves. Non seulement je m'efforcerai d'être digne de lui en sagesse et en bonté, mais je...

La voix de Tom vint l'interrompre :

— Je vous demande pardon, monsieur le comte. Puis-je vous parler seul à seul, s'il vous plaît ?

Antoine se retourna brutalement, partagé entre la fureur et l'incrédulité :

— Que faites-vous ici ?

Tom se garda bien de l'humilier en présence des vieillards et de la fille :

— J'ai une affaire urgente à vous faire connaître. Je vous attendrai dehors.

Tom quitta le bar et se rendit aux écuries où il loua un cheval frais pour lui-même et un autre pour Antoine. Lorsque le jeune garçon fit son apparition dans la cour, cramoisi de colère, il fulmina à la vue du second cheval :

— Je ne partirai point ! Par tous les saints ! Je ne suis plus un enfant et vous ne me traiterez pas de la sorte, monsieur Foxhill ! Émile de Juneau est absent, mais avant son retour, j'aurai obtenu le soutien de tous les villageois !

Tom sauta sur sa selle, le visage sombre :

— Je crois qu'Émile de Juneau est en route pour l'Angleterre. Je ne perdrai pas une seconde de plus ici. Sophie est seule et sans protection. Je prie le Ciel pour ne pas arriver trop tard.

Puis il lança son cheval et sortit en trombe. Antoine resta un moment hébété. Enfin, il s'élança à son tour vers le cheval qui l'attendait et galopa pour rattraper Tom. C'était exactement ce que ce dernier avait prévu.

Sophie passait tout son temps à se morfondre, attendant des nouvelles qui n'arrivaient pas. En temps ordinaire, les journées lui semblaient trop courtes, mais, cette fois-ci, il lui sembla que chacune d'elles durait une éternité. Elle dormait mal, sautait souvent à bas de son lit, convaincue qu'une voiture s'arrêtait devant la maison, mais, à chaque fois, force lui était de déchanter.

Barney remarqua le changement qui s'était opéré en elle. Lorsqu'ils partaient pour leur promenade le long du rivage, il ne manifestait désormais plus sa joie de façon sauvage, mais se contentait de trottiner à ses côtés. Leurs promenades étaient fréquentes. Bien sûr, Sophie se jetait à corps perdu dans le travail, et agissait comme si chacune des pièces décoratives qu'on lui commandait devait être exécutée au plus tôt. Mais elle laissait les œuvres de création entre les mains de Robin, et courait bien vite humer l'air de la mer. Le plus souvent possible, elle descendait Fleur sur la plage et lui construisait des châteaux de sable. Puis l'enfant pataugeait avec bonheur dans les flaques d'eau tiède se trouvant entre les rochers.

Le soir, après avoir couché Fleur, Sophie avait le plus grand mal à supporter le calme de l'appartement. Clara était toute disposée à lui tenir compagnie, tout comme Mrs Fitzherbert ou d'autres amis, mais elle déclinait toutes les invitations. Elle avait la sensation qu'elle ne verrait Tom et Antoine rentrer sains et saufs que si elle montait une garde solitaire. Mais elle sortait parfois se promener en bord de mer, Barney sur ses talons. En cette saison d'été, les fêtes se succédaient sur le rivage mais elle les fuyait, et allait se réfugier dans les endroits désertés par la foule. Il ne lui vint jamais à l'esprit que ses étranges promenades solitaires risquaient d'attirer l'attention sur elle.

Les premières étoiles avaient déjà fait leur apparition lorsqu'elle atteignit les rochers où elle avait un jour aperçu Tom dans son rôle de contrebandier. Alors qu'elle retournait sur ses pas, elle vit Barney s'élancer en remuant la queue vers un homme qui marchait dans sa direction le long de la plage. Sans doute le chien espérait-il que l'inconnu lui enverrait un bâton à rattraper. Sa maîtresse était bien trop préoccupée pour se livrer à ce genre de jeux avec lui.

— Au pied, Barney ! lui ordonna-t-elle, car l'homme avait levé la main dans un geste de menace.

Le chien fit demi-tour, et, à sa grande stupéfaction, déguerpit sans demander son reste en direction de la maison. L'étranger s'adressa à elle en français :

— Votre chien n'est pas très obéissant !

Sophie supposa qu'il la connaissait de vue, comme beaucoup d'habitants de la ville.

— Barney a été maltraité autrefois, parce qu'il hurlait dès qu'il était contrarié. Depuis, il est devenu craintif lorsqu'on lève la main sur lui.

Elle était arrivée à la hauteur de l'inconnu, un homme grand, au corps épais. Elle espéra qu'il ne saisirait pas cette occasion pour l'accompagner dans sa promenade. Ce n'était pas la première fois qu'un inconnu cherchait à lier conversation.

Mais lorsqu'elle le vit avancer d'un pas pour lui bloquer délibérément le passage, elle comprit qu'elle était en danger...

— Cela fait bien longtemps que j'espère cette rencontre, Sophie Delcourt.

La terreur l'envahit. C'était Émile de Juneau !

A présent, elle pouvait voir son visage, son ossature fine et aristocratique, ses yeux sombres enfoncés dans leurs orbites, et sa bouche mince et cruelle. Pourtant, cette face méchante présentait une ressemblance de traits indéniable avec celle du père d'Antoine. Le sang des Juneau...

Elle ne chercha pas à jouer l'étonnée.

— Que voulez-vous, Émile de Juneau ? demanda-t-elle, bien déterminée à ne pas lui montrer sa peur.

Elle se maudit intérieurement de ne point avoir apporté son arme. Tout à sa hantise du danger qui menaçait Tom et Antoine en France, elle n'avait pas imaginé une seule seconde que son ennemi puisse se trouver sur le sol anglais !

— Dites-moi où je puis retrouver le garçon que vous avez arraché à ma garde potentielle il y a neuf ans, et que vous avez tenu éloigné de moi depuis lors !

— Éloigné de vos intentions meurtrières, est-ce bien cela ?

Juneau prit un ton patelin :

— Un peu de compréhension... Cet enfant ne vous est rien ! Vous avez eu votre compte d'ennuis avec une telle responsabilité... Je vous en dégage...

— Vous êtes dans l'erreur, le contra-t-elle violemment. J'aime Antoine comme mon propre fils.

Laissant reparaître son naturel, il cracha avec dédain :

— N'essayez pas de m'abuser. Le comte a dû vous payer grassement pour emmener son rejeton. Est-ce grâce à cette fortune mal acquise que vous êtes arrivée à grimper si haut ? Si c'est aussi de l'argent que vous voulez de moi, je suis prêt à vous en donner !

— Tout ce que je veux de vous, c'est que vous disparaissiez de la vie d'Antoine et de la mienne ! s'exclama-t-elle avec fureur. Mais vous n'avez pas fini d'entendre parler de nous, car dès que j'en aurai l'occasion, je vous traînerai devant les tribunaux pour vous contraindre à restituer le château de Juneau à son véritable propriétaire !

Elle ajouta d'un ton railleur :

— Si vous aviez fait preuve d'un peu plus de patience, vous

auriez pu cueillir Antoine dans le creux de votre main. Maintenant, il est trop tard. Vous avez perdu votre dernière chance !

Elle s'élança en avant pour s'échapper. Mais il s'y était préparé et elle ne put couvrir plus de quelques mètres. Déjà il l'empoignait avec une telle force qu'elle en tomba à genoux. Il la remit debout et, lui plaquant les bras contre le corps, il la secoua si violemment que ses dents se mirent à claquer. Elle tenta en vain de lui donner un coup de genou dans l'aine. Il était inutile de crier, personne n'était aux alentours. Sans compter qu'elle courait le risque de faire croître sa rage...

— Où est Antoine ? martela-t-il, les narines béantes et les yeux furibonds. Je sais depuis longtemps où vous demeurez ! Et on m'a dit à l'auberge qu'Antoine était revenu vivre avec vous. Je ne l'ai pas vu. Où est-il ?

Sophie se réjouit en son for intérieur. Il avait été mal informé, Dieu merci !

— Là où il est, vous ne le retrouverez jamais ! Et ne comptez pas sur moi pour vous renseigner.

Ni l'un ni l'autre n'avaient remarqué la présence de Barney, qui était revenu à la rencontre de Sophie. Soudain, le chien bondit et alla planter ses crocs dans la cheville de Juneau en s'accompagnant de grondements féroces. La jeune femme en profita pour se dégager et s'enfuit en courant. Elle s'arrêta brusquement en entendant Barney pousser un terrible jappement de douleur. Elle vit Juneau se débarrasser d'un gros morceau de bois. Barney gisait sur le côté, et ses gémissements affreux lui firent craindre le pire. Son dos était brisé ! Elle poussa un cri de désespoir. Ce fut le moment que choisit son ennemi pour se ruer à nouveau sur elle. Elle n'eut que le temps de l'éviter d'un bond.

— Qu'avez-vous fait à mon chien ? hurla-t-elle en couvrant son visage de ses mains.

— Rien, en comparaison de ce que je vais vous faire !

Malgré ses tentatives désespérées pour lui échapper, il la saisit et la traîna jusqu'à l'eau. Les vagues s'engouffrèrent dans ses jupes et elle perdit un soulier. Lorsque la mer lui arriva aux genoux, Juneau la poussa sous l'eau. Puis il la releva à demi et répéta sa question :

— Où est-il ?

— Jamais je ne vous le dirai !

Une nouvelle fois, il lui plongea la tête sous l'eau.

Et comme elle ne lui répondait toujours pas, il recommença, encore et encore, veillant toutefois à ne pas la noyer. Qu'elle parle, et il s'en débarrasserait dans l'instant ! La perspective d'essuyer un échec à cause de l'entêtement de la fille lui fit perdre la tête. Il la releva brutalement et approcha son visage du sien.

— Ceci est votre dernière chance ! glapit-il.

Ruisselante d'eau, cherchant désespérément à reprendre son souffle, elle répéta une fois de plus :

— Jamais... ne... dirai.

Il la repoussa, déterminé à en finir. C'est à ce moment que deux mains puissantes le saisirent par les épaules et le firent tourner sur lui-même. Un poing s'abattit sur sa mâchoire. Il fut projeté en arrière par le choc et alla s'abattre dans l'eau en soulevant une énorme gerbe. Tom attrapa Sophie et la poussa vers Antoine, qui avait plongé dans l'eau à sa suite. Juneau se releva. Il n'avait pas appris l'art de l'autodéfense enseigné en Angleterre, mais, sous sa veste, il cachait une dague. Il leva le bras pour porter un coup fatal à son adversaire, mais Tom s'élança de toutes ses forces sur le poignet du Français et lui tordit le bras pour lui faire lâcher prise. La dague tomba à l'eau. Le reste ne fut plus qu'un jeu d'enfant pour Tom. Un coup dans les côtes, un autre dans la mâchoire et Juneau s'écroula, inconscient. Tom le traîna jusqu'au bord de l'eau, puis se précipita vers Sophie, qui gisait sur le sable, affaissée sur elle-même. Désemparé, Antoine lui frottait les poignets.

— Mettez-vous à quatre pattes ! hurla Tom.

C'était la bonne vieille méthode en usage chez les marins, qui retournaient leurs compagnons à demi noyés contre un tonneau pour leur faire recracher l'eau qu'ils avaient avalée. Antoine servit de support, tandis que Tom entreprenait de pomper l'eau en appuyant sur les côtes du corps inanimé de sa femme. Enfin, Sophie eut quelques hoquets et toussa, puis poussa un petit cri étouffé.

— Tout va bien ? demanda Antoine, anxieusement.

— Oui, tout va bien.

Tom fit asseoir Sophie.

— Donnez-moi votre veste, dit-il à Antoine. La mienne est mouillée.

Il entoura les épaules de Sophie de ce vêtement, puis, la laissant entre les mains d'Antoine, courut s'occuper de Barney. Le chien avait la patte brisée et saignait beaucoup, mais ce n'était pas une blessure mortelle, et les os pourraient être remis en place. Faisant fi de la douleur, Barney réussit à remuer faiblement la queue à la vue de Tom, qui lui parla doucement en lui caressant la tête.

Antoine, assis auprès de Sophie, se prit à regretter amèrement son expédition française. S'il était resté à Brighton, ni la jeune femme ni Barney n'auraient été blessés ! Par bonheur, ils étaient arrivés à temps pour éviter le pire ! Il essaya de compter mentalement le nombre de chevaux qu'ils avaient utilisés dans leur course folle contre la montre.

A présent, Tom revenait pour s'occuper de Sophie.

— Je suis désolé de tout ce qui s'est passé, dit Antoine d'une voix rauque. Je ne pensais pas que pareille chose pourrait arriver !

— Le pire a été évité, Dieu merci.

Tom ajusta la veste autour des épaules de Sophie.

— Et maintenant, allez chercher le chien. Il est lourd, mais vous êtes assez fort pour le porter.

Antoine courut vers Barney et le prit dans ses bras avec mille précautions. Puis il eut un regard sur Juneau qui gisait dans la pénombre, à l'endroit où Tom l'avait déposé.

— Qu'allons-nous faire de lui, Tom ?

Tom souleva Sophie dans ses bras.

— Je vais envoyer un gendarme qui viendra l'arrêter pour tentative de meurtre. Son compte est bon. Jamais plus il ne viendra vous menacer.

— Oh, regardez !

Tom se retourna, chargé de son précieux fardeau. Sophie avait posé sa tête contre son épaule, les yeux clos. Il vit que les vagues de la marée qui montait à toute vitesse avaient recouvert le corps du Français. Émile de Juneau gisait, noyé, dans quelques pouces d'eau.

ÉPILOGUE

Peu avant la naissance des jumeaux, Tom avait acheté un manoir aux environs de Brighton. Sophie, en rentrant de l'atelier par une chaude journée du mois de mai 1823, sut immédiatement, compte tenu du calme qui régnait dans la maison, qu'Édouard et Henri, âgés de quinze ans, étaient occupés à faire une partie de criquet. Si ce duo extrêmement turbulent et bruyant avait été présent, elle n'aurait pas manqué de l'entendre... Fleur, qui était devenue une beauté aux yeux rieurs, avait épousé le fils d'Henriette, Alexandre, et vivait dans le Gloucestershire. Alexandre, un beau jeune homme bien bâti, avait hérité de la propriété de son père. Leur union avait satisfait tout le monde, même si Sophie se sentait un peu seule depuis le départ de Fleur.

Après avoir ôté son chapeau et ses gants, Sophie franchit les portes de verre s'ouvrant sur la véranda. Elle s'assit dans un fauteuil de rotin et regarda sans le voir le jardin d'agrément. Les fleurs, en mélangeant leurs parfums, embaumaient divinement l'air. Mais Sophie n'y pensait même pas, tant elle était excitée. Elle venait de recevoir une commande de confiserie passée sur demande personnelle de son protecteur royal. Le prince de Galles, devenu le roi George IV, l'honorait toujours de sa bienveillance. Il en était ainsi depuis des années. Et il s'était souvenu d'elle même durant la période où il était régent, alors que son père, encore vivant, avait sombré dans la folie.

Aujourd'hui, Sophie devait préparer une pièce décorative destinée au banquet donné pour célébrer la fin des travaux de transformation du Pavillon. Ceux-ci avaient été accomplis avec, en toile de fond, les dramatiques événements qui avaient suivi la trop courte paix conclue par le traité d'Amiens. Il y avait d'abord eu l'effrayante menace de l'invasion du pays par l'armée napoléonienne. Heureusement, la grande bataille navale de Trafalgar et l'anéantissement de la flotte française par l'amiral Nelson avaient apaisé toutes les craintes. Enfin, la glorieuse victoire finale de Wellington à Waterloo avait précipité la chute de Napoléon. Le Pavillon Royal, ainsi rebaptisé deux années auparavant, lors de l'accession au trône de George IV, était un chef-d'œuvre.

C'était la matérialisation d'un conte des Mille et Une Nuits. L'architecture des toits, à elle seule, était une merveille d'imagination. Son vaste dôme central, les minarets s'élevant dans le ciel, les toits en pagode et les petites tourelles crénelées étaient si délicatement travaillés qu'ils semblaient avoir été fabriqués en sucre. Les fenêtres et les portes de verre, de style indien, étaient cintrées et agrémentées de gracieux remplages, de loggias, de colonnades et de niches. L'ensemble dégageait une impression de légèreté aérienne. Pour un peu, on se serait attendu à voir ce monumental palais de couleur crème se détacher de ses fondations pour s'élancer dans les airs.

Cette architecture ne plaisait pas à tout le monde. Un bel esprit, à la vue des dômes, déclara qu'il lui semblait que la cathédrale Saint-Paul s'était déplacée à Brighton pour y faire des petits. D'autres s'insurgèrent contre le coût exorbitant des travaux. Mais cet aspect des choses n'avait jamais découragé George IV. Et il avait mené à bien ses entreprises...

Sophie n'était pas le moins du monde surprise de constater que comme par le passé son protecteur continuait d'être la cible de violentes critiques. Il avait bénéficié d'une vague de sympathie quelques années auparavant lorsque sa fille Charlotte, qui avait épousé le prince Léopold de Cobourg, était morte en couches. Le roi, encore régent à l'époque, en avait conçu un violent chagrin. Mais la compassion du public ne tarda pas à disparaître, même si ses serviteurs savaient qu'il continuait à porter le deuil de son enfant. Bien des gens s'étaient offusqués de l'absence de la princesse Caroline à son couronnement. Celle-ci avait tambouriné en vain contre les portes de l'abbaye de Westminster... De même, la folle prodigalité du roi continuait d'être une pomme de discorde pour ceux qui étaient sincèrement préoccupés du bon renom de la monarchie.

Toutefois, même si les erreurs de George IV étaient flagrantes, Sophie ne permettait à quiconque de le critiquer en sa présence. Elle était toujours prompte à rappeler à ses détracteurs combien son goût artistique et son sens de l'esthétique avaient été bénéfiques pour Windsor et pour les autres lieux faisant partie de l'héritage national. Londres elle-même avait été entièrement transformée sous son impulsion. Son grand projet, exécuté par l'architecte John Nash, avait donné lieu à la création de Regent's Park avec ses frais ombrages, ainsi qu'à la gracieuse artère de Regent's Street. Il avait également été à l'origine de la destruction d'endroits sinistres qui laissèrent la place à de jolies terrasses et à de larges voies nouvelles. L'amour du roi pour les jardins avait créé une émulation et les espaces verts rivalisaient désormais de beauté. Et en ce qui concernait les trésors qu'il continuait à collectionner, quel était le monarque qui en avait doté plus richement son pays ?

En rentrant, Tom alla retrouver Sophie et s'assit à côté d'elle en étendant ses longues jambes.

Il lui saisit la main.

— Revenez sur terre, plaisanta-t-il, car elle avait répondu à son salut de façon fort distraite.

Toujours rêveuse, Sophie répondit :

— J'ai du mal à croire que tant d'événements se sont déroulés depuis que j'ai frappé à la porte du Pavillon Royal pour la première fois !

— Des événements dont le moindre n'est pas la réouverture d'une confiserie Delcourt à Paris, qui bénéficie des faveurs de personnages haut placés, et d'un succès amplement mérité !...

Elle sourit. Cette même année, elle avait enfin pu tenir la promesse qu'elle avait faite à la comtesse morte depuis si longtemps déjà, en accompagnant Antoine au château de Juneau. Vingt-deux ans après le jour de sa fuite devant les révolutionnaires... Antoine était bien préparé aux responsabilités qui l'attendaient. Grâce à la bienveillance du roi, il avait été formé à l'économie rurale. Ses droits sur le château avaient été reconnus presque sans difficulté aucune. Les propriétés avaient été rendues à leurs propriétaires légitimes après le retour en France de Louis XVIII, de la Maison des Bourbons, oncle du dauphin décédé dans une prison révolutionnaire.

Antoine n'était pas seul au château. Il avait emmené avec lui sa jeune épouse Louise, et leur fils, qui était encore au berceau. Louise était française comme lui. Bien sûr, elle était née en Angleterre, mais ses deux parents étaient des émigrés. Lorsque l'heure avait sonné pour Sophie de retourner en Angleterre après avoir accompli sa promesse, Antoine l'avait tendrement embrassée. Il s'apprêtait à la remercier une dernière fois, mais elle avait posé ses doigts sur ses lèvres :

— C'est en prenant soin de vous, mon fils adoptif, que j'ai enrichi ma vie !

— Vous viendrez me voir souvent avec Tom, n'est-ce pas ? Et j'espère que toute la famille fera de même. Louise et moi voulons rester en liaison constante avec vous.

— Comme nous-mêmes, mon cher enfant, répondit Sophie, émue. Mrs Fitzherbert viendra vous rendre visite lors de son prochain voyage à Paris. Elle apprécie votre amitié.

— Je n'ai jamais oublié qu'elle m'a tendu la main dans un moment difficile.

Il resta également en relation avec Jamie, qui était à l'étranger et menait la vie d'un gentilhomme. Mary Anne, quant à elle était considérée comme la fille adoptive de Mrs Fitzherbert.

Sur la véranda, Tom interrompit de nouveau la rêverie de Sophie.

— Avez-vous trouvé la forme que vous allez donner à la pièce décorative du banquet ?

— Oui !

Sophie, revenue au présent, se leva d'un bond, les yeux brillants :

— Je n'ai pas eu à y réfléchir deux fois ! Ce sera le Pavillon Royal lui-même ! J'y apporterai mes meilleurs soins !

Lorsque le jour du banquet arriva, Sophie se rendit de bonne heure au Pavillon Royal, déjà habillée pour la soirée, bien qu'elle dût passer la journée aux cuisines. Elle avait jeté son dévolu sur une robe bleu azur brodée d'argent sous la taille, qui se portait toujours aussi haute. Ayant été l'hôte du roi à l'époque où il était encore prince, l'étiquette exigeait qu'elle arrive par l'entrée principale, qui avait été rendue méconnaissable grâce à une porte cochère à dôme construite comme un temple indien.

Dans le hall d'entrée tendu de vert, Sophie cligna des yeux, surprise en découvrant les changements opérés dans la galerie de réception : la pièce, où dominaient le rose et le bleu, était à présent entièrement décorée d'objets chinois, de lanternes ornées de glands et de statues de mandarins juchés sur des piédestals dorés. Tout au long de la galerie, les doubles portes, qui étaient maintenues ouvertes, donnaient sur des pièces d'une beauté non moins stupéfiante, chacune d'une couleur différente, comme si un coffre rempli de trésors avait été pillé pour en dérober les nuances variées des pierres précieuses.

Hélas, la galerie des merveilles ne conduisait pas aux cuisines, et Sophie, qui ne pouvait se résoudre à la quitter des yeux, dut pour les rejoindre se contenter de longer en toute hâte le couloir de service qui lui était parallèle. La pièce décorative en sucre avait déjà été transportée jusqu'au magasin à provisions, loin des casseroles de cuivre fumantes et des arômes de toutes sortes. Sophie échangea des saluts avec les serviteurs de sa connaissance et constata avec joie que la grande cuisine n'avait pas été oubliée dans le nouveau décor. Les piliers qui supportaient le plafond avaient bénéficié d'un revêtement qui les transformait en bananiers surmontés de feuilles largement étalées, ce qui, grâce à la couleur sable des murs, créait l'illusion que le chef et ses commis s'agitaient frénétiquement sous un climat tropical. Le roi avait dîné là un soir, fort jovialement, entouré des garçons et des filles de cuisine, et Sophie se dit qu'il n'y avait rien d'étonnant à cela, puisque cette pièce était devenue plus belle que le salon de bien des gens.

Le menu du banquet avait été écrit à la craie sur un tableau. Sophie parcourut d'un œil professionnel les dix-neuf plats différents, qui se termineraient par les fruits et les douceurs apportés dans des coupes d'or et de cristal en même temps que sa pièce décorative en sucre. En se détournant, elle remarqua que les laquais, qui avaient troqué leur livrée rouge et verte des jours anciens contre celle, écarlate et bleue, du service du souverain, étaient occupés à mettre la touche finale à la table du banquet. Sophie les suivit, mais, sur le seuil de la salle, elle s'arrêta, subjuguée.

— Magnifique ! s'exclama-t-elle en battant des mains.

En dépit de tout ce qu'elle venait déjà d'admirer, Sophie était loin de s'attendre à ce merveilleux spectacle, tout d'exotisme flamboyant. Il lui sembla que, soudain, le soleil, la lune et toutes les étoiles s'étaient associés pour l'éblouir simultanément de tous leurs feux. Une féerie d'or et d'argent évoquait irrésistiblement la magie d'un conte de Chine, dans une profusion de peintures orientales sur fond d'argent, de cônes et de moulures dorés. Du plafond incurvé descendait un énorme lustre qui faisait miroiter des myriades de brillants de cristal au-dessus de la table. Il jaillissait d'un miroir en forme d'étoile, suspendu par des chaînes d'argent encastrées dans les griffes d'un dragon ailé, volant à l'ombre de gigantesques feuilles de plantain sous le bleu d'un ciel d'été.

— Vous avez des étoiles dans les yeux, Sophie ! se moqua gentiment Nick, qui passait par là.

Elle rit en ouvrant largement les bras :

— Il n'y a pas deux pièces comme celle-ci dans le monde entier ! J'en arrive à croire que le roi a voulu nous jouer un bon tour pour nous surprendre par ce véritable *coup de théâtre* !

En retournant à la cuisine, Sophie eut une pensée pour Mrs Fitzherbert. Celle-ci, hélas, ne serait pas présente à la soirée, car, après les années de bonheur qui avaient suivi leur réconciliation, le prince, une fois de plus, s'était éloigné d'elle, attiré par les charmes d'une autre femme. Le glas de leur union avait sonné un soir, lors d'un grand banquet donné à Carlton House pour célébrer la nomination du prince aux fonctions de régent. Au lieu de Mrs Fitzherbert, c'était une autre qui avait été conduite à la place d'honneur. Le prince n'osa pas croiser le regard de Mrs Fitzherbert qui se retira avec dignité, sachant que c'était la rupture finale. De ce fait, elle n'avait jamais vu le merveilleux intérieur du Pavillon Royal.

L'atmosphère de la cuisine se chargea d'une fièvre soudaine. Les laquais se précipitèrent à la place qui leur était assignée. On entendait de la musique, provenant d'une pièce attenante : le banquet était sur le point de commencer. Sophie fut attentive à ne pas gêner les garçons de cuisine qui, les bras chargés de plats, se ruèrent vers l'annexe située entre les cuisines et la salle du banquet. C'était là que les laquais venaient prendre le choix de mets prévus pour chaque service.

Elle s'assit sur un siège placé contre le mur, d'où elle pouvait surveiller le déroulement des opérations, tout en écartant le risque de faire trébucher quelqu'un. L'un des chefs lui tendit une tranche de dinde piquée au bout d'une fourchette pour lui éviter les affres de la faim, et on lui donna également un verre de vin.

Le banquet durait depuis près de trois heures lorsque le valet de chambre du roi vint faire une apparition à la cuisine. Il vint saluer Sophie, car ils étaient bons amis depuis l'époque où elle était lingère.

— Cela fait bien longtemps que nous ne nous sommes vus, Sophie.

Puis, sa réponse s'étant perdue dans le tintamarre des casseroles de cuivre, il eut une grimace :

— Il y a trop de bruit ici pour parler. Allons nous installer dans un endroit plus calme.

Ils trouvèrent un banc dans un passage et échangèrent des nouvelles de leurs familles respectives. Puis, comme si ses pensées avaient suivi le même cours que celles de Sophie, il évoqua Mrs Fitzherbert.

— C'est une grande dame, dit-il en soupirant. Pendant leurs années de mariage, avant le couronnement de Sa Majesté, elle lui prodiguait ses conseils avisés, elle l'incitait à boire moins et à manger plus raisonnablement. Elle le soignait quand il était souffrant et elle l'a même arraché à la mort, alors que les médecins le disaient perdu. Comment vit-elle, à présent, le savez-vous ?

— Oui. Je puis vous dire qu'elle passe ses jours en bonne compagnie, qu'elle est toujours aussi hospitalière qu'autrefois, et qu'elle s'occupe du bien-être de jeunes gens qu'elle a pris sous son aile.

Sophie secoua doucement la tête :

— Vous savez, j'ai toujours autant de difficultés à croire qu'un amour aussi grand que celui qui l'a unie au roi puisse s'éteindre complètement. Et pourtant, je sais que lorsqu'elle se trouve dans sa maison de Brighton, ils sont comme deux étrangers l'un pour l'autre et qu'ils s'évitent soigneusement.

Le valet de chambre arbora un air pensif, comme s'il hésitait à exprimer ce qu'il avait en tête. Puis il se jeta à l'eau :

— Si je vous dis quelque chose que personne ne sait — je

ne l'ai pas même dit à ma femme —, le garderez-vous pour vous ?

— Vous avez ma parole. J'ai gardé plus d'un secret dans ma vie.

Le valet de chambre jeta un regard furtif à droite et à gauche pour s'assurer que personne ne les écoutait, puis il baissa la voix et lui dit :

— Comme vous le savez, le roi ne jette jamais rien, que ce soit une veste ou une vieille lettre. C'est son habitude. Ses cabinets et ses tiroirs de bureau sont remplis de lettres d'amour, de souvenirs et de boucles de cheveux qui lui ont été envoyés par toutes sortes de dames au cours des années, mais en vérité, il ne tient à rien. Ce sont tout simplement des objets oubliés comme tant d'autres. Mais, jour et nuit, il porte autour de son cou un médaillon contenant une miniature de Mrs Fitzherbert, qui a été peinte au début de leur amour. Je sais qu'il a demandé qu'au soir de sa vie on ne le lui enlève point. Il sera enterré avec ce médaillon.

Sophie en fut profondément émue.

— Donc, son souvenir est toujours vivant en lui. Merci de me l'avoir dit.

Le valet n'eut pas le temps de répondre. Un appel retentit :

— C'est l'heure de la pièce décorative !

Sophie laissa là le valet et se hâta vers la cuisine. Elle contrôla les gestes des deux laquais désignés pour soulever la base dorée de la création en sucre. Avant de leur laisser le temps de faire un pas, Nick vint s'adresser à Sophie :

— Sa Majesté désire que vous participiez au transport de la pièce décorative !

Elle en fut étonnée. Après que son protecteur royal eut quitté Mrs Fitzherbert pour toujours, Tom et elle n'avaient plus eu d'autres liens avec lui que ceux de fournisseurs à client. Les deux laquais l'attendirent.

— Je suis prête, dit-elle, en plaçant ses doigts sous le milieu de la base.

Flanquée des deux laquais, elle franchit le seuil de la salle de banquet. Les joyaux et les vêtements richement ornés des convives ajoutaient encore à l'éclat de la pièce, mais sa création de sucre n'était pas en reste, car elle était, elle aussi, entièrement dorée et argentée. Les invités applaudirent spontanément en la voyant apparaître.

Lorsque Sophie émergea de sa révérence, elle fut touchée du plaisir presque enfantin exprimé par le roi à la vue de la reproduction de son Pavillon. Toujours aussi prompt à s'émouvoir, il écrasa une larme. Bien que sa complaisance vis-à-vis de lui-même ait ajouté une surcharge de poids considérable à sa silhouette autrefois si agréable, il conservait toujours un air de jeunesse et son charme d'antan n'était point diminué. A la grande surprise de Sophie, il se leva et éleva son verre dans sa direction :

— Mrs Foxhill, vous m'avez présenté un joyau dans un joyau. Il est dommage que votre chef-d'œuvre ne puisse être conservé pour toujours.

Il but à sa santé, suivi de tous les convives. Sophie, bouleversée, s'abîma dans une nouvelle révérence. Soudain, à l'extérieur, un feu d'artifice monta dans le ciel dans un bruit de canonnade, ajoutant une touche finale à son triomphe.

Tom l'attendait dans le hall d'entrée lorsqu'elle quitta le palais. A son visage radieux, il comprit immédiatement que tout s'était bien passé. Il lui adressa un sourire approbateur :

— Je vois que vous avez remporté un triomphe !

Elle passa son bras sous le sien et se mit sur la pointe des pieds pour baiser ses lèvres.

— Oh, oui, Tom ! Venez, allons nous promener sur la grève ! Je vous raconterai tout en chemin. Je suis trop émue pour rentrer maintenant !

Sophie lui fit le récit complet de la journée, sans rien omettre de toutes les merveilles qu'elle avait vues ni du succès qu'elle avait obtenu. Dans le ciel, les feux d'artifice faisaient jaillir leurs cascades de couleurs et la fête battait son plein en ville.

Ils se promenèrent quelque temps le long du rivage, puis Sophie saisit Tom par le bras pour l'arrêter.

Silencieuse, elle regarda la mer. Elle fixa l'horizon, comme autrefois, alors que, dirigeant son regard vers l'Angleterre depuis la côte française, elle s'était demandé quel avenir l'y attendait. Elle ne savait pas, alors, qu'elle vengerait la mémoire de son père en étendant par-delà la mer la renommée de la confiserie Delcourt, qui jouissait maintenant de la faveur du roi d'Angleterre autant que de celle du roi de France. Elle ne savait pas non plus que son espoir de trouver un jour l'amour serait comblé par un homme qui se trouverait sur son chemin par le plus grand des hasards. Soudain, Sophie se tourna vers Tom et se blottit contre lui. Les bras de son mari se refermèrent sur elle. Il l'embrassa, et ce baiser plein de ferveur contenait tout le bonheur du monde.

LE MASQUE DE VENISE

Venise la Sérénissime, perle de l'Italie, traverse au XVIIIe siècle une ère de fêtes et de plaisirs avant le déclin final. Temple de la peinture et de la musique, monde magique et mystérieux agité de drames et de complots, la ville fascine la jeune Mariette, confiée par sa mère mourante à l'hospice de la Piétà, un conservatoire de musique réservé aux orphelines et dirigé jadis par le « prêtre roux », le grand Antonio Vivaldi.
Lors d'un concert, Mariette se sent observée par un homme mystérieux, qui dissimule son visage derrière un masque doré. Cette rencontre sera décisive pour le destin de la jeune cantatrice, impliquée malgré elle dans une vendetta sans merci. Depuis trois siècles, en effet, les puissantes familles Torrisi et Celano, œuvrant dans l'ombre, s'affrontent en un combat acharné et leurs machinations font régner sur Venise un climat de meurtre et de passion.
Grâce à Mariette, l'amour et l'amitié l'emporteront pourtant, ramenant la paix sur une ville qui, en proie à la convoitise de l'étranger, s'efforce de demeurer digne de son passé, du temps où elle dominait le monde.

Auteur de *Aux marches du palais* et de *La Tulipe d'or*, Rosalind Laker, s'appuyant sur une solide documentation, réunit avec brio tous les ingrédients du roman d'aventure historique fertile en rebondissements. Avec pour cadre la Venise du XVIIIe siècle, décadente et pervertie.

Achevé d'imprimer en mars 1995
sur presse CAMERON
dans les ateliers de B.C.I.
à Saint-Amand (Cher)

N° d'impression : 1/545.
N° d'édition : 6326.
Dépôt légal : mars 1995.

Imprimé en France